SUSPENS

PIERRE BELLEMARE

SUSPENS

Tome 1 et 2

ÉDITIONS FRANCE LOISIRS

Édition du Club France Loisirs,
avec l'autorisation des Éditions Calmann-Lévy.

Éditions France Loisirs,
123, boulevard de Grenelle, Paris.
www.franceloisirs.com

ISBN : 978-2-298-07627-1

SUSPENS

Tome 1

Textes de
Marie-Thérèse Cuny
Jean-François Nahmias
Jean-Paul Rouland

LE PREMIER CLIENT

Honoré Bertrand arrive de fort bonne humeur à son magasin d'antiquités du Village Suisse à Paris, ce 18 avril 1960. Il fait beau, une splendide matinée de printemps s'annonce. Quand il fait beau, les gens flânent, ils sont dans de meilleures dispositions, ils sont parfois enclins à faire un achat auquel ils se seraient refusés par un temps maussade.

Après avoir ouvert la porte de son magasin, Honoré Bertrand dépose de la monnaie dans sa caisse enregistreuse : 100 000 francs anciens. Si ses clients le paient par chèque pour les grosses sommes, pour les petits achats, ils le règlent en liquide.

Tout est prêt. Il est neuf heures du matin. Bertrand n'a plus qu'à attendre le premier client.

M. Bertrand est un peu sentimental. Le premier client, c'est très important pour lui. C'est lui qui donne la tonalité de la journée. S'il est sympathique, la journée sera bonne...

A travers la vitrine, Honoré Bertrand aperçoit un monsieur d'une quarantaine d'années en train d'examiner la devanture. Il est élégamment, quoique sobrement, vêtu d'un costume bleu. Il a l'air d'un connaisseur. M. Bertrand se prend à penser : « C'est un premier client idéal. »

L'instant d'après la clochette de la porte tinte. L'homme est entré. Honoré Bertrand se précipite. Il est sûr que la journée sera bonne. Depuis vingt ans qu'il fait ce métier, il ne s'est jamais trompé.

Tout sourire, il va au-devant de son client.

« Monsieur désire ? »

L'homme répond d'une voix polie :

« Avez-vous des appliques " Restauration " ? »

Honoré Bertrand arbore un air réjoui. Si son client est amateur de « Restauration », il a justement deux ou trois objets de ce style qu'il ne désespère pas de lui vendre en plus.

Après s'être absenté un instant, l'antiquaire revient avec un lot d'appliques. L'homme les considère sans un mot. Honoré Bertrand attend, le sourire au coin des lèvres, prêt à satisfaire la moindre curiosité... Et c'est alors que l'événement se produit.

L'événement se manifeste d'abord sous la forme du tintement de la sonnette. Honoré tourne la tête et son sourire professionnel se fige.

Le second client n'a pas — mais alors pas du tout — l'aspect du premier. Jamais Honoré Bertrand n'avait vu un individu pareil franchir le seuil de son échoppe. C'est un jeune homme qui ne doit pas avoir vingt-cinq ans. Il a les cheveux bruns gluants de laque, il est mal rasé et pour couronner le tout, il porte un blouson noir.

Du coup, l'antiquaire laisse son client avec ses appliques et se porte au-devant de l'intrus. Il lui lance :

« C'est à quel sujet ? »

Le jeune homme redresse une mèche qui lui tombait sur le front, met la main à sa poche et en retire un revolver.

« La caisse et vite ! »

M. Bertrand ne réagit pas. Il est trop stupéfait. Devant la mine du jeune homme, il pensait avoir affaire à un voyou, mais pas à un gangster, un vrai. Il reste les bras ballants, fasciné par le trou noir de l'arme pointée dans sa direction.

La voix du jeune homme le tire de sa stupeur.

« Tu as entendu ce que j'ai dit ? La caisse. Et dépêche-toi. Je ne le répéterai pas. »

Tout tremblant, l'antiquaire se dirige vers son bureau. Et c'est alors qu'il se produit quelque chose d'incroyable. Le premier client pose ses appliques sur une table basse et s'adresse au jeune homme.

« A mon avis, vous avez tort... »

Surpris, le voleur fait un quart de tour dans sa direction :

« Toi, ne fais pas le malin ! »

Il s'adresse de nouveau à l'antiquaire.

« Alors, la caisse, ça vient ? »

Mais — est-ce une impression ? — il semble que sa voix soit un peu moins assurée. Ce changement n'a pas dû échapper au premier client, car il reprend la parole.

« Vous avez tort parce que vous n'êtes pas à la hauteur. Qu'est-ce que vous êtes ? Pas même un voyou. Vous faites cela pour le raconter aux copains ou à une fille. Mais dans le fond, vous n'êtes pas un dur. Cela se sent à votre voix. »

On distingue des gouttes de sueur sur le front du jeune homme. Il pointe son arme.

« N'approchez pas, sinon... »

Le client fait posément un pas. Il y a un silence. Derrière sa caisse, Honoré Bertrand tremble de tous ses membres... L'homme reprend :

« Sinon, quoi ? »

Il baisse la tête en direction du revolver.

« Belle pièce... Mais ce serait plutôt une arme de collection. Elle doit dater de la dernière guerre. Je suppose que tu l'as prise à ton père... »

Le voleur fait un écart et l'homme un nouveau pas vers lui.

« Il ne faut pas être aussi nerveux, mon garçon. Et d'abord, je vais te donner un bon conseil. Quand on veut se servir d'un revolver, pour menacer les gens par exemple, il faut d'abord retirer le cran de sûreté. Sinon, tout l'effet est gâché. »

Il pointe le doigt vers l'arme.

« Le cran de sûreté, tu vois, c'est cette petite chose-là... »

Le jeune homme semble au bord de la panique. Il jette des regards désespérés à l'extérieur de la boutique comme s'il attendait un secours invisible. Le premier client, cette fois, sourit franchement.

« Mais à quoi cela aurait-il servi de retirer le cran de sécurité puisqu'il n'y a pas de balle dans ton arme ?... Est-ce que je me trompe ? »

A l'évocation de son arme non chargée, le jeune homme a brusquement une expression d'épouvante. Il promène alternativement son regard sur le client et sur l'antiquaire et, renversant tout sur son passage, il s'enfuit à toutes jambes...

Après avoir repris ses esprits, Honoré Bertrand se précipite vers son sauveur. Il lui prend les mains avec effusion.

« Quel sang-froid, quel courage ! Monsieur, je ne sais comment vous remercier. Tenez, prenez n'importe laquelle de ces appliques. Elle est à vous. »

Le client a un geste modeste.

« Je vous en prie, ce n'est rien. On voyait tout de suite que le cran de sécurité n'était pas enlevé. »

L'antiquaire est pétrifié par l'admiration.

« Si, si, j'insiste. D'autant que, si je n'avais pas grand-chose en caisse, dans mon portefeuille, j'ai une grosse somme. Mais dites-moi, pour avoir un tel coup d'œil, vous faites partie de la police ? »

L'homme secoue la tête.

« Non, pas du tout... »

Honoré Bertrand prend ses appliques et les lui tend.

« Je vous en prie, choisissez celle qui vous plaît. Vous me ferez plaisir. »

Le client secoue encore une fois la tête.

L'antiquaire a un sourire gêné.

« Vous avez raison. Une applique ce n'est pas assez. Mais

j'ai justement dans ma réserve quelques pièces “ Restauration ”. »

Le premier client l'interrompt d'un geste de la main.

« Ce ne sont pas vos appliques qui m'intéressent, cher monsieur, ni aucune de vos antiquités, c'est... votre caisse. »

Il sort alors de sa poche un pistolet automatique. Puis il fait un petit geste et montre une partie précise de son arme.

« Voyez-vous ce que je viens de faire ? J'ai retiré le cran de sûreté. Je peux vous assurer que mon arme à moi est chargée et que je vais m'en servir. »

Il fait un signe du menton.

« Allez à votre caisse... »

Tandis que l'antiquaire abasourdi, regagne sa caisse, le premier client précise d'une voix suave :

« Dans le fond, je n'ai eu aucun mérite tout à l'heure, puisque je suis de la partie. Il était évident que ce gamin n'était pas dangereux. Il n'avait aucune envergure. »

Et il ajoute, tandis que le commerçant ouvre son tiroir-caisse :

« S'il vous plaît, cher monsieur, n'oubliez pas votre portefeuille. Il paraît qu'il contient une somme importante... »

A ce moment, l'homme bien mis se retourne vivement. Il a tout juste le temps de remettre son arme dans sa poche. La clochette vient de tinter et la porte s'ouvre. Dans l'encadrement, le jeune voleur fait sa rentrée, poussé sans ménagement par un agent de police. Ce dernier s'adresse à l'antiquaire :

« Je l'ai vu sortir en courant de chez vous... »

Le malheureux Honoré Bertrand a la tête vide, à force de coups de théâtre répétés. Il est tout blanc. Il désigne d'un index tremblant l'homme qui lui fait face.

« Lui... C'est lui... Il a un revolver. »

Le premier client fait une tentative pour se diriger vers la porte, mais l'agent est là, qui lui barre la sortie. Alors, il a un haussement d'épaules fataliste. Il met la main à sa poche et tend son arme au représentant de l'ordre. Il commente en soupirant :

« S'enfuir en courant, quelle idée ! C'était la meilleure manière de se faire prendre. Décidément, les jeunes d'aujourd'hui gâchent le métier. »

UN CRIME HORS DE PRIX

Ce soir-là, Robert Murat donne chez lui un dîner intime. Autour de la table, ils ne sont que trois : lui-même, sa femme Micheline et Henri de Beaujeu.

Robert Murat, grand industriel de la pétrochimie, a toujours su traiter magnifiquement ses hôtes. L'atmosphère est détendue, amicale. D'ailleurs comment en serait-il autrement ?

Henri de Beaujeu, lui-même très fortuné, puisqu'il possède des intérêts dans plusieurs banques privées, est de longue date un ami du couple. Robert Murat et lui se sont souvent associés pour des affaires qui se sont révélées particulièrement rentables. Rien ne semble devoir troubler la sérénité de cette soirée d'octobre 1964.

Henri de Beaujeu parle avec son aisance coutumière. Il est un peu plus âgé que son hôte. Il approche de la soixantaine. A côté de lui, Micheline l'écoute en souriant.

Micheline Murat, en parfaite femme du monde, a toujours su écouter. Elle sait donner à chacun l'impression que sa conversation l'intéresse. Le maître de maison, depuis quelque temps, reste silencieux. Il sourit en entendant son vieil ami faire des phrases. Et son sourire égal dissimule parfaitement la question qu'il se pose depuis le début de la soirée :

« Voyons, de quelle manière vais-je tuer Henri ?... »

Le repas touche à sa fin. En savourant son fromage, Robert Murat détaille son associé et ami... Mon Dieu, quel goût a donc sa femme ! Que peut-elle lui trouver de plus qu'à lui-même ? L'attrait de la nouveauté, sans doute. Mais leur liaison dure depuis plus de six mois.

Pourquoi a-t-il fallu qu'un après-midi Micheline lui dise qu'elle s'était rendue chez sa couturière et qu'il ait eu besoin de la joindre au téléphone ? Sa couturière ne l'avait pas vue depuis des mois.

Alors Robert Murat a engagé des détectives, les meilleurs, les plus chers. C'est ainsi qu'il a su que sa femme le trompait avec Henri de Beaujeu.

Henri parle maintenant de sa passion : les timbres. Il a une collection prestigieuse, fabuleuse, « la plus belle de France », avoue-t-il sans modestie. C'est à elle qu'il consacre le plus clair de son temps. Il entretient dans le monde entier une équipe de correspondants chargés de prospecter pour lui. Et quand une vente intéressante a lieu, fût-ce à l'autre bout de la planète, il n'hésite pas à tout abandonner pour s'y rendre. Il a même délaissé une fois Micheline.

Cette semaine-là, elle n'est pas allée chez sa couturière.

Le repas terminé, le café et les liqueurs sont servis. Dans un verre d'eau, Henri de Beaujeu avale un des médicaments qu'il prend depuis son infarctus. Robert Murat sourit en lui-même... C'est peut-être la solution : remplacer une de ses pilules par une autre, soigneusement préparée. Tout le monde croirait à un accident cardiaque...

Mais il secoue la tête. Non, trop compliqué. Pour cela il faudrait la complicité d'un médecin et il ne voit pas comment l'obtenir. Pourtant, c'est l'empoisonnement qui a ses préférences.

Car il est hors de question qu'il tue son rival d'un coup de feu ou à l'arme blanche. Robert Murat n'est pas un violent.

Et, surtout, il ne veut pas être pris, ses usines ont trop besoin de lui.

La soirée s'achève. Robert Murat accompagne son vieil ami avec cordialité. Il est indispensable que son crime soit parfait. Pour cela il mettra le temps et les moyens qu'il faudra. Il n'a jamais été pressé, et ses moyens sont pratiquement illimités...

Un an s'est presque écoulé. Nous sommes en septembre 1965. De nouveau Robert Murat a convié son vieil ami et associé Henri de Beaujeu à un dîner intime. Rien n'a changé. La chère est excellente. Micheline écoute toujours son invité avec la même distinction courtoise.

Malgré tout, Robert ne peut s'empêcher d'admirer sa femme. Quelle maîtrise de soi, comme elle sait remarquablement cacher son jeu !

Henri de Beaujeu parle, comme à l'accoutumée. Et, comme à l'accoutumée, il parle philatélie. Il est en train de se plaindre des honoraires excessifs que lui réclament ses divers correspondants dans le monde.

Robert Murat ne dit rien, mais intérieurement il approuve. C'est vrai que ce genre d'équipe coûte une fortune. Lui-même, depuis un an, a la sienne. Il est déjà parvenu à prendre de vitesse Henri pour l'achat de quelques pièces rares. Mais ce n'était pas là le but de l'opération.

Le but, c'est ce que vient de lui annoncer son correspondant en Californie. Et c'est la raison pour laquelle il a invité Henri, ce soir. Il interrompt son invité d'une voix égale.

« A propos de timbres, mon cher Henri, est-ce que vous seriez intéressé par le *1 cent* 1856 de Guyane anglaise ? »

Henri de Beaujeu reste un instant interloqué. Mais il se reprend vite et se met à rire.

« Vous plaisantez Robert, le *1 cent* de Guyane anglaise est le timbre le plus précieux du monde. Il n'y en a qu'un seul exemplaire et je sais parfaitement qu'il n'est pas à vendre. »

Robert Murat continue de la même voix apparemment indifférente :

« C'était vrai jusqu'à la semaine dernière. On vient d'en découvrir un second spécimen à Los Angeles et je m'en suis rendu acquéreur. J'ai pensé que c'était un bon placement. »

Henri de Beaujeu ouvre des yeux ronds. Il est tellement saisi que, pendant un moment, il est incapable de parler. Puis il finit par dire dans un soufle :

« Vendez-le-moi ! »

Le maître de maison a un geste prudent de la main.

« Je ne m'en séparerai pas facilement. Je vous ai dit que c'était un placement. En tout cas, venez me voir demain à mon bureau. Je vous le montrerai. »

Le lendemain, Henri de Beaujeu est au rendez-vous avec un quart d'heure d'avance. Sans prendre le temps de s'asseoir, il demande :

« Où est-il ? »

Robert Murat sort de son tiroir un petit écrin. Il l'ouvre avec lenteur. Les yeux exorbités d'Henri suivent chacun de ses gestes. L'industriel pose le précieux objet devant lui.

Aussitôt, Henri de Beaujeu se saisit de la loupe et du catalogue qu'il avait apportés. Avec des gestes de chirurgien, il se penche au-dessus du petit rectangle coloré. De temps à autre, il vérifie sur son catalogue l'exactitude d'un détail.

Tandis qu'il procède à son examen, on l'entend dire d'une voix blanche :

« C'est prodigieux ! Le voilier dessiné maladroitement en noir sur fond carmin... C'est cela, tout à fait cela ! »

Il se redresse enfin et lance à son ami :

« Cent millions, Robert. Cent millions de centimes ! »

Robert Murat reprend doucement l'écrin et le place avec précaution devant lui.

« Savez-vous mon cher que l'autre exemplaire de ce timbre a été trouvé en 1873 par un écolier anglais, dans un tas de vieilles lettres, et qu'il l'a vendu six shillings ? »

Henri de Beaujeu l'interrompt avec agacement :

« Bien sûr. Tous les philatélistes savent cela. Vous voulez faire monter les enchères ? Eh bien d'accord : cent vingt millions. »

Robert se lève et revient avec une bouteille de champagne et deux coupes.

« Mon cher, si nous devons faire une transaction, il faut l'arroser. Nous allons trinquer ensemble. »

Son interlocuteur, de plus en plus nerveux, repousse sa coupe.

« Je n'ai pas soif, merci. »

Mais Robert ne l'écoute pas. Il débouche la bouteille et remplit les coupes.

« Si, si, buvez, j'y tiens. »

Après avoir trinqué, il s'installe posément dans son fauteuil et allume un cigare. Il sort de l'écrin le petit rectangle de papier et l'amène à la hauteur de ses yeux.

« Henri, connaissez-vous l'anecdote du comte de Ferrari ? »

Henri de Beaujeu ne peut plus maîtriser son tremblement.

« Mais oui, bien sûr. Cent vingt millions, Robert ! »

D'un air indifférent, Robert Murat s'est mis à jouer avec une allumette.

« Je vais pourtant vous la raconter... Au début de ce siècle, le comte de Ferrari était possesseur de l'unique exemplaire du I cent connu jusqu'alors, or, par une chance extraordinaire, il en a découvert un second. Et vous savez ce qu'il en a fait ? »

D'une voix rauque, Henri de Beaujeu lance :

« Oui, je le sais. »

L'industriel joue toujours avec l'allumette.

« Il l'a brûlé, Henri. Parce qu'il a pensé qu'un seul exemplaire valait plus cher que deux. »

Henri de Beaujeu a blêmi. Il sort son carnet de chèques.

« Cent cinquante millions... c'est beaucoup plus que sa valeur. Mais je vous en supplie, cessez de jouer avec ce timbre. Vous ne pouvez pas vous rendre compte. Pour un vrai philatéliste c'est un trésor, un objet de culte. Cela fait des années que j'en rêve. Je vous fais un chèque et vous me le remettez. Vous êtes d'accord ? »

Robert Murat frotte l'allumette. La flamme est à quelques centimètres du petit rectangle. Il l'approche encore un peu... Henri de Beaujeu pousse un cri étranglé. Mais il est trop tard, il y a une lueur. Le second exemplaire du *1 cent* de Guyane anglaise 1856 vient de brûler.

Retombé sur son fauteuil, Henri de Beaujeu sent une douleur fulgurante lui broyer la poitrine. Il a une grimace, il suffoque et tombe la tête en avant sur le bureau terrassé par une crise cardiaque.

Robert Murat mélange soigneusement le petit résidu du timbre avec la cendre de son cigare... Une arme parfaite pour un crime parfait.

Une arme hors de prix, bien entendu, mais il avait les moyens. L'industriel considère le petit tas noir dans le cendrier et son rival sans vie.

En décrochant le téléphone, pour appeler une ambulance, il murmure :

« Tout n'est que cendres... »

LE SILENCE

Vendredi 15 janvier 1938, deux heures de l'après-midi. La secrétaire de Martin Harisson, trente-six ans, patron d'une importante agence immobilière, est inquiète. Il est parti avec un client à onze heures et il n'est toujours pas de retour. Pourtant, il aurait dû revenir pour déjeuner.

Le téléphone sonne. Elle décroche. Au bout du fil, une voix étrange.

« Allô... M. Harisson est entre nos mains. Avertissez son père qu'il prépare une rançon de 500 000 dollars. Et surtout qu'il ne prévienne pas la police. Comme preuve, vous recevrez une lettre de Martin Harisson au courrier de dix-sept heures.

Affolée, la secrétaire appelle M. Harisson père. C'est une des plus grosses fortunes de San Francisco. Il se met immédiatement en rapport avec le chef de la police, Greg Parker. Celui-ci commence à prendre les mesures habituelles en pareil cas. Il informe de la nouvelle ses collaborateurs immédiats ainsi que quelques correspondants de journaux qui sont, comme tous les jours, à l'affût des informations au siège central de la police. Mais, de toute manière, on ne peut rien entreprendre pour l'instant. Il faut attendre la lettre de la victime.

La lettre arrive, comme annoncé, à dix-sept heures. M. Harisson père l'ouvre. C'est bien l'écriture de son fils. Il la lit à haute voix devant Greg Parker. Et, à mesure qu'il la lit, sa voix se brise.

« Cher papa, je suis séquestré par cinq hommes qui exigent chacun 100 000 dollars. Procure-toi le plus vite possible 500 000 dollars en billets usagés sans signe distinctif ; les numéros ne doivent pas se suivre. Surtout ne préviens pas la police. Ils me tueront immédiatement s'ils l'apprennent par les journaux ou la radio. »

Le chef de la police bondit sur le téléphone. Il a pris la menace au sérieux. Il sait que, dans les cas d'enlèvement d'adultes, les ravisseurs n'hésitent pas à supprimer leur victime s'ils se sentent en danger. Or la nouvelle est déjà connue de plusieurs journaux. Il faut absolument les empêcher de la publier.

A San Francisco, en 1938, il y a 9 stations de radio, 3 agences de presse, 5 quotidiens, plus une douzaine de journaux de moindre importance. Tandis que M. Harisson père compulse fébrilement l'annuaire et lui passe les numéros, Greg Parker les appelle les uns après les autres :

« Ici le chef de la police. Un enlèvement vient d'avoir lieu dans la ville. Une rançon de 500 000 dollars est exigée. Etes-vous au courant ? »

Les nouvelles vont vite dans le milieu journalistique. Une bonne partie des organes d'information est effectivement au courant. Greg Parker s'exprime d'un ton pressant, presque suppliant :

« Je vous demande de ne parler de rien avant que l'affaire soit terminée. »

A chaque fois, la réponse est la même :

« D'accord, à condition que tout le monde en fasse autant. »

Greg Parker le promet, alors qu'il n'est sûr de rien.

« Vous avez ma parole. Et je m'engage à vous tenir au courant de tous les développements de l'enquête. »

Dimanche 17 janvier 1938. Pour ne pas attirer l'attention, Greg Parker s'est installé dans un bureau du palais de justice. C'est de là qu'il dirige les opérations. Même à l'intérieur de la police, il a tenu la nouvelle secrète. Seuls 20 inspecteurs d'élite sont au courant et se tiennent en relation constante avec lui. A tous les autres, aux agents en uniforme en particulier, on a distribué une photo de Martin Harisson en leur disant seulement qu'il était « recherché ».

A onze heures du matin, la voiture de la victime est découverte dans un parking de la ville. Elle est aussitôt amenée dans la cour du palais de justice où les spécialistes de l'identité cherchent les empreintes éventuelles. L'examen n'ayant rien donné, elle est reconduite au parking à la place qu'elle occupait et un inspecteur est laissé en faction.

A quatre heures de l'après-midi, le chef de la police convoque les journalistes pour une conférence de presse. Il leur a recommandé d'arriver séparément pour ne pas donner l'éveil. Et, tandis qu'il leur raconte en détail les événements de la journée, la radio, les journaux se consacrent aux nouvelles sportives et à la maigre actualité politique du jour. Pour les habitants de San Francisco, ce 17 janvier est un dimanche comme tant d'autres où il ne se passe rien.

Lundi 18 janvier. Au courrier, il y a une nouvelle lettre de Martin Harisson :

« Cher Papa. Dieu merci, tu n'as pas prévenu la police. Surtout ne le fais pas maintenant. Ils sont plus que jamais décidés à me tuer s'ils l'apprennent. J'espère que tu as réuni la rançon. Ils t'appelleront ce soir au téléphone pour te donner leurs instructions. »

Greg Parker arrête immédiatement son plan. A cette époque, à San Francisco, le téléphone n'est pas encore automatique. Toutes les standardistes de la ville reçoivent le numéro de M. Harisson père. Elles ont la consigne de retarder au maximum les appels qui lui sont destinés afin que les spécialistes aient la possibilité de les localiser. Le soir, toutes les forces de police disponibles patrouilleront et seront prêtes à se rendre en quelques minutes à l'endroit indiqué.

Mais sera-t-il possible d'attendre jusqu'au soir ? Car, au même moment, un rebondissement dramatique est en train de se produire. Un journaliste de San Francisco vient de téléphoner à un ami qui travaille à l'agence *Associated Press* à New York pour lui raconter toute l'histoire. Est-ce que la communication était mauvaise, est-ce qu'il y a eu simplement un malentendu ? Mais l'ami new-yorkais n'a pas compris que la vie d'un homme était en jeu et à dix heures son agence diffuse la nouvelle. Toutes les rédactions des Etats-Unis voient tomber sur leurs téléscripteurs : « Enlèvement à San Francisco. Rançon de 500 000 dollars réclamée. »

Greg Parker, prévenu immédiatement, téléphone à New York. En quelques mots, il explique tout au directeur de l'agence. A 10 h 15, tombe une nouvelle dépêche de l'*Associated Press :* « Enlèvement de San Francisco : la nouvelle doit rester secrète. La vie d'un homme en dépend. »

Chez les journalistes de San Francisco, la tension monte de minute en minute. Maintenant, tous les organes d'information des Etats-Unis sont au courant. Les principales stations de radio ne parleront pas. C'est sûr. Mais les autres ? Il n'y a pas dans la profession que des gens scrupuleux. Si une feuille de province, un petit poste local, s'emparait de la nouvelle ? Une information sensationnelle, inédite, quel tirage, quelle audience, quel coup de publicité ce serait !

Le temps passe lentement. Le soir arrive enfin. M. Harisson père et le chef de la police ont les yeux fixés sur le téléphone. A huit heures et demie, il sonne. C'est la même voix d'homme étrange, sans doute déformée à travers un mouchoir. « Monsieur Harisson, écoutez-moi bien... »

Soudain la communication s'interrompt. On entend la voix de la standardiste.

« Vous avez été coupés. Allô, demandeur... Parlez, demandeur. »

Un long grésillement suit, coupé de bribes de mots inintelligibles. Greg Parker a un soupir de soulagement. Ses instructions ont été parfaitement exécutées. L'appel va pouvoir être identifié.

Et effectivement le spécialiste des télécommunications l'appelle peu après par radio.

« C'est la cabine téléphonique 115, sur le port. »

Il y a une voiture de police à moins de 200 mètres. Greg Parker entre immédiatement en contact avec elle. L'inspecteur qui lui répond fait partie de ceux qui sont dans le secret. Il sait ce qu'il doit faire.

La communication téléphonique a été enfin rétablie... Tandis que le ravisseur explique les détails de la remise de rançon, la voiture de police fonce vers la cabine. En un instant, elle est cernée, l'homme est ceinturé, il est pris...

Le ravisseur comprend tout de suite que la partie est perdue et que sa seule chance est de tout avouer. Il dit tout : l'endroit où est séquestrée la victime et le nom de son complice, car ils ne sont que deux.

Quelques minutes plus tard, les policiers sont sur les lieux, une baraque misérable du port. Ils frappent à la porte selon le code convenu. Un homme vient leur ouvrir. Lui aussi est totalement surpris. Il n'y a plus qu'à aller délivrer Martin Harisson, attaché sur un lit.

Le lendemain tous les journaux, toutes les radios de San Francisco et des Etats-Unis annoncent la sensationnelle nouvelle : « Martin Harisson a été enlevé le 15 janvier. La presse a tenu la nouvelle secrète pendant trois jours. Il est sauvé, grâce à elle. »

M. Harisson père, d'ailleurs, ne s'y est pas trompé. Quelques jours plus tard, il a remis solennellement 100 000 dollars à la caisse d'entraide des journalistes.

QUOI DE NEUF, PUSSY CAT ?

Ce chat-là est un chat gâté, pourri, onctueux et gourmand. Il a le pelage fauve et noir, de longs poils angora et de splendides yeux d'or à paillettes. Il fut, il y a longtemps, champion « toutes catégories » des expositions félines. A présent, c'est une merveille de chat, gros et gras, qui vit dans une petite ville anglaise du comté de Nottingham, dans une charmante petite maison, sur un coussin de velours anglais, soyeux et réservé à son seul usage égoïste.

Mrs Pikle, sa maîtresse, et Mr Pikle, son maître, sont aux petits soins pour lui.

Ce matin, Pussy Cat est dans la cuisine, il ronronne dans les jambes de Mrs Pikle qui remplit sa gamelle avec amour. Pussy renifle, goûte, puis se décide à tout engloutir délicatement. A présent il nettoie pattes, museau, moustaches, avec délectation. Et Mrs Pikle le laisse seul dans la maison pour se rendre au marché.

Dix minutes passent. Sur le carrelage de la cuisine, Pussy secoue la tête et vacille légèrement, son œil se trouble, il fait quatre pas et s'écroule, à quelques centimètres de sa gamelle vide. Vingt minutes plus tard, Mrs Pikle rentre chez elle.

C'est une femme effondrée, en larmes, qui en ressort immédiatement, tenant dans ses bras le corps inanimé de l'ex-plus beau chat d'Angleterre.

Mrs Pikle est aux cent coups. Pussy, le merveilleux Pussy, âgé de sept ans, en pleine forme ce matin même, est dans le coma. La pauvre femme court chez le vétérinaire, serrant contre elle le petit corps flasque. Pussy Cat est tout pour elle. L'enfant qu'elle n'a pas eu, le mari toujours absent, l'ami qui écoute et se tait, l'objet de son admiration, de sa tendresse, de ses remontrances, de ses inquiétudes, de sa joie, de ses caresses, tout !

Et le vétérinaire qui l'accueille a bien du mal à déceler le problème, tellement la pauvre femme est affolée. Pussy Cat est toujours inerte, mais vivant, c'est ce qu'il constate. Mais le souffle est lent, très lent, le museau et les oreilles sont chauds.

« Voyons, Mrs Pikle, ne pleurez plus et dites-moi ce qu'il a mangé ce matin.

— Du corned-beef !

— Eh bien, ne cherchez pas plus loin, c'est ça ! La boîte était sûrement mauvaise.

— Mais alors, il va mourir ?

— Nous allons lui faire un lavage d'estomac, il s'en sortira peut-être... »

Mrs Pikle, effondrée, assiste donc à cette opération délicate et désagréable, tout à fait indescriptible si l'on veut garder quelque respect pour le corned-beef anglais.

Pussy Cat est toujours dans le coma, quand on le restitue lui aussi à sa maîtresse accompagné d'une ordonnance et de multiples recommandations. Mrs Pikle se rend tout d'abord à la pharmacie, prend ensuite le temps d'allonger Pussy dans son panier moelleux, et de le recouvrir tendrement d'une couverture de mohair tricotée par ses soins.

C'est en retournant dans la cuisine, et en contemplant la gamelle de Pussy Cat, en constatant qu'elle a été pourléchée jusqu'à la moindre miette que Mrs Pikle hurle à nouveau et manque de s'évanouir. Puis un sursaut d'énergie la propulse au téléphone : C'est horrible, affreux, le corned-beef ! Pussy n'est pas le seul à en avoir mangé, Mr Pikle aussi ! Sa femme lui a consciencieusement préparé des sandwiches pour son breakfast, moutarde, cornichon, corned-beef. Ce qui est bon pour le chat est bon pour lui, bien entendu. Et Mrs Pikle se mord les doigts ! Comment n'y a-t-elle pas pensé plus tôt ? Elle appelle la police, et bafouille son problème avec une telle volubilité, que le policier de service en reste coi, tout d'abord. Puis il comprend :

« Du corned-beef empoisonné ? Il faut prévenir Scotland Yard !

— Mais non ! Ce n'est pas moi, je ne l'ai pas fait exprès, je n'ai pas empoisonné le corned-beef, c'est le corned-beef qui a empoisonné mon chat, donc il va empoisonner mon mari, vous comprenez ? »

Lorsque le policier a enfin compris, il prend l'affaire en main. Il note le nom du mari, celui de son employeur, l'adresse, le téléphone, et en moins de trois minutes il obtient le P.D.G. de la gigantesque entreprise de bâtiment où travaille Mr Pikle.

Ce n'est peut-être pas la meilleure chose à faire, car pour déterminer où peut bien se trouver son employé, le P.D.G. a recours à une cascade de collaborateurs, et le tout prend au moins un quart d'heure. Enfin, il annonce triomphalement au policier :

« Nous l'avons localisé ! Il est sur un chantier au sud de Londres, à 15 kilomètres environ.

Le policier note l'adresse, raccroche, calme l'épouse affolée et en un tour de main réclame par radio une ambulance et un motard pour lui ouvrir la route. Le temps passe. Il est midi, Mr Pikle a dû ingurgiter ses sandwiches vers 10 h 30 et il est peut-être trop tard. Tandis que l'ambulance fonce vers le lointain chantier, toutes sirènes dehors, le policier alerte le centre anti-poison et y expédie Mrs Pikle. Là on presse Mrs Pikle de questions précises :

« Du corned-beef ? Où est la boîte ?

— Je l'ai jetée !

— Où ? Quand ?

— Hier soir, dans la poubelle !

— Quelle marque ? Combien de tranches ?

— Je ne sais plus, cinq ou six...

— Comment est le chat ?

— Toujours dans le coma !... »

Et la pauvre Mrs Pikle, effondrée, explique qu'il ne peut y avoir d'erreur. Il s'agit bien du corned-beef, son malheureux Pussy Cat en raffole, il en a mangé la valeur d'une tranche ce matin, le fond de la boîte.

Le chef du centre anti-poison appelle la société fabriquant le corned-beef, et explique la situation au directeur. On ne sait jamais, il peut s'agir d'une boîte accidentellement contaminée, mais s'il y en a d'autres, et si la consommation de corned-beef déclenchait une épidémie ?

Affolement général dans l'usine. Comment savoir ? Comment prévenir les milliers de dépositaires ? Et la publicité ? Le renom de la marque ? Un corned-beef consommé depuis des lustres par toute l'Angleterre friande de cette viande en gelée ! Un corned-beef intouchable, aussi précieux pour la renommée d'Albion (bien qu'il vienne tout droit d'Argentine, ainsi que tout le monde le sait).

Il faut attendre vingt-quatre heures avant d'appeler les commerçants et la population. Il faut d'abord traiter Mr Pikle et analyser ce qu'il a avalé. Sur son chantier, Mr Pikle, coiffé d'un casque, grimpé tout en haut d'une grue, ne comprend rien aux hurlements qui lui intiment l'ordre de descendre de là immédiatement. A peine en bas, il se sent mal car l'infirmier lui demande tout de go :

« Vous avez mangé vos sandwiches ? Oui ? Alors suivez-nous, vous vous êtes empoisonné ! »

Saisi par quatre bras vigoureux, allongé sur une civière, ballotté à travers tout le chantier, Mr Pikle se retrouve dans l'ambulance qui repart immédiatement en faisant hurler sa sirène. Mr Pikle commence à comprendre. Il transpire, il a mal à l'estomac, il roule des yeux horrifiés.

Au centre anti-poison, sa femme se jette sur lui, le médecin, les infirmières, tout le monde se jette sur lui, et le reste est fort désagréable : tubage, vomitif, lavage d'estomac, et on recommence, tubage, vomitif, lavage d'estomac, piqûre anti-ci, potion anti-ça. Mr Pikle n'est plus qu'une loque lorsqu'on le couche enfin sur un lit d'hôpital, où il grelotte et transpire d'une sueur glacée. Une piqûre calmante lui accorde enfin un repos bienfaisant. Et il s'endort.

« Il n'y a plus qu'à attendre, déclare le médecin, en raccompagnant Mrs Pikle. J'espère que nous avons agi à temps. Rentrez chez vous, nous vous tiendrons au courant. »

Mrs Pikle rentre chez elle en larmes. Tout le quartier commente l'aventure, et le bruit se répand immédiatement... « Corned-beef empoisonné... c'est le chat qui a donné l'alerte... » Et l'affaire prend des proportions nouvelles. Pussy Cat, allongé sur son coussin de velours, est toujours inanimé, ses magnifiques yeux d'or clos sur un sommeil pesant.

Une nuit passe, lourde d'angoisse.

Au petit matin, Mrs Pikle observe Pussy Cat. Il est réveillé, quelque peu hésitant sur ses pattes de velours, mais debout. Quelques minutes plus tard il ronronne dans les jambes de sa maîtresse, en réclamant sa pitance. Il va mieux ! Pussy Cat est sauvé, et Mrs Pikle essuie une larme de soulagement, car cela veut dire que Mr Pikle s'en sortira aussi. Les deux êtres qu'elle aime le plus au monde, Pussy Cat et son mari, sauvés.

C'est à ce moment qu'on gratte à la porte de la cuisine. Mrs Pikle ouvre. C'est le laitier qui dépose sa bouteille comme chaque matin.

« Alors, Pussy Cat, quoi de neuf ? ça va mieux ?

— Bien, merci, répond Mrs Pikle, mais comment saviez-vous qu'il était malade ?

— Eh bien, c'est de ma faute, voyez-vous. Hier matin, en déchargeant une caisse, je lui ai fait tomber une bouteille sur la tête, il s'est sauvé, vous n'étiez pas là et j'étais en retard dans ma tournée. J'espère qu'il n'a pas été trop assommé ? »

Un grave et lourd silence lui répond.

Le lendemain, le *Daily Mirror* titrait : « A propos des faux empoisonnements au corned-beef : l'erreur de diagnostic d'un vétérinaire peut-elle être considérée, en certains cas, comme une faute médicale ? »

Ce à quoi les neuf vétérinaires de la ville, solidaires de leur collègue incriminé, répondirent par un communiqué vengeur : « S'il y a une leçon à tirer de cette affaire, c'est qu'il est imprudent de faire partager le même repas à son mari et à son chat ! »

Tout de même, un Pussy Cat assommé par une bouteille de lait, on aura tout vu. Ils sont fous, ces matous.

UN EMBOUTEILLAGE MONSTRE

Sur les quatre voies de l'autoroute qui mène à Los Angeles, des dizaines de voitures foncent comme des bolides aveugles.

Sur les quatre voies, dans l'autre sens, celui qui vient de Los Angeles, des dizaines de voitures foncent comme des bolides aveugles.

La limitation de vitesse et la pluie qui tombe à torrents ne changent rien à l'affaire, les conducteurs suivent leurs couloirs, l'œil fixé sur les lignes blanches, en automates disciplinés de la civilisation du pétrole.

Sommes-nous tous des automates ? Le sommes-nous devenus ? Et y a-t-il encore dans ces âmes d'automates le petit quelque chose qui sert à... qui sert à quoi, au fait ? qui aide à vivre et à aimer, qui sert à s'arrêter sur la route pour aider celui qui en a besoin, par exemple... Franck Vala est sur l'autoroute dans sa vieille fourgonnette et il a gardé de ses parents, misérables immigrants italiens, ce quelque chose qui fait de lui autre chose qu'un automate, justement.

Ce samedi de février 1969, il va voir sa vieille grand'mère et conduit prudemment, car sa femme est enceinte. C'est au moment où il aborde un large virage qu'une voiture le double sur la gauche et se rabat brusquement. Franck n'a même pas le temps de dire : quel fou !... la voiture quitte la route, heurte le grillage de sécurité en pleine vitesse et s'y encastre complètement. Réflexe normal, logique et humain, Franck ralentit et freine pour s'arrêter. Il se fait ainsi insulter à coups de klaxon par les voitures qui le suivent. Mais il est le seul à s'arrêter. Le seul à s'arrêter vraiment, dans certaines voitures les passagers regardent avec curiosité l'auto pliée, dont les roues tournent encore... puis repartent d'un air de dire : « Je m'en lave les mains, la mort des autres n'est pas mon problème. » La pluie redouble mais pour l'instant Franck ne fait attention qu'à la circulation, car il veut traverser l'autoroute et il a déjà bien du mal à ne pas se faire écraser. Prenant son courage à deux mains, il fonce en zigzag pour atteindre l'aire centrale. La voiture accidentée est vide, et le volant tordu. Franck en fait le tour et découvre à 3 mètres, sous le grillage, une jeune femme évanouie... Elle saigne un peu, son bras droit a l'air cassé, mais rien de grave, elle a eu de la chance. Franck lui tapote les joues, dégage les morceaux de grillage qui la blessent et la couvre de sa veste, pour la protéger de la pluie. « Ne bougez pas, dit-il, je vais chercher du secours. » Puis il se penche pour entendre la petite voix de la jeune femme dans le grondement des voitures. Elle demande où est sa sœur...

Allons bon ! Elles étaient deux ! Et Franck ne voit personne à proximité. C'est en regardant de l'autre côté, sur la chaussée d'en face, qu'il distingue une forme allongée à plat ventre. Elle a été éjectée à plusieurs mètres par-dessus les quatre voies, et c'est un miracle qu'elle ait atterri à la limite du bas-côté. Franck recommence son petit jeu de zigzag entre les voitures, pour traverser. Il se fait insulter à nouveau par les conducteurs surpris de voir un homme à pied sur une autoroute, mais cette incongruité ne le fait pas stopper pour autant.

Intérieurement Franck les traite d'abrutis, et se penche sur le corps allongé. La jeune fille a la jambe gauche sectionnée à la hauteur du genou ! Franck a un sursaut de terreur. D'abord il n'y pense pas, il ne voit que la blessure, et puis la question logique et affreuse surgit : où est la jambe ? Il regarde, regarde... cherche... mais ne voit rien. Bon sang ! Que faire ? La jeune fille respire, mais ses yeux sont clos. Alors Franck retire la ceinture de son pantalon et fait un garrot en serrant aussi fort qu'il peut. Dans sa tête galopent des idées rassurantes de greffes, c'est peut-être possible, on en a parlé dans les journaux, à condition d'aller vite, et que le membre ne soit pas endommagé...

Franck a maintenant deux choses à faire, trouver la jambe, et du secours. Il se met à faire de grands signes aux voitures, sous la pluie, ses deux bras en moulin à vent. Une voiture ralentit, le conducteur regarde la tête de Franck, et repart aussi vite ! L'imbécile a eu peur de se faire attaquer ? Il n'a pas compris ?

Franck traverse à nouveau, il se dit que près de la voiture accidentée il aura plus de chance d'arrêter quelqu'un, et c'est en arrivant près du grillage qu'il « LA » découvre ! La deuxième jeune fille a été projetée au travers, et c'est le grillage qui a sectionné la jambe. Franck s'efforce de la ramasser, il ne sait même pas pourquoi, ni ce qu'il va en faire, mais une sorte de répulsion l'en empêche. C'est terriblement impressionnant. Alors il ôte sa chemise trempée de pluie, et l'enveloppe avec précaution, sans regarder la chose en face.

A présent il faut vraiment que des voitures s'arrêtent ! Il le faut ! Torse nu, grelottant sous l'averse, Franck se remet à faire de grands gestes en criant au secours, sur l'autoroute. Il y a à peine 5 minutes que l'accident s'est produit, si une ambulance arrive à temps... Tout est possible mais les voitures ne s'arrêtent pas. Il y en a qui ralentissent, qui regardent avec curiosité la voiture, roues en l'air, et filent vers leurs affaires, beaucoup plus importantes. Et ça dure, il y a ceux qui passent en trombe, ceux qui ralentissent tout juste, ceux qui prennent le temps de regarder sans voir... ceux qui s'arrêtent un peu, mais pas longtemps.

De trois choses l'une, ou la tête de Franck ne leur revient pas, ou ils n'imaginent absolument pas que quelqu'un a besoin d'eux, en particulier, ou l'explication que donne Franck leur fait peur.

Un homme, un brave père de famille avec sa caravane, en apercevant la jambe enveloppée dans la chemise de Franck, démarre même en trombe, au risque de provoquer un accident... Le léger ralentissement provoqué par son arrêt se résorbe aussitôt, et les voitures défilent à nouveau, indifférentes ou peureuses, sous les yeux de Franck hors de lui. A ce moment précis, si Franck avait une bombe, un bazooka, une mitraillette, un canon, n'importe quoi, il tirerait sur ces monstres à quatre roues, sur ces automates à têtes humaines, qui se fichent des ennuis, des blessures et de la mort des autres, qui ont peur de leur ombre, peur de gâcher leur week-end, mais jettent tout de même un coup d'œil sadique en passant, au cas où le spectacle donnerait le frisson. Avoir le frisson c'est bien, mais être concerné par ce frisson, c'est autre chose, c'est une implication, une responsabilité.

Chacun se dit : ce n'est pas la peine de s'arrêter, ils vont être dix à le faire, ça ne me regarde pas, et puis on ne sait jamais, ce genre de chose ne vous attire que des ennuis. On veut rendre service et c'est à vous qu'il arrive les pires tracasseries... Vous connaissez le petit refrain ? « Il ne faut jamais transporter un blessé dans sa voiture, car s'il en meurt, vous êtes responsable. » C'est ce genre de refrain idiot qui sert d'alibi à l'indifférence criminelle des automates de la route...

Alors la rage se saisit de Franck, une rage énorme, même du fond des âges. Puisque ces gens sont des monstres, il va réagir en loup ! Puisqu'ils ont peur, il va devenir gangster !

Puisqu'il faut leur voler du secours de force, il va accomplir un hold-up ! Puisque leur conscience est dans un coffre-fort, il n'y a pas d'autre technique !

A la première voiture qui ralentit un peu, Franck dit au conducteur : « Arrêtez-vous, j'ai seulement besoin d'un coup de main » et au moment où le conducteur descend, il lui vole ses clés de contact. La file de droite est ainsi immobilisée. Et tandis que le conducteur braille, Franck passe au suivant sur la 2e file et fait exactement la même chose. Il se fiche pas mal des hurlements, il se fiche éperdument que leurs voitures se fassent caramboler ou non. Il a la chance de tomber sur un camion pour la troisième file et ça lui fait un beau bouchon. Enfin un chauffard tente de passer sur la dernière file, au risque d'écraser Franck. Blanc de rage, Franck attrape le conducteur par le col, le regarde bien dans les yeux, et lui crache :

— Ecoute-moi bien, toi, tu vas descendre de ta bagnole, tu vas prendre celle-là, celle du monsieur qui est là, comme ça je serai sûr que tu reviendras, sinon il t'accusera de vol et tu vas me ramener du secours, une ambulance, les pompiers, la police, tout le monde, t'as compris ? Et si tu ne le fais pas, foi de Franck, je te retrouve, je t'assomme et je te fais fiche en prison pour non-assistance à personne en danger !

Et tandis que l'homme épouvanté file chercher du secours à Los Angeles, Franck cherche dans les voitures arrêtées une couverture, un peu d'alcool, de quoi protéger la jeune fille dans le coma, de quoi réconforter l'autre, et il laisse les conducteurs s'indigner entre eux de ses méthodes de gangster, les clés de contact sont dans sa poche, qu'ils essaient donc de venir les prendre.

L'ambulance est enfin arrivée avec la police, et tout est rentré dans l'ordre. Les deux jeunes filles ne sont pas mortes, et même si la greffe n'a pas réussi sur Lisbeth Collers, vingt-deux ans, ce n'était la faute de personne, en 1969, la technique n'était pas au point.

Le *Times* de Los Angeles a publié l'histoire, et la fondation

SUSPENS

Carnegie a décerné à Franck la médaille de bronze de l'héroïsme. Mais à tous les autres qui passèrent ce jour-là, sans s'arrêter, à tous ceux qui klaxonnèrent d'impatience, ou repartirent en trombe, à tous ceux qui ralentirent simplement de curiosité, nous décernons aussi une médaille d'or, et qu'ils devinent laquelle !

LE CHATEAU MAUDIT

Il était une fois, en 1924, ce qui n'est pas vieux pour un conte, une dame. Et comme dans tous les contes, la dame était belle, blonde et mystérieuse. Belle comme le jour, blonde comme les blés, et mystérieuse comme une étrangère. Bien sûr, elle habitait un château, et à des lieues à la ronde les paysans vantaient sa beauté. Gardée par un mari jaloux, on ne la voyait guère, et il advint qu'elle mourut par un soir d'orage...

Il n'en fallait pas plus pour faire naître la légende. Mais il en fallut beaucoup pour la perpétuer.

C'était en France, et de nos jours le château n'est plus que ruines. Isolé, sinistre, et mystérieux à souhait. Le plus proche village est à 3 kilomètres. Entre le château et le village : une seule maison dans la forêt, celle du garde-chasse, un homme solitaire.

Dans le château, Monsieur de B., le mari jaloux, et deux domestiques si âgés qu'ils ont l'air de deux fantômes.

Tous trois veillent en silence. Sur un lit à baldaquin repose la dame, que l'on va enterrer dans la crypte, aux côtés des ancêtres de Monsieur de B. Le curé du village n'a pas obtenu l'autorisation de donner les sacrements et de bénir la défunte, qui n'était pas catholique. Le médecin est venu, puis reparti, impuissant. La dame est morte.

C'est une cérémonie lugubre, par un après-midi d'hiver, dont l'unique témoin étranger au château sera le charpentier, venu livrer le magnifique cercueil de chêne. C'est lui qui racontera au village le peu qu'il aura vu. Et comme il en a vu peu, il en racontera beaucoup, c'est humain parfois.

« Le visage de la dame était recouvert d'un voile de dentelle. Les deux domestiques étaient à genoux et pleuraient. La mari tournait le dos et regardait par la fenêtre, c'est le garde-chasse qui m'a aidé à la mettre en bière. Elle ne pesait pas lourd. On a porté le cercueil tous les deux jusqu'à la crypte, on l'a déposé dans un caveau et le garde a reposé la pierre par-dessus. Le mari n'est même pas descendu avec nous. Ensuite le garde m'a emmené à la cuisine, il m'a payé, sans même m'offrir un verre de vin, et je suis reparti. Moi je vous le dis, c'est pas un enterrement bien catholique. »

Ainsi naissent les légendes, qui ne font que croître et embellir au long des années, rapportées de bouche à oreille complaisante, déformées, dénaturées, dangereuses, vipérines.

Monsieur de B., noble à la fortune déchue, avait épousé en 1920 une jeune et ravissante Autrichienne de vingt ans. Elle est donc morte à vingt-quatre ans et l'on dit que son cruel époux l'aurait assassinée. Comment ? Les avis sont partagés. Empoisonnée, étranglée, voire enterrée vivante, on ne craint pas d'aller jusque-là.

Dans cet état d'esprit, personne ne veut aller travailler au château. De plus Monsieur de B. a mis à la retraite (cela aussi c'est bizarre) les deux vieux domestiques qui le servaient fidèlement depuis des années, presque sans gages. Il a donné à son garde-chasse (et cela aussi c'est bizarre) la maison qu'il habite sur ses terres, car il ne peut le payer. Le château est à l'abandon. Frédéric de B. quarante-cinq ans, n'en occupe qu'une seule pièce, où il a rassemblé de quoi vivre. On ne l'a vu qu'une fois au village demander à monsieur le Maire de lui trouver une servante pour faire sa cuisine et entretenir son linge. Mais personne ne s'est présenté. L'homme et le château faisaient trop peur aux donzelles.

Alors, compatissant, monsieur le Curé a réussi à obtenir une orpheline de la ville, en âge d'être placée. En 1925, Emilie débarque au château avec une maigre valise et un chapeau ridicule. Les orphelins ne craignent pas les châteaux maudits, c'est bien connu. Et les orphelins n'ont rien à dire quand on les dépose quelque part pour y travailler, c'est bien connu également.

Celle-ci à vingt-deux ans, et l'air d'un chien battu. Le village ne l'aperçoit que quelques minutes à son arrivée à la gare. Le garde-chasse est déjà là qui l'emmène en carriole. Et le mystère reprend ses droits, en refermant sur Emilie les portes du château.

Monsieur le Curé a beau dire que la moralité de Monsieur de B. est au-dessus de tout soupçon, on ne le croit guère. N'a-t-il pas été lui-même écarté de l'enterrement de la châtelaine ?

D'ailleurs, la voix du peuple avait raison. Monsieur de B. épouse l'orpheline un an plus tard, à la mairie du village, avec, pour seuls témoins, le garde-chasse et l'employé municipal. L'époux a quarante-sept ans, et le village aperçoit une jeune mariée triste, aussi noire que la première était blonde. Aussi laide que la première était belle. Et l'année suivante... la seconde femme du châtelain meurt par un soir d'orage.

Un silence réprobateur et lourd de suspicion accueille la nouvelle, amenée cette fois par monsieur le Curé, admis auprès de la défunte pour lui apporter l'ultime sacrement.

Emilie est morte à vingt-quatre ans, comme la première femme. Comme la première fois, le charpentier du village apporte un magnifique cercueil de chêne. Comme la première fois, il le descend à la crypte avec l'aide du garde-chasse. On le paye à la cuisine sans lui offrir un verre de vin, et il raconte :

« Le mari n'est pas descendu avec nous, le visage de la jeune femme était recouvert d'un voile de dentelle, tout comme l'autre. Moi je vous dis qu'il y a du crime là-dessous ! Deux jeunes femmes qui meurent toutes seules dans ce château sinistre, sans qu'on sache pourquoi ni comment... et qu'on enterre comme des voleurs. Je serais le maire, que j'irais y mettre mon nez ! »

C'est ainsi que monsieur le Maire, pas très rassuré, s'en va rendre visite au médecin du village pour lui demander dans quelles conditions sont mortes à si peu d'intervalle les deux épouses du châtelain. Et le médecin l'envoie promener poliment, mais fermement :

« J'ai délivré deux permis d'inhumer, en bonne et due forme, qui devraient vous suffire. Je n'ai pas à révéler ce qui fait partie du secret professionnel. Libre à Monsieur de B. d'en faire état ou non.

— Mais docteur, ces deux morts sont suspectes ! On dit dans le village que le visage des deux jeunes femmes était dissimulé par un voile... pourquoi ?

— Ceci ne regarde que Monsieur de B. Maintenant si vous n'êtes pas convaincu, libre à vous d'aller voir les gendarmes, ce n'est pas mon affaire. Vos " on dit dans le village " les intéressent peut-être, mais pas moi. »

Et les choses en restent là, provisoirement. Que faire en effet, si le médecin, qui représente la science, ne voit rien de mystérieux dans l'affaire ?

Cela dure jusqu'au jour où Monsieur de B. se présente à

nouveau devant monsieur le Maire, nanti d'une nouvelle épouse, la troisième. La fille du garde-chasse.

Amélie n'a que dix-huit ans. A peine rentrée du pensionnat où elle était enfermée depuis l'âge de dix ans, la voilà donc future prisonnière du château, et pourquoi pas, future victime du châtelain. On marmonne alentour que ce nouveau Barbe-Bleue ne fera qu'une bouchée de la frêle et pâle enfant...

Comme d'habitude, la cérémonie est réduite à sa plus simple expression. Deux témoins pris sur place entendent prononcer deux « oui »... l'un d'une voix basse et lugubre, l'autre d'une petite voix résignée.

Monsieur de B. a aujourd'hui cinquante ans. Amélie a l'air d'une gamine, poussée très vite, et trop à l'ombre.

En prononçant la phrase traditionnelle : « Si quelqu'un doit empêcher ce mariage, qu'il se fasse connaître », le maire a vaguement l'espoir qu'il se passera quelque chose. Mais qui, entre lui, les deux témoins, le garde-chasse et les deux époux, aurait quelque chose à dire ?

Amélie s'en va, conduite par son père, dans la carriole à cheval, et soutenue par son mari. Silencieux, le village les regarde par-derrière les volets mi-clos, et chacun pense la même chose : « Pauvre enfant, c'est une honte, son père l'a vendue au châtelain comme une bête, elle n'a plus sa mère, et c'est bien dommage, une mère n'aurait jamais laissé faire une chose pareille. »

Il reste que le châtelain a le droit d'épouser qui il veut, et le garde-chasse celui d'autoriser sa fille à l'épouser. Que ces gens-là ne parlent pas, qu'ils ne fréquentent jamais les gens du village, ce n'est pas un crime. Que le châtelain soit veuf par deux fois, ce n'est pas un crime non plus. Mais si jamais la petite Amélie mourait à son tour, alors là...

Et l'on s'agite. On espionne. On guette le garde-chasse quand il vient au marché, on lui demande sournoisement des nouvelles de sa fille. Il ne répond que par monosyllabes. Quelques envieux vont guetter aux alentours du château sans en tirer beaucoup d'informations. Au fil des années, l'intérêt s'émousse.

Amélie ressemble plus à une domestique qu'à une châtelaine. Elle s'occupe des poules et des lapins, ramasse le bois mort, et ne va jamais, jamais, au village, comme personne ne va jamais, jamais, au château, à part le médecin.

Le médecin pour la troisième fois vient rendre visite à la troisième épouse de Monsieur de B. mourante, en son château, à l'âge de vingt-quatre ans, comme les autres. Et le curé, mandé par le garde-chasse, vient lui administrer l'extrême-onction, un soir d'orage. Et le charpentier arrive avec son troisième cercueil en chêne massif.

Cette fois le village gronde, et les gendarmes à cheval montent l'allée du château maudit, où ils arrivent juste pour l'enterrement.

Devant eux un homme usé, aux traits ravagés par le désespoir. Il tourne le dos à la jeune morte, dont le visage est recouvert d'un voile de dentelle. Monsieur le Curé, le médecin et monsieur le Maire se tiennent dans un coin, vaguement effrayés.

« Que s'est-il passé ? demandent les gendarmes.

— Elle est morte, répond Monsieur de B. C'est une malédiction.

— Votre avis, docteur ?

— Je ne crois pas aux malédictions. Amélie est morte de tuberculose.

— Votre avis, monsieur le Curé ?

— Elle est décédée chrétiennement, c'est tout ce que je peux dire. »

Le garde-chasse se tait. Il contemple le corps de sa fille, les larmes aux yeux. Alors les gendarmes débitent, sur un ton officiel, la raison de leur visite. Elle n'est pas claire, mais péremptoire :

« Monsieur de B. Vu les circonstances, etc., etc. Veuillez nous suivre, s'il vous plaît ! »

Monsieur de B. qui contemplait l'hiver à travers les carreaux baisse la tête avec lassitude et murmure :

« Je suis maudit... maudit... »

Et le lendemain, il se suicide en prison.

Belle et sinistre histoire d'un châtelain et de ses trois jeunes femmes en un château maudit, où la mort rôdait les soirs d'orage, pour venir emporter les jeunes épousées dans leur 24e année. Mais l'enquête s'achève deux mois plus tard, apportant les conclusions suivantes :

« Première Madame de B., morte de tuberculose aiguë, un point c'est tout.

« Seconde Madame de B., morte de tuberculose aiguë, deux points c'est tout.

« Troisième Madame de B., morte de tuberculose aiguë, trois points c'est tout. »

Le garde-chasse raconte enfin, puisqu'il y est contraint, sa longue amitié avec son maître. Ils ont fait ensemble la guerre de 14, et il lui doit la vie.

Monsieur de B., dernier représentant d'une noble famille, voulait un héritier à tout prix, pour que ne meurent pas les vieilles pierres, que vive la forêt et que revive la terre. Aucune de ses femmes ne lui donna d'enfant. Et il est probable qu'il en était le seul responsable, mais il les aima toutes les trois, et de toutes ses forces. La première parce qu'elle était belle, la deuxième parce qu'elle était bonne, la troisième parce qu'elle avait accepté de remplir ce contrat impossible : lui donner un héritier, avec l'accord de son père. Une sorte de dette que ce dernier voulait payer, en échange de sa vie, sauvée jadis par son maître. Un maître maudit, comme il le disait lui-même.

Seul le médecin n'est pas d'accord. Après avoir longuement réfléchi au problème, il croit plutôt à la contagion. Lui seul savait que Monsieur de B. était condamné par la même maladie, à brève échéance. Seule sa constitution plus robuste lui avait permis de résister plus longtemps. Mais il aurait fallu détruire cette chambre d'épousée, avec son lit à baldaquin, ses draps de grosse toile, ses vieilles tapisseries, ces tapis d'un autre âge, aux fenêtres éternellement closes sur le froid du dehors. Il aurait fallu épousseter, désinfecter, ouvrir aux courants d'air et au soleil.

Mais on ignorait encore dans les campagnes, à cette époque, qu'une chambre du XIIIe siècle pouvait être un bouillon de culture mortel, véritable nid de bacilles de Koch.

Alors, que reste-t-il de la légende ? Trois jeunes épousées sont mortes un soir d'orage, à vingt-quatre ans. Pourquoi l'orage et pourquoi vingt-quatre ans ? La voilà la dernière part du mystère, qui fait que l'on parle encore du château maudit, dont les ruines lugubres n'appartiennent plus à personne.

LEQUEL DES DEUX ?

17 juillet 1971. Une voiture est arrêtée dans une rue déserte de Pontiac dans l'Etat du Michigan. A l'intérieur, un couple d'amoureux : Tommy Barton, dix-neuf ans, et Doris Lewin, dix-sept ans. Il est une heure du matin. Les deux jeunes gens, sensibles au romantisme de cette belle nuit de pleine lune, ne se préoccupent que d'eux-mêmes. Aucun d'eux n'a vu le groupe de trois hommes qui s'approche silencieusement derrière...

Et brutalement, c'est l'agression. L'un des trois hommes braque un revolver sous le nez du jeune homme, à travers la fenêtre ouverte.

« Pas un cri, pas un geste ! Allez, monte derrière et plus vite que ça ! »

Tommy Barton, livide, s'exécute. A l'avant, Doris, les yeux hagards, retient ses larmes. L'homme s'est installé au volant. Ses deux compagnons sont montés à l'arrière. Eux aussi sont armés d'un revolver.

Après un démarrage en catastrophe, la voiture file rapidement à travers les rues de la ville endormie. Sur le siège avant, Doris sanglote doucement. Tommy sent l'angoisse monter inexorablement en lui. Que leur veulent-ils ? Où les emmènent-ils ? Aucun d'eux n'est masqué, ne cherche à dissimuler ses traits, comme si cela n'avait aucune importance, comme si...

La voiture a quitté la ville. C'est maintenant la pleine campagne. Tommy Barton frissonne : la pleine lune, qui éclaire les champs, a maintenant un aspect sinistre.

Le chauffeur donne brusquement un coup de volant à droite et s'engage dans un chemin de terre. Après quelques centaines de mètres, il stoppe... Tommy Barton a aussitôt la certitude que c'est la fin.

Les deux hommes qui étaient assis à côté de lui se précipitent sur Doris, tandis que le chauffeur se retourne et pointe son arme.

« Allez, sors. On va se promener. »

Tommy quitte la voiture. Sous la lune, l'étendue uniforme des champs de pommes de terre semble appartenir à une autre planète. Au loin, il voit Doris qui se débat, qui appelle à l'aide, qui hurle...

Tommy Barton sait que l'homme va tirer. Comment en serait-il autrement puisqu'il l'a parfaitement reconnu et que l'autre n'a l'air nullement inquiet ? Au contraire, il sourit.

Tommy s'est brusquement jeté à gauche. Il a senti partir le coup, la balle lui a frôlé la joue. Maintenant, il court comme un fou. Une seconde balle siffle à ses oreilles. Une troisième détonation retentit. Il ressent une douleur fulgurante dans le dos. Avant qu'il ne s'écroule, une autre terrible douleur lui traverse la poitrine.

La bouche remplie de terre, Tommy Barton entend le pas de l'homme qui s'approche. Sa seule chance est de faire le mort. L'homme se penche, le retourne du bout du pied, hésite un instant et repart.

Pendant un temps qui lui semble interminable, Tommy entend les hurlements de Doris. Brusquement, il y a un coup de feu suivi d'un court silence et d'un bruit de moteur. La voiture passe tout près de lui, s'éloigne, et c'est le silence définitif.

Malgré sa faiblesse, Tommy se lève, couvert de sang. En titubant, il avance parmi les champs. La centaine de mètres qu'il doit parcourir lui semble interminable. Enfin, il arrive sur les lieux où se trouvait Doris : elle est entièrement nue. Elle porte une plaie béante au front. Tommy Barton s'évanouit...

Le jeune homme reprend conscience à l'hôpital. Les infirmières lui apprennent qu'il vient de passer une semaine entière entre la vie et la mort, mais qu'il est tiré d'affaire. Elles lui annoncent aussi une visite, la première. C'est un officier de police, le lieutenant Pickford.

« Ne vous agitez pas, monsieur Barton. Dites-moi seulement si vous avez reconnu vos agresseurs. »

Le blessé répond d'une voix faible :

« Oui, celui qui a tiré sur moi, c'était Taylor. Il habite tout près de chez moi. »

Le lieutenant a sorti son bloc-notes.

« Parfait. Quel prénom ?

— Bob ou Gilbert... »

Le lieutenant Pickford parle d'une voix douce :

« Vous ne vous souvenez pas du prénom, cela n'a aucune importance, monsieur Barton. J'en sais déjà assez.

Mais Tommy Barton se redresse sur son lit et s'agite.

« Mais si c'est important, très important ! C'est Bob ou Gilbert Taylor. Mais je ne sais pas lequel. Ce sont des jumeaux. »

Le lieutenant Pickford continue à prendre des notes.

« Voyons, monsieur Barton, vos agresseurs étaient trois. Je suppose donc que le frère jumeau de celui qui a tiré sur vous était l'un des deux autres. »

Le blessé s'agite de plus en plus.

« Non, non. Le deuxième était un Noir et le troisième

avait une forte moustache et l'accent mexicain. Je ne les avais jamais vus. Il n'y avait qu'un des jumeaux, j'en suis sûr. »

Il marque un temps et dit encore avant de retomber sur son oreiller :

« Mais je ne sais pas lequel... »

A ce moment, une infirmière entre dans la chambre et d'un ton ferme met fin à l'interrogatoire.

Une fois dehors, le lieutenant Pickford mesure enfin toute l'originalité du cas qui vient de se présenter à lui... Mais il ne s'inquiète pas outre mesure. Il n'a qu'à faire son métier de policier, et il finira bien par trouver lequel est coupable.

Le lieutenant se rend sans attendre chez les Taylor. Ils habitent avec leur mère dans un pavillon misérable de la banlieue de Pontiac. Au coup de sonnette, un jeune homme vient lui ouvrir. Il est vêtu d'un blue-jean et d'une chemise crasseuse. Une longue mèche de cheveux bruns tombante lui cache la moitié du front.

Le lieutenant attaque sans préambule.

« Tu es Bob ou Gilbert ? »

Le grand adolescent, qui doit avoir environ dix-huit ans, marque un temps et répond d'une voix traînante :

« Gilbert, pourquoi ?

— Lieutenant Pickford de la police criminelle. Où étais-tu la nuit du 16 juillet ? »

Gilbert Taylor répond sans s'émouvoir :

« Je suis allé au cinéma. Je suis rentré à minuit... »

Le lieutenant note mentalement : « Pas d'alibi », et il refrène alors un mouvement de surprise... Le garçon qui vient d'entrer dans la pièce est la réplique exacte de Gilbert. Lui aussi porte un blue-jean, une chemise sale. La même mèche brune barre son front. L'instant d'étonnement passé, le lieutenant interroge le nouvel arrivant :

« C'est bien toi Bob Taylor ? Où étais-tu dans la nuit du 16 ? »

Le lieutenant Pickford a un second choc ! La voix traînante qui lui répond a exactement le même timbre que celle qu'il vient d'entendre.

« Attendez voir. Je suis allé faire un tour...

— Tout seul ?

— Oui. Pourquoi ? C'est interdit ?

— Et tu es rentré à quelle heure ?

— Je ne sais pas... Vers minuit. »

Le lieutenant s'éponge le front. Aucun d'entre eux n'a d'alibi. Il sent qu'il ne pourra rien tirer des jumeaux. Mais il n'a pas dit son dernier mot. Il convoque leur mère à son bureau pour le lendemain.

Elle arrive, l'air intimidé. C'est une femme de condition très modeste. Ses papiers disent qu'elle a quarante ans mais les rides de son visage et de ses mains la font paraître plus âgée.

A peine assise, elle sanglote.

« Cela devait arriver un jour... Je savais que cela se terminerait par un malheur. »

Le lieutenant lui coupe la parole.

« Il est trop tard pour avoir des regrets. Répondez seulement à mes questions. A quelle heure sont rentrés vos fils la nuit du meurtre ? »

La pauvre femme s'essuie les yeux et réfléchit :

« J'étais dans ma chambre. Le premier est rentré vers minuit. Le second bien plus tard. Je peux vous le dire parce que je ne dormais pas. Il était presque trois heures du matin. »

Le lieutenant s'énerve.

« Mais duquel s'agissait-il ? Bob ou Gilbert ? Qui est rentré à minuit et qui est rentré à trois heures ? »

Mme Taylor balbutie, terrorisée :

« Je ne sais pas, monsieur le Lieutenant. Je n'ai pas ouvert ma porte et comme ils couchent dans la même chambre ! »

Le commissaire plie et déplie les doigts. Il fait un intense effort sur lui-même.

« Admettons que vous n'ayez rien vu, que vous ne sachiez rien. Mais vous pouvez nous aider, vous le devez... »

La mère des jumeaux renifle en silence.

« Ecoutez-moi bien, madame. Vous connaissez Bob et Gilbert mieux que personne. D'après vous, lequel était capable de commettre ce crime ? »

Mme Taylor a un regard perdu.

« Les deux, Lieutenant. Vous ne pouvez pas savoir ce qu'ils m'en ont fait voir, depuis le départ de mon mari. Ce sont des vauriens. Ils sont menteurs, voleurs, ils courent les filles et ils se droguent. J'ai fait ce que j'ai pu, Lieutenant. Mais ce n'est pas facile quand on est toute seule...

Totalement découragé, le lieutenant Pickford laisse partir Mme Taylor. Le témoignage de la mère confirme l'invraisemblable situation : l'un de ses fils est coupable et l'autre innocent ; l'un est rentré à minuit, avant l'agression, et l'autre après. Mais lequel ? Rien ne permet de le dire. Tout est semblable en eux, et pas seulement leur physique : moralement ils ne valent pas plus cher l'un que l'autre. Tous les deux étaient capables de commettre le crime. Mais lequel des deux l'a réellement fait ?

Après s'être posé en vain la question, le lieutenant Pickford décide d'arrêter Bob et Gilbert Taylor, le temps de terminer son enquête.

Mais celle-ci n'aboutit à aucun résultat. les deux autres agresseurs, le Noir et le Mexicain, restent introuvables. Et trois mois plus tard, les jumeaux Taylor passent en jugement sous l'inculpation de meurtre, de tentative de meurtre et de viol.

Quand leur procès s'ouvre, en avril 1972, la petite salle du tribunal de Pontiac est comble. Les journalistes sont venus de tout l'Etat du Michigan et même du pays entier pour assister à ce cas hors série.

Quand les deux accusés pénètrent dans le box, il y a un long murmure dans le public. Ils sont exactement semblables, la copie exacte l'un de l'autre. Par défi, sans doute, ils se sont habillés de la même manière : un costume gris à rayures et une chemise rose.

Après un moment de flottement, le président pose la question traditionnelle :

« Bob Taylor, plaidez-vous coupable ou non coupable ? »

La réponse lui parvient, d'une voix traînante :

« Non coupable, votre Honneur. »

Puis c'est la seconde question :

« Gilbert Taylor, plaidez-vous coupable ou non coupable ? »

Et la seconde réponse :

« Non coupable, votre Honneur. »

Dans l'assistance, il y a un brouhaha que le président doit faire taire. C'est hallucinant. La voix est exactement semblable à la première, une voix des faubourgs un peu traînante. D'ailleurs chacun des jumeaux a-t-il bien répondu à la question qui le concernait ? N'ont-ils pas, par jeu, interverti leurs réponses ? Si c'était le cas, personne ne s'en serait rendu compte.

Le procès de Bob et Gilbert Taylor se poursuit comme un procès ordinaire. Les témoins cités par l'accusation se succèdent. Ils viennent tous attester de la moralité plus que douteuse des jumeaux. La défense, elle, n'a cité aucun témoin. Elle n'en a pas besoin.

En fait, tout le monde attend le témoignage capital, celui de Tommy Barton. Quand il arrive, appuyé sur sa canne, il y a un long silence dans la salle.

Le président s'adresse à lui avec gravité.

« Monsieur Barton, il n'y a que vous qui puissiez éclairer la justice. Regardez encore une fois les accusés. Il y a peut-être un détail qui va vous revenir. Monsieur Barton, je vous en conjure, essayez de nous dire lequel est votre agresseur. »

Dans un silence total, Tommy Barton s'approche du box. Il promène alternativement son regard de Bob à Gilbert — ou de Gilbert à Bob, qui pourrait le dire ?

Au bout de quelques minutes qui semblent interminables, il revient à la barre des témoins. Il secoue la tête.

« Non, monsieur le Président, honnêtement, je ne peux rien dire... »

Dans ces conditions, la cause était entendue. Entre condamner un innocent et laisser libre un coupable, le droit et même la simple justice ne pouvaient pas hésiter.

A l'annonce du verdict, celui d'entre eux qui avait tiré sur Tommy Barton n'a pas eu la moindre réaction. Ils sont restés tous les deux parfaitement indifférents, du moins en apparence.

Protégés par la police, Bob et Gilbert Taylor sont partis du même pas. Cette fois, plus rien ne les distinguait l'un de l'autre. Le juge venait de le leur dire : « Faute de preuve, vous êtes libres. »

UN ASSASSIN DANS LA VILLE

Le commissaire Palmer de la police canadienne prend tranquillement son café matinal dans son bureau. C'est une habitude à laquelle il est très attaché. Tous les matins il s'accorde ainsi un petit quart d'heure avant de commencer son travail en fumant sans trop se presser sa première cigarette. Il faut dire que Richmond, au Québec, est plutôt du genre paisible : quelques immeubles de bureaux dans le centre, des magasins et entrepôts autour de la gare, le reste de la cité étant composé uniquement de pavillons et de jardinets alignés le long d'avenues qui se coupent à angle droit. Tout autour, sans transition, c'est la campagne, avec ses grosses fermes perdues au milieu des immenses champs de pommes de terre, la monoculture de la région.

Oui, Richmond est la ville rêvée pour un policier, à condition qu'il ne soit pas trop ambitieux, et c'est le cas du commissaire Palmer ; autrefois, peut-être, mais à cinquante-cinq ans... Sa tâche principale consiste à s'occuper de la circulation et à rechercher les animaux perdus. De temps en temps, il y a bien quelques querelles entre voisins et, parfois, un ivrogne ou deux, mais c'est tout.

Le commissaire Palmer s'attarde à contempler les marronniers déjà roux sous ses fenêtres. Il fait particulièrement beau ce 9 octobre 1959, une splendide et douce journée d'automne... C'est à ce moment que le téléphone sonne.

« Commissaire Palmer ? Ici, Ottawa. La police américaine nous informe que le dénommé Gordon Miller a franchi cette nuit la frontière canadienne. Voici son signalement : vingt-deux ans, 1,80 m, cheveux blonds en brosse, taches de rousseur. Je vous envoie sa photo par hélicoptère.

— Par hélicoptère !...

— Ne m'interrompez pas, commissaire. L'homme est très dangereux. Il a trois meurtres à son actif aux Etats-Unis : un marchand d'articles de pêche, une jeune serveuse et un pompiste. Il commence par voler ses victimes, ensuite, il les fait s'allonger face contre terre et leur tire une balle dans la nuque. Il est armé d'une carabine à répétition à canon scié. »

Le commissaire Palmer parvient enfin à se ressaisir :

« Mais enfin, pourquoi viendrait-il à Richmond ? Qu'est-ce qu'il pourrait faire chez nous ?

— C'est là qu'habite son ex-femme, Barbara Lynch. Elle est retournée chez ses parents après son divorce. Il faut essayer de l'arrêter quand il viendra chez elle. Bonne chance, commissaire. La police fédérale vous envoie des renforts. »

Le commissaire Palmer a déjà raccroché. En un instant, il a retrouvé tous ses réflexes de jeune homme... D'abord l'annuaire pour prévenir Barbara Lynch, lui demander de retenir l'homme le plus possible. Le numéro sonne et la jeune femme décroche...

« Miss Lynch, ici la police... »

Mais la voix qui répond est en larmes.

« C'est affreux ! Il est venu. Il m'a demandé de partir avec lui. J'ai refusé. Il m'a menacée avec son arme. J'ai cru qu'il allait me tuer. C'est mon ancien mari, c'est...

— Je sais. Vous a-t-il dit où il allait ?

— Non. Il est parti comme un fou... »

Le commissaire Palmer regarde encore une fois par la

fenêtre. Derrière les marronniers, sur la pelouse du pavillon d'en face, il y a des enfants qui jouent. Il faut à tout prix éviter le drame. Pour la première fois de sa vie, le commissaire Palmer a peur, très peur...

Il est maintenant six heures de l'après-midi. Georges Levin rentre chez lui au volant de sa voiture. Entre son entreprise d'appareils sanitaires, au centre de Richmond, et le pavillon qu'il habite, il y a environ dix minutes. Avant de partir, il a une nouvelle fois téléphoné chez lui. Kate lui a dit que tout allait bien, qu'elle s'était barricadée avec les deux petites. Georges Levin appuie sur l'accélérateur autant qu'il peut. Au-dessus de sa tête, le bourdonnement de l'hélicoptère l'énerve. Pourtant, c'est plutôt rassurant. Dans la voiture, le poste de radio diffuse les mêmes nouvelles que depuis le début de la matinée :

« Nous répétons le signalement de Gordon Miller : 1,80m, yeux bleus, cheveux blonds coupés en brosse, taches de rousseur sur les deux joues, il a vingt-deux ans mais paraît plus jeune. Il tue ses victimes après les avoir fait allonger par terre. N'ouvrez à personne. Prévenez la police au moindre fait suspect... »

Enfin, la barrière blanche de la maison. Georges Levin se précipite, sonne selon le code convenu. Et il pousse un soupir de soulagement. Elles sont là toutes les trois : Kate, sa femme et ses deux filles, Judith, douze ans, Sandra, huit ans. Les deux petites courent se blottir contre leur père. Elles ont peur. Mais Georges ne cherche pas à les rassurer. Il faut qu'elles continuent à avoir peur. C'est indispensable pour qu'elles ne commettent pas d'imprudence.

Georges est en train de montrer à sa femme le maniement du revolver qu'il vient d'acheter pour elle au supermarché, quand la radio interrompt de nouveau son programme musical :

« Demain matin, des cars de police viendront ramasser

tous les écoliers de la ville. N'envoyez pas vos enfants seuls à l'école. Attendez que le car s'arrête devant votre porte... »

Georges Levin se sent un peu soulagé. Demain Kate aura une arme et les filles seront protégées par la police. Aussi, il s'endort sans trop de mal, avec le revolver sur la table de nuit. Et le lendemain, en partant pour son travail, à sept heures, il n'est pas exagérément inquiet.

Tout au long du chemin, il croise des policiers. D'autres renforts sont certainement arrivés d'Ottawa pendant la nuit. La radio n'annonce rien de nouveau. Les recherches continuent.

L'entreprise de matériel sanitaire « Levin Ltd » se situe derrière la gare, dans un quartier désert. A peine sorti de sa voiture Georges a un choc : la vitrine d'exposition du magasin a été brisée. Il s'approche pour constater les dégâts et presque immédiatement, il se rend compte qu'il n'aurait pas dû, qu'il fallait fuir tout de suite, au premier coup d'œil. Mais il est trop tard. Une forme s'est levée derrière une baignoire, une forme avec un fusil.

« Par ici, mon gars. Et pas de blagues, hein ! »

Sur le coup, Georges n'a qu'une seule réaction : s'il est là, au moins Kate et les enfants sont en sécurité. Ce n'est pas qu'il soit spécialement un héros, du moins il ne le pense pas, c'est tout simplement l'unique pensée qui lui vient à l'esprit en cet instant.

D'un pas mécanique, Georges Levin s'approche de Gordon Miller. C'est vrai qu'il fait jeune. On dirait un gamin qui joue aux cow-boys avec la carabine qu'on vient de lui acheter. Mais ce n'est pas un jouet. Miller lui enfonce le canon dans les côtes.

« C'est au-dessus ton bureau ? »

Georges ne peut que secouer la tête affirmativement.

« Passe devant. Je te suis. »

A peine entré dans la pièce, Miller se remet à questionner :

« Combien de personnes vont venir ? »

Georges Levin s'efforce de parler calmement.

« Cinq. La secrétaire, les deux camionneurs, l'ouvrier et le comptable.

— Eh bien, on va les attendre... »

Miller a un regard vers le fond de la pièce.

« Dis donc, c'est toi le patron ? »

Levin fait « oui » de la tête.

« Alors, ouvre le coffre ! »

Georges Levin sent tout d'un coup un immense vide. C'est la fin. Car aussi incroyable que cela paraisse, il ne sait pas ouvrir son propre coffre. Il connaît la combinaison mais c'est un vieux modèle qui marche mal. Il n'y a qu'Ernie Collins, son comptable, qui ait le coup de main pour le faire fonctionner.

« Ecoutez... Je vous demande de me croire. C'est la vérité. Je ne sais pas ouvrir le coffre. Il n'y a que le comptable qui puisse. Je vous jure que c'est vrai. »

Pour toute réponse, Georges Miller le met en joue.

« Non, ne tirez pas ! Ernie va venir. Il sera là dans quelques instants. Il va ouvrir le coffre, je vous jure qu'il va l'ouvrir. Et il y a beaucoup d'argent. »

Miller le regarde longuement. Il n'y a aucune expression sur son visage poupin. Enfin, il laisse tomber :

« D'accord. »

Georges se retient de pousser un soupir. Il est sauvé, du moins pour le moment. C'est à cet instant qu'il voit par la fenêtre Louis et Andrew, les deux camionneurs. Ils sont en train d'examiner les dégâts de la vitrine, puis lèvent la tête. Ils l'aperçoivent. L'espace d'un éclair, Georges essaie de faire passer dans son regard toute l'horreur de la situation, tandis que sa bouche esquisse un « non » muet. Mais ils ne comprennent pas. Ils lui font un signe de la main en lui lançant une phrase qu'il n'entend pas. L'instant d'après, ils sont dans le bureau.

« Dites voir, patron, on n'aurait pas reçu de la visite cette nuit ? »

La voix, derrière leur dos, est impersonnelle, froide.

« C'est exact. Ne bougez pas. Restez où vous êtes. »

Puis c'est le tour de l'ouvrier réparateur, de Nancy, la dactylo, et enfin d'Ernie Collins, le comptable. Avant qu'il ait pu comprendre quoi que ce soit, le jeune homme se jette sur lui.

« Allez, Ernie, ouvre le coffre, vite ! »

Mais le malheureux comptable, qui vient d'être plongé brusquement dans cette situation inimaginable, perd tous ses moyens. Il se met en devoir d'exécuter l'ordre. Pourtant il a beau s'escrimer, tourner les cadrans dans tous les sens, il n'arrive pas à ouvrir le coffre. Ses mains, dégoulinantes de sueur, glissent sur le métal ; il ne voit plus rien, il ne sait même plus ce qu'il fait.

Cette fois, Gordon Miller s'énerve :

« Si dans une minute t'as pas ouvert le coffre, je te descends. »

Georges Levin sent qu'il faut faire quelque chose pour éviter la catastrophe. Il s'approche de son comptable et lui parle aussi calmement qu'il peut.

« Ne te presse pas, Ernie. Prends ton temps. C'est long, tu sais, une minute. »

Le comptable regarde son patron et fait « oui » de la tête. Il sort son mouchoir, s'essuie les mains aussi soigneusement que possible et, avec toute la concentration dont il est capable, il se remet au travail.

Au bout d'une trentaine de secondes, il y a un déclic presque imperceptible, mais que tous ont entendu, puis un second, puis un troisième et enfin le coffre s'ouvre.

Miller donne des ordres précis.

« Toi, le patron, mets l'argent dans un sac et lance-le à mes pieds... Bien, maintenant, va chercher cette paire de ciseaux sur le bureau. »

Georges reste un moment avec sa paire de ciseaux dans les mains. Pour la première fois, Gordon Miller a un petit sourire.

« Maintenant, monsieur, coupez les fils du téléphone, s'il vous plaît. »

Visiblement, il est content de lui. Appeler Levin « monsieur » et lui dire « s'il vous plaît » pour lui donner un ordre, il a l'air de trouver cela très amusant. Il promène son regard de l'un à l'autre en attendant une réaction. Nancy, la secrétaire, essaye de lui adresser un petit sourire crispé, mais elle fond brusquement en larmes.

Georges Levin se racle la gorge.

« Maintenant que vous avez l'argent, vous n'avez plus besoin de nous... »

Le jeune homme ne répond pas. Il annonce simplement d'un ton uniforme :

« Allongez-vous face contre terre. »

Mais, après un instant, il se ravise.

« Tout compte fait, je préfère vous attacher. Toi, le patron, y'a bien de la corde dans cette baraque ? »

Georges Levin se redresse sur les coudes.

« Oui, dans l'entrepôt au rez-de-chaussée.

— Alors va la chercher. Mais fais pas le malin. Sinon dans deux minutes, il y aura un beau tas de cadavres. »

Comme un somnambule, Georges quitte la pièce, descend l'escalier, repasse par le magasin, entre dans l'entrepôt. Et c'est au moment seulement où il saisit la corde qu'il se rend compte. Il n'est plus sous la menace de Miller, il est hors de sa portée. La porte est là. De là-haut, l'autre ne peut pas l'atteindre. Il n'y a qu'à la pousser et à s'enfuir, ou plutôt à chercher du secours.

Miller a dit « deux minutes ». En deux minutes, il a le temps de trouver un agent et de revenir avec lui...

Seul, sa corde à la main, Georges Levin secoue la tête. Il sait bien qu'il n'aura jamais le temps, que Miller les aura tous tués avant. Il ne pensait qu'à sauver sa vie, c'est tout... Georges ne réfléchit pas davantage. Il s'entend prononcer à haute voix :

« Non, je ne peux pas... »

En remontant, alors que chaque marche qu'il franchit lui coûte un effort de volonté, il essaie de se donner des raisons d'espérer. Tout n'est peut-être pas perdu. Miller n'a jamais attaché ses victimes ; s'il le fait cette fois c'est sans doute qu'il a l'intention de les épargner. Et puis, cela va prendre du temps. Avec tous les policiers qui sont dans la ville, il y en a bien un qui va remarquer la vitrine brisée. Georges a un frisson lorsqu'il se retrouve en face de l'assassin au visage de gamin.

« Tu en as mis du temps. Allez, grouille-toi, tu vas les attacher. Vous autres, restez allongés comme vous êtes. »

La première est la secrétaire, Nancy. En accomplissant sa besogne Georges Levin se répète sans arrêt à lui-même : « Il y a encore un espoir... »

Miller lance un ordre bref :

« Recule-toi. »

Il s'approche de la secrétaire.

« C'est ça que tu appelles un nœud ? Refais-le en vitesse et si tu recommences, je descends la fille ! »

La mort dans l'âme, Georges doit s'exécuter. Et il passe au second corps allongé. Dans sa tête, il y a toujours la même pensée, la seule qui lui permette de tenir le coup : « S'il veut nous attacher, c'est parce qu'il n'a pas l'intention de nous tuer. »

Georges continue à s'affairer, agenouillé sur le plancher, coupant les bouts de corde et faisant les nœuds maladroitement. Personne ne dit un mot ; le silence est total. En dessous de lui, il sent depuis quelque temps une sorte de vibration. Il met un moment avant de comprendre que ce sont les battements de cœur de ses cinq compagnons allongés.

La voix de Gordon Miller retentit, sarcastique, cette fois.

« N'aie pas peur de serrer, mon gars. De toute façon, ils n'auront pas mal aux poignets longtemps. »

Georges Levin a senti une brusque contraction dans son estomac et il a vu les autres se raidir. Cette fois, c'est la fin.

Miller a jeté le masque, il vient de dévoiler ses intentions, il va les tuer tous, un par un, comme des lapins. Georges pense à Kate, à Judith, à Sandra. Il ferme un instant les yeux...

Il faut faire quelque chose. N'importe quoi, mais quelque chose, sinon, de toute manière, ils sont tous perdus. Miller est assis sur une chaise, la carabine sur les genoux. Georges a remarqué que lorsqu'il s'accroupit pour ligoter ses compagnons, le canon est pointé très légèrement au-dessus de sa tête.

Jusqu'à présent, il en a attaché trois. Or le quatrième, Andrew, un des camionneurs, est juste en face de Miller, à deux mètres environ... Oui, c'est cela : il va se baisser au-dessus d'Andrew, se détendre d'un seul bond en plongeant sous la carabine et là, il faudra agripper le canon et le relever vers le plafond...

Georges Levin se penche sur Andrew. Il prend un morceau de corde comme s'il allait l'attacher. Son cœur bat avec une telle violence qu'il se force à attendre quelques secondes. « Du calme, Georges, du calme... Ne pas regarder Miller, cela lui donnerait l'éveil. S'il a changé sa carabine de position tant pis. Avoir l'air affairé pour qu'il ne se doute de rien. Voilà... Maintenant ! »

Georges a bondi. Miller a tiré, mais la balle est passée au-dessus. Maintenant il est sur lui. De sa main gauche, il maintient la carabine relevée, tandis que de son poing droit, il le frappe de toutes ses forces à la mâchoire. Andrew et Ernie, qui n'étaient pas encore attachés, se précipitent. C'est fini...

Cinq minutes plus tard, le commissaire Palmer est là, avec une nuée de policiers.

Tandis qu'on emmène Gordon Miller qui n'est pas encore revenu de sa surprise, Georges Levin déclare simplement au commissaire :

« Je rentre chez moi. Je vais dire à ma femme qu'elle n'a plus besoin de son revolver. »

« EL CARNERO »

26 janvier 1946 : dans une cabane de bûcherons, sur les premières pentes de la montagne pyrénéenne, au cœur de l'Ariège, deux paysans font une découverte : un cadavre est recroquevillé sur le plancher.

Surmontant leur peur et leur répugnance, ils retournent le corps allongé sur le ventre. C'est un crime, et quel crime ! L'homme a eu le crâne et la face broyés, sans doute à coups de pierre. De plus, son assassin lui a tranché la gorge comme on le ferait à du bétail.

La victime, vu son visage défiguré, n'est pas reconnaissable. Mais il s'agit sans doute de Luis Hermano, l'habitant des lieux qui avait trouvé refuge depuis plusieurs années dans cette baraque abandonnée.

Luis Hermano était un républicain espagnol, comme il y en a plusieurs sur la commune. Il était bûcheron comme les autres et comme les autres, sans doute un peu braconnier...

Quelques heures plus tard, les gendarmes sont sur place. Ils ont beaucoup de travail, en ce moment, de même que la justice. Il faut pourchasser les anciens nazis qui tentent de franchir la frontière espagnole. Les procès d'épuration se multiplient dans toute la région. C'est le temps des enquêtes rapides et de la justice expéditive.

Une fois sur place, les gendarmes cherchent des indices et un suspect. Des indices, ils en trouvent un seul : des traces de souliers ferrés laissées par un homme qui marchait à grandes enjambées. Quant au suspect, vu la sauvagerie du crime c'est, de toute évidence, un être vigoureux et violent, peut-être un des compatriotes de Luis Hermano, bûcheron comme lui.

Le commissaire qui mène l'enquête se fait rapidement son idée sur le meurtre. D'ailleurs, débordé comme il l'est en ce moment, il n'a guère le temps de s'appesantir sur ce banal crime de droit commun.

Après quelques interrogatoires dans le village, il tient son suspect. La victime était connue pour ses nombreuses aventures féminines. C'est donc vraisemblablement la vengeance d'un jaloux. Or, Luis Hermano partageait, au moment du meurtre, la même maîtresse avec un autre réfugié espagnol : Diego Marti.

Quelques heures plus tard, la police débarque chez Marti. Il habite lui aussi une baraque abandonnée, tout aussi misérable que celle de la victime. Diego Marti, comme la plupart des Espagnols, est très brun. Il est plutôt petit mais on voit tout de suite qu'il est solidement bâti. Ses bras et ses jambes maigres sont fortement musclés.

A la vue des policiers, il se trouble. On le voit trembler légèrement, tandis qu'il bégaye des choses incompréhensibles. Le commissaire attaque brutalement l'interrogatoire. Il est content de lui, son flair ne l'avait pas trompé.

« Alors, tu avoues ? C'est toi qui as fait le coup pour Hermano ? »

Diego Marti se trouble de plus en plus et débite un flot de paroles avec son accent rocailleux de Valence. Le commissaire ne prête aucune attention à ses discours, d'autant qu'un de ses hommes, qui est en train de perquisitionner, lui rapporte deux objets d'un air triomphant : c'est une paire de chaussures exactement semblables à celles qui ont laissé leurs empreintes sur les lieux du crime.

Le commissaire les met sous le nez du suspect :

« Cela ne te dit rien par hasard ? Tu ne vas pas prétendre que ce ne sont pas tes chaussures... »

L'homme s'agite et repart dans un discours incompréhensible. Mais, visiblement, il a peur. Tout dans son comportement l'indique.

Une seconde fois, le commissaire l'interrompt :

« Et cette tache brune, là sur ta chemise, qu'est-ce que c'est, si ce n'est pas du sang ? Allez, prends tes affaires et suis-nous... »

Diego Marti baisse la tête, va chercher son seul costume, qu'il plie dans un baluchon, et se coiffe de son béret. D'une voix sourde où l'on sent le repentir, il explique quelque chose au commissaire, sans doute les raisons de son acte. Dans son discours, un mot revient souvent : « Carnero... carnero ». Le commissaire hausse les épaules. Il ne comprend pas un mot d'espagnol. Tout ce qui lui importe, c'est que l'autre signe ses aveux tout à l'heure. Le reste concernera son avocat. Mais il ne l'envie pas. Il ne donne pas beaucoup de chance à Marti d'échapper à la guillotine...

Il est pourtant dommage que le commissaire ne comprenne pas l'espagnol. Car s'il savait ce que Diego Marti est en train de dire, il reviendrait peut-être de sa belle certitude.

Marti, qui parle avec tant de crainte et de repentir dans la voix, est en train de lui faire ses aveux. Il lui confesse son crime, oui, son crime. « Carnero » signifie « mouton » en espagnol. Il y a trois jours, il a égorgé un mouton et il l'a vendu au marché noir. Le sang sur sa chemise, c'était cela...

Diego s'attendait bien à ce que les policiers le découvrent. Il demande au commissaire combien cela va lui coûter, car tuer un mouton, en 1946, en cette période de rationnement, c'est un délit grave et sévèrement puni...

Le soir, tout est terminé. Diego Marti a signé ses aveux, par lesquels il reconnaît avoir tué Luis Hermano. Ou plutôt, il a imprimé sur la feuille l'empreinte de son pouce droit car il ne sait ni lire ni écrire...

Le commissaire est satisfait. Voilà une enquête rondement menée. Il va pouvoir revenir à toutes les affaires qui l'attendent et qui sont autrement plus graves qu'un crime passionnel entre bûcherons.

Quelques jours plus tard, Diego Marti voit arriver son avocat dans sa cellule, un avocat qui parle espagnol. Il lui pose la main sur le bras d'un air inquiet.

« Alors, pour le mouton, qu'est-ce qui va m'arriver ? »

L'avocat ouvre de grands yeux :

« Quel mouton ? Je suis là pour le meurtre de Luis Hermano... »

Le prisonnier ne comprend rien. Il lui explique tout d'une voix précipitée. C'est un mouton qu'il a tué, pas Luis Hermano. Le sang sur sa chemise, c'était le mouton.

Mais l'avocat secoue la tête en faisant la grimace.

« Ecoutez, Marti. A mon sens, vous avez tort de revenir sur vos aveux. Faites-moi confiance. Le meilleur système de défense est de reconnaître les faits. Moyennant quoi, je pourrai vous obtenir vingt ans... »

L'Espagnol articule hébété :

« Vingt ans ! Et autrement, qu'est-ce que je risque ?

— Vous risquez la mort, bien sûr. Mais je vous dis que je peux l'éviter. A condition que vous me promettiez de ne plus jamais parler de cette histoire de mouton... »

Au procès, tout se déroule très vite. Les témoignages sont formels et les juges et les jurés vite édifiés. Le commissaire vient résumer dans sa déposition toutes les charges qui pèsent sur l'accusé : il y a d'abord ses chaussures qui s'adaptent parfaitement aux traces relevées sur les lieux du crime. Il y a ensuite cette tache de sang sur sa chemise et enfin il a signé ses aveux.

Les habitants du village cités comme témoins exposent ce

qui est, de toute évidence, le mobile du meurtre. Depuis plusieurs mois, les deux hommes avaient la même maîtresse et ils avaient déjà eu plusieurs querelles à ce sujet.

Quant à la personnalité de l'accusé, elle n'apparaît guère reluisante. Le témoignage de José Velasquez, surtout, est accablant. Ils se connaissent depuis longtemps ; ils ont fait la guerre d'Espagne ensemble et ils se sont tous deux réfugiés dans le même village.

José Velasquez est sans pitié !

« Marti est une brute. Quand il est en colère ou quand il a bu, je le crois capable de tout. Moi-même, au cours d'une dispute il a failli me tuer... »

De son banc, Diego Marti observe le témoin. Il ne comprend pas ce qu'il dit. Velasquez est plus cultivé que lui. Il parle français et pas lui. Mais il se doute que ce ne doit pas être amical. Depuis que plusieurs histoires de femmes les ont opposés, ils se détestent, ils se haïssent. Velasquez haïssait d'ailleurs tout autant, pour les mêmes raisons, Luis Hermano. Mais ce n'est certainement pas de cela qu'il est en train de parler devant les juges.

Dans son réquisitoire, le procureur demande la mort. L'avocat fait ensuite une émouvante plaidoirie autour du crime passionnel et met en avant les aveux spontanés de l'accusé.

Après quinze minutes de délibération, le jury rend son verdict : réclusion criminelle à perpétuité. Les rares personnes qui sont présentes ce jour-là dans la cour d'assises de Foix commentent sans passion le résultat :

« L'Espagnol. Il a sauvé sa tête. Il a eu de la chance... »

1954. Cela fait huit ans que Diego Marti est incarcéré à la prison centrale de Foix. Il est vêtu de l'uniforme des condamnés à perpétuité et, pour lui, les conditions de détention sont plus dures encore que pour les autres.

Bien sûr, il travaille comme tout le monde : dix heures par jour il fabrique des chaussons ou rempaille des chaises. Mais, dans cette prison, il est peut-être le plus prisonnier de tous. Car un obstacle, une barrière invisible mais infranchissable, le sépare de ses compagnons : la langue. Il n'a jamais su parler le français et il ne saura jamais, c'est trop difficile pour lui. Il ne peut s'intégrer à aucune activité. Il ne comprend pas ce que lui disent ses codétenus, ce que lui disent ses gardiens. Il est seul, replié sur lui-même.

Parfois, il demande à un camarade d'écrire une lettre pour lui. Le destinataire est toujours le même : *la Justice*, avec un grand « J ». Diego Marti ne connaît rien aux mécanismes, aux rouages de l'appareil judiciaire. Alors il écrit à la *Justice* parce que ce qu'il réclame dans ses lettres, c'est précisément la justice.

Dès qu'il peut trouver un détenu qui a quelques notions d'espagnol et qui sait écrire, il s'accroche à lui et lui dicte son message. Le résultat n'est jamais brillant. L'autre ne comprend pas très bien ce qu'il veut et il ne sait, le plus souvent, pas écrire correctement lui-même.

En huit ans, Diego Marti a envoyé ainsi une trentaine de lettres. Elles ont échoué sur le bureau du procureur qui leur a jeté un regard distrait, rebuté dès les premières lignes par ce charabia incompréhensible. Il les a classées dans le dossier « sans suite » ou « sans objet »...

Lorsque le procureur Bertier prend la succession de son collègue parti à la retraite en 1954, il découvre, dans ses archives, la série de lettres signées Marti Diego n° 228, maison d'arrêt de Foix.

Le procureur Bertier est un homme scrupuleux. Il trouve étrange que ce détenu continue à proclamer, depuis tant d'années, son innocence. Bien sûr, ses propos sont loin d'être clairs. Il ne comprend rien en particulier à cette histoire de mouton qui revient sans cesse. Mais il veut en avoir le cœur net. Il se fait communiquer le dossier de l'instruction, prend connaissance de toute l'affaire, et décide d'aller trouver lui-même Diego Marti dans sa cellule.

Dès qu'il le voit, il a un choc. Il vient de lire dans le dossier qu'un des témoins du procès, un certain Velasquez, l'avait dépeint comme une brute sanguinaire. Or, l'homme qui se tient en face de lui est plutôt petit, l'air timide, effaré. Il balbutie en français des mots qu'il a dû apprendre pour la circonstance :

« Merci monsieur le Procureur... Je suis innocent. »

Le procureur l'examine longuement. Non, ce n'est pas une brute. C'est un pauvre bougre qui se tient devant lui, l'air interrogatif, son béret basque à la main. Dès cet instant, sa conviction est faite : cet homme est une victime.

Mais la conviction est une chose, les preuves en sont une autre. Par l'intermédiaire de l'interprète qui l'accompagne, le procureur Bertier se fait raconter toute l'histoire. Pour la première fois Diego Marti exprime enfin sa vérité, telle qu'il n'a jamais pu la dire. Le mouton qu'il a tué, la confusion dans son esprit quand les gendarmes sont venus l'arrêter, et puis tout ce procès où des gens sont venus parler, sans qu'il puisse comprendre. Sa condamnation, enfin.

En rentrant dans son bureau, le procureur Bertier prend une décision exceptionnelle. Il va refaire lui-même toute l'enquête.

Il se rend donc dans le petit village de l'Ariège, accompagné du nouveau commissaire. Il visite la misérable baraque où l'on a retrouvé le corps de la victime. Il a apporté les chaussures de Marti et interrogé les gens du village.

« A votre avis ces chaussures, seul Marti en portait dans la région ? »

A chaque fois, la réponse est la même :

« Non, bien sûr, tous les bûcherons en avaient à l'époque. Il y en a d'ailleurs beaucoup qui en portent encore. »

Et le procureur Bertier continue à éplucher le dossier. Plus il approfondit, plus il découvre l'incroyable légèreté de l'instruction. D'abord les empreintes ne correspondaient pas exactement à la pointure de Marti : son pied était plus court de quelques millimètres. Ensuite, la tache de sang sur sa chemise n'a jamais été analysée. On n'a même pas cherché à savoir s'il s'agissait de sang humain. Et enfin, et surtout, il y a ce témoignage accablant de José Velasquez qui a pesé d'un tel poids au procès.

Velasquez est rentré tout de suite après en Espagne. Mais les témoignages qu'a pu réunir le procureur, sont troublants. Il avait lui aussi eu plusieurs querelles pour des histoires de femmes avec la victime. Dans le fond, il faisait un suspect tout aussi crédible que Marti. Seulement, c'est Marti que la police est venue interroger en premier, et qui s'est troublé à cause de cette histoire de mouton.

Le procureur s'enquiert de ce qu'est devenu José Velasquez en Espagne. Et la réponse qu'il reçoit confirme ses soupçons : il s'est pendu un mois après le verdict.

Le procureur Bertier en sait suffisamment. Ce qu'il a appris au cours de son enquête confirme sa conviction première. C'est pourquoi il demande au garde des Sceaux de prendre une mesure de libération immédiate en faveur de Diego Marti.

Et le 16 mars 1954, après huit ans et cinq mois d'incarcération Marti est libéré. Il quitte sa prison discrètement, avec son baluchon sous le bras, contenant son unique costume.

Marti rentre immédiatement en Espagne. Il retrouve son petit village près de Valence, sa femme Consuela qui est maintenant dans la misère ; car pour vivre sans son mari, elle avait dû vendre le petit lopin qu'ils possédaient.

Mais pendant ce temps, en France, la justice suit son cours. Un an après la libération de Diego Marti, la Cour de cassation annule son procès et décide qu'il devra être rejugé, en vue de sa réhabilitation.

Et pourtant, il va falloir six ans pour que l'ancien détenu de la prison de Foix accepte de retourner en France. Les autorités espagnoles ont beau lui expliquer qu'il ne s'agit que d'une formalité, le consul de France a beau se déplacer plusieurs fois dans son village pour lui dire qu'il ne risque rien, qu'au contraire, il va toucher une indemnité importante, Diego Marti secoue la tête. Non, il ne veut pas retourner dans ce pays où il a tant souffert, dont il ne connaît pas la langue. Il ne veut pas d'un procès où tout le monde va employer des mots qu'il ne comprend pas.

Mais au début de 1961, sa femme Consuela tombe gravement malade. Et ce n'est pas avec son salaire d'ouvrier agricole qu'il pourra la soigner. Alors, surmontant ses craintes, il accepte. Il met son costume dans un baluchon, son béret sur la tête, et il part pour Hendaye.

Quand il arrive à la frontière, le procureur Bertier est là qui l'attend, en compagnie de celui qui sera son avocat pendant le procès. Il y également, bien sûr, un interprète. Celui-ci lui explique, avec tous les ménagements possibles, qu'il devra retourner à la prison de Foix. C'est la loi française qui l'exige. Il faut qu'il soit incarcéré avant son procès.

Diego Marti a un regard vers la frontière. L'Espagne est là toute proche. Il a sans doute une dernière tentation, mais y renonce. Consuela est trop malade, il doit accepter.

Et quelques heures plus tard, il franchit de nouveau les portes de la prison de Foix.

Pour lui on a accéléré la procédure judiciaire. Son procès s'ouvre dès le lendemain. C'est le procureur Bertier qui tient la partie civile. Les jurés n'en reviennent pas. Le procureur fait sans doute plus encore pour l'accusé que son avocat. Il démontre point par point les faiblesses et les incohérences de l'enquête. Il explique comment Diego Marti a signé ses aveux, pensant qu'il s'agissait du meurtre d'un mouton, et il évoque les lourdes présomptions qui pèsent sur José Velasquez, décédé depuis.

L'avocat n'a plus qu'à conclure en demandant une grosse indemnité et le jury rend son verdict. Diego Marti est déclaré innocent; il recevra une indemnité de cent mille francs.

Diego Marti est reparti le soir-même pour l'Espagne, innocent et riche. Dix millions de centimes pour quelqu'un qui en gagnait 5 000 par mois, c'était bien sûr une somme inimaginable, fabuleuse. Mais huit ans et cinq mois de vie ont-ils un prix quelconque ?

MISS POUBELLE

Le jeune Buster Raymond Price, douze ans, tire la langue avec application. Il a installé son chevalet sur une petite hauteur d'où il découvre toute l'exploitation familiale. Il s'emploie à rechercher les couleurs exactes pour peindre le paysage qui s'étale sous ses yeux : du brun pour l'étendue uniforme du grand champ de pommes de terre, du rouge vif pour les machines agricoles en train d'effectuer la récolte, du blanc, bien éclatant, pour sa maison à l'arrière-plan.

Le jeune Buster Raymond considère son œuvre avec satisfaction. Il ne manque rien. La ferme est bien telle qu'elle est en réalité, avec son corps de bâtiments central et ses deux ailes disposées régulièrement de chaque côté. Il ne reste plus que le ciel. Là, il décide de faire une petite entorse au réalisme de sa peinture. Il va le peindre tout bleu, d'un bleu intense. Même si dans l'Etat du Vermont, au nord-est des Etats-Unis c'est rarement le cas.

Buster Raymond Price a terminé sa peinture. Elle est particulièrement réussie pour un gamin de douze ans. Il trempe une dernière fois son pinceau et ajoute dans le coin droit en bas : « Pour maman », puis il signe « Raymond ».

Buster Raymond Price est particulièrement attaché à son second prénom : Raymond, un prénom français qui résume toute son existence.

Buster est né en 1945 de Joshua Price, alors soldat des troupes américaines en Europe, et de Raymonde Valet. Ils se sont rencontrés à Nancy et c'est là qu'il est né.

Nancy, Meurthe-et-Moselle : ce sont des noms étranges qu'il se répète souvent comme quelque chose d'un peu magique.

Buster Raymond Price n'est pas resté longtemps en France, un an seulement. Il en est reparti en 1946. Son père ne lui a jamais dit pourquoi il n'a pas épousé sa mère, pourquoi ils sont rentrés sans elle aux Etats-Unis. De sa toute petite enfance, Buster garde des souvenirs imprécis : un village aux rues étroites, aux maisons anciennes... Mais est-ce que ce sont de véritables souvenirs ? Est-ce qu'il n'a pas plutôt reconstitué par la suite cette première année de son existence ?

Car depuis qu'il est en âge de lire, Buster Raymond s'est passionné pour la France. Dans sa chambre, il a épinglé une affiche touristique : elle représente précisément un village aux rues étroites, aux toits tout rouges avec, en bas, en grosses lettres majuscules : France.

Son père Joshua s'est marié six ans après son retour aux Etats-Unis. Buster n'est pas malheureux. Il s'entend bien avec sa belle-mère ainsi qu'avec ses frères et sœurs. Il est gai, plein de vie. Avec ses taches de rousseur, ses cheveux blonds, ses airs dégourdis, il a tout du parfait petit Américain. A l'école, c'est un garçon travailleur, appliqué.

Et les années passent. Plus il grandit, moins Buster se sent l'âme d'un fermier. Malgré tous les efforts de son père, il ne parvient pas à s'intéresser à la monoculture de la pomme de terre. Ces grandes exploitations industrielles du Vermont qui s'étendent sur plusieurs centaines d'hectares et qui se ressemblent toutes, ne l'attirent pas. Il a plus que jamais la nostalgie d'une autre campagne qu'il n'a connue qu'en rêve.

Quand il a seize ans, son père se décide enfin à répondre à ses questions concernant sa mère.

« Tu es grand, maintenant, Buster. Il faut que je te dise. J'étais soldat. On n'avait pas beaucoup de distraction pendant la guerre, alors, pendant les permissions, on se contentait des femmes... faciles. Ta mère était de celles-là. »

Buster Price est bouleversé par cette révélation. Son père continue avec un sourire gêné :

« Tu comprends pourquoi nous ne nous sommes pas mariés. D'ailleurs je lui ai demandé de venir aux Etats-Unis, mais elle n'a pas voulu me suivre... »

Après cette explication, Buster court s'enfermer dans sa chambre. Là, devant l'affiche touristique française, il réfléchit. Il imagine les temps difficiles qu'a dû vivre sa mère pendant la guerre. Pour s'en sortir, elle n'avait pas le choix. On ne peut pas juger de ce que font les gens pendant la guerre. Malgré tout, il ne lui en veut pas, il a toujours envie de la revoir, même s'il comprend à présent pourquoi son père ne l'a pas épousée...

Buster Raymond Price continue ses études. Il suit des cours à l'Université de Montpelier, la capitale du Vermont. Il aime cette petite ville provinciale parce qu'elle porte un nom de ville française. C'est maintenant un jeune homme séduisant qui plaît aux filles. Il passe brillamment ses examens.

Pourtant, depuis qu'il est adulte, il a une obsession : chercher sa mère, aller la voir en France. Ainsi, il aura retrouvé la partie manquante de lui-même, il sera pleinement lui. Il a besoin de cela pour se lancer dans la vie.

Buster Price se rend au consulat de France à Montpelier et demande qu'on fasse des démarches pour savoir où se trouve actuellement sa mère. L'employé lui répond que ce sera long et difficile, mais qu'il aura satisfaction.

Et un jour de 1967, alors qu'il a vingt-deux ans, il reçoit

une lettre à en-tête du consulat de France. Il la décachète avec fébrilité et lit :

« Monsieur, suite à votre demande, nous avons le plaisir de vous faire savoir que votre mère, Raymonde Valet, réside actuellement à Haumont, Meurthe-et-Moselle, villa *Les Canaris* ».

« Haumont »... Buster Raymond recueille ce nom comme un sésame. C'est la clé qui va ouvrir la partie cachée de sa vie. Désormais, il n'a plus qu'une hâte, se retrouver dans ce lieu auquel il rêve depuis qu'il est enfant, auprès de sa mère qui a dû tant souffrir.

Dès qu'il a terminé ses études, il demande à faire son service militaire en Allemagne. C'est tout près de la Lorraine, il pourra s'y rendre quand il voudra.

La demande d'affectation de Buster Raymond Price est acceptée. Et en mars 1967, il part pour l'Europe. Son père, au moment des adieux, a l'air contrarié. Visiblement, il y a quelque chose qu'il voudrait lui dire, mais il n'ose pas. Buster, lui, sourit de toutes ses dents. Il y a bien une pensée qui le chagrine : depuis qu'il connaît l'adresse de sa mère, il lui a écrit plusieurs fois et elle n'a jamais répondu. Mais il chasse cette préoccupation de son esprit. Tandis qu'il monte dans l'avion, au milieu des autres appelés, il n'a plus qu'une seule idée : bientôt, il sera en France, bientôt, cette photo jaunie et conventionnelle sur les murs de sa chambre sera une réalité, bientôt, il connaîtra sa mère...

Les premières semaines de Buster Raymond Price en Europe sont pénibles. Il a été affecté à Landau, en Allemagne fédérale, non loin de la frontière fançaise. Mais il n'y a pas de permission pendant les trois premiers mois de service. Il doit donc attendre, tout près de cette Meurthe-et-Moselle où il est né.

Il écrit de nouveau à sa mère, et cette fois il a une réponse. Un petit mot griffonné à la hâte et parsemé de fautes d'orthographe :

« Mon petit Raymond, je suis contente que tu viennes.

Apporte-moi un peu d'argent parce que j'en ai besoin. Ta mère. »

Malgré la sécheresse du billet, Buster Raymond le garde précieusement. Il s'était mis à douter du renseignement que lui avait donné le consulat de France. Maintenant, il est sûr que sa mère existe bien, qu'elle habite effectivement à Haumont, Meurthe-et-Moselle, dans cette villa au nom charmant : *Les Canaris*. Il compte les jours qui le séparent de sa première permission. En revanche, il lit rapidement les lettres de son père. Des lettres gênées, le mettant en garde contre une déception possible.

Mais Buster n'en tient aucun compte. Il trouve normal que son père soit inquiet. Il a peur qu'il s'attache trop à sa mère et peut-être — qui sait ? — qu'il n'ait pas envie de rentrer aux Etats-Unis...

3 juillet 1967. C'est la première permission de Buster Raymond Price. Son paquetage sur le dos, il quitte la caserne. Avec lui, il emporte deux objets : un bracelet en or qu'il a acheté avant de quitter les Etats-Unis et le tableau naïf qu'il avait peint à douze ans, représentant la ferme paternelle.

Buster fait de l'auto-stop. Les automobilistes s'arrêtent sans difficulté en voyant ce grand soldat américain en uniforme, au sourire franc et sympathique, aux yeux candides.

En plus, il a quelque chose qui attire : il a l'air heureux.

De voiture en voiture, Buster Raymond Price traverse la frontière, entre, avec un pincement de cœur, dans le département de Meurthe-et-Moselle. Enfin, il aperçoit les toits de Haumont. Il descend pour faire les derniers mètres à pied. Il s'arrête sur une petite hauteur d'où il voit la totalité du village et il regarde, bouleversé... C'est magnifique, c'est exactement ce dont il avait rêvé : ces petites rues groupées autour de l'église et la place de la mairie. Ces champs entourés de haies, aux cultures si variées. Il sort le tableau qu'il a emporté pour sa mère et regarde alternativement sa toile et le paysage. D'un côté, les champ de pommes de terre et la ferme blanche, de l'autre les petites maisons aux vieilles pierres. Il sourit. Il a retrouvé sa moitié manquante. Il a l'impression d'être maintenant un homme complet.

Buster sort de sa rêverie et descend vers Haumont. Il marche lentement, il voudrait faire durer le plus longtemps possible ces instants privilégiés.

Il est maintenant sur la place du village. Il pousse la porte de l'unique café de Haumont qui s'ouvre avec un bruit de grelots. Le patron et la patronne ont un sourire en apercevant ce grand militaire américain au sourire rayonnant. Buster s'accoude au comptoir, commande un Coca-Cola et demande dans un français presque sans accent :

« Excusez-moi, je voudrais savoir où est la villa *Les Canaris*, Mme Valet. »

Le patron du bistrot ouvre de grands yeux. Il met un certain temps à répondre tant la question l'a surpris. Enfin, il dit, d'un ton incrédule :

« Vous allez chez " Miss Poubelle " ? »

Le soldat américain a un sursaut, comme s'il venait de recevoir une décharge électrique. Il agrippe le patron par le col. Il se met à répéter, tout en le secouant :

« " Poubelle ", pourquoi " poubelle " ? »

La patron, qui n'en mène pas large, s'excuse aussi platement qu'il peut.

« Il ne faut pas m'en vouloir. Je ne savais pas que c'était une de vos amies. »

Buster réplique d'une voix cinglante :

« C'est ma mère ! »

Le patron lui explique en quelques mots le chemin. Buster Raymond Price paye et s'en va. La porte fait à nouveau un bruit de grelots. Il n'entend pas la patronne qui murmure à son mari :

« Pauvre petit... »

Buster, son paquetage de soldat sur l'épaule, traverse Haumont à grandes enjambées. L'adresse indiquée est tout au bout du village... Il pense un instant s'être trompé mais il distingue sur la boîte aux lettres deux canaris grossièrement peints.

Buster Raymond Price reste indécis devant la barrière branlante dont la peinture a disparu depuis longtemps. Il regarde le petit jardin qui s'étale sous ses yeux. Il est difficile d'imaginer quelque chose de plus sordide, de plus répugnant. Les mauvaise herbes envahissent tout. Il n'y a pas d'allée. Çà et là, des débris ont été jetés au hasard : un sommier éventré, des bassines d'émail depuis longtemps rouillées, une roue de vélo, de vieux chiffons et, juste en face de lui, un tas d'ordures indéfinissables...

Buster, la gorge brusquement serrée, s'avance avec précaution dans le jardin. La maison est tout aussi délabrée que ses abords. Pas un volet ne tient, un carreau est cassé. Il pose son paquetage et sonne. Il y a un bruit de meubles déplacés à l'intérieur et puis une voix s'élève, une voix vulgaire, mal assurée, pâteuse.

« Voilà... On y va. »

Buster Raymond Price a eu le temps de se remettre du choc qu'il avait éprouvé en constatant la pauvreté des lieux. Il vient de découvrir que sa mère est dans la misère. C'est la raison pour laquelle elle n'avait pas osé répondre à ses lettres. Elle avait honte... Il se sent brusquement heureux qu'elle ait besoin de lui. Il sourit, il sourit de toutes ses dents quand la porte s'ouvre. Et, brusquement, son sourire se fige...

L'être (il n'y a pas d'autre mot), l'être qui vient de s'encadrer sur le seuil, est encore plus répugnant, encore plus délabré que le jardin et la maison. C'est une femme sans âge, outrageusement maquillée. Le rouge déborde de ses lèvres épaisses, tout son visage est badigeonné de fard. Elle est vêtue d'un corsage rose vif dans lequel elle se répand et d'une jupe vert pomme.

Buster regarde à gauche et à droite comme s'il cherchait

quelqu'un d'autre. Il ne veut pas y croire. Il s'accroche à un espoir dérisoire.

« Excusez-moi, madame, je cherchais Mme Valet, Raymonde Valet. »

La femme hausse les épaules et retire de ses lèvres un mégot éteint.

« C'est moi, pardi ! C'est toi Buster, je parie. Allez, ne reste pas planté là, entre. »

Sans trop savoir ce qu'il fait, Buster pénètre dans le pavillon. Une odeur écœurante de parfum bon marché le prend à la gorge. Le rez-de-chaussée se compose d'une unique pièce. Le jeune homme écarquille les yeux. Les murs sont tapissés de photos pornographiques. Les unes ont été découpées dans des revues spécialisées, mais les autres sont de vraies photos. Elles représentent des couples nus et, sur plusieurs d'entre elles, il reconnaît sa... mère !

La femme s'aperçoit de sa surprise. Elle a un rire sonore :

« Qu'est-ce que tu crois, c'est pas un palace ici. Il faut bien que je vive. Mais c'est dur. Il n'y a pas plus radin que les paysans d'ici ! »

Buster Raymond Price, qui avait déjà sorti le petit paquet renfermant la toile qu'il avait peinte à douze ans et le bracelet en or, est saisi par une pensée qui occupe tout son esprit, qui l'empêche de se concentrer sur quoi que ce soit d'autre.

« Mon tableau ! Où pourrait-elle mettre mon tableau ? Ce n'est pas possible, au milieu de toutes ces horreurs... »

La voix de la femme le tire de sa rêverie.

« Alors, tu m'as apporté de l'argent ? Tu m'as apporté de l'argent, dis ? »

Tandis qu'il reste figé, elle se met à défaire le paquet qu'il a posé sur la table. Elle repousse le tableau avec une grimace puis prend le bracelet, le soupèse.

« Ouais, c'est pas mal... Mais tu te rends compte qu'il va falloir que j'aille à Nancy pour le vendre. Et je vais sûrement me faire avoir, les bijoutiers sont tous des voleurs. »

Le grand jeune homme est toujours immobile dans son

uniforme américain, les bras ballants, la bouche ouverte. La femme s'énerve.

« T'entends ce que je dis au moins ? Pourquoi tu n'as pas apporté des billets ?... »

Non, Buster ne semble pas l'entendre. Il murmure, l'air hébété :

« Mon tableau. Mon tableau... »

Raymonde Valet s'anime soudain. Elle l'agrippe par son uniforme :

« Quoi, ton tableau ? Qu'est-ce que tu veux que j'en fiche de ton tableau ?... Donne-moi de l'argent ! »

Elle se met à le secouer frénétiquement :

« Des dollars, t'en as sûrement plein les poches. Donne-les-moi. »

Alors, tout se brouille dans la tête de Buster. la France, sa mère, son rêve... Et cette femme... Il se met à frapper. Il y a un tisonnier dans la cheminée. Il frappe encore cette femme qui crie, cette femme qui hurle, il la frappe pour qu'elle disparaisse, pour que son rêve reste intact, pour sa mère...

Deux mois plus tard, Buster Raymond Price est arrêté dans un bar de Landau au cours d'une bagarre entre soldats. Depuis sa permission, il n'était plus le même. Lui, jusqu'ici si discipliné, avait pris l'habitude d'aller s'enivrer avec les pires éléments de la garnison.

Au poste de police, Buster demande à voir le commissaire. En présence de celui-ci, il déclare d'une voix sans timbre :

« J'ai tué une femme il y a deux mois, à Haumont, en France. Je pense que c'était... ma mère. »

La nouvelle déclenche une enquête en France et les policiers découvrent le corps de Raymonde Valet à l'endroit où l'a indiqué le jeune homme, enterré dans un coin du jardin, sous le sommier éventré. Car aussi incroyable que cela paraisse, depuis deux mois, personne au village ne s'était aperçu de sa disparition !

Aux Assises de Nancy, Buster Raymond Price a été condamné à cinq ans de prison. Bien qu'il s'agisse d'un matricide, les jurés lui ont trouvé de larges circonstances atténuantes. Ses cinq ans, il les a passés en compagnie de son tableau qu'il avait accroché sur le mur en face de lui : un champ de pommes de terre uniforme, une ferme toute blanche ressemblant un peu à une usine, un paysage sans originalité et sans caractère qu'il n'aurait jamais dû quitter. Dans le coin droit en bas, il n'y avait plus ni dédicace ni signature, rien qu'un trou dans la toile.

LA MADAME

An 1952 du beau pays de France. Maria Portado et son fils arrivent dans une ville de province. Produits importés directement d'un village espagnol, Maria et son fils contemplent avec éblouissement la lumière des avenues, les réclames des magasins et le flot des voitures. C'est beau, une ville de France. C'est beau, la France. En France on trouve du travail et de la considération, pourvu qu'on ait deux bras, comme Maria, pourvu qu'on ait les reins solides, comme Maria, pourvu qu'on ait de la chance, comme Maria, on peut devenir bonne à tout faire dans une belle maison bourgeoise. Ceci à condition de la trouver cette maison. Au hasard des passants, Maria montre un petit papier sur lequel est inscrit en français l'adresse de la belle maison et le nom des propriétaires, ses futurs patrons. Personne n'est venu la chercher à la gare, c'est bien ennuyeux car Maria ne comprend pas grand-chose aux explications qu'on lui donne. Première à droite, avenue machin, tout droit à gauche après le square, traduit en espagnol c'est un véritable labyrinthe.

Le chemin est long et Maria tourne en rond longtemps, traînant d'une main sa valise de carton, et de l'autre un gamin de huit ans. La valise est lourde et le gamin fatigué, mais Maria en a vu d'autres. D'autres, et de toutes les couleurs. Etre fille mère en Espagne en ce temps-là équivaut à battre un record d'endurance morale et physique. Maria n'a jamais cédé, ni aux quolibets, ni à la méchanceté, à la pauvreté ou à la honte. Maria porte sa trentaine et son gamin à bout de bras. Alors, trouver son chemin dans une ville inconnue, dans une langue inconnue, ce n'est pas une misère c'est la promesse d'une vie meilleure.

La grille est imposante, le jardin délicat, la cloche si discrète que Maria la maltraite un peu, croyant qu'elle ne marche pas. Elle a un grand sourire, Maria, un grand sourire fait de dents blanches et solides, sur un teint basané. Mais tout le reste est noir. Noire la robe, noirs le fichu, les chaussures et les bas. Noire la pèlerine. Maria montre son petit papier, sa valise, se montre elle-même du doigt et articule :

« Moi, Maria... moi, travail ! »

On fait entrer Maria dans un salon de velours. Maria marche avec précaution sur un sol de tapis comme elle n'en a jamais vu qu'à l'Eglise, et la dame qui la reçoit est aussi blonde, mince et belle que Maria est noire, forte et laide.

C'est la dame qui a choisi Maria l'été dernier au village. La dame qui était en vacances et qui a dit à l'oncle de Maria :

« Si elle est en bonne santé, je la prends à mon service. »

C'est tout juste si l'oncle n'a pas montré les dents et fait tâter les mollets de Maria pour la mettre en valeur.

A présent la dame regarde Maria, sa valise et son gosse d'un air furieux. Que se passe-t-il ? La dame baragouine son mécontentement dans un espagnol approximatif mais le sens est clair. Elle a engagé Maria, et Maria seule. Que fait là ce gamin ? Cette femme n'espère tout de même pas qu'il va rester là ? C'est du chantage ! Il n'a jamais été question d'un enfant, l'oncle n'en avait pas parlé ! Que Maria se débrouille, mais il n'est pas question de lui laisser prendre son service dans ces conditions.

Elle doit partager une chambre avec la cuisinière, et il n'y a qu'un lit de toute façon, et puis Madame n'aime pas que les domestiques attirent leur famille à la maison, surtout les enfants, ils cassent tout ! Et puis quoi, il n'était pas question de cet enfant ! Maria doit le renvoyer en Espagne, elle peut prendre sa journée pour ça, mais pas plus, elle est déjà en retard, on l'attendait hier.

Maria explique qu'il s'agit de son fils, de son propre fils, son fils unique, et que ce fils ne peut pas vivre ailleurs qu'à ses côtés. L'oncle n'en veut pas d'ailleurs, et il n'a jamais dit que Maria devait partir seule, jamais. Au fond c'est elle qu'on a trompée.

On lui répond que « c'est comme ça ma fille », et que « si elle n'est pas contente, il faudra rendre l'argent que la Madame a donné d'avance à l'oncle pour le voyage ». Ça, Maria ne le savait pas. L'oncle n'a pas donné d'argent. Maria a payé elle-même le voyage pour elle et le gamin sur ses économies, c'est pour ça qu'elle a mis un jour de plus, pris le car, le train de nuit, et dormi dans la gare.

Mais Madame ne veut pas croire cela, Madame pense que Maria et son oncle sont des voleurs et qu'ils ont profité d'elle, en voulant lui imposer en plus la présence de ce gamin. Et Madame n'a pas l'intention de discuter plus longtemps. Ou Maria renvoie son fils au village et prend son service demain matin, ou elle rend l'argent et s'en va !

Alors Maria s'en va. Mais Maria ne peut rendre l'argent. Elle montre son porte-monnaie, il n'y a plus rien, plus rien, dix pesetas seulement.

Cette fois Madame se fâche tout rouge. Madame a horreur de ces scènes ridicules, horreur qu'on joue les pauvres devant elle pour l'attendrir, Madame prie Jean, le maître d'hôtel, de bien vouloir la débarrasser de cette femme. « Tant pis, nous n'aurons pas de bonne espagnole, mais qu'on ne m'en parle plus. je réglerai cette histoire plus tard, et la prochaine fois je prendrai une Portugaise ! »

Que Maria se retrouve sur le trottoir à 1 200 kilomètres de chez elle, avec dix pesetas, pas de contrat de travail et un gamin qui devrait être à l'école, Madame ne s'en fiche pas. C'est plus grave, elle n'y pense pas, tout simplement. C'est que Madame a bien autre chose en tête, elle est femme d'industriel et elle partage les soucis de son mari à l'heure du thé, entre femmes d'industriels. Son fils fait les pires bêtises, en cette première année de droit qu'il recommence pour la troisième fois, sa fille court les universités en y apprenant bien autre chose que l'histoire de l'art, sa couturière ne livre jamais en temps voulu, son coiffeur a raté sa teinture, sa voiture est en panne, alors, Maria, dans tout ça, qu'est-ce que Maria ?

Maria disparaît dans l'anonymat d'un soir d'automne avec, pour tout bagage, 10 pesetas, quelques pièces de monnaie. Que faire ? Où aller ? Pour quelqu'un qui connaîtrait les lois sur l'immigration des travailleurs étrangers, ce serait simple. Mais Maria ignore tout des conventions sociales, et en aurait-elle vaguement l'idée qu'il serait difficile de l'exprimer en français. Le seul refuge qui soit pour elle international, celui que l'on reconnaît facilement et de loin, celui dont les portes sont toujours ouvertes, c'est une église.

Maria se réfugie donc dans la première église venue. Elle y fait une prière et décide d'aller demander conseil au curé. Un curé est toujours de bon conseil. Maria installe valise et gamin derrière un pilier, et se met à la recherche du maître des lieux par délégation.

Pour faire comprendre son histoire à l'abbé, il lui faut bien deux heures d'horloge. Pour lui faire comprendre ensuite qu'elle ne veut pas d'argent, mais du travail, c'est presque aussi long. Mais elle trouve, grâce à lui, un lit dans un foyer d'aide aux étrangers, et l'emploi provisoire de femme de ménage à l'église, en attendant. Un provisoire qui dure. Un provisoire qui devient définitif au bout de quelques mois.

Maria finit par avoir une chambre à la cure, son fils à l'école, des papiers en règle. Maria remercie Dieu, sert l'église et son curé avec dévotion. Et comme il est difficile de se confesser en espagnol à un curé français, elle garde sa rancœur pour elle.

L'orgueil de Maria, qui lui a toujours servi de soutien, l'orgueil qui lui a permis d'affronter les on-dit, d'avoir un fils et de l'élever dignement, cet orgueil-là est malade. Quelqu'un, quelque part, pense qu'elle est une voleuse, et c'est insupportable. Si elle avait pu s'expliquer, la blessure serait moins grave. Mais Maria sait bien que c'est impossible. Même le brave curé n'a pas tout à fait compris cette histoire d'oncle et d'argent disparu. Maria, elle, a compris. On s'est débarrassé d'elle et de son fils à bon compte. Jamais elle ne retournera au village. Mais il lui faut retrouver l'honneur auprès de la dame. Et c'est compliqué. Maria ne va tout de même pas rendre de l'argent qu'elle n'a pas volé !

Laborieusement elle écrit à son oncle pour lui demander de restituer ce que la dame a donné pour son engagement. Et tout aussi laborieusement, l'oncle répond que l'argent de la dame est à lui, car il a donné à Maria pour partir une valise, des chaussures au fils, et que la tante a donné un chapelet et une pelisse. Que Maria rende l'argent elle-même, et l'incident est clos. L'oncle ne dit même pas combien d'argent. Maria explique alors au curé qu'il lui faut savoir combien d'argent elle doit rendre, et le supplie d'aller voir la Madame.

Bonhomme, le curé va donc voir la Madame, et en revient avec un grand sourire. Maria peut dormir tranquille, dans un geste de charité que l'on ne peut croire dédaigneux, la Madame renonce à la dette. Maria est contente ?

Non, Maria n'est pas contente. Ce n'est pas ainsi que l'on guérira son orgueil. Maria ira travailler chez la Madame, en plus de ses heures normales, elle ne retrouvera la tranquillité qu'à ce prix.

Malheureusement c'est impossible, on n'a pas besoin d'elle, on a engagé quelqu'un d'autre, et monsieur le Curé ne comprend pas cette obstination maladive. Il ne faut plus parler de tout ça, et oublier. Que diable, Dieu pardonne, et Dieu oublie les péchés des autres ! Pourquoi pas Maria...

Alors Maria se résigne. Elle enfouit le petit papier avec l'adresse de la dame dans son porte-monnaie, et les années passent. De lessive en vaisselle, de poussière en repassage. Monsieur le Curé vieillit, Maria aussi. Ce n'est pas la misère, on a au moins du charbon l'hiver, et les gages de Maria sont un peu fonction de la générosité de la quête du dimanche, et des subsides de l'évêché. Ils servent en totalité au gamin qui va à l'école, à l'adolescent en apprentissage, au garçon qui enfin gagne sa vie, parle français, et se désole que sa mère le baragouine toujours aussi lamentablement.

An 1968 du beau pays de France, Maria la solide, Maria la dure à l'ouvrage, n'est plus. Seize ans ont passé. Et c'est long, seize ans. Suffisamment long pour oublier.

Dans les affaires de sa mère, le fils a trouvé un testament, avec un petit papier blanc, et il en a suivi les dernières volontés à la lettre. Il est allé à l'adresse du petit papier blanc, il a sonné, on l'a fait entrer dans un salon de velours qui lui rappelait de vagues souvenirs. Une femme vieillissante et pincée lui a demandé ce qu'il voulait. Alors il a déposé devant elle une valise en carton, une paire de chaussures d'enfant, une pelisse et un chapelet de perles noires.

La dette de sa mère, a-t-il dit, d'un petit air gêné.

Et la Madame l'a jeté dehors, car on ne se refait pas, surtout en vieillissant.

ARRÊT D'AUTOCAR

Jimmy Ash, le nouveau chauffeur du car, sur la ligne Canyon-Hereford au Texas, est inquiet. La neige tombe en flocons serrés.

Mais le vieux pompiste de la station de bus prétend qu'on n'a jamais vu de tempête par ici. Quant au représentant de la compagnie, il s'en fiche. La neige dans cette région ne peut être qu'un frein sans importance, bien que les vitres du car aient l'air d'être en coton. Il est vingt-deux heures, c'est l'heure du départ, et Jimmy s'adresse aux voyageurs : quatre femmes, un bébé, et deux hommes.

« Ecoutez, je ne suis pas d'ici, et je suis nouveau sur cette ligne. Cette neige m'inquiète. Vous êtes sûrs de vouloir partir ? Je vous rappelle que nous allons voyager toute la nuit, c'est peut-être risqué. »

L'un des hommes se lève, étonné :

« Qu'est-ce qui te prend, mon gars ? T'as peur du froid ? On n'est pas au pôle Nord, ici ! »

Et l'homme éclate d'un grand rire.

Jimmy répète que le temps s'est aggravé depuis son voyage

à l'aller, et que le car n'est pas équipé de chaînes pour la neige, mais l'homme secoue la tête d'un air réconfortant.

« Mon gars, ici la neige ne tient jamais. Dans une heure, c'est fini, et moi j'ai besoin d'arriver à l'heure, demain matin. Ce car fait la route tous les jours, c'est bien ma veine de tomber sur un froussard. »

Les autres voyageurs acquiescent en riant. Seule la jeune femme au bébé paraît incertaine. Elle regarde Jimmy et dit :

« Moi je ne sais pas. Je ne suis pas d'ici, alors c'est vous qui décidez. »

C'est fait. Jimmy se sent même un peu ridicule. Aucun chauffeur ne se conduirait comme lui. Et pourquoi pas un référendum ? Oui, on part, non, on reste.

Jimmy cogne dans ses pneus, vérifie l'huile, et démarre. A Dieu va ! Et après trois heures de route à 30 à l'heure, rien ne va plus. Le car est bloqué par une congère d'un mètre de haut. Les roues patinent. Il est une heure du matin, il fait – 12° à l'extérieur, le prochain village est à dix kilomètres environ. Jamais une pareille tempête de neige n'avait eu lieu dans le pays. Mais il est trop tard pour s'en étonner.

Jimmy grelotte. Son pantalon et ses chaussures minces sont gelés. Avec les deux voyageurs, il a tenté vainement de dégager l'énorme bus ; mieux vaut rester à l'intérieur, et mieux vaut attendre dans la chaleur relative entretenue par le moteur.

Cette fois, les voyageurs sont conscients de la situation. Si conscients qu'ils s'en prennent à Jimmy avec une injustice incroyable.

« Si vous étiez si sûr de vous, il ne fallait pas partir ! C'est vous le responsable ! »

Que faire ? Attendre les secours ? Jimmy allume la radio du bord, et ce qu'il entend lui coupe tout espoir. Le journaliste commente l'incroyable tempête qui s'est abattue depuis quelques heures sur la région, dans un rayon de plusieurs kilomètres. Routes barrées, et secours aléatoires. Les hélicoptères ne peuvent pas décoller. Des dizaines de voitures sont bloquées sur la route, et pour couronner le tout, aucun chasse-neige dans son secteur. « Conseils aux voyageurs », dit le journaliste :

« Ne sortez pas de vos véhicules. Faites tourner le moteur toutes les dix minutes pour éviter qu'il gèle. Ne pas épuiser le carburant. L'attente risque de durer plusieurs heures avant les premiers secours, et les conditions météo sont toujours en aggravation. »

Dans le bus, c'est l'affolement. Pas de nourriture, sinon les deux sandwiches de Jimmy. Pas de boissons chaudes, pas de vêtements de neige. Dès que le moteur s'arrête de tourner, la température intérieure descend à – 6°. Jimmy est assailli de réclamations auxquelles il ne peut pas donner de suite.

La grosse dame du fond exige de pouvoir téléphoner ! Sa voisine réclame une couverture ! La troisième prétend que les hommes pourraient dégager le bus s'ils faisaient un petit effort. Les deux hommes s'en prennent à elle, en lui conseillant d'aller pousser elle-même les 3 000 kilos dans le mur de neige qui leur barre la route.

Mais ces cinq-là n'inquiètent pas tellement Jimmy. Il a peur pour la jeune femme au bébé. Elle est vêtue pauvrement et légèrement. Et le gosse qui n'a pas plus de vingt mois a déjà les joues bleues de froid.

Alors il fait tourner le moteur un peu plus longtemps. Puis comme les autres le lui reprochent, il se défait de son blouson et en enveloppe le bébé.

Une heure passe. La radio entretient l'inquiétude et la neige ne s'arrêtant pas, Jimmy prend une décision. Les secours n'arriveront pas à temps. Il va donc marcher jusqu'au prochain village en suivant la route. Un des passagers fera tourner le moteur de temps en temps. Avec de la chance, le réservoir peut durer encore trois heures, en économisant. Quant à lui, il se débrouillera pour revenir avec des vivres, du café, et un véhicule muni de chaînes. Jimmy fait ses recommandations, et sort dans la nuit.

Il n'a pas fait cent mètres qu'il retourne au car. Impossible d'aller plus loin en chemise. Ses oreilles gèlent et le froid lui transperce les côtes. Après quelques minutes de palabres, il arrive à se faire prêter un pull-over par l'un des hommes. Il négocie avec la grosse dame le foulard qu'elle serre jalousement sur sa tête. Et il se jette dans la tourmente, sans en avoir obtenu davantage. Des souliers minces, des chaussettes fines, des gants non fourrés, une chemise, un pull-over, et un simple foulard sur la tête, c'est une folie par ce temps ! Mais Jimmy compte sur sa résistance physique, sur ses vingt-cinq ans, et sur son courage.

Il en faut pour affronter la tourmente. Aveuglé par la neige, les mains serrées dans ses poches pour ne pas qu'elles gèlent, Jimmy avance en trébuchant, les yeux fixés sur les poteaux télégraphiques. C'est le seul moyen de ne pas perdre sa route.

Mais sa marche est difficile. Il glisse et tombe à chaque instant. L'uniformité de la neige, ce blanc à perte de vue, lui brouille les yeux. Pendant la première heure de marche, son moral est à peu près intact, et ses forces également. Certes, il a froid. Si froid qu'il lui semble que ses muscles ont durci, mais il n'a pas perdu la route, et il a dû faire environ trois kilomètres.

Puis la tempête redouble de violence, et Jimmy ralentit sa progression. Il tombe de plus en plus dans des crevasses insoupçonnables. Il a de plus en plus de mal à lever les jambes au-dessus des monticules de neige qui se forment à chaque pas. Ramper serait même plus facile. A un moment, la panique s'empare de Jimmy. L'une de ses jambes, paralysée par le froid, refuse de sortir d'une ornière. Il est obligé de l'en tirer à deux mains, et l'effort l'épuise.

Alors, pour se réchauffer il entreprend une séance de frictions et de claques. Tout seul, dans ce désert blanc, il a l'air d'un fou sautillant. Le souffle coupé, un point douloureux dans les côtes, Jimmy reprend sa lente progression, comme un automate. Et tout à coup, miracle ! Une voiture !

Immobilisée par la neige, avec deux passagers. Jimmy cogne au carreau, et se jette à l'intérieur avec reconnaissance. Il ne peut même plus parler. Quand il y parvient et explique la situation, les deux hommes tentent de l'empêcher de repartir, mais Jimmy s'obstine. La chaleur d'une cigarette l'a réconforté provisoirement. Il en emporte plusieurs. Chaque mégot allumé lui tiendra chaud aux doigts quelques minutes. C'est tout ce que peuvent lui offrir les deux naufragés. Jimmy promet de signaler leur présence, et repart. Il a appris qu'il n'était qu'à six kilomètres du village, et qu'il y avait une station-service à droite et un café à gauche. Il est cinq heures du matin.

Il reste cinq kilomètres, et Jimmy marche encore sur ses pieds. La neige durcie a transformé ses chaussures en bottes de glace, mais il avance.

Quatre kilomètres : Jimmy marche encore, moitié sur les genoux, moitié sur les pieds. Il ne distingue les poteaux sur la route que d'un œil. En tâtant son œil droit, il a l'impression de toucher un glaçon. Il bouge la tête de droite à gauche, et une terreur lui vrille l'estomac. Il est aveugle d'un œil, il ne le sent plus, tout son côté droit est comme insensible.

Trois kilomètres : Jimmy rampe sur les genoux. Il est sept heures du matin et un pâle soleil éclabousse la neige. Les flocons ne tombent plus, mais un vent coupant comme un rasoir lui cisaille la peau.

Deux kilomètres : Jimmy s'effondre comme un pantin. Son œil gauche se trouble. Il a peur, si peur de rester là, et de ne plus pouvoir avancer.

Un kilomètre : La route verglacée lui permet de marcher presque normalement, mais comme un homme ivre, et trop lentement. Il est dix heures du matin et il n'a pas mangé depuis vingt-quatre heures. Il marche dans cet enfer glacé depuis huit heures.

Cinq cents mètres : Jimmy avance en aveugle, en s'appuyant au fossé de neige qui borde la route. Il a moins neigé par ici, semble-t-il. Pas plus de deux ou trois mètres.

L'approche du but, le premier toit qu'il devine au loin, dans le brouillard de son œil gauche, lui font tourner la tête. Il va tomber là, car les derniers cinq cents mètres sont un calvaire. Il ne sait plus s'il avance, il ne sait plus quelle heure il est, il ne sait plus comment il tient debout. Enfin, voici la station-service à droite et le café à gauche. Jimmy est seul à l'entrée de ce village. Le café n'est plus qu'à cinquante mètres ; si quelqu'un pouvait en sortir, si quelqu'un pouvait le voir ! Car il ne peut plus ni parler, ni crier. Son pied droit bute sur quelque chose et il s'effondre dans un trou de neige, sans pouvoir se relever.

Après avoir fait tout ce chemin, il pourrait mourir là, sans que personne le voie. Son dernier effort sera de siffler entre ses dents. Non pas avec ses lèvres gelées, car c'est impossible, mais entre les dents. C'est ce grincement étrange qu'un homme perçoit en sortant du café, et quelques minutes plus tard Jimmy, transformé en momie, presque aveugle, geignant de douleur au fur et à mesure qu'il se réchauffe, murmure aux villageois, stupéfaits :

« Car bleu... bébé dedans, froid... bébé froid... s'il vous plaît... bébé froid... car bleu, onze kilomètres... bébé froid. »

Depuis plusieurs heures, faute d'essence, le moteur du car ne tournait plus. Mais les passagers s'étaient réconciliés autour du bébé. Pour qu'il ne meure pas de froid, ils avaient fait comme la mère. D'abord le réchauffer en lui soufflant dessus comme des bœufs et des ânes qu'ils étaient. Ensuite se serrer autour de lui, en une muraille de chaleur humaine. Ensuite, ils lui avaient fait avaler la mie de pain des sandwiches, chauffée sur le radiateur du bus. Ils étaient sûrs que Jimmy réussirait, mais Dieu sait pourquoi.

La tempête les avait rendu plus humains finalement et ils s'en souviendraient. Mais moins que Jimmy, beaucoup moins, avec un œil et quelques doigts de pied gelés, Jimmy s'en souviendrait encore plus, et plus longtemps. C'est normal.

FLOU EN NOIR ET BLANC

Tous les enfants, paraît-il, s'imaginent un jour ou l'autre que leurs parents ne sont pas leurs vrais parents. En règle générale, vers l'âge de huit ou dix ans, ils se croient nés au bord d'une route, ou abandonnés par un prince quelconque, ou volés par des romanichels et recueillis par des braves gens. Ces braves gens, bien entendu, ce sont papa-maman qui ont promis de ne jamais révéler le secret, quoi qu'il advienne.

Ceci est valable pour les enfants qui ont des parents, à portée de la main. Mais les autres ? Ceux que l'on a vraiment trouvés au bord d'une route, ceux qui ont porté un numéro toute leur enfance ? Ceux qui ne savent vraiment pas où se trouvent leurs racines, et quelle sorte de père ou de mère les a laissés là, comme des fleurs coupées. Ceux-là, rêvent-ils ? Sans doute, et ils font même des cauchemars.

Betty-Anne s'est toujours regardée dans les glaces. C'est une manie. Depuis qu'elle a découvert son visage, elle n'a cessé de le contempler, dans tout ce qui le reflète : les couvercles de boîtes, les vitrines, les carrosseries de voitures, les flaques d'eau et les miroirs.

Betty-Anne habite une petite ville de la côte non loin de

San Francisco. M. et Mme Wisley l'ont adoptée à l'âge de trois ans, par l'intermédiaire d'une association d'aide à l'enfance. C'était en 1941.

Mme Wisley avait perdu son bébé à la naissance et n'en aurait plus jamais. Peu à peu l'idée de l'adoption avait fait son chemin. Il avait fallu dix ans. Cinq pour réfléchir, cinq pour avoir le bébé.

Betty-Anne s'était donc retrouvée dans les bras d'une mère de quarante ans, et sautant sur les genoux d'un père cinquantenaire. Elle, professeur de musique à domicile, lui, ingénieur électricien.

Lorsque Betty-Anne eut passé dix ans, Mme Wisley voulut lui dire : « Je ne suis pas ta mère. » Mais son mari ne voulait pas encore. Lorsque Betty-Anne eut quinze ans, M. Wisley voulut lui dire : « Je ne suis pas ton père. » Mais c'est sa femme qui n'en eut pas le courage. Si bien que le jour anniversaire de ses dix-huit ans, Betty-Anne reçoit de ses parents un étrange cadeau : la vérité.

Cent fois retournée, mille fois retenue, la petite phrase idiote et cruelle est enfin lâchée : « Nous ne sommes pas tes vrais parents... »

C'est une sensation étrange. Betty avale l'information, comme si elle l'avait toujours su. Ce qui ne l'empêche pas d'être dévorée de curiosité. C'était où, quand, comment ? Où m'a-t-on trouvée, qui m'a abandonnée ? Mais les parents ne savent rien. Ils ont accepté, depuis le début, de ne rien savoir. On leur a proposé une enfant abandonnée par la mère, et déclarée de père inconnu, ils l'ont prise les yeux fermés. L'enfant s'appelait Betty. Ils ont rajouté Anne. Et voilà, rien d'autre.

Betty-Anne insiste : rien ? Vraiment rien ? Même pas un nom ? Une ville ? Un petit bout de fil à remonter ? Non. Rien.

Betty-Anne se regarde plus que jamais dans les glaces à présent. Elle se regarde comme si elle ne s'était jamais vue. C'est qu'en réalité, elle ne se voit pas. Elle se questionne : Je ressemble à qui ? Qui m'a donné ces yeux bleus ? Ces sourcils, ce nez, ce menton, ces cheveux ? Comment peuvent-ils vivre sans me connaître ? Comment peuvent-ils être morts sans que je le sache ? Qui sont-ils ? et où sont-ils ? C'est une obsession. Betty-Anne ne tient même pas compte de la réaction de ses parents adoptifs. Ils ont de la peine, et elle leur en veut presque. Plus rien ne compte, elle veut savoir. C'est l'idée fixe. Ce grand trou dont elle est sortie un jour, à trois ans, est insupportable.

Betty, l'enfant abandonnée, toute malade de ses trois ans, et Anne, l'enfant recueillie, ne peuvent rien pour elles deux avec leurs dix-huit ans. Désespérés M. et Mme Wisley s'adressent à un psychologue qui leur répond : « Laissez-la chercher, surtout ne l'en empêchez pas. »

Chercher, mais où ? Betty l'a déjà fait. Elle s'est présentée à l'association qui a permis son adoption, et la réponse a été catégorique : « Non. Aucun renseignement, jamais. D'ailleurs, il n'y a rien à savoir. »

C'est pour cela que Betty-Anne est malade de désespoir. Elle refuse de vivre en inconnue. Le choc a été trop grand. Plus tard c'est un psychiatre qui le dit : « Il faut qu'elle trouve, à ses risques et périls, mais qu'on lui donne un nom, un espoir, sinon, je ne réponds pas de son état mental. »

Le cas est rare, exceptionnel même. Et Betty-Anne ne se comporte pas comme la majorité des jeunes dans son cas ; c'est pourquoi, munie d'une recommandation signée du médecin-chef de l'hôpital de la ville, Betty rencontre cette fois la directrice de l'association. Et elle entend la première phrase d'espoir depuis des années, sortie de la bouche ennuyée d'une femme sans âge.

« Nous pouvons faire une chose, exceptionnellement. Contacter la personne qui vous a amenée ici. A condition qu'elle existe toujours, et qu'elle n'ait pas changé d'Etat, ou même de ville, ce qui, au bout de vingt ans, serait une chance incroyable. Nous lui demanderons son avis. Elle seule peut décider d'accepter ou non de vous renseigner. »

Trois mois passent, lourds d'angoisse. Betty-Anne attend, et reçoit une gifle.

« Cette personne a dit non. Elle ne désire pas vous renseigner.

— C'est ma mère ? C'est elle, n'est-ce pas ? Vous avez retrouvé ma mère et elle ne veut pas me voir ? C'est normal, c'est elle qui m'a abandonnée, j'en suis sûre. Je vous en prie, dites-lui ceci : dites-lui que je me moque d'elle, et que c'est une sale femme. Je veux juste voir son visage, une fois. Une fois seulement. Je ne la veux pas, elle, je ne veux que la regarder. Après, ce sera fini. Proposez-lui de l'argent, si elle en a besoin. Dites-lui qu'elle pourra ne rien dire ; je pourrai même la regarder de loin, sans l'approcher, sans qu'elle me voie ; j'ai besoin de ça, mais de ça, seulement, pas d'elle, Faites-le-lui comprendre. »

Est-ce bien sûr ? Et pourquoi tant d'acharnement ? Pour un visage seulement ? Quelle est cette inquiétude traînée depuis l'enfance, qui pétrifie Betty-Anne devant une glace, face à sa propre image, comme devant une interrogation ?

Et elle reçoit sa deuxième gifle.

« Elle dit toujours non. Nous ne pouvons rien faire de plus. Il est impossible de l'y obliger ; et d'ailleurs, nous n'en avons pas le droit. Nous sommes désolés.

— Alors demandez-lui une photographie, quelque chose qui date du temps où je suis née, par exemple. Vingt ans plus tard, je ne la reconnaîtrai sûrement pas, et elle peut bien faire ça ? Juste une photo, sans nom, sans rien, je vous en supplie. »

La troisième gifle et le troisième refus sont accompagnés cette fois d'une lettre tapée à la machine.

> *« Ne m'importunez pas. Je ne suis pas votre mère. Je ne suis rien. J'ai prévenu votre intermédiaire que je n'accepterai plus de répondre à ses lettres, désormais. »*

C'est la gifle la plus terrible, la plus dure à avaler. Car ces trois lignes viennent bien de sa mère, Betty-Anne le sait. Sinon, pourquoi refuserait-elle de la rencontrer ?

A force de supplications, Betty-Anne obtient une ultime chance. Elle écrira. Sa lettre sera transmise, sans commentaire, c'est tout. L'association refuse d'intervenir davantage. Elle a déjà fait plus qu'il n'était autorisé.

Betty-Anne écrit alors ce qui est son ultime chance :

« Madame. Je sais que vous êtes ma mère, sinon vous n'auriez pas si peur. Et je sais que vous êtes la pire des lâches, car si vous avez peur c'est que vous m'avez abandonnée, pour mener une vie qui vous convenait mieux, sûrement, et que vous avez peur de perdre. Je ne voulais que vous voir, vous ou mon père, mais il est inconnu. Vous voir, sans plus, comme on regarde quelqu'un dans un magazine. Vous voir pour connaître vos traits : nez, bouche, yeux, menton.

Depuis que je suis enfant, une image me poursuit. Je vois quelqu'un dans une glace ; quelqu'un qui me regarde. C'est un rêve ou un cauchemar, je ne sais pas. Quand j'ai su que j'étais une enfant adoptée, j'ai tout de suite pensé à ma mère, la vraie, à vous, en quelque sorte. Ce visage qui me regarde dans une glace, ce doit être le vôtre, et j'ai besoin de m'en débarrasser. J'ai besoin de le voir vraiment pour m'en libérer. Montrez-le-moi, ne serait-ce qu'une fois, et ne craignez rien, je ne chercherai pas à vous revoir ensuite. Je ne vous connais pas, mais je vous déteste, de cela j'en suis sûre. »

Betty-Anne a attendu longtemps encore. Mais rien n'est venu. Elle a songé à toutes les solutions. Cambrioler le bureau de l'association, soudoyer une employée, n'importe quoi. Mais de dépression en idée fixe, sa raison vacillait. Le rêve, le cauchemar permanent qui l'attirait vers le reflet d'une autre dans une glace, était insupportable à vivre.

Betty-Anne avait vingt-sept ans quand elle a reçu la dernière lettre de l'association :

A Mlle Betty-Anne Wisley :

« La personne que vous cherchiez à contacter depuis 1961 nous a priés de vous faire parvenir ce document, sans autre explication. Nous croyons toutefois nécessaire de vous informer que cette personne est décédée, et que le document en question vous est adressé par une tierce personne, qui ne s'est pas fait connaître. Vous comprendrez qu'il ne soit pas possible de vous éclairer davantage. »

Betty-Anne a retiré de l'enveloppe une photo : une photo d'amateur, collée sur un carton de boîte de chocolat de douze centimètres de haut, neuf de large, et en noir et blanc.

Cette photo représentait une femme jeune, assise sur une chaise, tenant une enfant de trois ans environ, et se photographiant elle-même, dans la glace d'une armoire, avec son enfant, comme pour une ultime cérémonie, un abandon, peut-être.

Le visage était un peu flou, il ressemblait au rêve, ou au cauchemar, enfin terminé. Il en restait une photo, un petit bout de carton, tout bête, avec le visage d'une mère inconnue, anonyme, morte, et qui le resterait.

CE QU'IL FALLAIT DÉMONTRER

Julien n'a pas une tête d'ordinateur. Il a une tête de brave garçon. Avec le teint frais de ceux qui ont la chance de respirer l'air de la province. Et il n'a jamais vu un ordinateur de sa vie.

Il ne s'en porte pas plus mal, au contraire. Comme tout le monde, il sait bien vaguement ce qu'est un ordinateur : une vague machine compliquée qui fait des tas de choses électroniques, les notes de téléphone par exemple. Mais Julien n'a pas le téléphone. Alors que viendrait faire un ordinateur dans sa vie, cette drôle de chose ?

Pour l'heure Julien est préoccupé d'une autre drôle de chose beaucoup plus importante et bien plus grave.

Il est dans une salle d'attente du palais de justice de la ville. Il a pris le car, puis le train pour venir jusque-là. Et il a mis son beau costume, le bleu des dimanches, avec une cravate.

Il a chaud, il est énervé et il guette une porte par où quelqu'un va entrer : Elle.

Elle, c'est Thérèse. Sa femme. Et Julien ne l'a pas revue depuis bien longtemps, et pour cause. Ils viennent tous les deux pour divorcer. C'est Thérèse qui l'a voulu. Un mariage raté qui a duré cinq ans vaille que vaille jusqu'à une grande dispute, jusqu'au divorce. Et voilà.

Elle est là, elle entre. Un peu changée, un peu pâle. Elle ne regarde pas Julien. Il ne la regarde pas non plus. Mais tous les deux s'observent en coin. Le silence dure quelques minutes, puis la porte du juge des conciliations s'ouvre. Et un huissier morose appelle : « M. Julien Marquet, Mme Thérèse Marquet, s'il vous plaît. »

Trois quarts d'heure plus tard, il n'y a plus de M. et Mme Marquet. Ils ont dit non. Ils recevront un papier chacun. C'est fini.

Thérèse regagne son appartement en ville : mur d'un côté, béton de l'autre. Julien s'en retourne dans sa petite ville des bords de Loire.

Elle reprend son travail d'employée de bureau, drapée dans sa dignité de dame divorcée, la quarantaine. Il reprend son métier de plombier, célibataire à cinquante ans, pourquoi pas ?

Que dire de plus ? Mariés bêtement, divorcés bêtement, pour une broutille, une passade de Julien, à peine de quoi faire déborder le vase. En réalité, Julien ne sait plus très bien ce qui s'est passé. Mais de toute façon il est trop tard. Et c'est lui qui souffre le plus de ce célibat. Il ne voulait pas divorcer, lui, tout ce qu'on pouvait reprocher à Thérèse, c'était son mauvais caractère, mais Julien ne détestait pas cela. Elle n'avait pas toujours mauvais caractère, pas toujours, et même pas très souvent ; enfin, pas plus que les autres femmes finalement.

Mais la pêche tout seul, la télévision tout seul, le dimanche tout seul, sans même une belle-mère, côté animation, ce n'est plus drôle du tout.

Les mois, un an, deux ans passent.

Qui dira la solitude épouvantable d'un œuf sur le plat ? Qui dira la désolation d'une saucisse de Strasbourg sur une assiette, le drame d'une chaussette dépareillée, l'horreur d'une chemise sans boutons ?

Pauvre Julien qui croyait que la solitude ça n'existe pas ! Il donnerait sa dernière canne à pêche pour retrouver une femme, une qui serait comme çi, et comme ça... Ah si l'on pouvait choisir !

Mais on peut choisir ! On peut ! Ce siècle a 1975 ans, l'âge de l'ordinateur ! En effet, Julien constate avec intérêt que les agences matrimoniales ont évolué. Fini les rencontres l'œillet à la boutonnière... Fini les petites annonces timides dans les journaux les plus sérieux et les mieux informés, des publicités vantent les mérites du mariage en carte perforée !

« Vous êtes à la merci des rencontres de hasard, des attirances provisoires... L'ordinateur change tout cela. L'ordinateur réfléchit pour vous, et choisit pour vous ! L'ordinateur se range à vos désirs ! L'accord parfait passe par l'informatique ! Demandez la notice gratuite, qui changera votre vie, et ne vous engage à rien. »

Comment peut-on changer sa vie en ne s'engageant à rien, mystère ! Quoi qu'il en soit Julien demande la notice, qui ne l'engage à rien, puisque c'est l'ordinateur qui le dit. Il a réfléchi au problème. Lui aussi trouve ridicule de s'en remettre au hasard. Deux expériences malheureuses lui ont suffi.

A présent il a cinquante ans, la vie est courte, et comme le dit la notice, il n'a pas le droit de tolérer qu'elle soit médiocre !

La notice est pleine d'arguments :

« De nos jours, l'informatique est capable de réunir deux êtres que seules les circonstances de la vie séparent. Pourquoi attendre de le croiser dans la rue, cela n'arrivera peut-être jamais !

« L'ordinateur traite chaque jour des milliers de fiches d'hommes et de femmes de tous âges. Parmi ces milliers de fiches, il saura désigner celle qu'il vous faut. Remplissez le questionnaire ci-dessous, en mettant une croix dans chaque case. Ces renseignements codés pour l'ordinateur lui permettront de déterminer sans erreur possible le ou la partenaire idéal.

« L'ordinateur recherche les affinités, élimine les incompatibilités, confronte les psychologies. Avec lui le mariage n'est plus une loterie, mais le résultat d'une science exacte ! »

Pour finir, la notice publie deux photos avec une légende :

« Elle, intelligente, raffinée, sûre d'elle... Lui, homme d'action, responsable, lucide... Absorbés par leurs affaires, prisonniers de leurs relations, sans l'ordinateur, ils ne se seraient jamais rencontrés ! »

Ça vous donne un petit côté moderne, raisonnable, conscient des problèmes du couple, etc. Alors sérieusement, comme il fait toute chose, Julien fait des croix dans les petites cases.

Une croix pour la beauté, le caractère, la cuisine, le calme, la taille, les yeux, l'âge. Il trouve même une croix pour glisser sa pêche à la ligne — sous la rubrique sports de plein air.

Il y a des croix pour tout. Alors Julien met en croix la femme idéale. Ensuite, moyennant une somme confortable, il faut le dire, l'ordinateur avale goulûment sa demande rédigée en petites croix.

L'ordinateur hoquette, tremble, gronde, s'interroge, se contre-interroge, se suspecte, s'autocritique, et rejette enfin une carte avec un déclic de satisfaction.

Une carte. Pas deux, ni trois. Une. Julien a de la chance, car l'ordinateur ne se trompe jamais. Tous ces petits trous sur cette carte représentent la future femme de Julien. Et une semaine plus tard, Julien est convoqué à l'agence, on le fait asseoir dans un bureau, et on lui annonce que sa future femme, le produit de l'informatique, est là, derrière la porte...

On ouvre la porte...

Et Thérèse entre.

Elle avait fait la même demande, à la même agence sous son nom de jeune fille, et remplit les mêmes croix...

Cinq ans de mariage ça laisse des traces quand on s'aime. Et on sait bien pourquoi on s'aime. Et quand on s'aime on parle des mêmes choses.

Ça n'invente rien un ordinateur, surtout pas l'amour. Ça compte les petites croix, un ordinateur, c'est bête et discipliné un ordinateur, ça se contente d'analyser les petites croix, d'en faire des petits trous, et d'aller confronter ces petits trous avec d'autres petits trous pour voir s'ils sont bien en face.

Alors Julien et Thérèse se sont remariés.

Quand le hasard s'en mêle à ce point-là, ordinateur ou pas, il faut lui faire confiance, C.Q.F.D.

VIEILLE DEMOISELLE PRÉSENTANT BIEN

Toute médaille a son revers, et il y a toujours un côté du mur à l'ombre. Autrement dit, rien n'est tout blanc, tout clair et tout propre chez l'humain moyen. Cela n'est pas une découverte. Mais tout de même, il y a des gens qui ont l'air tout blanc, ils en ont vraiment l'air. Comme cette vieille demoiselle au sourire indulgent et aux charmants yeux bleus.

Le 23 janvier 1957, elle a rendez-vous avec un médecin et attend sagement son tour dans le salon. Cinquante ans, les cheveux déjà gris, coupés court et sages. Une robe grise, elle aussi, des souliers à talons raisonnables et un sac de cuir noir assorti. Un petit gilet de laine, un foulard de soie mauve. Thérèse G... est une vieille demoiselle présentant bien. Voyons donc ce qui l'amène dans le cabinet d'un médecin, dont la plaque de cuivre porte le nom d'une spécialité inquiétante en certains cas : psychiatre diplômé.

Mlle Thérèse gardera l'anonymat au long de ce récit. Son visage est comme le reste, présentant bien. Les traits sont doux, le regard bienveillant. Elle semble avoir un grave problème à résoudre et l'expose au médecin avec simplicité.

« Je ne viens pas vous voir pour moi-même, j'ai besoin d'un conseil. Il s'agit de mon frère Pascal. Pascal a quarante-cinq ans, il est célibataire et je me suis toujours occupée de lui. C'est un garçon instable. Nos parents sont morts accidentellement lorsque j'avais dix ans et lui cinq. Nous avons vécu en orphelinat et, à ma majorité, je me suis chargée de lui. Il m'a toujours inquiétée. A l'école, c'était un enfant difficile. L'armée l'a réformé. Ensuite, j'ai tenté de lui faire apprendre un métier, mais il n'a pas de résistance nerveuse. Il abandonne tout. Il a fait plusieurs places : comptable, pompiste, magasinier ou représentant. Chaque fois qu'il a quitté un emploi, j'ai dû supporter de longues périodes d'inactivité. Il restait sans rien faire pendant des mois, des années même… C'est le cas en ce moment. Il y a deux ans qu'il est ainsi, et je travaille pour nous deux. Il dort le matin, il dort encore à midi quand je rentre, et, le reste du temps, il ne fait rien. Je n'ose plus lui parler, lui dire de faire un effort… Il s'en rend compte d'ailleurs, mais j'ai l'impression que, par moments, sa tête ne va pas bien. Il pleure ou se réfugie dans la colère. Les femmes qu'il a rencontrées ne se sont pas attachées à lui. Il dit qu'il est un minable, un bon à rien, qu'il préférerait se suicider. J'ai peur pour lui. Voilà. J'en ai parlé à notre médecin de famille qui m'a conseillé de venir vous voir. Il faudrait que vous l'examiniez. Mais, le seul problème, c'est qu'il ne voudra pas. Il dit lui-même que, s'il est fou, il préfère sauter par la fenêtre ! »

Le psychiatre a écouté silencieusement l'exposé de sa cliente. Il sourit :

« Il n'est certainement pas question de l'enfermer, mais je souhaiterais qu'il vienne de lui-même. C'est une démarche essentielle dans son cas. »

Mlle Thérèse est attristée.

« Je m'en doutais bien, mais il ne voudra jamais. »

Et Mlle Thérèse s'en va, nantie du conseil qu'elle était venue chercher : convaincre son frère de consulter le psychiatre.

Un long temps s'écoule, environ deux mois, avant que le psychiatre inscrive sur son carnet le nom de Pascal G...

L'homme a pris lui-même rendez-vous, et c'est lui qui attend dans le petit salon, seul. Même visage doux que sa sœur, mêmes yeux bleus. Là s'arrête la ressemblance. Les traits sont moins accusés, le maintien plus relâché et l'apparence générale un peu désordonnée.

Pascal contemple ses mains avec inquiétude. Ses ongles sont rongés, il a les cheveux à l'abandon, le dos légèrement voûté. Il est petit, très mince, alors que sa sœur est grande et bien charpentée. Il semble gêné de se trouver là, et il l'est, sans aucun doute, bien qu'il s'efforce d'aborder le médecin avec désinvolture.

En gros, il est conscient de son état. Mais de quel genre d'état s'agit-il ? Instabilité, timidité, agressivité, faiblesse de caractère, ou plus grave ? Pascal emploie tous ces mots-là, auxquels il ajoute, avec l'aisance d'un amateur, d'autres mots plus compliqués : paranoïaque, schizophrène et divers qualificatifs de ce genre. Il semble avoir beaucoup lu sur le sujet, un peu n'importe quoi, et n'importe comment. Et le médecin a beau lui conseiller de ne plus employer de termes aussi savants qui ne s'adaptent pas à son cas, Pascal sourit avec découragement.

« Je suis un anormal, je le sais. N'essayez pas de me rassurer. Ma sœur n'osait pas me parler de vous, elle avait peur que je prenne mal la chose, mais je m'en fiche. Je suis venu pour la rassurer, elle, pas moi. »

Après cette première consultation, Pascal se rend chez d'autres spécialistes. Parler de sa « folie » lui a fait du bien. Il continue et fait désormais partie de la triste cohorte des déprimés chroniques. Il se raccroche aux pilules qui donnent le sommeil, aux cures de sommeil qui donnent l'oubli, et un beau soir il échappe de justesse à l'oubli définitif.

Transporté à l'hôpital et réanimé péniblement, cette fois il y restera pour un temps indéterminé, jusqu'à ce qu'il soit capable de vivre, plus ou moins. Et sa sœur a bien des soucis.

Elle qui s'est donné tant de mal depuis des années pour soutenir son frère, pour l'obliger à travailler, à exister. Elle n'a pas de chance, et ses amis la plaignent du fond du cœur. Où est le revers de la médaille de Mlle Thérèse ? Où est le côté du mur à l'ombre ?

Pascal est enfermé, sa prison n'a pas de barreaux, il n'est pas fou furieux, il ne se révolte pas. Mais il réagit mal. Ses traits déjà mous semblent gommés. Les yeux creux sont inexpressifs. A chaque interrogatoire du médecin de l'hôpital, il oppose un mutisme décourageant, ou une rage démesurée. Sans perdre tout espoir de le sortir de là, le médecin a confié à Mlle Thérèse que le cas de son frère est complexe, il a peur que le traitement soit long...

Quelques semaines plus tard, au cours d'une visite de sa sœur, Pascal se montre soudain très agité, voire menaçant, et les infirmiers doivent intervenir. Mlle Thérèse espace ses visites. Il faut du calme aux malades. Et il ne retrouve son calme que dans la solitude.

Pascal est passé de la phase d'abrutissement à celle de l'agressivité. Il faut l'attacher pour l'examiner, lui faire des piqûres pour dormir. Il sombre peu à peu. Il va sombrer définitivement dans la folie, quand une porte s'ouvre dans sa nuit noire : le psychiatre du début, celui qui lui avait conseillé de ne pas se prendre pour un fou.

Cet homme traverse l'hôpital en parlant métier avec un de ses collègues. Sa visite est un hasard, et c'est par hasard aussi qu'il passe devant le lit de Pascal. Ce visage lui dit quelque chose, il se souvient, il y a un an à peine, cet homme était dans son cabinet, déprimé mais lucide, maigre mais vivant. En tout cas, pas fou. Il est impossible qu'il soit devenu cette loque, ce fantôme aux yeux creux, à la bouche pincée sur un rictus douloureux.

« Bonjour, monsieur, dit le médecin. Vous me reconnaissez ? »

Pascal ne sait plus qui est un monsieur et qui ne l'est pas. Il ne reconnaît personne. Il esquisse un petit signe de la main, lamentable et attristant. Puis il se détourne. Il ne comprend pas que l'on s'adresse à lui, il n'existe plus. Et le médecin reste songeur. A son collègue étonné qui l'interroge, il raconte la première visite de Pascal, celle de sa sœur, surtout...

Le lendemain, le médecin rappelle l'hôpital. Il a consulté ses notes sur la fiche de Pascal, pour être sûr. Or il n'y a aucun doute : rien ne laissait prévoir une telle évolution. A moins que... Son collègue sursaute.

Les deux médecins ont peur de leur idée. Peur de ce qu'ils pensent. Mais dans le doute il faut agir. La vie, l'existence d'un homme, est en jeu. Il n'est peut-être pas trop tard. Pourtant, avant d'accuser, il faut savoir.

Accuser qui ? Mlle Thérèse ? Savoir quoi ? Savoir si elle a poussé son frère à la folie et à l'internement par voie de conséquence. Cette Mlle Thérèse, si dévouée, si bonne. Pascal est alors transporté dans une chambre et traité notamment à l'hypnose. Le seul moyen d'essayer de le faire parler. Et il parle, bien que ce qu'il dise n'ait apparemment aucun sens.

« Je ne veux pas qu'on vende la maison, je ne veux pas qu'on vende la maison. »

Lucide, il n'a jamais dit quoi que ce soit qui ressemble à cela. Or cette phrase est une idée fixe : « Je ne veux pas qu'on vende la maison... » Il a fallu quelque temps d'enquête discrète pour la comprendre. La maison, c'était celle des parents morts. Une belle maison, avec un jardin. Et Mlle Thérèse, cette bonne Mlle Thérèse voulait la vendre un bon prix. Une petite fortune même, à un promoteur qui rêvait d'immeuble de rapport...

Mais Pascal, l'orphelin, le recueilli, le terrorisé, le faible, ne voulait pas. Cette maison était pour lui le dernier refuge au monde, il ne voulait pas la vendre... Alors Mlle Thérèse, sa sœur bien-aimée, avait poursuivi le lent travail de sape entrepris depuis l'enfance.

Enfant, Pascal était toujours plus bête que les autres, plus incapable, moins intelligent, plus maladroit, sans caractère ; du moins, sa sœur le lui disait. Et, au fur et à mesure que les années passaient, Mlle Thérèse enfonçait le clou plus profondément. Alors Pascal, être fragile et un peu faible, ne se mariait pas. Pascal changeait de métier, Pascal ne travaillait plus. Pascal était persuadé d'être un minable au cerveau sous-développé. Jusqu'au jour où elle voulut vendre la maison et où Pascal dit non.

Ce jour-là, Mlle Thérèse décida qu'il n'existerait plus. Le convaincre qu'il était réellement anormal ne lui prit qu'un an. Pascal fit le reste sans le savoir... Il n'avait gardé au fond de lui-même, qu'une seule résistance : la maison des parents. Ne pas la vendre, c'était son idée fixe.

Mais le mal était si grand, déjà, qu'il avait oublié. Comment penser que sa sœur, toujours dévouée, si travailleuse, si efficace, si protectrice, le haïssait à ce point-là ? Pour accélérer sa chute, Mlle Thérèse lui avait dit :

« Je ne te laisserai pas, je ne t'abandonnerai jamais dans un asile. »

Suprême hypocrisie, qui n'avait fait qu'achever Pascal. Il en était presque devenu fou, et il était allé à l'asile de lui-même.

Et Mlle Thérèse s'apprêtait à vendre la maison, munie d'un certificat d'internement qui lui donnait tout pouvoir sur la part de son frère. Ce sont les médecins qui ont porté plainte. Pas lui. Car on n'oublie jamais tout à fait ce genre d'intoxication, même si on en guérit.

LE CRIME IMPOSSIBLE

Crieff est une petite ville écossaise de cinq mille habitants près de Perth. Les dépliants touristiques, en cette année 1928, vantent son climat particulièrement sain, sa rivière poissonneuse et ses jolies maisons du Moyen Age. Ils ne mentionnent que pour mémoire le château du XVe siècle détruit par Cromwell et reconstruit au XIXe, car le château des Roslin ne se visite pas. Il est habité présentement par le comte David Roslin, vingt-huitième du nom.

David Roslin, les habitants de Crieff ne le voient guère qu'une fois par an, lorsqu'il assiste à l'office de Pâques. Les autres dimanches, il va à la chapelle de son château. Grand, élégant, cheveux gris, portant sa soixantaine avec quelque froideur et un peu de morgue, le comte Roslin est fidèle à son personnage, à son rang et à ce que l'on attend de lui. N'appartient-il pas à l'une des plus anciennes familles d'Ecosse ?

Depuis 1911, date de la mort de sa femme Margaret emportée par une tuberculose aiguë, et après que son fils unique Andrew se fut marié et installé à Glasgow, il mène dans son château une vie d'ennui aristocratique, entouré d'une domesticité nombreuse. Il partage sa vie entre ses chiens et ses souvenirs en attendant d'aller rejoindre son épouse dans l'orgueilleux caveau de famille.

Aussi, on peut imaginer la surprise, l'incrédulité et l'émoi des habitants lorsqu'ils apprennent, le 14 février 1928, cette stupéfiante nouvelle : Le comte Roslin est mort, poignardé.

Il est 7 heures du matin, le 14 février 1928. James, le majordome, pénètre dans le château. Ainsi que les autres domestiques, il ne loge pas dans le bâtiment principal, mais dans les communs, situés à l'écart dans le parc.

Comme tous les jours, sa première tâche consiste à aller réveiller son maître. Le majordome frappe quatre coups à la porte de la chambre. Pas de réponse. Dans ce cas, il a la consigne d'entrer quand même et d'aller jusqu'au lit du comte.

James ouvre les rideaux. La lumière pénètre dans la chambre. Il se retourne et met un moment à revenir de sa surprise : le lit est vide ; il est fait, son maître ne s'est donc pas couché. Depuis vingt ans qu'il est à son service, c'est la première fois que cela arrive.

Un peu soucieux, le majordome descend au rez-de-chaussée. Le comte est sans doute resté dans son bureau où il a l'habitude de veiller, et il se sera assoupi.

Il frappe à la porte. Pas de réponse. Il tourne la poignée : pas de résultat. La porte est fermée. Cette fois, le domestique est franchement inquiet. Alors, il fait une chose qu'il ne s'est jamais permise : il place son œil face au trou de la serrure. Peine perdue, il ne peut rien voir, la clé est engagée à l'intérieur. C'est donc la preuve que le comte est bien dans son bureau. Et s'il ne répond pas, le pire est à craindre. Pris d'une impulsion soudaine, James sort dans le parc, contourne le bâtiment et essaie d'entrer par une des fenêtres. Là encore, peine perdue, les volets sont fermés de l'intérieur.

Alors, le majordome décroche le téléphone et appelle le

lieutenant Mac Giry de la police de Crieff. Accompagné de plusieurs de ses hommes, celui-ci est sur place en moins de dix minutes. Le médecin de famille, prévenu lui aussi, est déjà là.

James expose brièvement les faits au policier : son maître est enfermé dans son bureau et ne répond pas. Le lieutenant Mac Giry prend immédiatement la seule décision qui s'impose : enfoncer la porte. Il faut chercher un madrier pour en venir à bout, et elle ne cède qu'après dix minutes d'efforts.

C'est alors un triple cri, poussé à la fois par le lieutenant, le majordome et le médecin : le comte David Roslin, vingt-huitième du nom, est étendu sur le tapis, baignant dans son sang. A ses côtés, un coupe-papier effilé.

Le médecin a vite fait d'établir son diagnostic :

« Il est mort depuis plusieurs heures. Il a reçu un coup mortel en plein cœur et deux autres dans le dos et le cou. »

Le lieutenant pousse un énorme soupir. Le meurtre du châtelain est ce qui pouvait lui arriver de pire. S'il ne met pas rapidement la main sur l'assassin, il peut dire adieu à toute idée d'avancement. Mais aussitôt il s'arrête dans ses pensées. Un crime n'est pas possible, la porte était fermée et la clé engagée dans la serrure. Il s'approche des fenêtres. Les volets, des volets en fer particulièrement solides, sont eux aussi verrouillés. Ils ne portent pas la moindre trace d'effraction. Il interroge le majordome :

« Existe-t-il une autre porte donnant dans le bureau ? — Non, absolument pas. — A votre connaissance, il n'y a pas de passage secret ? — Non, monsieur, et je suis au château depuis vingt ans. »

Le lieutenant conclut alors avec gravité :

« Il n'y a pas de doute : le comte Roslin s'est suicidé. »

Tandis que le corps est emmené à la morgue pour autopsie et qu'on fait prévenir le fils du défunt, le lieutenant Mac Giry commence l'interrogatoire du personnel en commençant par James le majordome.

« Votre maître paraissait-il déprimé ces derniers temps ?

— Non, monsieur. — Que vous a-t-il dit hier soir ? — Je lui ai porté son infusion dans son bureau, comme d'habitude. Il m'a dit bonsoir, et je suis allé me coucher. — Quelle heure était-il ? — Dix heures, monsieur, c'était l'heure habituelle. »

A leur tour les femmes de chambre, le cuisinier, le jardinier et le garde-chasse confirment les propos du majordome. M. le comte ne leur a jamais semblé déprimé. Il avait l'air de se porter aussi bien que possible.

Pour le lieutenant, l'enquête est presque terminée, mais non ses soucis. Il doit annoncer à Andrew Roslin le décès de son père. Andrew, qui vient d'arriver en toute hâte au château en compagnie de sa femme, est un homme de trente-cinq ans environ, blond aux yeux bleus, l'air aussi aristocratique que son père. Le lieutenant emploie tous les ménagements possibles pour présenter la nouvelle. Un suicide dans la haute société, c'est une sorte de scandale. Andrew Roslin, qui avait accueilli l'annonce de la mort de son père en silence, réagit immédiatement au mot de suicide.

« Les Roslin ne se suicident pas, commissaire. — C'est pourtant la vérité, monsieur le comte. Croyez en toute ma sympathie. — Quand auront lieu les obsèques ? — Dès que le médecin légiste aura fait le nécessaire. C'est-à-dire dès demain, j'espère. »

Et le lieutenant Mac Giry quitte le château avec un réel soulagement. Il ne s'est pas trop mal sorti de sa délicate mission. En tout cas, dès le rapport du médecin, il classera l'affaire.

Le médecin se présente le lendemain comme promis à son bureau. Et c'est alors qu'a lieu le coup de théâtre, que toute la construction du lieutenant s'écroule pour faire place à un énorme, à un invraisemblable point d'interrogation.

Edward Smith, médecin légiste, est un petit homme chétif, portant des lunettes de myope aux verres épais. Il parle pourtant avec assurance :

« Il ne peut s'agir d'un suicide, lieutenant. »

Le lieutenant ne réagit même pas devant cette énormité. Il

ne peut pas y croire. Cela n'a aucun sens. Le praticien continue avec netteté :

« Voyez-vous, le coup au cœur a pu, à la rigueur, être porté par la victime elle-même. Il a d'ailleurs provoqué instantanément la mort. Mais le corps présente deux autres blessures : une derrière le cou, l'autre dans le dos, du côté droit. Je suis formel. Il n'est pas possible de se frapper soi-même à ces endroits avec une telle force. Le coup de poignard dans le dos a même atteint le poumon droit. Le comte Roslin a été frappé par un agresseur. »

Le lieutenant Mac Giry est totalement désemparé. Il s'adresse à son interlocuteur comme s'il cherchait en lui un soutien.

« Mais enfin, l'enquête a prouvé que le meurtre était impossible. »

Le médecin légiste répond d'un ton impassible.

« Je regrette, mes conclusions établissent que le suicide est impossible. Voici mon rapport, lieutenant. Faites faire une contre-expertise si vous voulez. Mais je suis sûr que tous mes collègues aboutiront au même résultat. »

Le lieutenant se retrouve seul dans son bureau. C'est fou, c'est inimaginable. Il est entré lui-même dans le bureau, la porte était fermée à clé et les volets verrouillés. Admettons que le comte ait ouvert à son agresseur, dans ce cas, il n'aurait pu refermer la porte à clé puisque le coup au cœur était immédiatement mortel. Or la clé était bien dans la serrure quand il a enfoncé la porte. Donc le meurtre est impossible.

D'autre part, le professeur Smith affirme que le comte n'a pu se frapper lui-même au dos et au cou. Donc ce n'est pas un suicide non plus. Mais alors, que s'est-il passé ? Un détail revient d'ailleurs à la mémoire du lieutenant : le coupe-papier, arme du crime, ne portait aucune empreinte, ni celle du comte Roslin ni aucune autre.

Totalement décontenancé, le lieutenant Mac Giry retourne au château. Avec l'aide de ses hommes, il sonde les parois du bureau à la recherche d'une issue secrète. Il explore le plancher, le plafond. Il n'y a pas de porte cachée, pas de trappe. Alors, le lieutenant imagine une autre hypothèse. Toujours dans le cas du suicide, le comte aurait pu se jeter à reculons sur le coupe-papier, s'empaler, en quelque sorte, avant de le reprendre et de se poignarder au cœur. Mais, pour cela, il aurait fallu qu'il puisse coincer l'arme d'une manière ou d'une autre. Or rien dans la pièce ne se prête à ce genre de tentative. Les murs sont nus, il n'y a qu'un bureau et une chaise. Le sol est recouvert de tapis épais. Nulle part il n'est possible de coincer le coupe-papier pour qu'il pénètre avec tant de force dans le corps.

Les obsèques du comte David Roslin, vingt-huitième du nom, ont lieu dans l'effervescence. Car la presse s'est emparée de l'affaire et relate l'incroyable mystère. Un homme trouvé mort dans une pièce hermétiquement close, fermée de l'intérieur, et qui pourtant a été tué par une main étrangère.

Les mois passent. Pour la centième fois, harcelé par la presse et par ses chefs, le lieutenant Mac Giry reprend les éléments de son enquête qui est toujours au point mort. Pour la centième fois, il se pose cette question angoissée : « Mais que s'est-il passé ? »

C'est alors qu'en dépouillant son courrier il a la surprise de trouver une lettre étrange :

Lieutenant,

Je me nomme William Pinker. Je suis détective privé à Londres. J'ai lu les détails de l'affaire Roslin dans les journaux et je suis arrivé à la conclusion qu'il y avait une solution possible, une seule. Je m'appuie uniquement sur les résultats de votre enquête et je suppose qu'ils sont exacts. Voulez-vous que je vienne vous voir ? Je serais heureux de vous exposer mes déductions.

Le lieutenant Mac Giry répond par retour du courrier à ce William Pinker en lui donnant un rendez-vous. Au point où il en est, qu'a-t-il à perdre ?

Quelques jours plus tard, William Pinker est en face de lui, dans son bureau. C'est un petit homme très brun, d'une trentaine d'années. Le lieutenant considère son visiteur avec un certain scepticisme. Il a l'air modeste, presque effacé. N'attendant pas grand-chose de lui, l'officier de police lui demande brutalement :

« Alors c'est un meurtre ou un suicide ? »

Le petit détective a un sourire ambigu :

« Un peu les deux. David Roslin a reçu un visiteur cette nuit-là. C'est lui-même qui lui a ouvert et l'a introduit dans son bureau. »

Le lieutenant manifeste quelque agacement :

« J'y avais pensé, moi aussi. Mais comment a-t-il refermé la porte après son départ puisqu'il a reçu un coup au cœur instantanément mortel ? »

Le petit homme fait un geste d'apaisement :

« Laissez-moi poursuivre, s'il vous plaît. Dans le bureau, les deux hommes — car je pense que l'agresseur était un homme — ont eu une explication qui s'est envenimée. A un moment donné, le comte a tourné le dos à son visiteur. Celui-ci a vu le coupe-papier sur le bureau. Il a été pris d'une brusque impulsion, il a frappé deux fois, au cou et dans le dos, et il s'est enfui. — Mais le coup au cœur ? — Attendez ! Le comte a laissé partir son agresseur. Ses blessures étaient graves, mais non mortelles. Il a d'abord fermé la porte de son bureau à clé. Ensuite, il a effacé les empreintes sur le coupe-papier et, en le tenant entre les plis de sa robe de chambre, il s'est frappé au cœur. »

Le lieutenant est abasourdi.

« Evidemment, cela concorde sur le plan des faits, mais, psychologiquement, c'est absurde. Pourquoi le comte Roslin se serait-il suicidé après avoir été attaqué ? »

Le détective privé s'attendait visiblement à cette question.

« Il y a deux explications possibles. La première : il voulait maquiller cette agression en suicide afin que son visiteur ne soit pas inquiété. La seconde : il a voulu réellement se suicider, vraisemblablement par remords. Mais, si vous voulez mon avis, je pense que c'étaient les deux raisons à la fois. »

Cette fois, le lieutenant Mac Giry est suspendu aux lèvres de son interlocuteur.

« Mais pourquoi aurait-il commis un acte aussi extraordinaire ?

— Tout dépend de la personnalité de son visiteur et du motif de sa venue. Supposez que ce soit quelqu'un de très proche, son fils Andrew, par exemple. Et supposez qu'Andrew ait demandé cette entrevue à son père parce qu'il avait découvert quelque chose le concernant, quelque chose de très grave. »

Le lieutenant ne dit plus rien. Il commence, lui aussi, à entrevoir la vérité.

« Je ne vous fais pas de reproche, lieutenant, mais vous n'avez pas enquêté sur la mort de Margaret Roslin, la femme du comte. J'ai fait moi-même quelques recherches à ce sujet. Elle est décédée en 1911 d'une tuberculose qui l'a emportée en trois mois. Ce qui est curieux, c'est qu'elle n'avait jamais eu auparavant de manifestation de cette maladie. Supposez que sa mort n'ait pas été naturelle, pour parler clairement, que son mari l'ait empoisonnée. Et pourquoi l'aurait-il fait, sinon parce qu'il avait découvert que Margaret le trompait et même que son fils n'était pas de lui ? »

William Pinker fixe le lieutenant bien dans les yeux.

« Maintenant, nous sommes en 1928. Andrew vient d'apprendre qu'il n'est pas le fils de son père et que celui-ci a tué sa mère. Il lui demande une entrevue et lui dit qu'il sait tout. Vous imaginez la discussion entre les deux hommes. A un moment donné, Andrew, fou de rage, frappe par deux fois. Alors David Roslin, pour éviter le scandale, et aussi sans doute pour se punir, décide de se suicider. »

Il y a un long silence dans le bureau du lieutenant. Après avoir réfléchi intensément, celui-ci demande au détective privé :

« Comment se fait-il qu'Andrew ait appris la vérité dix-sept ans après ? — Il y a plusieurs explications possibles : une lettre anonyme peut-être assortie d'une menace de chantage, provenant — pourquoi pas ? — du père véritable, un vieux domestique se mettant à parler en sentant sa fin prochaine. Mais j'ai une autre explication qui me plaît beaucoup parce qu'elle est, comment dirais-je ? plus romanesque. A son mariage, Andrew a quitté le château pour s'établir dans un hôtel particulier à Glasgow. Il a emporté certains des meubles familiaux. Admettons que, parmi ceux-ci, ait figuré le secrétaire de sa mère. Récemment, lui ou sa femme découvre par hasard le tiroir secret et, à l'intérieur, le journal intime de Margaret Roslin. Elle y raconte tout : sa liaison, les soupçons de son mari et ses propres soupçons à elle. Elle acquiert la certitude qu'il l'empoisonne, elle le dit dans son journal, mais elle se tait. Elle accepte cette mort lente comme le châtiment de sa faute. »

Le détective privé a terminé. Le lieutenant Mac Giry hoche la tête.

« Ce doit être cela. Ce ne peut être que cela. »

William Pinker se lève.

« Qu'allez-vous faire, maintenant ? — Rien, il n'y a aucune preuve. Je vais classer l'enquête, d'ailleurs, je vais l'annoncer tout de suite à Andrew Roslin. »

Un peu plus tard, le lieutenant Mac Giry est introduit au château. Le vingt-neuvième comte du nom l'accueille au bras de sa femme avec la politesse distante des Roslin.

« Des nouvelles, lieutenant ? — Oui, de bonnes nouvelles, monsieur le comte. Je viens vous annoncer que nous avons décidé de classer cette triste affaire. »

Andrew ne répond rien. Il se contente de hocher la tête. Après un échange de banalités, il raccompagne courtoisement son visiteur jusqu'au perron. Juste au moment de le quitter, le lieutenant Mac Giry lui demande du ton le plus naturel :

« Parmi les meubles que vous avez emportés à Glasgow, il y avait bien le secrétaire de votre mère, n'est-ce pas ? »

Une lueur passe dans les yeux bleus du comte, une lueur de surprise, d'inquiétude, peut-être. Mais il reprend bien vite son masque de politesse glacée :

« Oui, mais j'avoue ne pas saisir. »

Malgré lui, le lieutenant Mac Giry se met à sourire, et il répond en tendant la main à son interlocuteur :

« Vous avez raison, monsieur le comte, cela n'a aucune importance. »

L'HEURE DU DESTIN

En rentrant de son bureau, ce soir-là, Nadine est nerveuse, irritable, la journée a été parsemée de désagréments de toutes sortes. Encore une de ces journées où l'on se dit « que l'on aurait mieux fait de rester couché ».

« Et ce n'est pas fini », pense la jeune femme en voyant l'attitude de son mari. Depuis quelques mois, le couple bat de l'aile. Un proverbe dit : « Quand il n'y a plus d'avoine à l'écurie, les chevaux se battent. »

C'est un petit peu ce qui se passe dans le ménage Brissot. Marc a été licencié d'une importante compagnie et voilà trois mois qu'il cherche en vain du travail.

Vivre sur le seul salaire de Nadine n'est pas fait pour arranger le caractère ombrageux du mari. Tout est prétexte à disputes et ce soir ne va pas faire exception, bien au contraire.

Un potage trop salé et c'est le départ d'une scène qui prend très vite des proportions hors de mesure.

« Eh bien, tu n'as qu'à faire la cuisine toi-même ! Tu as tout ton temps puisque tu ne fais rien de la journée. C'est facile. »

Le mari réplique que ce n'est tout de même pas de sa faute s'il ne trouve pas de travail. Il ajoute qu'il sent bien que Nadine le supporte mal depuis quelque temps.

« Si tu as un autre homme dans ta vie, dis-le ! »

Au comble de l'exaspération, Nadine saisit la balle au bond. Elle s'invente une liaison imaginaire. Un amant ? Eh bien oui, elle a un amant. Et alors. Quoi de plus normal avec un mari tel que lui ?

Marc se précipite sur sa femme. Les coups pleuvent. Dans un geste de défense instinctif, Nadine saisit la première chose qui lui tombe sous la main et le frappe à la tête. Touché à la tempe, le mari s'effondre foudroyé.

Horrifiée par le geste qu'elle vient de faire, et constatant que Marc ne donne plus aucun signe de vie, Nadine s'affole. Un instant l'idée de prévenir la police lui vient à l'esprit et puis la peur du châtiment prend le dessus, elle n'a plus qu'une idée : s'enfuir, s'enfuir le plus loin possible de ce qu'elle pense être les lieux de son crime.

Jérôme Moulinier a deux heures à perdre. Son avion ne part qu'à vingt-deux heures pour Marseille. Pour une fois, il a tout son temps ! Son nouveau poste de directeur adjoint l'accapare beaucoup. C'est une lourde responsabilité, mais les avantages sont appréciables.

Son divorce vient d'être prononcé, et la pension qu'il doit verser pour sa fille est un rude handicap, il ne la verra plus que le week-end, tous les quinze jours, et une partie des vacances.

Tandis qu'il s'attarde à la voiture d'un marchand de jouets, dans le reflet de la vitre, une silhouette de femme attire son attention... Nadine !

Voilà six ans qu'il ne l'a pas vue et il l'a reconnue du premier coup d'œil. Jérôme Moulinier a eu une passion pour elle et leur liaison a duré presque un an.

« Nadine ! »

Interpellée, la jeune femme se retourne. Ils tombent dans les bras l'un de l'autre et quelques instants plus tard ils sont assis à la terrasse d'un café.

Au fil de la conversation, Jérôme se rend bien compte que Nadine a quelque chose qui la préoccupe. Questionnée elle se refuse à répondre.

Et, puis d'un seul coup, la jeune femme craque, et dit tout. La première réaction de Jérôme est de conseiller d'appeler la police et puis, la réflexion aidant, il la rassure.

« On ne tue pas un homme aussi facilement que ça ! Après tout, il n'était peut-être qu'évanoui ? Tu devrais retourner voir. »

L'idée de revenir chez elle plonge Nadine dans une nouvelle crise de larmes.

Magnanime, Jérôme se propose de l'accompagner. Même s'il rate son avion, il y en a un autre à vingt-trois heures. Après avoir hésité, la jeune femme accepte la proposition de son ex-chevalier servant. De toute façon, Jérôme a raison, la fuite est une mauvaise solution. On ne gagne jamais rien à refuser ses responsabilités.

Surtout dans le cas qui la préoccupe, elle n'a réagi qu'en cas de légitime défense. Même s'il y avait mort d'homme, sa bonne foi ne pourrait être mise en doute. L'état des lieux a dû forcément rester le même et il démontrera de façon formelle la bataille qui a précédé son geste malheureux.

Ce n'est pas sans une certaine émotion que Nadine introduit sa clé dans la serrure. Jérôme a décidé de l'attendre sur le palier. Première surprise, la pièce est plongée dans l'obscurité. Elle n'a pourtant pas le souvenir d'avoir éteint en sortant. Le cœur battant, Nadine donne de la lumière et reste là, incapable d'émettre un son ou de bouger le petit doigt. Le corps de son mari a disparu et la pièce est dans un ordre impeccable. Troublée à l'extrême, Nadine demande à Jérôme son secours. Elle n'a rien inventé, tout s'est exactement passé comme elle l'a dit.

« Il faut me croire, Jérôme, c'est la vérité.

— Mais bien sûr... je n'en ai jamais douté. Tiens, la preuve, regarde ! »

L'homme passe son doigt sur la moquette, aucun doute possible, c'est du sang.

« Mais alors qu'est-ce que tout cela veut dire ?

— Ce que ça veut dire ? Mais tout simplement que ton mari a été moins blessé que tu ne l'as cru, reprend Jérôme en s'efforçant de sourire. Après avoir remis de l'ordre dans la pièce, il aura été se faire soigner. Il est peut-être même tout simplement couché. Tu as été regarder ? »

L'idée que le mari de Nadine puisse survenir d'un instant à l'autre provoque chez Jérôme un sentiment très désagréable. Sa présence dans les lieux aurait quelque chose d'incongru. Il est tiré de ses réflexions par l'exclamation de Nadine devant un tiroir entrouvert.

« Son revolver !

— Quoi son revolver ? »

Nadine ouvre le tiroir en grand, plonge la main à l'intérieur.

« Ah non, il est là. J'ai eu peur qu'il l'ait emporté. Il a eu l'intention de le prendre et puis il ne l'a pas pris, pourquoi ?

— Pour te laisser la possibilité de t'en servir. »

Dans leur dos la voix du mari vient de tomber, comme un couperet.

« Tous les deux ! Je n'en espérais pas tant. »

Au regard de haine que lui adresse l'homme, Jérôme comprend tout le tragique de la situation.

« Non, écoutez, je vais vous expliquer.

— Inutile j'ai très bien compris. Vous êtes venus m'achever, c'est ça ? »

Faisant un effort formidable pour rester calme, Jérôme donne la version des faits : sa rencontre fortuite avec Nadine, l'affolement de celle-ci, sa certitude que le mari n'avait été que commotionné, sa proposition d'accompagner Nadine morte de peur. Au fur et à mesure qu'il s'explique, Jérôme se rend parfaitement compte que le mari ne le croit pas. Plus il parle, plus il argumente, plus le sourire de l'autre devient crispé.

« Mais c'est la vérité, il faut me croire. Nous ne nous sommes pas rencontrés, Nadine et moi, depuis six ans. Je vous assure que seul le hasard... »

Il est si évident que Marc ne croit pas un mot de ce qu'il raconte que Jérôme s'arrête de lui-même, incapable de continuer.

« Si vous le permettez, laissez-moi à mon tour vous donner la version de ce que je vais raconter dans un instant à la police. »

De sa poche le mari a tiré un revolver qu'il pointe en direction du couple, Jérôme sent une onde glaciale lui parcourir le dos. Avec un calme diabolique Marc s'assoit sur le canapé et poursuit son exposé.

« A la suite d'une violente discussion au cours de laquelle elle avoue avoir un amant, ma femme quitte le domicile conjugal, non sans avoir proféré des menaces contre moi. Je m'allonge sur ce canapé. Un peu plus tard, j'entends la porte s'ouvrir, et je me trouve en présence de ma femme accompagnée de son amant, qui me braque avec un revolver. Tout en discutant, je m'approche du meuble dans lequel je sais avoir mon revolver. Je réussis à m'en emparer ; l'amant me voit, tire, je fais un bond de côté, il me rate, je tire sur lui à mon tour et il s'écroule, tandis que ma femme se jette sur moi et me frappe à la tête avec un presse-papiers. A moitié assommé, j'essaie de la maîtriser mais mes forces m'abandonnent. Elle saisit alors le tisonnier de la cheminée et se rue sur moi. Voyant ma vie en danger, je tire une seconde fois et elle s'écroule, morte à mes pieds. »

Un temps, Marc savoure la peur, à présent visible sur les visages de ses deux futures victimes. Aucun d'eux ne doute qu'il va mettre son plan à exécution.

« Evidemment, je suis dans l'obligation de faire cela dans le désordre. »

Avec une lucidité extraordinaire, Jérôme analyse le plan machiavélique du mari de Nadine.

Marc a remplacé son revolver par un autre, dont il a bien sûr enlevé les balles. Lorsqu'ils seront morts, ce sera un jeu d'enfant de mettre ses empreintes à lui, Jérôme, sur le revolver, de remettre les balles et d'en tirer une dans le mur.

Pour les voisins, le nombre des coups de feu restera le même.

Trois coups, deux rapprochés et un autre, quelques secondes plus tard. La seule différence sera que les deux premiers coups auront été tirés contre lui et Nadine, mais ça, personne sauf lui ne pourra le savoir.

« Je vais commencer par toi ma chérie, je te dois bien cette ultime priorité. »

Voyant que l'arme est braquée en direction de Nadine, Jérôme, avec l'énergie du désespoir, se rue sur le forcené. Un coup de feu claque. Touchée, Nadine s'écroule.

La lutte entre les deux hommes est sans merci.

Ses forces décuplées par l'instinct de conservation, Jérôme réussit à maintenir la main tenant le revolver hors de portée. Un second coup de feu part sans atteindre son but. C'est la lutte pour la vie. Au bout de quelques secondes interminables, Jérôme réussit à faire lâcher l'arme à son adversaire. A partir de cet instant, la lutte est plus équilibrée et le combat s'achève à l'avantage de Jérôme qui prévient aussitôt la police.

Opérée d'urgence à l'hôpital Nadine sera sauvée de justesse.

Une semaine plus tard, de passage à Paris, Jérôme viendra lui porter quelques fleurs pour meubler sa solitude.

Emue aux larmes la jeune femme le remerciera du fond du cœur. Ne lui doit-elle pas la vie ?

« Oh ! tu peux remercier le hasard », dira modestement Jérôme.

Oui bien sûr, une fois encore le hasard avait bien fait les choses. Si elle n'avait pas rencontré Jérôme, et si celui-ci n'avait pas accepté de l'accompagner chez elle... Certains appellent cela le hasard, n'est-ce pas aussi le destin ?

LE PETIT HOMME EN IMPERMÉABLE

Mme Michaux est derrière ses rideaux, en cette belle matinée d'avril 1967. Cela n'a d'ailleurs rien d'étonnant. Mme Michaux passe le plus clair de son temps derrière ses rideaux à regarder ce qui se passe dans la rue. Quand on est veuve, sans enfant, et qu'on habite une petite ville de province, que peut-on faire sinon étudier ses voisins ?

Les habitants du pavillon d'en face s'appellent les Carloni. Mme Michaux les connaît bien, de vue, surtout...

Lui, Jacques Carloni, est industriel. C'est même l'un des plus importants de la ville. Mme Michaux partage à son sujet l'avis général : personne, dans la ville, n'aime Jacques Carloni. Son arrogance, sa brutalité, lui ont aliéné les sympathies. De plus, tous les week-end, ou presque, il part au volant de sa puissante voiture pour la capitale. Des clients, des voyages d'affaires, dit-il à son entourage. En fait, nul ne doute que Jacques Carloni entretienne une maîtresse à Paris.

A ses côtés, Henriette Carloni fait figure de victime. Mme Michaux la plaint de tout son cœur. Comment fait-elle pour supporter son sort ? qu'est-ce qui la retient auprès de son mari ? d'autant qu'ils n'ont pas d'enfant. Faut-il qu'elle ait le sens du devoir !

Or, ce dimanche matin d'avril 1967, Mme Michaux est en train de vivre un événement extraordinaire. Tout à l'heure, M. Carloni est sorti, au volant de sa puissante voiture, pour son week-end à Paris. Mais un taxi vient de s'arrêter devant le pavillon de l'industriel. Un petit homme en sort. Mme Michaux est sûre de ne l'avoir jamais vu. Que vient-il faire, alors que Mme Carloni est seule chez elle ? Et pourquoi a-t-il une valise à la main ?

Mme Michaux n'est pas au bout de ses surprises. Le petit homme a l'air de se comporter comme s'il était chez lui. Elle retient son souffle. Mais ce n'est pas possible ! Il a la clé !

En décrochant son téléphone, Mme Michaux se répète encore incrédule : « Mme Carloni a un amant ! »

Six mois plus tard, en octobre 1967, le mystérieux petit homme en imperméable fait sa troisième apparition au domicile de Mme Carloni. Il est déjà venu à deux reprises, profitant du départ du mari. A chaque fois, il est arrivé en taxi, il est entré avec sa clé et il est resté tout le week-end.

Derrière ses rideaux, Mme Michaux n'a pas perdu une miette de l'aventure. Pendant ses séjours, le visiteur n'est pas sorti du pavillon. Seule Mme Carloni s'est absentée deux ou trois fois pour faire des courses.

Grâce aux soins de Mme Michaux, tout le quartier est évidemment au courant. L'instant de réprobation passé, tout le monde se déclare enchanté pour Mme Carloni ; elle a mille fois raison de rendre la pareille à son mari. Mais il faut dire que personne ne s'attendait à une semblable audace de sa part !

Pourtant, ce 25 octobre 1967, c'est tout différent. Mme Michaux n'en croit pas ses yeux... Il n'est pas loin de six heures du soir, la nuit n'est pas tout à fait tombée. Tout à l'heure, il y a dix minutes environ, Mme Carloni est sortie de chez elle pour faire des courses. Et voici qu'il arrive. Mme Michaux observe de tous ses yeux : aucun doute n'est possible. C'est lui, c'est le petit homme à l'imperméable. Or, cette fois, Jacques Carloni, le mari, est chez lui. Mme Michaux en est absolument sûre.

Mme Michaux suit chacun des mouvements de l'homme. Il a la même démarche assurée que les autres fois. Il est vraisemblablement inconscient. Est-ce qu'il va sortir sa clé ? Non, il sonne... Quelques secondes s'écoulent. La suite va très vite. M. Carloni ouvre. L'homme à l'imperméable sort quelque chose de sa poche. Il y a deux détonations. Mme Michaux voit l'industriel s'écrouler et, avant même qu'elle ne soit revenue de sa surprise, le visiteur a disparu.

Toute tremblante, Mme Michaux se précipite vers son téléphone. Elle avait beau s'attendre à un drame et même, secrètement, l'espérer, elle est bouleversée.

Quelques minutes plus tard, le commissaire du quartier est sur les lieux. Il murmure en considérant le corps :

« Deux balles en plein cœur. C'est net et sans bavure. »

Mme Michaux est partagée entre l'excitation et la terreur. Elle répond d'une voix blanche à ses questions.

« Vous dites que c'est l'amant de Mme Carloni qui a fait le coup ? — Oui, il était déjà venu trois fois en l'absence de M. Carloni. J'en suis sûre. J'étais par hasard à ma fenêtre. — Pourriez-vous me le décrire ? »

Mme Michaux rassemble ses souvenirs.

« Brun, de petite taille. Il était toujours vêtu d'un imperméable. Il pouvait avoir quarante, cinquante ans. C'est difficile à dire. Je l'ai toujours vu de loin. »

Le commissaire et la voisine se retournent en même temps. Mme Carloni vient d'arriver. Elle se jette à genoux auprès du corps de son mari. Elle reste muette un long moment. A la fin elle murmure :

« Michel... C'est donc cela ! »

Le commissaire s'adresse à elle d'une voix douce.

« Qui est Michel ? »

La réponse de Mme Carloni est presque imperceptible :

« Mon amant. Je ne connais pas son vrai nom. »

Quelques instants plus tard, tandis que le corps est enlevé par des policiers, le commissaire interroge dans le salon la femme de la victime. En phrases hésitantes, Henriette Carloni raconte son inimaginable aventure.

« J'ai rencontré Michel au mois de décembre dernier. Mon mari avait voulu passer seul les fêtes de fin d'années, aux sports d'hiver, avec des clients, m'avait-il dit... En fait, je savais bien que c'était avec sa maîtresse. Je n'ai pas protesté cette fois plus que les autres. Alors il m'a proposé, comme je serais seule, de passer une semaine dans un club de vacances en Tunisie. C'est là que j'ai fait la connaissance de Michel. Je vous le jure, monsieur le commissaire, il n'a jamais voulu me dire son nom. Tout ce qu'il m'a dit, c'est qu'il était marié. Il m'a fait promettre de ne pas chercher à savoir qui il était. »

Henriette Carloni a un pauvre sourire.

« Il est venu trois fois ici en l'absence de mon mari. Je suppose que Mme Michaux a dû vous le dire. La dernière fois, c'était il y a un mois. Il m'a dit qu'il devait s'en aller. Il n'a pas précisé où ni pourquoi. Je n'ai pas essayé de le retenir, c'était inutile. C'est alors qu'il m'a posé une question étrange. Il m'a demandé pourquoi je ne divorçais pas. Je lui ai demandé ce que ça pouvait lui faire puisque nous ne nous reverrions plus... »

Mme Carloni se tasse un peu plus sur elle-même. Dans son fauteuil, elle paraît perdue. Elle continue son récit.

« Michel m'a dit alors : Ma pauvre Henriette, il faudra bien que je t'aide malgré toi. Il est parti et je ne l'ai jamais revu... »

Le commissaire a un cri de surprise.

« Vous voulez dire que l'assassinat de votre mari, c'était son... cadeau d'adieu ! »

Mme Carloni ne répond pas. Tout ce qui vient d'arriver, après des années de vie terne et malheureuse, la dépasse.

Le commissaire ne voit pas ce qu'il pourrait ajouter pour l'instant. Il quitte la pièce. En sortant dans le jardin, il se heurte à Mme Michaux, qui était restée là, ne pouvant s'éloigner aussi vite du lieu du drame. Et, sans trop savoir encore pourquoi, il lui pose une dernière question.

« Dites-moi, madame, avez-vous vu Mme Carloni et son amant ensemble ? »

La voisine ne voit pas où le policier veut en venir. Elle rassemble ses souvenirs. A la fin, elle déclare :

« Effectivement, maintenant que vous me le dites, je les ai toujours vus séparément. Mais pourquoi ? »

Le commissaire ne l'écoute plus. Il se rue dans le pavillon. Il faut faire vite. Dans quelques instants peut-être, toutes les preuves auront disparu. La porte est restée ouverte. Il se précipite dans le salon. Mme Carloni a son sac à provisions à la main. Il le lui arrache.

« Vous alliez sans doute jeter tout cela dans la chaudière ? »

Il en déballe le contenu sur la table. En dessous des quelques provisions achetées au super-marché voisin apparaissent un imperméable, une perruque brune d'homme et un revolver... Henriette Carloni a perdu la partie. Elle se contente de dire :

« Si vous saviez ce qu'il m'a fait souffrir. Des années j'ai espéré que j'aurais un amant qui me vengerait. Et, comme il ne venait pas, j'ai décidé de jouer le rôle moi-même. C'est dommage, Michel aurait mérité d'exister !

UNE VILLE PROPRE

2 mai 1956, dix-huit heures. Harry Lester s'accorde un peu de repos après une journée bien remplie. Il est satisfait : les affaires marchent bien, son cabinet d'assurances est prospère. Il a cinq secrétaires, trois représentants et il envisage d'accroître son personnel.

A quarante-six ans, Harry Lester est l'image même de la réussite. Mais il se consacre avant tout à sa famille : sa femme Joan, sa fille Grace et son fils Michael.

Harry Lester regarde sa montre. Dans un quart d'heure, il prendra sa voiture pour se rendre au Rotary club, dont il fait partie comme tous les notables. Ce n'est pas tellement qu'il aime cet endroit, mais c'est, pour ainsi dire, une nécessité professionnelle. Car à Lakeland, la petite ville de Floride où il s'est installé, la respectabilité sociale compte beaucoup. Lakeland est, comme on dit, « une ville bien ». Et c'est sans doute à sa bonne réputation qu'Harry Lester doit la prospérité de son cabinet...

Brusquement, sans s'être fait annoncer, deux hommes font irruption dans son bureau. L'un d'eux porte une chemise bariolée sur laquelle est épinglée une grosse étoile de shérif. Il s'adresse à Harry en mastiquant son chewing-gum :

« J'ai un mandat d'arrêt contre vous, Lester. Vous allez nous suivre gentiment sans faire le mariole. Compris ? »

Harry n'a pas le temps de réagir. Tout ce qu'il trouve à dire, tandis qu'on l'emmène sans ménagement, c'est cette phrase stupide :

« Mais enfin, je vais être en retard à mon club. »

Dans le poste de police, Harry Lester, qui a repris ses esprits, laisse éclater son indignation. Mais le shérif le considère placidement sans cesser de mastiquer son chewing-gum.

« Du calme, mon gars. Les questions, c'est moi qui les pose. Et d'abord, il faut que vous sachiez une chose : à Lakeland, on n'aime pas beaucoup les violeurs. »

Les violeurs ! Harry Lester a pâli. Le shérif, visiblement satisfait de son changement d'attitude, commence l'interrogatoire.

« Vous allez me dire quand vous êtes allé pour la dernière fois au *Purple Candy* et quand vous avez vu pour la dernière fois Jennifer Lamb. »

Harry ouvre des yeux ronds. Le *Purple Candy* est un bar à la sortie de la ville. Il a dû s'y rendre deux fois dans toute son existence. Quant à Jennifer Lamb, ce nom ne lui dit rien.

Le shérif ne le laisse pas aller plus loin dans ses pensées :

« Vous ne voyez pas ? Je vais vous rafraîchir la mémoire... Sam, fais entrer miss Lamb. »

Une jeune femme apparaît. Elle est jeune, jolie, moulée dans une robe agressive. Mais son attitude contraste avec sa toilette provocante. Elle est craintive, apeurée. Le shérif l'invite à s'asseoir. Il lui parle d'une voix douce. Il a retiré son chewing-gum.

« Miss Lamb, reconnaissez-vous cet homme ? »

La jeune femme se met à éclater en sanglots :

« Oui. Je le reconnais. C'est lui ! »

Le shérif la fait reconduire avec ménagements et se tourne en rugissant vers Harry.

« Alors, vous avouez, maintenant ? »

Harry Lester ne s'affole pas. Il est très calme.

« Shérif, cette femme ment. Je ne sais pas pourquoi, mais elle ment. Maintenant, j'exige de téléphoner à mon avocat. »

Le shérif reprend un chewing-gum et lui passe le téléphone.

« A votre aise, mon gars. Et vous pourrez lui dire qu'il va avoir du boulot. »

Les jours suivants, malgré l'insistance du shérif et des autres policiers, Harry Lester persiste à nier farouchement. Dans sa cellule, il reçoit la visite de Joan et de ses enfants. Ils sont bouleversés, mais, pas un instant, ils ne le croient coupable. Son avocat est également persuadé de son innocence.

Pour Harry, cette aide morale est précieuse. C'est elle qui lui donne la force d'affronter, après quatre jours de détention, la confrontation dans le bureau du juge d'instruction.

Devant le magistrat, Jennifer Lamb répète ses accusations avec plus de violence encore. Harry a beau tenter de la raisonner, il n'y a rien à faire. C'est lui l'ignoble individu, le violeur.

Harry Lester est donc officiellement inculpé de viol et il a même beaucoup de mal à obtenir sa liberté sous caution. Quand il sort du bureau, libre provisoirement, Harry a brusquement une pensée désagréable : « Peut-être aurais-je mieux fait de rester en prison ? Que vais-je trouver dehors ? »

La réponse ne tarde pas. Dès qu'il est dans la rue, une forme se jette sur lui. C'est Jennifer Lamb, qui agrippe ses vêtements et qui tente de le griffer. En même temps, des éclairs éclatent devant lui. Les journalistes, qui l'attendaient eux aussi, viennent de réussir un beau cliché.

Harry, entouré de sa femme, de ses enfants et de son avocat, parvient à s'engouffrer dans la voiture. Comme il n'est que onze heures du matin, il se fait déposer au bureau.

En entrant, il a une surprise : toutes les pièces sont vides. Mais l'explication ne tarde pas. Sur son bureau, parmi le courrier qui s'est accumulé, il y a huit lettres : ce sont les démissions de ses secrétaires et de ses représentants. Harry reste quelque temps, les bras ballants, désœuvré, abattu, quand le téléphone vient le tirer de ses pensées. C'est une voix d'homme, agressive :

« Allô, ici M. Brown... Ah, c'est vous, espèce d'ordure ! Je vous informe que j'annule tous mes contrats et j'espère que vous serez condamné au maximum. »

Harry Lester raccroche, abasourdi. Ils ne peuvent pas croire une chose pareille ! Son personnel, si fidèle. M. Brown, un de ses plus vieux clients.

Si, c'est possible. En dépouillant le courrier, Harry s'aperçoit qu'une lettre sur deux est une annulation de contrat. Et puis, le téléphone n'arrête pas de sonner : des voix d'hommes, des voix de femmes, excitées, hystériques, des injures contre lui, contre sa femme, ses enfants, et le même mot qui revient comme une litanie : « J'annule, j'annule ! »

Harry Lester, brisé, quitte son bureau. Il prend le chemin de son club. Il veut parler à ses collègues. Il va leur dire qu'ils n'ont pas le droit de le juger, de le condamner sans preuve.

Mais Harry ne va pas bien loin dans le pompeux bâtiment du Rotary club de Lakeland. A peine a-t-il franchi le hall que le concierge se précipite sur lui, l'empoigne par le col et le jette à la rue. Harry Lester rentre chez lui dans un état second. En chemin, il achète le *Lakeland Mirror,* le quotidien local.

Il a un haut-le-corps. Même dans ses pires appréhensions, il ne s'attendait pas à cela. Toute la première page lui est consacrée. Sous un énorme titre : « Le criminel et sa victime », figure la photo de Jennifer Lamb se jetant sur lui. Mais ce n'est pas tout. Il y a aussi un éditorial du directeur du *Lakeland Mirror,* intitulé : « Pour une ville propre ». Il annonce le lancement d'une pétition exigeant non seulement une procédure rapide contre lui, mais le départ immédiat de sa famille...

15 mai 1956. Il y a maintenant deux semaines qu'Harry Lester a été inculpé. Il est toujours en liberté sous caution. Mais il préférerait mille fois la prison. Il n'est pas retourné à son bureau. A quoi bon ? Il sait très bien qu'il n'a plus un seul client. Il vit cloîtré dans sa maison sans songer à sortir. Joan, sa femme, elle-même, y a renoncé. Les commerçants refusent de la servir. Leur seul lien avec le monde extérieur est l'avocat qui leur apporte des nouvelles et des provisions. Il tente de leur remonter le moral. Il mène son enquête personnelle sur le passé de Jennifer Lamb et il reste confiant.

Pourtant, jour après jour, la vie devient de plus en plus difficile pour les Lester. Un soir, Grace, leur fille, rentre en larmes : son fiancé vient de rompre. Quant à Michael, il revient du lycée avec des bosses et des bleus. Il refuse de répondre aux questions et monte s'enfermer dans sa chambre. Et, le lendemain, il repart pour ses cours, tête en avant, l'air buté, les poings serrés.

Mais surtout, il y a le journal, le *Lakeland Mirror*. Numéro après numéro, le directeur se déchaîne. La campagne pour l'expulsion des Lester bat son plein. « Déjà 5 000 signatures, proclame l'éditorial. Encore un effort et nous serons définitivement débarrassés de cette souillure. Lakeland redeviendra ce qu'elle n'aurait jamais dû cesser d'être : une ville propre. »

C'est une semaine plus tard que l'avocat arrive en trombe chez les Lester. Il est tellement ému qu'il a du mal à s'exprimer.

« Mon enquête vient d'aboutir. J'ai retrouvé la trace de Jennifer Lamb au Canada. Elle est née à Ottawa où elle a été prostituée et danseuse nue. Elle a été condamnée en 1952 pour attentat à la pudeur et en 1954 pour chantage au viol imaginaire.

A partir de ce moment, tout va très vite à Lakeland. Un non-lieu est rendu en faveur d'Harry Lester. Le shérif et son adjoint, coupables de graves négligences professionnelles, sont révoqués. Jennifer Lamb est arrêtée pour faux témoignage.

Et, bien entendu, tous les anciens amis, tous les voisins d'Harry tiennent à se faire pardonner. Ils n'ont jamais cru un mot de cette histoire. Ils ont seulement été obligés de prendre leurs distances à cause du qu'en-dira-t-on. Les clients du cabinet d'assurances reviennent plus nombreux qu'avant. Au Rotary club, on organise une réception en l'honneur d'Harry Lester, cette personnalité de la ville si odieusement calomniée. Le directeur du *Lakeland Mirror* publie des excuses dans son journal. Et, peu après, les parents du fiancé de Grace viennent faire la demande en mariage de leur fils.

C'est un peu plus tard encore, en juillet 1956, que le directeur du *Lakeland Mirror* s'est de nouveau manifesté, sous la forme d'un coup de téléphone.

« Monsieur Lester ? Je sais que vous êtes surpris de m'entendre, mais j'ai une bonne nouvelle pour vous : Jennifer Lamb s'est suicidée dans sa cellule ; elle s'est ouvert les veines. Cela doit vous faire plaisir, quand même !... A ce sujet, je viens d'apprendre que miss Lamb avait une sœur qui vit toujours à Lakeland. Alors, j'organise une pétition pour exiger son départ immédiat et, bien entendu, j'inscris votre nom en tête de liste... Vous êtes d'accord, monsieur Lester ?... Allô, monsieur Lester... monsieur Lester... »

L'*U 31*

Janvier 1915 : la guerre dure depuis six mois. Sur terre, les combattants se sont installés dans les tranchées. De part et d'autre, les communiqués se succèdent, faisant état de batailles aussi meurtrières qu'indécises.

Mais les hostilités n'ont pas lieu seulement dans les campagnes françaises. Elles se déroulent aussi sur mer d'une manière plus imprévisible, plus mystérieuse aussi parfois. Ici, pas de ligne de front, pas de positions qu'il faut enlever. Pour les unités combattantes, perdues dans ce premier hiver de guerre, l'ennemi peut surgir de partout et n'importe quand...

Le 15 janvier 1915, un patrouilleur anglais est en train d'avancer lentement au large des côtes hollandaises. Soudain, les hommes ont un sursaut : au loin une forme émerge de la brume, c'est un sous-marin allemand, un *U boat.* Aucun doute n'est possible : la forme de la tourelle et des canons est caractéristique. Il navigue en surface et se dirige vers eux, lentement, sûr de lui, comme s'il était certain que sa proie ne pouvait lui échapper.

Presque au même instant, la sonnerie d'alarme retentit et la voix du capitaine résonne dans les haut-parleurs :

« Canonniers, à vos pièces ! »

Rapidement, les hommes rejoignent leurs postes de combat. La silhouette métallique est maintenant parfaitement visible, malgré la brume. Le sous-marin doit être environ à un mile. Il se rapproche, toujours avec la même lenteur.

Tendus, les marins observent l'ennemi qui vient à leur rencontre. Ils s'attendent à tout instant à recevoir l'ordre de feu, mais celui-ci ne vient pas. Sans doute, le capitaine attend-il que le sous-marin soit plus près encore pour le couler à coup sûr. Mais il prend un gros risque. Si le *U boat* envoyait une torpille, est-il certain de pouvoir l'éviter ?

Les matelots se tournent de temps en temps vers la passerelle de commandement. Le capitaine est là, bien visible. Il tient ses jumelles et regarde en direction du sous-marin. Il semble suivre parfaitement sa progression. Qu'attend-il ?

Le sous-marin est maintenant à cinq cents mètres, tout au plus... Les marins britanniques peuvent le voir en entier. C'est un spectacle terrifiant et fascinant. Pour la première fois ils ont sous les yeux un de ces terribles *U boats* qui sont leurs ennemis mortels. Celui-ci est d'un gabarit particulièrement redoutable. Il est fortement armé de deux canons de gros calibre, et sa peinture de guerre camouflée lui donne quelque chose de sinistre.

Pourtant, la passerelle de commandement reste muette. Le capitaine ne lance toujours pas l'ordre libérateur : « ouvrez le feu ». Les marins qui sont placés le plus près de lui peuvent même le voir sortir un papier de sa poche, le regarder longuement, reprendre ses jumelles, regarder de nouveau le papier et hocher la tête.

A bord du patrouilleur anglais, plus personne ne comprend rien. Le capitaine ne donne pas l'ordre d'attaque mais le sous-marin allemand ne fait rien non plus... Il continue son chemin comme si de rien n'était, comme s'ils n'étaient pas là.

Enfin un grésillement dans les haut-parleurs. L'ordre va venir. Effectivement, il vient, mais ce n'est pas du tout celui qui était attendu.

« Alerte terminée. Quittez les postes de combat. »

Et tandis qu'éberlués, les hommes du patrouilleur de la Royal Navy abandonnent leurs pièces, le submersible allemand passe tout près d'eux, avec sa peinture de guerre camouflée, sa tourelle, ses canons, et son pont désert. Progressivement il diminue à l'arrière et il disparaît...

Longtemps, l'équipage commente cet extraordinaire événement. Le capitaine est-il devenu fou ? C'est peu probable. D'autant que le timonier, qui était juste à côté de lui pendant la rencontre, rapporte qu'il avait l'air parfaitement renseigné. Sur le papier qu'il a sorti, il y avait une silhouette de sous-marin. Il l'a regardé longuement et il a murmuré : « Oui, c'est bien cela... »

Quel est donc ce mystérieux sous-marin qu'il avait l'ordre de ne pas attaquer et qui, visiblement, de son côté, avait reçu un ordre semblable ? Une trêve a donc été conclue entre ce seul navire allemand et la flotte de Sa Majesté ? C'est probable mais pourquoi ?...

Trois jours plus tard, le 18 janvier 1915, un destroyer allemand patrouille en mer du Nord au large de la Belgique lorsque l'homme de quart pousse un cri.

« Sous-marin par bâbord avant ! »

Le capitaine consulte rapidement ses documents. Aucun sous-marin de la Kriegsmarine n'est signalé dans les parages. Il ne peut s'agir que d'une unité ennemie. Immédiatement, il donne l'ordre de prendre les postes de combat et de mettre le cap sur lui.

De la passerelle, le capitaine observe l'objectif. Il s'agit d'un submersible de grande taille qui fait route en surface. Une cible idéale : ses canons ne le manqueront pas. Il s'apprête à donner le signal du feu, mais quelque chose le retient au dernier moment. A leur approche, le sous-marin devrait plonger, car il n'est pas possible qu'il ne les ait pas vus. Et si, par hasard, c'était une unité allemande ? Le capitaine observe avec toute son attention la superstructure. Mais oui, il s'agit d'un *U boat,* bien qu'il soit d'un modèle différent de tous ceux qu'il connaît : plus grand, plus puissamment armé.

Le sous-marin continue à avancer dans la direction du destroyer. Le capitaine s'attend à voir des marins sortir sur le pont. Mais celui-ci reste désert. Il fait alors envoyer un message par signaux :

« Qui êtes-vous ? Avez-vous fait bonne chasse ? »

Mais le sous-marin continue son chemin en ignorant superbement les signaux et disparaît. « La courtoisie se perd dans la marine allemande », pense le capitaine...

Le 25 janvier 1915, une forme noire s'approche en pleine nuit de la côte anglaise. On la distingue à peine et, quelques instants plus tard, une énorme masse vient s'échouer sur la grève de Yarmouth.

Le lendemain, les habitants de la petite station balnéaire sont quelque peu surpris de constater qu'il y a un sous-marin allemand sur leur plage. Mais ils ne peuvent en savoir davantage car des cordons de soldats les empêchent d'approcher...

Alors, que s'est-il passé ? Quel est ce sous-marin allemand que ni les Anglais ni les Allemands n'ont attaqué et qui vient de terminer sa carrière sur une plage britannique ? En fait, c'est un des épisodes les plus extraordinaires et les moins connus de la Première Guerre mondiale. Les détails en ont été révélés plus tard, après l'armistice, quand l'Amirauté britannique s'est décidée à divulguer le secret.

Le sous-marin en question appartenait à un type nouveau d'*U boat :* les *U 31.* Les services secrets anglais avaient été avertis du prochain lancement d'engins de ce type. Pour la sécurité de leurs navires, il fallait absolument en connaître les caractéristiques avant le lancement.

Mais les services secrets étaient formels. Les bureaux d'études allemands étaient parfaitement sûrs. Il n'était pas question d'espérer recueillir un renseignement de ce côté. C'est alors qu'a germé, dans l'esprit des responsables de l'Amirauté britannique, ce projet insensé : s'emparer du bâtiment lui-même.

Un jour de novembre 1914, quatre sous-mariniers anglais sont convoqués devant le premier lord de l'Amirauté, Winston Churchill. Ils ont été soigneusement sélectionnés non seulement pour leurs connaissances techniques, mais aussi pour leur parfaite pratique de l'allemand. Et, devant eux, Churchill dévoile les détails de leur incroyable mission.

« Pourriez-vous conduire un sous-marin allemand de Wilhelmshafen à l'Angleterre ? »

Les quatre hommes se regardent... A la fin, l'un d'eux se décide à prendre la parole.

« A nous quatre ? Sans équipage ?

— Oui, sans équipage. »

Les marins sont de plus en plus interloqués.

« Mais nous ne pourrons pas faire les manœuvres de plongée. Nous ne serons pas assez nombreux. »

Churchill leur répond calmement.

« Vous n'aurez pas besoin de plonger. Vous naviguerez en surface. »

Cette fois les sous-mariniers anglais sont franchement déroutés.

« Nous allons être attaqués et nous ne pourrons pas combattre à quatre. »

Sur le même ton calme, Churchill leur répond.

« Vous n'aurez pas besoin de combattre pour la bonne raison que vous ne serez pas attaqués. Les Allemands n'oseront jamais attaquer l'un des leurs et notre flotte ainsi que nos alliés seront prévenus. Ils auront les caractéristiques de votre bâtiment et l'ordre de lui laisser poursuivre sa route. »

Les quatre sous-mariniers anglais finissent par accepter et leur invraisemblable mission commence. Pris en relais par des espions anglais, ils parviennent en quelques semaines à

Wilhelmshafen, le port militaire allemand. Les quatre hommes reçoivent des uniformes de la Kriegsmarine et le jour prévu ils s'avancent sur le quai… Ils lancent un ordre bref au planton, qui les laisse passer sans difficulté et ils pénètrent dans le navire…

Voilà comment ils ont pu réaliser cet extraordinaire exploit : s'emparer d'un prototype et parcourir en temps de guerre une mer infestée de bateaux des deux camps et enfin gagner leur objectif sans être inquiétés.

Oui, sans tirer un seul coup de feu, les quatre marins anglais de l'*U 31* avaient remporté une bataille à eux seuls, une bataille sans victime, ce qui n'était pas si courant en 1915.

LE BAL D'UN VAMPIRE

Carlo Sanda, le roi de la soie, est présentement assis dans le petit salon de son appartement de la villa d'Este, le 15 septembre 1948.

A quoi ressemble un roi de quelque chose ? Eh bien cela dépend. A la bourse de Milan, chacun de ses gestes vaut des millions de lires. Il a la quarantaine, le front haut, la raie au milieu, les cheveux lisses, il est marié et a des enfants.

Mais qu'on lui ôte ses millions et il n'a l'air de rien, comme un roi sans couronne.

En robe de chambre de soie, un verre de champagne à la main, un cigare dans l'autre, il réfléchit. Il cherche, en compagnie de sa dernière maîtresse, Sandra, le meilleur moyen de se débarrasser en même temps des six autres femmes qui encombrent sa vie sentimentale, en dehors de sa femme légitime, bien entendu.

Elles sont toutes mères de famille, se connaissent parfaitement, et n'ont jamais demandé l'exclusivité. Mais la nouvelle pose des problèmes. Sandra est d'ailleurs un problème à elle toute seule. Pourquoi est-elle si rousse, si dorée, si pulpeuse, si exigeante :

« Carlo, ce soir je veux qu'elles sachent. Qu'elles sachent toutes que tu les laisses tomber. Trouve un moyen ! »

Et Carlo trouve l'idée. Une idée qui, à elle seule, permet d'apprécier toute la délicatesse de ce chevalier d'industrie, dans la soie comme dans l'amour. C'est une circulaire, une lettre ronéotypée, une note de service, en quelque sorte.

Chère Amie,

Je suis au regret de vous faire savoir que notre liaison prendra fin à partir d'aujourd'hui.

J'espère que vous ne m'en voudrez pas. Une femme, jeune et belle, occupe actuellement tout mon temps. Meilleurs souvenirs.

Carlo Sanda

Carlo établit de sa propre main six exemplaires identiques, y compris la signature, adressés à Angelina, quarante ans, Pia, vingt-huit ans, Thérésa, quarante-deux ans, Paulina, quarante ans, Carolina, quarante-cinq ans et Sophie, quarante-sept ans.

Jusque-là, à une exception près, Pia, vingt-huit ans, l'industriel semblait avoir une préférence pour les femmes mûres et expérimentées.

Sandra, vingt ans, se frotte les mains. Ce soir, au dîner dansant de la villa d'Este, sous les lumières du lac, elle pourra profiter de son triomphe. Chacune des six autres aura reçu sa petite circulaire. Elles seront là, endiamantées, envisonnées, cachant leurs rides et leur rage. Ce sera un spectacle de choix, pour un seul public : elle et son amant.

Carlo trouve son idée très drôle. Le pauvre cher homme s'ennuyait à mourir depuis quelque temps. Ses distractions habituelles ne lui suffisaient plus. Sandra l'oblige à pimenter sa vie, c'est un bon départ pour l'amour.

Les circulaires sont distribuées, c'est l'heure du bal, il est dix heures. Le lac de Côme étincelle et Carlo Sanda est diaboliquement heureux. Quel autre diable veut-il tenter en déclarant à une invitée : « Ma chère, c'est une soirée exceptionnelle. A deux heures moins dix, je serai mort... fantastique, non ? » L'invitée éclate de rire, mais Carlo a les yeux si brillants, qu'elle recule instinctivement.

« Vous n'êtes jamais sérieux, mon ami.

— Ma chère, le sérieux, c'est la mort justement ! »

Autour de Carlo Sanda, on rit par principe. C'est une boutade de plus du roi de la soie. Pourquoi a-t-il dit cela ? Provocation ? Oui. Pour voir les réactions, certainement. Une sorte de jeu nouveau. Une façon de flirter avec la mort. Mais peut-être sait-il laquelle parmi les six femmes délaissées, choisira de relever le défi.

A 10 h 30, on dîne par petites tables. Carlo parle fort, rit, se penche sur le décolleté de sa voisine en lui racontant des histoires à l'oreille. Bref, fait tout ce qu'il peut afin que nul n'en ignore, pour afficher son bonheur tout neuf. Peut-on parler de bonheur ? Sûrement pas. Disons qu'il profite de l'extraordinaire situation qu'il a créée, et que c'est cela son bonheur.

A 11 h 30, on danse, on sert le champagne. Carlo et Sandra ont l'air d'être inséparables. Pas le moindre centimètre d'air entre la robe du soir et le smoking. Comme d'habitude, l'attitude de Carlo est à la limite de la correction la plus élémentaire. Lorsqu'il tient une femme dans ses bras, il donne l'impression d'en être le propriétaire.

Deux femmes observent plus particulièrement cette exhibition : Mme Carlo Sanda, la légitime, et la comtesse Pia, vingt-huit ans. La plus jeune du troupeau éconduit. Lorsque Carlo se lève pour inviter la comtesse à danser, il accompagne sa demande d'une grande courbette et d'un large sourire. Mais elle refuse, les dents serrées, et les voisins entendent :

« Ne me poussez pas à bout. »

Mais ce nouveau jeu est beaucoup trop amusant, et le don

juan en rajoute. Il va successivement inviter toutes celles qu'il a congédiées de sa vie, et entre chaque danse il chuchote des choses terriblement drôles à la jeune Sandra. Elle rit si fort et si méchamment qu'elle ne voit pas le danger se lever enfin. La comtesse Pia est debout. Pâle, elle échange des propos sans intérêt avec son mari. Maintenant elle s'éloigne vers le vestiaire, où elle réclame une veste de laine qu'elle a déposée en entrant. On lui tend la veste bien pliée, elle la prend à deux mains comme un trésor et retourne dans la salle de bal. On ne la voit pas s'envelopper de sa cape et laisser tomber le petit tas de laine qui ne lui sert plus à rien, car elle vient d'en retirer un revolver. L'arme est vieille, elle n'a plus fonctionné depuis la libération, elle l'a volée dans les affaires de son mari avant de venir, après avoir lu et relu la « circulaire » de son amant.

A présent, la comtesse Pia s'approche de Carlo, et sa voix porte bien :

« Ne vous moquez plus de moi, je suis capable de tout ! »

Ce que disant, d'un geste large, elle repousse sa cape d'hermine sur ses épaules et braque le revolver sur Carlo. L'assistance est muette. Muette d'admiration s'entend, car personne ne songe à lui ôter l'arme. Personne ne dit rien. On regarde, c'est passionnant, un drame éblouissant sur le lac de Côme.

Soutenu par son public habituel, Carlo se permet un éclat de rire condescendant.

« Vous n'oserez pas tirer. Vous n'oserez pas, je le sais bien. Vous n'aurez jamais la force, ou le courage de me tuer. »

Round d'observation, immobilité totale, cela ne dure que quelques secondes. Elle tire. Et Carlo s'effondre, tué net. Il est deux heures moins dix.

Debout au pied du cadavre, ignorant les cris autour d'elle, la comtesse retourne le revolver sur elle, et appuie sur la gachette. Un déclic, mais pas de détonation, le revolver s'est enrayé. D'une voix enfantine, la comtesse prend le public à témoin :

« Mon revolver... il ne tire plus ! Je ne peux pas me tuer ! »

Enfin, la foule s'émeut et quelqu'un la désarme. Enfin, c'est la panique.

Sandra, la rousse, la dernière maîtresse, en profite pour se jeter sur le corps de son amant, elle veut l'embrasser, mais n'y arrive pas, car une poigne de fer la repousse en arrière. C'est l'épouse légitime, qui retrouve ses droits et prérogatives devant la mort.

« Ne soyez pas ridicule, c'est mon mari ! »

C'est elle qui s'agenouille, embrasse et pleure, selon les bonnes règles de la tragédie antique, tandis que l'on emmène Pia, la comtesse meurtrière.

La police découvrit que Carlo avait écrit 3 929 vers pornographiques, dans lesquels il racontait ses amours.

Il adorait lire les passages qui concernaient l'une de ses maîtresses à une autre. Il aimait bien aussi les lire à toutes en même temps, au cours d'une soirée amicale par exemple, et devant ses amis. Les rires qu'il déclenchait, la haine, la jalousie, tout cela le transportait d'aise. Il adorait faire la cour à une femme nouvelle, devant celle qu'il avait séduite la veille. Et il adorait plaquer cette femme une heure après, pour sa meilleure amie qu'on venait de lui présenter. Il voulait bien reconnaître qu'il n'était pas beau, à condition de se faire passer pour le diable, et s'intitulait lui-même : « spécialiste de la femme mûre », « chasseur cruel d'un gibier fatigué », « maître incontesté de l'érotisme bourgeois » , « vampire de l'amour ».

Sa femme hérite d'une fortune considérable, et prend immédiatement un amant, tandis que l'on juge la meurtrière, Pia, vingt-huit ans, comtesse.

C'est en mars 1952. Au moment du procès, une photo épouvantable circule parmi les jurés. Celle de la comtesse Pia, devenue folle et internée depuis le meurtre. Cheveux défaits, les yeux globuleux et vides, la bouche amère, les traits figés dans une sorte de rage intérieure, elle impressionnera terriblement le jury. Pourtant elle n'assistera pas à son procès, elle en est incapable.

Deux fois, elle a tenté de s'ouvrir les veines à l'hôpital et les médecins révèlent qu'à l'âge de vingt ans, déjà, elle avait tenté de se tuer en s'empoisonnant et en se jetant par la fenêtre.

Le jury est désarçonné. Comment condamner un être disparu de ce monde, par une porte invisible ? Comment décider si cette femme avait ou non franchi cette porte qui sépare la raison fragile de la folie brusque ? Avait-elle tué en état de démence ? La réponse fut oui. Ainsi se termina le bal d'un vampire.

JE SUIS COUPABLE !

12 mars 1959 : dans un commissariat de police de Dallas aux Etats-Unis, un homme vient d'être arrêté. Il n'a pas le physique habituel des petits voyous ou des gangsters. Il doit avoir la quarantaine, il est correctement habillé. Pourtant, il vient d'attaquer un super-marché de la ville.

Dès qu'il est devant l'officier chargé de l'interroger, l'homme, jusque-là très calme, s'anime brusquement.

« Ecoutez-moi, lieutenant. J'ai déjà fait cinq agressions à main armée. C'est la sixième. Et dites-vous bien que si vous me relâchez, je recommencerai. »

Un peu surpris, l'officier examine ses papiers... Soudain, il a l'air gêné, très gêné.

« Major Eatherly, tout cela ne me semble pas bien grave. Je ne pense pas qu'il soit nécessaire de vous enfermer. »

A ces mots, l'homme devient comme fou :

« Mettez-moi en prison, je suis coupable... Vous m'entendez : coupable ! »

Le policier a un geste apaisant :

« Bien, major, nous allons vous enfermer puisque vous y

tenez. Mais si vous avez besoin de quelque chose, n'hésitez pas à m'appeler. »

Le major Eatherly est conduit dans une cellule grillagée du poste de police de Dallas. Il se prend la tête dans les mains, il se souvient. Il ne fait que cela depuis des années : se souvenir...

Lundi 6 août 1945. Dans son avion, à dix mille mètres d'altitude, il survole les côtes japonaises. Ce matin-là, il fait beau, terriblement beau. En dessous de lui, il y a une ville. Elle s'appelle Hiroshima.

Aux commandes de son bombardier B 29, le major Eatherly, un des as de l'aviation américaine, spécialiste de la météo, décrit de larges cercles. Cela fait vingt-cinq minutes, depuis sept heures exactement, qu'il a décollé de la petite île de Tinian, dans le Pacifique, où un autre B 29 attend le résultat de sa mission pour prendre l'air à son tour. Dans ce B 29, il le sait, il y a une arme secrète terrifiante, une bombe d'un type entièrement nouveau, capable de détruire à elle seule une ville entière.

Seulement, pour que l'opération ait lieu, il faut que la météo soit satisfaisante au-dessus de l'objectif et c'est à lui, Eatherly, qu'il appartient de donner le signal.

En bas, sur la mer, il distingue une couche compacte de nuages. Mais, juste au-dessus de la ville, juste au-dessus d'Hiroshima, il y a un grand trou d'environ vingt kilomètres de diamètre. Aux commandes de son avion, il voit parfaitement le dessin des rues et la tache verte des grands parcs. Hiroshima est là, Hiroshima, la ville tranquille aux maisons de bois, renommée dans tout le Japon pour la beauté de ses saules pleureurs.

Le major Eatherly décrit un nouveau cercle avec son avion. Peut-être ce grand trou circulaire au milieu des nuages va-t-il se déplacer, cacher la ville ? Mais non, il reste là, immobile, comme un arrêt irrévocable du destin.

Alors, il prend son micro et prononce les syllabes dont il se souviendra toute sa vie : « Y 2 — Q 2 — B 2 — C I », c'est-à-dire en clair : « Nuages bas : deux dixièmes, nuages moyens : deux dixièmes, nuages hauts : deux dixièmes, conseil : premier objectif. » C'est tout et c'est suffisant.

Quelques minutes plus tard, le second B 29 s'envole de la petite île de Tinian. Et, à 9 h 15 exactement, il y a 60 000 morts. Des mois, des années après, il y en aura des milliers d'autres à cause des brûlures et des radiations.

Le retour dans son pays est un cauchemar. Pour tout le monde, le major Eatherly est un héros. Lui, il ne se supporte plus. Il fait tout ce qu'il peut pour réparer l'irréparable. Il tient des réunions pacifistes. L'association des survivants d'Hiroshima lui envoie même un télégramme revêtu de centaines de signatures : « Nous ne vous en voulons pas, monsieur Eatherly, vous n'avez fait qu'obéir aux ordres. Nous vous remercions, au contraire, de votre courage. Continuez votre combat. »

Son combat, qui l'a compris ? Personne, pas même sa femme. Il avait épousé Gloria pendant la guerre, au cours d'une permission. Au début, ils ont essayé d'être heureux. Pourtant, elle en a eu vite assez de l'entendre se réveiller en hurlant, de le voir s'abrutir d'alcool et de tranquillisants et prendre l'argent du ménage pour envoyer des billets de dix ou de vingt dollars dans des enveloppes anonymes aux survivants d'Hiroshima.

En 1954, Gloria a demandé et obtenu le divorce. Eatherly ne l'a jamais revue, pas plus que ses enfants. Il faut dire qu'un homme qui passe sa vie dans les hôpitaux psychiatriques n'est pas très recommandable.

Eatherly n'a jamais oublié non plus son premier internement. C'était à la suite d'une tentative de suicide, juste après que le président Truman eut annoncé que l'Amérique disposait désormais d'une arme beaucoup plus redoutable que la bombe d'Hiroshima : la bombe H.

En arrivant à l'hôpital, il a réclamé qu'on lui fasse un électrochoc. Il se souvient encore du visage du médecin.

Quelqu'un qui demandait un électrochoc, c'était la première fois ! Mais avait-il le choix ? Il lui fallait au moins cela pour oublier ce trou dans les nuages, le son de sa voix quand il a lancé le message, et toutes ces images, ces photos affreuses dans les journaux, ces hommes, ces femmes, ces enfants brûlés.

L'électrochoc ne l'a pas guéri. Et c'est alors qu'il s'est mis à commettre des délits : cinq attaques à main armée entre 1957 et 1959. A chaque fois il a plaidé coupable, il a crié sa culpabilité. A chaque fois il a été déclaré non responsable, non coupable. Et maintenant, ce 12 mars 1959, le major Eatherly, après l'attaque du super-marché de Dallas, attend de nouveau d'être jugé. Il n'espère qu'une chose : qu'on reconnaisse enfin la vérité, qu'on reconnaisse qu'il est coupable...

Son procès s'ouvre à Dallas le 10 avril 1959. Les magistrats n'ont pas perdu de temps. Il ne faut pas laisser quelqu'un comme le major traîner en prison. Au tribunal, les avocats se pressent autour de lui. Il n'en voulait aucun, il en a trois : celui envoyé par sa famille, l'avocat que l'Union des anciens combattants a mis gracieusement à sa disposition et un troisième, qui vient directement de Washington. Envoyé par qui, celui-là ? Sans doute par les milieux officiels, peut-être par le gouvernement lui-même.

Les débats se poursuivent sans passion ni surprise. Voici le directeur du super-marché qui vient annoncer qu'il retire sa plainte. Ce sont ensuite les plaidoiries. L'avocat de la famille a des accents qui bouleversent l'assistance. L'avocat des anciens combattants est plus émouvant encore.

« Votre Honneur, il y a déjà longtemps que notre association s'est penchée sur le cas douloureux du major Eatherly. Devant la cruelle maladie qui l'a frappé, elle a décidé de lui allouer une pension mensuelle de 264 dollars avec une invalidité de 100 %. D'ailleurs, un lit lui est réservé en permanence dans notre maison de santé. Pour nous, votre Honneur, le major Eatherly est un héros et une victime... »

L'avocat oublie simplement de dire que Claude Eatherly n'a voulu participer à aucune cérémonie commémorative et a toujours refusé de porter ses décorations. Cela, ce sont des choses qui ne se disent pas.

Après l'avocat de Washington, qui a de très belles paroles lui aussi, c'est au tour du médecin expert qui fait grosse impression. Il sait employer les mots qu'il faut, des mots précis, compliqués et savants :

« Le major Eatherly, votre Honneur, souffre de schizophrénie paranoïde... »

Ainsi donc, tout est simple. Le cas Eatherly est rangé dans un tiroir de la science avec une belle étiquette. Le remords d'un homme, le cri d'une conscience, la révolte face à l'absurdité, à l'ignominie de la guerre, tout cela n'existe pas : cela s'appelle « schizophrénie paranoïde ».

Le réquisitoire du procureur est inexistant. C'est tout juste s'il ne s'excuse pas de devoir tenir le rôle de l'accusation. Et le juge n'a plus qu'à prononcer la formule traditionnelle :

« L'accusé a-t-il quelque chose à déclarer ? »

Eatherly, qui était resté passif et absent pendant tous les débats, se dresse d'un bond.

« Je suis coupable ! »

Mais le juge n'a pas entendu. Personne n'a entendu...

« Je déclare l'accusé non responsable. Il sera confié à un établissement psychiatrique jusqu'à complet rétablissement. »

En repartant vers l'hôpital, Claude Eatherly n'a qu'une pensée : il souhaite qu'on lui fasse le maximum d'électrochocs. S'il existait une drogue capable de faire oublier tout son passé à un homme, alors, il serait guéri. Mais tant qu'elle n'existera pas, il sera incurable. Et, de nouveau, les portes de l'asile se referment sur lui...

Aujourd'hui, la plupart d'entre nous ont oublié Claude Eatherly.

Pourtant, dans ces années de l'après-guerre, au milieu de la bonne conscience générale, de l'enthousiasme des foules et des souvenirs désagréables vite oubliés, il y a eu et il restera cette voix, une voix discordante, celle d'un isolé, d'un asocial, d'un pauvre fou, qui, malgré tous les autres, et au nom de tous les autres, a continué à crier :

« Je suis coupable ! »

LE DERNIER MILLIÈME DE SECONDE

Cent roses rouges étalent leur splendeur sur le palier d'un immeuble de Düsseldorf, et sur une carte, le nom du plus joli mannequin de la ville, un nom bien compliqué : Parwonneh, et une signature célèbre : Werner S..., le photographe de mode le plus prisé des agences de publicité allemande. Au dos de la carte, au milieu des roses, un petit mot laconique : « Pardon de te déranger la veille de ton départ — Contrat exceptionnel — Séance demain après-midi quinze heures-dix-neuf heures. »

Il est minuit quand la jeune femme rentre chez elle, et se heurte aux cent roses qui embaument son paillasson. Son compagnon fronce les sourcils, et demande d'un ton méfiant :

« Qu'est-ce que c'est ?

— Un message pour du travail demain. »

L'homme passe du ton méfiant au mépris volontaire :

« Ton photographe a l'habitude de t'envoyer des tonnes de roses à chaque message ?

— Non. Il sait que nous partons demain et ce doit être

important ce contrat. C'est pour cela sûrement qu'il a envoyé des fleurs, et puis c'est gentil, tu ne trouves pas ? »

Cette fois le ton est sec :

« Je ne trouve pas. Si quelqu'un doit t'envoyer des roses, c'est moi. Tu vas m'épouser dans une semaine, tu te rappelles ?

— Ecoute Bob, tu ne vas pas être jaloux de Werner tout de même. Il est vieux, et je travaille avec lui depuis plus de trois ans...

— Et c'est lui qui t'a lancée, je connais la rengaine. Tu ne vas pas y aller ? »

Le joli visage de Parwonneh fait une moue affirmative, qui fait exploser son fiancé.

« Mais nous partons demain, tu ne peux pas me faire ça ! mes parents t'attendent ! »

Elle est calme, sereine :

« Eh bien je vous rejoindrai par l'avion suivant. »

Il est exaspéré :

« Tu n'as pas besoin de cet argent !

— Ce n'est pas une question d'argent, Bob. C'est une question d'amitié professionnelle, je ne peux pas refuser.

— Je veux que tu refuses !

— Il n'en est pas question. Et ne me parle pas sur ce ton. Je n'aime pas les ordres.

— Tu n'aimes pas mes ordres ? Tu préfères les siens ? Ce guignol ridicule, hérissé d'objectifs, qui passe son temps à te photographier nue ?

— C'est son métier, et c'est le mien. On dirait que tu le découvres !

— Je découvre que tu tiens plus à ton " métier ", comme tu dis, qu'à moi ! »

Parwonneh essaie d'être conciliante :

« Ne dis pas de bêtises et aide-moi à rentrer ces fleurs.

— Je n'aime pas ces fleurs. Le seul vase qu'elles méritent, c'est la poubelle ! »

C'est ainsi que les cent roses rouges, des roses d'Ispahan

comme Parwonneh, jolie fille d'Ispahan, dégringolent les escaliers, propulsées par un coup de pied jaloux. Puis une porte claque. Parwonneh rentre chez elle, et son fiancé chez lui. Quelques secondes plus tard, la concierge, à quatre pattes, récupère les cent roses. Elles embaumeront sa loge longtemps. Plus longtemps qu'il n'en faut à une fille d'Ispahan, pour mourir, l'espace d'un matin.

A son réveil, vers onze heures du matin, Parwonneh hausse les épaules en écoutant les messages du répondeur téléphonique :

« Ma chérie, pardonne-moi. Je suis jaloux, c'est vrai. Ce vieux type m'a toujours énervé avec ses mines de propriétaire. J'ai toujours l'impression qu'il a des droits sur toi. Ton avion part ce soir à vingt heures pour les Canaries. Je viendrai te chercher. Ouvre ta porte, le billet est sur le paillasson. »

Tout en grignotant son petit déjeuner, Parwonneh ouvre la porte et se cogne une nouvelle fois. Cent roses rouges font un nid parfumé au billet d'avion. Quel gâchis ! Que faire de cent roses, alors qu'elle quitte son appartement pour un mois de voyage de noces. La jeune fille claironne dans l'escalier :

« Madame Scholtes ! Vous êtes là ? »

Mme Scholtes, la concierge est toujours là. Elle entend toujours tout. Son visage fripé apparaît entre deux étages, et Parwonneh lui sourit :

« Vous voulez des roses ? Je vais travailler dans une heure et je prends l'avion ce soir ! »

Avec un sourire entendu, la concierge ramasse la corbeille :

« Elles sont plus belles que les autres, c'est dommage ! J'en ai déjà, vous savez ! Je suis transformée en fleuriste.

— Eh bien, vendez-les, faites-en des conserves, ou offrez-les à qui vous voudrez ! »

Et Parwonneh retourne au répondeur téléphonique. Un appel de son père :

« Bon voyage, sois heureuse ma chérie, et à bientôt. »

Le dernier appel est de Werner, son photographe, le responsable du premier cent de roses :

« Il est dix heures, je sais que mon Papillon n'est pas réveillé. La séance te plaira. Douze robes du soir pour *Vogue*. Je t'envoie le coiffeur à onze heures et demie et la maquilleuse à midi. Fais-toi belle, Papillon, à tout à l'heure. »

« Papillon » ouvre la porte au coiffeur. C'est un jeune éphèbe devant qui elle ne craint pas de prendre sa douche, en bavardant de mille stupidités. Puis la maquilleuse s'empare de son visage, qu'elle examine à la loupe d'un œil critique et professionnel :

« Traits tirés, le teint terne. Tu es encore rentrée tard, mon chou ! Enfin, on va faire avec ! C'est du maquillage grand-soir, ça cache tout. »

A l'en croire, « Papillon » serait affreuse. Elle est bien la seule à le penser.

Vingt-deux ans, d'origine persane, Parwonneh est considérée comme la plus belle des « top-modèles » allemands. Cheveux noirs splendides, en crinière, yeux verts émeraude, teint mat, et des mensurations de Vénus : 1,70 m, 89, 90. Pour les initiés c'est une carte de visite. Sa photo s'étale dans les plus grandes agences. Papillon est son nom de travail ; en cinq ans, elle a gagné dix fois plus qu'un P.-D.G. d'entreprise.

A 14 h 30, parée comme une déesse, Papillon saute dans un taxi, avec ses valises, son coiffeur et sa maquilleuse. Elle prendra l'avion dès la fin de la séance avec Werner. Pour une jeune fille qui va mourir dans trois heures, elle est très gaie. Et le chauffeur de taxi ne se prive pas de lui faire la cour sans aucun complexe.

« Si vous voulez un chauffeur à vos pieds, n'hésitez pas ! Je suis là !

— Eh bien d'accord. Venez me prendre à partir de dix-neuf heures, devant le studio. Je prends l'avion à vingt heures, et j'aurai peu de temps. »

En coup de vent, sourire aux lèvres, Papillon envahit le studio et tombe dans les bras de Werner.

« Allons-y papa ! Tu as dit douze robes ? Où est la première ? »

Werner fait la grimace :

« Ne m'appelle pas papa ! Tu sais bien que je suis ton amant préféré. »

Papillon l'embrasse délicatement sur le front :

« Mon photographe préféré, seulement !

— C'est la même chose, tu sais, chaque photo que j'ai faite de toi, c'est un souvenir d'amour.

— Werner, arrête ! J'ai déjà assez de problèmes avec mon fiancé. Allons-y. Je n'ai pas beaucoup de temps. Mon avion est à vingt heures. »

Werner fait la grimace, s'adresse au coiffeur et à la maquilleuse :

« Bon. Une retouche ici, pour la mèche du front. Je veux un rouge à lèvres feu, plus violent que ça. Allez-y mes enfants, après ça vous filez. Aujourd'hui je travaille seul avec Papillon. J'ai besoin de concentration. Ces douze robes, ce n'est pas de la photo, c'est plus. C'est de la peinture, de la sculpture, du génie ! Je la veux inimitable notre Papillon. »

Un quart d'heure plus tard, Papillon est seule avec son pygmalion. Elle a revêtu la première robe. Une soie rouge, en forme de sari indien. Les onze suivantes attendent leur tour, accrochées au mur du studio, et la dernière sera son linceul.

Comment sait-on ? Comment peut-on raconter en détail la mort d'un homme et d'une femme enfermés seuls dans un studio de photographe ? Puisqu'ils vont mourir tous les deux, ils ne pourront pas le raconter ! Quant à l'assassin il mourra aussi. Alors comment peut-on savoir ?

Parce que cette histoire est un scénario à la Hitchcock. Et comme dans les films du célèbre metteur en scène, tout est prévu à l'avance, et tous les éléments sont donnés :

Premier personnage : Werner. C'est un curieux homme de cinquante-deux ans. Il a été beau, il a été minable, il a été raté, il a été marié trois fois, il a fait faillite trois fois dans des entreprises diverses. Jusqu'au jour où il s'est pris de passion pour la photographie. Devenu en quelques années le spécialiste du nu artistique, pour magazine de luxe, Werner a rencontré un jour son Papillon : sa rose d'Ispahan. Elle avait dix-huit ans et une rare photogénie. Il en a fait la reine des journaux de mode et des affiches. Mais il en est tombé si éperdument amoureux, qu'il s'est conduit avec elle comme un gamin. De dix-huit à vingt-deux ans, son Papillon s'est retrouvé dans une cage dorée, appartement de luxe, fourrures, gadgets, coiffeur personnel, et tapis persans. Werner a voulu vivre un conte de fées. Mais sa perpétuelle adoration a fini par étouffer la jeune femme et, un beau soir, est arrivé ce qui devait arriver : un jeune homme. Il avait pour lui vingt-six contre cinquante-deux. Des cheveux bruns, contre un crâne presque chauve. Une fortune datant de cinq ou six générations, une aisance et une manière de faire la cour, à coups de rivière de diamants et de cocktails dans le monde. Le Papillon s'est laissé prendre. Faire partie d'une grande famille bourgeoise, disposer d'un chauffeur et d'un mari séduisant, promener sa beauté sans autre but que la flânerie des privilégiés de ce monde, croiser Onassis en Méditerranée et la Duchesse de Windsor à Paris, sourire à des premiers ministres, dîner à New York et prendre le petit déjeuner à Las Palmas... Bob avait gagné. Werner s'inclinait. Leur dernier affrontement sur le terrain c'était hier, à coups de roses d'Ispahan.

L'heure tourne. Papillon a revêtu la deuxième robe, et cherche une attitude devant la glace tandis que Werner téléphone à sa mère ainsi qu'il le fait souvent. C'est une vieille femme paralysée de quatre-vingts ans, qu'il adore et respecte. Juive, elle a subi les camps de concentration pendant la guerre, tandis que son mari, Allemand bon teint, poursuivait ses frères de race avec un acharnement de bon aloi. Werner, le fils, n'a jamais pardonné à ce père-là. Sorti d'une pension suisse après la guerre, il s'est consacré au fantôme qu'était devenue sa mère. Un fantôme paralysé, mutilé, terrible. Il la vénère comme son monument aux morts personnel. Sa voix est douce quand il lui parle :

« Maman ? Tu es là ? »

Papillon n'entend pas la conversation. En tout cas elle ne s'en mêle pas, trop occupée par sa silhouette moulée de lamé argent. Elle retrouve Werner sur le plateau, et tous deux continuent leur travail. Le photographe semble entièrement pris par le déroulement des poses.

« C'est bien comme ça, relève un peu le menton, bouge un peu ta main, à plat sur la hanche, O.K. »

Troisième robe. Un bleu nuit en mousseline transparente, rehaussée d'une écharpe en fil d'or. Papillon fait frissonner la mousseline, et hésite :

« Tu préfères assise ou debout ?

— Debout, chérie, dans la lumière. J'ai besoin de voir tes jambes en transparence. »

Werner travaille avec application, sûr de lui, comme s'il avait longuement préparé cette séance.

Quatrième robe. Du satin jaune d'or. Papillon plaisante :

« Je voudrais voir les femmes qui vont porter ça, perchées comme moi sur une échelle noire et une jambe en l'air ! Ça va ?

— Ça va. »

La cinquième robe, blanche à paillettes, a le don d'énerver Papillon. Elle n'arrive pas à l'ajuster. Werner s'en mêle. Puis renonce.

« Passe l'autre, on verra plus tard. »

La sixième, la septième, la huitième, neuf, dix robes. Werner travaille vite. Papillon a l'habitude. Ils discutent à peine. De temps en temps le photographe donne une indication à son modèle, mais la plupart du temps, il la suit, mitraillant sa silhouette, à raison d'une dizaine de clichés par robe.

Puis Papillon enfile la robe suivante, la blanche, si difficile à ajuster. Elle demande si c'est la dernière et Werner répond :

« Encore une après ça. Tu verras, c'est la plus belle. »

Il y a maintenant trois heures qu'ils travaillent tous les deux et ils sont sûrement fatigués, car Papillon grogne :

« J'en ai plein le dos de cette robe ! On t'a donné du 44, ma parole ? Qu'est-ce qu'il leur prend ? Ils font des modèles pour femmes fortes ? »

Werner, lui, se bat avec un matériel quelconque. Un projecteur sûrement. Papillon réclame son aide à nouveau. Elle est agacée, le ton de sa voix monte. Elle réclame une épingle, puis des pinces à linge. Elle en veut à Werner, qui n'a pas gardé de personnel.

« Qu'est-ce qui t'a pris de renvoyer tout le monde, pour une séance pareille ? Regarde-moi ! Je dégouline, et pas de maquilleuse ! J'ai une robe trop grande et pas d'habilleuse !

— C'est samedi, je ne voulais pas les priver de leur week-end. Et puis je voulais être seul avec toi.

— Pourquoi faire ?

— Comme ça... Tu t'en vas pour longtemps ! Qui sait si je te reverrai ?

— Je n'ai jamais dit que j'allais arrêter de travailler !

— On dit ça, on dit ça, mais tu épouses ce type, en attendant.

— Werner ! Tu ne vas pas recommencer. Je l'aime !

— On n'aime pas une gravure de mode !

— Merci pour moi !

— C'est pas la même chose, tu le sais bien. Ce type, c'est du papier. Du papier fric, je te l'accorde, mais du papier quand même. Il est inconsistant.

— Tu dis ça par jalousie !

— Absolument pas. Mais l'idée de te voir finir ta vie dans les bras de ce dandy m'horripile.

— On en a parlé cent fois ! Je croyais t'avoir demandé de ne plus me parler de lui ! Werner, tu m'écoutes ? Qu'est-ce qu'il y a ? Tu ne vas pas recommencer, dis ?

— Oh non. Je sais. Nous deux c'est fini. On s'est bien amusé, c'était pas mal, n'en parlons plus. C'est ce que tu veux !

— Ne joue pas les amants malheureux !

— Je ne joue pas. Je suis malheureux... Allez en place ! »

La onzième robe, la blanche, montrera Papillon perchée sur un tabouret de bar, ses longues jambes croisées dans une attitude sophistiquée. La dernière robe est noire et brillante. Werner donne ses ultimes conseils. Il semble que sa voix soit plus basse, un peu rauque. Fatiguée ou triste...

« C'est du lamé élastique. Rien dessous s'il te plaît, tout marque et c'est transparent.

— Attends-moi une seconde. Je vais enfiler un collant. »

La seconde dure bien cinq minutes. Cinq minutes de silence.

Papillon revient.

« Tu vois, c'est un collant complet, du cou aux pieds comme les danseurs, et on ne voit rien.

— C'est joli, j'ai envie de faire une série de photos comme ça. C'est même plus joli que la robe. Attends, j'ai une idée... Mets-toi de dos, prends la robe, d'une main, et laisse-la traîner sur les marches. C'est fantastique ! Le corps et la robe, tu comprends ? C'est la beauté pure. On devine que la robe laissera le corps libre. Surtout tu ne bouges pas. Ne tourne pas la tête, redresse le cou, dégage les épaules, secoue tes cheveux. Voilà, ne bouge plus maintenant, surtout ne bouge plus ! »

Werner cette fois ne fait qu'une photo. Une seule. On entend le bruit de ses pas. Puis un coup de feu. Et un autre. Le bruit d'un corps qui tombe sans un cri, un grand silence, encore des pas, puis la voix de Werner, basse :

« Maman, tu es là ? Voilà, c'est fini. Elle est morte. Dans quelques instants je vais mourir ici. Tu embrasseras les enfants, maman. Tu ne raccroches pas, hein ? Tu m'as promis ! Tu restes là, s'il te plaît, maman. »

Voilà pourquoi on sait tout jusqu'au moindre mot. Au

début de la séance Werner a appelé sa mère et n'a pas raccroché. Et sa mère, paralysée dans son fauteuil, a suivi pendant trois heures et demie la lente progression de Werner vers l'assassinat ; elle va suivre maintenant la propre mort de son fils.

Werner avale deux tubes de comprimés avec un verre d'alcool, puis il retourne à l'appareil.

« J'ai pris les cachets, maman. J'ai essayé de vivre sans elle tu sais, mais je n'ai pas pu. Tu comprends ? Tu sais ce que c'est, hein, maman ? La mort c'est mieux que la vie, que cette vie-là. Adieu maman... »

Le chauffeur de taxi était à l'heure pour emmener sa cliente à l'aéroport, une demi-heure plus tard. Il a tambouriné à la porte et vu de la lumière. Alors il est entré. Et derrière lui la police, à quelques minutes près. Werner avait attendu l'effet des cachets avant de se tirer une balle dans la tête. Le téléphone n'était pas raccroché. Mais il n'y avait personne en ligne. Police-Secours avait reçu l'appel d'une vieille dame, donnant l'adresse du studio, et qui avait dit :

« Mon fils vient de tuer la femme qu'il aimait, son modèle, et il s'est suicidé. »

Lorsque le policier chargé de l'enquête est venu la voir, elle a raconté tout ce qu'elle avait entendu. L'inspecteur était sidéré :

« Pourquoi n'êtes-vous pas intervenue ? Vous rendez-vous compte que vous êtes complice d'un assassinat, et complice de la mort de votre propre fils ?

— La mort appartient à celui qui la veut, à celui qui la prend, à celui qui la donne. J'ai appris cela dans les camps, monsieur. S'il était trop malheureux pour vivre, c'était à lui d'en décider. Pas à moi.

— Par contre, vous appelez Police-Secours dès que tout est fini. Pourquoi ? Si vous aviez promis à votre fils de ne rien dire ?

— Il voulait que l'on soupçonne l'autre, le fiancé. C'était

stupide. Cela n'aurait pas duré longtemps. Et puis, c'était inutile, cela gâchait sa mort.

— Vous n'aimez pas votre fils, madame ? C'est peut-être parce qu'il est plus allemand que juif ?

— Ne dites jamais cela, monsieur. Jamais. Son père était allemand ! Pas lui. Lui c'était mon fils et je l'aime encore. Je l'aime au point de respecter sa liberté, toute sa liberté. La liberté de vivre ou de mourir. La seule qui compte à mes yeux. Celle que je n'ai pas eue. »

La dernière photo de Papillon était la plus belle, pourtant on ne voyait pas son visage. Elle tournait le dos à la mort, et à l'objectif, au millième de seconde. Le dernier millième de seconde de vie d'un Papillon noir.

UNE DATE QU'IL NE FAUT PAS OUBLIER

« On ne peut tout de même pas toujours vivre comme des bêtes. » En rentrant chez lui, ce soir-là, Heinrich Zuber ne peut s'empêcher de ressasser cette phrase dans sa tête. Tout à l'heure, à la sortie de son travail, un groupe d'ouvriers écoutait un orateur juché sur un tonneau. Malgré sa prudence naturelle et sa réputation de « bon ouvrier » il s'est approché et il a écouté. L'homme avait la trentaine, une grosse moustache, une voix grave, il gesticulait comme une marionnette et disait :

« Camarades, nous combattons pour la journée de huit heures, une augmentation des salaires, l'amélioration des conditions de travail, et l'abolition des listes noires. »

« La liste noire » ! En entendant ces mots, synonymes de chômage, Heinrich a jeté un regard inquiet autour de lui. Les recommandations de sa mère lui revinrent aux oreilles : « Ne t'occupe pas des autres, mon garçon. Fais ton travail sans jamais écouter personne. Pense à ton père qui est chômeur parce qu'il se mêlait de ce qui ne le regardait pas. » Comme il s'éloignait du groupe, une phrase de l'orateur est venue lui percuter les oreilles et se graver dans son cerveau : « On ne peut tout de même pas toujours vivre comme des bêtes ! »

Heinrich Zuber a quinze ans, il est fils d'immigrés allemands venus s'installer à Chicago en 1880. Voici six ans qu'ils habitent le quartier Bremen, non loin des abattoirs où il travaille depuis un an. Comme son père est sur la trop fameuse « liste noire » des ouvriers syndicalistes et que de ce fait, il n'est plus engagé nulle part, c'est lui qui rapporte à la maison l'argent indispensable à la survie de ses trois frères et sœurs.

Cahoté dans l'omnibus à chevaux qui le ramène vers son domicile, Heinrich a du mal à rassembler ses idées. A la réflexion, c'est vrai qu'il vit comme une bête. Levé à cinq heures. A cinq heures et demie il prend l'omnibus. A six heures il est au travail. A neuf heures il a dix minutes pour le casse-croûte, à midi, une demi-heure pour la gamelle et il reprend le travail jusqu'à six heures. Il rentre à la maison, ivre de fatigue, vers sept heures. Il mange une grosse soupe, une tranche de pain au saindoux, une autre à la mélasse et il s'écroule dans son lit vers huit heures, comme une bête, jusqu'au lendemain matin cinq heures, et ça recommence.

C'est curieux comme tout à coup le jeune Allemand voit les choses différemment, les mots eux-mêmes n'ont plus du tout la même signification quand on réfléchit à leur véritable sens. Par exemple, quand il dit : « Je prends l'omnibus », il serait plus exact de dire : « Je prends une sorte de tombereau brinquebalant qui transporte un tas puant d'ouvriers qui dorment debout et s'écrouleraient s'ils n'étaient pas tassés comme des harengs saurs dans leur tonneau. » Quand il dit « maison », il devrait dire « une cabane en planches dont les joints laissent passer la pluie et le vent ». Le lit : « deux planches avec de la paille ». Les couvertures : « des sacs de pomme de terre ». Quand il dit : « quartier Bremen », il devrait dire : « cité lacustre, avec maisons et trottoirs sur pilotis au-dessus de ruisseaux nauséabonds qui deviennent des lacs au moment des grandes pluies et d'où s'envolent des essaims de mouches bleues, à la belle saison ». Même le mot « travail » n'a aucun sens... En effet, peut-on appeler travail d'homme cette course perpétuelle après la chaîne qui poursuit sa route et vous interdit même de vous moucher.

Avant-hier, un camarade qui découpe les porcs à côté d'Heinrich, pris d'un malaise, est tombé à terre. Le contremaître s'est précipité, non pas pour le secourir mais pour le pousser du pied et poursuivre le travail à sa place. Le malheureux est resté là sur le sol, le visage dans la boue sanglante jusqu'à ce que le service de secours entende, cinq minutes plus tard, leurs appels et vienne le chercher. A la suite de cette défaillance impardonnable, il sera sans doute mis à la porte. Et peut-on appeler lieu de travail un endroit où il n'y a même pas un lavabo et où des centaines d'hommes qui travaillent dix heures par jour dans le sang et les immondices, n'ont pas la possibilité de se laver les mains pour déjeuner ? Les conditions d'hygiène sont telles que si un ouvrier se fait une blessure quelconque, il a neuf chances sur dix d'en mourir. En six mois, 30 ouvriers sont morts de s'être fait au travail une simple petite coupure. Et toute cette misère pour même pas trois dollars par jour, le prix d'un modeste repas dans un restaurant de Chicago.

Et les « listes noires ». Les terribles listes noires où figurent les noms des ouvriers qui ont l'audace de revendiquer. Les meneurs, les sales mentalités, les syndiqués, les socialistes, les anarchistes. Ceux qui, comme son père, « se mêlent de ce qui ne les regardent pas » et osent réclamer de meilleures conditions de travail alors qu'il y en a tant qui s'en contenteraient. Car les émigrants arrivent par centaines et pour trouver du travail, il faut se battre, au sens réel du terme.

Voici quelques mois, une usine de conserve de viande annonce dans le journal qu'elle va engager 200 ouvriers. Au petit matin ils sont 3 000 devant l'usine. La plupart ont passé la nuit sous la neige. Lorsque la porte s'ouvre enfin, c'est une véritable bataille rangée, la police est obligée d'intervenir à coups de matraque. Enfin, tant bien que mal, 20 ouvriers sont engagés et la porte se referme définitivement. C'est terminé. Sommée de donner une explication, la direction dit tout simplement que le typographe du journal s'est trompé d'un zéro, il a mis 200 au lieu de 20, voilà tout.

Et tout ça pour même pas trois dollars par jour. Oui, vraiment a-t-on le droit d'accepter de vivre ainsi ? Comme des bêtes !

Comme Heinrich vient de s'extirper de son omnibus, il se trouve nez à nez avec son voisin Adolph Fisher, typographe à l'*Arbeiter Zeitung*. C'est un journal qui se mêle aussi de ce qui ne le regarde pas et incite les ouvriers à la révolte. Bien que Mme Zuber ait conseillé à son fils de ne pas parler à cet individu peu recommandable, Heinrich engage la conversation et apprend que c'est le patron d'Adolph, August Spies, qui haranguait les ouvriers à la sortie des abattoirs. Poursuivant sur sa lancée, le typographe lui dit qu'une grande victoire « syndicaliste » vient d'être gagnée. Quelques semaines auparavant, menacée de grève, une grande usine de machines agricoles a « lock-outé » l'entreprise. Cela consiste à fermer l'usine, renvoyer tout le personnel et réengager quelques jours plus tard seulement ceux que l'on désire conserver. C'est simple et c'est légal. On a toujours un prétexte de prêt pour refuser tel ou tel élément « pertubateur ». L'affiche du lock-out disait : « On embauchera de 800 à 1 000 ouvriers. » Or, grâce à la campagne des journaux syndicalistes, lorsque l'usine ouvrit ses portes, seulement 300 ouvriers se sont présentés.

« Tu te rends compte, petit. Il n'y en avait que 300 ! Quelle victoire ! »

Tandis qu'ils poursuivent leur chemin, Heinrich s'interroge. Qu'aurait-il fait s'il s'était trouvé dans cette même situation ? Aurait-il fait partie des 300 qui se sont présentés, ou des 500 autres qui ont choisi la misère plutôt que la honte. Tout à coup le visage de son père « se mêlant de ce qui ne le regarde pas » surgit devant lui. Bien qu'il ne parle jamais de ses idées à la maison et se tait lorsque la mère grogne, ne fait-il pas partie de la liste noire ? Presque tous les jours il se présente au bureau de l'emploi, où il a su qu'on embauchait 800 ouvriers dans l'usine de machines agricoles. Or il n'y a eu que 300 embauchés et son père est toujours chômeur. Il fait donc partie des 500 qui n'acceptent pas de travailler dans la honte. Un trouble étrange saisit Heinrich lorsqu'il passe à table, quelques instants plus tard.

Comme chaque soir depuis des années, son père est assis au bout de la planche qui sert de table et mange en silence. Sa cuillère plonge dans son bol de soupe avant de disparaître sous les moustaches. Se sentant observé, le père lève les yeux de son journal posé sur la table et croise le regard de son garçon, alors pour dire quelque chose, il lance :

« Ça va mon garçon ? »

Et il ajoute après un temps.

« C'est pas trop dur ? »

Heinrich voudrait parler, mais les mots se bousculent dans sa tête, et puis sa mère le regarde, les yeux suppliants. Un étrange silence est tombé sur la maison, même les petits sont restés la cuillère en suspens. Alors refoulant tout ce qu'il a sur le cœur, Heinrich répond :

« Non. »

Et le père se replonge dans sa solitude en s'absorbant dans la lecture de son journal. Au moment de se coucher, Heinrich qui guette cette occasion depuis un moment, déplie le journal que son père a posé sur le buffet. Avec peine le jeune homme assemble les lettres : *Arbeiter Zeitung*. Un titre barre la page : « Ouvriers, samedi, tous à dix-neuf heures à Haymarket. »

Le lendemain, en sortant des abattoirs, Heinrich Zuber ne rentre pas chez lui. Quelques camarades de travail lui ont demandé s'il venait au meeting. Il n'a pas répondu, mais il a décidé de les suivre, pour s'informer. « On ne peut tout de même pas toujours vivre comme des bêtes. »

Une heure plus tard, tandis qu'il écoute un orateur, une main se pose sur son épaule. Il n'a pas besoin de se retourner pour savoir à qui appartient cette main. C'est celle dans laquelle il enfouissait la sienne lorsque, tout enfant, il allait à l'école en Allemagne, c'est celle qu'il serrait fort sur le bateau lorsqu'ils ont subi cette tempête en venant en Amérique. Comme elle est rassurante, cette main en ce moment précis, où noyé dans cette foule grondante, il prend conscience de son métier d'homme.

« Ça va mon gars ? »

Comme la veille à table, Heinrich est dans l'impossibilité d'articuler une parole. Ils sont restés là, debout, l'un près de l'autre et comme le meeting finissait, ils sont rentrés en silence.

Plus tard, au moment de se coucher le père s'est approché de son fils, l'a pris par les épaules et lui a dit :

« Vois-tu, mon fils, ce jour-ci est une date qu'il ne faudra jamais oublier. »

Les jours suivants, les grèves se sont multipliées. Trop longtemps contenue, la colère se déchaîne. Une bombe tue 6 policiers, alors que les policiers ouvrent le feu. Des dizaines d'ouvriers tombent, on ignore le nombre exact des morts.

Un an après, à la suite d'un procès manipulé par les industriels de Chicago, quatre syndicalistes sont pendus dont Auguste Spies.

Le grand meeting de Haymarket, qui était à l'origine de toute cette prise de conscience s'était déroulé le 1er mai 1886.

C'est pour perpétuer ce souvenir que la fête du travail a lieu chaque année ce jour-là.

Mais contrairement à ce que pensait le père d'Heinrich Zuber, aujourd'hui, parmi les millions de personnes qui cessent le travail chaque 1er mai, combien le savent ? Et vous-même, le saviez-vous ?

ET TOUT RENTRA DANS L'ORDRE

Sept heures du soir. Sur le trottoir d'une ville de province, un homme marche en sifflotant. Edmond Garroux a cinquante-deux ans, un léger estomac qui tire sur le dernier bouton de sa veste et une bonne tête sympathique. Sa femme l'attend pour dîner. Il vient de boucler le petit magasin de chaussures dont il est propriétaire, et il sifflote sans raison valable. C'est un heureux caractère.

Tout à coup, il porte la main à sa poitrine d'un air surpris et s'immobilise, un pied sur les passages cloutés. Son visage fait une drôle de grimace. Il avance encore, un pas, deux pas, une voiture le frôle et le conducteur hurle quelque chose au passage, car il l'a pris pour un ivrogne. Une seconde voiture, plus sage, s'arrête.

Au milieu du passage clouté, Edmond Garroux ouvre la bouche, comme s'il voulait dire quelque chose, puis tend la main devant lui d'un air égaré. Cette main est rouge de sang. C'est surprenant. L'automobiliste a un réflexe immédiat : il bondit hors de sa voiture, et arrive juste à temps pour rattraper Edmond Garroux et l'empêcher de s'écrouler sur la chaussée. Tout en le soutenant, il cherche à comprendre :

« Vous êtes blessé ? On vous a attaqué ? »

Peine perdue. Si le blessé a les yeux ouverts, il ne répond pas. Sa bouche toujours ouverte sur un étonnement sans bornes, il contemple sa main rouge de sang.

Alors l'automobiliste regarde autour de lui, mais ne voit personne capable de l'aider. Une vieille dame, une petite fille qui court, un chien qui passe, la rue est quasi déserte. Que faire ? S'il laisse cet homme pour appeler la police et une ambulance, il va peut-être mourir. Où est-il blessé ? C'est difficile à voir. Le veston est imprégné de sang.

Alors sans réfléchir plus, l'automobiliste traîne Edmond Garroux dans sa voiture et l'installe sur la banquette, à côté de lui, pour le soutenir d'une main car il a peur de l'allonger, il ne sait pas pourquoi, un réflexe. Puis il conduit de la main gauche, aussi vite qu'il peut, en direction de l'hôpital. Il n'aurait pas dû faire cela. Et pourtant c'était la seule solution immédiate. Mais la vie d'Edmond Garroux le concerne désormais, bien qu'il n'y soit pour rien, et Edmond Garroux non plus.

Edmond Garroux est un Français moyen, père de famille, petit commerçant, qui n'a que de petits problèmes à sa mesure. Encore les prend-il avec philosophie, grâce à un caractère particulièrement heureux.

Son fils aîné de vingt ans a voulu faire le tour du monde en stop. Il s'est arrêté à Marseille victime d'une crise d'appendicite aiguë. Edmond Garroux est allé le chercher et l'a ramené à sa mère en plaisantant, il y a une semaine.

« Mon fils, pour manger le monde, il faut avoir les boyaux solides ! On va te mettre une rustine, et tu repartiras. »

Sa gamine de seize ans joue les écervelées dans un cours d'art dramatique, et se prend pour une star en herbe.

« T'as raison, lui dit son père. Si tu n'y crois pas maintenant, à quatre-vingts ans il sera trop tard ! »

La petite dernière qui a douze ans, ramène des zéros en

calcul, inlassablement, et Edmond Garroux se contente de lui prédire un avenir brillant dans une école ménagère.

« Quand on ne sait pas compter, ce sont les autres qui comptent sur vous, tu seras une bonne maîtresse de maison. »

C'est donc un homme simple, gentil, qui n'a pas inventé la poudre et s'en moque. Pour vendre des chaussures, sa bonne humeur suffit.

Alors que fait-il là, évanoui sur une civière, aux urgences de l'hôpital, le ventre percé de deux balles de carabine ?

Il ne sait pas. Et l'homme qui l'a accompagné non plus ne sait pas. C'est ce qu'il explique au policier qui l'interroge tandis que le blessé disparaît en salle d'opération.

« Je l'ai trouvé dans la rue, il saignait, je l'ai ramené ici, c'est tout ce que je sais ! »

Le sauveteur est un petit homme nerveux, à l'accent portugais très prononcé. Mais il s'exprime correctement en français, car il vit en France depuis près de vingt ans. Il transpire énormément sous le coup de l'excitation, et de la peur qu'il a eue.

Le policier, un gros homme méfiant, mâchouille une cigarette sans l'allumer, car c'est interdit à l'hôpital. Dieu sait pourquoi il trouve que ce Portugais n'a pas l'air franc du collier.

« Il n'y avait personne quand vous l'avez ramassé ?

— Non... Enfin si... Mais des gens qui ne pouvaient rien faire.

— Comment ça ? N'importe qui peut appeler la police, vous y compris !

— Vous ne comprenez pas, il était blessé, il s'appuyait sur moi, je n'osais pas le lâcher, et je n'ai vu qu'une vieille qui passait et une gosse.

— Elles vous ont vu aussi ?

— J'en sais rien.

— C'est bizarre non ?

— Mais non ce n'est pas bizarre ! Pourquoi bizarre ! La

vieille se serait affolée, et la gosse aussi, enfin je ne sais pas, j'ai fait ce qui me passait par la tête ! Vous n'allez tout de même pas me reprocher d'avoir ramassé un blessé ? »

Si, apparemment le gros policier a l'air de le lui reprocher. Il n'aime pas les gens qui ramassent les blessés et les trimbalent dans leur voiture jusqu'à l'hôpital. Il dit qu'un blessé, on l'allonge par terre, et on appelle Police-Secours. Il dit qu'il ne comprend pas pourquoi il n'y a pas de sang sur la banquette de la voiture : car il n'y en a pas. Il n'y a pas pensé. D'ailleurs il s'en fiche. Sa voiture est vieille, il n'est pas de ces gens qui ont peur d'une goutte de sang sur leur banquette.

« N'empêche, dit le policier, c'est bizarre. Il devrait y avoir des taches.

— Ecoutez, l'hôpital est à deux cents mètres à peine. Il se tenait plié en deux, le sang n'a pas coulé plus loin que son veston, c'est tout. Par contre, moi, j'en suis couvert, regardez ! »

C'est vrai. En soutenant Edmond Garroux, le Portugais a taché ses vêtements. Et il commence à avoir envie de rentrer chez lui où sa femme et ses gosses l'attendent lui aussi. Le policier en décide autrement : vérification d'identité, au poste !

« Qu'est-ce que ça veut dire, vérification d'identité ? Voilà mes papiers, je m'appelle Josef Valdes, je suis peintre en bâtiment, et j'habite ici depuis vingt ans. Qu'est-ce que vous voulez de plus ? »

Ce que veut le gros policier ? On se le demande. Peut-être n'aime-t-il pas les Portugais tout simplement. En tout cas, il embarque Josef Valdes en lui laissant tout juste le droit de téléphoner à sa femme. Et il ne le relâche que trois heures plus tard, après lui avoir fait répéter cent fois les mêmes choses, téléphoné à son employeur et au service d'immigration, épluché ses papiers sous toutes les coutures, comme s'il avait affaire au criminel lui-même.

Pourquoi ce zèle intempestif ? Mystère. Quoi qu'il en soit, lorsque le gros policier se rend enfin sur les lieux de l'agression, le lendemain matin, il n'a aucune chance d'y rencontrer le tireur, c'est évident. Il interroge les commerçants qui n'ont rien vu et rien entendu, toutes les boutiques étant fermées à l'heure où Edmond Garroux passait par là.

L'interrogatoire de sa femme n'éclaire pas l'enquête. Personne n'en voulait à son mari, qui n'a jamais fait de mal à personne. Les amis d'Edmond Garroux confirment. C'est un fou qui a tiré sur lui à n'en pas douter. Ou quelqu'un qui s'est trompé de cible. Rien, absolument rien dans la vie de cet homme charmant ne peut justifier une telle agression.

Edmond est gravement atteint. Le médecin interdit les visites. Il a subi deux opérations compliquées et n'est pas en état de répondre à des questions. Le seul témoin, c'est Josef Valdes que le gros policier ne se prive pas de tarabuster contre toute logique d'ailleurs.

Durant quelques jours l'affaire fait le tour de la ville. On parle du tueur fou, et les supérieurs du gros policier s'énervent :

« Alors ? Ça avance votre enquête ? Dépêchez-vous mon vieux. Nous sommes à quinze jours des élections municipales, le maire n'a pas envie de laisser traîner cette histoire. C'est mauvais pour le moral des électeurs. »

Tant et si bien qu'une semaine plus tard, on perquisitionne chez Josef Valdes, alors qu'il est à son travail. Et triomphalement le gros policier ramène une carabine soigneusement enveloppée de chiffons et dissimulée (si l'on peut dire) sur une étagère de sa cave.

Ce n'est pas l'arme qui a blessé Edmond Garroux, mais c'est une arme et Josef Valdes n'a pas de permis ! Alors... Le gros policier se frotte les mains, il a trois jours de garde à vue pour faire avouer son suspect !

Il ne faudrait pas être nerveux. Il ne faudrait pas être coléreux, bref, il ne faudrait pas être aussi méditerranéen que Josef Valdes, avoir aussi bon cœur que lui, et en même temps si mauvais caractère.

Ce petit homme au teint légèrement basané, est exactement le contraire d'Edmond Garroux, l'homme qu'il a sauvé. Car il l'a sauvé, c'est certain. En étant rapide dans sa décision, en évitant au maximum de le changer de position, il a permis de réduire l'hémorragie, d'éviter des déchirements internes et, grâce à lui, Edmond Garroux a de bonnes chances de s'en tirer.

Pourtant « on » l'accuse, « on » le traque, « on » lui reproche d'avoir une carabine de chasse, et pas de permis. « On » n'admet pas qu'il ait pu oublier de le demander depuis trois ans qu'il n'a plus le temps de chasser. « On » pense que s'il a une arme, il pourrait en avoir une autre et qu'il a pu attaquer Edmond Garroux, pour une raison ignorée.

C'est dingue, c'est fou, complètement dément comme raisonnement. Basé sur rien de précis, sinon la présence de cet homme au moment où Edmond vacillait en plein milieu de la rue. Bien entendu aucun témoin. L'automobiliste qui précédait Josef et a failli écraser Edmond, ne s'est pas manifesté. Lâcheté, ignorance, allez donc savoir.

Et ce « on » qui accuse, c'est le gros policier mou. Il s'est rendu au chevet d'Edmond Garroux, sorti du coma, il a demandé :

« Qui vous a agressé ?

— Je ne sais pas.

— Connaissez-vous l'homme qui vous a amené à l'hôpital ?

— Un homme m'a amené à l'hôpital ?

— Oui. Un Portugais nommé Josef Valdes. Vous ne vous souvenez pas ?

— Non.

— Alors que s'est-il passé ? De quoi vous souvenez-vous ?

— De rien. Je marchais dans la rue c'est tout, après je ne sais plus. »

Edmond a subi un choc, c'est évident. Un tel choc qu'il a perdu conscience tout en restant debout, les yeux ouverts. Mais le gros policier soupçonne autre chose que cette simple explication donnée par le médecin. Il a besoin de soupçonner, besoin de se faire valoir, de justifier son titre et ses appointements, besoin peut-être de prouver à sa femme ou à ses gosses, ou à ses collègues, qu'il est quelqu'un. C'est la première fois qu'il s'occupe d'une affaire criminelle, d'une vraie. Il se prend pour Maigret, sûrement.

Il y a vingt-quatre heures qu'il tourmente Josef Valdes, vingt-quatre heures qu'il subit les assauts de sa famille ulcérée, du patron de Josef, des amis de Josef et il s'enferre dans son idée stupide : découvrir le mobile et l'arme du crime. Il voit déjà sa photo dans les journaux, il reçoit déjà les félicitations du préfet. Et il ne voit pas, assise sur un banc dans le commissariat, une femme vêtue de noir.

Elle veut rencontrer un policier. Le planton méfiant lui a demandé pourquoi.

« A cause de mon mari », a répondu la femme laconiquement.

Mais elle n'a pas voulu en dire plus. Comme le commissariat est surexcité par l'enquête du gros policier, et ne parle que de ça, on l'a un peu oubliée. De temps en temps elle tire un uniforme par la manche :

« S'il vous plaît, monsieur... »

On lui répond, agacé, que l'inspecteur est occupé. Alors elle s'en va. Parce qu'il le faut, elle a son marché à faire, et la cuisine et le déjeuner. Son mari ne supporterait pas son absence. Il ne supporte rien. Puis elle revient vers trois heures de l'après-midi, après la vaisselle, avec son tricot, et attend comme le matin. Le planton est agacé :

« Vous ne voulez pas me dire pourquoi vous voulez voir l'inspecteur ?

— Non.

— Mais il est occupé, il ne peut pas vous recevoir comme ça... Si vous ne voulez rien me dire, ce n'est pas la peine d'attendre.

— Je ne pourrai pas revenir un autre jour.

— Pourquoi ?

— Parce que mon mari est sur un chantier en dehors de la ville aujourd'hui. Il ne peut pas me surveiller. Demain, il sera là, et je ne pourrai plus sortir. »

Le planton s'intéresse à cette histoire : un mari qui empêche sa femme de sortir ?

« Il vous surveille tant que ça ?

— Il est très jaloux, monsieur. Il est fou de jalousie. Chez nous, en Sicile, les hommes sont comme ça...

— Ah, vous êtes sicilienne ?

— Oui, monsieur...

— Alors comme ça votre mari vous surveille de près ? Et qu'est-ce qu'il ferait s'il vous trouvait dehors ?

— Il me battrait, parce qu'il l'a défendu.

— Et pourquoi ça ?

— Parce qu'il croit que je l'ai trompé, alors je ne peux plus sortir...

— Ah... et vous l'avez trompé ?

— Non. Mais il le croit. Et il est devenu méchant. »

Le planton poursuit sa petit enquête, en toute tranquillité. Après tout, il n'a rien d'autre à faire. Tout le monde est mobilisé par le crime comme dit le gros policier, sauf lui. Alors il s'intéresse au cas de cette femme. Et il trouve bizarre qu'un mari soit jaloux à ce point. Elle n'est pas très jolie cette femme-là, ni très jeune, toute noire, et assez insignifiante.

« Il y a longtemps qu'il est comme ça votre mari ?

— Toujours, monsieur, c'est parce que je n'ai pas eu d'enfant. Il a peur que j'aille avec d'autres hommes. Il dit que c'est facile quand on ne peut pas avoir d'enfant, et que le diable nous tente. Mais ce n'est pas vrai.

— Et qu'est-ce que vous voulez qu'il y fasse l'inspecteur ? C'est pas ses oignons ça, ma pauvre dame...

— Je dois lui expliquer ce que mon mari a fait.

— Ah, il a fait quelque chose ?

— Oui. Mais il ne faut pas le répéter à tout le monde, parce qu'il me tuerait.

— Oh... il en est capable ?

— Oh oui monsieur, il a un fusil. C'est justement... »

Le planton se sent tout à coup lui aussi, une âme de fin limier :

« Tiens... Tiens... et il s'en servirait ? »

La femme a un hochement de tête peureux, tandis que le planton réfléchit. Puis se décide.

« Bon, vous venez dans le bureau à côté, je vais prendre votre déclaration.

— Vous êtes inspecteur ?

— Je suis le chef, ici, il n'y a personne d'autre. »

Docilement la femme suit le planton dans un bureau vide, où il s'installe en se rengorgeant :

« Je vous écoute. »

Il écoute donc, elle parle, et il en reste comme deux ronds de flan. Il fait même répéter deux fois. Puis il tape aussi vite qu'il peut sur une machine bancale, la déposition de la femme, la fait signer, lui ordonne de ne pas bouger, et galope dans le bureau du gros inspecteur.

Le policier transpire devant un Josef Valdes, furieux et rouge de colère, qui répète pour la centième fois la même chose :

« Vous êtes des abrutis ! Si j'avais attaqué ce pauvre homme, pourquoi est-ce que je l'aurais amené à l'hôpital ? »

Le planton essoufflé interrompt cet intéressant dialogue :

« Chef ! On tient l'assassin !

— Comment ça, “ on ” tient l'assassin ? Qui le tient ?

— Moi chef ! Enfin pas lui, mais sa femme, lisez, chef, lisez ! »

Le planton jubile. Il y a de quoi ! Car voici ce que lit le gros policier, en marmonnant :

« Je soussignée Alba Celdi, italienne, née le 2 octobre 1902 à Campo Bello, Sicile, déclare :

Il y a trois semaines, je me trouvais dans notre appartement avec mon mari Salvatore, lorsqu'un caillou est venu frapper la vitre du balcon qui était ouverte. Mon mari est allé voir sur le balcon et a insulté un homme qui criait sur la place : “ Eh la belle, tu serais fière d'avoir un mari comme moi ? ”

Question : Connaissez-vous cet homme ?

Réponse : Non. Il jouait aux boules avec d'autres hommes, à l'heure du déjeuner sur la place. Mais mon mari qui est très jaloux, a cru que c'était mon amant.

Question : Pourquoi l'a-t-il cru ?

Réponse : Parce qu'il croit toujours que j'ai un amant et le cherche depuis des années, et puis aussi parce qu'il s'est trompé. L'homme sur la place était en train de plaisanter avec une jeune fille qui était au balcon à l'étage au-dessus de chez nous. Il a voulu lui lancer un caillou et a manqué le troisième étage. Le caillou est tombé chez nous... »

Le gros policier interrompt sa lecture et devient rouge de colère :

« Qu'est-ce qui vous prend de vous ficher de moi avec de pareilles sottises ? Quel rapport avec le crime, hein ? Et de quoi je me mêle ?

— Mais chef, attendez, attendez ! Le type qui plaisantait en jouant aux boules, c'était Edmond Garroux, la victime, et le Sicilien a cru qu'il était l'amant de sa femme, il l'a cru vraiment, il s'est mis à hurler “ Ma fa cornatta ”.

— Qu'est-ce que ça veut dire ?

— En français : “ il m'a fait cocu ”, chef !

— Et après ?

— Et bien après, il a juré de se venger. Et sa femme est sûre que c'est lui qui a tiré sur Edmond Garroux, dans la rue.

— Et pourquoi en est-elle sûre ?

— Parce qu'il a pris son fusil et qu'il est sorti avec plusieurs soirs de suite, après avoir interdit à sa femme de quitter la maison. Elle a entendu parler du “ crime ” ces jours-ci, et elle a peur ; elle a profité de ce que son mari était sur un chantier pour venir le dénoncer. Seulement, elle a peur de rentrer chez elle, maintenant. »

Le gros policier est bien embêté. Et Josef Valdes, le Portugais, encore plus furieux de le voir hésiter.

« Alors ? Qu'est-ce que vous attendez pour y aller maintenant ? Vous avez peur ? »

Le fusil était dans l'armoire du Sicilien. Il ne fit presque pas de difficulté pour reconnaître qu'il s'était vengé. L'essentiel de sa déclaration se résumait à la seule expression sicilienne : « Ma fa cornatta »... comme si la justification était évidente. Si « ma fa cornatta, je tire deux balles sur l'homme ». Voilà.

Lorsque Edmond Garroux, remis de ses blessures a pu entendre le fin mot de l'histoire, il s'est rappelé lui aussi la petite scène. La jeune fille au balcon, était une amie de sa propre fille, et comme d'habitude il avait voulu plaisanter, innocemment. Tous les jours ou presque, il faisait une partie de boules sur la place, avec le patron du café, l'épicier, et quelques autres. La jeune fille, elle, guettait son amoureux au balcon du troisième étage. Et au deuxième, il y avait le fou, le Sicilien jaloux par principe, qui interdisait à sa femme de lever les yeux sur un autre homme que lui, qui calculait le temps du marché, la guettait à la sortie de l'église, et entretenait dans sa tête une jalousie stupide et sans fondement depuis des années. Un vaudeville qui avait failli tourner au tragique. Qui tourna au tragique : ce fut la fin de l'avancement et de la carrière du gros policier qui se prenait pour Maigret, et voulait un coupable à tout prix, fût-il portugais, brave cœur et innocent. Ça existe ce genre de chose.

Du moins ça eût existé, comme on dit, à l'automne de 1950, dans une brave petite ville de province. Mais le procès fut discret sur ce point, sauf l'avocat de Josef Valdes qui n'hésita pas à parler de racisme primaire et de mauvais traitements policiers...

« Allons, maître, lui dit le juge, vous exagérez votre pensée... parlons de faute professionnelle si vous le voulez bien. »

Et tout rentra dans l'ordre.

PAS UN DOLLAR DE PLUS

1929, c'est la crise aux Etats-Unis, et toute ressemblance avec des crises ou des pays actuellement existants ne serait que pure coïncidence... Superproduction, saturation du marché, abus de la spéculation boursière, viennent de déclencher le plus grand krach de tous les temps. Wall Street s'est effondré avec un grand bruit de dollars qui sonnent creux. Les petits rentiers sont ruinés, les gros s'arrachent les cheveux, les chômeurs font la queue dans les soupes populaires.

L'Amérique est tombée de haut, du haut de ses 87 milliards de revenu national. Ça fait mal, et quelques hommes d'affaires tentent le grand saut de la mort, persuadés que le manque d'argent fait le malheur. Mais pour beaucoup d'Américains, survivre dans cette débâcle, c'est avoir une combine. Et en attendant de la trouver, on fait le siège des bureaux d'embauche en épluchant les petites annonces des journaux.

En ce jour de 1929, dans une file d'attente, un quidam lit le *New York Post,* et tombe dans la rubrique « Divers » sur une annonce intrigante, en gros caractères et encadrée :

« ENVOYEZ-MOI UN DOLLAR, 35, 12e AVENUE, HAROLD WILLEMS. »

En voilà un qui ne manque pas de culot. Envoyez-moi un dollar, comme ça, au prix où est le dollar par les temps qui courent, il se prend pour qui ? Encore un truc publicitaire, se dit le quidam.

Réflexion faite, c'est curieux tout de même, une annonce comme celle-là, encadrée et en grosses lettres. Cela coûte plus d'un dollar, justement ! Alors on en parle un peu dans la ville et dans les cafés, et le bouche à oreille multiplie les effets de l'étrange petite annonce.

« Vous avez vu ? Un type qui demande un dollar, et il donne son adresse.

— Ah bon ! Une blague ! Mais quand même, c'est dans le journal.

— Vous croyez à une nouvelle société ?

— Mais non, c'est un lancement publicitaire !

— Oui mais de quoi ? C'est peut-être intéressant... »

Le lendemain, toujours dans le *New York Post,* en un peu plus grand, l'annonceur récidive :

« ENVOYEZ-MOI UN DOLLAR, 35, 12e AVENUE, HAROLD WILLEMS. »

Les commentaires vont bon train, et les suppositions reprennent :

« Moi je vous dis qu'il y a quelque chose là-dessous, à mon avis c'est un type qui a trouvé une combine en bourse.

— Mais un dollar, c'est ridicule !

— Pas du tout, ça dépend du nombre de participants, voyons... »

Le surlendemain, toujours dans le *New York Post,* en un peu plus grand, une nouvelle annonce :

« ENVOYEZ-MOI UN DOLLAR, 35, 12e AVENUE, HAROLD WILLEMS. »

Pour qu'un annonceur persiste à ce point sans donner d'information supplémentaire, c'est vraiment qu'il y a quelque chose. Et dès ce troisième jour, une sorte de psychose se répand chez les lecteurs du *New York Post,* l'un des plus grands journaux de la ville, l'un des plus lus, un journal sérieux !

Alors, sans que l'on sache comment, ni par qui, une information se répand et atteint toutes les couches de la société, du petit commerçant au retraité méfiant, du traîne-savate à l'homme d'affaires.

« Il paraît que ce Harold Willems est un philanthrope, un milliardaire un peu fou ! Il enverra un magnifique cadeau à tous ceux qui lui auront fait confiance, il fait ça pour remonter le moral du pays, c'est un idéaliste, un vrai Américain qui a foi en son pays. »

Le quatrième jour, toujours dans le *New York Post,* en un peu plus grand :

« ENVOYEZ-MOI UN DOLLAR, 35, 12e AVENUE, HAROLD WILLEMS. »

Toujours rien de plus, toujours la même petite phrase sèche et impérieuse.

Alors un autre bruit galope dans New York, c'est une information sûre, cette fois, un tuyau increvable : « C'est un businessman de génie, il a une idée fantastique, il va créer une puissante société industrielle, avec des petites souscriptions, et il ne prend qu'un dollar par tête, pas plus, il refuse que l'on en donne plus. »

C'est extraordinaire, et au 35, 12e Avenue, il y a la queue. Chaque souscripteur déposant son dollar obtient, en contrepartie, un petit reçu honnête, signé Harold Willems, mais qui n'en dit pas plus sur la destination dudit dollar.

Quant à Harold Willems lui-même on ne le rencontre pas. L'individu morose, à col de celluloïd, qui engrange et distribue les reçus n'est apparemment qu'un employé : « Je ne sais rien, je suis là pour compter, je ne sais pas pourquoi », et « Dépêchez-vous, il y a du monde derrière, on ferme à cinq heures ! » grogne-t-il.

Le cinquième jour, toujours dans le *New York Post,* au même emplacement, surgit un texte un peu différent :

« ATTENTION, JE NE RECEVRAI VOTRE DOLLAR QUE JUSQU'AU 15 DU MOIS. »

Suit l'adresse habituelle, 35, 12e Avenue, Harold Willems.

Fouettés par cette menace, sentant la bonne combine leur échapper, les souscripteurs se multiplient, et le facteur dépose plusieurs centaines de lettres chez la concierge du 35, 12e Avenue.

Dans ce flot de courrier, il y a des propositions diverses, des demandes de renseignements, des injures, mais beaucoup de billets de un dollar, et même des chèques.

Le plus extraordinaire est que toute somme supérieure à un dollar est immédiatement refusée ; les clients de Harold Willems doivent se soumettre à la règle, on ne triche pas ! Et cette rigueur impressionne énormément l'opinion.

Le sixième jour, rien ne paraît dans le *New York Post.* Le septième jour non plus, le huitième non plus...

Le neuvième voit naître un nouvel encadré dans le *New York Post :*

« VOUS N'AVEZ PLUS QUE DEUX JOURS POUR M'ENVOYER VOTRE DOLLAR, PASSE CE DELAI, VOTRE DOLLAR SERA IMPITOYABLEMENT REFUSE. »

Cette fois, c'est l'émeute, au 35, 12e Avenue.

Le policeman de service est obligé de demander du secours pour organiser un service d'ordre. Par centaines, par milliers, les amateurs de bonne combine se pressent au long de l'avenue. On discute, on veut passer avant les autres, on brandit les billets. L'imminence de la fermeture a fouetté le portefeuille des amateurs de placements.

Apercevant la file interminable, les passants non prévenus s'informent, et la plupart s'arrêtent pour prendre leur tour. Un dollar c'est peu, et on ne sait jamais. La vie est tellement incertaine, l'avenir si problématique que la moindre chance doit être saisie.

La police fait un cordon, et réglemente le débit de la foule à l'entrée du 35, 12e Avenue, où le petit employé morose, à col de celluloïd, continue de distribuer les reçus avec mauvaise humeur.

Il confirme d'ailleurs que la caisse sera fermée demain à cinq heures, mais définitivement cette fois, et que l'on ne prendra plus de dollars ! C'est ainsi ! M. Harold Willems ne fera aucune dérogation, n'accordera aucun passe-droit !

Les heures tournent et les souscripteurs défilent à un rythme accéléré. Il y a même des bagarres !

Certains fraudeurs ayant déjà donné reprennent la queue, pour tenter de tricher et verser un autre dollar, mais la foule veille... et de toute façon, le petit employé morose, à col de celluloïd est intraitable : à chaque dollar, on montre sa carte d'identité, et le reçu est établi au nom indiqué. Il affirme que c'est la loi et qu'il ne peut faire autrement !... et il est physionomiste, le bougre. De plus, il a établi un registre alphabétique et ne peut pas se tromper.

Le dernier jour, le 15 du mois donc, il y a tant de monde au 35, 12e Avenue que le malheureux caissier manque d'être lynché, pour avoir tenté de fermer sa porte à l'heure du déjeuner. Il y renonce d'ailleurs assez vite, devant la perspective d'une émeute, et reprend son inlassable débit de reçu à un dollar.

Mais à cinq heures, impitoyablement, c'est FINI, on ne prend plus les dollars. L'employé ferme les portes. Il en appelle à la force de l'ordre pour disperser la foule mécontente. M. Willems, Harold de son prénom, tient ses engagements, c'est le dernier jour, c'est l'heure, on ferme !

Et le petit employé morose à col de celluloïd s'en va, par une porte dérobée. Il disparaît dans la grande ville de New

York. Il disparaît dans le grand pays des Etats-Unis d'Amérique, en 1929, au temps de la prohibition, des gangsters et des règlements de compte, au temps de la crise économique.

Il se fiche complètement de la crise, le petit employé morose, au col de celluloïd. Il a plus de 300 000 dollars en poche. 300 000 ! et il s'appelle Harold Willems, bien entendu. Et il n'est plus morose, et il peut jeter son col de celluloïd aux orties.

Comment dites-vous, escroquerie ? abus de confiance ? Il semble bien que oui, en effet. Dans les jours qui suivent, les semaines et les mois, les commissariats du quartier, les tribunaux sont submergés de plaintes. 300 000 gogos à un dollar par tête se plaignent de n'avoir rien reçu en échange. Or ils se trompent ! Ils ont un reçu signé Harold Willems et Harold Willems n'a rien promis d'autre. Il est donc normal qu'il n'ait rien donné ! Il a juste imprimé dans un journal une petite phrase précise : « Envoyez-moi un dollar. » C'est tout, et il n'a pas dit pourquoi, c'était son droit. Il a même ajouté que, passé un certain délai, les dollars seraient impitoyablement refusés, ce qu'il a fait. De plus, les reçus sont nominatifs, conformes à la loi, et conformes à l'annonce : « Reçu de Monsieur Untel la somme de un dollar. » Point à la ligne.

La justice américaine ne va tout de même pas ouvrir 300 000 dossiers à un dollar, pour 300 000 plaignants différents, qui se plaignent d'ailleurs, et avant tout, d'être stupides. Le dépôt de plainte coûte plus cher que le dollar.

Et il n'y a rien à faire, hélas ! Si l'on vous demande un dollar et que vous le donnez, tout est légal. Mais qui était Harold Willems ? L'histoire n'a gardé de lui que la vague description donnée par ses dupes : petit, l'air morose, un col de celluloïd, moustache ou pas ? Les témoins n'étaient même pas d'accord. D'ailleurs quelle importance ? Personne ne l'a jamais revu, personne n'en a plus entendu parler, jamais !

Il y a des milliardaires heureux qui s'arrangent pour ne pas avoir d'histoire.

LE FANTÔME DU CIMETIÈRE

C'est une ombre dans le cimetière de Turin. Une ombre noire surgie des tombes, un vivant parmi les morts, à l'aube du 11 mars 1926...

Le gardien qui fait sa ronde a sursauté. Est-ce un voleur ? Un de ces profanateurs sans foi ni loi qui fracturent les caveaux et emportent les urnes pour les revendre ?

Si oui, il a une drôle d'allure. Il est en loques et il tient un bouquet de fleurs artificielles à la main.

D'un bond, le gardien est sur le dos de l'ombre, et une courte lutte s'engage. Puis l'homme cesse de se débattre, et s'assoit par terre. Il a bien l'air d'un fantôme, et d'un fantôme aux yeux fous. Il est sale, maigre, barbu, vêtu d'un pantalon déchiré et d'une veste, sans chemise. Muet. Impossible de dialoguer avec lui. A chaque question il regarde le gardien comme si le ciel lui tombait sur la tête. Et il n'a pas de papiers. Bon, c'est un fou, un échappé de l'asile de Turin. Inutile d'avertir la police, il suffit de le ramener en bas, d'où il vient.

Mais à l'asile de Turin, on a beau compter les fous, celui-là est en trop. Et le directeur, perplexe, tente de s'expliquer avec lui :

« Comment t'appelles-tu ? D'où viens-tu ? Quel âge astu ? »

Le fou le regarde avec un air d'incompréhension totale, puis il se met à trembler en marmonnant :

« Je ne sais pas... je ne sais pas... je ne sais pas... »

Je ne sais pas, c'est tout ce qu'il est capable de dire. Et en psychiatrie, en 1926, les progrès ne sont pas énormes. Alors le diagnostic est simple : voilà un homme en état de choc, un peu fou mais pas dangereux. Donnons-lui des calmants, quelqu'un viendra bien le réclamer un jour.

L'homme dort pendant quarante-huit heures, mange comme un ogre, redort, et tout à coup, au réveil, s'étonne :

« Qui êtes-vous ? Qu'est-ce que je fais là ? Qu'est-ce que c'est que cette maison ? »

On lui explique qu'il est malade, qu'il a été trouvé errant dans un cimetière, et on lui demande son nom.

« Mon nom ?... mon nom ?... eh bien, mon nom... »

L'homme écarquille les yeux, secoue la tête, cherche, cherche... Tout le monde a un nom, et tout le monde répond quand on le lui demande, c'est un réflexe conditionné, mais l'inconnu, lui ne se souvient pas. Il ne sait pas comment il s'appelle. D'ailleurs il ne sait pas d'où il vient, quel âge il a, et bien entendu ce qu'il faisait dans un cimetière en pleine nuit, en train de voler un bouquet de fleurs artificielles...

L'inconnu est un inconnu pour lui-même. Le directeur en conclut donc qu'il est amnésique, et décide de faire paraître dans les grands journaux italiens, le portrait de cet étrange pensionnaire.

C'est le portrait d'un malheureux, à qui le service d'hygiène de l'asile a rasé les cheveux et la barbe. Il ne reste plus qu'un visage maigre et blafard aux yeux creusés, fixes, nus de tout souvenir, de toute identité, un clochard ! Pourtant, le directeur de l'asile reçoit, dans les jours qui suivent, un flot de lettres.

Il semble que la ville de Vérone ait reconnu dans ce visage émacié de clochard à la dérive, le très riche, très intelligent, et très respectable professeur Carolla...

Le seul ennui, c'est que le professeur Carolla est mort. En principe mort... Il a disparu il y a dix ans, en 1916 sur le front de Macédoine. Alors, le directeur de l'asile contemple son pensionnaire, avec une attention nouvelle.

Cet homme... un professeur ? un mathématicien cultivé, riche, connu de toute la bonne société de Vérone ?

Que faisait-il dans un cimetière, avec un bouquet de fleurs artificielles à la main ?

« Est-ce que le nom de Carolla vous dit quelque chose ? »

L'inconnu n'a pas l'air de connaître. S'il s'appelle Carolla, il n'en sait rien. D'ailleurs, il n'est pas très inquiet de son sort. Il a besoin de repos. Il dort, dort, presque tout le temps, comme s'il avait besoin d'oublier quelque chose ou de le retrouver. Peut-être sait-il qui il est lorsqu'il dort, et peut-être l'oublie-t-il en se réveillant.

Une semaine plus tard, un homme se présente à l'asile, accompagné d'une dame en noir.

L'homme est un militaire, le major Cantaluppi. La femme se cache derrière un voile de deuil.

Le major Cantaluppi a reconnu dans le portrait paru dans la presse, son vieil ami le professeur Carolla, avec qui il a fait la guerre.

On les met en présence. Et là tout à coup : surprise ! Le major se jette dans les bras de l'inconnu, en l'appelant son cher ami Carolla, et l'inconnu se jette dans les bras du major. Enfin il a reconnu quelqu'un à son tour. Il en pleure de joie... Oh, tout n'est pas clair dans son esprit, mais le major se charge de réveiller ses souvenirs. Que diable, ils ont guerroyé ensemble !

Hélas, en dehors de reconnaître physiquement le major Cantaluppi, l'inconnu ne peut rien se rappeler d'autre...

rien... Sa mémoire est une chose insondable qui vacille à la moindre question précise. Certes il reconnaît le major, il admet qu'il s'appelle Carolla, puisque l'autre l'affirme, mais c'est tout. Disparu en 1916 ? Lui ? Il ne sait pas comment. Blessé ? peut-être, mais il n'en porte pas la trace. Prisonnier ? Possible...

Alors la dame en noir ôte sa voilette, et regarde l'amnésique bien en face, et c'est le professeur Carolla qui sursaute ! Sa femme ! C'est sa femme ! Giulia, c'est Giulia ! Comment a-t-il pu oublier ce visage, cette silhouette ? Giulia...

Aucun homme ne peut oublier sa femme. Il tend les bras timidement, puis avec insistance...

Mais Giulia regarde son mari avec hésitation. Est-ce bien son mari ? oui... non... peut-être, ah évidemment il a dix ans de plus, il a pu changer, il a changé, mais quand même, Giulia n'a pas d'élan véritable. Il lui paraît inconvenant de se précipiter dans les bras d'un presque inconnu.

Alors c'est Carolla qui tente de la persuader maintenant. Il sait, il se souvient. Giulia est sa femme, il est le professeur Carolla, il n'en sait pas plus pour l'instant, mais de ça, il est sûr, certain.

« Enfin, Giulia, tu ne reconnais pas ma voix ? Mes mains, c'est moi Giulia, je t'assure que c'est moi ! »

Mme Carolla examine, inspecte puis demande timidement si elle peut rester seule avec lui quelques minutes. Cette faveur est aussitôt accordée bien entendu.

Un face à face dans ces cas-là, est la meilleure manière de simplifier les choses.

Et à l'issue de ce tête-à-tête, M. et Mme Carolla se jettent dans les bras l'un de l'autre, en larmes, définitivement convaincus qu'ils sont mari et femme.

Comment ont-ils fait... Ceci les regarde, et personne n'aura de détails. Il y a certainement des points de repère sur un corps humain, qui exigent la discrétion.

Voilà donc les époux partis pour Vérone, où le professeur a bon espoir de retrouver le reste de sa mémoire. Son cadre familier, ses meubles, ses enfants, qu'il a à peine connus. Tout cela va peu à peu le remettre dans sa peau. Les meilleurs médecins vont s'occuper de lui. Ce sera long, car il s'agit de reconstituer un puzzle dont les morceaux sont éparpillés sur dix ans.

Deux jours après son départ de l'asile, alors que le professeur Carolla examine en détail l'importance de sa fortune (une bonne fortune), une femme se présente à l'asile de Turin.

Trente ans, plutôt vulgaire, vêtue pauvrement, elle se nomme Rosa Brunelli et demande à voir le directeur de l'asile :

« Je viens chercher mon mari, celui qu'on a montré dans les journaux... ce salopard m'a laissé tomber avec un gosse sur les bras, où est-il ? »

Et Rosa Brunelli montre ses papiers, la carte de travail de son mari, sa carte d'identité, une feuille de paie, le tout au nom d'un certain Mario Brunelli, typographe, celui qu'elle traite de salopard.

Et Rosa se met à hurler quand on lui affirme que l'homme en question ne peut pas être son mari, puisqu'il est le professeur Carolla de Vérone, un homme distingué, riche et qui a déjà une femme et deux enfants...

Rosa hurle en effet, comme peuvent hurler les Siciliennes, en fournissant une bonne douzaine de témoins, et le double d'arguments. Elle demande une confrontation, alerte la police, montre son enfant à qui veut le voir, prouve qu'il ressemble à son père comme deux gouttes d'eau... Et le scandale éclate à Vérone, dans la belle maison du professeur Carolla.

Rosa en fait quotidiennement le siège, enveloppée dans un châle, son enfant contre elle, les journaux sont avec elle, et finalement la police aussi. Elle est le vivant reproche, la statue du désespoir agrippée aux grilles du palais Carolla, femme et mère abandonnée, elle est en passe de gagner la partie.

Car, preuve irréfutable de l'identité de l'inconnu du cimetière, il a les mêmes empreintes digitales que Mario Brunelli le typographe.

Les empreintes de ce Mario Brunelli disparu, sont apposées sur sa carte de travail, on peut donc les comparer à celles de l'inconnu. Le professeur Carolla ne peut pas en dire autant, et depuis M. Bertillon, on ne discute pas une empreinte digitale.

D'ailleurs, le professeur Carolla a disparu dignement il y a dix ans sur le front de Macédoine, alors que Mario Brunelli a disparu sournoisement, il y a deux ans, d'un appartement minable, abandonnant femme et enfant.

Qui est l'inconnu du cimetière ? Le professeur Carolla devenu Mario Brunelli, et ayant oublié le tout ?

Il reconnaît Mme Carolla qui a hésité à le reconnaître, alors qu'il ne reconnaît pas Rosa Brunelli qui elle le reconnaît sans hésitation...

N'y aurait-il pas une quelconque escroquerie là-dessous ?

Après des jours de discussions et de criailleries, l'inconnu du cimetière, à nouveau égaré, la tête chancelante, se précipite dans le seul endroit où personne ne le conteste, à l'asile de Turin, où il se jette dans les bras du directeur, en le suppliant de l'aider, ou alors de l'enfermer avec les fous.

Il n'en peut plus : Deux familles, deux identités, trois enfants, mort ou salopard, il ne sait plus ce qu'il ne sait déjà pas, et il a peur d'en apprendre davantage.

Alors le directeur tente une dernière fois de faire jaillir la lumière :

« Bon, quand avez-vous épousé cette femme ?

— Je ne sais pas !

— Et l'autre ?

— Mais je ne sais pas !

— Mais alors quand avez-vous quitté celle-ci ?

— Mais je ne sais pas !

— Et l'autre ?

— Mais je ne sais pas, je ne sais pas ! Je ne sais plus ! Peut-être les deux, c'est comme si vous me demandiez qui de Leibniz ou de Newton a découvert la méthode des fluxions pour arriver au calcul différentiel ! tout le monde sait qu'ils l'ont trouvée en même temps, bon sang, c'est évident ! »

Eh voilà ! Euréka, comme aurait dit Archimède. Qui d'autre que le professeur Carolla mathématicien emploierait une pareille formule du fond de son désespoir ? Qui de Leibniz ou de Newton a découvert le premier la méthode des fluxions pour arriver au calcul différentiel ? Les deux, mon professeur.

Carolla est retourné à Vérone avec Giulia et a payé une pension à Rosa de Turin, soupçonnant qu'il l'avait épousée par hasard, un jour de sa longue amnésie.

Puis il a écrit sa vie, pleine de trous, dans un ouvrage intitulé « A la recherche de moi-même, ou l'existence et ses complications multiples ».

Et il n'est pas nécessaire de perdre la mémoire pour arriver à la même conclusion.

WALSALL PLACE

Mrs Mary Hudson marche d'un bon pas pas dans les rues de Londres. Il s'agit d'une promenade obligatoire, recommandée par son médecin traitant.

« Ma chère, lui a-t-il dit, il ne faut pas grossir. Votre cœur ne le supporterait pas. Surveillez votre ligne et marchez. La marche est excellente dans votre état ! »

L'état de Mary Hudson peut se résumer en quelques mots : cardiaque, un peu trop ronde, veuve riche et remariée, depuis deux ans, à un séducteur de douze ans son cadet.

Pour toutes ces raisons, y compris la dernière, elle marche donc d'un bon pas dans les rues de Londres, chaque après-midi, espérant conserver la ligne, son jeune mari et un cœur en bon état de fonctionnement.

Londres au printemps, ce jour d'avril 1910, est un délice de brouillard léger et de soleil timide. Lorsqu'il fait beau à Londres, disent les Anglais, il n'est pas de plus belle ville au monde.

Mrs Hudson s'engage dans une rue charmante, bordée de pavillons particuliers, et de pensions de familles avec petits jardins : Walsall Place. Elle marche sur le trottoir de gauche, c'est important, car toute l'histoire repose sur le seul fait que Mary Hudson emprunte cette rue-là, sur ce trottoir-là.

Hasard ? Destin ? Vengeance divine ? Mary Hudson ne se doute pas qu'elle est l'instrument de la vérité, l'extraordinaire coïncidence qui va mettre à bas l'échaffaudage parfait d'un crime.

Devant le nº 3, elle ralentit le pas, devant le nº 5, elle est pâle, et titube légèrement... Elle pourrait tomber là, devant le nº 5, et rien n'arriverait. Mais la mécanique défaillante de son cœur essoufflé ne cède pas encore. Un pas, deux pas, cinq pas. Mary a dépassé le nº 5 et s'écroule victime d'une crise cardiaque, exactement devant le nº 7 de Walsall Place.

Il y avait une chance sur des milliards, la voici : le nº 7 de Walsall Place est un meublé, dont la propriétaire, Mrs Sidwell, est une brave femme, curieuse et dévouée. Elle se précipite sur le corps de l'inconnue tombée devant sa porte, la relève, lui offre le repos de sa maison et de son divan, lui offre un verre d'eau pour avaler sa pilule, et ses services :

« Voulez-vous prévenir quelqu'un ? Votre médecin ? Ou quelqu'un de votre famille ?

— Mon mari s'il vous plaît ! Je voudrais rentrer chez moi. »

D'une main faible, Mary Hudson rédige le texte d'un télégramme.

« Nouvelle crise. Ne t'alarme pas. Je vais mieux. Viens me chercher, nº 7 Walsall Place. Mary. »

Cette fois, la machine à démonter les crimes parfaits, est en route. Rien ne pourra plus l'arrêter.

Dans sa très belle maison d'un quartier chic de Londres, M. Hudson, George de son prénom, fait la sieste, près d'un verre de cognac français, à proximité d'une assiette de petits gâteaux et non loin d'un feu de bois réconfortant. George n'a pas l'air malheureux. Voici deux ans qu'il mène cette vie de pacha, aux frais de son épouse, sans travailler le moins du monde.

Trente ans, long et mince, visage régulier, lèvres bien dessinées. Il dort du sommeil du juste, et il a l'air d'un brave jeune homme.

Le domestique qui l'éveille lui rend son vrai visage en une seconde. Ce sont les yeux qui paraissent méchants. D'un bleu métallique, ils donnent à tout le visage une ombre curieuse, voilant les traits presque parfaits d'une dureté gênante. La voix aussi est dure, et le ton peu amène.

« Qu'est-ce que c'est ? J'ai dit qu'on ne me dérange pas !

— Pardonnez-moi Monsieur, mais ce télégramme vient d'arriver, il est marqué urgent, un porteur l'a amené jusqu'ici. J'ai cru bien faire. »

Un télégramme ? A lui George Hudson ? C'est étonnant. Il ne travaille pas, et ne fréquente pratiquement personne. L'intégralité de son temps étant consacré à vivre une paresse délicieuse, et bien gagnée selon lui.

En lisant le message, devant le domestique, George devient subitement très pâle, extrêmement pâle.

Le domestique n'ose pas bouger, attendant les ordres, et remarque que son maître relit plusieurs fois le texte, comme s'il voyait le diable en personne.

Enfin George se décide à parler.

« Allez prévenir le médecin immédiatement, qu'il se rende auprès de Madame, elle a eu un malaise, voici l'adresse. »

Et il note sur un papier : n° 7 Walsall Place. Le domestique obéit, une heure passe avant qu'il revienne. Hélas, le médecin a refusé. Débordé par les urgences, il fait répondre que Mrs Hudson n'est pas en danger immédiat, à condition de prendre ses pilules, et qu'il passera la voir demain !

George tourne en rond dans le salon, furieux :

« Ce médecin est un criminel ! Dites à la femme de chambre de Madame de se rendre immédiatement à cette adresse ! »

Intérieurement le domestique se demande bien pourquoi

son maître n'y va pas lui-même, mais son métier n'est pas de discuter les ordres.

La femme de chambre part aux environs de six heures, et le temps passe. George dîne tranquillement, du moins apparemment, et le domestique va se coucher.

A minuit, la femme de chambre est de retour, en fiacre. Il faut réveiller George qui s'est endormi au salon, et demande avec impatience :

« Eh bien ? Où est Madame ?

— Elle a eu un autre malaise Monsieur, elle n'a pas voulu rentrer avec moi, elle a peur, surtout la nuit, elle désire que vous veniez la chercher, elle dit qu'elle sera plus en sécurité avec vous.

— Très bien, j'irais donc moi-même ! Allez vous coucher ! »

Et cette fois George Hudson met son manteau, et s'en va dans la nuit. Le moins que l'on puisse dire, c'est qu'il n'est pas très inquiet de l'état de sa femme, ni très amoureux. La femme de chambre en fait le commentaire :

« Madame était bien mal, je ne comprends pas pourquoi il n'est pas allé la chercher plus tôt, et elle non plus ne comprend pas, c'est bizarre tout de même... »

Bizarre oui. Et encore plus bizarre, le lendemain matin. Car George n'est pas venu chercher sa femme au n° 7 Walsall Place, et la pauvre Mary a dû passer la nuit chez la propriétaire du meublé, angoissée, sursautant au moindre bruit.

Mrs Sidwell la propriétaire a bien tenté de la rassurer :

« Allons... voyons, ne vous faites pas de souci, il était peut-être sorti entre-temps, et votre femme de chambre ne l'aura pas trouvé. »

Mais en rentrant enfin chez elle, vers midi, Mary Hudson ne trouve pas, elle non plus, son mari.

Les domestiques lui affirment pourtant qu'il est parti à 0 h 15, dès le retour de la femme de chambre, en disant qu'il se rendait à l'adresse indiquée sur le télégramme.

Mary Hudson, de plus en plus inquiète, est persuadée qu'il est arrivé quelque chose à George. On l'aura attaqué, la nuit. Les rues de Londres ne sont pas sûres, George est peut-être mort, quelque part.

Mary Hudson s'offre un nouveau malaise cardiaque, suivi d'une pilule, avant de se précipiter à Scotland Yard, pour faire part de la disparition de son époux bien-aimé.

On note ses déclarations, et on la renvoie chez elle, en la rassurant. Mais Mary téléphone tous les jours au Yard, pendant une semaine. Cette fois, la disparition est sérieuse. La fiche de George Hudson grimpe les étages de Scotland Yard, pour arriver dans le bureau de l'inspecteur Haskins, en même temps que l'épouse affolée. L'inspecteur réfléchit.

« George Hudson... George Hudson... Voyons... Ce nom ne m'est pas inconnu... »

Haskins est renommé au Yard, pour sa mémoire. Il n'a pas souvent besoin de faire appel au fichier pour trouver ce qu'il cherche, le fichier est dans sa tête.

« Hudson, George... C'est le dossier Mollet ! Sortez-moi le dossier Mollet ! Ethel Mollet, disparition en octobre 1905. George Hudson, c'était le fiancé ! Il nous a assez bassinés pour avoir des nouvelles de l'enquête à l'époque. Je me souviens très bien de lui. Asseyez-vous madame Hudson. Ainsi vous êtes sa femme ? Il s'est consolé, semble-t-il, et il a disparu comme la jeune fille, curieux, très curieux. »

Mary Hudson tombe des nues :

« Mais quelle jeune fille, Inspecteur ? Et quel rapport avec mon mari ?

— Ethel Mollet, madame. Elle a disparu presque le jour de leur mariage. Ça arrive, et le pauvre garçon avait l'air bien désemparé, c'était normal. Voyons, racontez-moi quand et comment il a disparu à son tour ? »

Mary Hudson se sent mal. D'une voix brouillée, elle explique son état, son évanouissement, le télégramme, et le départ de George dans la nuit pour la rejoindre.

— Où ça ? Où devait-il vous rejoindre ?

— Au n° 7 Walsall Place, quelqu'un m'avait recueillie, je m'étais effondrée devant sa porte par hasard. »

L'inspecteur regarde fixement Mary Hudson :

« Vous connaissez cet endroit ?

— Pas du tout, Inspecteur. Mais la propriétaire est très gentille, je faisais ma promenade habituelle, et le malaise est arrivé juste devant chez elle.

— Incroyable ! Vous vous êtes évanouie là ? Par hasard ?

— ... Oui...

— Incroyable... Incroyable...

— Mais pourquoi ? Enfin que se passe-t-il ? Cette maison est tout à fait honorable !

— Absolument...

— Et Mrs Sidwell est une femme tout à fait serviable...

— Je sais... Je sais...

— Alors ? Qu'y a-t-il d'extraordinaire ?

— Madame, je vais vous le dire. Le n° 7 Walsall Place... est un meublé fort bien tenu. C'est là qu'il y a cinq ans s'était installée Ethel Mollet, en attendant son mariage. Et c'est là aussi que se rendait votre mari la nuit de sa disparition. Voilà ce qui est extraordinaire. »

Mary Hudson rentre chez elle, pour s'y offrir tranquillement une énième crise cardiaque. Les mystères l'angoissent, et celui-là est de taille.

Il existe un moyen bien simple pour la police de surveiller un disparu, c'est de surveiller son compte en banque. S'il ne bouge pas c'est inquiétant, s'il bouge, c'est intéressant.

Or le compte de George Hudson a bougé. Dix livres ont été tirées au profit d'une pension de famille de Bloomsburry. Le mardi 16 avril 1910, neuf jours après sa disparition, George Hudson est donc localisé par Scotland Yard.

L'inspecteur Haskins met au point une stratégie bien simple. Sans savoir exactement où va le mener cette affaire, il décide de convoquer à trois heures précises ce jour-là, Mrs Sidwell, la logeuse du n° 7 Walsall Place, Mary Hudson et son époux retrouvé, George Hudson.

Mrs Sidwell adore rendre service à la police. Elle arrive à l'heure.

Mary Hudson, flageolante et bourrée de pilules, est arrivée avant elle, on ne lui a pas signifié le motif de cette convocation. Quant à George Hudson, un sergent de police est allé le cueillir à 14 h 30 dans sa pension. Et là, il s'est passé une chose curieuse. George a dit :

« Vous me cherchez ?

— Oui, monsieur Hudson... Eh bien, vous avez disparu...

— Moi ? J'ai disparu ? C'est ridicule, je suis là...

— Mais, et votre épouse ?

— Mon épouse ? Que voulez-vous dire ? Je n'ai pas d'épouse ! »

Le sergent, surpris, a vérifié l'identité de George, et s'est précipité au téléphone pour demander des instructions à l'inspecteur Haskins, lequel a froncé les moustaches :

« Amnésique ? Vous dites qu'il ne se rappelle rien ?

— Rien... Inspecteur, et il a l'air un peu hébété, c'est certain...

— Bon. Amenez-le tout de même. Dites-lui qu'il s'agit de formalités administratives. »

Le sergent de police amène donc George Hudson, qui se laisse conduire, l'air à peine surpris.

Au Yard, George s'assied sur une banquette, tranquillement. Que se passe-t-il dans sa tête ?

L'inspecteur Haskins entrouvre la porte de son bureau, et montre George à Mrs Sidwell, la logeuse du n° 7 Walsall Place...

« Alors madame Sidwell ? C'est lui ?

— C'est lui Inspecteur, je m'en souviens très bien. Un beau garçon. Il se faisait appeler Wall. Je l'ai vu plusieurs fois. Il a loué l'appartement et quelques jours après la jeune Ethel est arrivée. Elle est restée quelques jours chez nous, trois semaines environ, et il venait la voir de temps en temps. Je l'ai dit aux enquêteurs à l'époque.

— Oui, mais vous parliez d'un M. Wall. Pas d'un George Hudson ! Vous êtes sûre que c'est lui ?

— Certaine. Si on nous avait confrontés il y a cinq ans, je l'aurais dit.

— Ça n'a pas été fait, et c'est une erreur, mais à ce moment-là, George Hudson était insoupçonnable, il habitait en dehors de Londres chez les parents d'Ethel, sa fiancée, et il demandait sans cesse des nouvelles, les parents aussi. Tout le monde a cru que la jeune fille était partie avec ce Wall inconnu : les parents, et la police, et George Hudson lui-même, il était inconsolable. »

A son tour, Mary Hudson a le droit d'observer son époux par la porte entrebâillée :

« Alors ? C'est votre mari ?

— C'est lui... Je veux le voir !

— Une minute madame Hudson ! Votre mari est soupçonné de meurtre pour l'instant, d'ailleurs, il prétend ne pas être marié et ne pas avoir disparu.

— Mais pourquoi ?

— Il n'est pas venu vous chercher au nº 7 Walsall Place madame Hudson, parce qu'il avait peur de cette adresse et pour cause. Une extraordinaire coïncidence a fait que sa première fiancée Ethel Mollet habitait là avant de disparaître, et que s'il y mettait les pieds, la logeuse l'aurait reconnu, comme aujourd'hui. Laissez-moi réfléchir une seconde. Madame Sidwell, vous souvenez-vous d'autre chose, à propos de George Hudson ?

— Presque rien, Inspecteur, comme je l'ai dit, il y a cinq ans, Ethel avait parlé d'une villa où ils habiteraient jeunes mariés. Mais où ? Ça, elle ne l'a pas dit. Tout ce que je sais, c'est qu'ils ont pris un jour la direction de Waterloo Station. La villa se trouve peut-être dans une localité desservie par cette gare. »

Haskins réfléchit encore puis décide. Premièrement, il alerte les commissariats situés dans un rayon de cent miles autour de Londres. Ordre leur est donné d'enquêter auprès des agents immobiliers de leur région, sur un M. Wall, qui avait loué cinq ans plus tôt une villa.

En 1910, les agents immobiliers ne sont pas si nombreux... L'enquête ne devrait pas durer plus de deux jours. Ensuite, l'inspecteur Haskins conseille à Mrs Hudson de rentrer chez elle, sans revoir son mari.

« Donnez-moi quelques jours madame, si ce que je crois est exact, j'aimerais assister à vos retrouvailles. Ce sera pour moi la preuve définitive. »

Mary Hudson accepte. De toute manière son mari lui fait peur à présent.

George, lui, qui a attendu pour rien, peut rentrer à sa pension, après quelques vérifications de ses papiers. Sur un ton neutre, un officier de police lui demande s'il désire voir un médecin et s'il a conscience d'être amnésique. George le regarde avec étonnement, sans répondre. Alors l'officier lui dit qu'il peut rentrer chez lui. A la pension où il a élu domicile, George Hudson est surveillé par une demi-douzaine d'agents en civil, pendant quarante-huit heures.

Enfin, un commissariat de Subiton informe l'inspecteur Haskins qu'un agent immobilier a loué une maison un peu isolée, à un certain M. Wall, il y a cinq ans. Ce M. Wall a versé une caution, il semblait emballé. Il a même demandé l'autorisation de faire creuser un bassin pour des poissons. On lui a fait son bassin, et deux jours plus tard, il a rendu les clés, en disant qu'il avait changé d'avis. Depuis la villa est habitée par un dentiste, qui a conservé le bassin aux poissons, le trouvant fort joli.

Il est joli en effet, cimenté au fond, bordé de fleurs, quelques poissons rouges y dansent dans la lumière. Le dentiste n'est pas très content qu'on lui casse. Puis il se tait devant le squelette d'une jeune fille, dont il ne reste que les immenses cheveux blonds... c'est une vision hallucinante.

Ce jour-là, George est attrapé au vol, dans sa pension, et traîné de force à Scotland Yard, sous le prétexte d'une confrontation avec son épouse, qui continue de le rechercher soi-disant.

Haskins observe la rencontre. Mary Hudson est au bord de la crise, George la regarde, il hésite, et demande d'une voix neutre :

« Vous êtes ma femme ? »

Haskins l'interrompt brutalement :

« Parfait ! Merci Hudson ! Inutile de jouer les amnésiques plus longtemps ! Vous espériez rentrer chez vous sans problème n'est-ce pas ? En ayant soigneusement évité le n° 7 Walsall Place ? C'est raté ! Ethel Mollet, la villa, le bassin aux poissons, nous savons tout, alors je vous écoute ! »

Quel drôle d'individu ce George Hudson. Un fils de riche, méprisant et hautain. De ses parents morts, il avait hérité des rentes confortables. Ses rentes et son physique avaient ébloui une malheureuse petite bonne, Ethel Mollet. Ethel était si jolie. Une poupée ravissante et naïve, aux yeux de porcelaine et aux cheveux dorés. Elle était sa maîtresse, elle était enceinte, elle voulait se faire épouser, et George, bon prince, a dit oui.

Il a amené Ethel chez le pasteur, le pasteur a réclamé le consentement des parents, des gens pauvres mais dignes qui habitaient en banlieue. George est allé les voir, et a obtenu leur accord enthousiaste ! Leur fille allait être riche, elle ne serait plus domestique !

George emmène Ethel au n° 7 Walsall Place, et lui intime l'ordre de n'en plus bouger jusqu'au mariage. Pour éviter les mauvaises langues, affirme-t-il... « Je ne veux pas que l'on sache qui tu es avant le mariage. »

Il confirme la date du mariage au pasteur et aux parents, tandis qu'il loue la villa et fait creuser le bassin. Puis il s'inquiète auprès des patrons d'Ethel, de sa soi-disant disparition. Avant qu'on cimente le bassin, il entraîne sa fiancée, pour lui montrer leur future demeure. Ethel bat des mains de joie, alors il l'assomme, la ligote, et la suspend par le cou à la balustrade du 1er étage. Et dans la nuit, il l'enterre sous le bassin aux poissons, qui sera cimenté le lendemain.

Et tandis qu'il fait tout cela, qu'il va voir le pasteur, les parents, qu'il tue et enterre sa fiancée, il se rend chaque jour à Scotland Yard ou téléphone, pour avoir des nouvelles de la disparition d'Ethel, signalée par ses patrons.

C'est diabolique. C'est parfaitement imaginé, et ça marche. En 1908, George épouse Mary Strichell, veuve replète et encore plus rentière que lui. Cardiaque qui plus est, avec douze ans de plus que lui. Et il s'installe dans un bienheureux farniente en se disant que selon toute probabilité, il sera veuf à son tour, sans grand effort cette fois. Dieu sait ce que peut devenir un cœur malade, une petite peur par-ci, une petite fatigue par-là...

George raconte à l'inspecteur Haskins tout cela, avec un détachement teinté de regret. Un crime parfait, une si belle mécanique, s'écrouler pour un hasard stupide, il en est franchement navré.

Le n° 7 Walsall Place était ce hasard, à croire que le fantôme d'Ethel s'y était installé et y avait attiré Mary Hudson. En Angleterre, on croit volontiers à ce genre de choses, et les maisons y ont une âme. En Angleterre à cette époque, on pendait aussi les meurtriers.

George Hudson fut donc pendu. Et l'inspecteur Haskins se rendit à l'exécution. L'inspecteur aimait à dire :

« Je ne crois pas au crime parfait. Rien de parfait n'existe au monde, seule la mort est parfaite, puisqu'elle n'est pas perfectible. »

Un philosophe redoutable, cet inspecteur anglais.

UNE HISTOIRE D'HOMMES

« La réponse du professeur Vogt vient d'arriver ! »

Max Ader relève la tête et regarde droit dans les yeux le jeune étudiant en médecine planté devant lui. Son visage sévère ne laisse rien présager d'agréable.

« Et alors ?

— Il faut lui enlever l'œil. »

Les deux hommes savent trop bien ce que signifie cette nouvelle pour ne pas en apprécier toute la gravité. Procéder à une énucléation est une chose relativement banale. Cela se pratique couramment dans tous les hôpitaux du monde. Seulement voilà : dans l'isolement, à des milliers de kilomètres de tout lieu civilisé, en plein continent antarctique, c'est une toute autre affaire. Il ne faut pas songer à évacuer le blessé ; de plus Nils Scott, l'homme qui vient d'apporter la nouvelle et qui a vingt-six ans, n'a jamais pratiqué lui-même la moindre opération.

Depuis six mois, la mission internationale de douze hommes, dirigée par Max Ader, est installée au milieu des glaces et des neiges. Elle doit rester là deux ans. Deux cabanes préfabriquées et quelques hangars forment le camp de base. Le travail consiste à faire des relevés de toutes sortes. L'équipe est composée de météorologues, glaciologues et géologues.

Le premier soin de Max Ader, le responsable du camp, est de demander au jeune étudiant en médecine s'il se sent capable de mener à bien une intervention de ce genre. Nils Scott répond que le professeur Vogt, d'Oslo, se propose de lui faire parvenir par radio tous les renseignements nécessaires. « De toute façon, vous n'avez pas le choix, a ajouté le médecin, c'est l'énucléation, ou Jacques Mauduit devient aveugle. »

Max Ader laisse échapper un long soupir. On avait bien besoin de ça. Maudite soit cette lanière agitée par le vent qui est venue cingler de plein fouet l'œil droit du météorologue français. Voilà trois semaines que cet accident, banal au demeurant, s'est produit. Le blessé a fait preuve d'un courage à toute épreuve, mais l'état de son œil a empiré de jour en jour.

L'étudiant en médecine poursuit son explication. Le professeur Vogt craint ce qu'il appelle « l'ophtalmie sympathique » qui risque d'affecter la vision de l'œil valide, provoquant ainsi la cécité totale.

« Qui est au courant ? demande le chef.

— Paul Lapôtre, le radio canadien, et moi, c'est tout. »

Max Ader propose alors de ne rien dire à l'intéressé pour le moment, et s'informe du temps nécessaire à la préparation.

« Pour fabriquer les instruments, entraîner l'équipe et m'exercer moi-même, il faut bien trois semaines, mais le plus tôt sera le mieux. »

Une date précise est fixée en fonction des différents travaux à effectuer.

« Le 13 juillet à treize heures, vous n'êtes pas superstitieux ? »

L'étudiant en médecine sourit.

« Au contraire, ça va nous porter bonheur. »

Ayant reçu carte blanche, Nils Scott commence ses préparatifs dans le plus grand secret. Cela s'avère tout de suite une tâche difficile, étant donné l'exiguïté des lieux et la minceur des cloisons intérieures. Comme en plus, en dehors des prélèvements et autres observations quotidiennes, les hommes travaillent à l'intérieur des barraques, cela pose un certain nombre de problèmes assez faciles à imaginer.

Commence alors par radio une étrange conversation entre le grand ophtalmologiste norvégien et son jeune collègue qui se trouve au bout du monde. Patiemment le professeur Vogt décrit les instruments indispensables pour pratiquer l'énucléation. Sous sa dictée, chaque instrument est dessiné avec précision. A n'importe quelle heure du jour ou de la nuit, Nils Scott trace les contours et commente la forme et l'utilisation exacte de chaque instrument ; il faut ensuite les faire fabriquer avec les moyens du bord.

Mis dans la confidence, le chef mécanicien passe des nuits entières à exécuter les objets demandés. Avec du fil d'acier et des manches de limes à ongles, il fabrique un jeu de minuscules crochets destinés à tirer sur les muscles de l'œil. Dans une feuille d'aluminium il confectionne une sorte de pince qui devra servir à écarter les paupières. Enfin il s'attaque à la table d'opération qui doit être munie d'un accoudoir dont le but est d'assurer au chirurgien une parfaite immobilité de l'avant-bras. Pendant ce temps, le Canadien Paul Lapôtre fabrique un masque à oxygène, tandis que le glaciologue suédois Tor s'attelle à la machine à coudre pour confectionner, avec des sacs de couchage, des calottes, masques et tabliers pour l'équipe d'opération.

Cinq hommes sont choisis pour des rôles extrêmement précis. Le photographe allemand Karl Schumann sera l'assistant. Tor sera l'anesthésiste. Paul Lapôtre sera chargé de passer les instruments. Le géologue américain Schaeffer surveillera la pression artérielle, quant au chef de l'expédition, l'Anglais Max Ader, il prendra le pouls et tiendra le journal de l'opération.

Alors, dans le plus grand secret, tous ces hommes venus de l'autre bout du monde vont s'entraîner pour sauver la vue d'un de leurs camarades. Après de longues conférences avec ce jeune « patron » qui va opérer pour la première fois de sa vie, ils vont répéter cent fois les mêmes gestes, refaire inlassablement le même mouvement, au millimètre près. De son côté Nils Scott s'entraîne. Sur les conseils du professeur norvégien, il exerce l'agilité de ses doigts en attachant un fil à son petit doigt et en y faisant des nœuds en se servant du pouce et de l'index de la même main.

Deux jours avant la date prévue, les six hommes font une répétition générale. Bien sûr, malgré l'extrême discrétion dont ont fait preuve les protagonistes, la nouvelle a fini par se répandre. Dans la mission, tout le monde est au courant, sauf l'intéressé lui-même. Mettant les attentions particulières dont il est l'objet sur le compte de sa blessure à l'œil, Jacques Mauduit ne s'est pas rendu compte qu'elles étaient destinées à l'éloigner des lieux où l'équipe « répétait ».

Le 12 juillet, après le dîner, Max Ader fait venir le blessé dans son minuscule bureau, en compagnie du médecin. Il lui annonce la nouvelle, puis il passe la parole à Nils Scott qui lui explique en détail les conversations par radio qu'il a eues avec le professeur norvégien. Malgré son extrême pâleur, qui prouve une émotion intense, Jacques Mauduit trouve la force de plaisanter :

« Essaye de ne pas te tromper d'œil ! »

Le lendemain, à midi, les six hommes se livrent à une ultime répétition générale. Le réfectoire a été vidé de ses meubles et lavé à l'eau javélisée. Au plafond, au-dessus de la table d'opération, Karl Schumann a installé des lampes photographiques à grande puissance. Une seconde série d'ampoules de secours a été branchée sur des batteries, au cas où le groupe aurait une défaillance. Tout a été prévu, répété, calculé.

A treize heures, le Français fait son entrée dans la salle d'opération. A la vue de ses six copains, vêtus de blanc, masqués et gantés, Jacques Mauduit, pour dissimuler son anxiété, plaisante :

« Attention, les gars, vous allez me faire peur. »

Tous se mettent à rire et cela détend un peu l'atmosphère. Le patient s'allonge sur la table. Tor, le glaciologue suédois, promu anesthésiste, fait la piqûre. Quelques instants plus tard, Jacques Mauduit a perdu conscience.

Et l'opération commence. Avec un sérieux et une concentration exemplaires, ces six hommes suivent et assistent pendant 2 h 40 ce jeune étudiant en médecine qui pratique une énucléation pour la première fois de sa vie. Pendant 2 h 40, suant à grosses gouttes derrière leur masque, ces jeunes hommes rompus aux exercices physiques les plus durs restent immobiles. Ils ne prononcent pas une seule parole inutile. Le pouls du patient s'accélère de manière inquiétante. Une piqûre administrée par le glaciologue le fait revenir à la normale. Ce n'est que lorsque Nils Scott aura fait son ultime pansement et prononcé les mots « c'est terminé », que ces grands gaillards habitués à parcourir les glaciers pendant des heures, s'aperçoivent qu'ils sont morts de fatigue.

Et l'attente commence. Le professeur Vogt a annoncé que l'on ne saurait si l'opération avait réussi que sept semaines plus tard environ. Petit à petit Jacques Mauduit, qui a parfaitement subi l'épreuve, reprend son travail. Deux mois plus tard, Nils Scott peut envoyer un message à Oslo : « Opération réussie. Au nom de tous, merci. »

Mais l'équipe n'a pu savourer pleinement sa victoire que trois mois plus tard.

Ce jour-là, comme prévu, le bateau ravitailleur parvient jusqu'à la mission. Après avoir débarqué les caisses et les containers de toutes sortes, le commandant remet à Nils Scott un petit paquet. Ce qu'il a fait parvenir en secret, c'est une série d'yeux artificiels, dont l'un est parfaitement assorti à l'œil valide du météorologue. Une petite incision et il est mis en place. Alors seulement l'étudiant en médecine peut annoncer à son équipe que leur tâche est accomplie.

Lorsque l'œil valide de Jacques Mauduit se tourne d'un côté ou de l'autre, l'œil artificiel suit le même mouvement. Oh pas beaucoup, mais il bouge. Ce que peu de spécialistes au monde parviennent à faire, des amateurs l'ont réussi. Lors de l'intervention, sur les conseils du grand chirurgien norvégien, Nils Scott a suturé les muscles des deux yeux les uns avec les autres, dans le bon ordre, formant ainsi une sorte de bouquet qui, par friction, oblige l'œil artificiel à se déplacer en même temps que l'œil valide. Le résultat est fantastique, étant donné les circonstances de l'opération.

Voilà comment, à l'autre bout de la planète, un Norvégien, un Anglais, un Canadien, un Allemand, un Suédois et un Américain, ont réussi parfaitement une opération destinée à sauver un Français de la pire des infirmités. « Si tous les gars du monde »... Une histoire héroïque ? Non. Une histoire d'hommes, tout simplement.

LE TRAIN FANTÔME

Vendredi 3 mars 1944. Il n'est pas loin de minuit. Angelo Caponegro n'en peut plus. Cela fait trois mois qu'il est chef de gare à Balvano, entre Naples et Rome. Et le travail qu'il a dû fournir ces dernières semaines est épuisant... L'Italie traverse en effet une période dramatique. Au sud, les alliés continuent leur progression au prix de durs combats. Au nord, Mussolini et ses partisans, appuyés par les Allemands, exercent encore leur dictature. L'Italie, en ce début 1944, est un pays déchiré, un champ de bataille.

Angelo Caponegro, comme tous les chefs de gare des localités proches des combats, a une responsabilité écrasante. Il faut que les convois de réfugiés du sud passent, avec le risque incessant des bombardements allemands. A travers la vitre de son bureau, Angelo Caponegro aperçoit une dizaine de personnes. Ce sont les voyageurs pour le train 8017 qui doit arriver aux alentours de 0 h 10. Il a hâte de le voir arriver. C'est le dernier de la journée.

Il y a un coup de sifflet lointain. Il sort sur le quai. Le train 8017 à destination de Rome entre en gare dans un nuage de vapeur et s'immobilise dans un crissement de freins. Les voyageurs qui attendaient montent dans les wagons. Personne ne descend. Tout le monde, ou presque, dort et tout le monde va au terminus : Rome.

Angelo Caponegro se dirige en tête de quai pour interroger les mécaniciens. A cause de l'afflux de réfugiés, le nombre de wagons est plus élevé que prévu, et les voyageurs sont plus de cinq cents. Devant cette charge supplémentaire, il a fallu atteler deux locomotives. Mais c'est peut-être encore insuffisant...

Angelo Caponegro arrive devant la locomotive de tête et demande si tout se passe bien. Le mécanicien, couvert de suie, descend péniblement de sa machine.

« Jusqu'ici, oui, mais c'est maintenant que cela va être difficile. Il y a plusieurs rampes très dures après Balvano. Il faut faire le plein de charbon. »

Le chef de gare le rassure. Il a un stock largement suffisant pour les deux machines. Et, dans la nuit, le ravitaillement s'effectue. Pendant ce temps, la longue file des wagons reste silencieuse. Brisés par la fatigue et les émotions, les passagers dorment...

Le chargement dure quarante minutes. A 0 h 50, tout est prêt. Angelo donne un coup de sifflet. Les roues des locomotives se mettent en mouvement. Le convoi s'ébranle lentement. Le chef de gare reste sur le quai jusqu'à ce que les feux rouges aient disparu, puis il rentre dans son bureau. Il doit encore attendre le coup de téléphone de son collègue de Bella-Muro, la prochaine gare, lui annonçant que le 8017 est bien passé, après quoi il pourra se coucher. Jusqu'à Bella-Muro, il y a une vingtaine de kilomètres. C'est l'affaire d'un quart d'heure, vingt minutes en tenant compte de la surcharge du convoi.

Dans son bureau, éclairé par une maigre lumière, Angelo Caponegro allume une cigarette. Il rêve... Bientôt, la fin de cette journée de travail et bientôt, il l'espère, la fin de la guerre... 1 h 05. Le 8017 doit être arrivé à Bella-Muro. Il regarde son téléphone mural, s'attendant d'une seconde à l'autre à entendre la sonnerie qui lui est familière. Mais le téléphone reste muet. Il allume une seconde cigarette... 1 h 15. Cela fait une demi-heure que le 8017 est parti. C'est à ce moment que le petit bruit grêle du téléphone retentit dans la pièce. Il décroche : au bout du fil, il reconnaît immédiatement la voix de Luigi, son collègue de Bella-Muro. Mais Luigi n'a pas son ton ordinaire. Il a l'air énervé, excédé même.

« Alors, qu'est-ce qu'il fait, le 8017 ? j'aimerais aller me coucher, moi ! »

Angelo Caponegro a un sursaut :

« Comment ? Mais cela fait plus d'une demi-heure qu'il est parti de chez moi ! »

Brusquement, Angelo n'a plus sommeil. Toute sa fatigue est tombée pour faire place à une curieuse impression. Peut-on appeler cela un pressentiment ? Non, il ne s'attend à rien de précis. Il a seulement tout à coup la sensation de se trouver en face de l'anormal. Le train 8017 n'a pas été bombardé par les Allemands, il l'aurait entendu. Alors, il s'est peut-être trouvé devant une rampe qu'il n'a pas pu franchir ? C'est très improbable. Avec deux locomotives, il aurait toujours pu la monter à petite vitesse et il devrait être arrivé à Bella-Muro depuis longtemps...

Pour tromper son anxiété, Angelo Caponegro se met à lire la seule chose qu'il ait sous la main : l'horaire des chemins de fer. Une lecture absurde qui ne fait que renforcer l'étrangeté de cette nuit. Ces heures de départ et d'arrivée ne correspondent plus à rien. Depuis longtemps, il n'y a plus d'horaire. C'est la guerre pour les trains aussi. Ils partent quand ils peuvent, et ils arrivent quand ils peuvent. Les chefs de gare sont prévenus à la dernière minute...

Deux heures du matin. Cette fois il se passe quelque chose de grave. A plusieurs reprises, Angelo a téléphoné à la gare de Bella-Muro et Luigi lui a répondu, à chaque fois, d'une voix angoissée :

« Il n'est pas passé. »

Alors Angelo Caponegro prend une décision. Il appelle le dépôt des machines, met ses collègues au courant des événements et demande que lui soit envoyée d'urgence une locomotive pour explorer la voie... Elle arrive à 2 h 40. A Bella-Muro, il n'y a toujours pas la moindre nouvelle du train 8017.

En prenant place à côté du mécanicien, Angelo Caponegro ne prononce pas un mot. Il s'attend vaguement à quelque chose de terrible sans pouvoir deviner exactement quoi.

La locomotive avance presque au pas... Il faut se méfier. Le 8017 a pu dérailler et emporter les voies. Mais, pendant les premiers kilomètres, il n'y a rien de suspect. Rien sur les bas-côtés. Les deux rails suivent leur trajet avec un parallélisme parfait. La locomotive arrive au premier tunnel. Angelo Caponegro hurle :

« Stop ! »

Le 8017 est là, arrêté. Il est engagé dans le tunnel, à l'exception de l'arrière du dernier wagon. Les deux hommes sautent à terre. Angelo se met à courir. Tout le convoi est illuminé. Il forme un long ruban dont la tête se perd dans le premier virage à l'intérieur du tunnel. Tout est silencieux. Aucune des deux locomotives n'est en marche... Sa lampe à la main, Angelo s'approche avec précaution. Il lui semble distinguer des formes sur la voie. Il élève sa lampe et il recule, saisi.

Une femme le regarde, l'air hébété. A ses côtés, il y a un enfant et, plus loin, deux hommes sont assis sur les rails, prostrés... Ce qui le frappe tout de suite, c'est que la femme a les cheveux gris. Or elle est jeune, elle ne doit pas avoir plus de vingt ans. Et l'enfant, un enfant de six ou sept ans, lui aussi a les cheveux gris ! Un enfant aux cheveux gris : c'est un spectacle inoubliable, surnaturel. Angelo Caponegro s'entend demander :

« Qu'est-ce qui vous est arrivé ? »

Pour toute réponse, la jeune femme se met à éclater en sanglots, imitée aussitôt par l'enfant. Quelques mètres plus loin, les deux hommes lui font écho. Ils poussent des grognements indistincts, comme des cris de bêtes. Angelo découvre, en s'approchant, qu'eux aussi ont les cheveux gris. Il tente de les questionner, mais ils ne sont pas davantage en état de répondre.

Angelo Caponegro serre les dents. Il s'avance lentement vers le tunnel. Chaque pas qu'il fait lui coûte, représente une victoire sur sa peur. Mais c'est son devoir. C'est à lui qu'il appartient de découvrir ce qui est arrivé au train 8017.

Il a dépassé la dernière voiture du convoi. Maintenant il est sous la voûte. Il règne un silence total. Il s'arrête devant la porte de l'avant-dernier wagon. Il l'ouvre, monte et pénètre dans le premier compartiment. Il y a huit personnes sur les banquettes : des hommes, des femmes, des enfants, avec des piles de bagages et d'objets hétéroclites comme en emportent les réfugiés. Tous ont l'air de dormir. Angelo tape sur l'épaule de l'homme qui est le plus près de lui : il s'effondre lourdement sur le plancher, entraînant dans sa chute une vieille dame qui s'immobilise dans une pause grotesque.

Cinq minutes plus tard, Angelo Caponegro sort du tunnel. Le mécanicien a du mal à le reconnaître, tant son visage est décomposé. Il prononce d'une voix blanche :

« Morts... Ils sont tous morts. Il y a plus de cinq cents morts. »

Angelo Caponegro a fait son rapport aux autorités. Mais, en raison de la guerre, la censure a décidé de tenir l'événement secret. Lorsque la commission d'enquête a publié ses conclusions, longtemps après, elles sont passées presque inaperçues. C'est pourquoi l'accident le plus étrange de toute l'histoire du chemin de fer est, de nos jours encore, pratiquement inconnu.

L'explication en est aussi logique que terrible. Dans le tunnel, il y a une forte rampe, la plus raide de tout le parcours. Les deux locomotives n'ont pu la franchir. Elles se sont immobilisées. Pour repartir, les mécaniciens ont dû pousser leurs machines au maximum. Ils ont mis autant de charbon qu'ils pouvaient dans leurs chaudières. Mais celui-ci, en cette période de guerre, était de qualité médiocre. Une terrible quantité d'oxyde de carbone, ce gaz inodore et mortel dégagé par la combustion, s'est immédiatement répandue dans le tunnel. Les voyageurs et les mécaniciens ont dû mourir sans s'en rendre compte, en quelques minutes.

En tout, il y a eu, dans cette nuit du 3 au 4 mars 1944, cinq cent vingt et une victimes. Les quatre survivants ont dû leur salut au fait que l'arrière du dernier wagon où ils se trouvaient était hors du tunnel. Mais ils ont été gravement intoxiqués. Outre que leurs cheveux sont restés gris, le gaz a provoqué chez eux des lésions cérébrales irréversibles.

Quant à Angelo Caponegro, jamais il n'a pu oublier le train 8017.

LA BOÎTE AUX LETTRES

Le docteur Andrieux, médecin généraliste dans le XVe arrondissement de Paris, n'a pas lieu de se plaindre. Il a une belle clientèle. Son cabinet marche bien. Ce 19 novembre 1977, dix patients sont inscrits de demi-heure en demi-heure. A 14 h 30 il ouvre la porte de la salle d'attente et annonce :

« Monsieur Martin, s'il vous plaît. »

L'instant d'après, un homme d'une trentaine d'années est installé devant lui. Le docteur lui adresse un sourire engageant.

« Alors, cher monsieur, de quoi souffrez-vous ? »

Son patient lui fait sans se troubler cette réponse pour le moins inattendue :

« Je vais très bien, merci. »

Avant que le docteur Andrieux ait pu revenir de sa surprise, l'homme met la main à son portefeuille et en sort une carte barrée tricolore.

« Docteur, je comprends votre étonnement. Il faut avant tout que je me présente : Jérôme Martin, du Deuxième Bureau. Mes supérieurs m'ont chargé auprès de vous d'une misson délicate et confidentielle. »

Le médecin regarde l'homme qui est assis en face de lui. Celui-ci semble avoir deviné le cours de ses pensées.

« Vous imaginiez sans doute différemment un membre du Deuxième Bureau ? Je vais vous montrer à quel point nous sommes renseignés. Vous avez donné rendez-vous le 23 novembre prochain à dix-sept heures à l'un de vos malades, Michel Bertier. C'est bien exact ? »

Le visage du docteur Andrieux se ferme... Son interlocuteur accentue son sourire.

« Bien sûr, je comprends votre réaction : le secret professionnel. Eh bien moi, je vais vous livrer un autre secret professionnel : Michel Bertier travaille au ministère de la Défense. C'est un espion au service d'une puissance étrangère. Le 23 novembre, il doit regagner définitivement son pays en emportant dans sa serviette des plans confidentiels. La sortie de ces plans serait une catastrophe pour notre pays. Vous êtes notre seul recours pour l'en empêcher, docteur. »

Malgré lui, le docteur Andrieux questionne :

« Et en faisant quoi ?

— Nous savons que Michel Bertier souffre de la colonne vertébrale. Vous n'aurez qu'à lui faire une piqûre de somnifère et je me chargerai du reste. »

Cette fois, c'en est trop, le docteur explose :

« Je suis médecin et pas agent secret. Je n'endormirai pas un homme venu réclamer mes soins. Débrouillez-vous sans moi ! »

Le lendemain, à 19 h 30, le docteur Andrieux reçoit le dernier des patients inscrits sur son carnet de rendez-vous.

L'homme a tout du monsieur important. Il a la soixantaine imposante. A sa boutonnière, la rosette de la Légion d'honneur.

Cette fois, le docteur n'a même pas le temps de poser sa question traditionnelle. L'homme a sorti de son portefeuille une carte officielle et commence :

« Colonel Béchard, du Deuxième Bureau. Je suis le supérieur de Martin que vous avez vu hier... Vous avez eu parfaitement raison de refuser. Ces scrupules vous honorent. Et pourtant, je dois insister, docteur. La perte de ces plans serait une catastrophe pour la France et vous êtes notre seule chance de les récupérer. »

Cette fois, le docteur Andrieux est ébranlé. Bien sûr, il n'est que médecin, il n'a aucune raison de se mêler de ces histoires entre services secrets. Pourtant refuser dans ces conditions ressemblerait un peu à une démission, certains diraient une trahison. Il s'entend prononcer :

« Je ferai cette piqûre. »

Le colonel lui serre la main d'un air officiel.

« Merci docteur. Je vous promets qu'après cela, vous n'entendrez jamais plus parler du Deuxième Bureau. »

23 novembre 1977, dix-sept heures. Le docteur Andrieux vit dans l'attente de cette minute depuis plusieurs jours. C'est maintenant qu'il doit recevoir Michel Bertier, l'espion du ministère de la Défense.

Après avoir pris son souffle, il ouvre la porte de son cabinet et lance d'une voix qu'il veut posée :

« Monsieur Bertier, s'il vous plaît... »

Michel Bertier arrive immédiatement, la main tendue. Le médecin le connaît bien. Cela fait plusieurs mois qu'il le soigne pour une maladie des disques de la colonne vertébrale particulièrement douloureuse. L'homme lui a semblé sympathique. Mais justement, n'est-ce pas là une qualité requise pour un agent secret ?

Le médecin remarque la serviette de cuir noir qu'il serre sous son bras gauche. Elle n'est pas très épaisse.

« Je dois partir tout à l'heure pour un voyage à l'étranger, et en avion, mon dos me fait toujours souffrir. Que pourriez-vous faire pour moi, docteur ? »

Le docteur Andrieux garde son calme, mais son cœur bat plus vite... Il dit de sa voix la plus naturelle :

« Déshabillez-vous, je vais vous faire une piqûre. »

Le docteur Andrieux passe dans son laboratoire et emplit une seringue d'un puissant narcotique. Son patient retire sans méfiance sa veste, qui va rejoindre sur la chaise la petite serviette de cuir noir. La piqûre est faite en quelques secondes.

Instantanément l'espion sombre dans l'inconscience. Le docteur Andrieux n'a plus qu'à ouvrir la seconde porte de son cabinet, celle derrière laquelle se tenait Jérôme Martin, l'homme du Deuxième Bureau... Celui-ci se précipite sur la serviette noire, l'ouvre et considère quelques instants les feuillets qu'il en a sortis. Il sort alors d'une mallette d'autres plans, apparemment semblables et les met à leur place, puis quitte le cabinet sans dire un mot. Peu après, le docteur Andrieux convainc sans peine Michel Bertier qu'il a été victime d'un malaise et celui-ci repart sans méfiance.

Après cette parenthèse romanesque, la vie du docteur Andrieux reprend comme avant, le cabinet est surchargé, la clientèle toujours aussi nombreuse.

Le 15 décembre 1977, en consultant en début d'après-midi son carnet de rendez-vous, le docteur Andrieux manque de s'étrangler : son assistante a écrit Béchard. Le colonel Béchard, du Deuxième Bureau ! Mais qu'est-ce que cela veut dire ? Il lui avait promis qu'il n'entendrait plus jamais parler de lui...

Tout en recevant ses patients de l'après-midi, le docteur se jure bien une chose : cette fois, quoi que lui demande le colonel Béchard, il refusera.

Il est enfin 19 h 30... Le sexagénaire entre dans le cabinet. Il s'installe sans aucune gêne apparente dans le fauteuil. Son expression trahit même une certaine arrogance.

« Je vous avais promis que vous n'entendriez plus jamais

parler du Deuxième Bureau, et je tiens parole. Je n'appartiens pas au Deuxième Bureau, docteur Andrieux, pas plus que mon subordonné Jérôme Martin, pas plus, évidemment, que notre agent au ministère de la Défense, Michel Bertier. Pour prendre livraison des documents qu'il s'était procurés, nous avions besoin d'un contact discret. J'ai pensé au cabinet d'un médecin. Comme il était votre patient depuis quelques mois, c'est vous que nous avons choisi. Plusieurs personnes ont rendez-vous à des heures différentes, elles ne se connaissent pas, elles ne se verront jamais : on ne peut rien imaginer de plus sûr et de plus anonyme. »

La voix de l'espion devient subitement plus dure.

« Et vous allez continuer, docteur. A partir d'aujourd'hui, vous allez devenir notre boîte aux lettres. Vous verrez, c'est très facile. Vous n'aurez qu'à suivre nos instructions. »

Le docteur Andrieux s'est brusquement empourpré. Il se jette en direction de son visiteur. Mais celui-ci l'arrête d'un geste.

« Gardez votre calme, docteur. Vous êtes entièrement en notre pouvoir. Vous êtes compromis. C'est chez vous, grâce à vous que les documents ont été transmis. Un conseil encore : ne prévenez personne. A partir de maintenant toutes vos communications téléphoniques sont surveillées, de même que votre courrier. Et ne vous avisez pas d'appeler d'un café, vous n'aimeriez pas, j'imagine, qu'il arrive malheur à votre femme ou à vos enfants... »

Après la sortie de son visiteur, le docteur Andrieux reste anéanti. Pourquoi n'a-t-il pas refusé tout de suite ? Maintenant l'espion a raison, il est totalement compromis. S'il ne s'agissait que de lui, il pourrait peut-être prendre des risques, mais sa femme, ses enfants...

Pourtant après quelques minutes de réflexion, le visage du docteur s'éclaire. Il se met à sourire.

Si le docteur Andrieux a choisi Adrien Carmaux, c'est qu'il occupe un poste important au ministère des Finances. C'est à lui qu'il va lancer son message. Pour cela, il a imaginé un moyen infaillible. Même s'il y a des micros cachés dans le cabinet, les autres ne pourront rien découvrir.

Après l'avoir examiné, tout à fait normalement, il rédige son ordonnance. Son malade le regarde écrire, un peu inquiet. Il doit être en train de penser : « Si c'est si long, c'est que cela doit être grave. »

Et pour cause, c'est long. Le docteur Andrieux est en train de résumer son histoire sur l'ordonnance et de demander à son patient de prévenir le Deuxième Bureau, le vrai.

Deux jours plus tard, le médecin reçoit un appel à son cabinet.

« Ici le Deuxième Bureau. Ne craignez rien, docteur, dès maintenant nous répondons de votre sécurité et de celle des vôtres. Mais, la prochaine fois, quand quelqu'un viendra vous voir en se prétendant des services secrets, prévenez d'abord la police, on ne sait jamais. »

LE GARDIEN-CHEF COLLEY N'A PAS D'ORDRE

Il est vieux, fatigué, morose. Il s'appelle Zamba. Jacobus Zamba. Il ne sait plus depuis longtemps comment va le monde, et ce qui se passe au-delà de ces murailles sombres. Il est en prison depuis plus de vingt ans, et ne compte plus les jours. Ils sont vingt ou trente par cellule, avec un lavabo et une tinette. C'est le Moyen Age en 1930. La prison de Colombus dans l'Ohio a été construite au temps des colons, et rien n'a changé depuis. C'est une forteresse noire, épaisse et lugubre qui garde dans ses flancs quatre mille prisonniers, presque autant de rats, le double de cafards, et vingt gardiens pour le tout.

Le hurlement de Jacobus Zamba va réveiller les quatre mille prisonniers, les vingt gardiens et faire courir les rats dans les paillasses. Il a hurlé à la mort :

« Le feu, les gars, sur la droite, dans les cachots, j'ai vu de la fumée...

— T'es sûr ?

— Sûr... Le feu ! C'est le feu ! »

Le mot passe de mur en mur, de barreau en barreau, court le long des couloirs, dégringole les escaliers de fer.

« Le feu... Le feu... Le feu... »

Une sorte de grondement l'accompagne, fait des centaines de pieds qui frappent en cadence, de poings qui cognent sur les guichets.

Jacobus saute après la fenêtre, s'y agrippe, écarquille les yeux et hurle de plus belle. Cette fois il a vu les flammes et un énorme nuage de fumée noire et épaisse.

L'agitation devient panique. Le grondement enfle, les cris se multiplient, et la galopade des gardiens enfin réveillés dans les couloirs, ne calme par les détenus bien au contraire.

Là-haut, dans les combles, le gardien-chef s'acharne après le poste de T.S.F. qui ne sert qu'en cas d'urgence.

Prison de Colombus en feu. Détenus en danger de mort, demande du secours urgent — Allô, allô, gardien-chef Colley, prison de Colombus en feu — demande de secours urgent...

La réponse arrive en quelques secondes :

Ne bougez pas. Ordre de ne pas évacuer. Les secours arrivent.

Ordre de ne pas évacuer : il ne faut pas lâcher dans la nature quatre mille prisonniers de droit commun, dont une bonne moitié d'assassins et de gangsters de la fine espèce. Alors, le gardien-chef Colley rassemble ses hommes, distribue les armes, et les poste à l'entrée de chaque couloir de cellules, avec l'ordre formel, quoi qu'il arrive, de ne pas évacuer les prisonniers.

Il a abandonné le bâtiment des cachots où le feu a pris naissance. Une bonne dizaine de prisonniers condamnés à la réclusion y sont enfermés sans aucune possibilité d'accès.

Le feu gronde dans le couloir, et les flammes de plusieurs mètres font un barrage infranchissable.

Le gardien-chef Colley a entendu les hurlements des hommes, et n'a rien pu faire.

Il n'y a pas de système de lutte contre l'incendie, et la vieille bâtisse est environnée de miradors de bois, sa charpente est en bois, les combles qui servent de bureaux sont en bois, les sols sont en bois, seuls les escaliers, les grillages et les barreaux des cellules sont en métal. Le tout est cerné d'un mur, épais d'un mètre, à peine troué de quelques lucarnes. La prison de Colombus peut devenir d'une minute à l'autre une chaudière infernale.

Déjà une fumée âcre envahit les cellules, et le circuit électrique qui commande l'ouverture des portes ne fonctionne plus. Les quatre mille prisonniers sont coincés derrière leurs barreaux.

Les gardiens pourraient utiliser leurs trousseaux, mais le chef a ordonné :

« Que personne ne bouge, ordre de ne pas évacuer ; les prisonniers restent là où ils sont, et nous aussi ! »

L'un des gardiens a tenté de protester. Un jeune gars du nom de Flipper :

« Mais Chef, on pourrait les grouper dans la cour, en attendant les pompiers ! Le feu gagne, on sent déjà la chaleur !

— Flipper, j'ai donné un ordre ! Nous sommes vingt, ils sont quatre mille, si vous ouvrez les portes, nous serons débordés. Les pompiers seront là dans un quart d'heure, vingt minutes tout au plus. Restez calme… »

Jacobus Zamba est accroupi derrière les barreaux de la cellule, les deux mains tendues vers le gardien le plus proche, le nommé Flipper.

« Flipper, eh Flipper, donne-moi tes clefs, on va crever ici si tu n'ouvres pas. »

Flipper ne répond pas. Son arme à la main, il surveille le visage du gardien-chef Colley planté à l'autre bout du couloir.

La fumée est déjà partout, et une chaleur inquiétante empêche de respirer normalement. Pour comble d'angoisse, la lumière des couloirs qui s'était maintenue jusque-là par miracle, s'éteint brutalement, et l'on entend même une explosion brutale, quelque chose a sauté, le compteur central probablement.

Dans le noir soudain, après quelques secondes de silence inquiet, les détenus redoublent leurs cris. Le vacarme devient insoutenable. Par les fenêtres étroites des cellules qui longent le mur extérieur, on distingue la lueur rouge de l'incendie, c'est l'enfer.

Une rafale de mitraillette, tirée en l'air par le gardien-chef Colley, tente d'endiguer l'affolement. Muni d'un porte-voix, il essaie de calmer les hommes.

« J'ai dit que les pompiers arrivaient ! Ils sont sûrement déjà là. Du calme, ne vous affolez pas. Si on vous laissait sortir, vous ne pourriez même pas traverser la cour, et vous gêneriez leur travail. »

Flipper, dans le noir, s'aidant de la lueur de l'incendie, qui l'éclaire par moments, rejoint son chef.

« Chef, on n'a pas entendu les sirènes, ils ne sont pas là ! Pourquoi vous ne leur dites pas la vérité ?

— Je sais, Flipper, j'ai dit ça pour les calmer, allez voir, mais surveillez vos réactions. »

A tâtons, le gardien Flipper entreprend de gagner la porte qui donne accès au chemin de ronde. De là, le spectacle est terrifiant. Le corps central du bâtiment où il se trouve, épargné jusque-là, ne l'est plus. A l'extrémité, une colonne de feu de plusieurs mètres avance en grondant. Le mirador central, devenu une véritable torche, s'écroule avec fracas. Le feu envahit les toits. Dans quelques minutes, ils seront définitivement isolés. Il faut sortir par la cour principale, et ouvrir les portes, c'est la seule solution, pour sauver les hommes.

A toutes jambes, Flipper regagne le rez-de-chaussée de la prison, où la chaleur est déjà insoutenable. La fumée lui coupe la respiration. On entend tousser les hommes, certains crient encore, d'autres pleurent comme des gosses apeurés. Flipper se précipite vers le gardien-chef Colley et s'agrippe à lui :

« Chef, il faut les faire sortir et nous avec, c'est foutu. Le feu nous a cernés, les pompiers ne sont pas là !

— Flipper, vous êtes fou ! J'ai des ordres, personne ne bougera d'ici, si vous vous affolez, nous n'en sortirons pas.

— Mais Chef, c'est de l'assassinat !

— Ne dites pas de bêtises, je ne peux rien décider en l'absence du directeur.

— Mais il est sûrement dehors ! Il a dû voir l'incendie de sa maison, il nous dirait sûrement de lâcher les hommes.

— C'est possible, mais je n'ai pas d'ordre.

— Mais Chef, écoutez-les bon sang, ils sont en train de brûler vifs là-bas, et ça ne va pas tarder ici ! C'est un massacre volontaire ! »

La tension est insoutenable. Pris dans le feu croisé des lampes-torches, le gardien-chef Colley recule et pointe son arme en direction de ses propres gardiens.

« Que personne ne bouge, ou je tire. Je suis responsable de cette prison et personne n'en sortira sans un ordre. »

Les hommes s'immobilisent, puis reculent effrayés, tandis que les hurlements reprennent, car le feu a pris dans les paillasses et les hommes tentent de l'éteindre à coups de pied.

Le gardien Flipper s'empare du porte-voix et ordonne :

« Enlevez vos chemises. Trempez-les dans l'eau de vos tinettes, enveloppez-vous dedans, faites des chiffons, bâillonnez-vous avec, exécution, dépêchez-vous ! »

Toujours campé sur ses jambes au milieu du couloir, le gardien-chef Colley, sa mitraillette à la main, ne bouge pas. On le sent affolé mais buté dans sa décision stupide et criminelle : ne pas lâcher dans la nature des milliers d'hommes dangereux.

Flipper s'empare alors d'une lampe-torche et la braque sur lui :

« Chef, si vous ne donnez pas l'ordre d'ouvrir les cellules, vous serez responsable de leur mort, et peut-être de la nôtre. »

Flipper avance doucement… Le chef recule légèrement. Immédiatement derrière lui, se trouve la cellule de Jacobus Zamba. Le vieux prisonnier observe la scène avec intensité, il est le seul à avoir compris ce que veut faire le gardien Flipper. Il tend les bras au maximum de chaque côté des barreaux, comme deux tentacules, et il attend, silencieux, à l'affût.

Flipper se fait conciliant, il murmure presque et le chef ne comprend rien à ses paroles dans les hurlements et le tapage infernal des prisonniers fous de terreur :

« Chef, c'est criminel, murmure Flipper, donnez-moi vos clefs, laissez-moi les jeter aux hommes, il faut sortir de là, je vous en supplie, ne soyez pas stupide, il y a déjà des morts, écoutez-les, ils sont en train de brûler vifs, vous ne pouvez pas laisser mourir ceux-là... Laissez-moi faire... Je vous en prie, Chef... Nous allons tous crever ici... »

Mais le gardien-chef Colley cloué dans son incommensurable bêtise, fasciné par ce qu'il appelle son devoir, ne répond pas, ne bouge plus, et Flipper sent que s'il fait un geste maladroit il tirera n'importe où, n'importe comment, mais il tirera.

Et soudain, il entend crier :

« Chef, attention, le feu est derrière vous ! »

Jacobus Zamba a hurlé si fort que tout le monde y croit, et Colley se retourne brutalement. Jacobus attrape la mitraillette par le canon, Flipper se jette sur le dos de son chef, et s'écroule avec lui.

En un tour de main, les clefs volent dans les mains du vieux Jacobus, Flipper donne les siennes à un autre détenu et la bousculade est à son comble.

La plupart des prisonniers à peine libérés se jettent dans les couloirs comme des fous, cherchant les issues possibles. Ils ne sont que quelques-uns à faire le tour de toutes les cellules pour libérer leurs camarades, en se passant les clefs de mains en mains...

Au-dehors, c'est la fournaise, et ceux qui parviennent à s'échapper, garderont longtemps dans les oreilles l'immense hurlement de centaines d'hommes prisonniers des flammes, enfermés à double tour dans ces cellules minuscules, véritables fours crématoires.

Un vent de tous les diables active l'incendie, et les secours arrivés trop tard assistent impuissants au désastre. Les malheureuses pompes à incendie braquées sur la prison n'arrivent même pas à entamer le mur de flammes qui l'environne.

Ils étaient quatre mille. Il y eut plus de cinq cents morts et deux mille brûlés graves... Jacobus Zamba et le gardien Flipper les mains grillées, les cheveux roussis, ont réussi à traîner le gardien-chef Colley jusqu'au-dehors, au milieu des poutres qui s'écroulaient, à travers un rideau de flammes où se tordaient des prisonniers oubliés. Mais c'est curieux qu'ils aient fait cela. Personne ne leur avait dit de sauver la vie du gardien-chef Colley. Après tout, ils n'avaient pas d'ordre.

L'ENFANT DU SIÈCLE

José a huit ans. Il sait exactement ce qu'il faut faire lorsqu'on prend l'avion, le bateau ou le train. Il serait capable de descendre seul dans un hôtel, et au restaurant de commander son déjeuner sans l'aide de personne.

Suivi d'une nurse, il a fait cinquante fois le voyage entre Mexico, New York et San Francisco. A Mexico il dit au revoir à sa mère. A San Francisco il dit bonjour à son père, et ainsi de suite. Week-ends, vacances et fêtes carillonnées ont fait de lui le commis voyageur de ce couple divorcé. Un parmi des milliers d'autres, de ce côté de l'Atlantique.

Mais aujourd'hui, 1er janvier 1967, José en a assez. Même à huit ans, ce sont des choses qui arrivent.

Il règne ce jour-là, dans l'aéroport de New York, une ambiance bizarre. Un mélange d'excitation et de fatigue inhabituelle dûes au 1er janvier, sans doute. Les employés ont les yeux creux et les voyageurs sont plus pressés que d'habitude. Il y a ceux qui sont furieux de voyager un jour de fête, et ceux qui sont contents pour la même raison.

José, lui, en a assez. C'est tout ce qu'il dit à sa nurse espagnole.

« Pépita, j'en ai marre. »

La nurse qui sommeillait a un sursaut :

« José, on ne dit pas *j'en ai marre.*

— Et qu'est-ce qu'on dit alors, quand on en a marre ? »

Pépita ne sait quoi répondre. Quand elle en a marre, elle n'a pas le droit de le dire, alors, comment saurait-elle ? Depuis deux heures, les passagers du vol à destination de San Francisco attendent leur avion, lequel se fait de plus en plus problématique. On leur a dit : « Patience, une histoire de moteur, les vols sont surchargés. » Et on les a parqués là, dans un salon, avec des sandwiches et du café. José et sa nurse ont donc patienté avec les voyageurs de première classe. Mais l'attente se prolonge, et la nurse a sommeil. José la regarde s'endormir avec impatience. Dix minutes passent.

José se lève, enfile son manteau, et va se promener. Il le connaît par cœur cet aéroport. Les marchands de journaux, les distributeurs automatiques, les affiches, les escaliers roulants, José traîne. Personne ne fait attention à lui, sauf un balayeur.

Dans les grands aéroports internationaux il y a des balayeurs un peu partout. Muni d'un balai et d'une pelle à couvercle automatique, ils ramassent les déchets des grands voyages : mégots, billets déchirés, papiers de chewing-gum, et autres trésors.

« Salut ! dit José.

— Salut ! » répond le balayeur.

C'est un vieux noir, tout habillé de bleu. Il considère le gamin avec attention.

« Où vas-tu ?

— A San Francisco...

— T'en as de la chance ! »

José réfléchit. De la chance ? Pourquoi aurait-il de la chance d'aller à San Francisco ? C'est comme s'il avait de la chance d'aller à l'école, ou ce genre de chose, il ne comprend pas.

« Pourquoi j'ai de la chance ?

— Ben moi j'aimerais bien aller à Frisco, c'est là que je suis né.

— Et tu n'y vas jamais ?

— Non.

— Pourquoi, t'y vas jamais ? Tu prends pas l'avion ?

— J'ai pas d'argent pour ça, mon garçon. »

José approuve avec gravité. C'est vrai. Où avait-il la tête ? Un balayeur ne gagne pas assez d'argent, sinon il ne serait pas balayeur.

Comme le vieux s'assoit sur un banc, José fait de même, et tous deux discutent tranquillement, de choses et d'autres, du métier de balayeur, par exemple.

Le vieux Noir explique qu'il lui arrive parfois de trouver de l'argent par terre, un collègue a même trouvé un bijou, une fois : une broche en diamant.

Une voix doucereuse annonce quelque part dans un haut-parleur que le vol de San Francisco est annoncé dans un quart d'heure. José soupire.

« J'en ai marre d'attendre, tu sais. Et puis j'ai pas envie d'aller à San Francisco. Pour ce que je vais y faire... Mon père va jouer au golf, et moi, j'attendrai de repartir. »

Le balayeur sourit.

« Eh ben moi, si j'allais à Frisco, j'irais voir les copains, et mes frères, et puis ma sœur. Je l'ai pas vue depuis dix ans au moins !

— Tu ferais la foire ?

— Ah ça, oui, fiston, je ferais la foire, ça oui !

— Comment on fait la foire ? »

Le vieux balayeur ne saurait expliquer ça. La foire, c'est la foire ! Comment dire ?

« Eh ben, on est heureux, c'est tout, on rigole, et on est content de rigoler, alors on continue de rigoler ! »

Cette profession de foi fait réfléchir José. Rigoler.

Etre content de rigoler, faire la foire. Voilà une chose qui lui ferait plaisir.

« Comment tu t'appelles, balayeur ?

— Bud, fiston.

— Ça te dirait, Bud, de faire la foire avec moi à San Francisco ? »

Le vieux Noir éclate d'un rire heureux. Il aimerait ça, c'est sûr, mais ce n'est pas possible.

Alors José regarde autour de lui, au loin il aperçoit la nurse qui dort dans un fauteuil.

« Ecoute, tu vas m'attendre ici, hein ? Tu bouges pas. T'as une valise ?

— Non.

— Ça fait rien, tu prendras la mienne. Mais il faut que tu changes de costume. T'as un costume ?

— Ben, j'ai mon pantalon, sous la combinaison...

— Très bien. Enlève ta combinaison, faut pas qu'on voit que tu es balayeur, tu comprends... et tu m'attends ici, je reviens tout de suite. »

José traverse le hall, et s'approche avec précaution de la nurse assoupie. Sans bruit, il prend la valise, le sac de la nurse et son manteau, et puis, réflexion faite, il prend aussi le bonnet de fourrure sur la banquette.

Courbé sous le poids de son butin, il rejoint son nouveau compagnon.

« Bon, tu mets le manteau et le chapeau. Faut que tu aies l'air d'une dame. Les billets sont dans le sac. Dépêche-toi, si elle se réveille, c'est fichu, et elle braille si tu savais ! »

Le balayeur n'hésite pas une seconde. En rigolant, il enfile le manteau de fourrure, le bonnet, suspend son sac à son bras et les voilà partis.

A la porte d'embarquement, l'hôtesse ne fait pas attention, et pourtant le blue-jean crasseux qui dépasse du manteau de la nurse et les deux chaussures éculées font du balayeur une silhouette remarquable. Mais la foule des voyageurs se presse et l'hôtesse ne voit que les billets. José a des fourmis dans le dos. Pourvu que l'autre ne se réveille pas, pourvu qu'elle n'entende pas le dernier appel.

Les deux fuyards s'engouffrent dans la passerelle d'embarquement et se jettent en hurlant de rire dans les fauteuils de première classe.

Quelque part là-bas, dans le salon d'attente, la nurse a ouvert un œil, puis deux. A présent elle les écarquille : plus de José, plus de manteau, plus de sac. La voilà qui court au contrôle, qui demande en espagnol, mêlé d'anglais, où est passé le tout, l'avion, José, son sac, et San Francisco.

Pauvre nurse. Dix minutes d'affolement font que l'avion est en l'air. Une demi-heure de discussion et d'explication maladroites font que la police de l'aéroport croit à un kidnapping.

Personne, absolument personne n'imagine une seule seconde que le petit José de huit ans ait pu prendre l'avion tout seul. Et lorsqu'on y pense, il est trop tard.

San Francisco répond que José était bien sur la liste des voyageurs et que dans l'avion, en première classe, se trouvaient bien un enfant et une femme noire. Ils ont mangé, bu du champagne, et ils ont disparu comme tous les autres voyageurs, après l'atterrissage.

A Mexico, c'est une mère affolée. A San Francisco, un père dépassé par les événements. A New York, une pauvre nurse à bout de nerfs, qui répète inlassablement à la police :

« Je ne sais pas... je dormais... je ne sais pas. J'ai rien vu. »

Un enfant si raisonnable, si sage, si intelligent ! Sa photo est dans tous les postes de police, dans toutes les voitures de patrouille. 1,10 m, cheveux bruns bouclés, yeux noirs, sourire malin.

2 janvier, 6 janvier, 8 janvier. Une semaine a passé dans l'angoisse pour la famille.

Une semaine a passé dans la joie, pour José et le balayeur. Une foire ! Frères, sœurs, tous les copains du vieux Bud, lui ont fait la semaine de vacances la plus merveilleuse qu'il ait jamais connue. Avec des frites et des saucisses, des nuits à jouer au billard ou à hurler au combat de boxe. Cinéma, fêtes foraines, et pour finir une grande, grande fête avec de la musique, et des gâteaux. Une foire ! Les dollars de la nurse y sont passés entièrement.

Puis le vieux Bud a mis José dans un taxi, et José a donné l'adresse de son père. Il fallait bien rentrer.

En l'embrassant sur le front, le balayeur n'était pas vraiment inquiet :

« Tu diras pas où j'habite, hein mon gars ? »

Et José n'a pas dit. Il s'est contenté de répéter :

« J'ai trouvé un ami et j'ai bien rigolé ! C'est pas comme avec vous. Avec vous, je m'ennuie. Vous devriez faire la foire de temps en temps. Est-ce qu'il y a des saucisses ? Est-ce que je peux aller voir le match de boxe ? Est-ce que la nurse peut jouer au football ?

— Monsieur, madame, a dit le juge pour Enfants d'un ton doctoral, José va vivre quelque temps chez ses grands-parents. Il semble les aimer beaucoup, ceci devrait vous faire réfléchir. »

Et José, en arrivant chez ses grands-parents a demandé :

« C'est quand qu'on fait la foire ? »

UN PARFUM DE FEMME DÉLICAT ET SUBTIL

La campagne est envahie par le brouillard milanais, épais, poisseux, lugubre, et il fait nuit. On distingue à peine le mur de clôture d'une propriété luxueuse, au portail verrouillé. Dans le parc, deux dobermans veillent au seuil de leur niche, oreilles pointues, œil d'or, et dents de fauve. La villa est silencieuse, sombre. Seule une faible clarté passe au travers des rideaux du salon. Elle vient d'une lampe à éclairage indirect, d'un bleu reposant, qui laisse la pièce dans une pénombre confortable, et aussi de l'écran de télévision en couleurs. Dans le scénario compliqué d'une romance à l'américaine, Stewart Granger embrasse une blonde inconnue, au son d'une musique sirupeuse. Sur un canapé de velours, un chat, immobile, le dos rond, les pattes soigneusement repliées sur sa queue, regarde en face de lui, disposés en arc de cercle devant la télévision, sept fauteuils, du même velours rouge.

Dans le premier, Sergio, quarante-cinq ans, riche commerçant milanais. La tête repliée. Une balle dans la nuque.

Dans le second, Emilio, son beau-père, soixante-dix-neuf ans. La tête repliée, une balle dans la nuque.

Dans le troisième, Cecilia, femme de Sergio, quarante ans, la tête repliée, une balle dans la nuque.

Dans le quatrième, Ernestina, sa mère, soixante-quinze ans, la tête repliée, une balle dans la nuque.

Dans le cinquième, Matteo, le fils cadet, treize ans, la tête repliée, une balle dans la nuque.

Dans le sixième fauteuil, personne.

Dans le septième fauteuil, personne.

En dehors des cinq cadavres, le salon est calme, aucun désordre, pas de trace de voleur, aucune fenêtre fracturée, pas une porte ouverte. Tous les verrous sont fermés, la maison est vide.

Seuls êtres vivants, le chat, à l'intérieur, silencieux devant ce carnage, et les chiens, dehors, attentifs aux bruits de la nuit. Le film se termine, une speakerine débite des sourires, un journaliste raconte les histoires du monde, politique, guerre, violences, et prix du pétrole... Un dessin animé prend sa place, bref, l'écran épuise son programme de divertissements, puis l'émetteur de la R.A.I. s'endort pour la nuit, et il ne reste plus sur l'écran, qu'un brouillard d'ondes grises, comme au dehors.

Lorsque la police judiciaire arrive, le lendemain, les programmes ont repris. Il est sept heures du soir, l'heure des tables rondes, et quelques hommes politiques s'assènent des vérités de mauvaise foi devant sept fauteuils, et cinq téléspectateurs morts. Image dérisoire de la relativité des choses.

Avec précaution, en se servant de son mouchoir, un inspecteur fait taire les bavards. Les empreintes digitales sur le bouton du poste sont peut-être intéressantes, si elles n'appartiennent pas aux victimes. Ce faisant, il constate que le téléviseur est très chaud, ce qui indique qu'il a dû marcher très longtemps sans interruption. Le médecin légiste confirme d'ailleurs que la mort remonte à vingt-quatre heures, à première vue.

Cela dit au bout de plusieurs heures d'investigations minutieuses, les enquêteurs sont perplexes. C'est le mystère de la chambre jaune. Si quelqu'un était entré ou sorti, les chiens auraient aboyé, ce sont de vrais fauves. Or, le gardien qui habite à l'entrée du parc, n'a rien entendu.

De même, le signal d'alarme qui indiquerait que l'on force une porte n'a pas fonctionné, d'ailleurs aucune porte n'a été forcée. C'est un crime en vase clos.

Comme rien n'a été volé, il reste l'hypothèse d'un fou. Mais un fou n'aurait pas exécuté cinq personnes. Il les aurait massacrées, les victimes auraient crié, et se seraient débattues.

C'est un tueur alors, un professionnel. Chaque balle, dans chaque nuque, a été tirée avec précision, à bout portant. Mais comment un tueur peut-il exécuter cinq personnes, sans que les autres s'en aperçoivent ? Or les victimes ne se sont aperçues de rien, car elles n'ont pas bougé.

Le médecin légiste affirme que les corps n'ont pas été déplacés. Ils sont morts dans leur fauteuil respectif, devant la télévision.

Alors il y avait cinq tueurs ? Un pour chaque victime ? Non plus. Mais sûrement deux, munis de la même arme, avec deux types de balles différentes : deux calibres automatiques probablement dotés de silencieux. C'est la seule explication. Un ou deux tueurs armés de silencieux, d'un calme exceptionnel, et d'une habileté hors du commun. Mais des tueurs qui connaissaient forcément leurs victimes, et la maison, puisque les chiens n'ont rien dit, et que de toute évidence on leur a ouvert la porte sans méfiance.

Restent les deux fauteuils vides, rangés eux aussi devant la télévision. Le gardien a une explication simple : la famille était au complet. Les beaux-parents, les parents et le fils : cinq personnes, c'est normal dit-il.

« D'accord, dit l'inspecteur, mais pourquoi y a-t-il sept fauteuils ?

— Il y a toujours eu sept fauteuils !

— D'accord, mais pourquoi sont-ils tous en rond devant la télévision. Les vides, comme les autres ? »

Le gardien ne sait pas. La femme de ménage et la cuisinière qui habitent les faubourgs de Milan ne savent pas. Elles ont découvert le crime et alerté la police immédiatement, elles n'ont touché à rien, elles sont arrivées ensemble comme d'habitude.

« Y a-t-il encore de la famille ? demande le policier aux domestiques.

— Oui, une fille, Dorotta. L'aînée. Elle a dix-sept ans, et ne vit plus chez ses parents depuis presque un an.

— Pourquoi ? »

Pourquoi ? Aucun domestique ne le sait. Où elle vit, non plus. Si elle travaille, pas davantage. Ce qui est sûr, c'est que Dorotta n'est venue voir ses parents que deux ou trois fois en un an. C'est donc que les relations n'étaient pas des meilleures.

Pensivement, l'inspecteur regarde les deux fauteuils vides. Ils le tracassent. Il s'assoit dans le sixième fauteuil, près du petit Matteo, treize ans, le frère de Dorotta. En appuyant sa tête sur le velours rouge, il lui semble qu'un léger parfum lui chatouille les narines. C'est très fugitif, difficilement décelable. Comme si la tête qui s'est peut-être appuyée là, avant lui, était celle d'une femme discrètement parfumée. Par contre, sur le septième fauteuil, aucun parfum.

Une fois, deux fois, trois fois, l'inspecteur se lève, va respirer l'air du dehors, puis revient s'asseoir dans le sixième fauteuil, et renifle. Indiscutablement, le parfum est là, à peine imprégné dans le velours rouge, mystérieux. Odeur de poudre ? De maquillage ? De laque pour les cheveux ? D'eau de toilette ? Parfum de femme en tout cas, délicat et subtil.

Sous le nez ébahi des hommes qui s'affairent autour des cadavres, l'inspecteur s'en va renifler ceux des deux femmes, la mère et la belle-mère. Il ne sent rien que l'odeur caractéristique de la poudre des balles, et de la mort. Mais le médecin légiste hausse les épaules devant sa supposition.

« L'une des ces femmes a pu s'asseoir dans votre sixième fauteuil, puis se rasseoir dans un autre. Votre parfum est si subtil qu'il a pu disparaître sur un corps froid. D'ailleurs l'odeur de la poudre et du sang est bien plus puissante.

— D'accord, c'est peut-être ça. Mais c'est peut-être aussi le parfum d'une autre femme. Celui de la fille par exemple. Seul, quelqu'un comme elle, un familier, a pu franchir les portes, sans éveiller l'attention. Les chiens la connaissent sûrement, et elle a peut-être les clés. Alors je veux rencontrer cette fille. »

Voilà la seule hypothèse de l'inspecteur, basée sur de bien légers indices. Quoi de plus léger en effet qu'un parfum de femme posé sur un fauteuil de velours ? Quant à imaginer une jeune fille de dix-sept ans en tueur professionnel, exécutant les cinq membres de sa famille, l'inspecteur va peut-être un peu loin. Mais Dorotta, la fille aînée de la famille G., assassinée presque au complet, en mars 1975, près de Milan, est introuvable.

Les amis, les relations, les employés, personne ne sait où elle a décidé de vivre. Et sa dernière visite remonte à plusieurs mois. Cette disparition intrigue de plus en plus les policiers. Sur les nombreuses photos découvertes dans la villa, elle apparaît comme une jeune fille classique de la bourgeoisie italienne. Pas très jolie, mais dotée d'un charme certain. On la voit à cheval, jouant au tennis, en maillot de bain, et en robe du soir, sur les photos les plus récentes, celles de ses dix-sept ans. Pas malheureuse en somme, cette jeune fille, plutôt gâtée en quelque sorte, et rien d'une contestataire en pantalon, qui aurait renié l'aisance et la vie bourgeoise pour d'autres horizons.

Alors l'inspecteur s'adresse à Interpol. Sans résultat immédiat. Il fait diffuser la photo de Dorotta en Suisse et en France. Sans résultat non plus. Et finalement, c'est tout bêtement qu'il retrouve la jeune fille. Tellement bêtement qu'il en a honte : par son coiffeur. La femme de ménage s'est souvenue du nom du coiffeur à Milan, et elle a suggéré à l'inspecteur :

« Vous savez, Dorotta est coquette, elle n'a sûrement pas changé de coiffeur, elle y tient beaucoup. Si vous alliez voir... On ne sait jamais. »

Et parce qu' « on ne sait jamais », l'inspecteur est entré dans un salon luxueux, où des dames extrêmement snobs lui ont confirmé que Mlle Dorotta venait une fois par semaine, le jeudi à dix-sept heures, se faire friser par Clelio, le jeune homme en blouse blanche, et aux lèvres roses. Comme on était mardi, l'inspecteur a expliqué d'un air gêné, qu'il avait un message important à lui transmettre et qu'il reviendrait jeudi, mais surtout qu'on ne la prévienne pas, si par hasard elle téléphonait :

« Vous comprenez, c'est une triste nouvelle, et je veux pouvoir lui annoncer avec précaution. Je suis un ami de la famille. »

Puis l'inspecteur s'en est allé, laissant un homme en faction dans le bar voisin, par précaution.

Le jeudi à 16 h 30, il se poste devant le salon de coiffure. Dorotta saute d'une petite voiture à l'accélération rageuse, conduite par un jeune homme de son âge. Le jeune homme a l'air d'une petite brute plutôt vulgaire, mais il est beau. Il parle un moment avec Dorotta, puis démarre, la laissant seule devant le salon de coiffure. Elle n'a pas franchi la porte qu'une main se pose sur son bras.

« Mademoiselle ? Inspecteur Zurelli, brigade criminelle... J'ai à vous parler. »

Dorotta a le port de tête hautain, elle fait plus vieille que son âge, et sa voix est ferme :

« Brigade criminelle ? C'est une plaisanterie ou quoi ? »

L'inspecteur montre sa carte, et insiste :

« Je dois vous parler, voulez-vous me suivre à mon bureau s'il vous plaît ?

— Vous ne voyez pas que je vais chez le coiffeur ? J'ai un rendez-vous, figurez-vous.

— Quand avez-vous vu vos parents pour la dernière fois ?

— Qu'est-ce que ça peut vous faire ?

— Je suis désolé que vous le preniez sur ce ton, mais j'ai l'impression que vous ne lisez pas les journaux, ou que vous n'êtes pas au courant de ce qui est arrivé à vos parents...

— Je me moque de ce qui a pu leur arriver !

— Ah ? J'ai peur que ce soit difficile mademoiselle, d'autant plus que vous êtes mineure, et que vu la situation, la nécessité d'un conseil de tutelle va se faire sentir. Pardonnez-moi de vous l'annoncer ainsi, mais votre attitude m'y oblige. Il y a eu un crime chez vous, enfin, chez vos parents, ils sont morts. Tous, votre grand-père, votre grand-mère et votre frère aussi. »

Le visage de Dorotta jusque-là agacé et dédaigneux, a légèrement pâli. Très légèrement. Il semble qu'elle cherche quoi répondre. Rien d'autre. C'est extraordinaire ! Une jeune fille de son âge, bien que libre et apparemment indépendante, devrait s'effondrer devant une pareille nouvelle. Mais est-ce une nouvelle ?

Dorotta ne s'effondre pas, elle cherche quoi répondre, et elle trouve. Mais ce n'est qu'une réplique, dite par une mauvaise comédienne.

« C'est épouvantable ce que vous me dites là... Vous êtes sûr qu'il s'agit de ma famille ? Je n'arrive pas à imaginer une chose pareille ! »

Alors l'inspecteur y va carrément.

« Suivez-moi mademoiselle. La police vous recherche depuis trois semaines, pour vous interroger.

— Tout de suite ? Comme ça ? Ça ne peut pas attendre ?

— Si cela devait attendre, j'obtiendrais un mandat d'arrêt dans les minutes qui suivent. »

Cette fois Dorotta renonce à sa séance chez le coiffeur et à son air hautain. Au bout d'un entretien de deux heures, l'inspecteur Zurelli a appris plusieurs choses. Premièrement, Dorotta est partie de chez elle, car son « fiancé » ne plaisait pas à sa famille. Deuxièmement, bien que mineure, elle affirme que ses parents l'ont laissé vivre à sa guise, et qu'elle ne manquait pas d'argent. Troisièmement, elle dit ignorer totalement le mobile de ce crime. Quatrièmement, elle n'est pas venue à la villa depuis longtemps, et n'avait pas l'intention d'y remettre les pieds. Cinquièmement, elle n'est absolument pas accablée par la perte des cinq membre de sa famille et parle du crime avec détachement. Sixièmement, elle ment, c'est visible.

Ce dernier point n'engage que l'opinion de l'inspecteur. Il ne sait pas pourquoi elle ment, ni dans quel but, mais il le sent. Comme il a senti immédiatement que c'était elle qui tenait la clé de l'énigme. Comme il a senti le léger parfum qui l'environne : le même que celui du fauteuil de velours rouge. Le sixième vide devant la télévision, au parfum de femme délicat et subtil. Mais comment accuser, et de quoi ? Une gamine de dix-sept ans ne peut pas avoir exécuté toute sa famille, c'est inconcevable, et pour quel mobile ?

L'inspecteur choisit la garde à vue, malgré les protestations de Dorotta, et envoie chercher le « fiancé » à l'adresse qu'elle indique.

Enio, dix-neuf ans, est bien la petite brute qui conduisait la voiture, et il est arrogant, et stupide. Il parle des parents de la jeune fille, comme d'un ensemble de pions gênants sur son échiquier... Que voulait-il, lui ? L'argent ? Non, il en a aussi, sa famille est aisée. Dorotta ? Il l'avait. Alors pourquoi serait-il un assassin ?

Durant toute la nuit, dans deux bureaux séparés, l'inspecteur passe sans relâche de l'un à l'autre. « Pourquoi ci, comment cela »..., il les abrutit de questions croisées, selon une bonne vieille méthode qui a fait ses preuves, et selon la même méthode, il envoie perquisitionner à leur domicile. Dorotta a chez elle les clés de la villa. Et les hommes de l'inspecteur ramènent aussi un flacon de parfum sur sa demande.

Alors, vers les cinq heures du matin, devant une tasse de café qu'il n'offre pas, un sandwich qu'il garde pour lui, et des cigarettes qu'il ne tend pas, l'inspecteur risque sa dernière cartouche :

« Je sais que vous étiez là le soir du crime. Je le sais depuis le début. Je sais que vous vous êtes assise dans un fauteuil, le sixième fauteuil, et votre fiancé occupait le septième. Votre parfum est resté dans la pièce, il a imprégné le velours du fauteuil, le même que celui que vous portez aujourd'hui, le même qui est dans ce flacon trouvé chez vous. Si votre dernière visite remontait à plusieurs mois, ce serait impossible. »

Là aussi, Dorotta a cherché quoi répondre. Et puis elle n'a pas dû trouver. Bien que la preuve avancée par l'inspecteur ne soit pas suffisante (elle n'aurait pas tenue devant un tribunal), Dorotta a craqué enfin :

« J'étais là, avec Enio, mais ce n'est pas moi qui ai tué ! Qu'est-ce que vous croyez, il y a des gens pour ça ! »

Alors l'Italie va apprendre le pire : Dorotta a engagé deux tueurs professionnels. Son fiancé Enio, dix-neuf ans, et son amant Guido, vingt et un ans. Un fiancé et un amant à dix-sept ans, ce n'est pas encore le pire.

Ils sont arrivés à la villa, elle a ouvert la grille, les chiens lui ont dit bonjour, et elle est entrée dans le salon comme chez elle, avec Enio son fiancé et Guido son amant. Les deux fiancés, Dorotta et Enio, se sont assis dans les fauteuils, le six et le sept, car la famille au complet regardait la télévision. Ils ont assisté ainsi à la fin du programme, en échangeant quelques mots. Guido, l'amant, était sur le canapé, seul. Puis, lorsque le film de la soirée a commencé, Dorotta a fait un signe. Enio s'est levé, Guido aussi, ils ont fait semblant de partir, mais sont restés dans le vestibule. Dorotta s'est mise à parler avec son frère pour attirer son attention.

Pendant ce temps comme deux bêtes silencieuses, chacun des garçons a exécuté sa première, puis sa deuxième victime. Le fauteuil n° 1 à Enio, le 4 à Guido, le 2 à Enio, le 3 à Guido. Et en dernier le petit frère à qui Dorotta avait dit :

« Bouche-toi les oreilles, ferme les yeux et ne bouge pas, je vais te faire une surprise. »

Car malgré tout, un silencieux, ça fait du bruit. Ensuite, ils sont partis comme ils étaient venus.

« Pourquoi a demandé l'inspecteur, mais pourquoi, bon Dieu ?

— Parce que ma mère m'a giflée en public, quand j'ai voulu partir de la maison. »

Et c'est la seule réponse que l'inspecteur, le juge d'instruction, l'avocat et l'Italie tout entière, aient obtenue pour ce crime de sang-froid, épouvantable, incroyable et désespérant.

Père, mère, frère, grands-parents, elle avait tout supprimé, pour une gifle.

Un parfum de femme, disait l'inspecteur, délicat et subtil, selon lui. Dorotta, c'est le moins que l'on puisse dire, avait mal choisi son parfum.

L'AVION FANTÔME

M. Naj, l'un des passagers du vol Paris-Dakar, n'est pas à l'aise. Depuis plus d'une heure l'avion ronronne tranquillement dans le ciel sans nuages, la pancarte *Défense de fumer* est restée allumée, et l'hôtesse n'a pas bougé de son siège depuis le décollage. M. Naj n'aime pas ça. D'ailleurs il n'aime pas l'avion. Il va se lever, entrer dans la cabine d'équipage et en avoir le cœur net !

Les passagers lisent, dorment, ou discutent sans s'inquiéter de rien. M. Naj constate avec effroi l'incroyable situation, et la peur, la vraie peur, l'étrangle immédiatement. Dans la cabine, le radio et le copilote se sont effondrés sur leur fauteuil, bras ballants. Le commandant a également la tête renversée sur son siège et gît inanimé. M. Naj voit défiler des lambeaux de nuages dans le ciel bleu.

L'avion vole tout seul. L'équipage est mort, tout le monde est mort. M. Naj ne peut pas garder son sang-froid, il se précipite à l'arrière, mais il n'arrive pas à crier. Apparemment, les passagers semblent ne se douter de rien. Heureusement, car la panique se déclencherait immédiatement.

M. Naj tente de réveiller l'hôtesse. Peut-être va-t-elle pouvoir le rassurer, mais elle ne bouge pas. Morte, elle aussi.

Alors, parmi les passagers, un homme se lève. Un homme qui a lu le drame sur le visage décomposé de M. Naj. C'est un officier parachutiste. Il l'exhorte à garder son calme.

« Calmez-vous, surtout pas de panique, montrez-moi ce que vous avez vu. »

Sans plus d'explication, les deux hommes pénètrent dans le poste d'équipage. En quelques secondes, l'officier s'est rendu compte de la situation. Les membres de l'équipage ne sont pas morts, ils dorment à poings fermés. Inutile de les secouer, on les a drogués, anesthésiés complètement, et pour longtemps.

Un coup d'œil sur le tableau de bord renseigne l'officier. Il n'a jamais piloté, mais il connaît les instruments de bord des avions pour avoir sauté d'une bonne dizaine d'entre eux, dans tous les coins du monde. L'avion est en pilotage automatique à neuf mille pieds, le carburant est à bon niveau, rien n'indique un danger immédiat.

L'officier consulte la liste des passagers. Des gens inoffensifs, apparemment pas le moindre bandit dangereux. Personne d'ailleurs n'est entré ici depuis le décollage. Il en est sûr. Donc, l'équipage a été drogué à terre, et l'effet de la drogue a été calculé pour agir après le décollage. Heureusement, avant de sombrer dans le coma, le commandant a eu le réflexe de mettre l'appareil sur pilotage automatique.

Dans les années 1950, les pirates de l'air sont rares, et l'officier para n'y pense même pas. D'ailleurs, il y autre chose à faire que de chercher le pourquoi des choses.

Le plus urgent est de tenter de réveiller un des pilotes. En faisant un rapide calcul, l'officier estime l'arrivée à Dakar dans un peu plus de deux heures.

Soudain, les nerfs de M. Naj craquent. Il se glisse derrière l'officier et court dans la cabine des passagers, en proie à une terreur folle. Or il faut à tout prix éviter l'affolement. M. Naj se voit donc administrer par l'officier parachutiste une bonne paire de claques, assortie d'une menace sans équivoque.

« Restez tranquille, ou je vous assomme. Je m'appelle William Euvens, je suis officier parachutiste. Je m'occupe de tout. Il n'y a pas de danger, aucun danger, vous m'entendez ? L'équipage dort, tout simplement. Alors on va les réveiller. »

M. Naj bégaie un peu, puis prend le parti de se tenir dans un coin en couvant sa peur tout seul. L'officier l'a convenablement impressionné.

En un discours calme et autoritaire, Euvens s'adresse aux passagers. Rares sont les hommes capables de trouver les mots dans ces moments-là. M. Euvens les trouve, ou à peu près. Il leur explique que l'équipage est drogué, mais qu'il n'y a rien à craindre pour le moment. Cependant, il a besoin d'aide.

« Si quelqu'un a des notions de radio, qu'il vienne avec moi ! »

Un jeune homme timide lève la main. Il est anglais, ingénieur électronicien. Euvens lui demande de le suivre. Un instant, les deux hommes se regardent, comprenant la gravité de la situation, puis ils disparaissent dans la cabine de pilotage, laissant les passagers seuls, agrippés à leur siège.

Toutes les cinq minutes environ, Euvens ouvre la porte et affirme que le pilote va beaucoup mieux et qu'il est presque en état de reprendre les commandes.

« Tout va bien », dit-il.

En réalité, tout va mal. Euvens et le jeune ingénieur n'ont pas réussi à réveiller l'équipage. Ils ont dû extirper le copilote et le mécanicien du cockpit, pour les allonger sur le sol de la cabine. La pharmacie de bord ne contient aucun produit susceptible de contrarier l'effet de la drogue, et les tasses de café noir ne servent à rien. Impossible même de leur en faire ingurgiter.

Cependant, au bout de quelques minutes, le commandant, qui semblait le moins atteint, balbutie des mots sans suite.

Mais il demeure incapable de bouger et ne retrouve pas sa lucidité.

Il doit rester environ deux heures avant l'arrivée à Dakar. C'est une supposition, car personne n'est capable de dire si le cap suivi par l'avion est bien le bon. Alors, si rien ne se passe, l'appareil ira tout droit, toujours tout droit, jusqu'au bout du carburant, avant de piquer, toujours tout droit, dans l'océan...

Mais le jeune ingénieur vient de pousser un cri de joie, il a Casablanca, par radio, et Casa lui demande l'immatriculation de l'appareil et sa position.

Le malheureux s'évertue un moment à expliquer qu'il n'en sait rien, et puis il raconte leur incroyable situation. Il y a un silence rempli de grésillements à l'autre bout puis la voix lointaine de Casa lui demande de parler sans interruption, c'est le seul moyen de repérer leur fréquence et par là leur position.

L'ingénieur dit n'importe quoi pendant deux minutes environ, puis la voix de Casa, de plus en plus lointaine, assure qu'ils sont repérés, qu'ils font cap au sud-sud-ouest, qu'ils survoleront Dakar dans une heure trente. La communication se brouille. Mais qui va les aider à atterrir ? Qui ?

Dans son coin, M. Naj pique une crise de nerfs. Il se précipite tout à coup vers la porte en criant :

« L'avion tombe, l'avion tombe. »

Euvens a juste le temps de le rattraper, et, après une courte lutte, il est obligé de l'assommer carrément. Il ne faut pas de panique, c'est l'essentiel.

Euvens fait le point dans sa tête à toute allure. L'arrivée à Dakar est prévue dans une heure trente, mais il n'y a toujours pas de pilote, alors, il faut absolument en réveiller un, même à moitié, même au quart, même s'il est abruti, il pourra donner au moins quelques indications.

Le commandant marmonne toujours n'importe quoi. Mais il marmonne, c'est le seul espoir. Une heure de bataille pour essayer de réveiller le malheureux, le bourrer de café, de force, et de vitamine C, l'asperger d'eau glacée, le gifler, lui pincer le nez, les oreilles, le frictionner à l'alcool. Il faut qu'il parle, il le faut.

Le jeune ingénieur tremblant est en contact avec Dakar. Plus qu'une demi-heure. Il va falloir débrancher le pilote automatique. Le commandant s'est vaguement réveillé. Il fait des gestes imprécis, indique un cadran, un bouton, tente de se redresser, puis retombe sur le siège où on l'a réinstallé. Euvens s'est assis à la place du copilote, juste à côté de lui. Il l'exhorte à parler avec la tour de contrôle.

« Allez-y, parlez... On tombe, mon vieux ! demandez ce qu'il faut faire... »

C'est infernal, vingt minutes de descente infernale, entre les ordres de la tour et les maladresses du commandant sans force qui menace de s'évanouir à chaque instant. Le voilà maintenant qui tente de reprendre les doubles commandes de son côté, car la peur d'Euvens l'a gagné, mais il n'y arrive pas, ses mains glissent, il ne peut que diriger d'une voix brumeuse, et Euvens obéit à l'aveuglette.

L'officier a du mal à garder stable la trajectoire de l'avion. L'altitude baisse rapidement. Puis ils entendent la voix de la tour de contrôle de Dakar :

« Vous descendez trop vite, redressez, voilà... Sortez le train et les volets ! »

Euvens s'exécute, guidé par le commandant. Un déclic le rassure : train déverrouillé. A présent, il peut apercevoir la piste droit devant lui. De nouveau ils entendent Dakar :

« Conservez doucement, vous êtes dans l'alignement, réduisez votre vitesse. »

Aussitôt, l'officier tire sur la manette des gaz, et l'avion ralentit brutalement. Le reste se passe dans un brouillard.

Euvens a atterri dans un état second, il a fermé les yeux très fort en sentant les roues heurter brutalement la piste. Il s'est vu exploser et puis... plus rien.

Le commandant a avoué plus tard qu'il n'avait même pas

dirigé les doubles commandes, il en était incapable. Ses bras étaient mous.

Mais pourquoi avait-on drogué l'équipage ? Pour tuer ? Oui, bien sûr, mais surtout pour que l'avion disparaisse avec ses passagers sans laisser de trace. Car, parmi ces passagers, il devait se trouver un important personnage politique indonésien dont le nom n'a pas été révélé. Seulement voilà, il n'y était pas...

Il avait raté l'avion !

L'AMÉRICAIN

Le jour le plus long a jeté sur les côtes de Normandie une armée de jeunes vainqueurs. Les Américains sont là, enfin là, et la joie éclate autour d'eux. Ils défilent dans les villages, salués par les larmes des vieux, portés aux nues par le sourire des femmes. Embrassée, cajolée, l'armée des troupes du débarquement fait l'apprentissage de la gloire.

Joe a échappé au massacre des plages et à l'enfer de la première vague. A présent il a les deux pieds sur la terre de France, il croit que tout est fini, mais l'aventure ne fait que commencer. Joe va se déclarer la guerre, tout seul, une drôle de guerre, celle-là.

Les gros camions américains foncent vers le front de Belgique. Toutes les cloches des églises de Normandie les accompagnent, et les petits Français grimpent aux poteaux électriques et sur les arbres, pour saluer « les libérateurs ».

Les héros de 1944 défilent, jetant à poignées, cigarettes et chocolat, se tordant le cou pour embrasser les jeunes filles, ivres de victoires et de conquêtes, glorieux, beaux, fascinants. Du haut de son camion, un nommé Joe regarde tous ces visages heureux et ne craint pas de jeter quelques coups d'œil assassins à la piétaille féminine. C'est fantastique pour un jeune homme comme lui de se sentir adulé à ce point. Jamais de toute sa vie, il n'a embrassé tant de jeunes femmes, françaises qui plus est, et dont la réputation de charme a depuis longtemps franchi l'Atlantique. Joe fait donc du charme à son tour, il a le temps car un embouteillage monstre vient de bloquer la longue file de camions, et l'on discute entre libérateurs et libérés. On discute comme on peut, avec les deux mots de français et les trois mots d'américain que chacun a retenus. Une main tendue, celle de Joe, vient de heurter une autre main tendue, celle de Jeanne. Un éclat de rire, celui de Jeanne, répond aussitôt au regard de Joe. Elle ne veut pas de la cigarette, elle n'aime pas cela, et elle rit de toutes ses dents en repoussant le paquet tendu. Alors Joe fouille ses poches :

« Chocolat ? chewing-gum ? »

A ces mots, une armée de gamins l'assaille, et il perd de vue le joli sourire. Désespéré, Joe lâche tous ses cadeaux et la ration d'une semaine de campagne disparaît dans la foule, les gamins se bousculent à quatre pattes, les vieux reculent, et il retrouve le sourire de Jeanne. Elle le regarde, sans insolence, sans provocation véritable, elle le regarde avec intensité, en silence. Des yeux noirs, une tignasse d'un roux flamboyant, un teint de lait, des épaules rondes, elle a vingt ans à peine, et elle est belle.

Il dit :

« Miss ? » d'un ton interrogateur, et elle rit encore. Il répète :

« Miss ? »

Que veut-il ? Son prénom sûrement, elle a compris.

« Jeanne », dit-elle, en sautant sur le marchepied du camion.

D'un petit doigt effronté, elle tape sur l'uniforme.

« Et toi ? »

Heureux jusqu'aux oreilles, Joe claironne son nom comme

une victoire de plus. Il a vingt-cinq ans, et représente le type de l'Américain moyen selon les rêves des jeunes filles. 1,85 m, du muscle, les cheveux courts, et l'air d'un gosse poussé trop vite, avec de belles dents blanches. Dans la cacophonie provoquée par l'embouteillage, ils n'en finissent pas de se regarder, car ils n'ont plus rien à se dire.

Puis le camion s'ébranle. Chargé de matériel, il doit se rendre dans un camp établi à plusieurs kilomètres du petit village. Joe s'en va et Jeanne n'arrive pas à descendre du marchepied. Il lui tient la main, il cherche quoi dire, quoi faire. Il cherche ce qu'il veut de ces deux yeux-là, de cette petite main-là, il jure dans sa langue maternelle, d'impuissance et de rage. Abandonner ce bonheur-là ? Impossible. Puis l'idée lui vient. L'idée de génie : il désigne l'église à Jeanne, puis sa montre, il montre le chiffre neuf. Jeanne rit de plus belle, elle a compris ! Rendez-vous à l'église à neuf heures ce soir. A son tour elle montre l'église, et fait le chiffre neuf de ses doigts écartés. Alors il la lâche, la reperd dans la foule, et gesticule sur son camion en hurlant le rendez-vous à la cantonnade avant de disparaître avec son défilé triomphal.

Le village est vide de nouveau et Jeanne rentre chez elle, un peu bizarre, le cœur un peu battant, la tête un peu ivre.

Combien de scènes de ce genre en 1944 ont réuni pour quelques secondes une jeune fille française et un jeune Américain auréolé du prestige de la victoire ? Rencontres sans lendemain.

Mais le soir à neuf heures devant l'église dont il ne reste pas grand-chose d'ailleurs, Jeanne la Française et Joe l'Américain se retrouvent, dans l'ombre complice des éboulis et des vieilles pierres. Et monsieur le Curé n'est pas là pour bénir leur union. Le lendemain la colonne de Joe s'éloigne du village et de ses environs.

Le surlendemain on voit revenir Joe au volant d'un camion de matériel. Puis il repart triomphant du village. Il a trouvé la combine qui lui permet de faire la navette entre son camp et sa belle ; le coup de foudre s'est installé.

Evidemment le camion de matériel de Joe met un peu plus de temps que les autres à parvenir à bon port. L'efficacité des troupes américaines en Europe s'en trouve peut-être quelque peu altérée, mais quoi ! une heure de plus ou de moins sur la victoire totale, en voilà une affaire ! Et si Joe préfère l'amour à la guerre, on ne peut pas vraiment lui en vouloir. Un soir pourtant, c'est la débâcle. L'horreur, le déshonneur total.

Joe parcourt le village en tous sens, affolé. Son camion a disparu, chargé du matériel qui représente une petite fortune. Un petit malin ayant surveillé les allées et venues de Joe et surtout le traditionnel temps d'arrêt devant l'église, a profité de l'occasion. Pour Joe c'est grave. Se faire voler son camion en temps de guerre, et dans les circonstances que l'on sait, c'est le conseil de guerre. Il ne reverra plus Jeanne, et va payer cher son coup de foudre français.

Tout le village en émoi le prend en pitié, mais la pitié ne saurait le tirer d'affaire. De plus c'est le moment choisi par Jeanne pour annoncer, la tête basse, qu'elle attend un petit Américain de plus en Normandie. Une recrue que les états-majors n'avaient pas prévue dans la logistique du débarquement. Alors Joe s'effondre. Plus de camion égale conseil de guerre. Un enfant égale des responsabilités. Responsabilités qu'il n'est pas question d'assumer au fond d'une cellule.

C'est ce soir-là que Joe choisit de disparaître.

Joe n'existe plus. Plus de Joe. Plus d'Américain. Plus de rendez-vous illicite derrière les ruines de l'église. Envolé le Roméo. Juliette reste seule.

Et les semaines passent, puis les mois. Juliette a mis au monde un petit Américain moyen et gagne sa vie. Curieusement le village la soutient. Tout le monde la comprend. Chacun fait ce qu'il peut en ces périodes de restrictions pour que l'enfant ne souffre pas du maigre salaire de la mère. Et lorsque les M.P. s'en viennent demander des nouvelles du déserteur, ils ne rencontrent qu'étonnement et surprise :

« Un Américain ici ? Il en est passé tellement ! Comment

dites-vous ? Joe ? Inconnu ! Pas chez nous, en tout cas, jamais vu cette tête-là ! »

1946 : Jeanne courageusement élève son petit.

1948 : Jeanne met au monde un autre enfant, une fille.

« Ah ah ! marmonnent les gendarmes soupçonneux, vous n'auriez pas revu l'Américain des fois ? »

Mais Jeanne s'indigne. On n'a pas le droit selon elle de se rire d'une fille mère qui a bien du mal à joindre les deux bouts, et le père de ses enfants ne regarde qu'elle !

1950 : Jeanne met au monde un autre garçon, et le village ne critique pas. Les 56 habitants qui tous se connaissent, jusqu'au moindre cousin, « ignorent » totalement qui est le père de ce troisième galopin.

D'ailleurs, le père et la mère de Jeanne ne le savent pas plus. Ils ont trois petits-enfants c'est tout ce qu'ils savent. Et personne ne s'avise de leur poser des questions indiscrètes. Régulièrement, les gendarmes font une enquête. Régulièrement la police militaire américaine vient poser des questions. C'est que les trois petits vous ont un petit air yankee qui normalement ne devrait tromper personne.

Ils vont bientôt à l'école du village, car les années s'écoulent, et 1960 est déjà là. Quinze ans déjà. Il y a quinze ans le camion triomphal de Joe traversait le village, et Jeanne cheveux au vent sautait sur le marchepied.

C'est loin tout ça. Et les enfants sont grands. Ils regardent ces policiers-là, venus les interroger, d'un regard bleu innocent.

« Où est ton père, Jimmy ?

— Je ne sais pas, Monsieur.

— Où est ton père, Grace ?

— Sais pas, Monsieur.

— Fred, où est ton papa ?

— J'en sais rien du tout, Monsieur !... »

Le policier venu tout droit de Washington se gratte la tête. Il est venu sur la foi des rapports de gendarmerie de l'époque.

Et le capitaine de gendarmerie qui l'accompagne le plaint beaucoup.

« Vous savez, on dit tellement de choses, personnellement nous n'avons jamais été sûrs, en tant que gendarmes et habitants du pays, qu'il y avait ici un déserteur américain...

— Mais ces enfants ? demande le policier. Ces enfants-là, ceux-là, vous n'allez pas me dire qu'ils ont le type normand ?

— Possible, monsieur le policier, mais leur père est inconnu, et ils ont le droit d'avoir le type qu'ils veulent, même s'il n'est pas normand. Personnellement, nous en tant que gendarmes ça ne nous regarde pas, le type des enfants de père inconnu. »

Le boucher ne sait rien, le boulanger non plus, le curé n'est pas au courant, il a juste baptisé les gosses, le maire ne se mêle pas de la vie privée de ses administrés et les commères du village, pour une fois, font bouche close.

Le policier américain, envoyé spécial de Washington, demande alors un mandat de perquisition au domicile de Jeanne. Et il perquisitionne, de fond en comble. Cela dure une journée, à l'issue de laquelle, découragé et sûr de s'être fait « avoir » comme au coin d'un bois, il s'assied au pied de l'escalier. Le petit Fred, neuf ans, le regarde alors avec commisération.

« Tu l'as pas trouvé hein ? Ça m'étonne pas. Mon Papa c'est un malin, il a toujours dit que là où il était personne irait jamais le chercher. »

D'un bond le policier s'est redressé.

« Il est là ? Dans la maison ? Où ? »

Mais le gosse a pris l'air malin pour répondre.

« Ah ben ça dame ! Si je te le dis c'est pas de jeu ! Mais tu brûles ! »

Joe Fairbanks vivait depuis dix-neuf ans, dissimulé sous l'escalier, dans un réduit de 1,90 m sur 60 cm. Il y entrait à chaque alerte. Il en sortait immédiatement après. Tout le monde le savait, sauf les gendarmes « officiellement ».

Ramené aux Etats-Unis *manu militari,* il a fallu la grâce du président et la pétition de tout un village français, pour lui permettre de rentrer chez lui, en Normandie et de s'y marier enfin.

A la guerre comme à la guerre.

LA NUIT DES ESPIONS

Dans l'aéroport d'un pays voisin, à l'heure où les douaniers rêvent, le téléphone sonne.

Une voix demande à parler en priorité au chef de la douane. Bien qu'étouffée, cette voix n'en est pas moins officielle. Du moins elle en a toutes les apparences, et en donne toutes les garanties : ministère de ceci, secrétariat de cela, ordre du commandant untel !

« L'avion en provenance de Zurich, vol 1027, doit atterrir chez vous à 1 h 04... exact ?

— Exact monsieur.

— Vous avez la liste des passagers ?

— Oui monsieur.

— Vous devez avoir Mme B., la femme de l'attaché militaire au cabinet du ministre, en transit pour la Suède. Ordre de fouille intégrale. Mme B. est soupçonnée de passer des documents qui intéressent la Défense nationale. Soyez discrets, mais efficaces. Le ministère compte sur vous. Vous me ferez un rapport personnel.

— Bien monsieur. »

Le chef de la douane a rectifié la position et raccroché le téléphone comme à la parade.

Et tandis que le vol 1027 en provenance de Zurich, se pose nuitamment dans le vacarme des réacteurs, l'élite de la douane locale s'apprête à faire passer à Mme B. sa nuit la plus longue.

Mme B. est une dame fort respectable. Dans tous les sens du terme. Il faut dire même qu'elle est respectable et imposante. Et on la soupçonne d'espionnage ?

Evidemment, les espions sont comme tout le monde. Il y en a des grands et des petits, sûrement des gros et des maigres, et en l'occurrence l'habit ne fait pas le moine. Donc Mme B. peut être une espionne. Le chef de la douane qui la regarde descendre la passerelle (de loin et avec ses jumelles) est tout de même surpris par « l'envergure » de cette Mata-Hari supposée.

La cinquantaine frissonnante et fort distinguée, le manteau de fourrure, le petit chien sous le bras, le vanity-case de l'autre, Mme B. pénètre dans la salle d'attente, réservée aux passagers en transit.

Et le grand jeu se déclenche autour d'elle, sans qu'elle s'en doute le moins du monde. Au bout de quelques minutes d'attente, une hôtesse charmante vient lui glisser à l'oreille :

« Excusez-moi madame. Votre avion ne pourra pas repartir avant plusieurs heures... un simple problème technique. Voulez-vous me remettre vos tickets de bagages, nous allons les faire décharger. La compagnie va faire son possible pour vous mettre sur un autre vol le plus rapidement possible, et en priorité, les vols sont surchargés. »

Mme B. semble à la fois contrariée et flattée. Contrariée par ce retard, et flattée que l'on prenne soin d'elle en priorité, alors que les autres passagers vont se morfondre jusqu'à la fin du problème technique en question.

Cette priorité ne l'étonne guère, vu sa position, et surtout son assiduité sur la ligne. Ses enfants habitent la Suède, elle s'y rend régulièrement, et le personnel de l'aéroport la connaît.

Elle ne fait donc aucune difficulté pour remettre ses tickets de bagages, et se laisse conduire dans un salon particulier. Un stewart lui propose une tasse de thé, tandis que les douaniers, telle une nuée de sauterelles, sautent sur ses bagages pour les examiner en premier...

Rien. Pas le moindre double fond, pas le plus petit microfilm dans le tube de dentifrice. Les bagages de Mme B. sont d'une pureté absolue. Il faut donc se résoudre aux grands moyens, et le chef de la douane convoque deux « fonctionnaires fouilleuses ».

Tandis qu'il explique la situation à ces deux gendarmes en jupons, dans le salon particulier Mme B. se lève, et se dirige vers un employé pour lui chuchoter à l'oreille :

« J'aimerais me rafraîchir un peu, voulez-vous m'indiquer les toilettes je vous prie ? »

Affolement ! L'employé est un homme des services secrets déguisé en stewart, et il a reçu l'ordre de ne pas quitter Mme B. d'une semelle. Et le coup des toilettes... c'est connu ! Classique ! On y a rendez-vous avec un comparse, à qui l'on remet les documents, et hop, le tour est joué !

« Une minute s'il vous plaît, madame, je suis à vous, les toilettes sont côté passagers. Un coup de fil et je suis à vous. »

L'homme s'empare du téléphone et supplie qu'on lui envoie du renfort. Il faut s'assurer que personne ne prendra contact avec Mme B. durant son court isolement ; et surtout, qu'elle ne se doute de rien !

Discrétion et efficacité sont les consignes. A la moindre erreur, de deux choses l'une : ou les documents disparaissent — et avec eux la preuve —, ou il n'y a pas de documents du tout et alors là, scandale diplomatique interministériel et international à la clef !

Mais Mme B. attend sagement de se faire accompagner au petit coin.

Devant les toilettes des dames, elle confie son mini-chien au faux stewart, en le remerciant d'en prendre soin, et disparaît.

Elle ne prend pas garde aux dames qui bavardent devant les lavabos, constate que tous les petits réduits affichent occupés, sauf un, et s'y rend. Un petit moment s'écoule, durant lequel le faux stewart ne voit entrer ni sortir personne, mission accomplie.

Mme B. récupère son petit chien, remercie, et se permet de signaler courtoisement à son guide que les lieux ne sont pas particulièrement dans l'état où l'on aimerait les trouver. Petit reproche que chaque utilisateur de ce genre d'endroit exprime très souvent, chaque fois du moins qu'il en a l'occasion.

En regagnant le salon particulier, Mme B. retrouve son hôtesse, accompagnée d'un douanier en uniforme, fort embarrassé.

« Euh, pardonnez-nous madame, mais nous sommes contraints de vous demander d'accepter une fouille de vos bagages (l'hypocrite), et également de votre personne. »

Mme B. sursaute. Une fouille ? Sur elle ? En voilà des manières...

On lui explique que les ordres sont les ordres, et que d'ailleurs chaque passager sera soumis au même examen, qu'il est donc difficile vis-à-vis d'eux d'épargner Mme B.

Maugréant un peu, Mme B. se résigne à la chose. Et la voilà dans un bureau de la douane, face à deux fouilleuses athlétiques, qui lui demandent de se déshabiller, et de se laisser examiner sous toutes les coutures si l'on peut s'exprimer ainsi.

« Ridicule ! dit Mme B. ; vous n'ignorez pas qui je suis. Enfin, faites votre métier, mais c'est intolérable. »

Ce qui suit, est assez délicat à formuler.

Mme B. est dans le costume d'Eve. On a fouillé ses vêtements sans résultat, et à présent les douanières ont pour mission de l'examiner de près. De face, rien d'anormal. De profil, non plus. Mais de dos...

« Oh !... fait la douanière-chef.

— Ça alors ! commente la douanière sous-chef.

— Que se passe-t-il ? » demande Mme B., rouge de honte et à deux doigts de la colère apoplectique.

Il se passe que sur le postérieur de Mme B., sont imprimées des lettres curieuses, formant un texte incompréhensible à première vue.

La douanière-chef oriente les lumières, s'empare d'une loupe, et n'y comprend rien.

Indubitablement, il y a là un texte, une sorte de message sûrement, mais en code, car les lettres paraissent imprimées à l'envers.

« Enfin, me direz-vous ? Avez-vous fini de m'examiner de la sorte, c'est insupportable à la fin.

— Je regrette, madame, mais ceci est un document !

— Un document ? Vous plaisantez ! »

Le chef de la douane, averti par téléphone, se gratte la tête de stupéfaction...

Incroyable ! Cette femme est bien une espionne, et elle a inventé le système le plus diabolique qui soit. Sûre que personne, vue sa position sociale, n'irait regarder jusque-là, elle transporte des messages sur la partie charnue de son individu.

Il saute sur le téléphone, et appelle son supérieur qui appelle son supérieur, jusqu'à ce qu'une voix en haut lieu résonne à toutes les oreilles en même temps :

« Photographiez l'objet du délit ! Je veux des agrandissements tout de suite, appelez le service du chiffre, que l'on me décode ça immédiatement et surtout, gardez cette dame au chaud. Qu'elle ne tente pas de faire disparaître la preuve de sa trahison, débrouillez-vous, couchez-la, gardez-la à vue, et faites analyser l'encre qui a servi à écrire le message ! »

Et pendant des heures, Mme B., enfermée dans une petite cabine de la douane, hurlant et protestant, doit subir les pires outrages.

Examen au microscope, photos, gros plan, noir, couleur et infrarouge, de tout ce qui figure sur son séant, avec interdiction pour elle d'y toucher, ou de tenter de le faire disparaître.

L'agrandissement de la partie la plus charnue de son anatomie est expédié par télétype au service du chiffre, lequel se plaint de la mauvaise qualité du document, ne comprend rien à ce mauvais code, et redemande des agrandissements par tranches, plus contrastés, avant de se prononcer.

S'agit-il de la description d'un moteur secret ? Du dernier rapport militaire sur les forces de l'O.T.A.N. ? D'une liste d'espions avec leur nom de code, et leurs photos ?

Le branle-bas de combat est général. Le mari de Mme B., réveillé en sursaut, est convoqué devant son ministre.

Bref, la nuit s'écoule en effervescence, messages secrets, coups de téléphone, ordres et contrordres divers...

Et pendant ce temps, la malheureuse Mme B., humiliée jusqu'au plus secret d'elle-même, s'acharne à donner sa version des faits que personne n'écoute :

« Vos toilettes ne sont pas propres. Et je déteste les toilettes d'aéroport ; j'ai simplement disposé un journal, avant de m'y asseoir. L'encre devait être fraîche, et s'est imprimée sur moi ! Vérifiez, bon sang ! C'est la *Tribune de Genève* d'hier matin ! Je l'ai laissée là-bas ! »

Mais il n'y a plus de *Tribune de Genève* dans les toilettes de l'aéroport, car les femmes de ménage sont passées par là, à l'aube, comme d'habitude.

Alors, on ne croit pas Mme B. et on garde Mme B. au secret, tandis que, reproduite à des centaines d'exemplaires, la photographie de son derrière suspect fait le tour des hauts lieux d'une dizaine de ministères. Une bien mauvaise blague...

Jusqu'à ce qu'un employé du décodage remette discrètement son rapport à qui de droit. Et qui de droit a la primeur de la plus célèbre affaire d'espionnage de notre temps : sur ce document ultra-secret, il peut lire : un gros titre sur les élections cantonales suisses, la photo d'une équipe de football, un bulletin météo, et le résultat du concours de pêche de l'amicale des Joyeux Genevois. A l'envers et mal imprimés en arc de cercle sur le postérieur d'une dame respectable...

C'est un document fabuleux, sauf votre respect.

LA PUDEUR ET L'INDIFFÉRENCE

Ce n'est pas gai. Rien n'est gai dans cette histoire. Et lorsque les choses ne sont pas gaies, c'est souvent de notre faute.

Ce qui est arrivé un soir, pas si lointain, à Grégoire et Marie, est dur, mais il faut parfois regarder les choses dures bien en face, pour essayer de les rendre plus douces. Encore faut-il y penser. Le retour à la nature préoccupe beaucoup de gens. La nostalgie des vieilles pierres, l'odeur de la vraie terre, les traditions, les racines.

Aujourd'hui, la société de consommation accroche sa publicité à tout cela. Le vin est du terroir, les parfums sont à la verveine, la cuisine est celle de grand-mère, les vacances sont à la ferme, les résidences s'appellent *Bois Fleuri,* le pain est au levain, et les pavillons préfabriqués, traditionnels. Les consommateurs d'aujourd'hui vivent sur les racines d'hier, mais ils sont si peu sûrs de cela, qu'ils n'arrêtent pas de se le dire.

Et les vieux ? Les vôtres, les nôtres, ceux qui font partie du terroir et qui y sont restés ?

Ils ne font pas partie des produits de consommation

courants. La logistique les oublie au fond de leurs vieilles maisons de vraies pierres, au milieu de leurs vrais champs de luzerne, de leurs vignes, ou de leurs vallées perdues...

Grégoire et Marie sont arrivés ainsi au bout de leur âge, et pour eux le seul retour à la terre sera celui de tout le monde.

Grégoire est assis dans la cuisine. Il fait sombre, mais il n'est pas encore temps d'allumer. Dans les campagnes, celles de la France profonde, comme disent les politiciens qui ne les connaissent pas, on attend la dernière lueur du couchant. Elle suffit bien pour surveiller la soupe et bourrer la pipe.

Grégoire bourre sa pipe et Marie surveille la soupe. Sur la toile cirée il a disposé une feuille de papier quadrillé et un stylo. Voilà bien des mois qu'il refuse d'écrire à son fils. Par orgueil et par dignité. On ne dérange pas les enfants pour rien. Ils sont loin, ils travaillent et ils ont des soucis. La ville est un vampire qui leur mange la vie, au point de leur faire oublier les parents. Pas de nouvelles, bonnes nouvelles.

Grégoire a soixante-quinze ans et son fils doit dire de temps en temps : « Mon père est droit comme un chêne... il a une vie saine... lui... »

Marie a soixante-douze ans, et le même fils doit dire : « Ma mère n'a pas d'âge... personne ne réussit comme elle les tartes à la framboise... »

Peut-être ce fils les croit-il éternels ?

Aujourd'hui, Grégoire se résigne à « déranger les enfants ». Il faut dire que Marie est malade.

Marie qui fut si vaillante. Marie qui commandait, époussetait, raccommodait, secouait, et dirigeait la vie comme on mène un troupeau, de l'aube au crépuscule jour après jour. Marie est paralysée. Assise, rangée dans un fauteuil, immobile. Seul son visage est resté vivant. Il lui reste ses yeux pour surveiller la soupe. Voilà ce qu'il faut dire aux enfants. Marie n'est pas d'accord. Elle a honte. Honte de céder devant les années et la fatigue. Mais Grégoire a décidé. Le temps est venu de rappeler au fils qu'un jour ils partiront l'un après l'autre, et que ce jour se rapproche.

Grégoire écrit avec application et le papier colle sur la toile cirée à petits carreaux rouges. Dira-t-il aussi que lui-même... parfois... non, il ne le dira pas. Ce serait trop de soucis en même temps. Marie d'abord. La mère d'abord.

C'est elle qui a mis ce grand gaillard au monde, et qui l'a regardé partir sans une larme, qui ne l'a presque plus revu, recevant comme une aumône les photos des petits-enfants et les visites en coup de vent.

« Tu comprends cette année on va en Espagne... en Italie... voir la mer... ou la montagne... Tu comprends, on n'a que trois semaines... Tu comprends, les enfants vont en colonie, c'est plus pratique... Tu comprends ils sont grands maintenant, ils ont leur vie... Tu comprends, c'est loin chez vous... »

Si loin qu'insensiblement ils ne sont plus venus.

« Vous devriez vous faire installer le téléphone, ce serait plus pratique, s'il arrivait quelque chose, on serait prévenus. » Prévenus oui, et absents, c'est normal.

Grégoire n'aime pas écrire. C'était maman qui écrivait, pour les fêtes et les anniversaires, Noël et le reste. Alors il écrit peu, simple, comme un bulletin de santé. « Le docteur a dit que... alors voilà... on voulait que tu saches, pour que si jamais... Ton père affectionné. »

Le fils a répondu. Avec en plus un petit mot de toute la famille, qui embrasse bien grand-mère et espère qu'elle guérira vite.

Il a dit qu'il viendrait dès qu'il pourrait.

Plus tard, il a dit qu'il n'avait pas pu, mais qu'il pourrait bientôt. Alors Grégoire a écrit de nouveau qu'il ne se fasse pas de soucis, qu'il ne se dérange pas. « Ta sœur est venue dimanche, elle est restée pour le goûter, elle ne pouvait pas plus, à cause de son travail... Elle a trouvé maman bien fatiguée, mais courageuse. Nous allons bien, surtout ne vous tracassez pas. »

Comment pourraient-ils se tracasser, ce fils et cette fille, qui ne savent lire, ni entre les lignes, ni entre les rides. Et puis du moment que le père dit de ne pas se tracasser, c'est qu'il n'y a pas péril en la demeure des vieux parents.

Aucun péril, c'est vrai. Le vent d'automne déferle sur les Cévennes, balayant les villages, les maisons de pierres sèches, et courbant le dos de Grégoire sur le chemin montant. Le docteur a dit...

Il ne l'écrira pas. Mourir c'est l'affaire des vieux, pas des jeunes. Et puis il ne faut pas croire au désastre. Si les enfants venaient, Marie comprendrait que chaque minute de sa vie est un miracle. Un miracle douloureux. Elle se verrait partir, il ne faut pas.

Le vent d'hier a glacé les pierres, fermé les portes et les fenêtres. Et le facteur a bien du mérite. Il apporte le journal, la facture de l'électricité, les papiers de l'assurance, ceux de la retraite, et un calendrier des postes.

C'est Noël. Il apportera en plus une jolie carte rouge et or, semée de paillettes... « Bonne année, bonne santé. Le petit dernier a la rougeole, nous viendrons bientôt, comment va Mamie ?... »

« Mamie va bien, répond Grégoire, elle ne peut lire alors je lui ai lu la belle carte et je lui ai raconté le dessin. Elle vous embrasse. »

Et puis Grégoire n'écrit plus.

La vie dans la vieille maison des Cévennes s'est réduite à un regard qui en surveille un autre. Grégoire et Marie vivent les yeux dans les yeux, préoccupés de leur détresse, accrochés à de minuscules espoirs, peureux du moindre souffle, sursautant au moindre silence. Grégoire ne sent pas les forces le quitter. Il est trop occupé à rassembler celles de Marie.

Batailles vaines, faites d'attaques et de déroute, de répit, d'armistice... Les jours sont trop longs ou trop courts, les nuits terrifiantes, les matins sans espoir.

Le vent du printemps secoue les hirondelles. Celui d'été n'apporte guère de nouvelles.

Les enfants vont venir, peut-être. Ils l'ont dit, mais ne l'ont pas redit. Grégoire écrit sa dernière lettre. A la lumière de l'ampoule, alors qu'il fait encore jour.

« Ne vous dérangez pas. Nous sommes trop fatigués. Vous recevoir serait une fatigue de plus. Maman a besoin de repos et votre vieux père aussi. L'année prochaine tout ira mieux. Amusez-vous, l'été sera beau. »

L'été fut beau, et l'automne flamboyant. La bruyère était en avance.

La petite maison de Grégoire et Marie, couleur des monts, couleur des pierres, à la sortie du village, résiste sagement aux premiers frimas. Elle en a vu d'autres...

L'escalier de pierre qui monte au grenier a gardé sa mousse, les ardoises ont des douceurs grises. Les volets clos s'endorment. Le village a murmuré sous le malheur, puis s'est tu.

Dans la page locale du journal des Cévennes, quatre lignes indécentes :

« Un agriculteur en retraite, M. Grégoire X... soixante-seize ans, a tué hier d'un coup de fusil de chasse son épouse Marie X... soixante-treize ans, infirme depuis plusieurs années. Il s'est ensuite donné la mort. Ce drame de l'euthanasie a endeuillé le petit hameau de Z... »

Les vraies racines sont mortes. Nous n'avons pas le courage de les préserver. Nous les oublions en voulant les retrouver. Elles, pendant ce temps, savent retourner à la terre, sans nous...

UNE SOIRÉE DE PHYLLIS MARCH

Phyllis March est une vieille fille obstinée. Anglaise, têtue et incurable aussi. Elle croit dur comme fer à la bonne volonté, à l'amour d'autrui. Et en vertu de ces deux théories, entreprend le sauvetage de n'importe qui.

Son frère, cinquante ans, chômeur professionnel et fainéant par conviction, vit sur son dos depuis presque trente ans. Mais elle demeure persuadée qu'il changera un jour.

A soixante-trois ans, Phyllis consacre également sa vie au recyclage des anciens détenus. Sa vie, son argent, et une partie de sa maison.

Il y a donc ce soir-là, 18 décembre 1964, deux anciens prisonniers chez elle. Ils occupent la chambre du fond, elle leur a aménagé une cuisine, ils ont une entrée individuelle, et vont et viennent comme ils l'entendent depuis quinze jours. Jeffrey est un libéré sur parole après huit ans de peine pour vols divers. C'est un petit homme calme et insignifiant. Ernie est aussi libéré sur parole, après cinq ans pour tentative de hold-up. C'est un colosse au cerveau parfois chancelant.

Ce soir, Phyllis March rentre chez elle avec une bonne nouvelle. Elle a trouvé du travail pour Ernie, et c'est une victoire. Elle est en train de retirer son imperméable quand un hurlement épouvantable la fait sursauter. C'est un cri de bête, inhumain. Phyllis n'a même pas le temps de courir en direction de la chambre du fond. La porte s'ouvre avec violence et Jeffrey apparaît couvert de sang, le visage tordu par la souffrance. Il s'écroule presque aussitôt dans le couloir et Ernie le colosse l'enjambe comme si de rien n'était.

Il tient un revolver dans sa main droite. De la gauche, il retire un couteau du dos de sa victime, et s'adresse à Phyllis :

« Bougez pas hein ? Bougez pas ! »

Phyllis ne bouge pas. Les yeux écarquillés d'horreur, son imperméable mouillé à la main, elle observe la scène en réfléchissant à toute vitesse.

Jeffrey est mort, sans aucun doute. Ils ont dû se disputer ou se battre, peu importe. Maintenant ce qui compte, c'est Ernie. Il est fou. Jusqu'à présent, le psychiatre qui le suit depuis son internement a toujours prétendu qu'il n'aurait pas de crise de violence meurtrière... Beau résultat.

« Du calme, se dit Phyllis, du calme, surtout ne pas bouger, ne pas crier, attendre qu'il parle lui-même. »

C'est alors qu'une silhouette apparaît dans le couloir, sortant de la salle de bains, presque à hauteur d'Ernie. C'est Joss, le frère de Phyllis. Il découvre la scène et se met à hurler :

« Qu'est-ce qu'il se passe ? Non mais ça ne va pas ? Mais il l'a tué ! Phyllis, cet espèce de fou l'a tué ! »

Phyllis serre les dents. « L'imbécile, se dit-elle, l'épouvantable crétin, il ne pouvait pas se taire ! Il a compris maintenant, mais trop tard. Ernie avance sur lui, le revolver pointé. Que faire, mon Dieu que faire ? »

Il y a un petit bruit bizarre... Phyllis ferme les yeux si fort qu'elle en a mal, puis les rouvre.

Le revolver s'est enrayé, et Ernie regarde l'arme avec stupéfaction. Il faut en profiter. Il faut rester calme devant ce fou furieux, ce cadavre ensanglanté et son idiot de frère qui ne bouge plus maintenant, alors qu'il devrait bondir et désarmer l'agresseur.

Phyllis parle, en tendant la main devant elle, dans un geste d'apaisement.

« Ernie ? Ce n'est rien Ernie. Mon frère n'est pas fâché. Tu l'as surpris, tu comprends. Il prenait son bain. Viens me voir, viens... Qu'est-ce que c'est que cette histoire... Tu t'es disputé avec Jeffrey ? C'est ça ? Bon, tu vas me raconter ça ? On va s'installer dans le salon. J'ai froid, moi, il pleut dehors, et je rentre à l'instant. Tu viens ? Il faut qu'on discute. Allez, viens, Ernie... viens... »

Ainsi commence, ce 18 décembre 1964, à dix-neuf heures, l'extraordinaire aventure de Phyllis March qui, certes, n'est pas une femme comme les autres. Ce n'est pas non plus une vieille fille comme les autres. Pas de mari, mais chez cette femme solide et équilibrée, aucun regret. Une fois pour toutes Phyllis s'est dit à elle-même :

« Il y a trop de misère dans le monde, trop de gens seuls, perdus et désespérés. Moi je suis solide, moi je n'ai pas besoin qu'on me fasse des enfants. Je vais m'occuper d'eux, des autres, des petits comme des grands, peu importe, hommes, femmes, enfants, ou animaux. Que je serve au moins à cela dans ce monde de fous. »

Et elle l'a fait. Elle a été éducatrice, elle est passée des enfants de dix ans à ceux de cinquante, des orphelins aux prisons. Elle s'est frottée à toutes les misères, à toutes les angoisses. En a-t-elle sauvé ? Sûrement. Elle ne le sait pas elle-même. Elle n'a pas compté. Quand on est comme elle, bonne sœur de la charité universelle, sans costume et sans étiquette, on ne calcule pas, on ne devient pas fonctionnaire de sauvetage.

Voilà qui est Phyllis March. A part cela, une femme anonyme, aux cheveux gris, au nez long, portant lunettes. Ni âge ni coquetterie superficielle. Souliers plats, tailleur de tweed et imperméable. Si c'est un uniforme, c'est le sien.

Voilà cinq ans qu'elle a décidé de recueillir les prisonniers libérés en mal de logement, de travail, de conseils et d'amitié. Avec plus ou moins de succès, elle en a hébergé une trentaine.

Un seul individu n'était pas d'accord. Il ne l'est toujours pas. Il ne le sera jamais de sa vie, c'est Joss, son frère cadet.

Mais sa vie pour l'instant, ne tient qu'à un fil, et ce fil c'est Phyllis qui en a le bout. Elle a tourné le dos à Ernie le tueur avec une tranquillité apparente. Elle ignore son frère paralysé de peur, le dos collé au mur du couloir. Elle ignore le revolver, enrayé pour l'instant, le couteau, une arme de combat affûtée comme un rasoir.

Elle ignore sa peur, la folie de l'autre, tout ! Elle avance vers le salon, guidée uniquement par son instinct !

Car Phyllis n'est pas une psychologue professionnelle. Elle est incapable de cataloguer qui que ce soit. Les êtres pour elle, sont des rencontres inattendues, individuelles, mouvantes, rien n'est jamais pareil, il n'y a pas de règle, pas d'astuce, aucun remède miracle. A chaque individu, tout recommence.

« Ernie ?... Tu viens ? »

Ernie bouge dans son dos, elle le sent, et se retient pour ne pas se retourner. Car elle a compris. Il s'est jeté sur Joss et doit l'immobiliser. Elle l'entend grogner :

« Bouge pas toi ou je te crève...

— Ernie ? Tu viens oui ou non ! Allez, arrête ce cirque, il faut qu'on parle ! »

Où a-t-elle appris qu'il s'agissait là de la meilleure méthode ? Comment a-t-elle compris que le colosse avait vacillé brutalement dans la folie, comment sait-elle que ce genre de folie est sensible à l'indifférence ? Des fous, il y en a de toutes sortes, avec des réactions de toutes sortes, et la plupart du temps imprévisibles. Mais Phyllis et son instinct ont décidé en un quart de seconde qu'il fallait mépriser l'acte criminel d'Ernie et en parler comme d'une chose sans gravité, dont on peut discuter. Elle a un culot monstre, car Ernie n'est pas décidé à la suivre dans ce jeu, apparemment.

Il arrive pourtant derrière elle dans le salon. Mais il tient Joss par le cou avec le couteau dans sa nuque et le revolver pointé sur son ventre.

Phyllis s'assoit dans un fauteuil.

« Lâche-le Ernie, tu vois bien qu'il a peur de toi...

— Non. Je veux pas. Il va appeler les flics !

— Mais non, il ne le fera pas ! C'est moi qui décide tu le sais bien.

— Alors je vais l'attacher.

— Si tu veux, mais dépêche-toi, il faut qu'on discute.

— Je veux pas discuter, j'ai rien fait de mal.

— Ernie ?

— Qu'est-ce qu'il y a ?

— Tu sais très bien ce que tu as fait.

— C'est de sa faute, il m'a provoqué ! C'est un pourri ! Il a dit comme ça, que l'asile me relâcherait pas la prochaine fois.

— La prochaine fois que quoi ?

— Ben...

— Que quoi, Ernie ?

— Je me suis barré de l'hôpital.

— Tu n'y allais qu'en visite, pourquoi te sauver ?

— J'ai piqué des médicaments chez le docteur. L'infirmière m'a vu...

— Alors ?

— Je l'ai giflée, et je me suis barré !

— Et tu n'as pas vu le médecin ?

— Non... J'en ai marre de ce type. Il me donne des trucs pour réfléchir. Moi je veux pas...

— Et qu'est-ce que tu veux ?

— J'en sais rien. Je sais pas, moi... Je suis pas fou. C'est les autres qui me rendent dingue. »

Tout en parlant, Ernie a ficelé Joss, avec les cordons du rideau qu'il a arraché. Pour un fou, il est méthodique. Chevilles, poignets, il s'attaque maintenant à la cravate de Joss, et lui entoure la bouche avec, bien serrée. Joss est mort de peur, il a les yeux blancs, et Ernie le bascule sur le divan, arrache les fils du téléphone, puis, satisfait, regarde autour de lui.

« Bon. A vous maintenant ! »

Phyllis a des sueurs froides. Il ne faut pas ! Il ne faut surtout pas qu'il s'attaque à elle. Il faut détourner son attention. Elle commence un long monologue. Elle invente n'importe quoi, au fil de l'inspiration...

« Aujourd'hui j'ai vu ton copain Freddy, tu sais ? Celui qui était en cellule avec toi l'année dernière. »

Elle ne s'entend même pas parler, les mots défilent les uns derrière les autres. Les phrases s'enchaînent. Elle allume une cigarette, et parle... parle... parle...

Si elle gagne cette phase du jeu, elle atteindra peut-être son but.

Phyllis March doit parler depuis dix minutes maintenant, montre en main.

« ... L'ennui avec ton copain, Ernie, c'est qu'il refuse de se faire soigner, s'il acceptait, il sortirait de prison, comme toi, il pourrait travailler et vivre bien. »

Ernie semble réfléchir. Il a fini par s'asseoir lui aussi dans un fauteuil, pour écouter les malheurs (inventés) de son ancien camarade de cellule. Pour un observateur, la scène serait incroyable : dans le couloir, visible depuis le salon, un cadavre. Sur le divan, un homme ficelé et bâillonné, et, discutant dans leurs fauteuils, l'assassin et Phyllis.

Ernie parle :

« Mon copain, il veut pas sortir de prison. Il me l'a dit... Il est pas comme moi, il a pas peur des portes...

— Tu as peur des portes ?

— Oh j'aime pas les portes, j'aime pas ça ! On devrait enlever toutes les portes, tu comprends ? Jeffrey, lui, il se moque de moi. »

Phyllis remarque qu'il a dit « Jeffrey se moque ». Il parle au présent, pas au passé. C'est donc qu'il a oublié son crime, momentanément peut-être, mais c'est bon signe.

« Je te donnerai une chambre sans porte, si tu veux, mais

je connais un meilleur moyen. Si tu allais voir le médecin maintenant ?

— Pour quoi faire ?

— Eh bien pour qu'il te donne un médicament !

— J'en ai des médicaments, je les ai volés...

— Fais voir ! »

Ernie fouille dans sa poche, et sort trois boîtes d'ampoules. Phyllis fait la grimace, en les examinant :

« C'est malin, tu as volé des piqûres ! Ça peut pas s'avaler, Ernie, il n'y a que le médecin qui peut faire ces piqûres... Qu'est-ce que tu voulais en faire ?

— C'est pour dormir. Ça fait dormir ce truc ! On dort debout. On est bien. On marche, on mange, on fait plein de trucs en dormant. Il m'en a fait une fois le toubib, et j'avais plus peur. Mais maintenant, il veut plus, il dit qu'il faut que je réfléchisse, il dit qu'il faut que je parle à un autre médecin. Alors j'ai volé. Et Jeffrey, il m'a dit : “ On te relâchera pas la prochaine fois. ” C'est pour ça alors. »

Ernie semble revenir à la réalité, brutalement. Phyllis fait une erreur volontaire, elle l'a laissé revenir au crime.

« Ecoute, Ernie, on va prendre la voiture, et aller voir le médecin tous les deux, d'accord ? Il te fera ta piqûre, et ça ira.

— Non. J'ai pas confiance. Il va m'enfermer, c'est Jeffrey qui l'a dit.

— Jeffrey dit n'importe quoi, ne l'écoute pas. On va y aller toi et moi, et il te fera une piqûre.

— Vous pouvez pas me la faire, vous ?

— Je voudrais bien, mais je n'ai pas de matériel, et puis je ne sais pas faire ces piqûres-là. On y va ?

— Et lui alors ?

— Qui ? Mon frère ? Eh bien on le laisse là, on n'a pas besoin de lui.

— J'ai pas confiance.

— Ecoute, il ne bougera pas, tu l'as attaché !

— C'est pas ça ! Je veux pas aller chez le médecin. J'ai pas besoin de lui.

— Bon d'accord. Alors débrouille-toi avec tes médicaments. Moi je ne peux rien faire pour toi. »

Ernie se frotte le visage avec irritation. Il a l'air fatigué. Mais il tient toujours le revolver et le couteau et il mesure toujours 1,80 m, pour 90 kilos... Phyllis se sent momentanément à court d'argument. C'est Ernie qui reprend le dialogue, heureusement :

« Bon. On va y aller, mais on l'emmène, lui. Et je surveille...

— Tu veux emmener Joss ? »

Ernie a déjà soulevé son otage, comme un paquet.

« On va prendre la voiture, je le mets derrière, toi, tu iras chercher le médecin, et tu le feras descendre avec sa piqûre. »

Phyllis saisit son imperméable, et ne peut qu'emboîter le pas. La voiture est devant la porte. Ernie dépose son paquet vivant sur la banquette arrière, et pointe son revolver sur Phyllis :

« Allez, tu conduis... et attention aux flics, hein ? Si tu t'arrêtes, ou si tu cries, je tue tout le monde. »

Deux kilomètres à travers la ville, jusqu'à l'hôpital, tandis que Phyllis espère. Pourvu que le médecin comprenne à demi-mot, à cette heure de la soirée, elle tombera sur un interne de garde, pas sur le psychiatre qui s'occupe d'Ernie bien sûr.

Alors il faudra qu'il comprenne, et vite.

La voiture est dans la cour de l'hôpital. Un garde s'approche.

Phyllis sent la nervosité du criminel dans son dos, et s'efforce au calme :

« Nous voulons voir le médecin de garde. »

L'homme fait un geste :

« Garez-vous là, et demandez à l'entrée. »

Sans discuter Phyllis gare la voiture. L'homme s'éloigne et disparaît. Ernie s'agite :

« Allez... Va chercher le médecin.

— Viens avec moi, ce sera plus simple.

— Non. Je veux ma piqûre ici. Après je partirai avec la voiture et j'emmènerai ton frère, comme ça, tu pourras pas prévenir la police.

— Ernie, j'en ai assez ! Un médecin ne fait pas de piqûre dans une voiture, et dans une cour d'hôpital ! Descends et suis-moi, qu'est-ce que c'est que ces caprices ? »

Ernie lève un couteau menaçant, et sans prévenir le plonge dans le corps de Joss.

Phyllis retient de justesse un cri d'épouvante. Son frère a écarquillé les yeux sous la surprise et la douleur. Il se tord sur la banquette. Dans le noir Phyllis repère le couteau. Il a transpercé le bras, en haut près de l'épaule gauche. Ernie a frappé sans même regarder. A dix centimètres, il touchait le cœur.

Cette fois Phyllis, malgré tout son courage, se sent prête à craquer. Voilà plus de deux heures qu'elle palabre avec ce fou et elle n'en peut plus. Et si le revolver était coincé définitivement ? Si elle lui sautait dessus ? Non, c'est ridicule. Le coup peut partir, et le temps que les autres comprennent dans l'hôpital... Et Joss qui s'est évanoui, en plus. Décidément, il faut continuer ce jeu terrible.

« Bon. J'y vais.

— Non. Je viens avec toi, lui, il est mort, je m'en fous ! »

Joss n'est pas mort, mais Ernie le croit, c'est l'essentiel, et immédiatement Phyllis profite de la nouvelle situation.

« D'accord, allons-y, on a assez perdu de temps. »

Ernie la tient par le bras, et il dissimule le revolver dans sa poche. Les voilà tous les deux à la réception de l'hôpital. Phyllis s'agrippe au comptoir, en montrant les médicaments.

« C'est urgent, mademoiselle ! Ce monsieur a besoin d'une piqûre, le médecin est au courant, je lui ai téléphoné, conduisez-nous, s'il vous plaît. »

Elle doit avoir l'air sûr d'elle et le ton convaincant, car la jeune fille se lève, les guide dans un couloir, frappe à une porte, l'ouvre, et annonce :

« Docteur ! c'est votre urgence ! »

Mais déjà Phyllis la repousse :

« Merci... Merci bien, bonjour docteur ! »

Elle referme la porte, et regarde le médecin droit dans les yeux, pourvu qu'il ne discute pas ! S'il obéit, s'il fait vite, elle évitera un nouvel otage, un nouveau drame. La main puissante d'Ernie s'est crispée sur son bras, elle le sent à la dérive. Quant au médecin il ouvre la bouche pour protester, mais elle parle avant lui :

« Docteur, je ne vous ai pas téléphoné, mon téléphone est coupé, ce garçon est un ami, il a besoin d'une piqûre de ça. Je lui ai dit que vous lui feriez et qu'ensuite il pourrait prendre ma voiture et s'en aller, vous comprenez ? »

Le médecin, un jeune interne d'une trentaine d'années, la regarde avec intensité. Phyllis continue, sans quitter ses yeux :

« C'est une piqûre pour dormir debout, vous savez ? Ernie en a besoin. Allez Ernie assieds-toi, donne ton bras au médecin. »

Le médecin semble avoir compris qu'il se passe quelque chose de grave, et qu'il doit faire ce qu'on lui dit, mais il hésite encore. Et c'est Ernie lui-même qui le décide par l'absurdité de sa demande :

« Elle aussi elle aura une piqûre, avant moi, comme ça je suis tranquille. »

Phyllis hoche la tête, et s'assoit sur une chaise, son regard ne lâche pas celui du jeune médecin. Il lui parle, silencieusement, impérativement.

Alors l'interne ouvre un placard de verre, s'empare d'une seringue, examine les boîtes que lui tend Phyllis, le nom du produit, la dose, puis il casse une ampoule, remplit la seringue, met un garrot, et se tourne vers Phyllis qui bat des cils en signe de remerciement.

La piqûre est rapide, une drôle de chaleur l'envahit. Elle

regarde le médecin changer d'aiguille, refaire l'opération, et s'approcher d'Ernie.

Elle a encore le temps de remarquer que la seringue est encore remplie du liquide de la première ampoule, lorsqu'il aspire le contenu de la seconde.

Elle se dit : « Il ne m'a injecté qu'une faible dose. Il va mettre le maximum à Ernie. »

Ernie grimace encore, puis son visage se détend, il sourit, il sort le revolver de sa poche, de sa main libre, et le pose sur ses genoux, avec tranquillité.

Stupéfait le médecin considère l'arme, et le colosse, dont la tête s'incline doucement, doucement, dont les yeux se ferment, et qui tombe comme une masse, enfin, au bout de cinq longues minutes.

Phyllis, elle, tient le coup, encore sur un petit nuage, elle parle sans le réaliser vraiment :

« Mon frère, dans la voiture… il l'a blessé… une Morris, à droite sur le parking… prévenez la police… il a tué Jeffrey… chez moi, l'adresse, dans mon sac… »

Et elle s'évanouit, avec une volupté et un soulagement indicibles, pour se réveiller dix minutes plus tard, vaseuse mais lucide.

Car Phyllis March n'est pas une femme comme les autres. Elle a continué son métier avec obstination, en déclarant :

« Ernie a tué sous mon toit. C'est un échec, mais ce doit être le dernier. »

Un échec ? En ce qui la concerne, sûrement pas.

L'ENFANT DU CYCLONE

Jérémie Henock est un brave homme, beaucoup trop brave. Mais il ne méritait pas ce qu'il est en train de lui arriver : sa femme s'en va avec leur fils de trois mois.

« Jérémie, a-t-elle dit, je déteste la vie dans ce pays. Je te déteste aussi de m'y avoir emmenée. Adieu et débrouille-toi tout seul avec ton épicerie minable. »

Ce pays, c'est San Fernando, petit port du nord des Philippines. Il y pleut presque tout le temps, et quand il ne pleut pas, l'humidité colle à la peau. La mer de Chine y a des colères bleu marine subites et terrifiantes. Jérémie Henock, lui, ne se met pas en colère. Il baisse les bras, et il regarde partir le cargo vers l'Amérique. Puis il retourne à sa petite épicerie minable sur le port, à sa maison sur pilotis, à sa solitude d'homme déjà vieux.

Il a cinquante ans, elle en avait vingt-cinq. Il est courageux, elle était lâche et paresseuse. Il en a fait une épouse et une mère, mais ce n'était qu'une aventurière de pacotille.

La vie semble bien terne à Jérémie Henock. Il ignore encore ce qu'elle lui réserve d'incroyable et de presque surnaturel, car jamais brave homme n'aura vécu ce que doit vivre encore Jérémie Henock, l'espace d'un cyclone.

Ce soir, il fait très lourd. Le ciel et la mer semblent confondus dans une poisse verdâtre et grise. De brusques sautes de vent agitent les cocotiers et font frémir les maisons fragiles. Le vieux Chinois qui tient la taverne du port connaît trop ce temps-là. Il a fermé boutique, et les Philippins l'ont traité d'oiseau de malheur.

La terre a tremblé, c'est certain, mais c'est une habitude. Un volcan lointain crache un peu plus de lave, c'est sûr. Mais de là à croire au cyclone... C'est la mousson de juin qui arrive, tout simplement. Jérémie Henock n'en est pas si sûr. Du haut de sa maison il observe la mer à la jumelle. Elle est lourde de menaces liquides. On la voit se jeter de tout son poids sur les récifs de corail comme si elle voulait les écraser. Jérémie Henock respire mal. L'air est épais, angoissant, pauvre en oxygène.

Il va se passer quelque chose.

Une heure plus tard, la vieille femme qui lui sert de gouvernante disparaît en criant : « Baguios... Baguios... ! »

C'est donc ça un cyclone. Jérémie n'en a jamais vu. Il est pourtant installé dans l'île de Lucon, depuis trois ans. On lui en a parlé, on lui a décrit des visions de cauchemars. Sa femme en avait peur, mais elle est partie depuis deux ans, et ne verra pas celui-là.

Si Jérémie était raisonnable, il ferait comme la vieille, comme le Chinois, comme presque tous les Philippins qui vivent au bord de la mer. Il s'éloignerait du rivage. Il irait se réfugier dans la forêt à l'abri des arbres. Mais il s'en moque. Depuis qu'il vit seul, il se moque de pas mal de choses. Même de la fortune en perles qu'il a amassée. Même de la vie. Alors il reste là à regarder. Qui sait d'ailleurs, le destin a peut-être décidé à sa place.

En quelques secondes la mer a basculé. Le vent a écartelé

les arbres, et la terre se met à tanguer. Surpris par la rapidité de l'attaque, Jérémie n'a pas eu le temps de s'accrocher à quelque chose. Toute la maison s'écroule dans un fracas de bois. Le toit de palme arraché comme un vulgaire morceau de papier disparaît dans les airs. Les pilotis s'entrechoquent, et le plancher s'éparpille.

Jérémie est projeté au-dehors, le souffle coupé. Aveuglé par le sable, le corps meurtri, il rampe comme il peut, sans savoir où il va. Mais les tornades sont si violentes et si rapprochées, qu'il n'avance pas. Il reçoit d'immenses claques de vent. Ses mains cherchent vainement une prise. Il roule de plusieurs mètres en avant, en arrière. Des branches volent au-dessus de lui, des hurlements transpercent ses oreilles, sa tête est folle, ses yeux aveugles. Il se redresse un peu, court pendant quelques mètres, roule encore, s'accroche vainement à une corde de hamac qui vient de lui gifler le visage.

Il a voulu voir le spectacle, il ne le verra pas. Il ne peut que le subir, les paupières serrées avec force pour protéger ses yeux. Il lui semble que le vent déforme son visage avec violence, comme s'il voulait le détruire. Autour de lui c'est la fin du monde. L'apocalypse, un spectacle grandiose et inhumain. Jérémie ne peut pas voir les maisons soulevées comme des plumes, les arbres arrachés chevauchant la mer, le ciel tombe, l'eau se soulève, les hommes meurent noyés, écrasés, emportés...

Jérémie s'est cogné à quelque chose de dur, un palmier énorme qu'il a saisi à bras-le-corps. De toutes ses forces tendues, de toute son énergie, de toute sa peur, il s'y incruste. La corde qu'il n'a pas lâchée lui sert de lien. En s'arrachant les ongles il réussit à la passer autour de l'arbre et de son propre corps. Il serre en aveugle, il se cramponne et il tient bon. Mal au ventre, mal aux bras, dos brisé, il reçoit pendant des heures toute la colère de la terre, de la mer et du ciel mélangés.

La pluie n'est pas une pluie, c'est une accumulation de trombes d'eau qui déferlent sur lui...

Le temps qui passe ne se mesure pas.

Ce jour de juin 1906, un cyclone a dévasté San Fernando en deux heures de temps. C'était un petit cyclone ordinaire. La mer de Chine en connaît de plus terrible. Il n'y eut que vingt morts, et une dizaine de bateaux perdus corps et biens, avec un ou deux rescapés, ahuris et miraculés.

Jérémie a lentement relâché son étreinte. La pluie qui tombe à présent est une vraie pluie, verticale et douce. Elle lave les plaies, les écorchures, elle lave les yeux du sable qui les brûle. La mer se calme à regret. Jérémie avance sur la plage encombrée d'épaves, des morceaux de sa maison, et d'autres maisons, des débris de bateaux, des arbres déchiquetés. Il regarde son cocotier avec reconnaissance. Il a tenu bon. Tous les autres sont pliés au sol. A part un. Un gros lui aussi. Il a perdu la plupart de ses branches, mais il est resté droit.

C'est en levant les yeux sur lui que Jérémie aperçoit l'incroyable : un bébé dans un cocotier !...

Comment est-il arrivé là-haut ? Pourquoi ne pleure-t-il pas ? Comment ne tombe-t-il pas ? Un bébé ? Jérémie tente de grimper à l'arbre, mais il n'a plus de force. Voyant que les palmes qui retiennent l'enfant sont enchevêtrées, il risque le tout pour le tout, en tirant sur le bout d'une palme à mi-hauteur du tronc, il arrive à incliner légèrement le reste. L'enfant glisse, Jérémie se précipite et le reçoit dans ses bras comme un paquet. Sous le choc il en tombe à la renverse.

C'est un enfant d'environ un an, peut-être deux, Jérémie n'est pas bien fixé. Il respire, mais ses yeux sont clos. Alors Jérémie court, court... Il cherche un abri. Il faut sécher l'enfant et le ranimer.

Dans la panique du port dévasté, Jérémie trouve enfin de l'aide. Une femme lui prête du linge. L'enfant frictionné avec vigueur se réveille et pleure. Il ne balbutie que quelques mots incompréhensibles. Il a soif, et se jette plus tard sur une boulette de riz.

Jérémie voudrait bien le confier à quelqu'un, mais c'est

impossible. Chacun a ses problèmes, ses morts, son désastre personnel. Il faut remonter les maisons, chercher dans les épaves un peu de ses trésors. Quant au bébé, les rescapés ne le reconnaissent pas.

Alors il fait comme tout le monde. Et il garde l'enfant. La vieille gouvernante le prend en charge, il reconstruit sa maison, remonte son épicerie, et quelques jours plus tard se contente de l'explication d'un marin : « Beaucoup de bateaux ont sombré. L'enfant devait être à bord. Emporté, Dieu sait comment par le cyclone, il s'est retrouvé Dieu sait comment accroché dans un cocotier... ici, on en a vu d'autres. »

Les années vont passer maintenant. Jérémie a adopté l'enfant officiellement. C'est un enfant blanc comme lui. A quelque chose près, il a l'âge du sien, alors ce sera son fils, pourquoi pas. Il s'appellera Moïse, pourquoi pas. Voilà qui redonne à Jérémie le goût de la vie.

Moïse a dix ans, puis quinze, puis vingt, en 1924. Son père Jérémie est un vieillard de plus de soixante-dix ans.

Beaucoup de tempêtes ont secoué la mer de Chine, et Moïse est bien l'enfant du cyclone. Violent, agressif, il n'a pas fait la joie de son père adoptif. Il veut partir, il veut de l'argent. Lui aussi veut quitter cette terre qu'il n'aime pas et ce père qu'il ne respecte pas.

Par une nuit de tempête, le vieux Jérémie surprend Moïse, dévalisant la caisse de l'épicerie minable. Il a déjà pris les économies, il lui reste à frapper ce brave imbécile qui se croit tous les droits sur lui, pour l'avoir un jour d'une autre tempête, arraché à un cocotier.

Jérémie meurt sous les coups de Moïse et Moïse sera jugé puis pendu pour ce crime. Quel destin étrange... Quelle fin tragique à cette histoire de tempête : Jérémie est en terre, et Moïse en prison à Manille depuis des mois. Son exécution est imminente.

Mais... c'est alors qu'un marin de passage, à San Fernando, entend parler du drame. Le cyclone de 1906, et un enfant mâle de deux ans, cela lui rappelle quelque chose.

Cet enfant était sur son bateau le jour du cyclone, avec une femme. Elle retournait à San Fernando pour y retrouver son mari et lui abandonner l'enfant dont elle ne voulait plus. La dernière fois que le marin les a vus, c'était dans une barque, à 100 mètres du bord. La femme s'appelait Henock. Le marin les avait crus morts tous les deux, il se croyait seul rescapé, et voilà qu'il comprend que le bébé dans le cocotier, c'était lui. Ce Moïse qui a tué son père adoptif, sans savoir que ce père adoptif était son vrai père. Pour que ce parricide ait lieu, il avait fallu un cyclone.

Une déposition officielle du marin a permis de rétablir l'identité du condamné.

Charles Henock, fils de Jérémie et de Cecily, son épouse, eut alors quelques semaines pour méditer l'étrangeté de son crime. En somme il avait tué deux fois son père. Il fut pendu le 6 février 1925.

La mer de Chine était calme et bleue. Aucun cyclone ne vint à son secours.

LES PIGEONS NE VOLENT PAS LA NUIT

Avec des efforts formidables, les trois aviateurs aident le commandant William à monter à bord du bateau pneumatique, et poussent un soupir de soulagement... l'équipage entier est là, sain et sauf.

A quelques mètres d'eux, des épaves de toutes sortes témoignent de la dislocation de l'avion au contact de la mer qui vient de se refermer sur une nouvelle histoire de naufrage. Aventure presque banale et quotidienne en cette année de guerre.

Au retour d'une mission sur les côtes de Norvège, à la recherche d'unités de la flotte allemande, un moteur qui prend feu puis explose et c'est l'amerrissage forcé dans un jaillissement d'écume, la ruée hors de l'appareil qui s'est cassé en deux, le canot pneumatique à gonflage automatique qui s'ouvre, le contact de l'eau glacée et ce sentiment de sécurité, d'être assis là, dans quelque chose d'étanche qui monte et descend au gré des vagues.

Tandis que deux hommes se mettent aux pagaies pour tenter de récupérer quelque chose qui pourrait être utile parmi ce qui flotte, le commandant William fait le compte des vivres.

Le bilan est vite fait : quatre tablette de chocolat et trois de chewing-gum... évidemment c'est dérisoire pour quatre hommes transis de froid, perdus à 250 kilomètres de leur base en pleine mer du Nord.

Comme ils en sont là de leurs réflexions, leur attention est attirée par le bruit qui sort de la petite cage d'osier que le commandant a jetée dans le canot avant d'y prendre place :

« Le pigeon ! »

A bord des appareils *Beaufort* de la R.A.F. stationnés sur des bases d'Ecosse, avant chaque départ, l'équipage recevait en effet, des mains du lieutenant colombophile, deux pigeons, chacun dans une cage. En cas d'atterrissage ou d'amerrissage forcé, ces oiseaux, munis d'un message, constituaient le plus efficace des S.O.S.

Dans le cas présent, ce pigeon est la chance unique des quatre hommes car le radio n'a eu que le temps d'envoyer un S.O.S. sans préciser leur position.

« Lequel est-ce ? » demande le copilote.

Avec d'infinies précautions, le commandant ouvre la porte de la cage, en extrait l'oiseau et le bascule sur le dos.

Le long de sa patte, un tube minuscule et un petit morceau de plastique avec le n° 813.

« C'est Max », dit William, qui sort du tube le mince rouleau de papier vierge qui va leur servir de missive.

Tandis que le copilote écrit, en lettres capitales, leur position, chacun des quatre hommes fait secrètement une prière pour que le messager arrive à bon port.

A perte de vue c'est la mer... et seul le bruissement des vagues trouble le silence rempli d'angoisse.

Maudite soit la fatalité qui a déposé ces quatre hommes, là, dans un canot aussi minuscule qu'un grain de sable sur l'immensité de l'océan.

Le message remis en place et le tube bien fermé, le commandant lance le pigeon dans l'espace...

« Allez Max, et bonne route ! »

L'oiseau s'envole, décrit quelques cercles au-dessus du canot et, à la surprise générale, redescend comme une pierre se poser sur le bord du pneumatique. William recommence son lancer, non sans sermonner le pigeon, ce qui amène un sourire sur les lèvres de ses compagnons.

« Tu vas travailler, oui ? C'est le moment ou jamais. »

Cette fois l'oiseau volète autour du canot, fait semblant de s'éloigner et brusquement revient à son point de départ.

Alors on le chasse, on l'empêche de se poser, on le repousse.

« Qu'est-ce que c'est que ce pigeon voyageur qui ne veut pas voyager ? »

Il y a quelque chose de poignant à voir ces hommes debout, en perte d'équilibre, gesticulant et criant pour inciter leur unique chance de salut à prendre l'air alors que l'oiseau refuse obstinément de s'éloigner.

Enfin le pigeon monte, tourne une fois, deux fois, trois fois au-dessus du petit groupe tout à fait silencieux et fonce dans le ciel du côté opposé au couchant.

C'est alors que l'un des mitrailleurs émet d'une voix mal assurée cette question qui va faire l'effet d'une bombe...

« Vous m'avez bien dit, commandant, qu'un pigeon volait à 60 km/h ? Donc il est dix-sept heures... il aura atteint la terre aux environs de vingt et une heures... seulement voilà, à vingt et une heures en cette saison la nuit est tombée. Est-ce que les pigeons peuvent voler la nuit ? »

Les regards qui s'échangent en disent long sur la réponse qui convient à une telle question.

Non ! ces pigeons-là ne volent pas la nuit, et de mémoire d'homme, jamais un pigeon n'a réussi à se poser sur l'eau sans se noyer.

Le lendemain matin, comme chaque jour, au lever du soleil, M. John Herklay, boulanger de son métier, une fois sa fournée faite, rend visite à ses pigeons. Colombophile émérite, il possède une bonne cinquantaine de pigeons voyageurs. Tandis qu'il parle et flatte tour à tour chacun de ses pensionnaires ailés, son attention est attirée par le bruit caractéristique d'un pigeon qui se pose sur l'aire d'arrivée, au retour d'une course lointaine.

Au battement des ailes, M. Herklay sait que l'oiseau est très fatigué. De fait, l'arrivant a les plumes des ailes et du ventre collées par du mazout. Le boulanger prend l'animal et ouvre l'étui attaché à sa patte. A sa grande surprise, le papier qu'il contient est vierge. « Cela ne présage rien de bon », pense M. Herklay en emmenant l'oiseau pour le nettoyer.

Ce pigeon est l'un de ceux qu'il a confiés aux aviateurs de la base voisine et l'absence de message indique que l'avion a dû exploser avant que l'équipage n'ait eu le temps d'inscrire sa position sur le papier.

Alerté, le lieutenant Mossel, chargé de la répartition des pigeons, n'a aucun mal à identifier la provenance du volatile. Il était à bord du *Beaufort* porté manquant la veille et qu'un hydravion a vainement recherché une partie de la nuit. Sachant que ce pigeon ne vole pas la nuit et que celui-ci est arrivé deux heures après le lever du soleil, la base va organiser des recherches en conséquence.

A ce moment précis, là-bas sur la mer, les quatre naufragés du ciel sortent de la torpeur glacée dans laquelle ils viennent de passer la nuit.

Le commandant William a donné l'ordre de se frictionner les uns les autres. Le froid est vif, il a neigé une partie de la nuit et si les secours ne viennent pas dans la journée, leurs chances de passer une deuxième nuit sont pratiquement nulles. Mais de cela, bien sûr, le commandant ne parle pas.

Au contraire, il imagine à voix haute le départ des camarades, là-bas, sur le terrain.

« Contact... start ! »

De fait, à 250 km de là, six *Beaufort* prennent leur envol pour quadriller la mer. Mais dans un rayon de 150 km seulement...

A la base, le lieutenant Mossel a bondi dans une jeep, il va rejoindre John Herklay le colombophile, une idée floue flotte dans sa tête...

« Vous avez bien dit que le pigeon était tout souillé de mazout, n'est-ce pas... alors comment expliquez-vous cela ?

Le boulanger marque un temps de réflexion et explique que sans doute l'explosion de l'appareil au contact de l'eau a dû projeter du mazout sur l'oiseau, mais le lieutenant l'interrompt d'un geste.

« Un avion n'utilise pas de mazout ! »

Devant cette évidence, M. Herklay s'embarrasse dans une histoire de nappe de mazout flottant sur la mer. Mais le lieutenant Mossel ne l'écoute plus. Il formule à voix haute une idée qui vient, tout à coup, de se préciser dans son esprit.

« Et si le pigeon avait passé la nuit sur un pétrolier ? »

Hé oui, pourquoi pas ?... Voyant le jour baisser le pigeon commence sa descente vers la mer ; son instinct l'avertissant du danger que représente l'élément liquide l'empêche de se poser. C'est alors qu'il perçoit la masse sombre du pétrolier, il prend pied sur le pont souillé de mazout, il y passe tranquillement la nuit et repart au petit jour.

« Mais alors, conclut le lieutenant, cela rallonge singulièrement le rayon d'action des recherches... 200 km, peut-être davantage... »

Plus le lieutenant Mossel se rapproche de la base, plus il est certain que cette éventualité est la bonne. Seulement, pour faire partager cette idée à ses chefs, il faudrait une preuve.

Le pétrolier ! Il faut savoir si un pétrolier naviguait cette nuit dans cette zone et le situer très exactement, c'est la seule preuve tangible.

Les heures ont passé. Là-bas sur la mer, les quatre hommes sont tombés dans un engourdissement fatal. Le froid s'est infiltré goutte à goutte dans leurs membres. Il est à présent quinze heures et le vent se lève. Le canot escalade les vagues dont la crête se frange d'écume. Dans quelques heures, la nuit va tomber et ce sera la mort. Oh ! elle sera douce. Il paraît que la mort par le froid n'est pas douloureuse, on s'endort voilà tout.

Tout à coup William redresse la tête et tend l'oreille, on dirait un bourdonnement lointain ! Un avion ? Serait-ce possible ?

Non ! Ses camarades n'ont pas bougé. A force d'espérer un avion on finit par l'entendre. Mais... voici que le copilote, lui aussi, lève la tête.

« Vous entendez ? »

Cette fois le doute n'est plus possible, un avion approche. Malgré le froid qui leur cloue les jambes, les quatre naufragés se sont dressés dans le canot... Là-bas, au ras des flots, un avion arrive droit sur eux.

« Il nous a vus ! »

De fait, l'avion effectue un grand virage, revient vers eux et jette un sac étanche dans lequel les naufragés trouveront du rhum, du chocolat, de l'eau, des cigarettes, et des fusées.

Deux heures plus tard, une vedette vient mettre un terme à leur cauchemar, la tragédie est finie...

De retour à la base, après avoir reçu l'accueil que l'on imagine de la part de leurs camarades, les quatre hommes s'apprêtent à passer la nuit à l'infirmerie. C'est alors que le lieutenant Mossel s'approche d'eux, un pigeon blotti entre ses mains.

« Messieurs, voici votre sauveur. »

Tandis qu'ils caressent, non sans une certaine émotion, leur sauveteur, le lieutenant leur demande la raison pour laquelle ils n'ont pas écrit de message sur la feuille qui était dans la capsule.

Après avoir fait répéter la question tant sa surprise est grande, William prend à témoin ses camarades...

« Mais, il y avait un message... c'est moi-même qui l'ai écrit.

— Absolument pas, dit Mossel, je l'ai vu, je suis affirmatif.

— Alors il aura été effacé par l'eau de mer.

— Cela m'étonnerait beaucoup, le papier était parfaitement sec. »

Comme il n'est plus l'heure d'entamer une polémique sur un tel sujet, William conclut en disant que l'essentiel c'était que Max ait réussi à revenir à son pigeonnier.

« Max ? vous êtes sûr que c'était Max ? »

Le commandant prend à nouveau ses camarades à témoin : il a vérifié devant eux, c'était bien le matricule 813, celui de Max.

« Et l'autre, Winkie ? » demande Mossel.

William explique que l'autre pigeon a dû couler avec l'avion car personne ne l'a revu.

Alors le lieutenant Mossel retourne doucement sur le dos l'oiseau qu'il tient dans ses mains et tirant avec précaution sur sa patte encore souillé de mazout, déplie le matricule qui s'y trouve attaché...

« Regardez, c'est le 1009. »

Les quatre hommes durent se rendre à l'évidence. Max le pigeon qu'ils avaient forcé à partir n'était jamais arrivé à destination. Au moment du choc, la cage du deuxième pigeon avait dû s'ouvrir et c'est lui qui s'était envolé sans que personne n'y prête attention. Ce n'était pas Max, mais Winkie qui avait passé la nuit sur le pétrolier et qui les avait sauvés tous les quatre. Winkie ne regagna jamais son pigeonnier. Il resta à la base comme fétiche et y mourut de sa belle mort à l'âge de treize ans.

Aujourd'hui, on peut le voir, naturalisé, au musée de Dundee. A côté de lui, on peut lire cette citation, épinglée sur un petit socle de velours rouge :

Winkie, pigeon voyageur, a fait preuve d'une endurance exceptionnelle au cours d'une mission en mer du Nord, sauvant ainsi quatre aviateurs de la R.A.F.

A côté de la citation, se trouve la médaille du Dickin Award, ce qui correspond, pour les animaux, à la plus haute distinction qu'un militaire britannique puisse recevoir : la Victoria Cross.

PORTRAIT D'UNE SOCIOLOGUE

Christian Houssard n'habite pas Harlem et pourtant il est noir. Christian Houssard ne s'appelle pas Christian Houssard ; dans l'existence, il se fait appeler Charles Benber. Donc, Charles Benber vit avec sa mère dans un quartier blanc de Washington, parce que sa mère est blanche. Et s'il a changé de nom, c'est qu'il a eu quelques ennuis avec la police, au Mexique, au Canada, et dans quelques États de l'Union.

Il ne peut pas s'empêcher de voler de temps en temps. Voler et mentir. A vingt-cinq ans, il raisonne comme un adolescent de quinze. Ce jour de 1974, Charles Benber rentre chez sa mère à quatre pattes. Pour elle, il s'appelle toujours Christian, elle ne sait rien de ses ennuis, car son fils lui ment sans arrêt, et elle le croit. Sa longue silhouette noire et svelte est pliée en deux sous la douleur, et la mère s'affole :

« Qu'est-ce qu'il y a Chris ? Qu'est-ce que tu as ?

— C'est rien, m'man, c'est rien, une idiotie. Un type énervé qui voulait se garer à ma place, il m'a boxé.

— Mais tu es tout pâle, il t'a blessé gravement !

— Mais non, m'man, un coup à l'estomac, c'est rien. Je te jure.

— Je vais appeler un médecin. »

Au mot de médecin, le fils se redresse tant bien que mal et affronte sa mère avec une violence soudaine.

« Maman, j'ai dit que non ! Ce n'est rien ! Tu arrêtes ton cinéma oui ? Tu me fous la paix ? Je me suis bagarré avec un type, et c'est tout, t'as compris ? »

Mme Vve Houssard regarde ce fils beau et noir comme l'encre, qui n'a plus de père, qui lui en veut d'être blanche alors qu'il est noir, qui lui en veut de travailler alors qu'il est chômeur, qui lui en veut de sa tendresse, alors qu'il la déteste ! Elle le regarde, baisse les bras, abandonne la lutte comme d'habitude depuis vingt-cinq ans, et dit :

« Comme tu voudras, Chris. Comme tu voudras. »

Si elle savait, cette mère, que son asocial et voleur de fils a rencontré ce soir-là une sociologue et qu'il l'a tuée, elle se ferait plus que du souci.

Mais elle ne sait pas. Et au fond, que Christian lui mente, ça l'arrange, puisqu'elle ne veut pas savoir. Le problème est que son fils a rencontré une sociologue, qu'il l'a tuée et que cette fois, il aura du mal se justifier.

Christian Houssard s'est couché, il a claqué la porte de sa chambre, et il ne dira rien pendant trois jours. Il mentira jusqu'à la dernière limite, jusqu'à ses dernières forces. Il croit que tout peut s'arranger, même une balle dans les côtes. Et pendant qu'il surnage entre deux comas, sa mère travaille, et regarde la télévision. Chacun mène sa vie en dehors de l'autre, c'est une habitude. La mère dans son coin, le fils dans son coin ; une sorte d'apartheid familial.

Mais le fils ne s'est pas bagarré avec un automobiliste. Il a rencontré Pat Alison, sociologue, belle, riche et blanche.

Ce matin de 1974, Pat Alison était encore en vie, et elle en remerciait le ciel comme presque tous les matins.

Une histoire bête avait failli la tuer, à trente ans : une rencontre avec un chien enragé a montré à Pat la mort de près. La maladie a fini par céder, mais tous les matins Pat prend des médicaments pour éviter une rechute et tous les matins elle remercie le ciel d'être en vie. Elle a raté deux mariages, mais elle est en vie. Et seuls les êtres qui ont frôlé la mort de près, connaissent la vraie valeur de la vie.

Comment décrire cette femme qui va mourir le soir-même d'une balle en plein visage ? Physiquement, c'est facile : belle, brune, des yeux verts, et un front intelligent.

Pour le reste, la journée qui précède sa mort, la représente assez bien finalement. Pat est donc sociologue et s'occupe beaucoup des problèmes de racisme, beaucoup de la Ligue des Droits de l'Homme, beaucoup des pauvres et des chômeurs.

Rien ne l'y oblige, car elle est riche de naissance.

Par exemple, ce matin, avant de prendre l'avion au retour d'un congrès, Pat traversait l'aérogare de Seattle... A quelques mètres d'elle, un jeune soldat reniflait, les larmes aux yeux. Les voyageurs le bousculaient sans le voir et Pat s'est arrêtée.

« Qu'est-ce qu'il y a ? Vous avez des ennuis ? »

En reniflant toujours, le gamin en uniforme lui a raconté qu'il ne trouvait pas de place d'avion pour aller à l'enterrement de son frère. Il rentrait du Vietnam et il était perdu, complètement, dans cette ville inconnue.

Pat s'est débrouillée et une demi-heure plus tard, elle a raté son propre avion, mais le gamin en uniforme avait trouvé une place, lui.

Pat est ainsi, c'est son côté sociologue. Il lui faut toujours se préoccuper des autres. Se mêler de leurs affaires et intervenir dans leur détresse.

Ayant donc raté son avion, Pat ne perd pas deux heures à l'aéroport à attendre le suivant. D'abord elle téléphone à sa fille Jenie, onze ans, pour la prévenir. Ensuite elle entreprend une discussion fort intéressante sur la psychologie de masse avec l'un de ses confrères qui lui, est arrivé en retard.

Le confrère l'écoute avec ravissement. Il admire son

intelligence, la clarté de son raisonnement, mais il admire tout autant les yeux verts et le joli nez, et la bouche, et le petit menton. De cela, Pat ne s'aperçoit jamais. Elle vit comme si elle avait oublié qu'elle était belle.

Le soir enfin, Pat rentre chez elle vers dix-sept heures. Sa journée a été bien remplie, et elle n'est pas terminée. Pat prépare sa licence d'avocate, ce sera pour elle une possibilité d'aider encore mieux les autres. Il est vingt heures quand elle s'arrête de travailler. 21 h 45 quand elle et sa fille achèvent de dîner. Dans une heure la mère sera morte. Pour l'instant, elles offrent, mère et fille, le tableau d'une tendresse parfaite. D'une beauté parfaite, et d'une tranquillité parfaite.

L'année commence, et nous sommes le 2 janvier. Il fait froid dehors. L'appartement luxueux, douillet, est bien chauffé, le canapé est confortable, Jenie s'est pelotonnée contre sa mère, et elles écoutent de la musique, sans craindre de gêner les voisins, car l'appartement est insonorisé.

Puis l'enfant se lève pour aller se coucher. Pat a fermé toutes les portes et les fenêtres, sauf la baie vitrée qui donne sur le patio. C'est une habitude le soir, de l'ouvrir de quelques centimètres pour laisser passer les chats. Quatre chats persans bleus. Ils vont et viennent par la même ouverture et Pat a glissé en haut de la vitre quelques coussins pour éviter les courants d'air, et maintenir la porte ouverte.

Jenie s'endort dans sa chambre en écoutant sa mère téléphoner à un ami. Puis les lumières s'éteignent. Et il ne reste plus que la lueur d'une pâle lampe de chevet dans la chambre de Pat. Tout est quiétude, sommeil, bonheur...

Un courant d'air froid et glacial bouscule cet univers douillet, lorsque Christian Houssard, dit Charles Benber, y pénètre comme un chat, sauvage celui-là, profitant du passage réservé aux autres. A ce moment-là, Charles Benber n'a pas forcément envie de tuer quelqu'un. Il vient voler tout simplement. Mais voler une sociologue comme Pat et sa fille Jenie, ce n'est pas si simple. Il est pauvre, elles sont riches, il est noir, elles sont blanches, il est asocial, Pat est sociologue.

Jenie, la petite fille de Pat, est dans son premier sommeil, lorsqu'elle entend une voix d'homme dans la chambre de sa mère. Elle se lève et sur la pointe des pieds, va voir ce qui se passe. La porte est entrouverte, elle ne voit pas l'homme en entier, mais seulement une main gantée, et un ou deux centimètres de peau noire. La main tient un revolver, et la voix est méchante :

« Je veux l'argent. Rien que l'argent, donnez-le-moi et dépêchez-vous ! »

Calmement la voix de Pat répond :

« Je n'ai pas d'argent ici aujourd'hui, pourquoi en voulez-vous ? Vous êtes dans la misère ? Vous êtes au chômage ? Non ? Pourquoi entrer chez les gens une arme à la main pour les voler ? »

Charles a horreur des discussions, il n'aime pas qu'on lui demande pourquoi il est méchant, voleur et menteur. Dès que sa mère, par exemple, essaie de le mettre en face de ses responsabilités et de ses actes, il entre dans une violente colère et c'est le cas !

« Vos discours, j'en ai rien à foutre ! J'ai demandé l'argent. Je veux l'argent et c'est tout, vous n'allez pas vous payer ma tête, non mais sans blague ! Le fric j'ai dit ! Et tout de suite ! Vous avez vu mon flingue ? Oui ! Alors dépêche-toi, ma belle, le fric, allez ! »

Mais Pat répète tranquillement :

« Je n'ai pas d'argent ici ce soir, je suis désolée. »

Derrière la porte, Jenie, le cœur battant, se décide à entrer et le voleur fait un bond de surprise :

« Qu'est-ce que c'est, qu'est-ce que tu veux toi ? Tu sais où est l'argent ? »

Et il promène son revolver sous le nez de l'enfant. Mais Pat intervient :

« Jenie, reste calme et n'aie pas peur. »

L'enfant ressemble à sa mère. Du moins elle affiche la même tranquillité :

« Je n'ai pas peur, maman, j'ai de l'argent, s'il veut. »

Charles aboie littéralement, et sa voix d'enfant mal élevé contraste avec le ton adulte et serein de la petite fille :

« Où ça ?

— Dans ma tirelire, monsieur...

— Combien y a-t-il dedans ?

— Je ne me rappelle pas exactement, entre 13 et 20 dollars. »

Le voleur disparaît dans la chambre de l'enfant et revient avec un petit cochon tirelire. Son air furieux n'impressionne pas l'enfant.

« Ouvre-le ! et coupe les fils du téléphone », ordonne Charles.

Jenie ouvre la tirelire, et coupe la ligne sans protester ni pleurer. A onze ans, elle a le calme de sa mère, face aux situations les plus invraisemblables.

Mais Pat, bien que calme elle aussi, et ne craignant guère pour elle, craint pour sa fille. Si cet individu qui fouille dans les tiroirs allait s'aviser de s'attaquer à l'enfant pour la faire parler : elle doit faire quelque chose, tenter d'isoler Jenie.

« Jenie, mon poussin, tu vas dans la salle de bains maintenant, et tu fermes la porte à clé de ton côté. Moi je reste avec ce monsieur, c'est une affaire de grandes personnes.

— Bien maman. »

Jenie va vers la salle de bains, et le voleur ne proteste pas, occupé à fouiller maladroitement les meubles de la chambre. En s'en allant, Jenie a le temps de voir sa mère, glisser la main sous le traversin, là où il y a toujours un revolver, depuis qu'il n'y a plus d'homme dans la maison.

Toujours calme, Jenie ferme la porte de la salle de bains avec un petit sourire tremblant à l'adresse de sa mère. Elle tourne la clé, elle est à l'abri. C'est ce que voulait sa mère à toute force. A présent, elle a glissé le revolver dans les plis de sa chemise de nuit, et s'assoit dans un fauteuil. De derrière la porte de la salle de bains, Jenie entend la voix de sa mère :

« Ecoutez mon garçon, votre attitude est stupide. Vous

devez me croire si je vous dis qu'il n'y a pas d'argent ici. Je règle tout par chèques ou cartes de crédit ! Si j'en avais, d'ailleurs, je vous le donnerais. Mais je voudrais savoir pourquoi vous volez. Vous avez l'air intelligent, vos mains ne sont pas celles d'une brute, alors posez ce revolver et discutons de tout ça. »

Benber, le voleur, ne répond pas.

« Ecoutez, si vous voulez que nous parlions un peu, nous pouvons le faire l'arme à la main, mais le dialogue ne sera pas le même, la preuve, vous êtes bloqué. Le simple fait de porter un revolver vous sert de langage, n'est-ce pas ? C'est ça ?

— Qu'est-ce que ça peut vous faire ? Foutez-moi la paix avec vos discours à la noix. Le fric, c'est tout ce qui m'intéresse. Ça vous suffit ?

— Parfait, Si vous voulez parler avec un revolver à la main, parlons avec un revolver à la main.

— Vous oubliez que c'est moi qui l'ai le flingue.

— Pas du tout, j'en ai un aussi. »

Charles Benber se retourne surpris, et aperçoit dans la main délicate de Pat Alison, un calibre 22, à crosse blanche.

Derrière la porte, Jenie n'entend plus rien. Les deux adversaires s'observent sûrement. Sa mère, toute blanche avec son petit revolver, et l'autre tout noir avec son « flingue » comme il dit. Jenie se mord les lèvres, mais le silence dure. Puis elle entend des sons bizarres et le bruit étouffé des coups de revolver. Mais elle ne bouge toujours pas. Si sa mère a gagné, elle viendra lui ouvrir. Si c'est l'autre qui a gagné, il faut attendre qu'il disparaisse autrement il la tuerait aussi. Alors Jenie attend un quart d'heure derrière la porte. Puis elle se décide à l'ouvrir la gorge serrée. Sa mère est étendue sur le sol, près du lit, la tête noyée de sang.

Alors Jenie court vers le bureau où se trouve un autre téléphone et appelle Police-Secours.

« Venez vite, je vous en prie, ma mère est blessée. »

Blessée ? Non morte. Paralysée par une balle, entrée à hauteur du nez, et morte en quelques minutes.

Elle a tiré elle-même deux fois, peut-être en même temps que son assassin, et elle a dû le blesser, car il y a du sang jusqu'à la porte-fenêtre, un sang qui n'est pas à elle.

Dehors, le voleur a abandonné dans sa fuite un poste de télévision portatif et deux ou trois bricoles sans importance.

A l'arrivée de la police, et à ce moment-là seulement, Jenie fait une crise de nerfs. On vient de lui dire que sa mère est morte. Or, le peu qu'elle a vu de l'assassin ne permet pas de l'identifier. Des gants orange sur des mains noires, une longue silhouette et un visage, que Jenie ne sait pas, ne peut pas décrire. Elle a eu si peur finalement, qu'elle n'a vu que deux yeux furieux et méchants.

Les policiers s'affairent dans l'appartement immense et si bien insonorisé que personne n'a entendu les coups de feu chez les voisins. Les traces laissées par l'assassin sont maigres. Quelques taches de boue sur la moquette, des traces de sang sur la bibliothèque. Les chiens policiers ne retrouvent pas la piste au-delà de quelques centaines de mètres. L'assassin a dû fuir en voiture.

Et Jenie raconte ce qu'elle a vu aux policiers : sa mère prenant l'arme, et elle, enfermée dans la salle de bains. L'enfant est supérieurement intelligente, trop même pour son âge, et la crise de nerfs passée, elle raconte calmement. Puis donne sa conclusion :

« Je suis désolée, monsieur, je n'ai pas observé le visage de l'homme. Je regardais trop ma mère, elle voulait me protéger à tout prix, c'est pourquoi elle s'est mise à discuter avec ce garçon. Il ne voulait peut-être pas la tuer. Si elle n'avait pas discuté et sorti son revolver, il ne l'aurait peut-être pas tuée. Moi je ne pouvais qu'obéir, n'est-ce pas ? Elle voulait que j'aille dans la salle de bains et que je m'y enferme ; je l'ai fait, parce que j'ai l'habitude d'obéir. Mais... je le regrette. J'aurais pu mourir avec elle, peut-être... »

Il est trois heures du matin. On emporte le corps de Pat Alison, et l'on confie l'enfant à des voisins.

Pendant ce temps, Christian Houssard, alias Charles Benber, l'assassin, rentre chez sa mère à quatre pattes, et s'enferme dans sa chambre. Le dialogue qui s'engage alors entre eux n'est pas celui d'une mère et de son fils, mais de deux individus, différents, deux races qui s'affrontent : la mère blanche, le fils noir !

Le 3 janvier, le lendemain de la mort de Pat Alison, son assassin souffre mille morts, seul dans son lit. Pat a tiré deux fois sur lui et les deux balles l'ont atteint. L'une au bras, mais elle est ressortie, l'autre en plein dans les côtes. Il ne peut plus respirer.

Le 4 janvier, il crache du sang et dissimule son drap taché, lorsque sa mère veut entrer. Ils se disputent, le fils consent à ouvrir la porte, et la mère le traite de fainéant en le voyant au lit...

« Je suis malade, dit-il, fous-moi la paix !

— Qu'est-ce que tu as ?

— La fièvre, j'ai pris froid.

— J'appelle le médecin...

— J'ai dit non ! Fous-moi le camp, donne-moi à boire, c'est tout !

— Chris, tu es allé faire des bêtises, dis-le-moi, je t'en prie !

— Mais non, je n'ai pas fait de bêtises. Je te dis que j'ai pris froid, plus la bagarre de l'autre soir, c'est tout. Tu me crois ? O.K. ? »

La mère cède. Autant par lâcheté que par peur du dialogue.

« Je te crois, O.K. »

La deuxième, puis la troisième journée, Christian Houssard les passe à boire de l'alcool dans son lit, pour ne plus souffrir. Le soir du troisième jour, sa mère vient quand même voir comment il va. Et il va mal, il est dans le coma, le lit est inondé de sang. Alors elle s'affole, enfin.

C'est en trouvant une balle dans son poumon droit, que le médecin prévient la police. C'est une balle de 22... Or, la police cherche justement quelqu'un blessé d'une balle de 22.

L'identité réelle de Charles Benber ne résiste pas à l'examen des enquêteurs et Christian Houssard a beau prétendre qu'il s'agit d'une bagarre de rue, on perquisitionne chez lui. Or, chez lui, il y a un gant orange, et devant la maison, une voiture volée. L'analyse du sang est positive, il s'agit bien du même sang trouvé chez la victime. Les tests balistiques sont probants, Charles est l'assassin de Pat Alison, et l'enfant elle-même le reconnaît avec horreur, sur son lit d'hôpital.

Mais l'assassin ne parle pas, l'assassin lutte pour vivre. Un chirurgien a réparé son diaphragme, raccommodé une artère et ôté la moitié d'un poumon que l'hémorragie avait envahi. Il est indisponible pour tout interrogatoire pendant plusieurs semaines. Et lorsqu'enfin, la vie reprend le dessus et qu'il ouvre les yeux, c'est pour fermer la bouche. Il ne parlera pas. Il ne connaît pas de Pat Alison, il n'est jamais allé là-bas, il n'a jamais vu cette enfant.

Et il continuera de mentir jusqu'à sa condamnation à mort contre toute évidence. Et qui le croira ? Seule, contre toute évidence ? Sa mère.

PAR LE PETIT BOUT DE L'AVENTURE

Dans les petites annonces d'un journal anglais réservées aux messages personnels, Edwin Cob vient de lire ceci : *Sirène. Je suis enfin rentré. Prière entrer en contact. Signé : Ouragan.*

Edwin Cob a dix-sept ans. Il s'ennuie derrière son bureau, à réviser ses examens de mathématiques. Par la fenêtre de sa chambre, il aperçoit la mer.

« Sirène... Ouragan est enfin rentré. » Edwin se met à rêver. Un jour une sirène rencontra un ouragan, c'était, sur l'océan furieux, la sirène chantait et l'ouragan grondait, que se passa-t-il ?

Sirène était une femme, Ouragan un homme, et ils ne se sont pas vus depuis longtemps. Edwin a beau torturer son imagination, inventer toutes sortes de scénarios, il est loin de la réalité. Et comme il adore explorer les petites annonces, quelques jours plus tard, il retrouve le message. Plus pressant cette fois.

Sirène. Je suis rentré avec fortune de mer. Contact urgent. Signé : Ouragan.

Ouragan a fait fortune. Ouragan est revenu chercher Sirène.

Quelle belle histoire d'amour et d'aventure.

Les examens du jeune Edwin Cob vont s'en ressentir. Mais tant pis, il préfère la poésie et le mystère aux mathématiques et à la logique et il va être servi.

A présent Edwin lit chaque jour la colonne des petites annonces, comme si sa vie en dépendait. Il attend la réponse. Il se met à la place d'Ouragan. Et chaque jour qui passe sans apporter de réponse est un jour sans joie.

Ouragan lance un troisième message, puis un quatrième. Tout le mois de mars s'est écoulé, avril et le printemps cognent aux fenêtres des maisons, la mer est passée du gris au bleu, et Sirène ne répond toujours pas. Alors le cinquième message se fait menaçant.

Ouragan à Sirène : Si vous ne répondez pas, je publierai l'histoire de nos quatorze semaines et de Typhon.

Quatorze semaines... l'aventure entre Sirène et Ouragan a donc duré quatorze semaines et il y avait un témoin, un autre participant : Typhon.

Edwin Cob se passionne pour ce nouveau personnage. Aucun doute, tous ces noms de mer font penser à des naufragés. Ouragan et Typhon étaient deux hommes, Sirène, une femme. Quel drame les a secoués ? Pourquoi se sont-ils perdus de vue, pourquoi se cherchent-ils avec cette prudence et en usant de noms de code. Et surtout pourquoi Sirène ne répond-elle pas ?

Edwin Cob va de surprise en surprise, lorsque, le surlendemain de la dernière annonce, deux nouveaux messages viennent compliquer le mystère...

Typhon à Ouragan. Laissez Sirène tranquille. Qu'elle se tienne à l'écart de cette affaire.

Et un peu plus bas :

Sirène à Ouragan : Si j'accepte de vous rencontrer, vous tiendrez-vous tranquille ?

Le lendemain, Ouragan répond simultanément à Typhon de se mêler de ses affaires et à Sirène, qu'il l'attend sur la Place du Marché. Quel marché ? Où ? Dans quelle ville ?...

Edwin Cob donnerait n'importe quoi pour assister à la rencontre.

Il l'imagine, il joue tour à tour le rôle de Sirène, puis celui de Typhon, et celui d'Ouragan. Dans son imagination, ces trois personnages se sont rencontrés sur une île déserte. Typhon et Ouragan étaient amoureux de Sirène et ils ont trouvé un trésor, pourquoi pas ? Mais les rêves n'expliquent pas le drame. Qui a peur de qui, et pourquoi ?

D'ailleurs Edwin se trompe. Sirène n'a pas vu Ouragan puisque ce dernier fait passer un nouveau message :

Sirène, je ne vous ai pas vue au marché, pourquoi ?

Réponse de Sirène le lendemain :

Ouragan, je vous ai vu, oubliez-moi...

Et plus rien. Des colonnes vides, des petites annonces stupides, et sans mystère. Sirène, Ouragan, Typhon ont disparu. Edwin Cob passe ses examens, les rate, invente, réinvente cent fois l'histoire de ces trois inconnus, en épluchant le journal sans résultat.

Alors, Edwin Cob se décide. Et pour qu'il se décide, il faut que Sirène, Typhon et Ouragan soient plus forts que sa timidité maladive.

Edwin est un garçon maigre et silencieux, sans frère ni sœur ni amis, doté d'un père voyageur et d'une mère indifférente.

Sa vie est terne, sans amour et sans ambition. Sa seule aventure, c'est le spectacle de la mer, au-delà de sa fenêtre... et les rêves qu'elle transporte.

Alors il se décide. Et le lendemain, Edwin Cob lit dans le journal sa propre annonce :

Sirène à Ouragan. Je vous attendrai le 28 à seize heures. Train 603, voiture 17. Plymouth-gare.

Le 28, c'est dans trois jours. Le lendemain Edwin Cob voit surgir deux messages dont la seule lecture lui donne le frisson de l'aventure. Ouragan répond :

J'y serai... Mais Typhon qui semble toujours veiller au grain, menace :

Ouragan et Sirène, si vous rompez le pacte, je ne réponds de rien.

Donc il y avait un pacte...

Le 28 en gare de Plymouth, Edwin ronge ses ongles sur un banc. Il a beau se répéter qu'il ne risque rien puisque personne ne le connaît, il a peur. Ce qu'il a fait est peut-être dangereux. Il n'avait pas le droit de se mêler des affaires des autres, d'autant plus que Sirène s'est manifestée dans le journal du matin, affolée :

Sirène n'a pas signé le rendez-vous. Méfiez-vous de n° 4.

Etrange. Elle aurait pu dire que le message n'était pas d'elle, et qu'elle ne viendrait pas. Au lieu de cela, elle dit n'avoir pas signé, et recommande de se méfier d'un n° 4. Un quatrième personnage donc et qui, lui, n'est pas désigné d'un nom poétique comme les autres...

A 15 h 30, Edwin rôde sur le quai, les mains dans les poches et les yeux aux aguets. S'il a choisi ce train, c'est qu'il le connaît. Il se forme longtemps avant de partir pour Londres. Et beaucoup de voyageurs s'y installent à l'avance.

La voiture 17 est en queue de train, vide. Peut-être sont-ils là malgré tout ? Tous les trois ou tous les quatre, ou bien Ouragan tout seul ? C'est lui le plus obstiné.

Voyons, qui pourrait être Ouragan ? Cet homme chauve, là-bas ? Ce gros avec parapluie ? Impossible, peut-être ce personnage en veston clair, qui tourne le dos... Non...

Le voilà ! Ouragan porte bien son nom : il marche vite, il court presque, il vient de descendre d'un autre train sûrement car il traverse les voies, sans se préoccuper du passage souterrain. Il remonte le train au pas de course jusqu'à la voiture 17.

Un bref regard autour de lui, et il grimpe dans le wagon.

Edwin Cob le voit faire tous les compartiments sans reprendre son souffle, puis redescendre, et faire les cent pas sur le quai, en examinant chaque voyageur. C'est un homme qui approche de la quarantaine. Assez grand, fort, nanti d'une chevelure noire abondante et de deux yeux perçants. Il semble élégant, et sûr de lui.

Edwin, tout à coup, sent ses jambes trembler sous lui. Ouragan s'est approché du banc, s'y assoit, et tout à coup lui demande :

« Dis-moi garçon, tu n'as vu personne attendre ici ? Une dame ?

— Je ne sais pas monsieur. »

Edwin a tant rougi ou pâli, il ne sait, que la salive lui manque et sa voix tremble quand il ajoute :

« Une dame comment ?

— Une dame brune, grande.

— Je n'ai rien vu, monsieur. »

Mais Ouragan l'entend à peine, il regarde sa montre : 18 h 15. Il refait les cent pas, remonte dans le compartiment, en redescend, fait tout le train sur toute sa longueur, regarde à nouveau sa montre : 18 h 30.

A 18 h 37, le train de Londres s'ébranle, personne n'est venu, et Ouragan s'éloigne comme à regret, en regardant autour de lui. Sa déception paraît cruelle.

Edwin Cob sent une grosse boule lui nouer la gorge. Il s'en veut, mais il s'en veut ! Et il a si peur de ce qu'il va faire. Si peur qu'il court comme un dératé pour ne pas réfléchir.

« Monsieur, monsieur ! écoutez-moi, c'est de ma faute, c'est moi qui ai passé le message, elle ne viendra pas, elle l'a dit dans le journal, vous ne l'avez pas lu ? Croyez-moi, monsieur, je voulais tant vous aider, je voulais savoir... je... »

Edwin Cob a pris une claque. Et la tête lui a tourné. Pendant quelques minutes il a perdu la notion des réalités, puis s'est retrouvé assis sur un banc, avec l'homme à ses côtés qui repoussait les curieux :

« Ce n'est rien... allons ce n'est rien... c'est un ami, il a eu un malaise ! »

Les gens sont partis, et Ouragan a regardé Edwin dans les yeux...

« Raconte ! »

C'était un ordre. Edwin a raconté le mystère des messages, les rêves et tout ce qu'il avait imaginé. Il s'attendait vaguement à recevoir une autre claque...

Ouragan a réfléchi quelques instants, puis lui a tapoté l'épaule.

« Ecoute, garçon. Ce n'est pas une histoire pour toi. Il y avait un radeau, trois hommes, une femme et une fortune. C'était pendant la guerre, en 1943, bien loin des côtes d'Angleterre, cela s'est mal terminé, alors oublie tout ça. »

Edwin allait le supplier de raconter la suite. Qui a eu la fortune ? Lequel a emmené Sirène ? Qui est n° 4 ? Mais Ouragan était déjà parti au pas de course, Edwin était seul, tremblant et tout bête sur son banc. Le quai était désert. Le rêve fini. Il ne saurait jamais rien d'autre, et nous non plus.

Quelques jours plus tard, dans le journal, Edwin a lu : *Ouragan à tous les autres. Salut et adieu, je ne romprai pas le pacte.*

Mais rien pour lui. Rien pour Edwin Cob, qui ne faisait pas partie de l'aventure à moins que ce : « à tous les autres » le mette dans le secret lui aussi.

D'habitude Ouragan mettait : Sirène et Typhon.

A tous les autres, cela voulait peut-être dire : Sirène, Typhon, n° 4, et Edwin Cob... On peut rêver...

LE PIÈGE INFERNAL

Le 24 octobre 1965, Mlle Marthe arrive très tôt dans sa boutique de fleurs. Elle a fait le chemin à pied comme d'habitude, depuis sa maison. Une dure journée commence. Fleurs blanches et roses le matin, pour un mariage, fleurs rouges l'après-midi pour un enterrement. Et il manque une vendeuse. Vers sept heures du soir, alors qu'elle s'apprête à fermer boutique, les doigts gourds d'avoir piqué et tortillé des couronnes et des corbeilles toute la journée, un homme se présente. Il supplie Mlle Marthe de le dépanner.

Il était invité à un dîner très important, auquel il ne peut se rendre. Or, il a complètement oublié de faire porter des fleurs à la maîtresse de maison avec ses excuses. S'il ne fait pas cela, il passera pour un mufle, pire, il risque sa carrière.

Mlle Marthe commence par refuser. Elle n'a pas de livreur à cette heure-ci, elle est en train de fermer, d'ailleurs elle n'a plus grand-chose en fleurs.

Mais l'homme insiste, il désigne un coffret d'orchidées, et sort des billets.

C'est cher les orchidées. On n'en vend pas tous les jours, surtout en coffret de douze. Alors Mlle Marthe cède, encaisse, prend l'adresse, et se résigne ; elle ira livrer elle-même, tant pis. L'homme laisse un bon pourboire et se sauve. Mlle Marthe aurait dû écouter la petite voix qui disait non, au fond d'elle-même. Elle s'en veut d'avoir accepté, elle n'a vraiment pas envie d'aller au 357 Mighlay Street. Pas du tout... Fatigue ou pressentiment ? Car au 357 Mighlay Street, Mlle Marthe va vivre la nuit la plus infernale de sa vie.

C'est un quartier chic et ultra-moderne : des immeubles, de grandes allées de béton, des jardins de gravier et de plantes exotiques, des jets d'eau, des portes électriques en verre, des couloirs immenses et des nuées de boîtes aux lettres.

Au 357 Mighlay Street, allée 12, immeuble B, il n'y a personne dans la loge du gardien. Il devrait pourtant être là, car c'est allumé chez lui. La liste des locataires ressemble à un planning d'aérogare. La minuterie du hall s'éteint toutes les minutes et demie, et Mlle Marthe cherche un nom parmi 140 autres. Cinq appartements à l'étage, 28 étages, donc 140 noms. Où est le gardien ? Ce serait simple de lui laisser la boîte, et de prévenir de la livraison par le téléphone intérieur. Et cette minuterie qui ne cesse d'éteindre la lumière du hall, comme un jeu stupide !

Un vague malaise s'empare de Marthe, un malaise qu'elle connaît bien : des murs, des plafonds trop bas, une lumière artificielle, Dieu qu'elle n'aime pas ça ! Il faut être fou pour habiter dans des petites boîtes pareilles.

Mlle Marthe est claustrophobe. Pour rien au monde elle ne vivrait là. Enfin elle trouve le nom : COURTNEY « notaire », M. et Mme. Porte C, 28e étage ! 28e étage ? Quelle horreur. Mais où est le gardien ?

Marthe est bien obligée d'admettre que le gardien est introuvable. Elle crie : « Il y a quelqu'un ? » Dix minutes passent.

Le hall désert résonne de la voix de Marthe, qui s'escrime à faire « ouh ouh ! » sans résultat. Car elle refuse de prendre l'ascenseur. Elle a une terreur bleue des ascenseurs. Alors, ne voyant venir personne, Marthe cherche la porte de secours, la trouve, et constate qu'elle est bouclée. Cette fois elle est prise au piège, il ne lui reste que l'ascenseur.

Or, la porte n'est pas fermée en réalité, seulement coincée, car elle ne sert jamais, mais Marthe ne s'en rend pas compte. Il y a bien vingt minutes qu'elle cherche, et le gardien n'est toujours pas là, personne n'est entré ou sorti, elle se décide : « Si je prenais mon courage à deux mains ? Je prends l'ascenseur, tant pis, j'appuie sur le 28ᵉ, je ferme les yeux, je serre les dents et j'y vais... Après tout, je sais très bien qu'il ne peut rien m'arriver, c'est ma peur, uniquement ma peur, je ne vais pas rester là toute la nuit, avec 500 francs d'orchidées à attendre que quelqu'un arrive... »

Après ce petit sermon intérieur, elle se décide : doucement, Marthe ouvre la porte de l'ascenseur « D » et un frisson immédiat lui glace la nuque et lui creuse l'estomac. Elle déteste ça ! On dirait un cercueil de luxe, avec moquette, lumière tamisée, et tous ces boutons. Il doit grimper à une allure folle, ou alors très doucement, avec une lenteur épouvantable.

Bien sûr, elle est ridicule, elle le sait, d'ailleurs cette machine est moderne, et n'a aucune raison de tomber en panne, et puis il paraît qu'il y a des freins, que ça n'arrive plus, ces accidents horribles où les cabines se décrochent pour venir s'écraser plus bas, avec les corps disloqués de leurs passagers.

Marthe pénètre dans la cabine, en tenant la porte d'une main. Le 28ᵉ étage, c'est là tout en haut, le dernier bouton, le dernier étage. Il n'y a toujours personne, et toujours pas de gardien. Marthe prend sa respiration, lâche la porte qui se referme avec un soupir et approche avec précaution vers le bouton du 28ᵉ étage. Jamais elle ne prend l'ascenseur... elle déteste ces engins. Elle ferme les yeux, appuie, n'a même pas le temps de crier. Un sifflement, une chute rapide, et c'est le noir total.

Que s'est-il passé ? Pourquoi l'ascenseur est-il descendu ? La porte est coincée, plus de lumière ! Où est-elle ? Dans le sous-sol ? Elle ne voit rien ! Rien ! Où sont les boutons ? Elle appuie comme une folle mais rien ne bouge, elle n'entend pas de sonnerie d'alarme. Elle se met à crier maintenant et à taper comme une démente sur les murs de la cabine. L'horrible, l'affreuse sensation de vertige lui fait tourner la tête, sa gorge se serre, elle étouffe, elle ne peut plus crier. Ce noir est affreux, elle est enfermée dans cette boîte, prise au piège infernal, tout vacille, la tête lui tourne, sa nuque raidie semble paralysée tout à coup, et Mlle Marthe se sent mourir. Elle perd connaissance... Plus rien, le silence, il est vingt et une heures.

En bas, dans le sous-sol, le gardien de l'immeuble qui se bat depuis une demi-heure avec le tableau électrique qui commande les ascenseurs, se résigne enfin à abandonner.

Le A, le B et le C fonctionnent, le dernier refuse, tant pis. Il est trop tard pour téléphoner à la compagnie. Il va mettre une pancarte au rez-de-chaussée et bloquer la porte. Mais en arrivant, allons bon ! En manipulant les circuits il a dû la faire descendre, et elle est restée coincée entre le 1er et le 2e sous-sol. On n'y voit rien. Pourvu que personne ne l'ait pris ! Le gardien cogne à la vitre du 1er sous-sol, d'où l'on aperçoit le haut de l'ascenseur, mais n'obtient pas de réponse. Si quelqu'un était coincé, il répondrait. Il est 21 h 10. Le gardien accroche une pancarte sur la porte de l'ascenseur D au rez-de-chaussée et va se coucher.

21 h 30. Au 12e étage, un locataire appuie sur le bouton d'appel de l'ascenseur D, constate qu'il ne marche pas, et prend l'autre, pour descendre. Il ne fait pas attention. Il ne peut pas imaginer que le fait d'avoir appelé la cabine « D » au 12e étage a provoqué quelque chose d'étonnant. Le système électrique est apparemment en folie, car la cabine coincée a un sursaut, et se remet à grimper des étages au hasard. Ce

bond brutal, et la lumière revenue réveillent Mlle Marthe. Ça y est, ça marche ! elle va sortir ! sortir ! Mais c'était une fausse joie, à nouveau... l'ascenseur se bloque, à nouveau elle est dans le noir, son cœur s'emballe, et Marthe perd à nouveau connaissance, entre le 7e et le 8e étages.

22 h 15. Quelqu'un appuie encore sur le bouton. Nouveau sursaut, nouvelle grimpette, re-lumière, re-noir, et stabilisation entre le 10e et le 11e étages. Le quelqu'un qui appelait du 15e, ne voyant rien venir, change d'ascenseur sans se faire de bile.

22 h 30. Mlle Marthe reprend connaissance, et tâtonne dans le noir, appuie au hasard sur les boutons, et cette fois l'ascenseur fou redescend comme un bolide pour aller s'immobiliser entre le 1er et le 2e sous-sol, comme tout à l'heure et Marthe retombe dans le noir. Pendant une demi-heure, elle essaie tous les boutons, frappe, crie, et résiste, elle ne sait comment, à l'épouvantable peur qui l'empêche de raisonner. La claustrophobie est une vraie névrose qui empêche toute réflexion saine.

A vingt-trois heures, nouveau sursaut, nouvel éclat de lumière. Marthe remonte d'un trait entre le 7e et le 8e étages... puis c'est le noir à nouveau. Elle frappe de plus belle contre la paroi, mais pas de chance : à ces étages, sur dix appartements, deux seulement sont occupés, mais pas ce soir. Elle a beau crier, cogner. Rien. Alors Marthe se met à pleurer. Assise par terre avec sa boîte d'orchidées.

Elle n'ose plus appuyer sur les boutons à présent, de peur de tomber définitivement et que la cabine se décroche. Elle croit avoir compris que lorsque c'est elle qui appuie sur ces boutons, l'ascenseur descend et se coince au sous-sol, alors que lorsqu'un inconnu appuie sur le bouton d'appel, l'ascenseur monte et se coince n'importe où. Son cerveau électronique est déréglé.

Jusqu'à une heure du matin, l'ascenseur « D » et Mlle Marthe font encore trois voyages. En hauteur car elle ne touche plus à rien. Elle préfère monter que descendre, cela lui fait moins peur. Mais à chaque fois c'est un nouvel espoir, et elle guette les étages. Si la cabine s'arrêtait par chance devant une porte, elle pourrait sortir, peut-être. Mais tout s'éteint à chaque fois, et à chaque fois elle est coincée entre deux étages. Et à chaque fois elle tambourine, appelle, pleure, et chaque fois personne ne l'entend. Les gens dorment, les moquettes sont épaisses, les appartements insonorisés. De plus, à cette heure tardive, les gens se font rares.

Enfin, c'est la grande nuit. Plus de noctambules, plus de sursauts. Marthe a épuisé toute sa peur, toutes ses larmes. Il est trois heures du matin et la rage la prend. Une rage positive, une rage réfléchie. Pour la première fois depuis plus de cinq heures qu'elle est enfermée là, il lui vient une idée. Une idée bête, et pas logique du tout, mais puisque cette machine est folle, pourquoi pas une idée folle !

A tâtons, toujours dans le noir, Marthe cherche le dernier bouton du bas et le dernier bouton du haut. Peut-être qu'en appuyant en même temps sur les deux, il va se passer quelque chose ? Puisque ça descend quand elle appuie elle, et que ça monte quand quelqu'un d'autre veut descendre, alors... main gauche sur le deuxième sous-sol, main droite sur le 28e, Marthe respire un grand coup, compte jusqu'à trois, et appuie ! Il y a une secousse légère, un petit bruit bizarre, et la lumière s'allume, s'éteint, se rallume en clignotant. Marthe appuie toujours sur ses deux boutons, le cœur battant. Il y a une sorte de ronflement et la cabine démarre, elle monte, elle monte, elle continue de monter, 17, 20, 21, 24, 25, 27, 28 ! Plof ! elle s'arrête, devant une porte !

Marthe manque d'en perdre la tête. Si je lâche les boutons, se dit-elle, ça recommence, c'est sûr. Alors d'un pied elle tâte la porte, la pousse, et constate que ça s'ouvre. De l'autre pied, elle glisse sa boîte d'orchidées, pour coincer la porte, se contorsionne sans lâcher les boutons, met un pied sur le palier, puis l'autre, toujours bras tendus, à quatre-vingt-dix degrés. Un en haut, l'autre en bas. Un coup de rein, un bond, et elle est dehors, sur le palier. La boîte d'orchidées glisse lentement, la porte se referme, et vlan ! l'ascenseur redégringole en chute libre jusqu'au sous-sol, et freine de tous ses circuits hydrauliques, avec un bruit épouvantable. Il était temps ! Une manœuvre de plus, et qui sait ?

A 3 h 05 du matin, le 25 octobre 1965, Marthe a sonné à la porte des Courtney, et leur a tendu sa boîte d'orchidées, d'un air hagard, avant de s'évanouir une dernière fois sur leur luxueux paillasson du 28e étage !

Une colonie de cafards, de l'ordre des Orthoptères et du genre Blattides (mauvais genre), avait envahi, dévoré, désorganisé, et rendu fou le cerveau électronique qui commandait l'ascenseur D du 357 Mighlay Street...

Il n'y a qu'eux pour arrêter le progrès.

UN DE TROP

« Asseyez-vous, je vous prie... »

Le jeune homme hésite un instant, avant de s'enfoncer dans les profondeurs cossues du fauteuil que lui propose Marc Ulmer, puis son regard monte vers le visage grave de son hôte qui le domine maintenant de toute sa condescendance.

« Monsieur Pierre Moulin, il y a dans cette enveloppe tout ce qu'il faut pour gagner mon divorce et priver ainsi cette pauvre Jane de la fortune que je mettais à sa disposition. Votre imprudence, alliée à votre impudence, vous a perdu. Lorsque je vous ai engagé, voici un an, je n'aurais jamais soupçonné une telle trahison, venant d'un jeune homme qui allait tout me devoir. »

Marc Ulmer marque un temps. Il jette un regard appuyé vers le portrait d'une jeune femme au sourire angélique qui trône sur son bureau.

« Vous avez joué et vous avez perdu. L'un de nous est en trop dans cette maison et quand je dis en trop je veux dire que l'un de nous doit disparaître définitivement, autrement dit que l'un de nous doit mourir. »

Marc Ulmer prend une profonde respiration. Le visage de son jeune rival n'a pas sourcillé. « Il est très fort », pense le vieil homme, « ou tout au moins il se croit très fort. »

Comme ce n'est pas aux vieux singes qu'il faut apprendre à faire des grimaces, Marc Ulmer se réjouit à l'avance du bon tour qu'il va jouer à cette insolente jeunesse. Qui va craquer ? Lui, le jeune éphèbe qui se prend pour Don Juan, ou elle, la nymphette au cœur d'artichaut ?

« Monsieur Moulin, puisque en qualité d'offensé j'ai le choix des armes, je vous propose un duel singulier dans lequel le vaincu n'aura aucune chance de s'en sortir... Un duel au cyanure. Deux verres. L'un contient le poison, l'autre pas. Le poison aura été versé dans l'un des deux verres par une main innocente. Nous trinquons à la santé du vainqueur et on boit d'un trait. 50 % de chances pour vous, 50 % de chances pour moi. D'accord ? »

Pierre Moulin lève un regard impassible sur celui dont il a trahi la confiance en devenant l'amant de sa femme.

« J'accepte.

— Alors un instant, je vais chercher Jane. »

Tandis qu'il se rend dans la chambre de Jane pour la prier de venir les rejoindre au bureau Marc Ulmer est satisfait de lui... Bien sûr il n'a aucunement l'intention de voir cette comédie classique à trois se terminer par une tragédie. Il tient trop à la vie pour prendre le risque de la voir s'écourter d'une façon aussi stupide que brutale.

Auteur de pièces à succès, il s'est trop souvent moqué des cocus pour ne pas en assumer toute la condition. Tout mari n'est-il pas un cocu en puissance, surtout lorsqu'il possède une charmante épouse qui pourrait être sa fille et qu'il a l'inconscience d'engager un jeune loup beau comme un dieu comme secrétaire ?

Non. Marc Ulmer a pris cette idée de duel au poison dans une de ses pièces, tout simplement, et il veut apprécier la réaction que cette situation dramatique va provoquer chez Jane. Revenu avec son épouse dans le bureau, Marc la prie de s'asseoir dans le fauteuil voisin de celui de son amant et la met au courant de son projet. La réaction de la jeune femme est tout à fait celle qu'il attendait. Elle se dresse d'un bond l'œil horrifié.

« Tu ne peux pas faire ça, c'est un crime !

— Pas du tout, mon ange, c'est un duel, répond le mari en la priant de se rasseoir, puisque M. Moulin est d'accord. »

Pierre confirme et Marc explique les règles du jeu :

« Nous écrivons chacun une lettre notifiant notre intention de nous donner la mort par le poison, nous datons, nous signons et c'est tout. Cette formalité évitera les ennuis à celui qui restera.

— Mais c'est monstrueux ! Vous n'avez pas le droit... »

D'un geste qu'il veut paternel Marc Ulmer calme la jeune épouse, il explique qu'au contraire sa solution est frappée au coin du bon sens. Elle est équitable : ou M. Moulin meurt et tout rentre dans l'ordre, ou la voilà veuve et riche et libre de vivre avec lui.

Cet argument péremptoire coupant court à toute discussion, Marc Ulmer prie son rival d'écrire sa lettre de rupture avec la vie. Cette invitation semble provoquer chez le jeune suborneur un trouble évident.

« J'aimerais mieux que nous l'écrivions ensemble... »

De quoi se méfie donc cette petite crapule ? pense le vieil homme. Aurait-il peur qu'une fois en possession de l'annonce du suicide je sorte un revolver pour l'exécuter à bout portant ? Cette idée amène un sourire sur les lèvres de l'auteur... il n'avait pas songé à cette éventualité.

Son propos étant tout autre, Marc accède au désir du jeune homme. Il dicte la lettre tout en l'écrivant :

« Je, soussigné... nom, prénom... sain de corps et d'esprit décide de mettre fin à mes jours. Ne m'en veux pas trop. Adieu Jane. Date et signature. Sur l'enveloppe, vous mettez *pour Jane.* »

Marc Ulmer jouit pleinement de sa situation dramatique.

Jamais dans l'exercice de son métier il n'avait éprouvé une telle satisfaction des acteurs qui jouent enfin la vérité totale...

« Voyons maintenant quels verres prendre. »

Fidèle à la tradition théâtrale, Marc Ulmer possède une collection de verres, sur lesquels il a fait reproduire les affiches de ses œuvres jouées à Paris. Après avoir jeté un regard sur l'ensemble de la collection, deux titres semblent parfaitement convenir à la situation : « Cornuto » et « Un de trop ».

« Le porto enlèvera au poison son goût amer... C'est toi, Jane, qui va le verser pendant que nous allons sortir un instant dans le corridor. »

Quelle jubilation pour un auteur ! Comme les visages de ses deux interprètes sont intéressants, pense Marc, et ça ne fait que commencer...

« Vous venez, monsieur Moulin ? »

Le jeune homme s'extirpe de son fauteuil, les deux hommes s'apprêtent à sortir lorsque Jane semble soudain sortir de la prostration dans laquelle elle est plongée.

« Attends ! je voudrais te parler.

— A moi ? demande Marc.

— Oui, mais seul. »

Comment ne pas exaucer une telle prière, surtout dite avec un tel accent de sincérité ! Marc invite son jeune rival à sortir de la pièce.

« Et pour une fois ayez la correction de ne pas coller votre oreille derrière la porte. »

Sans un mot, sans même un regard vers celle qu'il a séduite, Pierre quitte le bureau. Il est à peine sorti que Jane se jette aux pieds de son mari. Avec des sanglots dans la voix elle supplie de ne pas mettre à exécution cette odieuse machination. Comme Marc semble rester insensible à ses arguments, elle lui dit que c'est lui qu'elle aime, que l'attirance qui l'a poussée à céder aux avances de Pierre n'était qu'une passade dont elle ressent toute l'horreur aujourd'hui.

« Je ne veux pas te perdre. » Jane baisse la voix au point que l'homme est obligé de lire sur ses lèvres ce qu'elle ose prononcer :

« C'est lui qui doit mourir ! pas toi... »

Malgré lui, Marc Ulmer sent un frisson lui parcourir la nuque. Ainsi cette garce tiendrait suffisamment à lui pour piper les dés.

« C'est toi qui dois choisir le verre en premier, n'est-ce pas ?

— En qualité d'offensé, oui, c'est moi.

— Quel verre choisiras-tu ? »

Marc objecte que Pierre pourrait soupçonner qu'il y ait une connivence entre eux. Jane affirme qu'il a trop confiance en elle pour imaginer une telle machination.

« Je t'en supplie, Marc, tu dois accepter mon offre. Si tu mourais je n'aurais plus qu'à mourir moi aussi. La vie n'a aucun intérêt sans toi... Je t'aime, Marc, je t'aime... »

Ce que l'auteur avait voulu « comédie » tourne soudain à la tragédie antique. Malgré toute la rancune et l'humiliation qui lui rongent le cœur, Marc se sent envahi par une immense tendresse. Ce regard, cette voix ne peuvent être que le reflet de la vérité profonde. Il est des signes qui ne trompent pas, et d'ailleurs quel intérêt aurait-elle à lui jouer cette comédie, puisque le sort est équitable pour les deux antagonistes ? Une bouffée de bonheur envahit le cœur du vieil homme. Cet épisode digne d'un mauvais mélo lui aura au moins appris que Jane tenait sincèrement à lui. Jamais il ne l'aurait soupçonné.

« Quel sera ton verre ?

— Un de trop semble à présent mieux convenir que l'autre. »

Jane demande alors à son mari d'aller à son tour dans le couloir dire à Pierre qu'elle voudrait le voir lui aussi quelques instants.

« Je voudrais le rassurer quant à ma neutralité. Il ne faut pas qu'il se méfie de quoi que ce soit. »

Dans le couloir Marc sent un trouble profond l'envahir peu à peu. Ce qu'il prenait pour une simple plaisanterie a pris des proportions insoupçonnables. Il a presque honte d'avoir triché au départ. Il en vient presque à regretter d'avoir mis un peu d'eau salée dans la fiole plutôt que du cyanure. Il a, un instant, envie de tout arrêter, de dire la vérité, d'éviter la peur ignoble que le goût amer de ce soi-disant poison va provoquer chez ce pauvre petit don juan de province qui, au seuil de la mort, fait preuve d'une grande dignité. Il est vrai qu'il croit avoir 50 % de chances de s'en sortir.

Il en est là de ses réflexions lorsque la porte du bureau s'ouvre, laissant passer Pierre qui la referme derrière lui. En pensée le vieil homme imagine les gestes de Jane... elle verse le contenu de la fiole à poison dans le verre « Cornuto », prend la carafe d'eau et en verse la même quantité dans le verre « Un de trop »... A présent elle met du porto dans chacun des verres.

« Vous pouvez entrer... »

Les deux hommes sont à nouveau dans le bureau. Jane, le visage impénétrable, invite son mari à choisir le verre qu'il désire. Elle commande à Pierre de prendre l'autre... « Comme elle joue bien la comédie, pense l'auteur, qui pourrait imaginer (à part moi) qu'elle sacrifie son amant pour lui. » Marc lève son verre d'une manière un peu ostentatoire.

« A la santé de Jane. »

En se regardant dans les yeux, les deux hommes vident d'un seul trait leur verre de porto.

Marc regarde intensément le visage de son jeune rival pour apprécier la grimace qu'il va faire en goûtant la saveur particulièrement âcre du « poison ». Quelle tête fait un homme qui se croit empoisonné ?

Mais... que se passe-t-il ?

Quel est ce goût bizarre qui lui colle la langue au palais ?

quelle est cette saveur amère qui lui brûle l'estomac ? C'est comme si une main invisible avait salé son porto...

Le porto salé !... Mais alors ?

Comme dans un film au ralenti, Marc Ulmer voit Jane prendre la main de son jeune rival et la serrer dans les siennes.

Alors tout à coup il comprend... il devine qu'il a été possédé comme un enfant... pour être certain de se débarrasser de lui !

Comme il regrette ne n'avoir pas bu réellement du cyanure... Il y a de ces moments, dans la vie, où l'on voudrait voir le sol s'ouvrir sous ses pieds...

LES FRÈRES ENNEMIS

Le village de Santa Rosanna situé non loin de Messine est semblable à tous ceux de Sicile : il est à la fois beau et rude. Mais si le village est rude, les villageois le sont sans doute plus encore. En cette année 1954, les mœurs n'ont rien perdu de leur âpreté. Les traditions les plus anciennes sont restées vivaces. Il existe encore, entre les habitants, des clans, des rancunes, des haines et, parfois, des vendettas.

Pourtant les rivalités les plus terribles, les plus sauvages sont celles qui existent à l'intérieur des familles elles-mêmes. Et, à ce titre, la querelle qui oppose Luigi et Mario Sebastiani, les frères ennemis, est devenue légendaire.

Elle remonte à la mort de leurs parents. Luigi et Mario, qui avaient à l'époque vingt et dix-huit ans, ont dû se partager le domaine familial, si l'on peut appeler ainsi les quelques hectares de mauvais pâturages et le maigre troupeau de chèvres et de vaches. Mais si l'héritage n'était pas considérable cela n'a pas empêché la discussion d'être violente et même terrible. Entre les deux frères, dès cet instant, la rupture a été définitive.

Luigi, l'aîné, a gardé la ferme et Mario s'est installé avec sa femme dans une maison de berger sur la propriété. Ils ont vécu ainsi à quelques dizaines de mètres l'un de l'autre, sans jamais s'adresser la parole et en faisant tout pour ne pas se rencontrer. Mais ce n'était pas toujours possible. Si les propriétés étaient bien délimitées, et protégées de chaque côté par de hautes clôtures, certains chemins étaient communs et il était inévitable qu'ils se rencontrent de temps en temps.

Dans ces moments-là, ils détournaient le regard par crainte de se défier mutuellement et de ce qui pourrait s'en suivre. Mais dans le fond, ils sentaient bien qu'un rien était capable de provoquer l'incident. Il suffisait que l'un d'eux ait un peu bu et qu'il se sente agressif. Et alors...

A Santa Rosanna, les vieux du village commentaient avec fatalisme la situation :

« Ils ont le sang chaud, Luigi et Mario. Ce sont de vrais Siciliens. Un malheur va arriver un jour. C'est inévitable. »

C'est le 7 octobre que le drame éclate, d'une manière, toutefois, que personne n'aurait pu prévoir.

Il y a encore beaucoup de brume. Le jour vient tout juste de se lever. Comme d'habitude, Luigi Sebastiani emmène paître ses chèvres. C'est un solide gaillard de trente-cinq ans, mais pourtant, il ressent une vague inquiétude. Il est en train d'emprunter le chemin commun avec la propriété de son frère. Il y a cinq cents mètres à faire avant d'arriver au pâturage.

Luigi observe les buissons de chaque côté du chemin caillouteux. Dans les brumes encore mal dissipées de l'aube, il y voit mal. Comme tous les matins, Luigi Sebastiani essaye de se raisonner, il n'a rien à craindre. Son frère ne va tout de même pas l'attaquer au détour du chemin comme un vulgaire bandit. Mais rien n'y fait, il est inquiet. Mario est sournois, il est mauvais. Il le déteste et sa femme le monte contre lui.

Luigi est presque arrivé à la fin du sentier commun. Il va bientôt pouvoir respirer. Mais soudain, il s'arrête. Il y a quelque chose de bizarre sur le sol. Il se penche et se relève perplexe. C'est un béret. C'est celui de Mario. Il le reconnaît sans hésitation. Mais pourquoi est-il déchiré ainsi et quelles sont ces taches ? Il regarde de plus près. On dirait du sang.

Luigi Sebastiani reste un moment interdit. Il s'attendait à un mauvais coup de son frère et maintenant, il semble que ce soit à lui qu'il soit arrivé malheur. Il faut absolument faire quelque chose. Surmontant sa répugnance, il fait ce qu'il n'a pas fait depuis des années : il franchit d'un bond la haie de gauche, il entre dans le domaine de Mario.

Luigi se met à courir, le béret à la main. Le chien vient à sa rencontre en grondant. Il le chasse d'un coup de pied tout en appelant son frère et sa belle-sœur :

« Mario... Gina... Vous êtes là ? »

Il s'arrête devant la maison apparemment fermée et continue à appeler. A la fin la porte s'ouvre et Gina paraît sur le seuil. Elle a une expression de colère.

« Que fais-tu là ? Qui t'a permis ? »

Sans répondre, Luigi Sebastiani questionne à son tour. « Mario n'est pas là ? »

Gina secoue la tête.

« Non. Il est parti il y a une heure s'occuper des bêtes. »

Luigi tend le béret.

« Regarde ce que j'ai trouvé sur le chemin. J'ai peur qu'il ne lui soit arrivé quelque chose. »

Sa belle-sœur prend l'objet. Le tourne et le retourne dans ses doigts, puis elle le fixe avec un drôle d'air et elle se met à crier :

« Assassin ! assassin ! »

Luigi Sebastiani reste sans réaction ! Il voudrait dire quelque chose, mais il est trop surpris pour cela. Jetant le béret à terre, Gina rentre dans la maison d'un bond et claque la porte derrière elle.

Luigi pendant un moment ne sait que faire et puis il ramasse le béret et se décide à aller trouver les carabiniers. Après tout, c'est son devoir, même s'il s'agit de son frère. Il doit faire part de sa découverte à la police.

Le lieutenant l'accueille sans trop d'amabilité.

« Alors, Sebastiani. Je parie qu'il s'agit de votre frère. Vous vous êtes disputés, hein ? »

Luigi lui répond avec un air sombre.

« Ce n'est pas ça, Lieutenant. J'ai peur qu'il ne soit arrivé un malheur. J'ai trouvé le béret de Mario sur la route et sa femme ne sait pas où il est. »

Du coup, l'attitude du lieutenant change du tout au tout. Son visage se ferme. Il était agacé, il devient soupçonneux.

« Mais on dirait qu'il y a du sang sur ce béret ! »

Il fait un signe à deux de ses hommes.

« Allez, venez avec moi vous autres. Sebastiani, vous allez me montrer où vous avez fait votre découverte. »

Durant le trajet jusqu'à la ferme, personne ne parle. Luigi surveille le lieutenant Bertoni qui, de son côté, ne le quitte pas des yeux. Il n'y a pas de doute, pense Luigi, il a l'air de me soupçonner. Ce qui est normal dans un sens. Tout le monde sait bien que je déteste mon frère, je fais un suspect idéal. Mais il leur faudra quand même des preuves.

Arrivé sur les lieux, le lieutenant examine le sol avec minutie.

« On dirait les traces de Mario. Et puis il y en a d'autres aussi. Celles d'un homme. »

Luigi Sebastiani hausse les épaules.

« Evidemment. Ce sont les miennes. »

Le lieutenant le regarde en plissant légèrement les yeux.

« Vous vous êtes battus, hein ? Allez, dites-moi la vérité. »

Luigi commence à s'énerver.

« La vérité, je vous l'ai dite quand je suis venu vous voir. J'ai trouvé ce béret sur le chemin mais je n'ai pas vu Mario. Vous n'avez pas le droit de me traiter de menteur. »

Le lieutenant change de ton à son tour.

« Eh bien, c'est ce qu'on va voir. On va fouiller chez vous et pas plus tard que tout de suite. »

Luigi sait qu'il pourrait s'opposer à cette fouille sans mandat. Mais pourquoi le ferait-il ? Au contraire, les carabiniers ne trouveront rien et ce sera le meilleur démenti à leurs soupçons.

Une fois dans la ferme, les policiers se mettent en devoir d'explorer la maison de la cave au grenier. Et le résultat ne tarde pas. Un des hommes revient avec un paquet de vêtements.

« Regardez ce que je viens de trouver dans la chambre à coucher, chef ! »

Luigi écarquille les yeux. Entre les bras du policier, il reconnaît parfaitement la chemise et le pantalon de son frère. Ils sont tachés, recouverts de sang.

Le lieutenant a un air de triomphe.

« Alors, on fait moins le fier, à présent. Qu'avez-vous à répondre à cela ? »

Luigi s'est laissé tomber sur une chaise. Il est atterré. Il bredouille :

« Je ne comprends pas... Il a dû se passer quelque chose. Je ne comprends pas... »

L'enquête est pour ainsi dire terminée. Luigi Sebastiani est arrêté et inculpé du meurtre de son frère. Quelles preuves pourraient être plus accablantes que les vêtements sanglants retrouvés chez lui ? D'autant que le mobile est évident. Gina accuse formellement son beau-frère et tout le village avec elle.

Au procès, qui s'ouvre six mois plus tard, Luigi Sebastiani et son avocat se défendent de leur mieux. Ils insistent, en particulier, sur le seul point faible de l'accusation : on n'a jamais, malgré tous les efforts de la police, retrouvé le corps. Peut-on parler d'assassinat, alors qu'on n'a même pas la preuve qu'il y a meurtre ?

Mais, dans sa déposition, le lieutenant balaie avec facilité cet argument.

« On sait très bien comment pratiquent les criminels en Sicile. Dans l'île, chaque année, il y a plusieurs cas de meurtres sans cadavre. La montagne et la mer offrent suffisamment de possibilités. »

A l'issue des débats, Luigi Sebastiani, qui n'a jamais cessé de clamer son innocence, est condamné à la prison à perpétuité. C'est le maximum ; la peine de mort n'existe plus en Italie.

Il fait appel mais son pourvoi est rejeté. Et il est expédié au bagne dans une île au large de Rome.

A Santa Rosanna, après ces événements dramatiques, la vie reprend son cours. Les gens oublient peu à peu les deux frères Sebastiani. Un oubli qui ne durera pas plus de sept ans.

Octobre 1961, Très loin de l'Italie, à New York, un jeune homme se présente à la police. Il a le type méditerranéen et parle avec un fort accent italien. Il semble bouleversé.

« Ecoutez. Je suis venu aux Etats-Unis il y a trois mois. Je m'appelle Adriano Ruffi. Hier, j'entre dans un bar pour boire un verre et je vois derrière le comptoir mon beau-frère, Mario Sebastiani, celui qui a épousé ma sœur Gina. »

Le fonctionnaire de police, que ces histoires de famille ont l'air d'intéresser médiocrement, hoche la tête par pure politesse. Mais l'Italien s'anime de plus en plus.

« Mario Sebastiani devrait être mort ! Je lui ai dit : “ C'est toi, Mario ? ” Il a fait semblant de ne pas me reconnaître et il est parti. Il faut faire quelque chose. »

Le policier américain sourit tout en mâchant son chewing-gum.

« Eh bien, voilà... Vous avez rencontré votre beau-frère au bar et vous avez bu un peu trop avec lui. Bon, maintenant, j'ai à faire. »

Mais le jeune homme insiste. Dans un mauvais anglais, il essaie d'expliquer toute l'histoire. Un homme a été condamné en Italie pour le meurtre de Mario Sebastiani. A l'heure actuelle, il est encore au bagne. Lui, il n'a jamais été, comme sa sœur, vraiment sûr de sa culpabilité. Et maintenant, il est certain du contraire. C'est une machination.

En face de lui, le policier se gratte le menton. Il se demande s'il doit tout de suite coffrer l'individu pour éthylisme ou demander d'abord l'avis de ses supérieurs. Dans le doute, il opte pour la deuxième solution.

Son chef est un homme prudent, méticuleux. Il décide de se renseigner. Il fait demander à la police italienne si elle a connaissance d'un certain Mario Sebastiani.

La réponse arrive sans tarder. « Il a été assassiné le 7 octobre 1954, à Santa Rosanna en Sicile. Son meurtrier, Luigi Sebastiani, purge actuellement une peine de réclusion à perpétuité dans un bagne. Le cadavre de la victime n'a jamais été retrouvé. »

La dernière phrase du message produit une curieuse impression sur le policier. Il convoque le barman dans son bureau.

Sa première impression est mauvaise. L'homme a l'air sournois et mal à l'aise. Il lui montre des papiers au nom de Paolo Nero, né à Turin. Mais, après tout, des papiers ne veulent rien dire. Il s'adresse à lui avec politesse.

« Je vais vous demander de prendre vos empreintes. Rien de grave, rassurez-vous, juste la routine. »

Les empreintes sont envoyées à la police italienne et l'incroyable réponse arrive deux jours après : « Il s'agit bien de Mario Sebastiani, disparu en octobre 1954 et présumé assassiné. » Une demande d'extradition est jointe au message.

Arrêté par la police américaine, Mario Sebastiani, qui exerçait depuis sept ans, à New York, la profession de barman, est ramené en Italie.

A Santa Rosanna, c'est la sensation. Gina, sa femme, se précipite à la prison de Messine où Mario est détenu. Tout de suite, elle le reconnaît. Elle se jette dans ses bras, partagée entre la joie et les larmes.

« Mais qu'est-ce qui s'est passé, Mario ? Pourquoi es-tu parti, pourquoi ne m'as-tu pas donné de nouvelles ? »

A toutes ses questions, Mario Sebastiani ne répond pas. Il reste fermé, silencieux.

Et c'est la même attitude qu'il adopte devant les enquêteurs et le juge d'instruction. Celui-ci s'acharne. Il utilise la persuasion, l'intimidation, il fait appel à ses sentiments.

« Enfin, votre frère est en prison depuis sept ans pour vous avoir assassiné. »

Pas de réponse.

« Si vous ne répondez pas, vous laissez supposer que vous avez monté toute cette machination pour le faire condamner. »

Pas de réponse.

« Qu'avez-vous fait le 7 octobre 1954 ? Où êtes-vous allé après avoir abandonné votre béret sur le chemin, votre pantalon et votre chemise ensanglantés dans la chambre de votre frère ? »

Pas de réponse. Mario Sebastiani reste buté, les yeux rivés au plancher. Selon la tradition sicilienne, il ne parlera pas. Sur son extraordinaire conduite, ni les policiers, ni les juges, ni sa femme n'auront droit à un mot d'explication.

Cela ne l'empêche pas d'être inculpé tandis que, le même jour, son frère Luigi est libéré du bagne.

Toute la presse sicilienne et même italienne se bouscule à l'ouverture du procès de Mario Sebastiani. On veut voir l'homme qui, pour perdre son frère, a tout quitté : sa femme, son pays, son métier de paysan. Rarement, sans doute, un Sicilien n'a été aussi loin dans la vengeance.

Mais Mario reste jusqu'au bout impénétrable. Après avoir satisfait à l'interrogatoire d'identité, il se tait et refuse de répondre aux questions.

Mario Sebastiani a été condamné à dix ans de prison. Mais ce n'est pas cette condamnation qu'ont retenue les journalistes et le public. C'est la déposition de son frère Luigi.

Tout ceux qui l'avaient vu, sept ans auparavant, ont eu du mal à le reconnaître. Lui, le solide gaillard, était maintenant presque chétif. Et surtout, il y avait dans sa voix quelque chose de brisé.

Il a terminé sa déposition par une déclaration que tous les journaux ont reproduite.

« Monsieur le Président, j'ai été sept ans au bagne. J'ai parlé avec beaucoup de condamnés. Et je peux vous dire que je ne suis pas le seul innocent. Il y en a d'autres. »

Il s'est alors produit un brouhaha dans la salle. Le président s'est vivement ému.

« Eh bien, dites-nous leurs noms. La justice veut les connaître. »

Mais Luigi Sebastiani s'est contenté de répondre, avec un sourire résigné :

« A quoi bon, monsieur le Président ? Ils n'ont pas plus de preuve de leur innocence que je n'en avais. »

CHUTE LIBRE

Nicholas Alkemade, adjudant dans la Royal Air Force, fait comme tous ses camarades pendant la Seconde Guerre mondiale : il se bat. Il n'a rien de particulier : vingt ans, des parents qui tremblent pour lui et une fiancée qui l'attend ; il a hâte que tout cela finisse, mais il accomplit son devoir avec courage, comme tout le monde.

Pourtant, c'est lui que le destin a choisi pour devenir le héros d'une aventure unique dans l'histoire de la Seconde Guerre mondiale, et même de toutes les guerres.

Dès qu'il en a eu l'âge, Nicholas Alkemade s'est porté volontaire pour être mitrailleur de queue sur un bombardier. C'est un poste qui demande un courage certain. Le mitrailleur est séparé de ses camarades par un couloir d'une dizaine de mètres, fermé par une double série de portes. Il est seul, au bout de l'appareil, dans un petit habitacle sous une coupole de plexiglas. La place qui lui est laissée est si réduite qu'il ne peut même pas avoir son parachute au dos. Celui-ci est rangé un peu plus loin, dans le couloir, derrière la première porte. De plus, c'est un endroit très vulnérable. C'est lui qu'attaquent en premier les chasseurs ennemis.

Pour toutes ces raisons, la fonction de mitrailleur de queue est réputée dans la R.A.F. comme « peu enviable »...

Nous sommes dans la nuit du 24 au 25 mars 1944. Le bombardier *Lancaster* de Nicholas Alkemade est au-dessus de son objectif : Berlin.

Tout seul, à l'arrière, Nicholas observe le spectacle auquel il est bien habitué maintenant. Au sol, six mille mètres plus bas, c'est le rougeoiement des incendies ; dans le ciel, c'est le ballet des projecteurs allemands qui se déplacent et les gerbes des obus explosifs de la D.C.A. On a peine à imaginer que ces lumières de feu d'artifice représentent des morts, des milliers de morts.

Le *Lancaster* fait un brusque bond qui coupe un instant le souffle au mitrailleur. Il vient de larguer ses bombes, cinq tonnes d'explosifs. Le lourd appareil amorce un virage sur l'aile : mission terminée, il rentre à sa base. Mais Nicholas reste vigilant. Le trajet du retour est tout aussi dangereux que l'aller. C'est même souvent après le bombardement que la chasse ennemie attaque.

Les lumières d'incendie disparaissent peu à peu. C'est de nouveau le noir. Une belle nuit étoilée. Nicholas Alkemade regarde sa montre : il est minuit juste.

Soudain, il y a un bruit et un choc. Le bombardier est attaqué. Un *Junker* allemand apparaît. Il vient se placer derrière l'avion, juste dans l'axe. Nicholas Alkemade voit la barre lumineuse que font ses mitrailleuses qui crépitent sous les ailes. La coupole de plexiglas vole en éclats. Il ressent une douleur à la cuisse. Mais en même temps, il a tiré. Il y a une grande lueur : l'avion allemand explose.

Le mitrailleur n'a pas le temps de se réjouir. Le *Lancaster* vibre. Une traînée de flammes passe devant lui en provenance de l'avant. Pas de doute, un ou plusieurs moteurs sont en flammes. Et l'instant d'après, la voix du commandant lui parvient dans l'interphone :

« Je ne vais pas pouvoir tenir longtemps l'air. Sautez, les gars, sautez ! »

Nicholas Alkemade quitte son siège. Il ouvre la porte qui conduit au couloir où se trouve son parachute. Et il recule... Partout autour de lui, il y a des flammes. Il est pris à la gorge par une fumée suffocante. Dans son habitacle, séparé du reste de l'appareil, il ne s'en rendait pas compte, mais c'est l'avion qui est en feu.

Pourtant, il doit avancer dans cette fournaise pour atteindre son parachute. Au prix d'un dernier effort, il parvient jusqu'à lui mais lui aussi est en train de brûler. L'enveloppe se consume et la soie, roulée bien serrée, se volatilise en flammèches. Nicholas Alkemade recule précipitamment. Il doit revenir dans son habitacle, s'il ne veut pas être carbonisé sur place.

L'air glacé qui tombe de la tourelle lui fait du bien. Il évalue rapidement la situation : elle est désespérée. Le bombardier est secoué de plus en plus. Derrière lui, c'est le feu, l'enfer, la mort atroce dans les flammes.

Sans trop se rendre compte de ce qu'il fait, Nicholas Alkemade dévisse l'ouverture de la coupole, sans marquer un instant d'hésitation, il saute. Sans parachute. A six mille mètres...

Tout à coup, c'est un autre univers : le silence, le vide, la nuit. Nicholas Alkemade éprouve une merveilleuse sensation de bien-être. Il n'a pas l'impression de tomber, mais plutôt de flotter sur un nuage léger. Il ouvre les yeux et il découvre les étoiles qui dansent entre ses jambes. Il doit être sur le dos, la tête en bas. Combien de temps reste-t-il ainsi, à contempler le ciel, comme s'il était couché dans une prairie par un beau soir d'été ?...

Puis les étoiles basculent lentement et le noir les remplace. Nicholas Alkemade comprend qu'il vient de pivoter sur lui-même et que ce qu'il a sous les yeux maintenant, ce noir opaque, c'est le sol, dont il se rapproche à toute allure.

Maintenant, il a une nette impression de chute. Tout

s'accélère. La sensation devient insupportable. Il voudrait penser à ses parents, à sa fiancée, mais il s'évanouit...

Encore les étoiles... Nicholas Alkemade pense confusément que sa chute n'est pas encore finie. Pourtant, les étoiles ne sont pas tout à fait comme avant : il n'en voit qu'une partie, au milieu d'une trouée dans le noir. Et puis, il y a ce froid intense. Il est environné d'une matière froide, plus consistante que l'air. Il bouge un bras... Nicholas Alkemade se rend compte que c'est de la neige ; il se redresse. Non, il ne tombe plus. Ce qui l'empêche de voir les étoiles, ce sont les arbres. Il est en dessus des arbres. Il est sur le sol, sur terre. Il est tombé de six mille mètres sans parachute et il est vivant.

Il essaie de se lever, mais doit y renoncer ; son dos lui fait trop mal. Avec précaution, il tâte ses membres, son corps. Il semble qu'il n'ait rien de cassé. Il regarde sa montre. Elle marque 3 h 20. Alors, de nouveau, il s'évanouit...

Nicholas Alkemade se réveille à l'hôpital. Un jeune médecin allemand, qui parle parfaitement anglais, vient l'informer de son état. Il a une plaie profonde à la cuisse, causée par un morceau de plexiglas, des brûlures un peu partout et une luxation dorsale. Mais rien de tout cela n'est grave. Il se remettra rapidement. En lui-même, Nicholas a encore du mal à admettre ce qui vient de se passer. C'est un miracle. A part la luxation dorsale, toutes ses blessures ont eu lieu dans l'avion. Il a fait une chute libre de six mille mètres sans pratiquement aucun mal.

Mais, quelques heures plus tard, il reçoit une autre visite : un petit homme en imperméable, au profil aigu. Nicholas Alkemade se sent tout de suite mal à l'aise en sa présence. L'homme lui demande sans préambule :

« Où avez-vous caché votre parachute ? Nous savons que vous êtes un espion, malgré votre uniforme. Seuls les espions cachent leur parachute après avoir sauté. »

Nicholas Alkemade proteste. Il décline son nom, son grade, son numéro de matricule. Mais l'homme l'interrompt d'un geste agacé :

« Répondez à ma question : où est votre parachute ? »

Nicholas se sent tout à coup pris de panique. Que peut-il répondre, sinon la vérité ?

« J'ai sauté sans parachute. »

L'homme se lève brusquement de son siège. Il lui lance un regard rageur :

« Si vous le prenez ainsi, nous emploierons d'autres moyens. Et vous parlerez, soyez-en sûr... »

Sur son lit d'hôpital, Nicholas Alkemade a envie de pleurer. Il vient d'avoir la vie sauve grâce à un miracle inimaginable. Et tout cela pour être torturé et fusillé comme espion ! Car comment pourrait-il faire admettre la vérité ? Qui pourrait le croire ?

En mettant toute la conviction possible dans sa voix, il supplie son interlocuteur :

« Je vous jure que j'ai sauté sans parachute. Retrouvez mon gilet. Vous verrez bien que les sangles d'amarrage n'ont pas été dégagées. Et puis un *Lancaster* a dû s'abattre dans la région. En fouillant dans les débris, on devrait découvrir les restes de mon parachute. »

L'homme s'en va, sans dire un mot.

Deux jours passent sans aucune nouvelle, deux jours d'angoisse pour Nicholas Alkemade. Et, le troisième, il voit entrer plusieurs officiers dans sa chambre. Au milieu d'eux, un colonel qui tient deux objets : son gilet et un parachute calciné. Il s'adresse à lui en mauvais anglais, l'air très excité.

« Nous avons vérifié ce que vous nous avez dit. C'était bien la vérité. D'après nos spécialistes, en approchant du sol, vous tombiez à environ 200 kilomètres/heure. Mais les branches très denses des sapins ont freiné votre chute et vous avez atterri dans une neige épaisse. C'est un miracle. »

Nicholas Alkemade est revenu dans son pays en même temps que les autres prisonniers. Aujourd'hui, quand on lui demande ce qui l'a le plus frappé dans son incroyable aventure, il répond simplement :

« Ça m'a semblé si facile de mourir. »

LES DIAMANTS BLEUS

En cette année 1955, Georges Verbecke vient d'avoir cinquante ans. Au soir de son anniversaire, ses amis partis, il se retrouve seul et se regarde dans la glace. L'image que lui renvoie son miroir est le visage d'un homme fatigué.

Trente ans de trafic l'ont épuisé. Après avoir débuté dans la cigarette américaine, il s'est livré au trafic des voitures volées, puis à celui des faux tissus anglais ; enfin, depuis cinq ans, il s'est spécialisé dans le recel et la vente de bijoux volés.

Trente ans de peur, d'angoisse, de ruses, de planques, de dissimulation, pour arriver à quoi ? A peine 60 000 francs français d'économie.

Mais ça va changer. Pour fêter dignement ses cinquante ans Georges Verbecke a décidé de consacrer intégralement cette somme au coup unique qui va faire de lui un homme à l'abri du besoin, pour le restant de ses jours ; il va voler les diamants de celui que tous les diamantaires appellent le maître : David Lebovski.

Dès le lendemain de cette décision importante, la première des choses étant de bien connaître ses habitudes, Georges Verbecke s'attache aux pas de maître David, et tout de suite il se rend compte que ça ne va pas aller tout seul : le diamantaire est un homme méfiant. A chaque coin de rue il se retourne pour regarder derrière lui, comme s'il craignait d'être suivi et Georges est obligé de se déguiser pour ne pas attirer l'attention. Tour à tour, il devient chauffeur livreur, ouvrier plombier, garçon de recettes, employé du gaz, et même bonne sœur...

Verbecke est un homme consciencieux. Il sait que la moindre faille serait fatale. Il ne doit rien laisser au hasard.

Les trois premières semaines sont consacrées intégralement à noter les habitudes de maître David. Etant donné la régularité de la vie du personnage, cela s'avère assez facile. Chaque matin, le diamantaire quitte son domicile à 7 h 45. A 8 h 30, il ouvre lui-même ses bureaux, qu'il referme le soir à 18 h 30, lorsque tout le monde est parti. Il est le seul à posséder les clés, le ménage étant fait chaque soir en sa présence avant son départ.

La première surprise de Verbecke est de constater que la porte de maître David est très mal défendue. Mis à part son classique verrou de sûreté, elle ne possède pas de signal d'alarme. La raison de cette défaillance est toute simple : le diamantaire ne conserve pas sa marchandise à domicile. Il la confie au coffre d'une banque.

La déception de Georges est immense. A quoi lui sert, à présent, de savoir que maître David Lebovski est d'une méfiance maladive, qu'il a un faible pour le bourbon et qu'il est d'une pingrerie à toute épreuve ? Un instant il songe à abandonner cette piste.

Enfin, il découvre le défaut de la cuirasse de l'illustre marchand. Tous les mois celui-ci prend l'avion et fait un aller et retour en Hollande, afin de renouveler son fameux stock de diamants bleus. Une indiscrétion d'une employée lui permet même de savoir que chaque fois il rapporte des pierres dont la valeur varie entre 3 et 4 millions de francs actuels. Or, quand il rentre le samedi après-midi, les banques sont fermées et maître David est obligé de confier ses pierres à son bon vieux coffre-fort : un antique modèle d'avant-guerre.

Cette bonne nouvelle remplit Verbecke de joie. Le samedi en question arrive, mais il a vite fait de déchanter, en constatant que le diamantaire demande à son neveu, qui travaille avec lui, de rester au bureau, et mieux, d'y passer la nuit. C'est le comble ! Georges manque d'exploser de dépit. Et puis ce dépit se transforme en rage, et cette rage en défi. Au risque de mettre un point final à sa coupable profession il met au point d'honneur à réussir « l'exploit » qui sera le couronnement de sa carrière.

Pour aller déjeuner et dîner, le gardien des diamants s'absente pendant 1 heure 1/4 au minimum. Il faut donc fracturer le coffre en une heure : c'est possible à condition de s'entraîner. Dans sa jeunesse, Verbecke a eu l'occasion de travailler avec un Américain qui opérait en douceur. Il lui a appris à « ouvrir » les serrures avec un stéthoscope et un trousseau de crochets. Il suffit de se dérouiller les doigts afin de se remettre dans le coup.

Après avoir appelé au téléphone quelques « collègues » Verbecke part pour Londres où un ferrailleur possède un coffre du même modèle que celui de Lebovski. Dans un coin retiré d'un hangar, à l'abri des regards indiscrets de ces messieurs de Scotland Yard, Georges se remet au travail. Comme un pianiste fait ses gammes, pendant des heures il « crochette » en douceur le mécanisme du coffre. A sa première tentative, il lui faut près de trois heures. C'est beaucoup trop, mais Verbecke sait qu'il peut améliorer ce score.

Pendant trois semaines il s'entraîne chaque jour, des heures durant. Chaque fois que le déclic annonciateur de l'ouverture de la porte se fait entendre, Verbecke arrête son chrono et constate qu'il faut encore grignoter de précieuses minutes. Son hôte britannique recompose à son insu une nouvelle combinaison chiffrée et ça recommence. Le stéthoscope dans les oreilles, Georges guette la minuscule différence qui s'opère lorsque chaque bouton numéroté arrive devant la combinaison. Lorsque les quatre chiffres du code sont trouvés, il ne reste plus qu'à introduire les longues tiges courbées à l'extrémité et à crocheter, sans forcer.

Au bout de trois semaines Verbecke réussit à forcer le coffre en soixante-cinq minutes. Le but est atteint, il ne reste plus qu'à rentrer à Bruxelles et à opérer.

Le samedi suivant, ce n'est pas sans une certaine émotion que Georges voit David Lebovski et son neveu pénétrer dans l'immeuble où sont situés leurs bureaux. Selon sa bonne vieille habitude, au moment de refermer la porte du hall, le diamantaire se retourne pour regarder s'il n'y a rien de suspect et Verbecke n'a que le temps de relever un peu plus haut le journal qu'il tient largement ouvert devant lui. Un coup d'œil à sa montre, il est cinq heures.

Ayant une bonne heure devant lui, Georges s'octroie le droit d'aller boire un thé. Il se sent en pleine forme. 4 millions de francs à portée de la main, voilà qui vous stimule un homme ! Verbecke a pris toutes les précautions nécessaires pour que personne ne soit au courant de ses intentions. C'est toujours par indiscrétion que les « casseurs » se font prendre. Cette fois, le risque n'existe pas puisqu'il est seul sur le coup.

A six heures, Verbecke passe chez sa logeuse pour prendre son matériel. Stéthoscope, trousseau de clés, pied de biche, lampe électrique... tout est là, avec l'indispensable paire de gants de chirurgien, en latex véritable. Qui pourrait se douter en voyant passer d'un pas tranquille ce petit homme, avec sa petite serviette, qu'il va accomplir un vol de 4 millions de francs...

A sept heures moins le quart, Verbecke est à la station d'autobus, face aux bureaux de maître Lebovski. A 19 h 12, le neveu part dîner. A 19 h 20, Verbecke crochette le verrou dit de sûreté des bureaux *Lebovski et Cie.* A 19 h 23, après avoir refermé le verrou derrière lui, le déchiffrage commence. 19 h 36, le premier chiffre tombe ; quatre minutes plus tard, le deuxième s'aligne devant son cran, le troisième et le quatrième trouvent leur place en moins de 12 minutes. A 20 h 06, très exactement, la porte massive du coffre-fort de maître Lebovski s'ouvre sans bruit. La première impression de Verbecke est horrible, un sentiment affreux lui donne un frisson qui se répercute tout le long de son dos.

Le coffre est vide !

Se peut-il qu'il ait fait tout cela pour rien ? Quelques papiers, une liasse de billets de banque, une boîte de trombonnes et rien d'autre... Si ! Dans un coin du coffre, au fond à droite, jeté là comme s'il ne présentait aucun intérêt, un petit sac de cuir, qui se confond avec la couleur de l'acier. Verbecke l'ouvre...

Les diamants sont là... qui scintillent sous le reflet de la lampe électrique. Il est 20 h 15 lorsque les célèbres diamants bleus de maître David Lebovski ont changé de propriétaire.

Toute la soirée la police belge cherche en vain des indices lui permettant de situer l'audacieux cambrioleur qui vient de réussir un fric-frac aussi sensationnel. Maîtrise, audace, habileté, sont les adjectifs qui reviennent le plus souvent dans la bouche des journalistes qui ont envahi les bureaux de maître Lebovski. Malheureusement, celui-ci n'est pas à Bruxelles, il a été passer son week-end à Londres et son neveu qui, courageusement, fait face à la presse déchaînée, ne sait même pas où le joindre.

Les journaux du dimanche font la part belle à l'événement. Mais le lundi, après une entrevue avec le commissaire Franquin, David Lebovski se refuse à toute déclaration.

Chacun admet qu'un diamantaire aussi négligent n'est pas une bonne publicité pour sa profession.

Six mois passent sans que personne n'entende plus parler des diamants Lebovski. Malgré les avis lancés nul policier d'Anvers, de Londres ou d'Amsterdam ne reçoit une information quelconque. A croire que les diamants bleus se sont volatilisés.

Et puis, un matin, le commissaire Franquin convoque maître Lebovski dans son bureau.

« Tout s'est passé comme je l'avais prévu. Le voleur est arrêté, il s'agit d'un certain George Verbecke, trafiquant notoire, bien connu de nos services. Il avait tout misé sur cette affaire. Prudemment il a attendu jusqu'à hier matin pour se manifester à Amsterdam.

— Comment a-t-il été arrêté ? demande Lebovski.

— Oh, le plus simplement du monde. Il avait rendez-vous avec un célèbre receleur dans une brasserie, lorsque brusquement il s'est jeté sur lui. La police est intervenue pour les séparer, voilà tout. »

Le commissaire marque un temps et ajoute :

« Evidemment, cela n'a pas dû lui faire plaisir d'apprendre que les diamants étaient faux...

— Vous voyez, Commissaire, conclut maître Lebovski, il ne faut jamais se fier à personne et j'ai eu bien raison de laisser croire à tout le monde que les diamants bleus passaient un week-end par mois dans mon coffre, alors qu'ils étaient tout simplement dans ma ceinture. »

Georges Verbecke fut condamné à quelques mois de prison pour violation de domicile et, comble d'ironie pour un trafiquant de bijoux, vol d'une poignée de diamants synthétiques...

LA SACOCHE

12 avril 1979, les rues de Paris retrouvent cet aspect décontracté qu'elles prennent à l'arrivée du printemps.

Devant la terrasse d'un café, un jeune homme s'arrête brusquement. Il se met à tituber, puis à osciller, enfin il glisse doucement sur le trottoir et reste allongé, les bras le long du corps, la tête tournée vers le ciel, les yeux grands ouverts.

Il n'a pas l'air d'un clochard. On dirait plutôt qu'il est malade. C'est peut-être le cœur...

Deux jours plus tard, un homme d'une quarantaine d'années pénètre dans le hall d'un hôpital. Le commissaire Guy sait que l'enquête concernant l'homme retrouvé sur la chaussée ne sera pas commode. Les médecins lui ont appris qu'il avait été drogué avec une très forte dose de narcotique. Il est resté plus de vingt-quatre heures dans le coma, et il n'a été sauvé que de justesse. Mais ce qui donne toutes les dimensions de cette affaire, ce sont ses conséquences.

L'homme ne marque pas de réaction particulière en le

voyant entrer dans la chambre. Visiblement, il n'est pas encore tout à fait remis.

Le policier se penche au-dessus du lit.

« Commissaire Guy de la police judiciaire. Les papiers que nous avons trouvés sur vous sont bien les vôtres ? Vous vous appelez bien Fabrice Dedieu ? »

L'hospitalisé, très pâle, a un hochement de tête affirmatif.

« Nous avons beaucoup de choses à nous dire, monsieur Dedieu. D'abord, pouvez-vous nous apprendre où est la sacoche ? »

Fabrice Dedieu agite sa tête sur l'oreiller. Il semble faire des efforts de mémoire. Il murmure d'un ton monocorde :

« La sacoche. La sacoche... »

Le commissaire continue d'un ton plutôt impatient.

« La sacoche de la banque dont vous êtes employé. Vous étiez chargé de la porter de votre succursale au siège central. Elle contenait un million de francs et votre banque a porté plainte. Alors je vous demande, monsieur Dedieu : où est la sacoche ? »

Cette fois la mémoire paraît revenir à l'hospitalisé. Il a une grimace de douleur.

« Oui... la sacoche... la femme... »

Et par bribes, Fabrice Dedieu explique ce qui lui est arrivé.

« En sortant de ma banque, j'ai été abordé par une jeune femme brune. Une très jolie fille, vingt-cinq ans environ. Elle m'a demandé son chemin ; elle parlait avec un accent espagnol. Une touriste perdue dans Paris. Je me suis dit que je ne pouvais pas laisser passer une occasion pareille. Je lui ai proposé de lui faire un bout de conduite. Elle a accepté... En passant devant une terrasse de café, je l'ai invitée à prendre un verre. Et elle a encore accepté. Ensuite nous avons bavardé. C'était une Mexicaine en vacances en Europe.

— Elle vous a dit son nom ?

— Simplement son prénom : Dolores. C'est alors que je me suis souvenu de la sacoche. Je lui ai dit que je devais partir. Je lui ai donné un rendez-vous pour le soir. Elle a accepté. Je lui ai dit au revoir et je me suis levé. C'est à ce moment-là que je ne me suis pas senti bien. J'ai marché encore un peu et après je ne me souviens de rien.

— Quand vous vous êtes levé, aviez-vous ou non la sacoche ? »

L'employé de banque plisse douloureusement le front.

« Franchement, je ne me souviens plus. A ce moment, cela n'allait plus du tout. »

Dans les rues de Paris, tandis qu'il se dirige vers le domicile de Fabrice Dedieu, le commissaire Guy récapitule les éléments de son enquête. Pas un instant il ne croit à l'histoire qui vient de lui être racontée. Fabrice Dedieu a tout inventé. C'est lui qui a volé le million de francs. Seulement c'est à la police de le prouver et d'obtenir ses aveux.

Fabrice Dedieu habite un deux pièces moderne. La fouille de son appartement ne donne rien. Il n'y a pas trace de drogue, ni des billets de la sacoche.

La concierge est tout aussi affirmative, en ce qui concerne la moralité du jeune homme.

« Monsieur Dedieu un voleur ? C'est impossible ! C'est un monsieur très bien, toujours poli dans l'escalier. Evidemment, il lui arrive de recevoir des femmes chez lui, mais c'est normal, un célibataire. »

2 mai 1979 : trois semaines se sont écoulées passées depuis le vol, et l'affaire de la sacoche n'a cessé d'occuper les pensées du commissaire Guy. Fabrice Dedieu est coupable, il en est sûr, ou du moins il l'était jusqu'à présent. A un tel point, qu'il n'a même pas cherché à retrouver cette Dolores.

Au contraire, il n'a cessé de faire surveiller l'employé de banque. Il l'a fait suivre constamment, mais il n'y a rien à signaler sur sa conduite. Il a été renvoyé, non pour vol, mais pour faute professionnelle grave. Depuis, il passe son temps à faire des démarches pour retrouver un emploi.

Mais ce 2 mai, tout est changé. Le commissaire, en proie à

une violente agitation, arrive dans l'hôpital où il avait interrogé Fabrice Dedieu.

Il vient d'apprendre qu'une femme avait été découverte inanimée sur la chaussée, droguée elle aussi. Et le plus extraordinaire, c'est qu'elle a été attaquée et volée à la sortie de sa banque.

En face de la jeune femme encore inconsciente, le commissaire Guy consulte ses papiers d'identité. Il s'agit de Francine Martin, vingt-cinq ans.

Le commissaire s'est renseigné auprès des médecins. Elle a absorbé les mêmes drogues que Fabrice Dedieu, mais toutefois la dose était moins forte.

Doucement la jeune femme ouvre les yeux, puis elle a un cri :

« Mes bijoux ! »

Le policier la calme d'un geste.

« Ne vous agitez pas, madame, pouvez-vous me raconter ce qui est arrivé ? »

Francine Martin se dresse sur son oreiller.

« Je sortais de ma banque, j'avais retiré mes bijoux du coffre. Je les avais mis dans une mallette. Une fois dans la rue, je me suis dépêchée pour rejoindre ma voiture au plus vite. J'aurais dû faire attention, mais comme c'était une femme, je ne me suis pas méfiée.

— Quoi ! » Malgré lui le commissaire Guy n'a pu retenir cette exclamation.

Un peu désorientée par l'interruption, la jeune femme continue.

« Elle devait avoir vingt-cinq ans environ. Une brune très jolie. Elle m'a abordée pour me demander son chemin. Elle parlait avec un fort accent espagnol. Je l'ai renseignée. Elle avait l'air complètement perdu. Pour me remercier, elle m'a proposé de prendre un verre avec elle au café. J'ai dit oui. Au bout de quelques minutes, je me suis levée. C'est à ce moment-là que je ne me suis pas sentie bien. Elle m'a soutenue. Je ne me rendais plus compte de rien. Je me suis retrouvée seule. Je suppose que je suis tombée sur le trottoir. »

Le commissaire Guy pousse un gros soupir.

« Et elle vous a dit son nom ? »

La réponse est, hélas, celle qu'il redoutait.

« Non. Seulement son prénom : Dolores.

— Et vos bijoux représentaient quelle valeur ?

— Cinquante mille francs environ. »

De nouveau, le commissaire se retrouve dans la rue. L'affaire se présente sous un jour tout différent. Cette Mexicaine qu'il avait rangée au rang des mythes semble bien exister. En tout cas, ce n'est pas Fabrice Dedieu qui a attaqué la jeune femme. Il a été suivi toute la journée par un de ses hommes.

Mais le commissaire Guy ne se tient pas pour battu. Il se dirige précisément vers le domicile de Dedieu. Car, envers et contre tout, il le croit toujours coupable. C'est toute son intuition de policier qui le lui crie.

Dedieu ne peut être que coupable, Mexicaine ou pas, seconde agression ou pas, et il le prouvera.

Le commissaire est de nouveau en présence de la concierge. Il sort une photo de Francine Martin qu'il vient de prendre dans son sac. C'est son dernier espoir de confondre le jeune homme. Si la réponse de la concierge n'est pas celle qu'il pense, il devra avouer qu'il s'est trompé sur toute la ligne et il pourra reprendre son enquête à zéro.

« Dites-moi, madame, connaissez-vous cette femme ? »

La concierge n'a pas un instant d'hésitation.

« Bien sûr, c'est la petite dame de monsieur Dedieu. Enfin, celle qui vient le plus souvent ; une personne bien aimable. »

Cette fois le commissaire Guy peut respirer et monter les étages d'un pas allègre. Non, son instinct ne l'avait pas trompé. Dedieu a menti dès le départ, comme a menti Francine, sa complice. Il n'y a jamais eu de Dolores mexicaine. C'est bien lui qui a volé le million de francs.

Fabrice Dedieu a un mouvement de stupeur quand il ouvre la porte au commissaire. Celui-ci tend la photo.

« Je sais tout Dedieu. Je sais que Francine est votre complice. Elle a avoué. Alors, le mieux pour vous est d'en faire autant. »

L'ex-employé de banque reste muet pendant quelques secondes. Et puis il se décide.

« Ce n'est pas moi, c'est Francine qui a eu l'idée, je vous le jure. Nous nous sommes connus il y a un an. Elle avait des goûts de luxe. Elle n'avait jamais assez d'argent. Elle me disait : " Comment peux-tu être assez bête pour travailler dans une banque, et ne pas en profiter ? " J'ai longtemps protesté, mais j'ai cédé quand elle m'a menacé de me quitter. C'est elle qui a tout mis au point, qui s'est procuré les narcotiques.

Le fameux jour, je suis sorti avec la sacoche. Je la lui ai donnée. Ensuite je suis descendu aux toilettes d'un café pour avaler les drogues. Quand vous m'avez interrogé, j'ai compris que vous ne m'aviez pas cru. C'est Francine qui a eu l'idée de recommencer pour vous convaincre. »

Le commissaire a un sourire satisfait. Il a pourtant une dernière question à poser :

« Et l'argent ? Le million de francs ? »

Fabrice Dedieu prend une expression résignée.

« Ils sont à la banque, dans un coffre. C'est l'endroit le plus sûr et celui où la police risque le moins de chercher. Je suis bien placé pour le savoir. »

La succursale a effectivement retrouvé son million de francs, mais dans le coffre d'une banque concurrente.

Décidément, son ex-employé n'avait aucune moralité.

JE N'ATTENDS PLUS PERSONNE

Benjamin Fournel d'Avron gravit avec effort les dernières marches de l'escalier de bois qui conduisent aux combles de l'immeuble.

Avec des gestes de somnambule, il sort la clé de sa poche et l'introduit dans la serrure.

A chaque mouvement qu'il fait il manque de tomber tant sa faiblesse est grande et il doit s'agripper au mur pour ne pas s'écrouler sur le sol. Voilà combien de jours qu'il n'a pas mangé ? Un jour, deux jours ? Trois peut-être. Avec les pièces de monnaie qu'il a glanées dans ses poches, il a tout juste pu se payer un café. Il était descendu pour téléphoner et puis il s'est posé la question : « A qui ? »... Tous les noms qui lui sont venus en mémoire auraient eu pour lui la même réponse :

« Mon pauvre vieux, tu tombes mal, avec les frais que j'ai en ce moment... »

Et la conclusion optimiste :

« Mais ça va s'arranger mon petit vieux, il ne faut pas désespérer, moi-même, il y a quelques années... »

Seulement voilà, pour Benjamin Fournel d'Avron, cela fait

près de dix ans que cela ne s'arrange pas. Dix ans de misère avec la faim qui vous tord l'estomac et que l'on trompe à coup de sandwiches et de cafés-crème dans lesquels on a glissé subrepticement six ou sept morceaux de sucre pour survivre.

Et pourtant Benjamin Fournel d'Avron ne manque pas de talent. On peut même dire qu'il possède un gentil coup de crayon. Tous les éditeurs de bandes dessinées sont d'accord. Malheureusement Fournel fait évoluer ses personnages dans un monde démodé. Toutes ses histoires reflètent une époque révolue, faites de maisons bourgeoises à porte cochère, où des domestiques à gilets rayés apportent sur des plateaux d'argent des billets parfumés, destinés à la fille rougissante d'une douairière aussi emplumée qu'acariâtre.

Il faut dire à sa décharge qu'il est lui-même tout autant démodé que ses créations. Qui pourrait supposer qu'en ces années 1950, quelqu'un puisse encore s'exhiber en public, un monocle vissé sous l'arcade sourcilière ? Pourtant c'est son cas.

Pochette largement étalée, œillet à la boutonnière, il n'a pas son pareil pour vous toiser en lançant d'une voix condescendante un « à qui ai-je l'honneur ? » digne du grand siècle.

Mais on a beau vivre dans un autre monde, il faut bien revenir à la réalité quotidienne lorsqu'il s'agit de régler la note de gaz ou de payer une baguette de pain.

Sous-alimenté depuis des années, Benjamin Fournel d'Avron, trente-deux ans, rentre chez lui ce soir, pour mourir d'inanition.

Après avoir refermé sa porte, il s'avance jusqu'à sa fenêtre qui donne sur les toits de Paris avec en fond la coupole du Panthéon. Six étages plus bas la rue grouille de passants, ignorant tout du drame qui se déroule au-dessus de leur tête.

Le dessinateur prend un papier, un crayon et trace d'une main hésitante cette simple phrase qui résume à elle seule le bilan de toute une existence : « Ce 10 juin 1952, je n'attends plus personne. »

Après avoir déposé le papier bien en évidence sur la table, l'homme se traîne jusqu'à l'armoire, au prix de gros efforts, réussit à revêtir son costume de cérémonie, s'allonge sur son lit dans la position d'un gisant, et sombre dans le néant.

Il est 19 h 11, et d'après le calendrier le soleil se couchera dans quarante minutes très exactement.

Lorsque Benjamin Fournel d'Avron reprend conscience, il est dans une vaste chambre aux murs tendus de toile claire, une large baie vitrée s'ouvre sur un parc et une musique douce filtre agréablement jusqu'à ses oreilles.

Son premier regard s'arrête sur ses mains croisées sur son estomac. Son premier réflexe est de penser que ce sont les mains de quelqu'un d'autre, tant les ongles sont bien entretenus, magnifiquement taillés : un vernis transparent leur donne un brillant nacré. Et puis en remuant un doigt, puis un autre, il doit se rendre à l'évidence : ce sont bien ses mains. Elles sortent d'un pyjama beige clair qui doit être en soie tout comme le drap du lit.

Au prix d'un effort énorme, Benjamin monte sa main jusqu'à son visage. Il est rasé de frais, un parfum délicat lui flatte agréablement les narines, ce doit être du bois de santal.

Tournant légèrement la tête, partout où ses yeux se posent ce ne sont que des meubles ou objets du meilleur goût. Un énorme bouquet de dahlias multicolores trône sur la table en acajou.

« Je rêve, se dit Benjamin, mais pour une fois c'est un rêve agréable, attention de ne pas le chasser. C'est fragile un rêve, semi-conscient il suffit d'un geste brusque, d'un éclat de voix pour le faire éclater comme une bulle de savon et se réveiller tout à fait. »

Comme Fournel tente vainement de se redresser, une infirmière surgit devant lui. Elle porte un uniforme bleu pâle et son visage est des plus séduisants.

« Je rêve toujours », se dit Benjamin à voix haute.

Comme cette voix est étrange, elle semble venir du fond des âges, caverneuse, à peine audible.

L'infirmière a dû cependant l'entendre puisqu'elle l'assure qu'il ne rêve pas.

Elle lui demande de ne pas bouger et décrochant un téléphone mural, elle dit simplement :

« Monsieur est réveillé, voulez-vous prévenir le docteur ? »

Mais Benjamin Fournel d'Avron sait bien, lui, qu'il rêve. La meilleure des preuves n'en est-elle pas cet engourdissement dans lequel il se trouve ? La lenteur extrême avec laquelle il lève son bras, tourne sa tête. Même sa voix n'est pas une voix normale. Et puis que ferait-il ici, dans cette chambre luxueuse qui n'est même pas une chambre d'hôpital, malgré la présence de cette infirmière.

Ne s'est-il pas couché tout à l'heure, à bout de forces, n'attendant plus personne que la mort, pour le délivrer de son fardeau. Non ce rêve est bien un rêve et Dieu fasse qu'il se prolonge le plus longtemps possible, plutôt que de retomber dans l'horrible réalité de sa misère.

Dans une sorte de torpeur, Benjamin voit arriver le docteur, son stéthoscope en sautoir. Il est accompagné d'un garçon en veste blanche, papillon noir et gants blancs qui porte un plateau d'argent sur lequel se trouvent quelques tasses et assiettes. Le médecin s'approche du lit, lui prend le pouls, puis fait signe au serveur de déposer le plateau sur le lit.

« Vous allez boire doucement ce concentré de bœuf qui vous fera le plus grand bien, après quoi je vous dirai par quel miracle vous êtes ici. »

Tandis que l'infirmière le fait boire à la cuillère et qu'il a un mal fou à entrouvrir la bouche, Benjamin pense que dans les rêves tout peut faire figure de miracle, ainsi ce bouillon qui coule dans son estomac a des apparences de réalité. Il est délicieux et son ventre gargouille de plaisir.

Après la compote, le médecin s'assoit sur le lit et reprend la parole, à voix feutrée, détachant chaque syllabe pour être bien compris.

« Monsieur Fournel d'Avron, il faut vous attendre à une grande surprise... Voilà deux ans, trois mois et onze jours, que l'on vous a trouvé moribond dans votre mansarde du quartier latin. Transporté à l'hôpital vous avez pu survivre grâce à des soins avisés. Votre hypnose morbide se prolongeant, au bout de six mois, à la demande de votre notaire, nous vous avons installé dans cet hôtel particulier, près du Bois de Boulogne, où votre sommeil vient heureusement de prendre fin.

Il vous faudra des semaines pour vous remettre de ce séjour prolongé au lit, mais nous ferons tout pour vous aider à reprendre une vie normale. »

Le médecin prend sa tension, l'ausculte sous toutes les coutures, donne des ordres à l'infirmière et au moment de sortir annonce à Benjamin que son fondé de pouvoir a été prévenu de son réveil et qu'il arrive.

« Son fondé de pouvoir »... l'appellation fait sourire Fournel d'Avron, lui qui n'a jamais réussi à avoir un compte en banque.

Et son « fondé de pouvoir » arrive avec son notaire, et sa secrétaire.

Dans les rêves tout est possible, même l'irrationnel, pense Benjamin, et son « notaire » parle, il lui annonce que trois mois avant qu'il ne tombe dans le coma, un cousin germain de son père est mort au Brésil, laissant une immense fortune à M. Fournel père. Celui-ci étant décédé, c'est donc lui, fils unique, qui héritait de ladite fortune, se montant à près de 600 millions de francs 1950.

Le temps de mettre au clair la succession et de faire les recherches, il avait retrouvé l'héritier à l'hôpital. Son état hypnotique se prolongeant il avait cru bon de louer cet hôtel particulier et d'engager du personnel pour lui faire profiter des soins dignes d'un homme de son importance.

« Votre fondé de pouvoir va vous montrer le détail des

dépenses faites pendant vos deux ans de sommeil, en attendant voici le chèque du principal qui se monte à... »

D'un geste de la main Benjamin fait signe qu'il fait confiance, il signe seulement au dos du chèque et ferme les yeux de contentement. Décidément il s'est glissé dans le rêve le plus logique que jamais dormeur n'ait rêvé.

Et le rêve va se prolonger ainsi pendant plus de six mois.

Bien installé dans son confort, Benjamin Fournel d'Avron va se remettre doucement de son immobilité de deux ans, tout en restant persuadé qu'il évolue dans un monde irréel.

Par une sorte d'aberration mentale, il va manger, dormir, se promener dans le parc de son hôtel particulier, donner des ordres au personnel, signer des chèques, tout en restant persuadé qu'il vit un rêve.

Chaque fois que le médecin, le fondé de pouvoir, ou l'infirmière lui disent qu'à présent il est réveillé et que ce qu'il vit est bien réel, il se contente de sourire d'un air entendu et de répondre :

« Oui, oui, je sais, mais prenez garde de ne pas me réveiller tout à fait, la réalité serait trop pénible. »

Alors on n'insiste pas...

A quoi bon puisque Benjamin est heureux ainsi.

Cette existence étonnante et merveilleuse aurait pu continuer comme cela pendant des mois, des années peut-être, sans l'arrivée d'une tante de province qui, outrée de voir la comédie dans laquelle on entretient son neveu, décide le médecin à tenter quelque chose pour le ramener à la raison.

Sur les conseils d'un éminent psychiatre, on drogue le rêveur et on l'emmène dans son ancienne mansarde du quartier latin.

Sur les directives de la tante on a reconstitué approximativement le décor dans lequel vivait Benjamin.

On lui a mis un habit, tel que les voisins qui l'avaient trouvé l'ont décrit. On a même remis la feuille de papier à sa place, « je n'attends plus personne ».

Dissimulés derrière la porte entrouverte, le médecin, le psychiatre et la tante sont là, prêts à intervenir.

Benjamin Fournel d'Avron ouvre les yeux, jette autour de lui un regard d'une infinie tristesse.

Ainsi ce rêve est fini. C'était trop beau pour que ça dure. Lentement, il s'assoit sur son lit et se met la tête dans les mains.

Le psychiatre frappe sur l'épaule de la tante, c'est le moment d'intervenir.

« Benjamin, mon petit, c'est moi ta tante Marie ! »

Comme s'il était piqué au vif, Benjamin s'est dressé d'un bond ; en deux enjambées, il est à la fenêtre qu'il ouvre.

« Benjamin ! »

Les deux médecins se précipitent, mais trop tard, l'homme qui n'attendait plus personne a préféré mourir, plutôt que de vivre éveillé.

Six étages plus bas, les passants s'attroupent autour d'un corps disloqué.

« Encore un drame de la misère, dit quelqu'un, cette époque est impitoyable. »

« CASSE » SOUS GARANTIE

M. Fly, le directeur de la prison modèle d'Oklahoma City se dresse brusquement de derrière son bureau, faisant osciller dangereusement son fauteuil.

« Est-ce que vous vous rendez compte de ce que vous demandez ? »

Devant lui le sénateur MacCoy et le marshall Bennett baissent la tête. Bien sûr ils se rendent compte de tout l'insolite que comporte leur démarche, mais c'est la seule solution. Le directeur de la Petrol City Bank a été formel : « Si demain matin les payes des entreprises d'Oklahoma ne peuvent pas être données, c'est l'émeute et nous ne répondons plus de rien. »

Les mains derrière le dos, M. Fly va se planter devant la fenêtre qui donne sur la cour. Les bâtiments pénitenciers s'alignent à droite et à gauche dans une perspective des plus heureuses. Signe évident d'une extrême émotion, ses zygomatiques se contractent en cadence de telle sorte que l'on pourrait croire qu'il mâche du chewing-gum. Faisant soudain volte-face il appuie sur un bouton. Le sénateur et le marshall échangent un regard soulagé.

Un gardien frappe et ouvre la porte du bureau directorial.

« Faites venir le détenu Mick Jennifer, voulez-vous. »

Quelques instants plus tard un homme d'une quarantaine d'années fait son entrée.

« Hello Mick ! » dit le marshall.

A sa vue Mick Jennifer fait une grimace qui voudrait être un sourire.

« Hello, Marshall ! »

Le directeur fait les présentations, prie le détenu de s'asseoir et un peu gêné, commence son exposé.

« Mon cher Jennifer, depuis trois ans que vous êtes notre hôte... »

Mick l'interrompt aussitôt pour dire que précisément il paye ses dettes envers la société et que son affaire ayant été jugée, il n'a plus rien à voir avec la justice de l'Etat.

D'un même élan, les trois hommes le rassurent.

« Mais bien sûr. Il ne s'agit pas de cela une seconde. Votre hold-up à la Petrol City Bank est réglé, oublié. Sur vos dix ans de peine, le tiers est déjà presque fait et vu votre bonne conduite et le service immense que vous pouvez nous rendre précisément...

— Un service ? Quel service ? »

Mick Jennifer a froncé les sourcils, il regarde tour à tour les trois hommes avec un peu de méfiance.

Souriant, le sénateur explique.

« La porte du grand coffre de la Petrol City Bank est bloquée ; l'expert qui pourrait l'ouvrir est en voyage pour quarante-huit heures et...

— Vous voudriez que... », interrompt le détenu en éclatant d'un rire si énorme que le gardien de service ouvre la porte pour demander si tout va bien. Il est en effet assez rare d'entendre un tel rire dans une prison, même modèle.

Lorsque le rire de Mick s'est un peu calmé, le sénateur Mac Coy donne des précisions.

« Bien entendu, vous n'aurez pas à le regretter. Un service en appelle un autre. »

Le détenu se gratte la tête un moment. Son œil pétille d'une telle malice que le directeur s'empresse d'ajouter.

« Dans les limites du raisonnable, cela va de soi. »

Mick Jennifer opine du chef.

« D'accord ! A deux conditions... »

Le sénateur et le marshall échangent un regard où se lit une certaine anxiété.

« La première, c'est de pouvoir aller où je voudrai et de rencontrer qui je voudrai pendant tout l'après-midi. »

Le directeur bondit hors de son fauteuil.

« C'est impossible, qui nous garantit... »

Le prisonnier étend la main vers le policier.

« Mais le marshall Bennett qui ne me quittera pas d'une semelle.

— O.K.

— Et la deuxième condition ?

— Oh celle-là va être facile à accepter, elle ne concerne précisément que M. Bennett. Quand il m'a arrêté, voici trois ans, il m'a fait traverser plusieurs fois Oklahoma City, coincé entre deux de ses hommes à l'arrière de la voiture, comme un dangereux criminel que l'on cache parce qu'on a peur que la foule le lynche. Alors, dans tous mes déplacements, j'exige d'être à l'avant, à côté du marshall et c'est moi qui actionnerai la sirène. »

Comme s'il avait reçu une décharge électrique, le marshall Bennett bondit à son tour hors de son siège.

« Mais il n'en est pas question...

— Alors... » dit Mick en se levant tranquillement.

Le sénateur intervient, il tente de trouver un compromis, mais le détenu reste intransigeant :

« Ou je me promène où je veux, à l'avant de la voiture du marshall, sirène à gogo, ou le coffre de la Petrol City Bank reste fermé. »

Après quelques minutes de discussion, le marshall capitule.

« O.K., c'est tout ? »

Non, Mick Jennifer a une dernière exigence : « Les conditions de cette sortie seront consignées par écrit en présence de mon avocat et les travaux ne commenceront que lorsque les papiers seront dûment signés. Dernier détail : désirant conserver un certain secret disons “ technique ” pour l’ouverture du coffre, j’exige l’achat de trois fois plus d’outils qu’il ne me sera nécessaire. De plus pendant “ le casse ” j’exige d’être absolument seul dans la banque. »

Malgré la certitude que Mick Jennifer abuse de son avantage pour tenter de les ridiculiser, les autorités en présence acceptent ses exigences.

On ira donc acheter le matériel en premier. Le temps d’achat sera limité à une heure. Ensuite, on évacuera le rez-de-chaussée et le sous-sol de la Petrol City Banck pendant deux heures.

« Bon ! résume le sénateur, il est 8 h 30 ; de neuf à dix heures, shopping. A midi, le coffre est ouvert, vous vous retirez en abandonnant tout le matériel et le marshall reste à votre disposition jusqu’à dix-neuf heures, ça va ? »

Le roi du coffre-fort réfléchit encore longuement. Les autorités présentes échangent des regards inquiets. Mick aurait-il un dernier caprice impossible qui ferait tout capoter ?

« Un dernier détail... Je désire rester habillé comme je suis là, en détenu. »

Rappelons qu’à l’époque, la tenue pénitentiaire américaine est une sorte de pyjama avec des rayures dans le sens de la hauteur, et que le numéro du détenu s’étale bien lisible sur le dos et le devant du pyjama. L’ensemble est complété par un calot rond.

« Jamais... On veut me ridiculiser à vie », hurle le marshall qui sort en claquant la porte.

Le sénateur sort aussitôt derrière lui. Que dit-il au représentant de la loi ? Quels arguments a-t-il ? Peu importe, quand il revient tout est arrangé.

« Vous garderez votre tenue de détenu. »

Et voilà comment sur le coup de 8 h 30, ce matin-là, la voiture du marshall dévale les rues de Oklahoma City, semant la panique à grands coups de sirène actionnée par un détenu de la prison modèle.

Bennett a prévenu Mick : « A la moindre tentative d'évasion, je te descends comme un lapin. » Mick a prévenu Bennett : « A la moindre mauvaise volonté de votre part, je m'arrête. »

Et le « marché aux accessoires indispensables » commence. Passant du super-marché à la quincaillerie puis à l'outillage, Mick Jennifer met dans un grand sac de voyage les objets les plus insolites. Un débouche lavabo, une toupie lumineuse, une perceuse à percussion, une voiture de police téléguidée, une douzaine de paires de ciseaux, une panoplie d'infirmière, deux chaînes de vélo.

Chaque fois qu'il fait un achat, le détenu en costume rayé, serré de près par trois policiers, crée un attroupement. Imperturbable, sérieux comme un pape, Mick Jennifer choisit avec soin chaque objet que règle aussitôt Bennett dont la fureur se devine derrière les lunettes de soleil dont il s'est affublé.

A 9 h 45, le shopping est fini. A dix heures Mick fait son entrée dans la banque où il a une entrevue avec son avocat. A 10 h 54 le coffre est ouvert. Quelques minutes plus tard le détenu quitte les lieux abandonnant tous les accessoires invraisemblables qu'il a fait acheter, sauf le sac de voyage dont le sénateur a bien voulu lui faire cadeau.

« Et maintenant, le marshall est à votre disposition jusqu'à dix-neuf heures. Où voulez-vous aller, au cinéma, au restaurant ? »

Mick Jennifer sort de sa poche un papier que lui a remis son avocat.

« Non, j'ai quelques visites à faire tout simplement. Pour être précis, dix très exactement. N'ayez pas peur, ce sont des gens honorables. Les seuls rapports qu'ils ont eus avec la justice, c'est qu'ils étaient jurés à mon procès. »

Et jusqu'à dix-neuf heures, inlassablement Mick Jennifer va rendre visite à ceux qui l'ont condamné à dix ans de réclusion. Oh, il ne va pas les insulter, non, bien au contraire, il va s'inquiéter de leur santé, leur parler de leurs affaires, de leur famille. Il va demander à visiter leur maison. En les quittant il va leur souhaiter tous les bonheurs du monde.

« Allez, profitez bien de votre liberté, et bonne chance ! »

Pas un geste, pas un mot de reproche. Comme si ces hommes et ces femmes responsables de sa détention étaient des amis. Le marshall en est sidéré. Quant aux jurés, ils n'arrivent pas à comprendre. A 19 h 04, la voiture du marshall pénètre dans la prison. Le directeur s'approche.

« Alors ? » Bennett affiche un sourire radieux. « Parfait, Mick a été parfait. »

Le détenu sort de la voiture et se retourne vers le policier.

« Allez salut, Marshall ! » Il fait trois pas et se ravisant revient vers le véhicule.

« Au fait, j'allais oublier !... Mes amis les jurés ont insisté pour m'offrir des souvenirs dont je ne saurais que faire ici. Voulez-vous en faire cadeau aux œuvres de la police. »

Et devant les trois policiers ahuris, Mick Jennifer vide le sac de voyage qu'il a gardé à l'épaule durant toutes ses visites. Il en sort tout un fatras d'objets invraisemblables. Portefeuilles, lunettes, montres, pendulettes, pipes, appareils de photos, clés, pelotes avec aiguilles à tricoter. Avant de regagner sa cellule, Mick secoue bien son sac pour être sûr de ne rien oublier et, se frappant le front, il fouille dans la poche unique de son uniforme de détenu et en sort une paire de menottes qu'il tend au marshall.

« Pour vous remercier de n'avoir pas eu l'idée de me les mettre, monsieur Bennett... Allez, à un de ces jours, et sans rancune. »

Sans rancune, ça ! Quand on est chef de la police et qu'il y a plusieurs témoins... C'est difficile à avaler, surtout quand ces témoins ont beaucoup de mal à contenir leur envie de rire, beaucoup, beaucoup de mal...

N° 27 — SALLE F

Au fond du trou, dans la boue séchée, il y a un petit tas immobile qui fut un homme.

Le trou est un trou d'obus. Le petit tas d'homme fut un soldat.

L'offensive alliée sur le territoire de Belfort a fait beaucoup de trous semblables. Et les infirmiers qui inspectent ces trous ne découvrent que des morts. Sauf dans celui-là. Dans celui-là, quelque chose remue faiblement. C'est une main agitée de tics nerveux. Les doigts semblent vouloir gratter la terre en un réflexe dérisoire. Les brancardiers se penchent, appellent, mais l'homme est inconscient. Il a les yeux clos, le corps roulé en boule n'est qu'une gigantesque plaie éclatée ; seule cette main bouge mécaniquement. L'offensive s'étant terminée douze heures plus tôt, il est là depuis douze heures au moins.

Tel qu'il est, roulé en boule, il faut le soulever et, toujours roulé en boule, le transporter sur la civière. Le corps de cet homme s'est lové sur lui-même, enfermant ses blessures avec une énergie farouche et il est impossible de desserrer l'étreinte des bras ou la pliure des jambes. On le croirait mort si cette main ne continuait à gratter dans le vide.

Peut-être a-t-il eu peur d'être enterré vivant.

Quoiqu'il en soit, son arrivée à l'hôpital pose un problème aux chirurgiens. Cet homme devrait être mort. Il n'a plus de visage, plus de bassin. L'un de ses bras est arraché, ses jambes, son dos, torturés par les éclats d'obus, ne permettent que des interventions limitées. Il est aveugle et ne peut plus parler... même pas crier. Et cette chose aux paupières brûlées qui souffre dans le silence et l'immobilité est plus qu'impressionnante. Tout l'hôpital défile devant son lit, sans mot dire, non, par curiosité malsaine, mais par compassion et par respect aussi pour ce mort vivant, ce symbole mutilé.

Les jours passent. Et il vit toujours alors qu'aucun médecin ne saurait dire pourquoi ni comment il vit. De son unique main intacte, il sait se faire comprendre. Il est donc parfaitement conscient. C'est ainsi qu'il indique ses yeux, ou sa bouche, ou son ventre, ou ce qui lui reste de jambes pour dire qu'il a mal là, ou là...

Peu à peu, il réussit à grogner. Parler ne lui est pas possible car il n'a plus de lèvres... Alors il grogne des mots, et les infirmières, les camarades de lit, s'ingénient à deviner le sens de ces grognements. C'est un nouveau langage qu'ils mettent au point par élimination... Soif ? non ; faim ? oui ; mal ? c'est ça... Une dizaine de grognements deviennent ainsi un moyen de communiquer. Puis vient le temps des greffes. Bien que les médecins se demandent toujours comment ce corps peut résister à tant de souffrance, bien qu'ils s'attendent à le voir mourir d'un jour à l'autre, on greffe. Le visage est le premier terrain de travail. Il faut refaire à ce garçon un nez et une bouche pour qu'il puisse réapprendre à parler. Que les poumons soient troués, que la gangrène ait supprimé une jambe, que l'autre soit inerte, qu'il respire, mange et boive par des artifices qui tiennent plus de l'improvisation mécanique que de la chirurgie, peu importe. Un homme sans visage n'est pas un homme.

Six mois après son admission à l'hôpital, le mort vivant transformé en momie peut enfin parler.

La première chose qu'il dit, c'est son nom. Car il sait, bien entendu, que personne n'a pu l'identifier. Son uniforme déchiqueté, sa plaque militaire envolée, il était sans nom, sans numéro, on l'appelait le 27. Son lit portait le n° 27.

Le « 27 » s'appelle Jean Silat, il a vingt-quatre ans. Encore doit-il préciser que ce nom lui vient de l'assistance publique et qu'il n'a aucun parent à prévenir de son état, ni femme, ni petite amie, rien.

Et le 27 a le sens de l'humour noir, car il ajoute :

« Ça vaut mieux, non ? Ça m'évite de leur faire peur... »

Mais le 27, lui, a peur. Ses cauchemars le disent. Il a peur de la nuit permanente, il sait qu'il ne verra jamais plus. A tous ceux qui viennent le voir il demande :

« Raconte-moi comment tu es... »

Et les autres, étonnés, maladroits, se décrivent comme ils peuvent. C'est difficile de se décrire... Essayez, vous verrez. Vous verrez qu'il se passe une chose extraordinaire. On est obligé de fermer les yeux pour « s'imaginer ». Car on ne se « voit » pas, c'est évident. Alors on s'imagine. Et les autres ferment les yeux devant cet aveugle pour mieux s'imaginer.

Une infirmière en particulier, l'infirmière de nuit, celle qui calme les fièvres et les cauchemars, celle qui apaise les douleurs lancinantes, les angoisses, les terreurs nocturnes... Le 27 lui a demandé si elle était jolie et elle a répondu « Oui » pour lui faire plaisir. Alors de sa main valide il a effleuré le visage, il a grimacé un sourire, et il a dit :

« Moi je vous trouve jolie, mais vous ne m'aimez pas. Je l'ai senti au ton de votre voix. »

Le 27 devenu aveugle se servait de ses autres sens, il était capable à présent de deviner s'il faisait beau dehors, ou si quelqu'un était triste. Il ne fallait plus lui mentir.

Le jour où il faillit mourir d'une embolie pulmonaire, il ne crut pas le médecin qui parlait de bronchite. Le jour où il offrit son crâne à la radio, il ne crut pas le spécialiste qui affirmait : « Tout va bien. Un jour ou l'autre, nous pourrons extraire ce petit éclat d'obus... Pour l'instant, il vous faut du repos. »

Le 27 avait mal à la tête, il savait bien pourquoi.

Alors, pour le distraire, car son sens de l'humour disparaissait peu à peu, chacun se mit à lui faire la lecture des journaux. La guerre faisait rage dans le Pacifique et les Japonais tenaient bon, mais son lecteur disait :

« La flotte américaine a vengé Pearl Harbour, le Japon se rend. »

La tuberculose tuait encore des centaines de malades, mais son infirmière lectrice lui disait :

« Une découverte sensationnelle a vaincu le mal. Désormais, chacun est à l'abri de la terrible maladie... »

Ainsi, peu à peu, au fur et à mesure des lectures et des rêves de chacun, un monde nouveau naissait autour du n° 27... Un matin, les salaires avaient augmenté de 10 %. Le soir on avait découvert le trésor de guerre des nazis et la France était riche... Un Espagnol s'offrit le luxe d'annoncer, le premier, au n° 27 que la République espagnole avait gagné et que Franco n'était plus... Un autre abolissait la ségrégation raciale. Il n'y avait plus de famine en Inde pour celui-ci, et celui-là annonçait que les Russes ouvraient leurs frontières...

Ainsi le monde était heureux, la terre était belle, les hommes enfin conscients. Cette guerre qui avait fait du n° 27 un petit tas de souffrance n'était pas inutile, la paix, la grande paix naissait, les journaux étaient pleins de bonnes nouvelles.

Le grand secret était respecté par tout le monde. Ceux qui partaient mettaient les nouveaux au courant. Des trésors d'ingéniosité et d'imagination circulaient dans la salle F de l'hôpital pour aboutir au lit du n° 27 qui hochait la tête avec un sourire de porcelaine raccommodée...

C'était enfantin, mais le 27 était sauvé du désespoir, sauvé de l'angoisse et des idées de suicide qui trottaient parfois dans son crâne, entre deux éclats d'obus minuscules et dangereux.

Chaque explication, chaque menace sur la vie de ce mort en sursis était compensée par une victoire grande ou petite des hommes sur eux-mêmes. Et le n° 27 tenait bon, hochait la tête avec satisfaction, et supportait tout, grâce à l'extraordinaire revue de presse de la salle F...

La nuit du 10 août 1946, pourtant, la sonnette du n° 27 tira l'infirmière de sa somnolence... Il était pâle et recroquevillé sur lui-même, comme la première fois au fond de son trou d'obus. Une étrange torpeur lui envahissait la tête et une vilaine hémorragie racontait le lent cheminement du petit éclat d'obus... C'était la fin, il le sentait, il le savait, et il le disait... Il le disait à sa manière en remerciant les autres de lui avoir permis de vivre quelques mois dans un monde extraordinaire où tout allait de mieux en mieux, sauf lui. Sauf aussi, avoua-t-il, la radio des cuisines. Le n° 27 passait, chaque semaine sur son chariot, devant les cuisines pour aller à la salle des pansements. Et la radio des cuisines hurlait que le monde allait cahin-caha, dans le désastre d'après-guerre, pas de frontières ouvertes, pas d'Espagne libre, guerre froide, racisme, famine... rien n'était beau il le savait, mais il jouait le jeu du rêve, il faisait semblant de croire et il y arrivait presque.

Le n° 27 est mort le 10 août 1946, à l'aube d'un jour qui ressemblait aux autres.

UNTEL PÈRE ET SON FILS

Pierrot le dingue est en prison pour la quatrième fois depuis son enfance, et sa dernière condamnation confirme son sobriquet : dingue pour évasions répétées. Dingue pour avoir voulu percer un coffre-fort sans y parvenir. Dingue pour l'avoir soulevé et jeté dans l'escalier. Dingue pour l'avoir remonté et jeté par la fenêtre... Pierrot était aussi dingue que ce coffre-fort qui refusait de s'ouvrir. Alors Pierrot a volé une camionnette et transporté le coffre-fort infernal jusque chez lui.

A coups de barre à mine, de marteau et autres outils de terrassier, la boîte blindée a enfin révélé son trésor : 25 francs. Pierrot s'était évadé, il avait fait tout ça pour 25 francs ! Une misère, et cinq ans de prison pour cette misère-là, avec une femme et un enfant dehors. Il n'y a pas de quoi s'attendrir car cet homme-là est un récidiviste. Un exemple dans son genre. De maison de redressement en bêtises accumulées, Pierrot, fils de gendarme, est devenu voleur. A présent il rempaille des chaises à 80 centimes la pièce, dans l'atelier d'une prison de province.

Il a trente ans. Depuis l'adolescence il n'a connu d'autre

vie que celle des monte-en-l'air, et autres perceurs de coffres. C'est un récidiviste dont plus personne ne s'occupe. A son âge, on a choisi son existence. A lui de faire le point, à lui de décider si l'honnêteté paye plus et mieux que le reste, et si la considération des uns vaut mieux que le pardon des autres.

Or il arrive qu'un jour de 1955 Pierrot le dingue demande à parler au juge et dit :

« Laissez-moi sortir. J'ai quelque chose à faire, et si la justice est comme vous le dites, vous n'avez pas le droit de me refuser ça. »

Sortir ? On ne sort pas comme ça de prison, quand il vous reste quatre ans à faire sur cinq fermes ! Il n'est même pas question d'en parler. Quant à voir le juge, il faut une raison grave. Pierrot en a une, il vient de s'apercevoir qu'il a un enfant :

« J'ai un enfant, c'est grave ; il faut que je m'en occupe ! Je veux voir le juge.

— Et alors ? répond le gardien, il a six mois, ton marmot. Tu aurais pu t'en apercevoir plus tôt ! Il fallait travailler mon brave, au lieu de jeter inconsidérément les coffres-forts par les fenêtres dans l'espoir de les ouvrir ! Et puis tu n'es que son père, cet enfant a bien une mère que diable, et qui s'en occupe mieux que tu ne saurais le faire ! D'ailleurs tu es en prison, tu n'es pas un père digne de ce nom pour l'instant, alors laisse la mère s'en occuper. »

L'ennui, justement, c'est qu'il y « avait » une mère. Ce qu'il est convenu en tout cas d'appeler une mère, car elle a disparu. Pierrot vient d'en être informé par les voies légales jusque dans sa cellule. Lui qui ne reçoit jamais de courrier s'est vu remettre la veille une lettre à en-tête de l'administration, aussi courte que péremptoire, tamponnée d'innombrables cachets, et sans espoir aucun :

Monsieur Untel,

Vous êtes informé que Mlle Untel, votre concubine, ayant déclaré être la mère d'un enfant né de vous, a renoncé définitivement à ses droits maternels en confiant votre fils à l'Assistance publique. L'enfant a été prénommé Jean. Il est âgé de deux mois. Etant donné votre situation présente, et l'incapacité où vous vous trouvez d'assurer l'éducation de cet enfant, l'administration l'a confié à des parents nourriciers. La pension de l'enfant sera réglée en partie par les services d'aide sociale, et en partie par vos soins, dans la mesure de vos possibilités qui seront établies par l'administration pénitentiaire.

Signé : illisible.

Alors Pierrot répète inlassablement depuis la veille à son gardien :

« Je veux voir le juge, il faut que je sorte... mon gosse est dans l'ennui.

— Fais une lettre, répond le gardien, on transmettra. »

Pierrot le dingue griffonne une supplique à l'administration, racontant ses angoisses quant à la situation de son héritier de six mois.

« Mais non, lui est-il répondu. Votre enfant est entre de bonnes mains, il sera bien soigné, et puisque vous vous faites du souci pour la pension, rempaillez des chaises en dehors des heures d'atelier, c'est tout ce que l'on peut faire pour vous. »

Alors Pierrot rempaille des chaises, comme un dingue qu'il est. A raison de 80 centimes la chaise, pour 120 francs de pension mensuelle, il en faut des brins de paille, il en faut des heures. Et le marmot a deux ans quand Pierrot a rempaillé 4 700 chaises pour 4 000 francs. Il a payé la pension à lui tout seul, mais ça n'est pas suffisant.

« Laissez-moi sortir, dit Pierrot, mon gosse a deux ans maintenant, il a besoin d'un père, c'est l'âge où un gosse a besoin d'un père, j'en suis sûr. Il apprend à parler, qui va lui apprendre à parler ? Si ce n'est pas moi, on ne se comprendra pas plus tard ! C'est moi son père. »

« Il en a un autre, lui est-il répondu. Un père moins provisoire que vous et qui l'adoptera si vous êtes sage, ainsi cet enfant aura une vie normale, débarrassé de l'ombre des prisons. »

Alors Pierrot tambourine à sa porte, réclame audience, alerte l'aumônier des prisons et fait tant et si bien qu'il réussit enfin à voir le juge d'application des peines.

C'est « son » juge. Il le connaît bien. A chaque arrestation, il l'a retrouvé. Et à chaque arrestation son juge lui a dit :

« Pierrot, tu dégringoles de plus en plus ! Arrête ! Tu n'es pas un criminel, essaie de devenir un homme, bon sang. »

C'est un brave juge. Un de ceux qui croient à la réhabilitation. Un de ceux qui expliquent avant de juger, même s'ils n'arrivent à rien, deux fois sur trois, ou neuf fois sur dix.

« Je veux sortir, dit Pierrot, c'est pour mon gosse, je ne recommencerai plus je vous le jure, mais laissez-moi sortir maintenant. C'est maintenant qu'il a besoin de moi.

— Il reste trois ans, Pierrot. Trois ans fermes. C'est impossible, et personne ne te croira. Tu recommenceras à voler un jour ou l'autre, tu n'es pas fait pour être père de famille, c'est trop tard, trop tard, je te l'avais dit que tu dégringolais. »

« Il n'y a pas de justice », pense Pierrot tout bas, et puis il le dit tout haut :

« Vous parlez de justice, et vous m'en rebattez les oreilles depuis des années, eh bien je vais vous dire moi, ce qu'elle va faire votre justice. Elle va faire de ce gosse un dingue comme moi, et je vais vous dire pourquoi : j'avais son âge quand mon père est mort, et il n'était pas plus tôt en terre que ma brave femme de mère a fait sa valise. Pierrot est allé en pension à la campagne, Pierrot est allé en nourrice, et à cinq ans il a commencé à faire l'imbécile. A sept ans il a piqué le manteau du fils de la maison, à dix ans il a volé dans le portefeuille de la nourrice pour aller à la foire, à douze ans, il a fauché une bicyclette, à treize il était en maison surveillée, à quinze en correction, à dix-sept en tôle, et depuis ça dure. Et mon fils fera la même chose si on ne le sort pas de là. C'est à moi de le faire. A moi de rétablir la balance. Laissez-moi sortir. »

Le juge est sceptique.

« Vous le connaissez cet enfant ?

— J'ai une photo.

— Et vous l'aimez ?

— Je ne dors pas pour lui, je ne mange pas, je rempaille des chaises la nuit et le jour. Je ferais tout pour lui, tout pour qu'il ne devienne pas comme moi.

— Et si vous sortez, vous continuerez ?

— Laissez-moi sortir, c'est ma seule chance.

— Attendez un peu. Vous serez libéré.

— Il sera trop tard, il faut qu'il m'appelle papa, il faut que je sois là pour le moucher, comme pour lui botter le derrière. Pour lui apprendre à vivre avec quelqu'un qui l'aime, qui lui appartient, à qui il peut tout demander... Je vous en prie, laissez-moi sortir... »

L'avocat, le bâtonnier, le directeur de la prison, les copains de cellule, étaient tous d'accord, en chœur.

« Laissez-le sortir. »

Comment faire ? Il fallait cumuler sur la peine précédente, et considérer que le coffre-fort en faisait partie avec ses 25 francs. Il fallait encore se convaincre qu'une remise de peine était possible, que l'évasion n'était pas si grave, il en fallait des astuces et des passe-droits, et des risques finalement.

Mais le juge était un bon juge, il l'avait toujours été. Et considérant ce Pierrot, dingue dans le bon sens pour la première fois de sa vie, le juge s'est dit :

« Essayons... »

Et il a vu Pierrot sangloter de joie.

Il a voulu sortir et c'est fait. Il lui reste à faire la connaissance de son fils. Un gros bébé qui s'enfuit devant ce père hirsute, au teint livide, qui veut le soulever dans ses bras. Mais Pierrot comprend.

« Gardez-le encore un peu, dit-il à la nourrice, et parlez-lui de moi, il faut que j'aille gagner sa vie et la mienne. Ce ne sera pas long. J'ai tous les courages du monde. Mais parlez-lui de moi, n'oubliez pas de lui dire que je vais revenir, et que je serais là tout le temps bientôt. Et s'il n'est pas sage parlez-lui de moi aussi... parlez-lui toujours de moi. Je reviens. »

Ce fut long, et il en fallu des courages. Des petits et des grands. La première nuit sans un sou et ne sachant où dormir, Pierrot s'est réfugié à la prison, qui l'a renvoyé chez les clochards. Il a été chiffonnier, en attendant que quelqu'un ne recule pas devant son casier judiciaire pour lui offrir une paye. En attendant de trouver un métier, de savoir faire quelque chose de ses mains, il a ferraillé chez les compagnons d'Emmaüs, récupéré les papiers pour l'Armée du Salut, déchargé les camions, lavé les vitrines, balayé les trottoirs, gardé les entrepôts la nuit, vendu des cravates le jour, dormi dans les asiles. Les 120 francs de la pension étaient toujours payés.

Jusqu'au jour où Pierrot le dingue a trouvé une place de livreur, une feuille de paye, une chambre avec un loyer, et acheté un pantalon neuf. Ce jour-là, il a pris le train et il est allé chercher son fils pour le montrer au juge. A son juge.

« Regardez-le bien, a-t-il dit. C'est Jean, c'est mon fils, il a trois ans, c'est la première et la dernière fois qu'il verra un juge de sa vie. Ça marchera, vous verrez. »

Et aux dernières nouvelles, ça a marché.

TABLE DES MATIÈRES

SUSPENS

Tome 2

Textes de
Marie-Thérèse Cuny

DES MAINS DE DENTELLIÈRE

Le cliquetis des instruments chirurgicaux, le souffle du malade, le léger grésillement des lampes, le petit bruit de l'oxygène… La salle d'opération est le royaume du Dr Josca. Du brillant Dr Josca, spécialiste du cerveau.

Depuis sept ans qu'il opère dans cette clinique du Venezuela, il a obtenu des résultats dont ses confrères parlent avec admiration. Il faut des mains de dentellière pour accomplir les miracles qui ont fait sa réputation.

Les deux mains blanches et fines du Dr Josca sont emprisonnées dans leur gangue de caoutchouc. Sa voix étouffée par le masque donne des ordres brefs. Deux assistants, un anesthésiste et deux infirmières glissent autour de lui, efficaces, silencieux, tendus et admiratifs.

L'opération dure depuis trois heures déjà. Une tumeur compliquée, mal placée. Le malade a trois chances sur cinq de s'en sortir. C'est ce qu'a dit le Dr Josca à la famille : « Trois chances sur cinq, si on tente l'opération. Si on ne la tente pas, aucune. » Comme d'habitude, il avait l'air sûr de lui, ses mains blanches croisées sur son menton, comme deux outils délicats.

La famille a dit oui. La malade a dit oui. On les avait prévenus, si le Dr Josca proposait l'opération, c'est qu'il fallait accepter, c'était la seule chance.

C'est pourquoi la jeune Estrella, vingt ans, allongée sur la table d'opération, attend de savoir si les trois chances sur cinq lui permettront de vivre. Dire qu'elle attend est faux. Elle attend sans le savoir, elle dort d'un sommeil de droguée où la souffrance ne pénètre pas, sans cesse surveillée par l'anesthésiste.

Le Dr Josca ne voit même pas son visage, dissimulé sous les toiles stériles... Un joli visage aux traits purs. Estrella est incontestablement la plus belle fille qu'il ait jamais rencontrée et ses mains tremblent par moments. L'un des assistants l'a remarqué. Par deux fois, il a tendu ses poignets à l'infirmière qui s'est empressée de rajuster les gants. Une ruse pour ne pas montrer sa fatigue. Car il ne peut s'agir que de fatigue... Sinon, pourquoi les mains du Dr Josca trembleraient-elles ?

Estrella ne se réveillera pas pour l'instant. Le Dr Josca a prévenu la famille de cela aussi. Trois chances sur cinq, mais un risque, celui du coma. Et le coma est là. Peut-être pas irréversible, peut-être pas mortel, mais dangereux.

Dans la chambre où elle semble dormir, la jeune fille ne peut pas recevoir de visites. Un déploiement impressionnant de machines la maintient en vie. Respiration, sérum, cœur, cerveau, tout est enregistré, surveillé à chaque minute. Le Dr Josca contrôle personnellement l'évolution de la malade.

Et c'est le temps des communiqués de santé laconiques. A la mère qui vient trois fois par jour, on répond :

— Etat satisfaisant. Pas d'évolution morbide. Diagnostic réservé.

Au père, qui téléphone dix fois par jour, on répond :

— Pas d'inquiétude. Elle réagit normalement. On ne peut rien faire pour l'instant.

Mais dans le service du Dr Josca, on discute ferme, car c'est la première fois que le grand chirurgien se trompe.

L'opération était sûrement trop délicate, il a voulu tenter le diable...

D'ailleurs, lui-même n'en parle pas à ses confrères de la clinique. Il a enfermé le dossier médical de sa patiente dans son bureau. Et, selon sa secrétaire, il passe des heures à l'étudier, examinant sans relâche les radios. Car il n'a rien pu faire. Il n'a pas pu atteindre la tumeur. En pleine opération, il a tout à coup renoncé, alors que ses assistants n'avaient rien remarqué d'anormal et que la malade ne présentait aucun symptôme inquiétant. D'un ton sec, il a interrompu l'intervention :

— J'arrête. On referme, préparez-vous et faites vite.

Apparemment, il avait raison, puisque la jeune fille ne s'est pas encore réveillée du coma où elle a sombré, il y a huit jours déjà.

Terrorisés, les parents font le siège de son bureau et leur médecin de famille prend la décision de rencontrer le Dr Josca. Le 4 septembre 1967, il lui téléphone. C'est le neuvième jour, Estrella n'a pas bougé un cil.

Or le Dr Josca n'aime pas être dérangé. Son ton est cassant :

— Vous rencontrer ? Pourquoi cela ?

— Eh ! bien, Estrella est une enfant que j'ai suivie longtemps, je connais sa famille, et la mère surtout a besoin d'être rassurée. J'aimerais connaître la situation à fond, pour pouvoir les aider à surmonter l'épreuve. Ils me font confiance depuis si longtemps !

— Est-ce que cela veut dire qu'ils ne me font pas confiance ?

— Pas du tout, mais vous comprenez, ils ont été surpris de la décision de leur fille, cette maladie a été si rapide, si soudaine, mettez-vous à leur place. Estrella est leur seule enfant...

— Et alors ? Elle est majeure, et je suis spécialiste ! Vous ne croyez tout de même pas que j'ai pris cette décision à la légère...

— Je n'ai pas voulu dire cela, docteur Josca, loin de moi la pensée que...

— Alors, que signifie votre intervention ? Vous faites de la médecine générale, contentez-vous de soigner vos petits malades...

— Docteur Josca, je veux croire que vos nombreuses activités vous interdisent de me recevoir pour l'instant. Votre réaction ne peut s'expliquer autrement.

A l'autre bout du fil, il y a un court silence... Alors, le médecin de famille reprend :

— Voyons, si nous décidions d'un rendez-vous dans la semaine, qu'en pensez-vous ? Encore une fois je ne veux pas me mêler de votre diagnostic, simplement rassurer la famille qui m'a demandé de voir la malade. Vous comprenez, ils sont intimidés, leurs rapports avec vous ne sont pas aussi familiers qu'avec moi. C'est là la seule raison, croyez-le.

La voix du Dr Josca l'interrompt, toujours aussi dure :

— Entendu, mon cher « confrère », entendu. J'ai l'habitude. Dans ma spécialité, les gens comprennent difficilement le pourquoi des choses. Passez me voir à la clinique, demain en fin de soirée, et rendez-moi service : dites aux parents que je suis prêt à leur faire un cours complet sur la tumeur de leur fille. S'ils y comprennent quelque chose, et s'ils ne sont pas démoralisés après ça, ils pourront peut-être me laisser faire mon travail... A demain, et ne soyez pas en retard. Dix-neuf heures, s'il vous plaît !

Le Dr Josca n'est pas homme à perdre son temps. Il n'est pas homme à s'attendrir. Mais c'est un grand chirurgien du cerveau et on est prêt à beaucoup lui pardonner.

La jeune Estrella qui lui faisait entièrement confiance, disait toujours : « J'ai eu de la chance de tomber sur lui. J'aurais pu mourir sans jamais savoir de quoi. Il va me sauver. »

Mais il ne l'a pas sauvée. Et il reste de longs moments dans son bureau, tordant ses deux mains blanches avec nervosité. Tandis qu'elle respire mécaniquement dans une pièce stérile, morte-vivante, toute sa beauté en sursis, pour combien de temps ?...

Le lendemain soir, le Dr Josca reçoit le médecin de famille dans son bureau à dix-neuf heures précises. Il est seul. C'est un brave homme d'une cinquantaine d'années, au visage ouvert, un peu rougeaud. Rien de commun avec le Dr Josca, l'élégance, la fortune, l'autorité, la désinvolture du chirurgien.

Les deux hommes se saluent. Un léger froid, comme un malaise, s'installe entre eux. Un duel se prépare, c'est évident. Un duel qui n'est pas uniquement médical, chacun des hommes le devine, sans savoir exactement pourquoi.

Le Dr Josca est un bel homme, indiscutablement. Avec toutefois quelque chose de dur et d'inhumain sur le visage, même quand il sourit, ce qui est le cas :

— Pardonnez-moi de vous avoir reçu un peu fraîchement au téléphone, mais votre démarche était inattendue. Vous comprenez, cette jeune fille est ma malade depuis un an, et je n'ai eu de contact avec sa famille que depuis l'opération. Depuis, le père et la mère me harcèlent. Raisonnablement, je n'ai de comptes à rendre qu'à ma patiente.

— Si elle était en état de les recevoir.

— Bien entendu.

— En attendant, la famille est légalement autorisée à se préoccuper de sa maladie.

— Je ne reviendrai pas là-dessus. Dites-moi ce que vous souhaitez savoir ?

— J'aimerais consulter son dossier...

— Avec plaisir, mais saurez-vous l'interpréter ? Des radios, des électro-encéphalogrammes, des tests, des résultats de sondage crânien. Je préférerais vous les commenter. Non que je doute de vos capacités...

— Allons droit au but, docteur Josca. Vous doutez de mes capacités et vous avez raison. Je ne suis qu'un petit médecin sans spécialité. Mais il se trouve que moi, je doute des vôtres...

— Comment osez-vous ?

— Plus exactement, je doute que l'opération que vous avez tentée sur Estrella ait été indispensable.

— Vous m'accusez d'un faux diagnostic ?

— Pour l'instant, oui.

— Et qu'est-ce qui vous permet une énormité pareille ?

— Estrella est ma future belle-fille. Mon fils et elle se sont fiancés il y a un an, quelque temps avant qu'elle ne vienne vous consulter...

— Et alors ? Vous intervenez personnellement si je comprends bien, et non en médecin. Je comprends mieux à présent...

— Vous ne comprenez pas tout, docteur Josca. J'aime beaucoup ma future belle-fille, mon fils y est très attaché et je l'ai soignée moi-même à différentes reprises pour des bricoles, car c'était une jeune fille en excellente santé !

— Vous ignorez sans doute qu'une tumeur peut se déclencher brutalement ? On a le temps de mourir cent fois en un an !

— Je n'ignore rien de tout cela. Mais j'étais contre le traitement que vous lui aviez indiqué. Son état général ne collait pas du tout avec votre diagnostic...

— Elle ne vous a pas écouté, heureusement...

— Non, docteur, malheureusement. Car j'ai compris trop tard...

— Ecoutez, cela suffit ! J'en ai assez entendu. Si vous voulez m'accuser, adressez-vous au Conseil de l'Ordre !

— C'est fait !

— Alors, qu'attendez-vous pour me poursuivre devant les tribunaux ?

— C'est fait. Nous avons déposé plainte hier soir, après mon coup de fil. J'ai compris que vous ne céderiez pas.

Le Dr Josca est devenu blanc, aussi blanc que ses mains blanches. Une veine cogne à sa tempe et son visage si distingué devient presque bestial...

— Vous avez osé ? Stupide petit médiocre ! Vous avez osé !

Et vous m'accusez de quoi, hein ? D'avoir interrompu une opération qui mettait la vie de ma malade en danger ? Qu'est-ce que vous savez de ce genre d'intervention ? Rien, bien sûr ! Vous soignez les foies et les rhumatismes !

— Docteur Josca, je suis venu vous demander en communication le dossier médical d'Estrella. Je veux voir les radios qui ont précédé l'intervention et celles qui ont suivi.

— Pourquoi ? Si la justice me les demande, je les lui donnerai ! Mais à vous, pourquoi ?

— A moi, parce que nous pouvons encore sauver Estrella. Et que si vous voulez coopérer, la justice en tiendra compte, je m'en charge...

— Vous semblez bien sûr de vous ! Vous me voyez déjà devant les juges, c'est ridicule ! Personne ne peut me condamner, à part le Conseil de l'Ordre, et il ne le fera pas, je suis trop sûr de moi et de mon diagnostic.

— Ecoutez-moi, docteur Josca, écoutez-moi bien. Nous n'avons pas de temps à perdre. Mon fils, moi-même et la famille d'Estrella, avons déposé plainte hier soir. Plainte pour meurtre avec préméditation, docteur...

— Meurtre ? Comme vous y allez ! Personne n'est mort que je sache !

— Estrella va mourir et vous l'avez voulu. Mon fils a tout compris, lui. Vous étiez amoureux d'elle, vous la vouliez et elle allait vous échapper, elle vous l'a dit un jour quand elle a rencontré mon fils.

— Du roman ! J'ai connu Estrella au club de tennis, comme tout le monde. Je suis marié, et bien trop vieux pour une jeune fille de son âge ! C'est ridicule. Si vous comptez sur cette histoire pour me discréditer, vous êtes fou !

— Vous avez voulu vous venger, docteur Josca. A partir de ce jour-là, Estrella est soi-disant tombée malade. Elle avait soi-disant une tumeur au cerveau, bénigne, puis maligne, enfin il fallait opérer, disiez-vous ! Et elle n'avait confiance qu'en vous. Vous l'aviez probablement droguée, ou hypnotisée... Jusqu'à ces jours-ci, nous étions tout de même à cent lieues de croire à une fausse intervention, c'est pourtant ce que vous avez fait ! Vous avez fait semblant d'opérer, pour mieux la tuer, avec un machiavélisme épouvantable ! J'ignore ce que vous avez fait à cette malheureuse, mais je veux le dossier, les radios, tout ! Il est peut-être encore temps de la sauver !

— Vous dites, si je comprends bien, qu'Estrella n'avait pas de tumeur, et que j'ai opéré pour mieux la supprimer ? C'est ça ? Et quelle preuve avez-vous ?

— Pas de preuve, docteur, c'est vous qui les avez. Moi, je n'ai qu'une simple certitude... toute bête.

— On peut savoir laquelle ?

— Une petite radio des sinus, prise par mes soins pour une légère intervention, il y a deux ans environ. Sur cette radio, on peut voir une petite cicatrice, minuscule. Je sais, docteur Josca, que cette cicatrice n'est pas sur vos radios à vous. Pour une bonne et simple raison, ces radios ne sont pas celles d'Estrella...

Même les grands criminels ne peuvent penser à tout. Et le Dr Josca vient d'accuser le coup. S'il avait su que le fiancé d'Estrella avait un père médecin de quartier ! Que faire ? Il n'a pas le temps de trouver une parade...

Car c'est vrai, le dossier d'Estrella est un faux dossier. N'importe quel expert pourrait s'en rendre compte. Et même à l'heure actuelle, à la minute présente, n'importe quel médecin pourrait affirmer qu'il n'existe aucune tumeur dans le cerveau de la jeune fille. Le Dr Josca l'a inventée en se servant du dossier d'une malade décédée qu'il n'avait même pas opérée. Comme il lui était difficile de continuer son horrible jeu en salle d'opération, il a fait celui qui abandonnait à la dernière limite. Au grand étonnement de ses deux assistants d'ailleurs... Mais, sans ce petit médecin ridicule, tout aurait pu marcher. Personne n'osant contredire le grand spécialiste, le ponte, le mandarin de la neurochirurgie crânienne...

Tout à coup, le Dr Josca contre-attaque :

— Si vous êtes venu me voir, c'est que vous n'êtes pas sûr de vous !

— Oh ! si, malheureusement. Et votre attitude a ôté mes derniers doutes. Mais que la justice suive son cours ne m'intéresse qu'en second lieu. Ce que je veux, c'est savoir ce que vous avez fait à Estrella pendant cette intervention et pourquoi elle est dans le coma. Ce que je veux, c'est le vrai dossier, les vraies radios, celles qui vous ont permis d'accomplir votre meurtre !

— A quoi cela vous avancerait-il ?

— Je note que vous reconnaissez votre crime pour la première fois. Ce qui m'intéresse, c'est de la sauver. Vous pourrez peut-être refaire ce que vous avez défait ?

— C'est ça que vous êtes venu me demander ? A moi ?

— Oui. Si Estrella n'est pas morte, c'est que vous avez raté votre crime. Cela veut dire que vous avez raté votre opération, et si vous l'avez ratée, on peut peut-être la sauver...

— J'en doute !

— Combien de chances ?

— Une sur cinq.

— Tentez-la.

— Pourquoi le ferais-je ?

— La justice en tiendra compte, et nous pourrons peut-être retirer notre plainte...

— Joli cadeau que vous me faites là. Le mal est fait, il y aura enquête de toute façon.

— Essayez !

— Pourquoi moi ?

— Vous êtes le seul chirurgien capable à des kilomètres à la ronde, le temps presse et Estrella est intransportable.

— Vous n'avez pas peur que je la tue ?

— Si. Mais c'est déjà fait de toute façon...

— J'ai dit une chance sur cinq. Mon échec peut être involontaire.

— Acceptez-vous, oui ou non ?

— Non.

— Alors, vous le ferez quand même, la police saura vous en convaincre et vous surveiller.

— Vous vous prenez pour un grand policier, n'est-ce pas ? Un génie de la psychologie policière ?

— Non, monsieur. Personnellement, si je pouvais vous tirer dessus à la mitraillette, je ne m'en priverais pas. Mais la police est en bas. Ayez l'obligeance de me remettre le dossier d'Estrella. Le vrai et le faux. Le procureur en a besoin d'urgence...

Le surlendemain, 7 septembre 1967, le Dr Josca tenta l'opération la plus risquée de sa carrière, en présence de deux inspecteurs de police et de trois de ses confrères délégués par le Conseil de l'Ordre.

Il avait encore menti. Estrella avait quatre chances sur cinq de s'en sortir. Les dégâts qu'il avait précédemment créés n'étaient pas irréversibles, car il lui aurait été difficile, sous le regard de ses assistants, d'en faire plus. Il comptait certainement interrompre plus tard le coma provoqué, en arrêtant tout simplement une petite machine quelconque.

Estrella s'en est donc sortie. Mais pas lui. Il avait exercé au Mexique quinze ans auparavant, sous un autre nom, et on le recherchait pour une histoire de malade mort d'une trop forte dose de curare... Ce malade lui avait prêté une somme considérable pour installer une clinique et il en était mort, apparemment...

Le grand Dr Josca a dû payer de la réclusion perpétuelle sa tentative de meurtre sur Estrella. Et sa femme se bat, depuis 1967, pour obtenir la révision de son procès... Elle seule n'a jamais cru qu'il y avait un Mister Hyde chez ce docteur Jekyll, aux mains de dentellière.

WINNERS LE PERDANT

Il a dix-huit ans. Il est donc mineur, car en 1960 on est mineur à dix-huit ans, même aux Etats-Unis. Seulement il est en prison avec les grands, car il a volé comme un grand.

Winners répond devant le juge d'instruction des délits suivants :

— Vol d'un marteau, d'un ciseau à bois et d'une série de gouges de tailles différentes ;

— Vol d'une pièce de bois, d'une valeur de cinq cents dollars, et de plusieurs traités d'ébénisterie ;

— Vol d'une camionnette.

Plainte déposée par John Weister, ébéniste, 52 Step Road, Cleveland, à l'encontre de Winners Miday, apprenti en son magasin, le 22 juillet 1960.

Winners Miday s'asseoit sur la chaise de moleskine, en face du juge. Ses deux mains provisoirement délivrées des menottes, pendent devant lui comme inutiles. Il a de grandes mains faites pour le travail. Et un corps d'adolescent grandi trop vite. Une tignasse de cheveux bouclés lui retombe sur les yeux. Une tête d'enfant insolent, mal élevé, frondeur et malheureux. Le juge qui l'observait en silence demande :

— Tes parents ?

— Pas de parents, monsieur le juge... Vous saviez pas ? Vous savez pas tout, hein ?

— Tu as une mère pourtant ?

— Ouais. Putain au Mexique... Vous saviez pas ?

— On ne parle pas comme ça de sa mère... D'ailleurs, tu t'es sauvé au Mexique... Ce n'était pas pour la rejoindre ?

Winners baisse la tête. On dirait qu'il boude.

— Ce n'était pas pour la rejoindre ?

— Non. Je m'en fous de ma mère. Elle m'a dénoncé... Vous saviez pas ?

Si, bien sûr. Il sait tout cela le juge pour enfants. Mais il a peut-être une autre optique des choses. Une mère « avertit » la police que son fils est un voleur, est-ce une dénonciation ?

Il reste que le jeune Winners a déjà coûté cher à l'Administration qui a dû le rapatrier du Mexique. Il avait réussi à se sauver avec tout le matériel volé à son patron. Que voulait-il faire avec un ciseau à bois, des gouges, une pièce de bois et des traités d'ébénisterie ? Il voulait s'installer à son compte. Il en avait déjà assez d'être apprenti ébéniste. Il voulait ouvrir boutique, fabriquer de vrais faux meubles mexicains et les vendre aux touristes. Des chaises espagnoles, des lampes espagnoles, des tabourets espagnols. Après un an d'apprentissage, il s'en sentait capable. Curieusement, il avait tout volé à son patron sauf de l'argent. Pourquoi ?

— Je suis pas un voleur. Les outils, ça appartient à celui qui sait s'en servir. Le vieux Weister est un exploiteur. Il fait travailler les gosses pour deux dollars par jour et c'est lui qui encaisse les bénéfices !

Justicier en plus, le jeune Winners. Et innocent. Il était arrivé chez sa mère avec tout son fourbi en déclarant :

— Je vais gagner de l'argent avec ça, t'auras plus besoin de travailler.

Pauvre gosse. Depuis l'âge de seize ans il n'avait pas revu sa mère qui, d'ailleurs, ne voulait pas le revoir. Et il croyait qu'il pourrait, comme ça, installer un atelier dans le taudis où elle vivait et où passait un homme toutes les heures ou presque. Alors, elle avait « averti » la police que « son » fils avait volé du matériel, et voilà, il était là le jeune Winners, assis là avec ses deux grandes mains inutiles. Et le juge était bien perplexe : pas de casier judiciaire, pas d'antécédents. Jusque-là, ni la police ni la justice n'avaient eu l'occasion de rencontrer ce gosse.

— C'est pas très malin ce que tu as fait. Est-ce que tu as une idée de ce qui va t'arriver maintenant ?

— Je vais pourrir en prison, monsieur le juge. Vous saviez pas ?

« Vous saviez pas... Vous saviez pas... » Il n'arrête pas de crier cette interrogation, comme une vengeance, comme un reproche, une accusation ou un désespoir. Mais il a les yeux secs. A dix-huit ans, on ne pleure pas. Il a pourtant découvert en quelques jours le métier d'une mère qu'il idéalisait sûrement et du même coup son affreuse solitude. Alors, pourrir en prison lui semble une déchéance à la mesure de ses désillusions. Mais il est tombé sur un bon juge.

— Non, je ne savais pas que tu voulais pourrir en prison.

— C'est pourtant vous qui m'y avez collé, non ?

— Non. Ce n'est pas moi, c'est la police. Et elle a fait son métier. Le mien est de comprendre ce qui t'est arrivé et de l'expliquer à ceux qui te jugeront.

— Vous voulez rigoler ! Qu'est-ce que ça peut leur faire ?

— Ça peut leur faire que, s'ils comprennent, tu ne pourriras pas en prison très longtemps. Il y a des maisons d'éducation surveillée où tu pourrais continuer à travailler.

— Travailler pour qui ? Pour des prunes ? J'ai plus envie de travailler.

— Tu avais envie pourtant, puisque tu as volé pour ça.

— C'était pas pareil. C'était pour ma... pour ma mère ! Travailler pour vous ? Croyez pas ça... J'en ai marre de travailler pour des exploiteurs. Et j'en ai marre de travailler tout court. Et j'en ai marre que vous cherchiez à comprendre.

Y'a rien à comprendre. Fichez-moi la paix. Je veux rentrer chez moi.

— Chez toi ? Mais c'est la prison chez toi !

— Et alors ? Je vaux pas mieux. Et là au moins on me fiche la paix...

Monsieur le juge décide qu'il est temps en effet de ficher la paix au jeune Winners. Il a déjà compris pas mal de choses. Il a sur son bureau le rapport de l'assistante sociale qui a vu la mère et l'employeur, et qui a compris elle aussi. Fort bien compris, car son rapport est remarquable. Il n'est pas question de laisser le jeune Winners pourrir en prison, comme il dit. Ce serait dommage. Mais comment faire pour éviter que le gamin ne se laisse gagner par l'atmosphère épouvantable des cellules de la prison, mêlé à des proxénètes, assassins et gangsters minables de tout poil. Trop grand pour être placé ailleurs, il devra côtoyer ce bas monde jusqu'au procès. Si seulement le patron acceptait de retirer sa plainte... Puisque son matériel a été récupéré, ce serait une chose possible...

Monsieur le juge convoque donc le vieux John Weister, ébéniste de son état, qui a une tête de vieux grigou, un regard sournois, des doigts crochus et qui est antipathique au possible, mais il a la loi pour lui.

— Comment ça, retirer ma plainte ? Mais qu'est-ce que c'est ici ? C'est la justice ou le bureau de l'Assistance publique ? Si c'est comme ça que vous traitez les criminels, ça m'étonne pas qu'on assassine à tous les coins de rue. Je paye des impôts, moi. Je suis un honnête citoyen, je veux qu'on punisse ce petit salopard. Il m'a volé tout de même !

Aucun espoir de ce côté-là, donc.

Monsieur le juge convoque ensuite l'assistante sociale. C'est une jeune femme extraordinaire. Mariée, mère de deux enfants de trois et cinq ans, Leslie Turner a choisi le métier le plus difficile et le plus mal payé qui soit, faire de la « récupération » de jeunes délinquants. Une licence de psychologie, un certificat de droit et un courage remarquable font d'elle une assistante précieuse. Malheureusement, l'administration des Etats-Unis ne cultive pas beaucoup ce genre de fonctionnaires. Et Leslie Turner est plus bénévole qu'autre chose, tandis que sa maison est souvent transformée en centre d'accueil.

Le juge lui confie son problème.

— Okay, dit Leslie. Je vais d'abord voir le gamin. Ensuite, j'irai revoir son ancien patron. Je le connais bien, c'est une crapule.

Et tout va très bien. Tout va vite et bien. Il semble que Leslie Turner soit exceptionnellement douée. Que des montagnes de difficultés apparemment infranchissables s'écroulent devant elle. Elle obtient la confiance du jeune Winners. Elle entortille le vieux Weister... Sûrement le diable sait comment ! Car le vieux retire sa plainte. Bref, Winners Miday ne pourrit en prison que trois semaines. Et il est relâché sous surveillan~~ce par~~ monsieur le juge. Un bel exploit.

Winners Miday est donc relâché et mis sous surveillance. Son éducatrice, Leslie Turner, est chargée de lui trouver du travail, un logis, et surtout de veiller à ce que la solitude ne le pousse pas à refaire des bêtises.

Car, s'il ne pourrit pas en prison, Winners n'en est pas joyeux pour autant. Il ne parle plus de sa mère mais son comportement a changé. Lui qui semblait aimer son métier, n'a aucun désir de le reprendre. Il flotte. Et il se raccroche à Leslie Turner. Le premier soir il a couché dans la chambre d'amis, s'excusant d'encombrer avec timidité :

— Je vais pas vous embêter longtemps. J'ai pas l'habitude d'embêter les gens longtemps. D'ailleurs, je veux pas être surveillé comme un gosse.

Le deuxième soir, son baluchon sur l'épaule, il traînait sur le pas de la porte. Leslie l'écoutait avec patience.

— J'ai rien à faire ici. Je ne suis ni votre mari, ni votre enfant. C'est ridicule. J'ai pas besoin qu'on s'occupe de moi. D'abord, j'ai l'habitude.

— Tu as l'habitude de quoi ? De rien du tout. Moi j'ai l'habitude. Tu n'es pas le premier, tu sais...

— Justement. J'aime pas ça. J'aime pas jouer les mouflets perdus, graine de violence et tout ça...

Leslie Turner avait mis une heure à lui faire retraverser l'appartement et regagner sa chambre. Et puis, elle avait eu une idée de génie. Lui confier la surveillance de ses propres enfants. Et l'astuce avait marché. Au bout de trois mois, Winners avait accepté successivement du travail et une chambre dans un centre de jeunes, à condition de venir régulièrement passer les soirées en famille.

Que représente Leslie Turner pour lui ? Une femme de trente ans, jolie et douce ? Une femme dont on peut tomber amoureux à dix-huit ans ? Pas vraiment. Une mère ? Pas vraiment non plus. Une amie ? Une sœur ? Une surveillante ? Un juge ? Le tout à la fois, sûrement, et sans le savoir, sûrement.

Pour Leslie Turner, de toute évidence, ce n'est qu'un adolescent de plus, récupéré grâce à beaucoup de don de soi-même. Car il est bien évident que la vie privée de cette femme ne l'est guère, privée. Et pour réussir cet apostolat, il faut un mari compréhensif, des enfants en bonne santé et une résistance à toute épreuve.

Winners semble aller bien, jusqu'au jour où Paul Robertson entre dans sa vie, par une froide soirée d'hiver. En arrivant devant la petite maison de Leslie Turner, Winners traverse le jardin et vient regarder par la fenêtre de la cuisine. Il aime bien regarder par la fenêtre de la cuisine. Le soir, il y découvre un tableau qui le réconforte. Les gosses qui mangent, Leslie qui tourne autour d'eux en discutant, en riant, et son mari qui fait la sourde oreille en lisant le journal. Winners aime ce spectacle. Il sait qu'il peut entrer là, se mettre le corps et le cœur au chaud. Il sait qu'il n'y aura que des sourires, et parfois une bonne assiette de frites avec des saucisses.

Mais ce soir-là, en regardant par la fenêtre, Winners

découvre un nouveau visage. Un visage qui ressemble au sien. Même âge, même air de chien perdu, même yeux affamés. Le garçon est attablé, il mange, et toute la famille lui parle.

Un pincement terrible vient au cœur de Winners. Un long moment il reste là, le visage collé à la vitre, sous la pluie, à regarder entre les gouttes cet intrus qui a pris sa place, qui occupe sa chaise, qui mange dans son assiette... Et il s'en va.

Il revient le lendemain avec le vague espoir de retrouver le champ libre. Mais l'autre est là. Et il est toujours là les jours suivants. Alors Winners ne vient plus. Il traîne. Il se fâche avec ses nouveaux patrons, il se bagarre avec un camarade de chambrée, et ne se présente plus au contrôle des libérés conditionnels.

Une fois de plus, Leslie Turner est envoyée à la rescousse. C'est un garçon pâle et amaigri qu'elle retrouve au foyer des jeunes délinquants. Renfermé, hargneux, Winners a retrouvé son ancienne révolte.

— Je veux plus voir personne, vous saviez pas ?

— Winners, écoute-moi. Tu m'as toujours écoutée, n'est-ce pas ? Qu'est-ce qui s'est passé ? Pourquoi ne viens-tu plus nous voir à la maison ?

— Vous n'avez pas besoin de moi, hein ? Vous êtes tranquille chez vous, avec vos enfants et le reste... Alors, fichez-moi la paix...

— Qu'est-ce qu'il y a, Winners ? Qu'est-ce que ça veut dire ? Tu sais bien que la maison te sera toujours ouverte...

— C'est ça... ouverte à tout le monde, à tous les paumés, comme celui qui s'est installé... Qu'est-ce qu'il a fait celui-là ? Il a tué sa mère ? Il a avalé une overdose ? On le chouchoute, hein ? C'est le fils de la maison ?

— Tu es jaloux, ma parole !

— Jaloux, moi ? J'en ai rien à foutre, vous saviez pas ? J'ai l'habitude ! Alors fichez-moi la paix...

Leslie Turner tente un geste apaisant, mais le garçon n'est plus lui-même. Leslie n'avait pas deviné cela : cette violence, cette jalousie maladive. Elle ne savait pas que le garçon s'était attaché à elle à ce point. Comme quoi, les licences de psychologie n'apprennent pas tout...

Alors Leslie dérape un peu dans sa technique professionnelle. Elle ne sait plus très bien quelle attitude avoir. Cet amour lui fait peur. Elle comprend bien qu'il ne s'agit pas d'une simple attirance sentimentale. Elle devine bien, parce que c'est son métier, que le garçon a reporté sur elle et sur sa famille toute la tendresse qu'il n'a jamais eue. Une mère prostituée, pas de père, des pensions, des nourrices et pour finir, elle, Leslie, qui s'imagine le sauver et le lâche en pleine cure.

C'est ce qu'il croit en effet : être lâché, abandonné. Un chien à qui l'on fait l'aumône d'une caresse et que l'on renvoie dans sa niche, dès qu'un autre se présente.

Au geste d'apaisement de Leslie Turner, Winners a répondu par une gifle. Alors, déconcertée, Leslie se fâche. Puisqu'il faut bien avoir une attitude, elle adopte celle-là.

— Pauvre idiot ! Tu te fiches pas mal de savoir que d'autres ont besoin d'aide ! Mais qu'est-ce que tu croyais ? Que tu étais le seul ? L'unique ? Qu'on allait te dorloter comme ça jusqu'à l'âge de la retraite ? Tu es un homme, oui ou non ? Personne ne t'a empêché de venir nous voir. Ce garçon que tu as vu, il sort de prison. Pendant deux ans, il a « pourri » là-bas, comme tu dis. Il n'a pas eu ta chance... Il a attaqué une bijouterie et blessé un homme, à treize ans ! Il en a quinze à présent. Il a encore plus besoin d'aide que toi...

— Alors, gardez-le ! Et foutez-moi la paix ! J'ai rien demandé, moi ! Fallait pas vous occuper de moi et me faire des grimaces. Dehors !

En rentrant chez elle le soir, Leslie, racontant la scène à son mari, conclut :

— J'aurais peut-être dû prévenir le juge. Il a fait un tel scandale que le directeur du foyer l'a expédié en section de redressement. J'espère qu'il s'en sortira.

Et parce que la vie et le travail continuent..., Leslie oublie. Elle est visiteuse de prisons, conseillère psychologique pour l'enfance délinquante, elle travaille dans une commission qui s'occupe du recyclage des jeunes drogués. Elle a un mari, des enfants, et la plupart du temps un « paumé » qu'elle n'a pas le courage de mettre à la porte de chez elle... Alors, elle oublie Winners, et trois semaines passent.

Le temps pour Winners de faire un plan des lieux de la maison de redressement. Le temps de bricoler une clé pour passer du dortoir à la cour, sauter le mur d'enceinte et sauter dans un train.

Winners est dans le petit jardin de la maison de Leslie. Il est tard. La cuisine est noire, mais l'on distingue une vague lueur dans le salon. Winners sait comment enjamber la fenêtre toujours entrouverte. Il sait longer le couloir, sur la pointe des pieds, comme jadis pour ne pas réveiller les enfants. Il voit les silhouettes confortablement installées devant la télévision. Leslie, son mari, et l'autre... l'intrus, celui qui a pris sa place.

Toujours à pas de loup, il retourne dans la cuisine, et prend le grand couteau qu'il a souvent vu accroché au mur, refait le couloir en sens inverse et, comme un fauve, il bondit sur le fauteuil de « l'autre ».

Dans le noir, la surprise est totale. Il a encore le temps de retourner l'arme contre Leslie, avant d'être ceinturé par le mari et assommé à coups de bouteille.

« L'autre » est mort. Il n'a pas eu de chance, l'arme a perforé l'abdomen et la rate. Leslie n'est que blessée au ventre, elle s'en sortira. Au procès, son mari, témoin principal, accuse :

— A force de s'occuper de ces jeunes dingues, cela devait arriver. J'avais souvent prévenu ma femme. Celui-là était plus hypocrite que les autres. Je n'aurais jamais cru cela de lui. Il se donnait des airs de chien battu...

Leslie a défendu le chien battu comme elle a pu. C'était

difficile et c'était reconnaître une sorte d'échec. Et surtout, un autre chien battu de quinze ans en était mort.

Alors ? Winners est allé « pourrir » en prison comme il disait. Car on ne peut pas tous les sortir de là sans danger. Vous ne saviez pas ?

DERRIÈRE LE CHÂTEAU, IL EST UN ÉTANG VERT

Le château n'est pas très loin. Il couvre le village, d'une ombre inquiétante. C'est l'un de ces nombreux nids d'aigle autrichiens que plus personne n'habite. Les seigneurs ont péri pendant la rude guerre de 14-18. Il a un air d'épouvante. Arbres tordus, tour crénelée, portes battantes, brouillard, corbeaux, rien n'y manque. Derrière le château il y a un étang vert. Une légère vapeur flotte autour des roseaux dressés.

C'est l'aube du 7 juillet 1925. Le corps de Julie flotte à la surface. Ses cheveux longs et noirs traînent au milieu des herbes. Son jupon blanc est couvert de vase.

Le chasseur s'est arrêté net, saisi d'épouvante. Le chien, lui, a plongé. Le nez frémissant, la tête à fleur d'eau, il tourne en rond dans l'étang glacé, laissant fuir les canards au-dessus de lui. Il rapporte. Il a saisi au hasard le jupon dans sa gueule, et revient vers son maître. Un sillage verdâtre se forme derrière lui, il lutte et s'essouffle à grands coups de pattes, perd sa prise, en cherche une autre, et peu à peu gagne la berge.

Julie Redl, enceinte de huit mois, disparue depuis une semaine, repose maintenant dans l'herbe haute.

Bientôt tout le village défile devant la suicidée. Le chien hurle à la mort.

— Voilà, dit le chasseur. C'était il y a cinq ans, à cet endroit-là.

Le gendarme regarde l'étang, le chien couché à ses pieds, le château lugubre, les maisons éparpillées au loin.

— Et après ?

— Il s'est mis à pleuvoir et on l'a enterrée. Le médecin a dit qu'elle s'était noyée. Son corps était intact. Il n'a trouvé que la marque des dents de mon chien sur un bras.

— Un suicide ? Pourquoi ? Parce qu'elle était enceinte ?

— C'est ce que la famille a dit. Nous, au village, on n'y a jamais cru.

— Qu'a fait la police ?

— Rien. Le médecin était sûr de lui. Julie n'a pas été tuée, ni étranglée, ni assommée, ni empoisonnée, rien. Vous êtes venu pour ça ?

Non, le gendarme n'est pas venu pour cela. Il enquête sur l'incendie d'une ferme voisine. Son enquête est d'ailleurs terminée. Mais on lui a parlé à l'auberge de la mort de Julie. Avec des sous-entendus et des airs mystérieux, alors il se renseigne. A présent quelque chose l'intrigue : la distance entre la maison de Julie et l'étang. Il faut traverser le village et contourner le château, c'est un bon bout de chemin, et il est curieux que la jeune femme l'ait franchi, vêtue seulement d'un jupon.

Alors il décide de consulter le dossier, pour voir. Histoire de combler les deux jours qu'il doit passer à l'auberge, en attendant le rapport définitif sur « son » incendie. Comme ça, à tout hasard. C'est ainsi que l'on passe parfois de la simple curiosité à l'épouvante la plus totale.

Compliqué et rébarbatif au départ, le dossier du suicide de Julie Redl est simple en fait, mais les autres ne le sont pas. Car il y en a d'autres, une montagne d'autres, qui concernent les familles Redl et Brever. A elles seules, ces deux familles, liées par mariages, semblent avoir occupé la gendarmerie locale et le tribunal plus que le village tout entier. Le gendarme a de la lecture :

Suicide de Julie Redl. Le premier dossier est maigre.

« 2 juillet 1925, devant nous, etc., comparaît Antoine Redl, venu nous informer de la disparition de sa sœur Julie, trente ans, fille célibataire, mère d'une petite fille de neuf ans, née de père inconnu. Actuellement enceinte. Tricoteuse à domicile. »

Question : « Qui est le père supposé de cette nouvelle grossesse ? »

Réponse : « Inconnu. Ma sœur fréquente des hommes. »

Question : « Que faisait-elle le jour où elle a disparu ? »

Réponse : « Elle allait vendre du foin. »

5 juillet 1925... Battue organisée. Dix hommes fouillent les bois et les prés environnants. La famille participe aux recherches qui s'avèrent négatives.

7 juillet 1925... Audition du témoin, le chasseur qui a découvert le corps, en compagnie de son chien.

8 juillet 1925... Rapport d'autopsie : « Mort par immersion à l'exclusion de tout autre cause extérieure ou mécanique. Aucun signe de strangulation — cartilage du larynx intact. Aucune trace de coups — visage et ventre lisses. Aucun signe de défense contre une force extérieure. Conclusion : suicide. »

« Annexes : déclaration des membres de la famille : Julie était en état de dépression. Comportement anormal depuis de nombreuses années. »

« Ci-joint : permis d'inhumer. »

C'est simple. On a retrouvé tous les vêtements de Julie dans sa chambre, intacts. Elle s'est donc rendue à l'étang, pieds nus et en jupon pour s'y noyer. Les autres dossiers sont un fatras de procès, où le gendarme, détective improvisé, a bien du mal à se retrouver.

Deux couples habitent une maison double, séparée par un jardin. A droite, Antoine Redl et sa femme Catherine. Plus une chambre séparée où vit la sœur d'Antoine, Julie et sa petite fille.

A gauche, le beau-frère d'Antoine et sa femme, Gotfried et Juliana Brever, plus la mère de celle-ci.

Tout ce monde ne vit pas dans l'amour et la quiétude familiale, loin de là.

De son vivant, Julie sème la discorde. Son frère qui assume l'héritage familial, lui doit 200 kilos de pommes de terre par an, le revenu d'un champ et l'usufruit de la chambre qu'elle occupe. Ni les 200 kilos annuels de patates, ni le rapport du champ ne font de bons comptes ni de bons amis. Antoine et Julie se bagarrent régulièrement. Pratiquement chaque année depuis 1920. Procès sur procès. Puis Julie fait du charme à Gotfried, le beau-frère...

Selon le rapport du 11 mars 1925, Julie insulte la femme de Gotfried.

— Ton mari est un cochon ! Je porte un enfant de lui...

Juliana se fâche, et lance des pierres à sa rivale.

Le 8 avril, Julie porte plainte. Juliana paye une amende. Le lendemain elle porte plainte à son tour, pour adultère. Et c'est au tour de Julie de faire huit jours de prison. Elle confirme qu'elle est enceinte de Gotfried. Rentrée chez elle, nouvelle bagarre.

Son frère Antoine et sa femme Catherine lui administrent une correction sévère. Julie se défend, la bagarre dégénère... Les deux femmes se poursuivent autour de la maison, jusque dans le jardin des Brever. C'est là que la belle-mère, la vieille Johanna, s'en mêle.

Le 3 juin, Brever et Redl se retrouvent mélangés devant le tribunal. Le juge n'y comprend rien, tout le monde s'insulte, et les deux parties sont renvoyées dos à dos, amendes à égalité.

Depuis le 3 juin 1925, plus rien, jusqu'au suicide de Julie Redl, le 7 juillet 1925.

Cinq ans viennent de passer. Dans le village on évite aussi bien les Brever que les Redl. S'ils se battent encore, ils le font en silence.

La fille de Julie a maintenant quinze ans. La belle-mère quatre-vingts...

Quand le gendarme décide d'aller leur rendre visite, on le met en garde :

— Prenez garde. C'est un nœud de vipères.

C'est vrai. Gotfried et sa femme Juliana sont deux vipères. Antoine et sa femme Catherine en sont deux autres. Sans compter Johanna, la vieille, plus vipère que les autres, une vipère douairière en quelque sorte.

C'est elle que notre gendarme, à tout hasard, décide de chatouiller un peu. Et, oh ! surprise, elle ne siffle pas, elle parle.

La vieille Johanna a levé un museau méchant vers l'uniforme. A demi paralysée, son énorme masse coincée dans un fauteuil de bois à roulettes grinçantes, elle fixe de ses petits yeux durs le questionneur inattendu :

— Julie s'est noyée dans l'étang. Qu'est-ce que ça peut vous faire le comment et le pourquoi ? Qui êtes-vous d'abord ?

— Officier de gendarmerie Schiller, madame.

Derrière la vieille dame, les autres, comme prêts à mordre, eux aussi. Mais prêts à mordre qui ? Le gendarme Schiller ou la vieille dame ?

On dirait bien que la maréchaussée vient troubler l'une de ces querelles de famille dont on parle au village, que les deux beaux-frères et les deux belles-sœurs étaient justement en train de s'acharner après la vieille.

Le gendarme Schiller saute sur l'occasion.

— Je voudrais vous parler, madame, mais à vous seule...

Antoine bondit :

— Elle débloque complètement, laissez-la tranquille. C'est une vieille folle !

Donnant un élan à son fauteuil à roulettes, la vieille fait volte-face pour l'affronter, et l'extraordinaire se produit. Le gendarme Schiller, plus que les autres, en reste médusé : l'infirme, presque dressée sur son fauteuil, hurle :

— Assassins ! Pauvres minables, stupides assassins !

La bataille qui se déclenche ensuite tient de l'horreur et du ridicule en même temps. Elle durera assez pour que Schiller aille chercher du renfort et fasse boucler tout le monde dans une salle de la mairie.

Hirsute, le visage ensanglanté par les ongles de sa fille et de sa belle-fille, la vieille Johanna hurle des accusations à faire frémir d'horreur. Et il faudra plusieurs heures pour la calmer.

Mais ce n'est pas elle qui raconte. C'est Juliana qui, finalement à bout de nerfs, bribes par bribes, dénonce son mari infidèle, et toute la famille par la même occasion.

Depuis longtemps, Julie n'osait plus sortir seule de sa chambre. La haine qui l'entourait était devenue tangible, les menaces se faisaient de plus en plus précises.

Pourquoi cette haine ? Plus exactement, ce mélange de plusieurs haines ?

Juliana veut la mort de la maîtresse de son mari. Gotfried, le mari, veut la mort de celle qu'il a mise enceinte et le crie sur les toits. Antoine, le frère, veut se débarrasser d'une sœur encombrante qui lui mange une part d'héritage. Sa femme est du même avis. Quant à la vieille Johanna, elle attise le feu, chaque fois qu'il en est besoin, pour le plaisir.

Le 25 juin 1925, Julie est seule devant la porte de sa chambre, pendant une fraction de seconde. Elle vient de dire au revoir à sa fille qui part pour l'école. Sa fille est son seul soutien. Tant qu'elle est là à ses côtés, elle sait qu'elle ne risque rien.

Mais les deux hommes guettent cette seconde depuis le matin. Au moment où Julie va refermer sa porte, ils sautent sur elle. Catherine éloigne l'enfant, Juliana aide à traîner sa rivale jusqu'à la grange.

La vieille entend, mais ne bouge pas, pas encore. Elle attend que la bande soit tout entière à son horrible travail pour se traîner sur son fauteuil jusque dans la cour et regarder par une petite lucarne.

Ils ont jeté Julie sur la paille. Elle est pieds nus et en jupon. Elle crie, mais quatre paires de bras la maintiennent et une couverture l'étouffe lentement.

Le frère de Julie, le beau-frère, la belle-sœur, Juliana enfin, la plus acharnée, toute sa petite famille s'emploie à la tuer sans laisser de traces.

Lorsqu'elle ne bouge plus, Julie est provisoirement jetée dans un réduit. Les assassins attendront la nuit pour la jeter dans l'étang.

La journée passe en bagarres et en menaces diverses contre la vieille femme, promise au même sort, si elle parle. Vers minuit on récupère le corps, les deux femmes le disposent dans une grande corbeille à linge que les hommes soulèvent et, horreur, voici que la tête de Julie bouge. Les yeux fermés, elle parle !

Son frère hurle et lâche le panier, tandis que Gotfried reste paralysé de peur. C'est le fantôme de Julie qui se redresse dans la corbeille à linge !

En fait la malheureuse n'est pas morte. Elle a dû passer la journée dans le coma et l'air de la nuit la ranime un peu. La peur passée, Antoine trouve la solution. Il remplit un seau d'eau et plonge la tête de sa sœur dedans. Certains de l'avoir noyée cette fois, les deux hommes la transportent à l'étang.

C'est ce qui fera croire au suicide. Julie était vraiment, indiscutablement noyée.

Voilà. Le gendarme Schiller peut être fier. Il n'a pas perdu son temps. Quatre assassins d'un coup, et des aveux en vingt-quatre heures, c'est un beau score.

Il est assis dans le bureau du maire, le gendarme Schiller. Il a enfermé chacun des coupables dans une pièce séparée, et a téléphoné en ville, à la police, pour raconter son coup de filet. Il attend du renfort. En face de lui, dans son fauteuil de bois, la vieille l'observe méchamment, impuissante. Tout est fini ? Erreur, pourtant...

Dans sa cellule improvisée, Gotfried tambourine à la porte. Il appelle le gendarme Schiller et crie :

— Je veux parler... Je veux parler...

Si la vieille Johanna n'avait pas tout à coup dressé la tête, l'air inquiet, Schiller n'aurait pas bougé. Mais, il l'observe, plus l'autre crie derrière la porte et plus elle donne l'impression d'avoir peur. Pourquoi ce monstre énorme vissé dans son fauteuil à roulettes aurait-il peur ? Peur maintenant que tout est clair ?

Schiller ouvre la porte, attrape Gotfried par les menottes, le traîne devant la vieille, et l'asseyant de force sur une chaise, l'attache solidement. On ne sait jamais, ces gens-là ont trop l'habitude de se sauter à la gorge au moindre prétexte.

Bonne précaution, car les regards entre la belle-mère et le gendre sont des poignards...

— Alors ? Qu'est-ce que tu voulais dire ?

Gotfried, fixant toujours sa belle-mère, comme s'il pouvait la tuer sur place, demande :

— C'est elle qui a tout raconté, hein ? C'est elle, cette vieille carne ?

Honnêtement, le gendarme Schiller devrait dire non. Car après son éclat, Johanna s'est renfermée comme une huître. Les aveux et les accusations viennent de sa fille... de la femme de Gotfried. Mais qui sait ? En disant oui, en entretenant la certitude et la rage de Gotfried, qui sait s'il n'apprendra pas autre chose ?

— Elle a tout dit, c'est vrai.

Schiller attend les résultats. Quelques minutes passent, puis Gotfried y va de ses déclarations, tellement énormes que Schiller n'y croit pas ! Trop, c'est trop. Et pour un seul gendarme venu là par hasard, faire une toute petite enquête de rien du tout, sur un incendie même pas criminel...

Et pourtant il faut bien admettre que Gotfried, en voulant se venger de sa belle-mère, dit la vérité. Il faut bien l'admettre puisque la vieille hoche la tête et crache son acquiescement à chaque accusation, comme une sorcière des crapauds.

— Son premier mari, elle l'a pendu par le cou, dans le grenier pour lui voler la maison. Elle a dit qu'il s'était suicidé et tout le monde l'a cru, pas vrai ?

— Je l'ai pendu... Oui, je l'ai pendu... t'as raison.

— Elle avait un fils, et il est mort de congestion, soi-disant, en lui laissant tout l'héritage.

— Je l'ai empoisonné... empoisonné.

— C'est comme ça qu'elle a eu la première maison, la vieille ! Après, elle a épousé le voisin. Comment il est mort celui-là, hein ? A la mort-aux-rats. La dernière nuit, je l'ai aidée. Et le grand pré, le long de l'étang, ça c'était le dernier mari, le père de Juliana, mon beau-père. Celui-là aussi elle l'a pendu, dans le grenier, comme l'autre. Elle faisait croire qu'il était fou.

— Je les ai tous tués, c'est vrai ! Mais pas Julie ! Julie, c'est toi et ta femme...

— C'était le tour de qui, après ça, hein ? On la surveillait, elle a tout raconté quand elle est tombée malade des jambes. On lui avait fait une piqûre pour la calmer, et elle a tout raconté ! Tu en as tué quatre !

Eh bien ! voilà. Le gendarme Schiller a fait son rapport. Il est venu au premier procès, on y a condamné Gotfried et Antoine aux travaux forcés à perpétuité pour le meurtre de

Julie et les deux femmes ont été acquittées, Dieu sait pourquoi.

Puis il est allé à l'autre procès, où la vieille Johanna a raconté ses quatre meurtres. Toute une vie de meurtres, devant les jurés ébahis. Elle avait commencé à vingt-cinq ans. Pour le dernier, elle en avait soixante-cinq, l'âge de la retraite. Elle aussi a été condamnée aux travaux forcés. Une vieille femme dans un fauteuil roulant condamnée aux travaux forcés à perpétuité, cela peut paraître ridicule. C'est qu'il faut encore savoir que la vieille Johanna n'était paralysée que lorsqu'elle le voulait bien. Elle avait trouvé ce moyen pour observer sans qu'on se méfie d'elle, pour faire travailler les autres à sa place et, qui sait, peut-être pour préparer un autre meurtre, sans que l'on puisse la soupçonner.

Le gendarme Schiller a raconté son histoire à des criminalistes aux environs de 1936... Et c'est à lui qu'en revient la conclusion :

— Quand je suis rentré chez moi, que j'ai retrouvé ma femme, après ces deux jours incroyables, elle m'a dit : « Gustav, tu as comme un air d'épouvante sur la figure. »

L'HOMME INCONNU DE LUI-MÊME

Monsieur l'Inspecteur Corps
Scotland Yard

Lundi 24 juin 1946

Monsieur, je pense qu'il est de mon devoir de vous informer de certains faits en rapport avec la mort de Mlle Holster à l'hôtel de Nothing Hill.

J'ai loué une chambre dans cet hôtel, samedi dernier, mais je n'étais pas avec Mlle Holster, que j'ai rencontrée pour la première fois pendant la semaine. J'ai bu un verre avec elle dans l'après-midi de vendredi. Et pendant que j'étais avec elle, elle a rencontré quelqu'un avec qui elle était obligée d'aller dormir. Les raisons que j'ai cru comprendre étaient essentiellement des questions d'argent.

Mlle Holster m'a demandé d'utiliser ma chambre jusqu'à deux heures du matin, et m'a prié de revenir ensuite. Espérant passer le restant de la nuit avec elle, je lui ai donné mes clés en lui demandant de laisser la porte ouverte. J'ai dû rentrer vers trois heures, et je l'ai découverte dans les conditions que vous savez.

J'ai réalisé que je me trouvais dans une position épouvantable et plutôt que de prévenir la police, j'ai pris mes affaires et je suis parti. Ensuite, j'ai réfléchi au problème à plusieurs reprises. Revenir ou non ? Mais vu les circonstances j'ai eu peur de le faire.

Je peux vous donner la description de l'homme. Il est âgé approximativement de trente ans, cheveux noirs, avec une petite moustache. Taille, environ un mètre soixante-dix, mince. Son prénom est Jack, et je suppose qu'il était ami de Mlle Holster depuis longtemps.

J'ai lu l'essentiel de l'article du *Daily Telegraph* qui dit qu'on me recherche, mais pour le moment j'ai changé de nom. J'aimerais bien venir vous aider mais je connais la musique, les soupçons qui seront immanquablement dirigés contre moi si je fais cela...

Je possède l'instrument qui a servi à torturer Mlle Holster et je vous l'expédierai aujourd'hui par la poste. Vous trouverez mes empreintes dessus, mais vous en trouverez d'autres également bien entendu.

Collins Dickinson Maners

— Sandra ? Tu as lu les journaux ?

— Non, qu'est-ce qu'il y a ?

— Il y a eu un crime à Londres, dans l'hôtel où nous étions la semaine dernière.

— Quel genre de crime ?

— Oh ! un crime de sadique. La fille a été martyrisée et violée, une chose terrible. Je ne te l'avais pas dit, mais je la connais cette fille, ça s'est passé dans la chambre où nous étions le week-end dernier. Elle était avec un homme et ils ne savaient pas où aller, alors je leur ai prêté les clés de la chambre, et je suis allé dormir ailleurs.

— Elle a été tuée quand ?

— Cette nuit-là. Je l'ai vue le lendemain, la police m'a montré le corps, un vilain spectacle.

— Tu ne m'as rien dit sur le moment, pourquoi ?
— Je ne voulais pas te faire peur.

— Collins ? Cette histoire de meurtre, comment se fait-il que tu sois si bien au courant ?
— Je ne suis pas au courant, j'ai lu les journaux tout simplement.
— Dans les journaux ils ne disent pas comment elle est morte... Tu m'as dit qu'on l'avait étouffée avec un oreiller ?
— C'est le policier qui me l'a dit le lendemain.
— Qui a pu faire une chose aussi affreuse ?
— Un obsédé, je suppose.
— Tu l'as rencontré ?
— Juste aperçu.
— Alors, tu vas aider la police ?
— C'est déjà fait. J'ai envoyé une lettre à l'inspecteur Corps.

Telle fut la conversation tenue le 24 juin 1946 entre Collins Maners et Sandra Olling.

Lui, jeune officier de la R.A.F., trente ans, héros aux yeux bleus d'un charme indiscutable.

Elle, vingt ans, amoureuse depuis une semaine seulement de ce beau chevalier tombé du ciel.

Ils se sont connus à Londres. Ils ont passé leur première nuit ensemble à l'hôtel. Collins a ensuite accompagné la jeune fille dans le Sussex, chez ses parents. Il habite l'hôtel et leur rend visite comme un jeune fiancé bien élevé, à l'heure du thé. A propos de ce crime horrible dont ils ont parlé, peu de choses à dire sinon que le meurtrier est un sadique de la pire espèce, dont les médecins disent :

« S'il en est à son premier crime, il va probablement récidiver sous peu. Il vient de se découvrir, d'assouvir enfin des instincts qu'il porte en lui depuis longtemps. L'envie de recommencer survient en général quelques jours, quelques semaines après. »

Sur place, la police n'a pas trouvé beaucoup d'indices. Tout ce qu'elle sait, c'est que la jeune femme est sortie, puis rentrée le soir du crime avec un homme qui avait loué une chambre sous son véritable nom, Collins Maners. Le couple est allé danser dans une boîte de nuit, le veilleur de nuit les a vus rentrer. On a découvert le corps le lendemain à midi, mais Maners avait disparu. On le recherche, car le week-end précédent il avait également loué une chambre à l'hôtel, au nom de M. et Mme Maners, or le signalement de la première jeune femme ne correspond pas à la victime.

La lettre de Collins arrivant à Scotland Yard le mardi suivant confirme les soupçons et sa photo est diffusée dans tous les postes de police. Mais dans les postes de police seulement. En effet, Scotland Yard décide de ne pas publier sa photo dans la presse. Après avoir longuement réfléchi, l'inspecteur Corps en a décidé ainsi :

— Pour l'instant, c'est un témoin que nous recherchons. Si Maners est coupable et qu'il voit sa photo dans la presse, il va nous échapper. A nous de le coincer. Il ne faut pas l'affoler.

— Collins, je suis inquiète...

— Pourquoi ? Il n'y a pas de raison.

— Cette histoire de meurtre tracasse mes parents. Ils ont lu les journaux... Ils pensent que tu devrais rentrer à Londres et t'expliquer avec la police.

— C'est inutile, j'ai téléphoné à l'inspecteur Corps à Scotland Yard. Ils sont sur une piste. J'ai donné la description de l'homme, elle correspond à leurs soupçons. Ils me préviendront s'ils ont besoin de moi pour l'identifier. Tu ne sais pas le plus extraordinaire ? Ce type me ressemble, à part les yeux. Il a les yeux noirs, et moi bleus.

— Heureusement ! On aurait pu croire que c'était toi le meurtrier.

— J'en ai l'air ?

— Ne plaisante pas avec ces choses-là, Collins.

— Tu ne sais pas tout. La victime... cette fille... Virginia Holster... elle te ressemble aussi.

— Tais-toi, tu me fais peur !

— Mais non, c'est amusant. L'assassin me ressemble, et toi tu ressembles à la victime, c'est comme si je t'avais tuée sans t'avoir tuée...

— Collins ! Je serais plus tranquille si tu allais voir ce policier à Londres.

— Tu m'épouseras ensuite ?

— Bien sûr, Collins !

— Alors, j'y vais. Je pars ce soir, ne pense plus à tout ça. Je te téléphonerai dans la semaine.

Collins Dickinson Maners prend le train. Mais il ne part pas pour Londres. Il se rend à Bornemouth, il descend au *Royal Hotel,* sous le nom du commandant Cross, de la R.A.F. Il cherche quelqu'un.

A Bornemouth, il y a une plage immense. C'est une ville de vacances. Au mois de juin, le nombre des jeunes filles qui s'y promènent est considérable. Il suffit de bien regarder. Collins Maners, alias Cross, regarde. Et il va trouver ce qu'il cherche.

Mais ce qui va se passer maintenant pose un problème. Collins est-il fou ?

S'il est coupable du premier meurtre, sans aucun doute oui. S'il n'est pas coupable du premier meurtre, sans aucun doute non. Mais ce n'est pas forcément l'avis de tout le monde.

A l'heure où Collins se promène sur la plage de Bornemouth, cherchant quelqu'un qu'il va trouver, la police locale a reçu à son sujet une note de service classique, accompagnée d'une photographie. Il est dit dans cette note :

« On suppose que l'homme cherche à embarquer sous un

faux nom pour quitter l'Angleterre. Il peut être descendu dans un hôtel également sous un faux nom, accompagné d'une femme. »

Cette dernière supposition vient des témoignages recueillis dans l'hôtel où a été assassinée Virginie Holster. On l'y a vu la semaine précédant le crime, avec une autre femme.

Donc on cherche un couple. Première erreur.

Ensuite, on cherche ce couple dans les petits hôtels proches du port d'où il serait facile de s'embarquer. Deuxième erreur. Collins se promène sur la plage. Il est descendu dans un hôtel chic, et seul.

Vingt-quatre heures après son arrivée, il rencontre la jeune fille qu'il cherche. Il l'invite à prendre le thé, et lui raconte sa vie, vue par lui : 1936, engagement dans la R.A.F., démobilisation en 1946, après de multiples missions aériennes, des médailles comme s'il en pleuvait, et le statut de héros.

Vue par l'armée : cour martiale en 1937 pour une fugue de cinq mois, plus de galons. 1938, condamnation pour chèque sans provision et attaque en uniforme d'une bijouterie. Prison.

1939 : On le sort de prison. La R.A.F. a besoin de tous ses pilotes, Collins est un remarquable pilote.

1941 : Re-cour martiale pour utilisation de l'identité d'un autre officier et usage de fausses décorations.

1942 : Engagement dans l'armée de l'air sud-américaine sous le nom d'Amstrong.

1944 : Son avion tombe en Allemagne. Fait prisonnier, rendu à la Royal Air Force. Re-cour martiale.

1946 : Démobilisation. Ne rend pas son uniforme, on le recherche depuis.

La jeune Doreen Marshall, ignorant ce côté des choses, se laisse facilement inviter à dîner pour le soir même. Collins l'invite à son hôtel. Vers vingt et une heures trente, le maître d'hôtel les verra sortir tous les deux. Le galant héros raccompagne la charmante jeune fille. Personne ne la reverra plus vivante.

Le lendemain dans la soirée, la disparition de la jeune fille est signalée par le directeur de l'hôtel où elle était descendue.

On sait qu'elle a dîné en compagnie du capitaine Cross (*alias* Collins). Le capitaine Cross déclare ignorer ce qu'est devenue la jeune fille, il l'a tout simplement raccompagnée, dit-il. Toutefois, il téléphone à la police locale :

— Capitaine Cross à l'appareil. Vous recherchez une jeune fille, paraît-il ? Ecoutez, je la connais à peine, mais si vous me donniez une photo, je pourrais peut-être vous aider. Puis-je venir vous voir ?

La police ne possède pas encore de photo de la jeune Doreen. Sa disparition est trop récente.

— Téléphonez-moi plus tard... pour l'instant il n'y a rien de grave.

— Mais on l'a peut-être tuée !

— Nous n'en sommes pas là, monsieur Cross... On vous tiendra au courant.

Le lendemain le faux capitaine Cross retéléphone à la police. On ne peut pas dire qu'il ne fait pas tout ce qu'il faut pour se faire connaître.

— J'ai appelé hier. Est-ce qu'il y a du neuf ? Je peux venir ?

— Rien, monsieur, on vous tiendra au courant...

Et on raccroche un peu sèchement.

Deux jours plus tard, le corps de la jeune Doreen est découvert sous un massif de fleurs, atrocement mutilé et violé.

En apprenant la nouvelle, le capitaine Cross se précipite à la police :

— Puis-je vous être utile ? J'ai dîné avec la jeune fille, le soir de sa disparition...

Et enfin on l'arrête. On l'arrête parce qu'on le reconnnaît. Parce que l'avis de recherche pour le premier meurtre est placardé sous le nez des policiers.

D'ailleurs le capitaine Cross ne fait aucune difficulté pour reconnaître qu'il est Collins Dickinson Maners, et même :

— J'ai écrit à Scotland Yard que je changerai de nom...

Tout le reste est facile.

Dans sa valise un instrument tranchant taché de sang, qui a servi à mutiler la jeune femme. Dans sa poche, une perle, qui appartient au collier brisé trouvé sur le cadavre, un mouchoir plein de sang et de cheveux collés.

Collins est inculpé de double meurtre, mais selon la loi anglaise, il ne sera jugé que pour un seul. Le premier.

Petit détail, les deux victimes ressemblaient étrangement à sa fiancée. Même taille, mêmes cheveux, même genre... comme si Collins avait voulu la tuer par personne interposée.

Problème : Collins est-il fou ? Il s'est conduit comme tel en tout cas. Un assassin lucide, ayant un mobile logique, n'aurait certainement pas agi comme lui.

Or, tout au long du procès la question va rester en suspens. Examens, tests, interrogatoires se sont succédés, sans qu'à aucun moment cet homme ne trahisse une quelconque nervosité, une faille mentale ou psychologique si minime soit-elle.

Il est impossible aux médecins qui l'examinent de déterminer de quelle sorte de folie il s'agit. Et c'est beaucoup plus ennuyeux qu'on ne le pense. Car s'il n'est pas fou, quel est le mobile ? Un homme normal ne peut tuer qu'avec un mobile.

La nature des deux crimes, leurs aspects sadiques, les mutilations infligées aux deux jeunes femmes ne devraient pourtant laisser aucun doute. (Sans entrer dans les détails, ils sont suffisamment affreux à imaginer.) Et pourtant il y a doute. Collins est d'un calme redoutable. Il maintient fermement ses déclarations précédentes.

Pour le premier meurtre, il a vu le corps et il a préféré disparaître, sachant qu'on l'accuserait. Mais il a rempli son devoir en écrivant ce qu'il savait à Scotland Yard. S'il n'a pas envoyé l'instrument dont il parlait dans sa lettre, c'est qu'il n'en a pas eu le temps, mais il s'apprêtait à le faire

Pour le deuxième meurtre, on aimerait connaître sa version. Malheureusement son avocat l'en empêche. Il n'est jugé, c'est la loi, que pour le premier. Cela ne l'empêche pas de préciser :

— Je vous ferai remarquer que je suis venu de moi-même à la police pour proposer de l'aide... personne ne m'y a obligé. Si j'avais tué Doreen, je ne l'aurais certainement pas fait !

Alors, fou ou pas ?

Un psychiatre avance une théorie. Collins, en toute bonne foi, peut ne pas se souvenir des meurtres. Dédoublement de la personnalité donc. Il reconnaît toutefois que l'inculpé ne révèle aucun signe évident de schizophrénie. S'il y a deux Collins, totalement différents et inconnus l'un de l'autre : Collins numéro un, le sadique, et Collins numéro deux, l'inculpé, le psychiatre, lui, ne connaît que le numéro deux.

Dans son box, l'accusé hausse les épaules :

— Là n'est pas le problème. Si j'ai bien compris, en ce moment vous jugez un homme normal. Moi ! Alors, prouvez-moi que je suis coupable... puisque je ne suis pas fou !

On le lui prouve : tache de sang sur l'instrument en sa possession, du même groupe que celui de la première victime, cheveux, témoignages, etc. La cause est entendue. Le jury le déclare coupable et sain d'esprit.

Et Collins remercie. Il apprendra avec étonnement un autre détail sur lui-même. En février 1946, quatre mois avant le meurtre, dans un hôtel de Londres, on l'a surpris une nuit, alors qu'il tentait d'étrangler une femme. A l'époque, la femme avait refusé de porter plainte, surtout pour des raisons personnelles, trop contente de s'en tirer à si bon compte.

Le jour du procès, elle est là. Elle témoigne. Collins ne la reconnaît pas.

— Elle se trompe ! Je ne fréquente pas les prostituées !

— Vous m'avez abordée dans la rue, mais je ne suis pas une prostituée !

— Alors, vous êtes une femme facile. Je n'aime pas ça non plus, donc ça ne peut pas être moi !

Le 26 octobre 1946, on a pendu Collins à la prison de Pentonville.

Avant cela, le ministère public avait demandé une nouvelle expertise psychiatrique. Pour être sûr.

Si Collins avait été déclaré fou cette fois-là, il aurait obtenu sa grâce. Les nouveaux experts ont confirmé : « Sain d'esprit ». Alors on l'a pendu. Comme tous les condamnés il a eu droit à son dernier vœu ce matin-là, avant de grimper sur la petite trappe. Il a demandé un whisky, on le lui a apporté. Il l'a regardé et a ajouté :

— Vu les circonstances, donnez-m'en un double !

On ose à peine dire : un pour Collins numéro un, un pour Collins numéro deux, au moment, peut-être, où ils allaient faire enfin connaissance.

LA CELLULE DES AGITÉS

L'histoire que voici fait partie de celles qui n'ont aucune raison d'arriver. Aucune raison, si chacun des acteurs de ce drame avait simplement fait ce qu'il convenait de faire.

Il y a de tout dans ces quelques pages : la stupidité, le conformisme, l'incompréhension, la lâcheté, le crime et l'horreur. Il y a de tout sur ces visages : des airs indifférents, des airs fautifs de bon aloi, des airs de brutes, des airs de victimes et surtout un document gênant, qu'il serait difficile de décrire. C'est le symbole du sordide. Et l'on voudrait croire que cela n'existe pas, que cela n'existe plus nulle part. On voudrait croire, par exemple, que c'est la représentation d'un autre âge. Une de ces images des livres d'histoire qui représentaient les tortures de l'Inquisition.

Les nuits de décembre, en cet endroit de France, sont glaciales, moins 25°. La petite ville engourdie par ce froid sibérien a fermé tôt les boutiques et les volets. Seule dans son appartement, Julia tourne en rond. Son mari vient de claquer la porte en disant :

— Cette fois-ci, je ne reviendrai plus. Tu as dépassé les bornes. J'en ai marre de toi et de tes scènes... Si tu veux mourir alcoolique, ça te regarde. Moi, je m'en vais...

Julia sait bien qu'elle a dépassé les bornes. Et les voisins le savent aussi, beaucoup mieux qu'elle d'ailleurs.

Que s'est-il donc passé hier ? Elle a bu. Elle est sortie pour boire. Depuis longtemps son mari a vidé les placards de tout ce qui peut se boire. Depuis longtemps il a prévenu l'épicier, le café du coin, le marchand de vin, interdisant que l'on vende ou que l'on serve de l'alcool à sa femme. Trois fois, ils ont changé d'appartement et de quartier. A chaque fois Julia avait promis :

— Je ne boirai plus. Je le jure...

Cette fois-ci, elle avait presque tenu parole. Trois mois sans boire. Pour pouvoir récupérer sa fille que la famille avait jugé bon d'éloigner. Trois mois de lutte contre elle-même. Trois mois de lucidité et de honte. Trois mois passés dans une sorte de vide désespéré, à se répéter : « Je suis une loque, j'ai tout gâché, je vais tout perdre, ma fille, mon mari. » Trois mois d'angoisse du matin au soir, avec des crises terribles : « Un verre de quelque chose... n'importe quoi, un seul pour me donner du courage... »

Le courage de quoi ? A trente-sept ans, Julia ne sait pas encore quelle sorte de courage il faut qu'elle ait. Le courage de supporter une vie médiocre ? A vingt ans, elle ne se posait pas la question ; elle était serveuse dans un petit bistrot de la Côte d'Azur. Les gens étaient gais, il y avait du soleil, elle était jolie. Trop jolie pour être serveuse !

De plaisanteries en petits apéritifs, un beau matin elle s'était retrouvée avec dans les bras un paquet de langes qu'il avait fallu déclarer toute seule à la mairie.

Et la course folle avait commencé. La nourrice, une voisine complaisante, garde l'enfant de onze heures du matin à minuit. A minuit, le service du restaurant terminé, Julia s'acharne dans sa chambre à la lessive et au ménage. Après une courte nuit, c'est le bébé : deux heures quotidiennes, courtes et déconcertantes, avec cette petite chose gigotante. A peine le temps de comprendre pourquoi ça pleure, d'enfourner un biberon toujours trop chaud, ou trop tiède, sous l'œil ironique de la voisine. A peine le temps de s'attendrir, ou de s'affoler... c'est déjà fini. Le cercle infernal recommence.

Pendant des mois, tous les matins, Julia a regardé partir son bébé à l'étage du dessous moyennant finances, presque la moitié de son salaire, l'autre moitié allant au loyer. Des dimanches entiers de lessives, c'était ça la vie de Julia.

A cette époque, un petit verre de temps en temps avec les clients sympathiques lui redonnait du courage. Et il n'y avait pas de mal à ça. On ne devient pas alcoolique pour si peu. D'ailleurs on n'est pas ivre, on est gai...

Pendant ce temps, le bébé se met à marcher, bientôt il ira à l'école, la vie sera plus facile...

Julia tourne en rond dans l'appartement désert, ce 29 décembre... Elle est loin de la Côte d'Azur, et de ses vingt ans. Il y a trois pièces ici, c'est grand mais vide. Personne dans la chambre de l'enfant, ni dans celle du mari.

Il fait froid dans le Nord, plus froid encore parce que Noël est passé, que l'année se termine et qu'une fois encore Julia a tout gâché.

Le jour où elle a rencontré Jean, il le lui avait dit.

Cet homme de quarante ans, solide, travailleur, sérieux jusqu'à l'ennui, voyait la vie comme une maison bien rangée, avec de l'ordre partout, et des principes, alignés comme sur des étagères.

Le premier principe, c'était le mariage. Un homme comme lui, rencontrant une femme comme elle, devait se sentir démangé par l'envie de remettre les choses en place.

A Julia, il fallait un mari, à sa fille il fallait un père. Julia ne devait plus travailler dans un bar, elle ne devait plus boire et danser avec n'importe qui. Lui, Jean, allait arranger tout cela. Il était bon, courageux, raisonnable, avec l'auréole du sauveteur. Ou celle du redresseur de torts.

Et la guerre lente avait commencé : « Je te sauve, tu me dois tout... tu es belle mais je suis généreux... tu es inconséquente mais je pense à ta place. »

Il avait toujours raison d'ailleurs. Il disait :

— Ma femme ne supporte pas l'alcool. Je la surveille, un verre de trop et elle fait n'importe quoi...

Puis, comme cela ne suffisait pas, il s'était mis à surveiller les comptes, à faire lui-même le marché, à interdire le vin et les apéritifs. Pour qu'elle ne soit pas tentée, on ne sortait pas, on ne recevait pas. Et Julia avait beau dire : « Je suis assez grande pour savoir ce que je veux », il ne cédait pas. Au point que, certains soirs, l'envie de boire n'importe quoi devenait une véritable obsession pour elle. Il ne lui resta bientôt plus que le mensonge. Dix minutes pour faire une course, le temps de deux verres d'alcool à la brasserie voisine. Et puis on cache les bouteilles, pour boire tranquille à la maison, dès que le mari a le dos tourné. Chaque fois qu'il s'en apercevait, Jean le sermonneur devenait coléreux et méchant :

— Pourquoi bois-tu ? Tu n'es pas heureuse ici avec moi ? Tout ça ne te suffit pas ? (Un alcoolique n'a jamais su répondre à une question pareille.) Rien n'est plus horrible qu'une femme saoule ! Tu me fais honte. Tu fais honte à ta fille. Tout le monde se moque de toi ! (Mais plus on méprise un alcoolique, et plus il boit.)

Malgré toute sa bonne volonté, Jean n'employait pas la bonne thérapeutique. Rien n'est plus difficile que de vouloir sauver quelqu'un qui veut se noyer.

De petit scandale en petit scandale, Julia était devenue la honte de la famille et son mari, une victime. Une victime à qui il ne restait plus — du moins le croyait-il — qu'un seul moyen de lutter : le chantage.

— Si tu ne changes pas, je te quitte...

Et comme cela ne suffisait pas :

— Ta fille partira avec moi !

C'était il y a trois mois. Au bout de dix ans de lutte sourde, épuisante et inefficace, c'était le point de non-retour. Après une scène plus violente que les autres, Julia avait arraché des mains de son mari un flacon d'eau-de-vie qu'il venait de découvrir dans la salle de bains. Elle s'était mise à boire furieusement, en insultant la terre entière, cassant tout, terrorisant l'enfant, le tout au nez et à la barbe des voisins.

Ce soir-là, tout le quartier avait décidé que Julia était folle. Une folle hystérique et dangereuse.

Julia aussi avait eu peur le lendemain. Peur, parce qu'elle ne se souvenait de rien, parce que la chambre de sa fille était vide, et qu'elle se sentait vraiment malade. Malade d'où, de quoi, elle n'en savait rien, mais cette grande peur avait duré trois mois dans une sobriété totale, acharnée, désespérée.

Véritablement droguée, sevrée trop brutalement, elle avait tenu bon toute seule ou presque, à grands coups d'aspirine, de tabac, de somnifères et de crises de larmes. Elle avait tenu bon jusqu'à Noël.

Mais à Noël, tout le quartier avait pu dire :

— C'était sûr qu'elle ne tiendrait pas le coup. Ces gens-là recommencent toujours ! Son mari devrait la faire enfermer, elle est folle ! Cette nuit, elle s'est promenée dans la rue en chemise de nuit, complètement ivre ! Elle hurlait tellement qu'on a failli appeler la police.

Voilà où en sont les choses. Et le lendemain matin au réveil, Julia s'est fait peur en se regardant dans la glace. Cinquante ans ! Elle avait l'air d'avoir cinquante ans. Les yeux fripés, le teint grisâtre, les cheveux ternes et emmêlés, une vraie loque.

Alors, elle a cru pouvoir tout rattraper en faisant le ménage avec l'énergie du désespoir et en allant chez le coiffeur. Le soir, elle a retrouvé la maison presque vidée. Plus de meubles, plus de vaisselle. Rien qu'un lit, une table et deux chaises. Dans la penderie, ses affaires à elle, et un grand désert de portemanteaux vides. Vide la chambre de l'enfant, vide le salon, la salle à manger, vide... vide... vide... aussi vide que la ville entière un lendemain de fête.

Personne ne sait vraiment ce que fait Julia entre le 25 et le 30 décembre 1953. L'enquête ne commencera qu'au premier jour de l'année suivante, dans l'horreur totale, hélas !

Et là encore, on s'occupera surtout de l'horreur et beaucoup moins de Julia elle-même.

Tout ce que l'on sait tient en peu de choses. Elle n'est pas sortie de chez elle, donc elle n'a ni mangé ni bu pendant cinq jours. C'est le 30 décembre qu'elle réapparaît. Apparemment normale, elle fait de l'auto-stop pour aller en ville.

L'horreur est déjà là, qui guette. Une horreur imprévisible ? Peut-être pas.

Julia, trente-sept ans, alcoolique désespérée, entre seule dans un scandale qui ne la concerne même plus, qui va la dépasser totalement, même si elle doit en mourir.

Un chauffeur de camion s'arrête et accepte d'emmener Julia au cœur de la ville.

Elle ne parle pas ou presque pendant le trajet, elle n'a l'air ni préoccupée, ni malade, ni surexcitée. Il faudrait la connaître intimement pour estimer ce calme anormal. Le chauffeur du camion, quant à lui, n'a aucune raison de se douter qu'il transporte une passagère en pleine crise de dépression nerveuse. Il la trouve renfermée, sans plus.

Julia remercie le camionneur et descend sur la place principale. Quelque temps plus tard, elle entre dans un café, et demande un verre d'alcool blanc. Elle le boit debout au bar, assez rapidement, puis en commande un second.

Cela étonne à peine, et le patron du bar se contente de penser qu'il fait bien froid, et que ça réchauffe. C'est en servant Julia pour la troisième fois qu'il fait attention à elle. D'autant plus qu'elle a réclamé une double ration.

On remarque forcément une femme qui boit sec, seule à un bar, qui ne parle à personne et n'a l'air d'attendre personne.

Julia reste là une bonne heure. Avant son départ, elle commandera encore une consommation, mais un bouillon de viande cette fois, qu'elle touchera à peine. Elle paye et sort.

Beaucoup plus tard dans l'après-midi, un autre café l'accueille. Peut-être en a-t-elle visité d'autres entre-temps, c'est même certain, mais aucun témoignage ne le confirmera.

Il est environ dix-sept heures. Julia s'assoit à une table et demande très fort : « Une limonade ! »

On la sert, elle boit, et tout à coup c'est la crise. Pour les clients du bar, c'est une véritable furie qui se déchaîne. Julia se met à crier des mots sans suite et à gesticuler sur sa chaise. Elle entame un monologue incompréhensible, s'en prend à tout le monde et hurle quand le patron du bar essaie de la calmer. Les clients s'en mêlent, deux d'entre eux l'obligent à s'asseoir, elle résiste, se bat, renverse tout. On la met dehors, elle revient comme une folle en se cognant dans les glaces et en ameutant les passants.

A bout de ressources, le propriétaire du café appelle Police-Secours. Quelques minutes plus tard, dûment encadrée, hurlant de plus belle, Julia est poussée à l'intérieur d'une ambulance qui fonce à l'hôpital le plus proche, et trois policiers la traînent de force à l'entrée des urgences.

L'hôpital est silencieux. Julia est la seule « urgence » de cette journée du 30 décembre. Deux infirmiers la maîtrisent avec difficulté. Les formalités d'admission sont vite remplies par les policiers.

— C'est une folle. Elle a dû s'échapper d'un hôpital psychiatrique. Elle faisait du scandale dans un bar, le patron nous a demandé d'intervenir. Voilà son sac et ses papiers. Attention ! elle est dangereuse...

On peut penser effectivement que Julia est dangereuse. Elle s'est tellement débattue que ses vêtements sont en loques ; elle a perdu ses chaussures et son visage est griffé. Impossible de lui passer la fameuse camisole : chaque fois que les infirmiers la croient calmée, elle leur échappe en hurlant. Ils ont l'habitude. Elle a beau pleurer, supplier, dire qu'elle n'est pas folle, qu'elle veut partir, on réussit à la traîner comme un sac, par les jambes et les bras, jusqu'à la section des agités.

Et là, tout va très vite.

C'est une cellule entièrement vide, aux murs lisses et sales. Une seule porte de bois, avec un judas protégé par un grillage. Dans le coin, une sorte de bat-flanc sur lequel est posé un matelas douteux... Fixées par des anneaux (deux sur le mur, deux autres sur le bas-côté du lit), des sangles de cuir rembourré.

On force Julia à s'allonger sur le matelas. Ils sont quatre infirmiers à la maintenir, bras et jambes tendus. Un cinquième ajuste les sangles à chaque poignet et à chaque cheville. Une fois solidement attachée, la jeune femme ne hurlera plus longtemps, elle se fatiguera.

L'infirmière-chef, venue inspecter la malade, ne pousse pas plus loin les soins. On ne ferme pas la porte à clé. Inutile, puisque Julia est attachée et seule dans la cellule. Cela facilitera la surveillance de nuit.

Deux heures plus tard, la jeune femme semble calmée. Elle gémit à peine et l'infirmière-chef conclut :

— Probablement une ivrognesse. On la fera examiner demain quand elle aura fini de cuver son vin... Inutile de prévenir le médecin.

Et personne ne s'occupe plus de Julia enchaînée sur son lit. Si l'on peut appeler ça un lit...

Le lendemain 31 décembre, à cinq heures du matin, une surveillante fait sa ronde dans le pavillon des agités. Par le judas, elle aperçoit Julia immobile sur son lit. La surveillante pousse la porte, se penche sur le corps ligoté : Julia ne bouge pas, son visage est curieusement crispé. Elle est morte.

A présent on peut la détacher, réparer le désordre de ses vêtements, laver ses écorchures, et prévenir l'infirmière-chef, dont le diagnostic est rapide :

— Congestion pulmonaire, certainement. C'est l'alcool et le froid.

Le médecin-chef enfin prévenu n'est pas de cet avis, et il refuse tout net le permis d'inhumer, en réclamant une autopsie.

Pourquoi une autopsie ? Julia est morte dans un hôpital. Elle y a été emmenée vivante par la police, elle n'était pas malade. Qu'en pense la police ? Eh bien ! la police pense que Julia était ivre, ou folle.

Le propriétaire du café où elle faisait du scandale le pense aussi. Pourtant elle n'a bu qu'une limonade chez lui. Par contre elle a bu ailleurs. Mais l'analyse sanguine ne révèle que 0,22 gramme d'alcool. C'est insuffisant pour conclure à une ivresse mortelle.

Quant à la démence pure et simple, une rapide enquête confirme qu'elle est impossible.

Arrivé trop tard, le mari effondré raconte. D'après lui, c'est une dépression nerveuse, provoquée par leur rupture et par le manque d'alcool.

Meurt-on d'une dépression nerveuse ? Rarement, à moins de se suicider. D'autre part, Julia n'utilisait aucun médicament, n'était suivie par aucun médecin (c'était bien dommage) et, de l'avis de son entourage, jouissait d'une santé normale (son goût pour l'alcool mis à part).

Alors, pourquoi une autopsie, demande le parquet ? Parce que le médecin-chef a remarqué des traces de griffures sur la gorge de Julia. Bien que les infirmiers affirment que la jeune femme en se débattant a très bien pu se griffer elle-même.

L'autopsie est faite. Première chose étrange, elle révèle une fracture du crâne. Là encore, on pourrait admettre à la rigueur que la jeune femme a subi un choc grave au moment de son admission à l'hôpital. Mais pour mourir d'une fracture du crâne il faut qu'il y ait eu hémorragie, en général dans le quart d'heure qui suit le choc. Or l'infirmière-chef affirme que deux heures après son admission, Julia ne saignait pas.

Donc, c'est à l'intérieur de sa cellule qu'elle aurait subi un choc. Et, disons-le franchement, ainsi que le pense la police, c'est attachée sur un matelas, à moitié inconsciente, que Julia aurait été assommée.

Cette hypothèse, à peine formulée à voix basse par les enquêteurs, fait murmurer la ville, et les murmures s'amplifient au point de devenir scandale.

La foule anonyme accuse. Les choses que l'on taisait jusqu'alors, les négligences, graves parfois, reviennent à la surface. Seulement, de l'avis des médecins et des policiers, Julia n'est pas morte des suites d'une négligence ou même d'une fracture du crâne. Elle a certainement été étranglée doucement. C'est un crime, d'autant plus sordide et affreux, que cette femme était incapable de se défendre. On l'a enfermée chez les agités et attachée sans se préoccuper de savoir si elle était folle ou non, sans faire venir de médecin pour l'examiner et elle en est morte. Et si quelqu'un a tué, tout le monde finalement en est responsable.

C'est dans une atmosphère de méfiance que, pendant une semaine, les cinq policiers chargés de l'enquête vont s'installer à demeure dans l'hôpital. Ils se mêlent au personnel et aux malades. Ce n'est pas une enquête habituelle. Chacun sait que l'assassin est là, au milieu d'eux. Tout le monde s'épie, on se croise avec gêne.

Quant à l'assassin, quel qu'il soit, il ne peut plus s'échapper. Sa fuite le désignerait. Car le crime est sans mobile apparent, on sait simplement qu'il est l'œuvre d'un obsédé sexuel, mais n'importe qui a pu pénétrer dans la cellule dont la porte n'était pas fermée.

C'est une malade interrogée par le commissaire Lacombe qui va donner la première indication :

— J'ai vu un infirmier qui regardait par le judas, vers dix heures du soir...

L'infirmier ne nie pas avoir regardé par le judas ! Il passait par là et en a profité pour jeter un coup d'œil et vérifier si tout était normal.

Cet homme est marié, jeune. L'air détaché, il n'a pas les traits d'un assassin et encore moins ceux d'un obsédé.

Pourtant la malade insiste et renforce son témoignage d'un détail important :

— Quelques minutes après que je l'ai vu regarder par le judas, la lumière du couloir s'est éteinte. D'habitude, elle reste allumée toute la nuit.

Pour être sûr de ce détail, on interroge l'infirmière de nuit, chargée de faire des rondes toutes les deux heures. Malheureusement, l'infirmière de nuit n'a pas fait de ronde. Personne n'a surveillé depuis l'admission de Julia. C'est donc sans conviction que le commissaire entreprend l'interrogatoire de l'infirmier.

Il a tort, car deux heures après, alors que rien de formel n'accuse cet homme, à part un témoignage fragile, il avoue. Cet homme de trente ans, jeune marié, avoue en effet brutalement l'acte le plus odieux qui soit.

Julia était belle, même attachée sur un lit de fou, il n'a pas résisté et il l'a étranglée pour qu'elle ne crie pas. Comme elle se débattait, il l'a assommée. C'est l'horreur.

La cour d'assises, un an plus tard, aura du mal à faire la part des responsabilités administratives et personnelles. Quant à l'accusé, il sauvera sa tête grâce à la défense de Me Henri Torrès, dont un journaliste reconnaîtra le talent, en regrettant qu'il soit mis au service d'une cause semblable.

Mais le talent d'un avocat ne suffit pas toujours, et le journaliste admet aussi que le témoignage de l'épouse de l'accusé fut d'un grand poids dans la balance. Cette femme eut le courage de dire, même si c'était faux :

— Nous avions deux tempéraments différents, et je lui ai souvent refusé ce qu'un mari est en droit d'attendre...

Le mari de Julia, lui, n'avait rien à dire. Il ne savait même pas ce qu'il avait refusé à Julia, ni ce qu'elle était en droit d'attendre.

LA FEMME DE PAILLE

Imaginez que vous êtes bloqué dans un embouteillage. Sur la file de gauche, à hauteur de votre portière, il y a un couple, enfermé dans une autre voiture. Un couple qui parle. Vous n'entendez pas ce qu'ils disent, mais vous pouvez peut-être le supposer.

Selon l'âge de l'homme et de la femme, selon leurs visages, leur attitude, vous savez s'ils discutent de leurs impôts, des enfants, de la facture du gaz, ou des gens qu'ils vont voir. Ils se disputent, ou parlent calmement. Selon le cas. Qui ils sont, ce qu'ils vont faire, où ils vont, c'est vous qui l'imaginez, le temps d'un bouchon, pour l'oublier dès que les voitures repartent. Et, en général, ce que vous imaginez est aussi banal que la réalité. Mais la réalité s'échappe parfois du banal...

Tout s'est passé à l'intérieur d'une voiture, sur la route Paris-Deauville. A une époque, malheureusement, où il n'y avait pas tellement de bouchons. A une époque où il était presque possible de faire la route d'une seule traite, sans s'arrêter, à condition d'avoir une grosse voiture et assez d'essence. Ce qui fait que personne n'a pu imaginer ce qui se passait à l'intérieur de cette automobile luxueuse.

Ce qui fait que la femme n'a pas pu ouvrir la portière dans un embouteillage et se sauver — avant la fin. Juste avant la fin, après des kilomètres de cauchemar.

Selon les uns, c'est un accident de la route. Selon elle, c'est une expérience épouvantable.

Quelque part sur la route entre Paris et la mer, un jour de printemps. Un printemps d'après-guerre : Pâques 1946.

Corrine de N. fait de l'auto-stop. Le printemps est assez pluvieux, le vent frisquet. Une charmante jeune femme faisant de l'auto-stop dans ces conditions est assurée de ne pas rester longtemps au bord de la route.

Une belle voiture noire s'arrête. A l'intérieur, le conducteur ne bouge pas. Il n'ouvre pas la portière, il n'invite pas la dame à monter. Il s'arrête seulement à deux mètres d'elle et attend.

Corrine de N. avance à petits pas pressés et penche sa jolie tête derrière la vitre.

— Monsieur ?

Pas de réponse.

— S'il vous plaît, monsieur ?

L'homme, enfin, daigne baisser la vitre et la regarder. Cinquante ans environ, le cheveu gris, mais soigné. Ni beau ni laid, l'air d'un homme aisé. On voit cela tout de suite quand on s'appelle Corrine de N. Un coup d'œil suffit. Pardessus beige, cravate, manchettes impeccables. Un homme d'affaires sans aucun doute, qui va rejoindre sa petite famille en vacances à Trouville.

— Monsieur ! Comme c'est gentil de vous arrêter... Vous pourriez m'emmener jusqu'au prochain garage ? Ma voiture est en panne, à quelques kilomètres dans la campagne, c'est affreux, il y a une heure que j'attends de l'aide...

Si Corrine de N. n'était pas si préoccupée de sa propre histoire, elle ferait peut-être plus attention...

Aussi distingué soit-il, le visage de l'inconnu est un peu inquiétant. Il ne semble pas écouter ce qu'on lui dit. Les yeux qui examinent la jeune femme regardent autre chose... Mais tout ce à quoi pense Corrine, c'est monter dans une voiture. Et celle-ci est une aubaine !

— Vous permettez, monsieur ?

— Montez !

Il n'a même pas souri. Il a dit « Montez ! » comme si c'était un ordre, à la cantonade. Un peu surprise quand même, la jeune femme hésite un peu.

— Allez, montez ! Qu'est-ce que vous attendez ?

Il fait froid. Il n'y a guère de voiture à l'horizon, à part quelques camions peu intéressants... « Oh ! et puis après tout, se dit Corrine, on verra bien. » Elle fait le tour, ouvre la portière du passager et s'installe.

L'homme n'a pas fait un geste pour l'aider. C'est curieux : il a l'air riche, bien élevé et il a l'accent suisse... Normalement, un Suisse ouvre la portière à une jolie femme !

— Je vous remercie, vous êtes très aimable, monsieur... Monsieur ?...

Pas de réponse. L'homme démarre sans même tourner la tête. Il n'a pas l'intention de se présenter apparemment...

— Je m'appelle Corrine de N., j'allais à Deauville rejoindre des amis et ma voiture est tombée en panne hier soir. J'ai dû coucher dans un hôtel épouvantable... et vous, qui êtes-vous ?

— Ça ne vous regarde pas !

Corrine a sursauté tant la réponse l'a surprise, comme une gifle en pleine figure. Inquiète tout à coup, elle observe son « aimable » chauffeur. Visage fermé, bouche dure et crispée, il conduit sa voiture comme un automate. Un automate qui voudrait gagner une course. Les arbres se mettent tout à coup à défiler à une vitesse folle.

— Ecoutez, monsieur... Je ne voudrais pas vous ennuyer... Déposez-moi, je trouverai quelqu'un d'autre...

Tenez, il y a une maison là-bas, arrêtez-vous, je me débrouillerai...

— Qui êtes-vous ?

— Je m'appelle Corrine. Corrine de N.

— Qu'est-ce que vous faites dans la vie ?

— Eh bien... Oh ! rien d'intéressant... Je vis avec ma mère.

Corrine allait entonner son petit couplet habituel. La jeune fille méritante qui a une maman bien malade, etc. Mais pour la première fois, la petite histoire s'arrête dans sa gorge. Ce n'est pas le moment d'entamer ce genre d'exercice. L'atmosphère est angoissante, et cet homme a l'air dangereux.

Autant le préciser tout de suite, elle ne s'appelle ni Corrine, ni de N. C'est Claudine Leduc, tout bêtement. Sa spécialité, c'est la petite vertu style mondain. Son truc habituel, le coup de la panne, à la sortie de Paris en direction de la mer. Quand ça marche, c'est le week-end à Deauville, plus quelques broutilles, une robe, un petit cadeau, un peu d'argent de poche. Quand ça ne marche pas, elle en est quitte pour chercher quelqu'un d'autre. En général, une heure ou deux après. Au pire (et c'est arrivé souvent), c'est le trajet avec un camionneur complaisant.

Claudine Leduc n'a que vingt-cinq ans, mais elle en a vu d'autres. En principe, dans son métier, on n'a pas peur de grand-chose. Mais là ! Ce type est vraiment bizarre.

— Dites, monsieur, ça vous ennuierait de me déposer au prochain village ? Je ne me sens pas très bien... J'ai dû prendre froid sur la route...

— Vous avez peur ?

— Moi ? Pas du tout ! C'est idiot, pourquoi est-ce que j'aurais peur ? Non, je ne me sens pas bien, c'est tout.

— Je suis sûr que vous avez peur. Et vous avez raison d'avoir peur. Je suis quelqu'un de dangereux, je suis un fou. On m'a rendu fou.

— Mais qu'est-ce qu'il y a, qu'est-ce qui vous prend ? Arrêtez cette voiture ou je crie !

— Allez-y ! Criez ! Qu'est-ce que vous voulez que ça me fasse ? Personne ne vous entendra !

— Mais enfin, je ne vous ai rien fait, moi, qu'est-ce que vous avez ?

— Toutes les mêmes, hein ? Vous n'avez jamais rien fait, vous savez ce que vous êtes ?

Parmi toutes les injures qui pleuvent, il y en a au moins une qui concerne directement la profession de Claudine Leduc. Mais le problème n'est pas là. L'homme semble être sous le coup d'une fureur épouvantable. Une femme a dû lui faire quelque chose de grave, elle l'a rendu fou furieux.

Claudine Leduc laisse tomber complètement Corrine de N. pour reprendre la situation en main. Dominant la peur qui lui noue l'estomac, elle profite du silence revenu pour tenter une diversion.

— Ecoutez... Je vous ai raconté des histoires tout à l'heure. Je m'appelle pas comme ça. Mon métier, c'est le trottoir. Des types comme vous, j'en ai déjà rencontré, alors dites-moi ce que vous voulez et on essaiera de s'arranger.

— Taisez-vous !

— Allez, racontez-moi vos misères, j'ai l'habitude...

— Taisez-vous ! Ecoutez-moi, écoutez-moi bien. C'est moi qui commande, c'est moi qui décide. Alors je vais vous tuer. Et moi avec. J'ai qu'à choisir. Un mur, un arbre, un ravin, n'importe quoi, juste un petit coup de volant... comme ça, et hop ! plus personne !

Sous le petit coup de volant, la voiture a fait une embardée terrible. Encore un peu et l'énorme masse de tôle américaine lancée à plus de cent à l'heure s'écrasait contre un arbre.

La petite Claudine Leduc a hurlé, son front a cogné le pare-brise et elle s'est tordu le bras en s'arc-boutant sur son siège.

Cet homme est fou. Il dit la vérité. Il va les tuer tous les deux, comme ça. Qu'est-ce qu'il faut faire ? Que peut faire un petit bout de femme dans ces cas-là ? Crier ? Personne n'entend. Ouvrir la vitre et faire des signaux de détresse aux gens qui passent ? Il serait capable de jeter la voiture sur n'importe quoi. Le maîtriser ? Avec quoi ? Et dans une voiture lancée à pleine vitesse, c'est l'accident à coup sûr.

La pauvre fille n'a plus qu'à s'accrocher, et à réfléchir, si la panique le permet, au moyen de calmer cet énergumène. Et à prier aussi pour que quelque chose arrête ce bolide : la police, une barrière de train, ou un feu rouge tout bêtement. Le temps de sauter dehors et de courir, loin de ce cauchemar.

Un cauchemar qui vient seulement de commencer, depuis dix kilomètres à peine. Et l'homme a pris une petite route, il va n'importe où maintenant, au hasard, pour rouler, le pied au plancher, le regard fixe et les dents serrées.

Encore cinquante kilomètres environ, et ce sera la fin.

La voiture est immatriculée en Suisse, et l'homme est Suisse. Sans être riche, sa situation est confortable. Johan Bruner, importateur, célibataire, domicilié à Lucerne. Un bureau à Paris, un autre à Lucerne, des relations commerciales dans les deux pays. Age : quarante-neuf ans. Caractère entier et violent, excellente éducation, travailleur infatigable.

Quelque part à Lucerne, dans un quartier tranquille non loin du lac, vivent son père et sa mère, très âgés. Il a une sœur mariée qui habite Berne et un frère plus jeune, ingénieur hydraulicien.

Il n'est pas malade et ne l'a jamais été. Il ne sort pas d'un asile ou d'une maison de santé. La veille de Pâques, il a brusquement quitté son bureau parisien et il a sauté dans sa voiture, sans une explication à sa secrétaire ni à son adjoint. Tous deux ont remarqué sa colère, sans en comprendre la raison. C'était normal, car elle couve depuis des mois et il s'agit de sa vie privée. Or, très peu de personnes sont au courant de sa vie privée. Deux seulement, la femme qu'il a quittée l'année dernière, et celle pour qui il l'a quittée.

Ce sont elles qui fourniront les détails importants de l'enquête et permettront d'expliquer l'accident curieux qui va mettre fin au cauchemar de Claudine Leduc, une prostituée qui, pour l'instant, a bien mal choisi son client.

Après la colère, Claudine a essayé le charme. Pour tout résultat elle a reçu une bordée d'injures et une gifle. Pour l'instant, elle pleure en silence et en ravalant ses hoquets, de peur d'énerver le conducteur. Peine perdue, le voilà qui recommence.

— Tais-toi ou je te jette par la portière !

La pauvre fille tente de se calmer en mordant son foulard. Dire qu'il y a une heure à peine, elle fignolait son maquillage dans l'espoir d'attraper le bon client. Celui qui la promènerait sur les planches de Deauville, et l'installerait dans un hôtel confortable. Et pendant ce temps, bien installé dans leur chambre meublée, il attend, « l'autre », celui qui a eu l'idée mirobolante de faire travailler sa protégée dans l'auto-stop de luxe. Au lieu de lui laisser faire les soldats américains à Pigalle, tranquillement et sans risques.

De temps en temps, le fou marmonne des imprécations du genre :

— Tu vas payer pour l'autre... Je vais lui montrer de quoi je suis capable ! Je m'en fous, je m'en fous...

Claudine essaye autre chose, sur le ton méprisant :

— Si c'est pour vous venger d'une bonne femme, c'est pas malin ce que vous faites.

— Tais-toi !

— Pourquoi vous la tuez pas, elle ? A quoi ça va vous servir de vous flanquer en l'air ? Ça l'empêchera pas de vivre ! Si ça se trouve, elle rigolera bien...

— T'occupe pas de ça ! Tu as pris sa place. Toi ou elle, c'est la même chose. Une putain, c'est une putain. Toutes les femmes sont des putains, et en plus j'en ai trouvé une vraie, une officielle...

Claudine essaie autre chose, du genre confidence :

— Racontez-moi comment elle est ? Comment elle s'appelle ?

— Tais-toi ! Mais tu vas te taire, bon sang !

Claudine se tait, car la terreur la reprend. La route est pleine de virages, l'homme ne ralentit pas, au contraire. On dirait qu'il s'amuse à déraper sur le bas-côté, à frôler les buissons en faisant hurler les pneus. Il a le front en sueur. Ballottée de tous côtés sur son siège, Claudine ferme les yeux, se mord les lèvres jusqu'au sang pour ne pas crier. Cette fois, ça y est... non ! Au dernier moment, la lourde voiture a retrouvé la route et la course folle continue.

Claudine ne sait même plus où ils sont ni sur quelle route file ce tombeau roulant. Rien ne les arrête. Pas un gendarme, pas le moindre passage à niveau, rien...

Et puis, tout à coup, après une série de virages insensés, un morceau de route tout droit. Au bout, quelques toits de maisons, un clocher, un homme qui passe sur un tracteur... Claudine a juste le temps de voir son visage étonné devant ce bolide noir qui passe et elle hurle.

— Attention !

Crier attention à ce fou dangereux qui n'écoute rien depuis près d'une heure, c'est dérisoire. Mais ça marche !

Ça marche parce que, au bout de la route, à cinq cents mètres deux petites silhouettes traversent tranquillement... Un gosse et un chien.

Réflexe conditionné, l'homme a appuyé brutalement sur le frein, la voiture zigzague, dérape de gauche et de droite, complètement désorientée.

De son tracteur, le paysan la voit faire un tête-à-queue, se mettre complètement en travers dans un hurlement de pneus, tanguer dangereusement... puis s'arrêter, enfin, après un tonneau spectaculaire qui la remet sur ses roues.

Heureusement, le gosse avait fini de traverser en courant, le chien sur ses talons.

De loin, le paysan et l'enfant ont vu sortir une forme claire de la voiture, du côté droit. Une femme, qui s'est mise à courir comme une folle à travers champs.

— C'était tout à fait drôle, monsieur le commissaire. La femme courait d'un côté et la voiture ne bougeait pas. Ça a bien duré une minute... mais le temps que j'essaie de m'approcher, et la voilà qui repart. Un fou, c'est sûr ! Il a traversé le village à toute allure, et il s'est pris dans le petit pont, à la sortie, on l'a vu de loin sauter dans la rivière.

Il a fallu du temps aux gendarmes pour comprendre les explications embrouillées et terrorisées de la pauvre Claudine Leduc. On l'a même soupçonnée de raconter n'importe quoi pour se rendre intéressante. Mais elle avait une entorse au poignet, une plaie au front, des bleus partout, et quand elle a vu l'homme mort au volant, la voiture tordue et à demi immergée dans la rivière, elle s'est évanouie. Il a fallu la transporter à l'hôpital, où elle a déliré pendant deux jours.

Il y avait de quoi.

Interrogée, bien plus tard, une certaine Mlle V. a déclaré à la police helvétique, avec bien des réticences :

— Johan Bruner était un ami. Rien qu'un ami. Il s'était mis en tête de devenir mon amant, mais je me suis fiancée, j'ai été obligée de le lui annoncer. Il m'a fait une scène épouvantable. Ensuite il est parti à son bureau, et je ne l'ai plus revu. C'est insensé ! Je n'aurais jamais cru ça de lui. Vous êtes sûr que ce n'est pas un accident ? Cette fille a pu raconter n'importe quoi...

« Toutes les mêmes, et hypocrites en plus ! », c'est ce qu'aurait pensé Johan Bruner, car on ne devient pas fou de rage à ce point-là, tout seul, sans que quelqu'un d'autre y ait mis du sien. Mais toutes les mêmes... il ne faut rien exagérer. Il y a celle qui s'en est tirée au bénéfice du doute, sans plaies ni bosses, et celle qui a bien failli y laisser sa peau : Claudine Leduc, la femme de paille.

SEUL TÉMOIN, LE CHAT

La vérité n'existe pas. La vérité est unique et lorsqu'un seul homme la possède, et ne veut pas la dire, elle n'existe pas.

Lorsqu'une seule femme la possède, et meurt sans la dire, elle n'existe pas non plus.

Le sérum de vérité ? Ça n'existe pas plus. A force d'être décrié par les uns et prôné par les autres, ça n'existe pas.

La notion de sérum de vérité est née, paraît-il, d'une expérience de narco-analyse sur des soldats américains déserteurs pendant la guerre de Corée. On voulait savoir si leur fuite était due à la lâcheté ou à la peur. Leur condamnation ou leur libération auraient dépendu de ce diagnostic. Mais il arrive qu'on mente aussi sous l'effet du sérum et rien n'est jamais concluant. De plus, c'est immoral, cette violation de la conscience humaine, et illégal. Donc la vérité n'existe pas, ou plutôt il y a trop de vérités pour trouver la bonne, et c'est énervant.

C'est énervant de se trouver devant un homme qui déclare :

— Vous ne pourrez jamais prouver que je suis coupable... Et moi je ne pourrai jamais prouver que je suis innocent.

Si l'on montrait la photographie de cet homme à un groupe d'individus, la moitié d'entre eux dirait : « Il a une bonne tête. » Et l'autre moitié dirait : « Il a une tête d'assassin. »

Nous sommes ainsi faits qu'en regardant le visage d'un homme soupçonné de meurtre, il nous est difficile de ne pas l'estimer subjectivement.

Cet homme a cinquante ans passés en 1956, époque de cette histoire bizarre. Il les accuse largement. Son visage creusé de rides, au nez large et droit, au front un peu dégarni, est un visage anonyme, un visage que l'on ne reconnaît pas forcément dans la rue. Il faut se défendre de lui trouver l'air énigmatique, ça n'a pas de sens. N'importe qui peut avoir l'air énigmatique sur une photographie.

Sa femme, c'est autre chose. Elle est dans sa trentaine, mais jeune, belle et bien faite, avec un sourire tendre. Cela ne veut rien dire non plus. Sur le document qui la représente dans la rue, elle tient dans les bras un jeune chien attendrissant, et sur un autre, elle a le sourire charmeur d'une photographie d'identité réussie. (C'est rare.) Un rapide calcul : cinquante moins trente égale... leur différence d'âge. Il y a souvent, dit-on, des raisons particulières à ces mariages-là. Parfois, c'est vrai, et parfois pas du tout.

Dans le cas qui nous occupe, et sans trahir les faits, on peut toutefois affirmer que cette jeune femme a presque fait un mariage de raison, il y a quatre ans. Et pourtant leur rencontre fut digne d'une séquence de cinéma : Une jeune femme traverse la rue en courant, un automobiliste manque de l'écraser. Il s'excuse, elle s'énerve, ils ne se revoient plus, puis se retrouvent par hasard chez des amis communs. Elle, vient de rompre avec un amant qui ne se décide pas à l'épouser. Elle est triste et désabusée. Lui, se penche avec attendrissement sur cette jeune femme, qu'il ose à peine imaginer à son bras. Elle est célibataire. Il est veuf. Deux fois veuf. Elle est vendeuse. Il est ingénieur. Elle ne connaît que la France, il a fait l'Indochine. Ils se marient : elle, par sécurité mêlée de résignation, lui un peu par folie, en se disant que, de toute façon, c'est la dernière fois.

C'est vrai. *C'est* la dernière fois.

Lui, c'est Jean, elle, Martine. Pas de nom, pas de lieu, il faut respecter certaines choses en certains cas. C'est dans une petite maison isolée que le couple vit depuis quatre ans, et s'ils ont des problèmes, personne n'est au courant. La rumeur des voisins et des proches dit simplement : « Ils s'entendent bien. »

Le 12 mars 1956, il est treize heures quinze. Jean vient de terminer de déjeuner et lit le journal. Elle est assise dans un fauteuil. C'est leur dernière conversation à deux, c'est leur dernière petite querelle. Même pas une vraie querelle d'ailleurs, si les termes et le sujet de cette discussion, tels que Jean les rapportera plus tard, sont exacts.

C'est Martine qui parle :

— Je voudrais que tu remplisses la feuille de Sécurité sociale, j'ai deux ordonnances, une pour les crèmes et l'autre pour les médicaments.

— C'est pour ton eczéma ? Montre ça, je vais le faire.

Il est treize heures vingt. Jean examine les deux ordonnances. L'une concerne des produits de beauté anallergiques, mais sûrement pas remboursés par la Sécurité sociale, il la rend à sa femme.

— Ça, ça ne marchera pas, garde-la.

Martine se met en colère :

— Et pourquoi ? Tu n'as qu'à t'arranger pour que ça passe quand même...

— Ah, non ! J'ai horreur de ce genre de mesquineries !

Martine boude et disparaît dans la salle de bains.

Il est treize heures trente. Jean remplit les papiers :

— Rappelle-moi ta date de naissance exacte, s'il te plaît ?

Pas de réponse. Martine boude toujours. Il est treize heures quarante. Jean abandonne les papiers et s'apprête à partir, sur le pas de la porte il lance, un peu interrogatif :

— Au revoir ! Martine ? Au revoir...

Toujours pas de réponse. Estimant qu'il s'agit d'une petite bouderie sans importance, Jean ne s'inquiète pas. Il monte dans sa voiture pour se rendre à l'usine. Il aperçoit un de ses collègues en chemin et s'arrête pour le prendre. On ne fait pas plus anodin comme dernière rencontre. Les autres faits les plus saillants étant que Jean s'est arrêté pour acheter un paquet de cigarettes, et a passé l'après-midi à son bureau, à partir de quatorze heures, sans laisser supposer une quelconque nervosité.

En rentrant chez lui, le soir, Jean croise son chien qui l'accueille dans le jardin, en frétillant comme d'habitude. Il ouvre la porte d'entrée, traverse le couloir, et aperçoit la porte de la cuisine entrouverte. Sur le seuil, une paire de mules roses... et le mystère commence.

Martine est étendue sur le sol de la cuisine, les bras repliés vers la tête. Elle est morte. Une seule blessure est apparente dans la position du corps, sous le sein gauche. Près de la tête, le revolver de Jean. Une arme qu'il a chez lui depuis son retour d'Indochine et dont il ne se sert jamais. Martine est presque nue, elle n'est vêtue que d'un slip et d'une paire de bas. Le chat de la maison est assis près d'elle.

Voici ce que fait Jean, d'après ses déclarations :

— Mon premier réflexe est de vérifier si elle est morte. J'essaie de lui faire des mouvements respiratoires avec les bras, qui sont encore tièdes. Je prends le revolver et je le pose sur la table de la cuisine, de peur que le chat joue avec. Ensuite, je prends ma voiture pour aller à la gendarmerie. La porte principale est fermée et je ne pense pas une seconde à passer par la porte de derrière. Je cours à la mairie, et pendant qu'on prévient un médecin je fais un saut chez la tante de ma femme pour la mettre au courant. Là, j'apprends que ma femme devait justement rejoindre sa tante vers deux heures et demie l'après-midi, et qu'elle n'était pas venue.

Lorsque les policiers examinent le corps, ils découvrent d'autres choses. Tout d'abord, une seconde blessure à la tempe. Ensuite, le soutien-gorge de la jeune femme, par terre, dissimulé sous elle, un peu déchiré et taché de sang. Puis, roulée en boule et dissimulée derrière le pied du buffet de cuisine, la combinaison de la jeune femme, légèrement déchirée elle aussi et portant aussi une petite tache de sang.

Viennent ensuite les constatations des experts : La première balle tirée du revolver 7,65 appartenant à Jean s'est logée sous le sein gauche, à proximité du foie. Elle a provoqué une hémorragie interne et un coma.

La seconde balle a été tirée dans la tempe droite et a traversé la boîte crânienne. Elle est allée se loger dans la cuisinière après une trajectoire d'environ douze centimètres au-dessus du sol. (Douze centimètres, cela suppose que la victime était couchée par terre.)

Et il y a une troisième balle, plus exactement une troisième douille, vide, mais pas de balle, nulle part. Cette douille présente la même oxydation que les autres et a pu être tirée en même temps que les deux autres, mais où ?

Voyons maintenant comment se comporte le mari. Il est calme, extrêmement calme, bien qu'affecté par la mort de sa femme. Il pense qu'elle s'est suicidée. Martine était d'une sensibilité excessive et un peu déprimée ces derniers temps. Elle s'occupait de la S.P.A., des chats et des chiens perdus. Chaque fois qu'on lui parlait de les piquer, elle se mettait à pleurer. Elle pleurait facilement, surtout à propos des animaux, il pense qu'elle avait les nerfs malades.

Dans un premier temps, la police accepte cette version du suicide. D'autant plus que rien dans la maison ne permet de supposer que quelqu'un s'y soit introduit. Rien non plus dans la vie de Martine, ni dans la vie de Jean. Quant à la tante, elle dit avoir reçu des confidences de sa nièce ; huit mois avant le drame, elle lui aurait dit :

— La vie est trop cruelle, je ne la supporte plus. Parfois je voudrais mourir.

Admettons. Admettons et imaginons la scène. La discussion entre les époux, à propos de cette histoire de Sécurité sociale, a mis Martine à bout de nerfs. Lorsque son mari la quitte, elle est dans la salle de bains, en combinaison. Elle se prépare à aller chez sa tante. Elle décide de se suicider. Elle va chercher le revolver, et se rend dans la cuisine. Elle ôte sa combinaison et la jette en boule sous le buffet. Elle arrache son soutien-gorge et le jette par terre. Puis elle se tire une première balle sous le sein gauche, à la place du cœur. Elle ne meurt pas, la balle s'est logée trop bas, atteignant le foie. Elle s'évanouit à moitié, tombe par terre, et tire une seconde balle dans la tempe droite. Cette fois, elle meurt. Quant à la troisième balle, dont on n'a retrouvé que la douille, deux solutions : Elle l'a tirée avant les deux autres par une fenêtre pour voir si le revolver fonctionnait et la balle s'est perdue dans la nature ; elle l'a tirée après les autres sans viser, dans un geste incontrôlé, et la balle est perdue, là aussi.

Si l'on suit bien cette première hypothèse, il faut constater que deux choses au moins ne vont pas. Le soutien-gorge était légèrement taché de sang, donc elle a tiré avant de l'ôter ; ensuite, la fenêtre de la cuisine était fermée, donc la troisième balle aurait dû être retrouvée, ou le carreau cassé.

Reprenons la scène d'une autre manière.

Martine est en combinaison, elle tire la première balle, en glissant l'arme sous la lingerie. Elle ôte la combinaison pour voir la blessure, la roule et la jette sous le buffet, elle arrache son soutien-gorge qui tombe par terre, s'écroule et tire la seconde balle.

Là non plus, quelque chose ne va pas (sans parler de l'étrangeté de la scène). La tache de sang du soutien-gorge est à l'envers et ne correspond pas à la blessure.

Admettons encore tout cela. Et examinons l'heure de la mort : au plus tôt, treize heures trente, au plus tard quatorze heures trente, selon l'examen digestif.

Alors ? Martine s'est tuée dans la cuisine, pendant que son mari était dans la salle-à-manger, et il n'a rien entendu ? Inutile de dire ce qui ne colle pas dans cette version.

Jean n'est pas arrêté immédiatement. Il reçoit d'abord

l'assaut des journalistes et des photographes que le mystère de ce suicide attire comme des papillons sur une lampe électrique.

Et les journalistes découvrent en lui un personnage extrêmement énigmatique.

C'est la troisième fois qu'il est veuf. Ses deux premières femmes sont mortes, l'une en Allemagne, l'autre en sanatorium. Pendant quelques années il a mené en Indochine une vie aventureuse, exerçant un métier difficile dans les plantations d'hévéas, sous les balles des Viets.

Puis, rentré en France, il s'est lancé dans une autre aventure. Dans la maison qu'il s'est fait construire, une trappe donne accès aux combles, et Jean montre avec fierté aux journalistes son laboratoire secret : des pendules de radiesthésiste, un émetteur d'ondes courtes, des fichiers multicolores, couverts d'annotations, de chiffres, de dessins bizarres. Cet ingénieur de cinquante-trois ans fait de la recherche scientifique : il cherche à découvrir les radiations émises par les corps vivants. C'est sa passion.

Alors que la police le soupçonne du meurtre de sa femme et que les théories les plus graves pour lui s'échafaudent dans le bureau du juge d'instruction, il fait tourner devant les journalistes un petit pendule sur une photo de sa femme.

Il a posé cette photo sur un grand cercle gradué, puis l'a recouverte de deux disques de métal :

— Regardez... le pendule va s'immobiliser sur le chiffre quatorze... qui correspond sur ma fiche de calculs au sexuel...

En effet, le pendule s'arrête sur le chiffre quatorze et un journaliste demande :

— Et alors ? Quelle conclusion en tirez-vous ?

— Aucune pour l'instant, la mort tragique de ma femme pose une énigme qui m'échappe encore. Je cherche.

— Vous faites une enquête vous-même ?

— Pour l'instant j'ai posé les données du problème, mais j'ai besoin de réflexion.

Il montre aux journalistes sa façon d'étudier le problème : Avec une minutie incroyable, il a fait le relevé du plan de son appartement. Tout y est reproduit, jusqu'au tapis de l'entrée. Dans la cuisine, une petite silhouette de femme, c'est le corps de Martine, tel qu'on l'a trouvé, avec l'emplacement de la combinaison, du soutien-gorge, du revolver. Il y a même le chat !

— Le chat pourrait expliquer beaucoup de choses, dit-il aux journalistes. Je cherche à savoir s'il a pu jouer avec la combinaison de ma femme, et l'entraîner sous le buffet de la cuisine...

Et pour mettre sa théorie en pratique, il fait inlassablement des expériences, avec une pièce de lingerie, qu'il pose par terre devant le chat. Muni d'un appareil photographique, il guette l'instant où l'animal va peut-être entraîner le linge de la patte.

Etrange reconstitution, qui ne donne rien de concluant, on s'en doute, et l'ingénieur soupire devant les journalistes :

— Tout est contre moi. La science et les experts sont contre moi, mais ils se trompent, ma femme s'est suicidée dans une crise de dépression. Il n'y a pas d'autre explication. Je sais qu'on me soupçonne, mais je n'ai pas de mobile. Je n'étais pas jaloux. J'adorais ma femme. Elle était belle, beaucoup plus jeune que moi, c'est vrai, mais j'ai tout fait pour elle... Je ne me suis pas rendu compte que c'était si grave. Je vivais près d'elle sans savoir qu'elle était malheureuse. C'est de ma faute. Si j'avais su... Mais elle ne me disait rien. En tout cas, plus rien d'important, elle ne voulait pas sortir, elle n'aimait pas le cinéma, elle n'aimait pas le sport, ni la danse, elle ne voulait que ses livres et sa musique. On dit que je la séquestrais, que j'étais jaloux, que je l'isolais du monde, c'est faux ! Maintenant il faut que je prouve l'improuvable... Il faut que je prouve qu'elle s'est tuée...

En attendant, le non-lieu est retardé et le juge d'instruction déclare :

— Le suicide est impossible, l'enquête continue.

Jean, pendant ce temps, continue ses petits calculs et ses théories. Il étudie tous les traités de criminologie qu'il trouve, se penche sur le problème ardu des blessures par balle, photographie son chat pendant des heures, bourre ses cahiers de notes et de chiffres cabalistiques.

Le juge d'instruction, de son côté, a tenté l'expérience du moulage des mains, dans le but de découvrir sur les mains du mari suspect numéro un, des traces de poudre. Or, on en a trouvé !

Par contre, le même moulage, effectué sur la main de Martine, ne donne rien. C'est donc qu'elle ne s'est pas suicidée.

Jean, de son côté, épluche les lectures de sa femme, espérant y trouver un indice sur son comportement. C'est en avril 1956, alors qu'il est plongé dans Balzac, qu'on l'arrête.

Il ferme son laboratoire. Fait clouer les portes de sa maison, prend sa petite valise et déclare à la presse :

— J'attends que la justice prouve ma culpabilité. Je voudrais bien savoir comment elle s'y prendra pour démontrer que j'ai pu commettre le crime en un quart d'heure. Je connais les charges qui pèsent contre moi, on affirme que ma femme a fait la vaisselle et qu'elle était en train de s'habiller quand la première balle l'a frappée. C'est pour cela que l'on n'accepte pas le suicide. Quant aux traces de poudre sur ma main, il paraît que ce test du moulage est pratiqué pour la première fois en France, je ne suis pas convaincu de sa valeur scientifique... On ne pourra jamais prouver que je suis coupable, mais moi, je ne pourrai jamais prouver que je suis innocent... Nous verrons bien qui l'emportera.

Au bout de cinquante et un jours de détention, à la prison de Clermont, une preuve en tout cas est faite, la seule possible : l'instruction n'a pas pu établir la culpabilité, et le suspect n'a pas pu établir son innocence.

C'est donc la mise en liberté provisoire du détenu. Les

résultats du test sont remis en question car toutes les polices du monde s'en méfient, même Scotland Yard.

Que reste-t-il pour justifier les soupçons qui pèsent sur cet homme ? Sur quoi baser une accusation devant les assises ? Et si ce n'est pas sur le mari, sur quoi ? L'enquête n'a rien trouvé d'autre. Rien d'autre que le mystère de cette combinaison roulée en boule et tachée de sang, le mystère de cette troisième balle, le mystère de ce suicide bizarre, si ç'en est un...

Lorsque le non-lieu est prononcé, officiellement déclaré veuf pour la troisième fois, Jean fait cette réflexion curieuse :

— Je me demande si elle n'a pas combiné cette façon de se suicider pour me mettre en difficulté après sa mort... Une cartomancienne lui avait prédit un drame mortel avant ses trente-cinq ans. Je le lui rappelais souvent pour m'amuser. Cette façon de mourir, c'est peut-être une vengeance posthume ?

Le dernier épisode de cette étrange affaire n'est pas moins curieux : Un jour de novembre 1956, neuf mois après la mort de sa femme, Jean préside à une inquiétante séance de spiritisme. Le médium, c'est Germaine Goyard. L'hypnotiseur, c'est Roland Domergue. La séance est destinée à reconstituer sous hypnose la scène de la mort de Martine.

Médium et hypnotiseur ont l'habitude. Ils ont, paraît-il, découvert à eux deux des maladies inconnues, trouvé des trésors cachés, reconstitué des crimes, élucidé des disparitions, etc.

Ce jour-là, l'hypnotiseur pose ses mains sur la tête du médium, et en trente secondes Germaine Goyard est endormie. Avec des mots hachés et une voix lointaine, elle entame une litanie reconstituant un scénario qu'il faut résumer, car elle a parlé plusieurs heures.

Une femme vient voir Martine, le médium l'appelle « la visiteuse ». Les deux femmes discutent âprement. C'est la visiteuse qui fait la vaisselle. Martine est prostrée sur une chaise et parle peu. Puis la visiteuse s'en va. La jeune femme est seule, elle va chercher quelque chose (le revolver sûrement). Elle revient dans la cuisine, elle est en combinaison, elle tire, elle tombe, elle souffre, elle tire sur sa combinaison... comme pour l'arracher, puis retombe... (A ce moment de l'action, le médium s'écroule par terre, et mime tous les gestes qu'elle décrit.)

Puis la fenêtre s'ouvre, un homme entre. Il n'a pas de cravate, ni de chapeau, il est bien bâti, un peu plus grand que la moyenne. Il enjambe le corps, il prend le revolver, il enlève la combinaison, il la jette et tire à bout portant, au même endroit, c'est-à-dire au cœur.

Le médium ne voit pas de blessure à la tête... C'est que, probablement, il n'y a plus de contact, la victime est déjà morte.

L'homme semble avoir disparu dans la forêt toute proche, et le médium le perd de vue (si on peut dire).

Selon les journalistes, cette séance était si insoutenable que tout le monde fut soulagé lorsque l'hypnotiseur réveilla son médium. Le folklore était terminé.

Qui sait la vérité ? Il n'y a pas de vérité dans cette affaire. Si cet homme la connaît, il ne l'a pas dite. Si Martine seule la connaissait, on ne la saura jamais.

Vingt ans passent, sans rien apporter de neuf. Restait le sérum de vérité. Un journaliste proposa au veuf énigmatique de s'y soumettre en public. Une station de radio lui proposa de s'en faire l'écho, au cours d'une émission spéciale intitulée *La vérité sur l'affaire X*.

Le veuf énigmatique accepta, puis réfléchit et fit une dernière déclaration à la presse aux abois :

— Je préfère le soupçon, même s'il me rend la vie impossible. Je ne voudrais pas, sous l'effet du Penthotal, dire des choses qui n'ont rien à voir avec la mort de ma femme. Qu'on m'estime coupable ou innocent, je renonce à la vérité.

Voilà pourquoi la vérité n'existe pas.

FRAGMENT D'APOCALYPSE

Aux environs de dix heures du soir, le samedi 24 mars 1935, Miss Riggs, gouvernante à la villa *Madeira,* longe le corridor qui mène de la salle de bains à sa chambre. Elle sursaute en se cognant presque au jeune Stoner. Celui-ci est à peine décent, il ne porte qu'une moitié de pyjama, celle du bas. La gouvernante l'interroge un peu sèchement :

— Qu'est-ce qui vous arrive, Stoner ?

— Rien.

Le garçon se redresse. Il a dit « Rien », mais il était littéralement courbé en deux, l'oreille collée à la porte de la chambre à coucher des maîtres. La gouvernante insiste :

— Rien ? Vraiment ?

— Rien. Je vérifiais que les lampes sont éteintes. Bonne nuit, Miss Riggs...

Miss Riggs reprend le chemin de sa chambre et sursaute encore en se trouvant nez à nez avec Mme Rattenbury.

— Quelque chose ne va pas, madame ?

— Rien.

La jeune femme a l'air excité. Son déshabillé de nuit

choque énormément la prude Miss Riggs qui, par ailleurs, n'a guère de conversation.

— Rien ? Vraiment ?

— Rien... J'avais envie de bavarder un peu mais il est tard. Bonne nuit, Miss Riggs...

Miss Riggs gagne alors son lit et pose sa vieille tête sur l'oreiller. Puisque deux personnes lui ont souhaité bonne nuit ce soir, exceptionnellement, le mieux est de suivre leur conseil.

Le silence de la grande maison est tout à fait réconfortant, mais il ne dure qu'un quart d'heure. Le diable a juré ce soir de faire sursauter la pauvre Miss Riggs. C'est un hurlement épouvantable !

— Qu'est-ce qu'il y a ? Qu'est-ce qui se passe ?

La pauvre Miss Riggs a crié dans le noir, mais personne ne lui répond, car cette fois il est difficile de répondre : « Rien, Miss Riggs »...

La villa *Madeira,* à Bournemouth, va connaître une nuit extraordinaire, l'explosion d'un feu qui couve depuis longtemps.

Avant de retrouver Miss Riggs réveillée en sursaut, il faut revenir un peu en arrière dans le temps et voir qui habite cette charmante maison au bord de la mer.

Tout d'abord le maître, Francis Rattenbury, soixante-huit ans. Un bon visage de grand-père, un air doux, un peu triste. Il a été très riche, il ne l'est plus énormément, il a même pas mal d'ennuis d'argent qu'il essaie de noyer dans l'alcool. L'efficacité de ce procédé n'étant pas évidente, il lui arrive de parler suicide.

La femme du maître, Alma Rattenbury, a trente-huit ans. Extrêmement jolie et intelligente, c'est aussi une pianiste tout à fait remarquable, une perle. Une perle de trente ans plus jeune que son mari, lequel est son troisième mari. Quand le premier est mort en 1918, à la guerre, Alma avait un fils et tout juste vingt et un ans. Le second a divorcé. Le troisième boit, dort et ronfle ! L'âge et les soucis !

C'est un problème pour Alma. Officiellement non, bien sûr, car le couple s'entend bien. Mais, comment dire ?... Il faut une expression élégante, par exemple qu'Alma a un teint de nacre et des yeux de braise. Une façon comme une autre de suggérer qu'elle est un peu nymphomane.

Ensuite, voici Miss Riggs, la gouvernante. Par définition, une gouvernante anglaise est inodore et sans saveur, facilement impressionnable et obéissante. Miss Riggs, en conséquence, ne jouera dans cette affaire que le rôle de témoin, horrifié et docile.

Il faut présenter maintenant le dernier arrivé dans la maison : George Stoner. Dix-huit ans. A peine sorti des limbes de l'enfance et du garage paternel où il lavait les voitures.

Beau ? Pas vraiment. En tout cas il est trop tôt pour l'affirmer. On ne peut dire d'un premier communiant qu'il est beau, et George a encore l'air d'un premier communiant. Sauf en pyjama. En moitié de pyjama surtout, comme l'a surpris la pauvre Miss Riggs, tout frais sorti du lit accueillant de Mme Rattenbury.

Si l'on demandait à Miss Riggs ce qu'elle pense du dernier amant de madame, elle répondrait certainement :

— C'est honteux ! Un gamin de cet âge ! Il est soi-disant chauffeur ! Dieu me pardonne, c'est un drôle de métier !

Et si l'on insistait sur le sujet :

— M. Rattenbury est-il au courant ?

— Qui peut savoir ? Certainement, oui. Il a toujours fermé les yeux sur les folies de sa femme, il lui donne même de l'argent pour les faire !

Effectivement, la dernière folie d'Alma fut un voyage avec George Stoner à Londres, où ils descendirent à l'hôtel. Elle lui a offert un pyjama de soie, une montre en or et a poussé la délicatesse jusqu'à acheter elle-même un bijou, que George lui a offert en retour. Ils viennent de rentrer de ce voyage d'amoureux, et avec leur retour, la villa *Madeira* s'est chargée d'électricité. M. Rattenbury traîne un cafard qui refuse de se noyer dans le whisky. Alma, ce soir, a tenté de le réconforter.

— Nous partirons demain, tous les deux, nous irons à Bridgport pour quelques jours. George nous conduira.

Et, redevenue très grande dame, Alma a sonné le chauffeur :

— George ? Nous partons demain, monsieur et moi, vous préparerez la voiture, vous nous conduirez à Bridgport et vous rentrerez ici. Je téléphonerai pour notre retour.

De séducteur vêtu de soie à Londres, voilà George redevenu domestique à la villa *Madeira.* C'est dur.

Juste avant de se faire surprendre par Miss Riggs, en train d'écouter à la porte du maître, George a donc piqué une colère et joué la grande scène du deux.

Vers huit heures du soir, muni d'un pistolet à air, il est venu l'agiter sous le nez de sa maîtresse en menaçant :

— Si tu pars avec lui, je te tue ! Je sais ce qui se trame ici. Cet après-midi, il est venu dans ta chambre et tu as fermé la porte ! Là-bas, vous coucherez dans le même lit, n'est-ce pas ?

C'est en questionnant Miss Riggs que l'on peut connaître une conversation aussi privée ; ce qui implique une question :

— Miss Riggs ? Comment pouvez-vous rapporter ces propos ? Vous écoutez aux portes, vous aussi ?

Réponse :

— Je n'ai vraiment pas fait exprès, je passais dans le couloir et la porte de la chambre de madame était entrouverte !

Ensuite, toujours dans le couloir, Miss Riggs a rencontré George à moitié nu, penché, l'oreille collée sur la porte de M. Rattenbury. Questionnant toujours :

— Qu'a-t-il entendu, Miss Riggs ?

— Des ronflements. On les entendait de loin d'ailleurs. Monsieur avait bu plus que de raison. Une bouteille entière, je crois.

C'est ensuite Mme Rattenbury, en déshabillé, qui vient, à dix heures du soir, dans la chambre de Miss Riggs pour bavarder !

— Votre maîtresse venait souvent bavarder avec vous, Miss Riggs ?

— Tous les soirs. C'était un prétexte... Elle venait « avant »... et « après »... en attendant M. George, pour justifier sa présence à l'étage des domestiques. On ne sait jamais.

— Alors, pourquoi avez-vous sursauté en la voyant, Miss Riggs ?

— Ce n'était pas l'heure... Je l'avais déjà vue pour... « avant ». Pour « après », c'est en général vers minuit.

Pauvre Miss Riggs ! Elle en a vu de toutes les couleurs. Un maître alcoolique, une maîtresse plus que libertine, et maintenant ce cri d'horreur... ce cri de femme qui enfle et s'amplifie, envahit toute la maison. Qu'est-ce que c'est, Miss Riggs ? Qu'est-ce que c'est ?

Miss Riggs dévale les escaliers jusqu'à l'étage des maîtres. La porte a été ouverte si brutalement qu'un guéridon s'est renversé dans le corridor.

Alma est debout, dans l'ombre, à peine éclairée par une lampe à pétrole. Elle est comme paralysée, raide d'effroi. Le bras tendu, elle bégaie :

— Regardez... Oh ! regardez... regardez...

C'est un affreux spectacle.

Francis Rattenbury est assis dans son fauteuil, sa tête est une chose étrange, informe, d'où s'échappent des flots rouges qui coulent sur ses vêtements et s'étalent sur le parquet. Miss Riggs est la première à se ressaisir. Plantant là sa maîtresse statufiée, elle se précipite sur le téléphone et appelle le docteur. Pour être sûre qu'il vienne le plus vite possible, elle court réveiller George et l'expédie le chercher en voiture. Un quart d'heure plus tard, le docteur O'Donnel jette un œil exercé sur la victime, et appelle un chirurgien de ses amis à la rescousse. Car le vieil homme est encore en vie. A l'intérieur de ce crâne défoncé, il se passe encore quelque chose, de justesse. Ensuite, le docteur s'occupe d'Alma :

— Secouez-vous !... Vous avez vu quelque chose ? Il a été attaqué... Allons, secouez-vous !

Alma se met à trembler, sa voix prend des accents hystériques, elle bafouille :

— Il... Il parlait tout le temps de suicide ! On devait partir demain. Cet après-midi, il lisait un livre, il me l'a lu, il disait qu'il admirerait un homme capable de faire ça, de prendre sa propre vie et de l'éteindre. Il disait que les gens sont obligés de vivre trop longtemps, oui, c'est ça qu'il disait. Regardez, le voilà le livre, regardez, il l'a posé là. « Comment les hommes se suicident », c'est écrit là quelque part, il a vécu trop longtemps...

Le livre est là, ouvert au bon endroit, le docteur le constate en effet. Difficile tout de même d'imaginer un homme se suicidant à coups de marteau, ce qui semble être le cas...

Tandis que l'ambulance fonce vers l'hôpital, Alma se met à gesticuler et à hurler comme une folle, puis s'effondre à nouveau sur une chaise, les yeux fixes. Elle se saisit d'une bouteille d'alcool, en avale une large rasade, puis recommence à s'agiter et à boire, jusqu'à ce que le médecin lui fasse avaler de force un comprimé de calmant, sans aucun résultat d'ailleurs.

A deux heures du matin, la police arrive et découvre un spectacle effarant.

En chemise de nuit, Alma danse une espèce de gigue dans le salon illuminé. Le pick-up marche à plein rendement, on se croirait dans l'antre d'une fille de joie.

Le premier policier qui se présente en fait l'expérience. Alma se jette littéralement à son cou, l'embrasse à pleine bouche, et il a bien du mal à se débarrasser des deux bras envahissants et lascifs.

Quand l'inspecteur tente de protester, c'est à son tour de subir les assauts de la jeune femme. Alma annonce clairement son intention de l'inviter dans sa chambre, surtout par gestes d'ailleurs, car son langage est assez incompréhensible. Que faire ?

Une paire de claques. C'est le docteur O'Donnel qui en prend la responsabilité. L'effet est pour le moins surprenant, car la jeune femme se met à rire à gorge déployée. L'interrogatoire s'annonce difficile. L'inspecteur le tente bravement :

— S'il vous plaît, madame, que s'est-il passé ?

— J'ai entendu une cloche ! Une cloche ! Dans ma tête !

— Madame !

— Il grogne ! Il grogne ! quelqu'un grogne, quelqu'un descend l'escalier, il est dans le fauteuil...

— Madame ! Du calme. Qui descend l'escalier ? Qui ?

— Vous dansez ?

Et Alma se précipite à nouveau sur le pick-up, en hurlant de rire. C'est un spectacle désolant que cette jeune femme en chemise de nuit, dansant et riant sur un tapis ensanglanté... Miss Riggs parviendra tout de même à l'entraîner sur le divan et, moyennant un verre d'alcool et beaucoup de patience, ramènera le calme.

Totalement dépassés, les policiers se mettent alors à fureter dans la pièce, vaquant à leurs occupations, gênés et maladroits. Alma ne bouge plus. Sagement assise, les mains croisées sur ses genoux, elle regarde les hommes fouiller la pièce, examiner les fenêtres, les portes et les meubles. Une demi-heure passe ainsi dans un calme relatif. Mais, alors que personne ne s'occupe plus d'elle, d'une voix tout à coup précise et haute, Alma s'écrie :

— C'est moi ! Je l'ai fait avec un maillet, il avait vécu trop longtemps, c'est affreux, mon amour l'a fait !

Stupeur parmi les policiers et grand silence, car Alma se tait à nouveau, regardant autour d'elle avec sérénité. Personne n'ose la questionner. Alors, elle insiste :

— Je l'ai fait ! Il m'a donné le livre, il m'a dit : « Chérie... s'il te plaît, chérie, fais-le ! »

A nouveau, grand silence.

— Je vous dirai demain où est le maillet. Avez-vous appelé le procureur ? La prochaine fois je ferai du meilleur travail.

Un policier s'avance, puis un autre, apparemment résolus tous deux à une arrestation immédiate et dans les règles, lorsque le médecin, furieux, s'interpose :

— Vous n'allez pas l'arrêter ! Regardez-la, elle est pleine de whisky et de drogue ! Elle n'est pas en état de vous parler, à vous ou à n'importe qui d'autre ! Aidez-moi plutôt à la coucher.

Les policiers vont donc border la jolie dame dans son lit ; l'un d'eux boucle la porte à double tour et s'installe sur une chaise pour attendre le matin. Il est trois heures trente. A huit heures (l'aube pour Alma, à peine remise de ses excès de la veille), les mêmes policiers la tirent de son lit et l'entraînent jusque chez le juge. C'était bien la première fois de sa vie que le brave homme inculpait officiellement de tentative de meurtre un fantôme à moitié endormi.

— Voulez-vous renouveler vos aveux, madame ?

— Mûmm... je jouais aux cartes, il m'a demandé de le tuer. J'ai pris un maillet, il a dit que je n'aurais pas la force, j'ai frappé. Si j'avais eu un fusil, j'aurais préféré tirer.

Cela dit d'une voix venue des profondeurs, Alma s'assoupit sur sa chaise, devant le juge, et se réveille en prison, vingt-quatre heures plus tard, c'est-à-dire le 26 mars 1935. A l'hôpital, M. Rattenbury est toujours vivant, mais silencieux. Dans la villa *Madeira,* Miss Riggs sursaute à chaque courant d'air et George tourne en rond. Le 27 mars, M. Rattenbury est encore vivant et Alma, qui reçoit son avocat en prison, renouvelle ses aveux sans difficulté, mais succinctement. Elle semble épuisée et son esprit a nettement souffert du choc.

Le 28 mars, M. Rattenbury meurt sans avoir repris connaissance. Alma est inculpée de meurtre avec préméditation. A la villa *Madeira,* George et Miss Riggs prennent le thé. George baisse le nez sur son assiette de toasts.

— Miss Riggs ? C'est ma faute si elle est en prison, c'est

moi qui l'y ai mise. J'irai demain, ils la feront sortir, et ils me mettront à sa place. Le criminel, c'est moi.

La voix de Miss Riggs n'est pas tellement rassurée quand elle demande :

— Pour... pourquoi ne pas y aller maintenant ?

— Je veux dormir. Je n'ai pas dormi depuis quatre jours, réveillez-moi à six heures !

Une nuit entière, seule dans cette horrible maison avec cet homme, c'est trop pour Miss Riggs. Elle téléphone en sourdine, et George Stoner est arrêté dans son lit. C'est une manie pour les policiers, décidément.

Ainsi, l'assassin serait George ? La police doit en convenir, le maillet vient de chez ses parents. Il l'a emprunté le jour même de l'attaque, en racontant qu'il voulait faire du camping et monter une tente. Il l'a caché ensuite dans le garage. D'autre part, George s'efforce d'innocenter sa maîtresse. Après avoir frappé, il serait monté dans sa chambre, l'aurait réveillée pour lui annoncer son geste, et c'est là qu'elle se serait précipitée dans l'escalier en hurlant.

Il faut d'ailleurs employer le conditionnel, car il est difficile de savoir si oui ou non, Alma était complice.

D'abord, elle s'obstinera longtemps dans sa prison à affirmer sa culpabilité : George est innocent, c'est elle qui a tué. Ensuite, lorsqu'elle aura compris l'inutilité de ce sacrifice, ce sera le silence. Le silence total.

Mais ce n'est pas fini. Après délibérations, Alma et George sont envoyés devant les assises de Old Bailey, pour y être jugés ensemble, la cour ayant décidé de ne pas faire de procès séparés.

Les deux accusés plaident non coupables, et c'est étonnant à plus d'un titre. En effet, George Stoner prétend avoir tué sous l'effet de la drogue dont il serait un habitué. Alma se contente d'une amnésie totale. Elle ne se souvient absolument de rien. Elle a même oublié la journée qui a précédé le crime. A fortiori, la séance effrénée avec les policiers et, bien entendu, ses aveux. Elle ne sait plus ce qui s'est passé.

Démontrer que Stoner n'est pas un drogué et qu'il a agi sciemment est une affaire vivement réglée : coupable, il sera pendu.

Démontrer la complicité d'Alma n'est pas aussi simple. Une seule chose reste claire dans l'esprit des jurés, clamée d'ailleurs par une bonne poignée de témoins, médecins et psychiatres : Alma Rattenbury est une nymphomane. Douze paires d'yeux avides de scandale la contemplent, imaginent toutes les indécences possibles et l'acquittent.

George disparaît en cellule, Alma sort du tribunal, tête basse et visage fermé. Nous sommes le 31 mai 1935.

Trois jours après, le 3 juin, Alma prend le train pour New Milton dans le Hampshire. Il fait beau, elle se promène, puis va s'asseoir sur un banc, au bord d'une rivière. Elle fume une cigarette.

Sur la rive opposée, un pêcheur l'observe machinalement. Il s'en rappellera longtemps.

Elle a enlevé son manteau et l'a posé sur l'herbe avec son sac, derrière elle. Elle a joué un moment avec les reflets du soleil en se penchant sur l'eau. Puis, tout à coup, elle a levé le bras très haut, sa main tenait un couteau. Sous les yeux du pêcheur impuissant de l'autre côté, elle a plongé six fois le couteau dans sa poitrine. Six fois. Puis elle a basculé dans l'eau, et elle était morte quand le pauvre homme l'a enfin repêchée. Trois coups sur les six avaient atteint le cœur.

Dans son sac on trouve une lettre :

Puisque George mon amour sera pendu, il faut que tout finisse. Je trouverai l'endroit et le lieu pour le faire.

Pauvre Alma ! Quelques semaines plus tard, George Stoner obtenait sa grâce ! Il ne fut pas pendu, mais condamné à vie !

La mort a de ces injustices !...

PRÉMÉDITATION

Il en faut, parfois, pour pousser un homme à bout ! On n'imagine pas la résistance nerveuse dont dispose un individu, normalement constitué s'entend. Bien entendu, tout le monde n'est pas fabriqué sur le même modèle, et tout le monde n'a pas la patience de Charles. Charles tout court. Laissons-lui l'anonymat et la tranquillité, qu'il a bien mérités. Il est vraiment, mais alors vraiment, rare de trouver des circonstances atténuantes à un homme qui a tué. Car des excuses, non, il n'y a jamais qu'une seule excuse à tuer : chacun sait bien que c'est l'uniforme…

Mais pour Charles, on comprend. On comprend même que c'est l'autre qui a tout fait, pour se faire tuer. Et que lui, Charles, il n'a fait qu'arriver au bout de sa patience. Une très longue patience, extraordinaire, un suspense de longue haleine.

Tout d'abord, une précision : la police n'a rien à voir dans cette affaire. Pas d'enquête, pas de suspect, pas d'aveux extorqués. La police n'a fait que constater, et entendre les détails de la bouche de Charles lui-même. Plus tard, la cour d'assises fera de même. Et le lecteur lui aussi va constater.

Pour situer le personnage, deux mots suffiraient presque : un brave gars. Vraiment brave, ouvrier, dix-huit ans, aîné d'une famille nombreuse. Maman a eu derrière lui, dans l'ordre : Marcel dix-sept ans aujourd'hui, Lucien quinze ans, Daniel treize ans, Jeanine douze ans, Bernard huit ans, et Françoise six ans.

Sept enfants en onze ans ! Onze ans de langes à laver ! Un bel exemple pour les partisans de la libération de la femme, sauf que maman aime ça et que dans les années cinquante, on ne parlait pas de libérer les femmes. Du moins à peine, et à mots couverts. Papa est ouvrier aussi, tout le monde s'aime bien. Revenons donc à Charles, l'aîné des onze enfants.

Toute la semaine, il tape sur des tôles dans un garage. Tous les soirs, il rentre à la ferme.

De temps en temps, il participe aux répétitions de la fanfare du village où il est tambour, et le samedi soir il va au cinéma.

Or, un soir de mars 1951, Charles est assis au cinéma, avec une bande de garçons de son âge. C'est l'entracte. Et il éprouve une sensation bizarre : l'impression que quelqu'un le regarde, sans savoir d'où ça vient. C'est étrange, deux yeux lui vrillent la nuque. Il les sent mais n'ose pas se retourner tout de suite.

Si seulement il ne s'était pas retourné du tout ! Mais comment prévoir ?

Ces yeux-là sont féminins, noirs et audacieux. Ils s'accompagnent d'un sourire léger mais insistant. Les copains ricanent :

— Eh ! Charles, t'as une touche...

— Eh ! veinard, tu nous avais caché ça...

— Alors, tombeur, qu'est-ce que tu attends ?

Pour Charles, c'est une nouveauté. C'est bien la première fois qu'une fille lui fait des avances. Surtout une fille comme celle-là, belle et aguichante. En réalité, il ne sait pas où se mettre et un trou de souris ferait bien son affaire. Mais les copains complaisants le renseignent : « Elle » s'appelle Huguette, elle est bonne à tout faire...

La « bonne à tout faire » fait l'objet d'une série de plaisanteries sans équivoque, qui font rougir le malheureux Charles jusqu'au bout des oreilles. Pendant ce temps, les yeux noirs ne le quittent pas, et le sourire insiste...

C'est gênant, mais pas désagréable au fond. Et dans le noir qui envahit la salle, Charles se sent quelqu'un, il existe tout d'un coup ! Ça a l'air bête, mais c'est très important pour la suite des événements, et il faut bien le comprendre. Un garçon de dix-huit ans, un peu naïf, qu'une fille de dix-sept ans un peu dévergondée regarde dans les yeux, se sent un homme. Un autre à la place de Charles aurait immédiatement profité de la situation et poussé son avantage. Lui ne fait rien de tel. Au contraire, à la sortie du cinéma il se sauve littéralement, comme s'il sentait déjà qu'il est incapable d'affronter la situation. Mais c'est trop tard, déjà. Lorsqu'une femme de la trempe d'Huguette a décidé de mettre le grappin sur un homme, c'est fini pour lui. Pourtant, Charles n'est pas un imbécile. Tout au plus un naïf, ce qui n'est pas la même chose, loin de là. C'est d'ailleurs le cas de beaucoup d'hommes devant beaucoup de femmes, quoi que les femmes en pensent. Bref, quelque temps après le petit incident du cinéma, que Charles a d'ailleurs largement oublié, Huguette, les yeux noirs d'Huguette ressurgissent dans son dos. Ce jour-là Charles est à l'atelier, il tape sur une tôle, c'est un samedi et il n'est pas à son avantage, le pauvre garçon. Noir de cambouis et de sueur, dans une vieille salopette bleue.

Voici son propre commentaire à ce sujet, des années plus tard :

— J'y ai pas cru. Elle s'est plantée là, à l'entrée du garage, elle me regardait comme si j'étais Gary Cooper. Je ne me souviens pas exactement de ce qu'elle m'a dit, quelque chose comme : « Bonjour, j'avais envie de vous revoir, à quelle heure vous sortez ? »

Alors il est allé se mettre la tête sous le robinet, il a ôté sa tenue de travail, et il est parti avec elle, comme un chien qu'on siffle. N'empêche qu'il ne s'attendait pas à la suite.

Au bout d'une heure de promenade, et de lieux communs, Huguette va droit au but :

— Si on allait chez toi ?

— Où ça, chez moi ?

— Dans ta chambre...

— Ah... ben, c'est-à-dire que, chez moi, il y a du monde...

— Tu n'as pas envie d'être seul avec moi ?

— Si. Oh ! si, j'ai pas dit ça.

— Alors, trouve quelque chose...

Un peu terrorisé, il faut bien le dire, et pris de court, Charles ne voit que la grange, l'éternel refuge des amours paysannes.

N'empêche qu'il ne s'attendait pas non plus à la suite. D'habitude, c'est le garçon qui renverse la fille dans la paille... et tout le reste. Avec Huguette, c'est le contraire. Ce sera toujours le contraire.

Au bout de trois semaines, Charles finit par s'y habituer. Il en est même, comment dire..., plutôt satisfait.

Ainsi s'achève la première époque. L'époque heureuse pour Charles, la seule qu'il connaîtra jamais.

— Charles, je veux me marier avec toi...

A partir de cette petite phrase, c'est fini. Charles, qui aime bien Huguette, n'est pas fou à ce point-là. Il hésite : il est trop jeune, elle aussi, les parents ne voudront pas, la famille a besoin de sa paye, etc. Mais Huguette fait briller ses yeux noirs :

— Charles, il faut nous marier, je suis enceinte. Tu dois réparer !

Réparer quoi ? Vu froidement d'un point de vue extérieur : rien. De celui de Charles, c'est différent. Il est catholique, croyant, amoureux, bon comme le pain, et pris au piège ; alors, il l'épouse. Contre vents et marées, contre père et mère, et avec l'assentiment de son confesseur qui plus est !

Huguette vient donc s'installer dans la ferme familiale, robe blanche et fleur de lys à la main. Et elle s'y installe comme à l'hôtel. Plus question de faire le ménage ou la lessive, plus question de travailler à l'extérieur.

La mère ne tarde pas à s'en apercevoir. Elle a tout simplement hérité d'un enfant de plus, et s'en plaint à son fils :

— Dis-lui qu'elle fasse au moins son lit !

— Ne la bouscule pas, maman, quand elle aura eu l'enfant, ça ira mieux.

— Dis-lui qu'elle s'occupe au moins de son linge !

— Ecoute, maman, elle dit qu'elle a mal au dos, c'est le bébé.

— Charles, ça ne peut plus durer, elle se lève à onze heures, et il faut encore que je lui fasse le petit déjeuner...

— C'est le docteur qui lui a dit de se reposer à cause du bébé...

— Quel bébé ? Je voudrais bien le voir, ce bébé ! Demande-lui donc où elle l'a mis. Je serais bien étonnée qu'elle le sache !

Eh ! oui, c'est le coup classique. Huguette ne ment même pas, elle se contente d'enjoliver beaucoup.

— C'est vrai, je n'étais pas enceinte, mais c'était pour me marier avec toi ! Je t'aime, moi, je ne voulais pas te quitter, je voyais bien que tes parents n'auraient jamais voulu, tu ne vas pas me reprocher de t'aimer tout de même ?

Voilà un argument bien féminin et bien logique, que Charles avale sans trop faire d'histoire, brave comme il est. Mais le climat s'est légèrement refroidi à la ferme. Un mensonge comme celui-là est difficilement acceptable dans une famille où l'on a élevé sept enfants. Charles ravale sa honte et sa déception, et répond à sa mère qui triomphe :

— Ne la juge pas mal, elle a fait ça pour moi.

Il est tellement amoureux qu'il est prêt à se mentir à lui-même, car il n'y croit pas. Il doit savoir qu'il court à la catastrophe avec Huguette, mais comment faire pour justifier l'amour qu'il porte à cette femme dévergondée, paresseuse, menteuse et égoïste ? Comment faire, sinon se mentir à soi-même ? Alors Charles veut bien se persuader.

Mais décidément, ce mari qui accepte tout c'est trop facile pour Huguette, il faut aller plus loin et très vite.

Charles et Huguette sont mariés depuis six mois à peine, c'est une fin d'après-midi orageuse dans la grande salle de la ferme. Il y a là la mère, les six frères et sœurs, et Huguette.

Le tonnerre gronde et la pluie ne se décide pas à tomber. Par moments, la lampe vacille. Puis tout à coup, plus de courant, le noir total. Dans un coin de la salle à manger, le jeune Lucien se sent soudain tiré en arrière. Quelqu'un lui prend le bras et murmure : « Chut… ne dis rien… viens avec moi. »

La mère a dressé l'oreille. Dans son coin, il lui est difficile de se rendre compte de ce qui se passe. Le temps de trouver la première bougie, et Lucien n'est plus là ; mais la mère a senti qu'il se tramait quelque chose d'anormal, et une femme se trompe rarement dans ces cas-là. Elle se lève, cherche un moment, guidée par son instinct. Et elle les trouve dans la buanderie, ou plutôt elle devine qu'ils sont là, tous les deux, dans le noir : la femme de son fils aîné et son gamin de quinze ans, son gamin à elle.

Il aurait mieux valu qu'elle suive sa première idée : entrer, et gifler tout le monde. Mais elle hésite et le temps d'hésiter, il est trop tard pour intervenir, la honte est trop forte.

Une heure plus tard, sous la lumière revenue, les deux femmes s'affrontent du regard. Elles savent toutes les deux que l'autre sait ce qui s'est passé. Et toutes les deux, elles se taisent.

Le gamin tente de prendre l'air faraud (quoi faire d'autre à quinze ans ?) mais la tension est telle qu'il finit par se sauver dans le jardin. S'il est devenu ce qu'on appelle un homme en quelques minutes, il se doute bien que l'ère des taloches n'est pas terminée pour autant.

A sept heures du soir, Charles rentre, embrasse sa femme et sa mère, raconte sa journée et plaisante. Huguette est souriante et détendue. Elle a cru comprendre que la mère n'oserait pas dire ce qu'elle sait. Et la mère n'oserait pas, c'est vrai, si Huguette justement n'était pas si gaie et si provocatrice.

Mais son attitude est un véritable défi, et la mère n'y résiste pas. Dans la cuisine, à voix basse pour que la coupable ne l'entende pas, elle vide son cœur :

— Mon fils, ta femme est une garce ! Demande-lui donc ce qu'elle faisait dans la buanderie tout à l'heure avec ton frère, avec Lucien ! Un gosse ! Demande-lui !

— Qu'est-ce que tu racontes, maman ? Que veux-tu qu'elle fasse ?

— Je les ai vus, ils s'embrassaient, et le reste... Je les ai vus, je te dis...

Charles pâlit, incrédule il contemple sa mère :

— Tu exagères, c'était sûrement rien, une bêtise... pour jouer.

— Je ne suis pas aveugle. Je sais ce que j'ai vu. Qu'est-ce que tu vas faire ?

— Rien. Rien du tout. Qu'est-ce que tu veux que je fasse ?

Et Charles ne dit rien. Ne fait rien. Il n'en parle même pas à Huguette, comme s'il avait peur de savoir.

C'est à partir de là pourtant qu'Huguette va *vraiment* tout faire pour pousser à bout la patience de son mari.

Le soir même de cet incident, en se promenant dans le jardin, passant et repassant devant la fenêtre ouverte de la cuisine, Huguette se met à fredonner ce qui va devenir son leitmotiv. Ce détail n'est pas le fruit de l'imagination d'un avocat ou d'un journaliste, il faut le préciser car il est énorme. Huguette chante *Il est cocu le chef de gare,* tout simplement.

Charles l'observe. Il tente même de la regarder dans les yeux, mais Huguette ne se détourne pas et continue son refrain stupide, un sourire au coin des lèvres : « Il est cocu... le chef de gare... »

Elle le siffle le lendemain matin en faisant sa toilette, le chantonne le soir en mettant la table. C'est tellement énorme que Charles n'y croit pas. Une femme ne peut pas chanter à son mari « Tu es cocu... », c'est impossible...

Une semaine plus tard, un samedi après-midi, Charles rentre de sa répétition à la fanfare locale, son tambour sous le bras. Il trouve sa mère en larmes, effondrée au milieu de ses casseroles.

— Cette fois, mon pauvre Charles, c'est grave ! Ta femme...

— Quoi, ma femme ?

— Elle couche aussi avec ton frère !

Et Charles a cette question naïve :

— Lequel ?

A croire qu'il s'attend à tout. Cette fois, c'est Marcel, son cadet d'un an. Et la mère donne des détails :

— Cet après-midi, j'ai entendu grincer la porte de votre chambre. Je me suis doutée qu'elle allait faire un mauvais coup. Je l'ai suivie, elle est allée directement ouvrir la porte de la chambre de Marcel. J'ai écouté derrière, je ne pouvais pas m'en empêcher. Je les ai entendus rire et chuchoter...

— Et alors, ça ne veut rien dire.

— Mais tu es stupide, ma parole ! Moi non plus, je ne voulais pas le croire, mais j'ai ouvert la porte, d'un seul coup, et ils étaient en chemise, et dans le lit de Marcel ! Tu comprends ? Dans le lit de ton frère ! Devant moi, sous mes yeux !

— Qu'est-ce que tu as fait ?

— Je leur ai dit de sortir de là...

— Et Huguette, qu'est-ce qu'elle a fait ?

— Elle est sortie en se fichant de moi.

— Alors, il ne s'est rien passé ?

— Le soir si, juste avant que tu rentres. Ils sont montés se coucher, et cette fois-ci la porte de Marcel était fermée à clé, mais j'ai tout entendu derrière la porte ! Cette fois, tu vas faire quelque chose, Charles ! Tu ne peux pas te laisser ridiculiser comme ça !

Charles respire un grand coup :

— Bon, je vais lui parler !

Huguette dort tranquillement dans la chambre conjugale. Et c'est parce qu'elle dort que Charles sent tout à coup la colère l'envahir. Oh ! une petite colère, il n'est pas violent. Il secoue Huguette juste un peu fort pour lui faire peur :

— Qu'est-ce que tu as fait avec Marcel ?

Huguette a la réponse tranquille :

— J'ai couché avec lui. D'ailleurs je veux divorcer et me marier avec ton frère. Je l'aime. Autant que tu le saches...

Il y a un grand et long silence. Charles sait bien qu'elle n'aime personne, sauf elle. Cette garce a le diable au corps tout simplement. Peut-être n'aurait-il rien fait de plus si Huguette, en se levant pour aller boire à la cuisine, ne se remettait à chanter : « Il est cocu le chef de gare. » Alors, il serre les poings et se jette à l'eau :

— Cette fois, tu vas partir. Je te ramène demain chez tes parents. Ça ne peut plus durer.

— Il est cocu le chef de gare, continue à fredonner Huguette.

C'est plus que de la provocation. A ce stade-là, normalement, Huguette mériterait un certain nombre de paires de claques. Ou du moins, de prendre la porte sur-le-champ, avec ou sans valise.

Mais Charles est d'une patience, d'une gentillesse et d'une faiblesse aussi... à toute épreuve. Enfin, disons que la dernière épreuve n'est pas encore celle-là. Il ne la frappe pas, il ne la jette pas dehors, mais le lendemain il la ramène courtoisement chez ses parents. En leur disant la vérité d'ailleurs, quelque chose comme : « Je vous rends votre fille, elle me trompe vraiment trop avec mes deux frères. »

Et Charles passe quinze jours à se morfondre et à traîner sa misère. Il est malheureux, il aime cette femme. Il a beau être bafoué, comme rarement un homme peut l'être, il a beau se dire que c'est une « ci », et une « ça », sa mère a beau lui répéter qu'elle fera son malheur, il la regrette. Un beau matin, il se décide :

— Je vais la chercher.

La famille, accablée, tente vainement de le dissuader, ses deux frères en tête, qui sont bien placés pour le mettre en garde :

— Ecoute-moi, Charles, dit Marcel, c'est elle qui est venue me provoquer. Je ne voulais pas. Elle recommencera ! Laisse-là où elle est.

— J'ai rien fait, moi, ajoute le suivant, c'est elle qui m'a traîné dans la buanderie. Je ne savais pas.

Mais Charles est décidé :

— Si elle veut bien changer, nous irons vivre ailleurs, seuls, tous les deux.

Hélas ! Ses bonnes intentions sont curieusement accueillies : sur le pas de la porte de ses parents, Huguette regarde arriver dédaigneusement ce chien battu de mari. Elle fredonne l'éternel refrain de tous les cocus du monde. Charles y va quand même de sa proposition.

— Non ! dit Huguette. Je veux divorcer.

— Tu veux te marier avec mon frère ?

— Non ! j'aime un autre homme, il s'appelle Saïd Ahmed. Il est beau, il vient d'Afrique, je vais me marier avec lui.

— Mais enfin, Huguette ! La semaine dernière, c'était mon frère que tu aimais, on ne change pas d'amour comme ça ! Tu dis ça pour me faire de la peine…

— Non, je vais habiter avec Saïd chez lui, là derrière, va-t'en ! Laisse-moi tranquille.

Et elle fredonne, elle fredonne devant ce pauvre imbécile qui la regarde, les bras ballants, les larmes aux yeux, malade de jalousie. Une jalousie qui va au-delà de ses possibilités.

Le voisin, le facteur, ses frères, tout, il aurait tout supporté. Mais Saïd Ahmed, c'est la goutte d'eau… un vieux fond de racisme fait des remous dans le cœur de Charles ; c'est comme une brûlure insupportable...

C'est bête, mais il fallait qu'Huguette aille jusque-là pour que ce brave garçon arrive au bout de son extraordinaire patience. Cet homme se serait appelé Pierre ou Paul, il n'aurait pas eu le teint bronzé, soyons sûrs que Charles... n'aurait pas étranglé Huguette.

C'est à cette minute, en entendant ce nom, que le garçon de dix-neuf ans devient un assassin. Il dit :

— Si je partais pour Paris, et que je t'emmène en voyage avec moi, tu viendrais ? Tu le laisserais ?

Huguette est aussi vénale que nymphomane. Ses yeux brillent :

— Tu m'achèterais des robes ?

— Je t'achèterai des robes, mais tu laisseras Saïd Ahmed ?

— Je reviendrai plus tard, il m'attendra ! On part quand ?

D'une voix morne, Charles dit :

— On partira demain matin...

Le soir, il écrit une lettre pour ses parents, qu'il garde dans sa poche et ne postera que le surlendemain sur un quai de gare :

Chers parents, frères et sœurs,

Je vous demande pardon pour le mal que je vais vous faire. Je perdrais le divorce parce que je suis le mari et que je travaille, mais comme cela il y aura quelqu'un qui paiera. Ma femme est trop « putain » pour que je lui pardonne. Je ne veux pas payer le divorce, vu que c'est elle qui m'a trahi. Je ne veux pas non plus me battre en Indochine. Je serais bête de souffrir pour elle. La justice des hommes n'est pas assez juste pour punir une putain. Alors, j'ai décidé de faire justice moi-même.

A Paris, ils passent la nuit dans un hôtel du boulevard Rochechouart. Huguette fait la coquette, se refuse, insiste sur les qualités de son nouvel amant, précise que c'est lui désormais qui a la « priorité ». Et, pardonnez ce dernier détail, c'est au lit qu'elle fredonne pour la dernière fois, en le regardant bien dans les yeux : « Il est cocu le chef de gare. »

On peut croire Charles, ça ne s'invente pas des choses pareilles.

Le lendemain, après l'avoir emmenée au restaurant et au cinéma, Charles décide de prendre le train et dit à Huguette :

— Je t'emmène à la mer...

Huguette bat des mains, elle est ravie. Sur le quai, Charles poste sa lettre. Ils descendent à Noyon.

— Viens... on va se promener en attendant la correspondance...

La forêt n'était pas loin. Une dernière tentative de réconciliation sur l'herbe la fait éclater de rire :

— Tu n'as pas honte de passer après Saïd ?

Les mains de Charles se sont resserrées sur le cou de sa femme. Elle a dix-huit ans... Elle rit encore...

Il appuie. Elle ne bouge plus.

Puis, il l'allonge soigneusement, à l'ombre, met son sac sous la nuque brisée et recouvre le visage de sa veste.

— Parce qu'il y avait des moustiques... dira-t-il pauvrement.

Et il reprend le train, rentre chez lui, rencontre son frère, à qui il dit : « Va prévenir la mère, j'ai étranglé Huguette. » Puis il se rend à la gendarmerie.

Rapport du gendarme :

« Nous recevons la visite d'un jeune homme originaire de S. disant se nommer Charles X., venu pour nous faire une communication urgente et grave. Ce jeune homme, de mise convenable et apparemment troublé, déclare :

— Je viens me constituer prisonnier. J'ai tué ma femme.

« Puis, il se met à pleurer, donnant ainsi un caractère sérieux à cette communication. »

Pauvre Charles ! Il a passé son temps à pleurer devant le procureur qui réclamait la perpétuité, pour préméditation. Et les jurés ont décidé qu'elle commençait, cette préméditation, au moment où Charles avait posté sa lettre sur le quai de la gare.

Verdict : dix ans de travaux forcés.

Sans cela, ils auraient probablement admis le crime passionnel et l'acquittement... mais, dans un cas pareil, c'est quoi au juste, la préméditation ? Ça commence où ?

LE TALENT DE VICTORINE

Le crime ne paie pas. En tout cas le crime connu, car il y a peut-être de par le monde des criminels dont les forfaits sont inconnus, et qui profitent actuellement de leurs biens mal acquis.

Celui-ci a payé. Et non seulement il a payé, mais c'est un crime parfait. D'autant plus parfait qu'un témoin a pu le raconter devant un tribunal sans que ce tribunal puisse condamner l'assassin, Victorine.

Mais peut-on dire l'assassin, puisque Victorine n'est pas une criminelle (devant les hommes en tout cas) ? Devant Dieu, c'est une autre affaire...

Voici le témoin principal, le personnage vedette sans qui jamais nous n'aurions pu connaître les détails qui vont suivre : c'est Berthe.

Ah ! Berthe, c'est quelqu'un... Soixante-quinze ans, bonne à tout faire venue de Bretagne en 1901, la grande époque.

Berthe ne se sépare jamais de sa petite coiffe de dentelle blanche. Elle doit dormir la nuit avec ce petit cornet rigide sur la tête. En dessous, une bouille ridée, des yeux trop petits, bridés, et un nez tortueux. Le tout perché sur un mètre cinquante environ et noyé de jupons noirs.

Il y a vingt ans que Berthe sert Mme Chapuis et M. Chapuis, ses maîtres, dans une charmante maison campagnarde, située aux environs de Marly-le-Roi. Un rêve de verdure au début de ce siècle. C'est la retraite : M. Chapuis, ancien comédien du théâtre de la Monnaie, à Bruxelles, a résolu de la passer en France. Il est bien malade. Sa femme l'entoure de mille petits soins. Tous deux ont le même âge, soixante-douze ans. Mais madame ne les avoue pas. Madame a toujours voulu paraître bien plus jeune que monsieur : une femme de comédien doit rester coquette.

Ce sont deux vieux amoureux charmants qui auraient bien du mal à vivre l'un sans l'autre, et c'est pourtant ce qui les guette. Le 4 août 1901, M. Théophraste Chapuis, artiste, s'éteint doucement. Le désespoir de sa femme fait peine à voir.

Berthe en portera témoignage :

— Madame ne cessait de répéter qu'elle rejoindrait monsieur dans l'autre monde, aussi vite qu'elle le pourrait... « Attends-moi, Théophraste », qu'elle disait. « Je supplie Dieu de me conduire vers toi »...

Pauvre Berthe ! Elle pleure en racontant cela au juge d'instruction. Donc, Chapuis est mort, il laisse sa veuve dans une certaine aisance, une petite maison, quelques rentes, quelques titres, des bijoux, des meubles précieux. Pas la fortune, mais une bonne tranquillité.

Berthe est donc seule avec madame, et la vie est bien triste à partir de ce jour-là.

Pendant ce temps, à Bruxelles, le facteur apporte au domicile de M. et Mme Martin un faire-part de décès. C'est Mme veuve Chapuis qui informe de son malheur Mme Martin, une vieille connaissance bruxelloise.

Mme Martin, c'est Victorine. Et Victorine a ce que l'on appelle de la présence d'esprit. On peut imaginer ce qu'elle déclare à son mari, au reçu du faire-part de décès :

— Cette pauvre Mme Chapuis, cette malheureuse et excellente amie, doit se sentir bien seule. Je cours lui apporter le secours moral dont elle a besoin.

Pour tout dire, Victorine n'attendait que cela. Du vivant de M. Chapuis, elle n'aurait jamais franchi le pas de sa porte. M. Chapuis n'aimait pas Victorine, et la traitait volontiers de vieille folle. Vieille... il est vrai que Victorine approche de soixante-dix ans, mais folle, c'était injuste, car Victorine n'est pas folle.

Six jours après la mort de M. Chapuis, le 10 août, Victorine débarque à la gare de Marly, et prend le chemin du hameau de Lionval, pour aller rendre visite à la veuve désolée. C'est Berthe, la vieille bonne, qui la voit arriver sur le chemin. Elle la décrit ainsi :

— Une sorte de vieil oiseau de malheur, tout habillé en noir, maigre comme un chien affamé, avec un baluchon. On aurait dit une pauvresse !

Bien qu'assez imagée, la description de Berthe manque un peu de précision. Victorine a une tête d'oiseau, c'est vrai, mais il faut ajouter : d'oiseau de proie.

Rares sont les humains qui ont eu l'occasion de regarder un vautour dans les yeux. Ceux-là peuvent considérer qu'ils possèdent l'image parfaite de Victorine.

Les deux yeux ronds, un peu rapprochés au-dessus du bec, le regard, noir et or, gênant à force de fixité, un teint jaune, une bouche pincée, des mains pâles et griffues, une maigreur squelettique, une allure de perpétuelle affamée, c'est tout Victorine.

Entre Berthe, la bonne bretonne toute ridée, et Victorine, vautour inquiétant en visite d'amitié, Mme Chapuis reste et demeure une brave et bonne personne complètement stupide.

Depuis une semaine, les trois vieilles femmes, la veuve, Berthe et Victorine, vivent donc ensemble dans une sorte de convalescence de deuil.

Un soir, en apportant la tisane, vers sept heures, Berthe se heurte à la porte du salon : fermée. C'est étrange. La bonne hésite, considère que la chose est suffisamment exceptionnelle pour mériter une décision exceptionnelle, et regarde par le trou de la serrure.

Elle ne veut pas épier, mais simplement voir si la clé est à l'intérieur. D'ailleurs elle ne voit presque rien, seulement sa maîtresse assise à une table et la robe noire de Victorine, non loin d'elle.

Bien qu'elle se défende de toute curiosité malsaine et qu'elle soit rassurée sur la présence des deux femmes derrière la porte fermée, Berthe, qui a de mauvais yeux mais l'ouïe fine, colle son oreille sur le battant de la porte.

Une voix étrange, rauque et inconnue parle :

— Je suis le bon docteur, que Mme veuve Chapuis entende mes conseils : il est très mauvais pour sa santé de boire le vin de la cave. Ce vin est vieux, il doit disparaître.

La vieille Berthe n'en croit pas ses oreilles. Elle n'a vu venir personne, d'ailleurs personne ne vient jamais. Or, il y a là apparemment un docteur qui parle à madame. C'est donc que madame est malade. Cela n'a rien d'étonnant, elle a le cœur bien fatigué...

Berthe frappe à la porte du salon. Frappe encore, et encore. Au bout de quelques minutes, c'est Victorine qui lui ouvre.

— Mme Chapuis est fatiguée, donnez-moi ce plateau et allez vous coucher. Merci, bonsoir...

Le lendemain matin, remue-ménage dans la maison. Victorine, les manches retroussées, transporte une par une, et soigneusement, toutes les bouteilles qui constituaient la cave de M. Chapuis. Une bonne centaine de bouteilles de vins fins et d'alcool, une vraie petite fortune pour amateur compétent. Bientôt, Victorine a lourdement chargé une petite carriole et disparaît pour la journée.

Mme Chapuis ayant surveillé elle-même l'opération, Berthe ne juge pas utile de connaître le pourquoi du comment. Il faut dire que Berthe est d'une grande simplicité d'âme.

Le lendemain soir, à la même heure, la porte du salon est à nouveau fermée. De même le surlendemain. Et Berthe va de surprise en surprise. Chaque fois qu'elle tend l'oreille, il y a quelqu'un dans le salon. Et, régulièrement, le jour suivant Victorine disparaît pour la journée, emportant avec elle une pile de draps, une malle de vêtements, un meuble ou de l'argenterie. Peu à peu la maison se vide. Mais un beau jour le contraire, si l'on peut dire, se produit : Victorine revient de l'un de ses mystérieux voyages avec une carriole chargée. Ce qu'elle amène n'a rien de commun avec ce qu'elle a emporté, d'ailleurs. Une table branlante, quelques chaises, un vieux fauteuil, une malle. Il apparaît clairement que le mobilier a changé de mains et que Victorine s'installe à demeure chez Mme Chapuis avec ses affaires. De toute évidence, son entreprise de consolation charitable ne va pas s'arrêter là.

Berthe devient alors méfiante. Elle n'ose rien dire, mais sa curiosité augmente et un soir, enfin, va se trouver récompensée.

L'oreille collée à la porte du salon comme d'habitude, Berthe entend une autre voix d'homme tenir des propos extraordinaires. La voix s'adresse à Mme Chapuis et la tutoie :

— J'ai une bonne nouvelle à t'annoncer. Tu ne vivras pas au-delà de l'année 1904. Prépare-toi et mets tes affaires en ordre.

C'est incroyable et même horrifiant, mais l'oreille de Berthe en est sûre, sûre et certaine, cette voix c'est celle de M. Chapuis. Mort et enterré depuis maintenant plusieurs mois ! Berthe en est tellement bouleversée que, pour la première fois de sa vie, elle se mêle de ce qui ne la regarde pas !

— Madame ! Madame ! Au secours ! J'entends monsieur qui parle !

Elle tambourine si bien à la porte que Mme Chapuis lui ouvre et, gentiment, lui explique :

— Mais oui, Berthe, c'est monsieur qui parle. Inutile de crier, vous nous dérangez !

— Mais, madame, il est mort !

— Oui, Berthe, il est mort. Mais il me parle ! Vous ne pouvez pas comprendre. Il arrive que les morts puissent nous parler. Victorine sait toutes ces choses. Grâce à elle, j'ai retrouvé mon mari. Il me parle chaque soir, et je peux lui demander conseil. Bientôt j'irai le rejoindre...

Oh ! Berthe n'aime pas ça du tout. D'autant plus que dans le fond de la pièce, Victorine, l'oiseau de malheur, la regarde fixement comme si elle allait la transpercer :

— Il ne faut pas parler de tout cela, Berthe. Et madame ne recevra personne chez elle désormais. M. Chapuis n'aimerait pas cela.

La voix est normale, c'est la voix de Victorine, sa voix habituelle. Et il n'y a personne d'autre dans la pièce.

Conclusion, selon Berthe : c'est de la sorcellerie. Il n'y a que les sorcières pour faire parler les morts. Et Berthe a bien entendu parler M. Chapuis. Sans aucun doute possible, c'était sa voix. D'ailleurs, elle l'entendra souvent désormais. Presque tous les soirs. A tel point que cela n'a plus rien d'inquiétant, on s'habitue à tout. Même à voir tourner le guéridon du salon amené par Victorine.

Malheureusement, Berthe n'a pas le droit de participer à ces séances d'outre-tombe. On ne lui ouvre plus la porte à présent. Sa seule ressource pour se tenir au courant est de coller l'oreille à la serrure :

C'est ainsi qu'elle entend parler M. Chapuis de diverses choses. Il semble que le brave homme ait repris en main les affaires domestiques. Il lui arrive même de se disputer avec sa femme. A ce sujet, le commentaire que fera le témoin Berthe, plus tard devant le tribunal, est plein de bon sens :

— C'est la chose qui m'a le plus frappée. D'habitude, de son vivant, monsieur était toujours d'accord avec madame. Une fois mort, il ne l'était plus tellement. Il lui disait toujours de faire le contraire de ce qu'elle voulait faire...

Voici d'ailleurs un exemple de dialogue rapporté par le témoin à ce sujet :

— Tu ne dois pas laisser tes valeurs à la banque !

— Mais, Théophraste, c'est toi qui avais décidé...

— J'ai changé d'avis. Tu dois les vendre, et confier l'argent à Victorine. Victorine sait très bien ce qu'il faut en faire, je lui ai tout expliqué. Toi, tu ne comprends rien à ces choses-là...

Autre exemple :

— On m'a dit que tu voulais vendre la maison à notre nièce ? Et que tu voulais habiter chez elle ?

— C'est toi qui me l'avais conseillé avant de mourir, Théophraste !

— Tu ne dois plus voir la famille. Et tu ne dois pas aller habiter ailleurs. Chacun a ses habitudes. Tu ne t'entendras pas avec eux.

Un jour, un étranger se présenta chez Mme Chapuis, envoyé par son notaire, pour acheter la maison. L'esprit de M. Chapuis se manifesta le soir même avec une certaine mauvaise humeur :

— Je t'interdis de vendre la maison !

— Mais, Théophraste... Je serai mieux dans une maison de retraite.

— Non ! Ici, je ne te quitte pas. Je suis toujours avec toi. Tu n'as qu'à m'appeler et j'arrive. Tu es chez toi et libre de faire ce que tu veux. Ailleurs, je ne pourrai pas venir...

Bien qu'ayant promis de ne rien dire, Berthe laissa échapper quelques commentaires dans le village. Certains habitants s'inquiétaient en effet de ne jamais voir Mme Chapuis. Ni à l'église, ni au cimetière, elle que l'on savait si pieuse et si fidèle à la mémoire de son mari.

— Justement ! dit Berthe, madame n'a pas besoin d'aller sur la tombe de monsieur... Elle lui parle tous les soirs. C'est Victorine qui fait le médium. Madame dit que c'est un bon médium. Il n'y a qu'elle qui sait comment faire parler monsieur...

Insensiblement, insidieusement, dans le village, Victorine devint tout d'abord « la tireuse de cartes », puis « la tourneuse de tables », puis « la sorcière », et l'information fait son petit bonhomme de chemin jusqu'aux oreilles de membres de la famille de Mme Chapuis, une nièce et son mari.

Tous deux, inquiets, se présentent un jour à la porte de la maison de Lionval pour prendre des nouvelles de leur tante. Berthe est chargée de les éconduire. Mais comme ils insistent, c'est Mme Chapuis elle-même qui leur signifie :

— Mon mari ne veut pas que je vous voie. Laissez-moi en paix ! Je dois mourir bientôt pour aller le rejoindre, allez-vous-en !

Ainsi mise à la porte, et ne sachant plus que faire, la famille va consulter le médecin traitant de Mme Chapuis. Mais celui-ci n'est pas trop inquiet. A son avis, la pauvre femme a le cœur usé, il la voit régulièrement et lui donne un traitement correspondant à son état. A son âge, bien sûr, et vu l'état cardiaque, tout peut arriver ! Quant à la présence de Victorine la sorcière, le médecin sourit avec indulgence :

— Rien de dangereux, rassurez-vous ! Cette femme lui donne peut-être ses dernières joies. Faire tourner les tables n'a jamais tué personne, et si votre tante est persuadée de parler à son mari, ne la contrariez pas ! A quoi bon ? Ces histoires de sorcières sont des ragots de campagne...

Bien évidemment, à part Berthe, tout le monde ignore ce qui se dit pendant les conversations d'outre-tombe. Et ce que le médecin ignore aussi, c'est que Mme Chapuis, convaincue par son mari de ne pas prendre les médicaments prescrits, ne va même plus les acheter à la pharmacie. C'est logique puisqu'elle doit mourir le plus vite possible pour le rejoindre. Donc, elle n'a pas besoin de médicaments pour soutenir son cœur.

A ce sujet, les conversations se font de plus en plus précises entre l'époux défunt et l'épouse impatiente :

— Tu me rejoindras bientôt. Ce sera pour cet hiver. Tu dois faire un testament. Ne donne rien à la famille. Ne donne pas le piano que tu leur as promis. Il se moquent de toi. Moi qui suis en haut et qui vois tout ce qui se passe sur terre, je sais bien qui tu dois récompenser...

Et, en suivant le regard du fantôme, on trouve bien évidemment Victorine !

Epilogue : le 20 décembre 1904.

Selon Berthe, la conversation de la veille entre madame, vivante, et monsieur, défunt, fut fort troublante.

— Monsieur a dit qu'il fallait jeter tous les flacons de poison. Je n'avais jamais entendu monsieur parler de poison avant ce soir-là. Mais je n'ai pas écouté tous les jours. Pendant trois ans, vous pensez bien ! Je n'avais pas que cela à faire ! Monsieur a dit aussi : « Ce sera pour ces jours-ci... Je t'attends. Ne t'inquiète pas !... »

Au juge qui lui demande pourquoi elle ne s'est pas inquiétée de cette menace de mort qui pesait sur Mme Chapuis, Berthe répond simplement :

— Depuis le temps que monsieur racontait toutes ces bêtises... Je n'y croyais plus.

Donc, le 20 décembre 1904, pour la première fois depuis l'arrivée de Victorine dans sa maison, Mme Chapuis... sort de chez elle, de bon matin, apparemment en bonne santé.

Elle se dirige vers la gare, et prend le train pour Saint-Germain. Là, on le saura plus tard, Victorine possède une très belle maison, achetée on ne sait comment. Ce qu'elle va faire à Saint-Germain, Berthe ne le sait pas. Et si Berthe ne le sait pas, nous ne le saurons jamais.

Deux heures après, Mme Chapuis revient. Elle descend du train, toujours en bonne santé, traverse le village et rentre chez elle. Le soir même, on apprend sa mort subite.

Prévenue par la rumeur publique, la famille (la nièce et le neveu) arrive le lendemain matin.

Berthe est en larmes, Victorine boit son café. La maison est vide. Complètement vide. A part les meubles pouilleux amenés par Victorine, tout a disparu. Vide, comme une maison que l'on s'apprête à quitter !

D'ailleurs la maison est vendue.

— A moi ! précise Victorine. Renseignez-vous chez le notaire.

Apprenant par Berthe, sanglotante, que « madame devait rejoindre monsieur ces jours-ci... », la famille, sûre de son fait, avise le parquet, dépose plainte pour escroquerie et assassinat, et réclame vengeance !

Patiemment interrogée, Berthe raconte tout ce qu'elle a entendu. Et de ce qu'elle n'a pas entendu, la police déduit le reste...

On fouille ce qui reste dans la maison et on trouve des quantités invraisemblables de poisons divers, de flacons vides, dans les cendres de la cheminée, dans la fosse d'aisance et dans le jardin...

Cette fois, la présence d'esprit de Victorine ne la sauvera pas ! La sorcière de Lionval doit répondre de son crime !

Elle répond avec la plus grande simplicité. Face aux policiers et à la famille, ses deux petits yeux ronds, noir et or, ses deux petits yeux ronds de vautour fixant tout le monde sans le moindre embarras :

— Je n'ai tué personne. Ces poisons, ce ne sont que les médicaments de ma pauvre amie que, d'ailleurs, elle ne voulait pas prendre. C'est elle qui les jetait. C'est elle qui m'a donné ses affaires, de son plein gré. Et j'ai acheté la maison. Voici l'acte, il est en bonne et due forme.

Il est dit dans cet acte, daté du 19 septembre 1902, que Mme veuve Chapuis a vendu à Mme Victorine Martin la maison de Lionval pour une somme de dix mille francs payée comptant, avant la vente, et hors la vue du notaire. Signée authentiquement.

« Hors la vue du notaire »... C'est le seul doute. Lui seul permettra au tribunal correctionnel de condamner Victorine, le 23 juin 1904, à quatre ans de prison et deux cents francs d'amende. Sur appel de la « sorcière », la Cour de Paris réduisit d'ailleurs la peine à dix-huit mois en maintenant les motifs : « Tentative d'escroquerie à l'aide de spiritisme ».

Et le crime ? Mme Chapuis est morte ! Pratiquement à la date prévue par l'esprit de son mari. Après un mystérieux voyage chez la sorcière...

Pas de crime ! L'autopsie est formelle : « Madame Chapuis est morte d'un arrêt cardiaque. »

Une mort naturelle, consécutive à l'état de son cœur, les médecins sont d'accord sur ce point.

Il reste à imaginer comment on peut mourir d'une crise cardiaque, sur un ordre de son mari venu de l'au-delà.

Victorine avait bien du talent pour son âge.

DE L'INÉLUCTABLE

Marc avait six ans en 1932, pas encore l'âge de raison mais déjà celui d'entrer dans les faits divers. De force, bien entendu. D'y entrer, d'essayer d'en sortir et d'y entrer à nouveau, pendant des années, toujours pour la même raison.

De l'âge de six ans à celui de trente-deux, de l'âge d'enfant à celui d'homme, Marc n'a pu faire autrement. Il n'a pu être autrement... qu'un personnage vivant dans l'inéluctable.

Rien ne pouvait se passer autrement pour Marc. Il devait faire ce qu'il a fait, ce qui n'est pas une excuse mais une constatation, dure pour tout le monde.

Quand on a six ans, une grand-mère c'est important, rassurant. En aucun cas cette grand-mère n'est censée vous faire du mal. Marc a une grand-mère, chez qui il vit depuis toujours, aussi loin qu'il se souvienne.

Un jour, grand-mère a pris le gamin par la main et lui a dit :

— Marc, écoute-moi bien. Tu es grand maintenant, je vais t'expliquer quelque chose.

Marc n'était pas grand, beaucoup de choses, sûrement, lui

ont paru trop compliquées mais il a parfaitement compris l'essentiel. Grand-mère a dit :

— Ta maman ne reviendra plus te voir. Elle est morte. Ton papa a fait de vilaines choses. Il est en prison, très loin d'ici.

Et pour terminer, sans plus de précautions oratoires, grand-mère a ajouté :

— Je ne peux plus te garder avec moi. Une dame va venir te chercher, elle t'emmènera dans une grande maison où il y a plein d'enfants, tu y seras beaucoup mieux qu'ici, et tu iras à l'école.

Dans le genre tendre, on fait difficilement mieux !

Donc, ayant vaguement compris que s'il avait eu une mère, il n'en avait plus, que si son père existait il ne le verrait jamais, Marc s'en fut tout seul, comme un grand, rejoindre la grande famille de l'Assistance publique.

Léger avantage sur ses petits camarades, il était muni d'un vrai nom, celui de son père, et disposait d'une grand-mère pour quelques visites annuelles.

A bien y réfléchir, ce ne fut pas un tel avantage. Si Marc avait connu l'Assistance publique à six mois, sans nom, sans grand-mère, sans *rien,* comme la plupart des autres, rien ne serait arrivé d'affreux dans sa vie.

Mais avec des « si », on peut tout faire. A huit ans, Marc se retrouve placé dans une ferme. Il est censé aller à l'école du village le matin, et l'après-midi ramasser les pommes de terre, rentrer les vaches, empiler le bois, et le reste...

C'est avec amertume qu'il se souvient, des années plus tard, de ce bon temps-là :

— Le patron était une sale brute, il tapait sur tout le monde avec son sabot. Et j'en prenais plus souvent qu'à mon tour. De la soupe le matin, de la soupe le soir et du lard le dimanche. Pas de feu l'hiver. Je dormais dans le grenier avec le garçon de ferme. Quand on avait trop faim, on volait des noix. Une fois, le patron m'a surpris avec des noix dans ma poche. J'en ai boité pendant un mois.

Dans son dossier d' « enfant assisté », comme on disait à l'époque, au début de 1940 (Marc avait donc quatorze ans) il est noté une tentative de suicide :

— J'étais trop malheureux. J'ai arraché des feuilles de pommes de terre qui venaient d'être sulfatées et je les ai mangées, je voulais m'empoisonner. J'ai été malade. Ça n'a même pas servi à me faire changer de ferme. Tout juste un sermon, trois jours à l'hôpital, et une bonne rouste en rentrant. A cette époque-là, je pleurais beaucoup.

L'année suivante, Marc a quinze ans. C'est la guerre, et la grand-mère en profite pour réapparaître.

Cette fois, c'est Marc qui questionne. Depuis des années qu'il est seul à tourner et à retourner dans sa tête de vagues souvenirs, il a besoin de savoir. Mère morte, père en prison, c'est tout ce qu'il a gardé dans sa tête. C'est beaucoup trop, ou trop peu.

Grand-mère, qui n'a pas revu son petit-fils depuis longtemps, ne demande pas mieux que de raconter. Et c'est une grand-mère qui raconte bien. Durement, mais bien.

Sa version des faits, reconstituée d'après les souvenirs de Marc, la voici, sinon dans les mots exacts, du moins dans l'esprit de la narratrice :

— C'est une longue histoire. Ta mère était ma fille cadette. Elle avait seize ans quand elle a rencontré ton père. On avait beau la surveiller, elle ne pensait qu'à ça. Ton père était commis de ferme, il avait dix-sept ans. Un jour, ce qui devait arriver est arrivé. Ce coureur de jupons a séduit ta mère. Enceinte à seize ans. Ton grand-père l'a enfermée à la maison, et on a envoyé les gendarmes chercher ton père ! Un vaurien sans famille, sans foi ni loi. Dieu fasse que tu ne lui ressembles pas ! Il est passé devant le tribunal pour détournement de mineure. On l'a acquitté ! A peine sorti du tribunal, il s'est bagarré avec tout le monde. On lui avait interdit de revoir ta mère, mais chaque fois qu'un garçon sérieux lui faisait la cour, il se battait avec lui. Il est allé trois fois en prison à cause de ça. Ensuite, on l'a envoyé faire son service militaire en Tunisie. Pendant un an on a été tranquille. Ce qu'on ne savait pas, c'est qu'il continuait à écrire à ta mère en la menaçant de la tuer si elle le trompait pendant son absence. Rentré en France, il s'est débrouillé pour revoir ta mère. Juste au moment où on allait la marier avec un brave garçon. C'est là qu'il l'a tuée. Il l'a fait boire pour qu'elle ne se rende compte de rien et lui a tiré cinq balles dans le corps. On l'a envoyé au bagne pour ça. A Cayenne. C'est tout ce qu'il méritait. Il ne reviendra plus jamais.

C'est vrai qu'elle raconte bien, grand-mère. Seulement, elle ne raconte que ce qu'elle veut bien raconter. C'est sa version à *elle.* Elle ment, volontairement et par omission.

Mais Marc grandit, persuadé que sa mère est morte, assassinée par son père.

La guerre ayant fait disparaître le seul membre de sa famille qu'il ait jamais connu, personne ne lui dira le contraire.

A dix-sept ans, pour échapper aux coups de sabot des fermiers et au centre d'apprentissage, il s'engage dans les F.F.I. C'est la seule communauté qui lui donnera l'impression de servir à quelque chose, et pour cause. Bon soldat, il rempile pour l'Algérie à la fin de la guerre et y reste jusqu'en 1946.

Il a vingt ans. Personne ne se bat plus contre personne, que faire ? Il rentre en France et là, tout d'un coup, se demande qui il est, d'où il vient et ce qui s'est passé. Les explications de la grand-mère ont fait long feu. Marc a besoin d'en savoir davantage.

La chose est relativement facile pour lui, car il a gardé en mémoire le nom d'un village et il porte son véritable nom. Bien d'autres que lui, issus de l'Assistance publique, sont partis à la recherche de leur identité avec beaucoup moins que cela. Pour Marc comme pour eux, c'est un instinct rarement étouffé. Quel que soit l'homme, il a besoin de savoir qui est sa mère.

Un mètre soixante-cinq, le cheveu ras et l'air naïf, le voilà sur le quai d'une gare inconnue, sur la place d'un village qu'il suppose être le bon.

Personne ne sursaute sur son passage, pas de coup de théâtre, pas de murmures. Du moins, pas encore. Il apprend simplement que des gens qui portent le même nom que lui vivent ici. On lui montre la maison. Il la regarde de loin et soudain ne sait plus où aller. Cette maison le fascine et lui fait peur en même temps. Il préfère le café du village où tout l'après-midi, il va faire semblant de lire un journal et raconter qu'il attend quelqu'un pour se donner une contenance. A la nuit tombée, il n'a plus le choix. Plus de train, le café va fermer. Il frappe à la porte de la maison.

La scène est facile à imaginer :

— Je m'appelle Marc X., je voudrais savoir si je suis de la famille...

Le temps de méfiance passé, la mise au point arrive et, en une heure, Marc se voit attribuer un oncle, une tante par alliance et quelques petits cousins à des degrés différents.

L'important, c'est l'oncle car c'est un oncle paternel. Marc a devant lui le frère de son père, puis une photo de son père, puis l'écriture de son père sur une carte de l'Administration pénitenciaire timbrée de Guyane. Ce sont les seules et dernières nouvelles du bagnard, il y a presque dix ans. Depuis, plus rien. Personne n'a répondu, personne ne sait s'il est toujours là-bas, s'il est mort, évadé, libéré. Rien.

Et l'oncle de conclure :

— Ça vaut mieux comme ça. C'était pas un mauvais bougre, mais il a assez souffert et assez fait de bêtises...

Souffert ? Ça, c'était le premier mensonge de la grand-mère... En réalité, lorsque le père de Marc est rentré, c'était pour se marier et, en réalité, la mère de Marc n'était pas fiancée à un autre, c'était beaucoup plus grave : elle n'était fiancée à personne, mais à nouveau enceinte.

Un accident, disait-elle, et prise de remords, se disant toujours amoureuse, n'osant rien avouer à la famille, elle a tout simplement proposé le suicide. Le double suicide.

Ils sont partis tous les deux, se sont enfermés dans une grange et ont bu de l'alcool. Il a tiré cinq fois sur elle ; pour lui, il n'a pas eu le courage. Seulement, personne ne l'a cru. Tout le monde l'a accusé de meurtre. Même elle, surtout elle.

Elle ? Ça, c'était le second mensonge de la grand-mère. *Elle* n'était pas morte !

Complètement assommé, ce jour-là, Marc à vingt ans apprend que sa mère a survécu aux cinq balles, maladroitement tirées. Et qu'elle a été la principale accusatrice au procès de son père. A tel point que le malheureux a voulu se suicider en prison. C'est seulement au bout de deux ans que, prise de remords ou poussée par la famille (les deux probablement), elle a demandé la révision du procès en avouant ce qui s'était réellement passé.

Il était trop tard, et le parquet n'estima pas ce revirement suffisant. Le père est resté en Guyane et elle a refait sa vie. Il paraît qu'elle a plusieurs enfants et qu'elle vit à côté de... Voilà, la famille a tout dit.

Et voilà notre homme nanti d'un passé et d'une mère. Est-il content ? Non, affolé ! Complètement affolé ! A tel point qu'il ne voit pas le grand piège tendu devant lui, et qu'il y fonce, tête baissée.

Le voici dans la ville où « elle » habite, dans la rue où « elle » habite, devant sa porte. Il n'hésite même plus. Il est là, comme un fantôme avec son extrait de naissance dans la poche, et vingt ans de retard d'affection, les bras ballants...

— Bonjour, madame, je suis Marc, je crois que je suis votre fils...

L'imbécile ! Il est tombé de lui-même dans le grand piège du mélo, les yeux fermés. Il ne veut même pas savoir tout ce qu'il y a derrière cette femme de quarante ans passés, un peu massive et à l'air méchant. Derrière ce sourire pincé par la peur et l'égoïsme.

Il ne veut rien voir d'autre que SA mère. Heureux d'avoir le même front, les mêmes cheveux, le même grain de beauté.

Inconscient d'avoir aussi le nez et la bouche de son père, et de déranger.

Il est là à trépigner de tendresse tout seul. A accumuler les photos de famille : « Moi avec ma mère », « Moi avec mes sœurs », « Ça, c'est la maison, et le jardin, et le chien, et la table de la salle à manger, et ci et ça »... un tourbillon.

La première claque ne résonnera même pas assez fort. Quand il demande à vivre avec elle, c'est non. Même si la maison est grande, même si le beau-père se désintéresse de la question et divorce. Ce n'est pas à cause de lui ce divorce, il se préparait bien avant qu'il arrive, mais peu importe, il le prend à son compte et décide que c'est de sa faute... on aime ou on n'aime pas !

La deuxième claque est un peu plus brutale, quoique insuffisante.

Au bout de plusieurs mois, un beau matin, sans prévenir, elle n'est plus là. Elle est partie rejoindre quelqu'un. Elle n'a pas laissé d'adresse.

Et l'imbécile repart en campagne. Il cherche et il retrouve, il est à nouveau là, la joue tendue pour qu'on l'embrasse, le pied en travers de la porte ou presque, attendant qu'on l'aime avec obstination.

Cette fois, maman n'ouvre pas. Maman fait comprendre à son cher petit garçon qu'il l'agace. C'est doucereux mais ferme. Du genre :

— Tu es bien gentil, mais j'ai l'habitude de vivre sans toi depuis longtemps. Je t'aime bien, à condition de ne rien exagérer. Ecris-moi de temps en temps à Noël, et nous serons heureux...

Les coups de sabots du fermier de son enfance étaient sûrement moins durs que ce coup-là.

Cette fois-ci, c'est l'Indochine, puis l'Afrique, puis l'Indochine à nouveau.

L'uniforme dans ces cas-là aide à digérer pas mal de choses. Et pour faire bonne mesure, c'est celui de la Légion étrangère. Un romantisme en vaut un autre.

On ne peut pas dire que Marc ne fasse pas d'efforts, à sa mesure, pour essayer d'oublier. Pendant huit ans, il va faire ce qu'il peut. Ecrire, déserter une fois pendant vingt-quatre heures, le temps d'un aller et retour en train pour voir sa mère. Puis réécrire. Et plus le temps passe, plus la solitude lui pèse, et moins sa mère lui répond.

Ayant épuisé les délices de la Légion, il rôde à nouveau autour du domicile maternel, occupé à cette époque par un nouveau beau-père. Sa présence, même épisodique, n'est nullement souhaitée, on peut l'admettre facilement, d'autant plus que le caractère de Marc devient de plus en plus agressif.

Par un beau dimanche de 1956, année de ses trente ans, il s'entend dire à ce sujet ce qu'il ne fallait surtout pas qu'on lui dise. Et encore moins sa mère.

— Tu es bien comme ton père ! Tu veux qu'on t'aime et personne d'autre en même temps que toi ! Tu sais où ça l'a mené ? Marie-toi et fiche-moi la paix, une bonne fois pour toutes !

Ça, c'est la dernière claque.

Pour s'en remettre, Marc va essayer de boire. Mais ça ne marche pas. Il va essayer de se marier, mais ça ne marche pas non plus. Quand il en arrive à parler de « sa famille » et de l'Assistance publique, la courageuse jeune fille prend la poudre d'escampette. Il est difficile de lui en vouloir, la tâche qui lui est proposée n'est sûrement pas à la mesure de ses forces. Aimer ce garçon autant qu'il le demande, l'aimer à la place de sa mère, de son père, de sa grand-mère, du monde entier finalement, c'est inhumain !

Pour Marc, c'était la dernière tentative. Il n'a plus la force de rien. Ou plutôt si : il n'a plus la force de demander qu'on l'aime, il n'a plus que celle de haïr. C'est logique.

Un soir, au cours d'une crise, il va démolir la porte d'entrée de la maison de sa mère à coups de pierres.

Elle porte plainte et Marc se retrouve devant le tribunal correctionnel, avec une amende pour bris de clôture. Pour la justice, l'incident est dérisoire, mais elle devrait se méfier.

Tout le monde devrait se méfier car quelque chose recommence...

En sortant du tribunal, Marc va noyer cet affront dans les bars, pendant plusieurs jours, sans manger, dormant au hasard. Il cultive soigneusement son malheur, frappe une dernière fois à la porte de sa mère et elle le met une dernière fois dehors.

La suite se déroule pour lui dans une sorte de brouillard. Il récupère son revolver, celui du maquis, dans sa cantine et sort. Dans les toilettes d'un sous-sol, en vérifiant le fonctionnement de l'arme, il se blesse à la main gauche.

Peut-être fait-il exprès de se blesser d'ailleurs, il ne l'avouera jamais, mais c'est très possible, car celui lui donne un prétexte pour entrer à l'hôpital, car c'est à l'hôpital que travaille sa mère.

Il l'a croisée à la sortie de la salle de pansements, il montre sa main blessée et s'approche pour l'embrasser...

— Ah ! laisse-moi tranquille ! Tu ne vas pas recommencer !

Marc s'éloigne, sort de l'hôpital, rentre chez lui, boit pour se donner du courage, reprend son revolver, le remet dans sa poche, et retourne à l'hôpital.

Il attend que sa mère passe dans un couloir, s'avance doucement vers elle, lui passe un bras autour du cou, en silence, appuie le revolver sur la tempe droite et tire.

Le personnel se précipite, mais trop tard. La mère est morte et le fils tend son revolver, puis se laisse emmener sans résistance.

Il vient de réussir ce que son père avait raté, vingt-cinq ans plus tôt.

Et pourtant, l'assouvissement suprême va lui être encore refusé.

Marc ne sera condamné qu'à cinq ans de réclusion. Peine remarquablement mince, brillamment obtenue par son avocat, car en général on réserve les travaux forcés aux parricides ou une peine plus ou moins longue selon les circonstances atténuantes.

Mais il ne s'agit pas ici de circonstances atténuantes. Bien qu'elles existent, l'avocat de la défense s'est servi d'un fantastique argument juridique :

— Puisque cette femme, qui l'a mis au monde en 1932, a cédé ses droits à l'Assistance publique, peut-on dire que Marc à tué sa mère ?

Ni l'accusation, ni la cour, ni le procureur, ne pouvait réfuter cet argument.

Et la réponse fut non. Non, Marc n'a pas tué sa mère puisqu'il n'en avait pas. Il a tué quelqu'un. Une femme. Et les circonstances qui l'ont amené à tuer cette femme sont suffisamment atténuantes justement, puisque cette femme avait fait condamner son père.

Les jurés ont donc bien voulu considérer que Marc n'était même pas un parricide, même pas un fils qui a tué sa mère. Après avoir passé sa vie à la chercher, perdu le reste à la tuer, Marc se retrouvait les mains vides, plus vides encore qu'à l'âge de six ans. La justice a de ces ironies dont Freud aurait fait ses délices.

LA POUSSIÈRE DU CRIME

La salle du tribunal est glacée. Il fait froid. Froid partout. Dans les couloirs où attendent les témoins, dans les vestiaires où s'habillent les avocats, sur les bancs où s'assoient les jurés.

Dans son coin, le petit greffier grelotte et il a l'air de s'ennuyer. Le palais de justice de Landau, en Allemagne de l'Ouest, ne reçoit aujourd'hui que des voyous minables, accusés de crimes minables.

Sur son bloc, Wolfang, le greffier, écrit inlassablement la même phrase depuis quelques minutes.

— Ils sont minables, ils sont minables, ils sont minables...

Il n'a rien d'autre à faire pour l'instant. Un avocat s'efforce de défendre un client minable. Sa plaidoirie est minable, comme tout le reste aujourd'hui. Voilà ce que pense Wolfang le greffier.

Mais il y a des jours où il aime son métier. Des jours où il croque, d'un crayon habile la tête d'un criminel, sous le regard amusé du juge qui dit souvent :

— Mon greffier Wolfang a du talent. Sa collection de croquis d'audience est une merveille de justesse.

A ces mots, le greffier baisse la tête d'un petit air gêné.

Aujourd'hui, le pâle visage du voyou qui attend de connaître son sort ne l'intéresse pas. L'idiot a volé une arme dans un magasin de l'armée américaine et raté son premier hold-up à vingt ans ! Son avocat affirme que l'idiot voulait seulement épater ses copains. Il n'épate personne. Il a la larme à l'œil et fera six ans de prison. Le greffier Wolfang prend note du verdict. Il a hâte de sortir d'ici, ses pieds sont gelés, son nez est gelé... Il a toujours froid partout, froid jusqu'au plus profond de ses maigres os. Il a eu froid à l'école, pendant la guerre, froid chez sa mère, veuve de guerre sans pension. Une seule chose pourrait le réchauffer. Ne pas être minable, comme tous ceux-là qui défilent au banc des accusés. Qui se font prendre, juger, décortiquer, ridiculiser, emprisonner...

Un crime parfait, voilà qui ferait chaud au cœur du greffier Wolfang. Le juge lui sourit. S'il savait... Quelle horrible grimace ferait-il en serrant la main de son greffier !

Les combles poussiéreux du palais de justice abritent la salle des archives, et une pièce minuscule où le greffier Wolfang dispose d'un bureau. Il n'est que dix-sept heures, mais la nuit d'hiver est déjà tombée.

Wolfang allume l'ampoule qui pend lamentablement au bout d'un fil et éclaire un vieux bureau de bois encombré de dossiers. Il regrette cette cage de rat laborieux et consciencieux. Depuis cinq ans, Wolfang règne sur les archives du palais de justice où l'ont mené des études médiocres. Fonctionnaire, treizième mois, trois semaines de vacances et le droit de renifler la poussière du crime le reste de l'année.

Ce soir, Wolfang fait la poussière. Il range les dossiers noirs, aux étiquettes soigneusement calligraphiées par ses soins.

Dossier 6 593 : WURNS Alfred. Meurtre. Un parricide sans caractère... Dix ans...

Dossier 8 402 : SCHOLTZ Edmond. Assassinats, prises d'otages, demande de rançons... Vingt ans...

Dossier 2 604 : KRANTZ Herbert. Tentative de viol et d'assassinat... récidiviste... Huit ans...

Dossier 3 724 : ROMMER Emilie. Meurtre sans préméditation. Circonstances atténuantes... Cinq ans...

Lentement le greffier Wolfang essuie chaque dossier, le feuillette et contemple les photos de l'instruction. Lequel va-t-il choisir ? Il hésite depuis plusieurs semaines.

Wurms, le parricide, est sorti de prison il y a deux ans. Il est employé dans une manufacture d'emballage. Le greffier le connaît bien. Un soir, il l'a suivi à la sortie de la manufacture. Un petit, nerveux comme un coq de combat et agressif. Wolfang l'a longtemps regardé dîner de saucisses et de bière en compagnie d'un jeune homme aux manières ambiguës. Encore un que la prison n'a pas amélioré.

Le 8 402, condamné en 1947, libéré conditionnel en 1965, vit avec une prostituée bien plus vieille que lui. Il n'est guère passionnant. Il se prétend malade des poumons et se contente de passer ses journées au bistrot à jouer aux cartes. Un parasite. Un gangster raté. Un souteneur de dernière zone.

Le violeur a une tête plus intéressante. Sorti de prison après quatre ans d'internement psychiatrique, il est retourné vivre chez sa mère, et voir son psychiatre. Il passe de l'un à l'autre avec la même obéissance et le même regard vide. Wolfang a réussi de lui l'un de ses meilleurs croquis.

C'était pour ses débuts de greffier. Il avait aimé le procès à huis clos. La victime aussi était intéressante. Une espèce de jeune vieille fille, pucelle et pleureuse, qui n'arrêtait pas d'avoir des malaises.

Reste le 3 724. Une femme morne et triste, meurtrière d'un mari alcoolique qui la battait. Wolfang était au procès. La femme avait déjà fait deux ans de préventive. L'enquête avait été longue car elle avait commencé par nier. Mais le jour de sa condamnation, elle avait répondu oui à toutes les questions. Comme une bête de somme. Et les jurés s'étaient attendris.

Lequel choisir, parmi tous ces idiots incapables d'accomplir un crime sans se faire prendre ? Pas plus malins qu'un gosse qui vole des confitures et dit « c'est pas moi » en se léchant les doigts ! Des minables, avec des mobiles minables.

D'ailleurs, tous les mobiles sont minables. C'est l'avis de Wolfang. Un criminel ne doit pas avoir de mobile. Il doit tuer comme à la guerre, sans raison valable, et en toute impunité ! Sinon, tout cela n'est que broutille et dossiers à poussière.

Le greffier range les dossiers les uns après les autres. Ce soir, il va quitter son bureau définitivement. Il n'emportera que ses croquis dans un carton. Et dans sa tête un seul nom, une seule adresse.

Une voix le fait légèrement sursauter :

— Bonjour, Wolfang, vous rangez vos affaires ?

M. le juge n'a pas frappé, comme d'habitude. M. le juge, en son palais, se croit tout permis. Wolfang le déteste. Il le tuerait avec plaisir, si ce crime n'était pas idiot, trop évident et trop proche de lui. Il se retourne en souriant tristement :

— Je regrette de vous quitter, monsieur le juge...

— Vous êtes vraiment décidé ? Votre démission peut être annulée si je le désire, vous le savez...

— Je suis décidé, monsieur le juge. Le métier d'interprète me plaît. Je parle trois langues, et le salaire est plus conséquent... Ma pauvre mère est si heureuse.

— Et vous en apprenez une quatrième ?

— Oui, monsieur, pour entrer à l'OTAN ou au SHAPE il me faut quatre langues. Je parle anglais, russe, français et allemand, ma langue maternelle. Je vais apprendre l'espagnol...

Le juge hoche la tête et y va de son petit discours d'adieu. Wolfang entend vaguement les mots « apprécié », « conscience professionnelle », « avenir »... Il pense à autre chose, sa future carrière. Il y aura d'autres dossiers, d'autres gens, d'autres projets. Un crime international, pourquoi pas ? Commis par un inconnu sans motif politique... C'est cela le crime parfait...

M. le juge s'en va, en claquant la porte comme d'habitude. Et Wolfang réfléchit une dernière fois à son projet immédiat... Allons, puisqu'il hésite entre le 2 604 et le 6 593, une pièce fera l'affaire. Pile : le parricide, face : le sadique...

La pièce retombe sur le plancher avec un bruit mat. « Tiens..., se dit Wolfang, j'aurais cru tomber sur l'autre. » Et il ferme sa porte soigneusement. Traverse le palais glacé en grelottant dans son mince pardessus et remet la clé au concierge.

— Bonsoir, monsieur Wolfang ! On vous reverra peut-être un de ces jours ?...

« Jamais », pense le greffier, en touchant du bois. Car on peut s'apprêter à commettre le crime parfait, et être superstitieux en même temps.

La ville disparaît sous un brouillard glacé. Les trottoirs sont blancs de givre et le greffier Wolfang marche à petits pas pressés, son long nez enfermé dans un cache-col de laine. Ses cheveux blond paille dissimulés sous un bonnet de la même laine. Le tout tricoté par maman.

— Wolfang, mon fils, tu devrais te faire des amis.

— Je déteste les amis.

— Wolfang, à trente ans, un jeune homme devrait se marier.

— Je déteste les femmes.

Wolfang ceci, Wolfang cela...

« Je déteste ma mère. J'aurais pu tuer ma mère, comme cet imbécile qui a tué son père, le 6 593 ! Je croyais tomber sur lui, c'est drôle... C'est peut-être que j'avais envie de le tuer ! En somme, le hasard fait bien les choses. On ne doit pas faire intervenir les sentiments dans un crime parfait. La pièce est tombée côté face : le sadique. Celui-là m'est complètement indifférent. »

Wolfang le greffier pénètre dans une cabine téléphonique.

— Maman ? J'ai un cours d'espagnol ce soir, je rentrerai un peu plus tard... Mais oui, je suis bien couvert... Non, ne m'attends pas pour dîner... C'est ça, couche-toi.

Wolfang se dirige vers la faculté où il prend ses cours du soir. Il salue deux ou trois têtes, s'installe au fond de la classe et attend que le cours commence. C'est un cours audiovisuel. Les quelque deux cents élèves munis d'écouteurs regardent un écran où se joue une scène de la vie courante et répètent le vocabulaire dans un magnétophone. La salle est dans la pénombre.

Wolfang se lève alors et sort comme s'il allait aux toilettes par la porte du fond. Personne ne s'inquiète de lui. Le professeur corrige des copies. Les couloirs sont déserts. Tout va bien. Il est dix-huit heures quinze. Il a une heure trois quarts pour accomplir son projet.

Dans la rue, Wolfang consulte son petit carnet, à propos du 2 604 : Herbert Krantz, le violeur.

L'emploi du temps de sa future victime y est noté avec le plus grand soin. L'heure favorable sera aux alentours de dix-neuf heures... Chaque soir, à dix-neuf heures, Krantz sort d'une salle de gymnastique corrective. Il semble que sa mère et son psychiatre se soient mis d'accord pour lui faire mener une vie saine et sportive, destinée à éloigner ses mauvais instincts et à redresser une scoliose par la même occasion. Le violeur est légèrement bossu. Dans moins d'une heure il n'aura plus de problème de cet ordre.

Wolfang saute dans un autobus, marche ensuite une dizaine de minutes et va s'installer dans un café, en face de la salle de gymnastique.

Il commande un grog et se rend aux toilettes. Entre sa chemise et son pull-over, une arme. L'arme parfaite, volée dans le fatras des pièces à conviction du laboratoire de la police. Un revolver à silencieux ayant servi il y a plus de dix ans dans un règlement de comptes.

Wolfang l'a dérobé sans difficulté, il y a plus de deux ans, et personne ne s'en est aperçu. D'ailleurs il a volé aussi le bordereau de dépôt de la pièce et les chargeurs, trafiqué le canon et les balles. L'identification de l'arme sera impossible.

Méthodiquement, il s'est entraîné au fond d'une campagne. L'arme est prête. Wolfang vient d'y engager un chargeur, il glisse le tout dans la poche de son pardessus et retourne boire son grog. Le café est bourré de monde. Personne ne le connaît ici.

A dix-neuf heures moins cinq, Wolfang traverse la rue. Il n'attendra pas devant l'immeuble, il fait un bout de chemin sur le parcours que doit emprunter sa victime pour rentrer chez sa mère. Lorsque le 2 604 passera devant lui, il le suivra, pendant cinq cents mètres, jusqu'au petit jardin qui fait l'angle de deux rues. Là il faudra faire vite. Aborder l'homme, le pousser dans le square désert, tirer à bout portant, le laisser tomber et continuer son chemin tranquillement dans la rue.

Wolfang marche lentement sur le trottoir gelé. Le brouillard est encore plus dense, c'est parfait.

Un groupe de jeunes gens le double, traverse la rue et disparaît. Une femme et un petit garçon le dépassent, mais se dirigent vers une voiture en stationnement qui démarre aussitôt...

Enfin, Wolfang entend dans son dos le pas de celui qu'il attend. Un pas feutré et glissant. Herbert Krantz, un mètre soixante-huit, vingt-six ans, un visage plat de grenouille, avec des yeux globuleux et des lèvres minces, une poitrine creuse, le dos déformé et de grandes mains molles.

Pendant son procès, il n'arrêtait pas de les essuyer l'une contre l'autre, il transpirait, il était laid, abject, une sorte d'animal visqueux.

Herbert Krantz est passé sans faire attention à cet homme emmitouflé qui semblait vouloir traverser en se méfiant des voitures. A présent, Wolfang marche vingt mètres derrière lui. Il n'a plus froid. Son corps maigre se déplace avec souplesse. La main gantée qui serre le revolver n'est pas crispée, Wolfang se sent léger, sûr de lui, précis... Les premiers buissons du petit square apparaissent, il presse le pas, rejoint Krantz au moment exact où il passe devant le portillon d'entrée, jamais fermé. Il le prend par le bras, l'entraîne en lui parlant :

— Bonsoir, Krantz, vous ne me reconnaissez pas ? J'étais en prison avec vous. Ça, c'est une surprise, qu'est-ce que vous diriez de fêter ça ? J'ai rendez-vous avec ma petite amie justement, si vous veniez avec nous ? On parlerait du passé. Si vous voulez, je peux vous trouver une fille, hein ? Qu'est-ce que vous en dites ?

Krantz a écarquillé ses yeux globuleux pour mieux voir son interlocuteur. Ce nez pointu, ce visage triangulaire ne lui disent rien. Il n'a même pas le temps de bafouiller quelque chose. Un petit bruit sourd, comme un bouchon qui saute, et il s'écroule, ses deux grandes mains molles, refermées sur son ventre.

Wolfang, un peu essoufflé, se redresse et contemple les alentours. Brouillard à perte de vue. Il repasse le portillon, traverse la rue, marche dix minutes, reprend un autobus, retraverse les couloirs déserts de la faculté, et se retrouve à sa place.

Il est vingt heures moins douze. Le cours est presque terminé, mais personne ne s'est aperçu de son absence. C'est fait. Tout est accompli. Il reste à se débarrasser de l'arme tout à l'heure, ou plus tard, peu importe.

Wolfang rentre chez lui, dîne dans la cuisine, embrasse sa mère qui tricote devant la télévision, et va se coucher. Il se sent fatigué.

Le lendemain, Wolfang lit avec complaisance les articles qui relatent la découverte du corps de Krantz. Toutes les suppositions le font sourire de satisfaction. L'étrangeté du crime, qui ressemble à celui d'un professionnel, la qualité de la victime, un « repris de justice », tout le monde s'égare, personne ne pense au crime gratuit. L'assassin, lui, ne récoltera qu'un bon rhume.

Le surlendemain, Wolfang dort d'un sommeil lourd. Il s'est senti fatigué la veille, son rhume l'abrutit. Maman lui a donné une tisane bien chaude avec un comprimé d'aspirine. Il est huit heures du matin. Il ne sait pas que sa mère est déjà sortie, emportant dans son cabas un revolver et un petit carnet noir. Il l'imaginera plus tard, entrant dans le commissariat de police et demandant à parler au commissaire à propos d'un crime...

Elle l'a répété au procès :

— Wolfang, mon fils, m'avait paru bizarre ce soir-là. Il s'est couché sans parler, avec un drôle d'air. Moi, je ne dormais pas et tout à coup je me suis dit qu'il fallait que je répare la doublure de son pardessus... Il l'avait posé dans sa chambre au lieu de l'accrocher au portemanteau. J'ai trouvé cela bizarre aussi. Je suis entrée sans bruit, j'ai pris le manteau et j'ai découvert l'arme dans la poche, avec le petit carnet. Je n'y ai pas touché.

J'ai compris le lendemain. Et j'avais peur. Peur qu'il me tue aussi. Hier soir je lui ai fait avaler un somnifère à la place de l'aspirine. Et pour plus de sûreté, j'en avais mis aussi dans sa soupe. J'ai pris le revolver et le carnet, j'ai fermé la porte à clé de l'extérieur et j'ai fait vite. Il est si malin, j'avais peur qu'il ait deviné que je savais...

Wolfang, le greffier, n'a pas eu le plaisir d'apprécier son arrestation surprise au lit, en pyjama, un bonnet sur la tête et une bouillotte aux pieds. Il se croyait invulnérable, et ronflait bêtement au nez des policiers. Un minable comme les autres.

Il a cru pouvoir récupérer une haute idée de lui-même en décrivant son crime parfait avec complaisance. Mais ce jour-là, comme d'habitude, la salle du tribunal était glacée. Il faisait froid au banc des jurés, froid au fauteuil du juge, glacial au banc de l'accusé et un autre greffier, méprisant, griffonnait des notes, à l'intérieur d'un dossier noir, celui de Wolfang. Assassinat numéro 10 726. Aucune circonstance atténuante. Réclusion à perpétuité. Débats clos le 6 février 1969, à dix-sept heures quinze.

L'OLIBRIUS

Walky Relich galope dans les longs corridors qui mènent du quartier des cellules à la liberté. Le gardien qui l'accompagne est obligé de galoper lui aussi, en maudissant ce bon à rien, trop pressé de sortir.

— Tiens-toi tranquille, Walky… ou je te colle un jour de plus pour désobéissance !

Walky Relich freine sa course et fait le pitre sous le nez du gardien.

— Allons, allons, chef, faut pas vous énerver. C'est juste pour rigoler, chef ! Dites, vous seriez pas content, vous, de sortir d'ici ? Hein, chef ?

Walky se dandine et fait des grimaces ; il rit un peu trop fort, un peu trop nerveusement. Son grand corps dégingandé, maigre, ses pantalons trop étroits et sales lui donnent l'air d'un clown malade. Ici, on l'appelait « Walky le dingue ». Le gardien le traîne sans un mot au bureau des formalités de levée d'écrou.

« Encore un fou de moins ici », se dit-il, et il observe Walky qui décline son identité en rigolant :

— Relich, Walky, vingt-trois ans, libéré aujourd'hui…

Allez, allez et que ça saute ! Mon portefeuille ! J'avais un portefeuille avec des photos dedans !

L'employé lui tend le portefeuille, trois dollars et dix cents, un canif, une ceinture de cuir. Toute la fortune de Walky Relich au moment de son arrestation pour vol. Il a purgé cinq mois, le voilà libre et la première chose qu'il fait est de se précipiter sur les photos entassées dans son portefeuille. Des vedettes de cinéma, un champion de karaté style Bruce Lee, Marlon Brando, des pin-up diverses et une photo d'amateur. Celle-là, Walky le dingue la montre à la ronde avec fierté :

— Ma fiancée, les gars ! Un beau petit lot, hein ?

Le gardien jette un œil désabusé sur le portrait d'une jeune fille, presque une adolescente, au sourire timide. Un joli visage à peine sorti de l'enfance. « Pauvre gosse, se dit-il, j'espère qu'elle n'a pas attendu cet olibrius. »

Au-dehors, Walky marche à grandes enjambées, les mains dans les poches de son blouson, en sifflotant d'un air décontracté. Il ne se fait aucun souci sur sa reconversion, selon toute apparence. Et il sait où il va : il quitte la prison de Song Bey, à Sydney, pour retrouver sa fiancée. Du moins, celle qu'il considère comme sa fiancée. Il sonne avec enthousiasme à la porte d'un appartement du centre-ville.

— Salut, madame Mud ! Salut ! Jill est là ?

Mme Mud, la mère de Jill, regarde avec effroi ce revenant qu'elle croyait sorti depuis longtemps de la vie de sa fille, et pour toujours.

— Qu'est-ce que vous lui voulez, à Jill ?

— Ben ! la voir. En voilà une question !

— Jill ne veut plus vous voir. Vous lui avez fait assez de mal comme ça. Allez-vous-en !

Walky fronce les sourcils et se dandine en silence sur le pas de la porte. Il n'a jamais supporté qu'on lui parle comme ça. Jamais. Cela produit en lui une espèce de froid douloureux qui le rend mauvais.

— C'est pas à vous de me dire de ficher le camp. J'ai pas à vous parler. Je veux voir Jill, c'est tout !

— Non, vous ne la verrez pas. Non et non, et si vous insistez, j'appelle la police !

— J'ai rien fait !

— Ah ! vous n'avez rien fait... On vous a relâché, sale petit voleur ! Quelques mois de prison pour un cambriolage ! Mais pour le reste, hein ? Et ma fille ? Vous ne lui avez rien fait à ma fille ? Voyou !

— J'y ai rien fait. Et ne me parlez plus comme ça... Ne me parlez plus comme ça, c'est compris ?

Walky serre les dents de colère. Il trépigne comme un gamin furieux. Si Mme Mud était raisonnable, elle n'irait pas plus loin. Et si elle avait été maligne, elle aurait tout simplement dit : « Ma fille est partie... Je ne sais pas où elle est... Quel dommage ! » et elle aurait évité le drame.

Mais, au lieu de cela, elle marche sur Walky, le force à reculer et lui crache au visage :

— Vous avez mis ma fille enceinte, espèce de crapule ! Enceinte, vous comprenez ? Et maintenant, elle a un fils de crapule ! Alors, estimez-vous heureux qu'on vous fiche à la porte... Disparaissez !

Walky en est resté comme deux ronds de flan. Il n'a même pas réagi quand la porte a claqué. Il n'a rien répondu quand la mère lui a crié derrière la porte :

— Et ne remettez plus les pieds ici, ou je porte plainte !

Walky s'est assis sur les marches, assommé par la nouvelle. Un fils ! Jill a fait un bébé ! Un bébé de lui ! Il n'en revient pas. Il n'imaginait pas qu'une nuit passée sur la plage, il y a si longtemps, puisse amener un résultat pareil. Il avait tant ri, parce qu'elle ne voulait pas. Elle avait même pleuré, et il s'était senti tout fier en la ramenant sur sa moto ! Lui, Walky, le paumé sans parents, sans copains, il avait réussi à séduire cette jolie fille... Bon, il l'avait un peu forcée, c'était d'accord, mais il y était arrivé ! Et c'était la première fois !

Toujours assis sur les marches, Walky compte sur ses

doigts. Il n'a revu Jill qu'une fois, après la nuit sur la plage, et elle n'a pas voulu rester avec lui. Après il y a eu ce cambriolage raté. C'était trois jours après. Il s'est caché pendant cinq ou six semaines, puis il s'est fait prendre. Deux mois de prison préventive, le procès, cinq mois de plus. Le compte y est ! Cela veut dire que Jill a accouché récemment.

Walky descend les marches, une à une, et au fur et à mesure qu'il s'éloigne, passe de la jubilation à la perplexité, puis à la rage ! Il veut Jill. Jill et le gosse. Cette bonne femme n'a pas le droit de l'en empêcher. Seulement, comment faire ? On ne lui ouvrira plus la porte à présent et la mère est bien capable de prévenir la police, s'il insiste... Walky tourne et retourne le problème dans sa têe, mais pas de solution dans l'immédiat.

Ce qu'il faut, c'est une voiture, une maison tranquille, un peu d'argent et une arme. Ensuite, je kidnappe ! Voilà. Dans sa tête, pas toujours très solide, Walky ne se demande même pas si Jill veut le revoir. Il ne réalise absolument pas la situation, il en est incapable.

Or, la situation est simple : Jill avait dix-sept ans quand il l'a connue. Ses parents sont aisés, rien ne la préparait à tomber dans les bras d'un voyou comme lui. En réalité, il l'a vraiment forcée et Jill, timide, est ressortie de cette aventure passablement malheureuse. Elle n'a rien osé dire pendant longtemps, jusqu'à ce que l'évidence de son état l'oblige à tout raconter à ses parents. Y compris que le responsable était en prison pour vol. Un beau gâchis.

Mais Walky ne voit pas les choses ainsi. Il ne peut pas, c'est un malade mental. « Walky le dingue » était un surnom pour rire. Mais ceux qui le lui ont donné sont tombés juste. Et personne ne sait à quel point.

C'est pourquoi Walky décide tout tranquillement qu'il va kidnapper Jill et l'enfant. Il avisera ensuite.

Avec une chance et une adresse exceptionnelles, il rassemble son matériel en une journée. En une journée, il a :

Premièrement : volé une voiture, dont il a changé les plaques chez un garagiste marron.

Deuxièmement : repéré une maison dans la banlieue de Sydney. Elle est inoccupée et il a forcé la porte.

Troisièmement : cambriolé une autre maison, pour un butin d'une centaine de dollars.

Quatrièmement : acheté un revolver avec cet argent.

Il est prêt, il n'a plus qu'à se poster en bas de l'appartement et à guetter le passage de Jill. Elle sortira bien avec le bébé à un moment ou à un autre. Il passe la nuit en faction dans la voiture, et vers neuf heures du matin, le 6 juillet 1968, il a l'incroyable chance de voir sortir Jill, seule, poussant un landau et se dirigeant sans méfiance droit sur la voiture ! Tout commence.

Mais ce n'est pas simple un kidnapping. Ce n'est déjà pas facile lorsque les bandits sont plusieurs et la victime isolée. Or Walky est seul. Et Jill pousse un landau avec l'enfant. Comme s'y prend-il ? Sans y penser, comme un fou. Et encore une fois avec une chance (si l'on peut dire !) insensée.

Il sort de la voiture, marche jusqu'au landau, se penche, prend le bébé dans un bras, montre son revolver de l'autre et dit à Jill, paralysée :

— Monte dans la voiture bleue, et ne crie pas ou je te tue !

La rue est déserte. Jill monte en hoquetant de peur. Walky ferme la portière à clé, s'installe au volant, lui rend le bébé et fonce vers la banlieue.

Une demi-heure plus tard, il installe la mère et l'enfant dans la maison et s'installe, lui, dans un fauteuil, tout content de lui. Pendant les premières minutes, Jill tente de discuter, de supplier. Elle pleure, le bébé pleure mais rien n'y fait. Epuisée, la pauvre Jill demande enfin :

— Mais qu'est-ce que tu veux ? Ça ne sert à rien de nous garder de force, je ne veux pas vivre avec toi.

— C'est mon gosse que tu as là. Il est à moi. C'est moi qui l'ai fait...

Et Walky contemple avec admiration le nourrisson de deux

mois qui braille dans les bras de sa mère. Avec une inconscience de malade, il agite le revolver comme un jouet au-dessus de l'enfant :

— Tu vas vivre avec moi, et lui aussi, sinon je vous tue tous les deux, voilà. D'abord, on va se marier !

— Mais je ne veux pas t'épouser !

— C'est ce qu'on va voir !...

Walky regarde autour de lui, trouve le téléphone et s'installe confortablement dans un fauteuil.

— Donne-moi le numéro de tes parents !

Pleine d'espoir, Jill le regarde composer le numéro.

— Allô ? Ici, c'est Walky. Alors voilà, madame, j'ai enlevé Jill et le bébé, on est dans une maison, dans la banlieue Est, au carrefour d'Elisabeth Street. Vous allez nous envoyer un pasteur, je veux me marier. Je veux qu'il vienne dans deux heures. Débrouillez-vous. Sinon, je les tue tous les deux, Jill et le bébé.

A l'autre bout du fil, la pauvre femme est effondrée. C'est son mari qui reprend l'appareil. Il menace, mais Walky ricane comme un dément :

— Eh ! beau-père, faut pas parler comme ça à votre gendre. Et si vous prévenez les flics, dites-leur de ne pas trop approcher. Sinon... je tue ! Allez, trouvez-moi un pasteur et faites vite ! Je m'impatiente !

Et il raccroche.

Vingt-sept minutes plus tard, la maison est cernée par une cinquantaine de policiers et Walky entend la voix du chef de la police de Sydney, Jimmy Adler, qui tente de parlementer. Alors il tire un coup de revolver dans le plafond et la voix se tait. Une minute plus tard le téléphone sonne. En souriant Walky décroche.

— Alors ? C'est pas mieux comme ça que de brailler dans la rue ? Bon, écoutez-moi, j'ai pas de temps à perdre. Envoyez-moi le pasteur. S'il n'est pas là dans une heure, je flingue. J'ai assez de cartouches pour en descendre pas mal, et je commencerai par le gosse !

Et il raccroche au nez de Jimmy Adler.

Autour de la maison, c'est l'affolement. Le chef de la police discute avec les parents. Selon lui, il vaudrait mieux céder. Un mariage dans ces circonstances n'a rien de valable et si le forcené consent à se rendre ensuite...

Re-téléphone. C'est Jimmy Adler :

— On fait venir un pasteur, il entrera, si vous promettez de sortir ensuite avec la mère et l'enfant. Les parents sont d'accord. Vous pouvez vous marier.

— Okay, on sortira. Envoyez le pasteur...

Walky triomphe. Il embrasse Jill de force et plaisante sur leur future nuit de noces. Puis il devient grave en regardant le bébé :

— Comment il s'appelle ?

— Paul.

— On l'appellera Walky, comme moi !

Et l'attente se poursuit. Enfin le téléphone annonce l'arrivée du pasteur. Méfiant, Walky surveille à la fenêtre. M. l'aumonier de la prison de Song Bey, celle où il se trouvait il y a à peine vingt-quatre heures, marche à pas lents dans l'allée de gravier. Il montre ses mains et sa Bible, avec un bon sourire.

Walky ouvre la porte avec précaution et tire violemment le pauvre homme à l'intérieur. Il le fouille. Puis, satisfait, son revolver toujours à la main, se plante au milieu de la pièce.

— Alors, on y va ?

Le pasteur, toujours calme, jette un regard vers Jill et le bébé qu'elle tient toujours dans ses bras. S'il pouvait faire quelque chose... Mais quoi ? D'ailleurs, les policiers lui ont bien recommandé de ne pas prendre d'initiative, alors il ouvre sa Bible et dit :

— Mettez-vous à genoux tous les deux.

Et il entame la cérémonie de mariage la plus extravagante, et la plus courte de l'histoire des hommes.

— Walky Relich, voulez-vous prendre pour épouse Jill Mud, ici présente ?

— Oui ! claironne le fiancé.

— Jill Mud, voulez-vous prendre pour époux Walky Relich, ici présent ?

— Oui, bafouille la pauvre fiancée.

— Jurez-vous aide et protection mutuelles... Dites : je le jure.

— Je le jure...

— Je le jure...

— Je vous déclare mari et femme...

Aide et protection, c'est le comble de l'absurde... Walky se redresse et demande :

— Ça y est ? On est mariés ? C'est sûr ?

— C'est fait...

— Alors, fichez le camp !

— Vous ne voulez pas sortir avec moi ? Les... les parents vous attendent, pour vous féliciter. Vous aviez dit que vous sortiriez...

— Fichez le camp, je vous dis, on sortira quand on en aura envie, et puis tenez, dites donc à votre copain le flic, le grand chef, là, dites-lui que je veux un fusil à lunette et deux cents cartouches. Un fusil « Armalite », hein ? Pas un autre. Sinon je les tue tous les deux ! Je sortirai après...

Walky met le pasteur à la porte et Jill s'écroule en larmes, sur un vieux fauteuil, en proie à une crise de nerfs. Tout recommence. Les heures passent. La police négocie, menace, renégocie. Il n'est pas question de donner à ce fou un fusil à lunette et deux cents cartouches, pour qu'il massacre les assiégeants !

Entre-temps, Jill supplie son époux de lui obtenir du lait pour l'enfant. Un émissaire dépose des provisions sur le pas de la porte et le petit Paul prend son premier biberon d'otage. La nuit passe.

Le lendemain, Walky réclame toujours son fusil à lunette. En fin de soirée, fou de rage, il attire sa femme devant une fenêtre, applique le revolver sur sa tempe et hurle :

— Je tire si vous n'obéissez pas immédiatement !

Sur les conseils d'un psychiatre venu aider la police dans cette incroyable et sinistre comédie, la police cède. Le fusil Armalite est l'arme la plus puissante utilisée par les policiers australiens. Elle peut transpercer un casque d'acier à plus de cinq cents mètres. Walky le trouve sur le paillasson, cinq minutes plus tard, avec deux cents cartouches.

Le psychiatre a dit :

— Cédez... Il menace trop pour tirer. Il a besoin de puissance et ce qu'il veut, c'est surtout qu'on lui obéisse. Alors, obéissez...

Mais Walky ne sort toujours pas. Le jour suivant, c'est un transistor qu'il réclame. Pour écouter les journalistes parler de lui. En même temps il demande du café, un steak et des œufs.

A l'intérieur de la maison des otages, la situation se dégrade. Il n'y a plus de courant et Jill ne peut même pas faire chauffer les biberons du bébé, c'est elle-même qui téléphone à la police pour supplier que l'on fasse quelque chose. Mais Walky ne veut pas entendre parler d'un électricien, depuis qu'il a eu ce qu'il voulait, il se terre dans un fauteuil, silencieux, entre son fusil à lunette et son transistor. Il réentend la voix de sa femme, enregistrée par la police, qui passe dans les informations du soir. Elle pleure :

— Mon bébé va mourir de faim, faites quelque chose, je vous en supplie. J'ai peur...

Le lendemain, quatrième jour de l'enlèvement, les journaux titrent : *La femme du forcené de Sydney implore : « Mon bébé va mourir de faim... »*

Alors, Jimmy Adler, le chef de la police, reprend le téléphone :

— Walky, à partir de maintenant, plus de vivres pour vous ni elle. Vous n'aurez que du lait pour l'enfant, et des médicaments s'il en a besoin, c'est tout. Vous êtes pris au piège. Nous avons cédé sur tout, mais nous ne permettrons à aucun prix que le bébé souffre de la faim. Je fais disposer des projecteurs partout. On vous éclairera sans arrêt. Vous trouverez dans dix minutes la nourriture pour l'enfant et un camping-gaz. A vous de réfléchir. Ne demandez rien d'autre, sortez sans exigence supplémentaire. Si vous rendez la mère et l'enfant, on verra.

— Qu'est-ce qu'on verra ?

— On verra à ce que vous soyez bien traité.

— Vous allez me foutre en taule, oui !

— Peut-être pas Walky, vous êtes fatigué, vous avez besoin de repos, on vous soignera...

— Qui dit que je suis malade, hein ? Qui dit ça ?

— Personne, Walky, personne. Vous êtes fatigué, c'est tout... Est-ce que je peux parler à votre femme ?

— Non !

— Est-ce que vous allez la laisser sortir ?

— Non !

Et Walky raccroche, pris d'une rage muette. Il ne sait plus où il en est, il ne sait plus ce qu'il veut. On lui a tout donné, tout, il voulait une femme, un fusil, des cartouches, une radio, à manger, on le lui donnait. C'est si facile... Il n'a même pas compris qu'on lui coupait les vivres, il s'en fiche, il ne sait plus quoi demander, il ne sait plus ce qu'il veut.

Le cinquième, le sixième, puis le septième jour arrivent. Jill est à bout de forces. Elle n'a bu que du lait, comme le bébé. Quant à Walky, il n'a rien pris. Assis dans son fauteuil, il entend la radio sans l'écouter. On parle de lui toutes les heures, mais il ne réagit plus. Simplement, chaque fois que le téléphone sonne, il décroche et murmure d'une voix terne :

— Si vous ne faites pas ce que je veux, je les tue...

Puis il raccroche. Il ne dit pas ce qu'il veut. Il répète inlassablement la même phrase : « Si vous ne faites pas ce que je veux, je les tue... Si vous ne faites pas ce que je veux... » Mais, que veut-il ?

Il est dix-sept heures, ce septième jour. Jill est assise par terre, devant un carton où son fils dort enveloppé dans une veste de laine. Depuis une semaine, elle n'a presque pas dormi, elle, une immense fatigue la terrasse soudain. Et elle s'endort, recroquevillée près du carton.

Walky, immobile dans son fauteuil, l'œil vague, écoute ronronner la radio, son fusil sur les genoux.

Au-dehors, c'est l'alerte. Le chef de la police a décidé de tenter l'assaut à la nuit tombée. En créant une zone d'ombre dans le flot des projecteurs braqués sur la maison, il espère faire passer une demi-douzaine d'hommes armés de bombes lacrymogènes. Il n'a pas téléphoné depuis midi. Il compte sur la lassitude et la faim pour endormir la méfiance de Walky.

Dix-huit heures. Jill dort toujours. Dix-huit heures trente, les pleurs du bébé la réveillent. C'est l'heure du biberon. D'un geste las, Jill tourne la tête vers son gardien. Il a fermé les yeux. Dort-il ? Le bébé pleure faiblement, puis plus fort, mais Walky ne bouge pas. Tremblante de peur, mais prise d'un fol espoir, Jill se redresse et doucement, doucement, pousse du pied le carton vers la porte. Elle ne veut pas prendre le bébé dans ses bras car il se tairait. Tant qu'il pleure et tant qu'il ne réveille pas Walky, il est le garant de leur fuite. Cela veut dire que l'homme dort profondément. Jill ne risque rien. S'il se réveille, il n'aura pas l'impression qu'elle cherche à fuir puisque l'enfant est par terre, dans le carton. Centimètre par centimètre, de vagissements en pleurs, Jill gagne du terrain. A présent, il lui faut revenir sur ses pas et prendre la clé dans la poche de Walky. L'enfant pleure toujours. Jill se penche, glisse sa main dans la poche de la veste, puis s'immobilise. Il a bougé ? Non, il dort toujours, les deux mains sur son fusil.

Alors Jill change d'idée. Le courage lui vient brusquement, violemment. Elle qui s'est laissée effrayer depuis tant de jours, tout d'un coup elle n'a plus peur de rien.

Elle recule, respire un bon coup, se jette sur le fusil à deux mains, l'arrache et cogne. Elle cogne sur la tête, n'importe comment, dans tous les sens... Il crie, il veut se redresser, il saigne, et elle cogne encore, encore et encore... jusqu'à ce qu'il s'effondre à ses pieds.

C'est ainsi que les policiers ont vu sortir à dix-huit heures trente-quatre, le septième jour, une mince silhouette tenant dans ses bras un carton.

Jill Mud, dix-sept ans, et son fils Paul, deux mois et une semaine... Une semaine longue, stupide, effrayante, dont lui au moins ne se souviendra pas.

Walky le dingue est en maison de santé. Il n'est pas encore jugé. Son état mental ne le permet pas. Le sera-t-il un jour ? Le problème n'est pas là. Car ce jour-là, il faudrait que Walky sache enfin qui il est, ce qu'il veut et pourquoi il le veut. Et s'il le sait, le passé ne voudra plus rien dire, et Walky le dingue n'existera plus.

Alors, qui juger ?

MORT D'UN ESTHÈTE

John Sparten est un Anglais modèle luxe. Il est petit lord, suprêmement élégant, beau comme un étudiant d'Oxford et sa fortune personnelle lui permet de vivre comme il l'entend, c'est-à-dire en esthète.

Lord Sparten a choisi de vivre en Australie après la guerre. Et sa maison de Londres est fermée sur des trésors. Meubles précieux, tapis d'Orient, porcelaines de Chine, soie des Indes... dorment sous la poussière. Le jardin est en friche, le gazon démesuré, un vrai gâchis.

John Sparten a quarante ans, à quelques rides près, et son caractère se reflète sur un visage, où tout est bien rangé. Deux rides légères sur un front où s'attarde un petit air soucieux du meilleur effet, deux sourcils lisses et brillants, deux yeux sombres aux paupières discrètes, la moustache de charme... Et pourtant, John Sparten n'a pas l'air vivant. Quelque chose de glacé et de mort l'enveloppe, sa beauté est inhumaine.

Arrivé à Sydney, Lord Sparten s'est installé dans une extraordinaire maison à colonnades et a entrepris de la meubler à grands frais. Ayant reconstitué son univers d'esthète en ce pays neuf et sauvage, John y a installé une boutique d'objets précieux. C'est là sa passion et il achète d'ailleurs plus qu'il ne vend. Petites statuettes, meubles d'appoint, vaisselle, il aime la beauté par-dessus tout.

Il est tout de même curieux, pour un antiquaire, d'aller s'installer en Australie, là où la marchandise n'a pas eu le temps de vieillir dans les greniers ! Mais après tout, pourquoi pas ?

Au coin de la vitrine de John Sparten, un petit écriteau doré annonce : *Réparations, estimations, achats.*

C'est discret, de bon goût et cela suppose que les réparations, comme les estimations et comme les achats, ne se font que sur des objets de valeur.

C'est ainsi qu'une dame se présente à la boutique un jour de 1952, porteuse d'une adorable chose. Une chaussure française Louis XV, une mule de femme au talon de bois délicatement ouvragé et incrusté d'ivoire. Malheureusement, le talon s'est détaché.

John Sparten examine avec délicatesse cette merveille d'ébénisterie sinon de simplicité, et fait son diagnostic :

— L'empeigne est malade, le haut du talon doit être consolidé, j'aurai besoin de trois bonnes semaines.

— Quel prix ?

— Peu de chose. Dix dollars vous conviendraient ?

— Ce n'est pas cher, monsieur, vous y perdez.

— Le plaisir de vous revoir sera mon meilleur bénéfice. Prendrez-vous une tasse de thé ?

— Mon Dieu, si vous insistez, c'est tellement joli chez vous.

— Ce n'est rien. Vous ne voyez que le magasin. Laissez-moi vous montrer l'arrière-boutique, c'est ma caverne d'Ali Baba. Si vous aimez les belles choses, et je crois que vous les aimez, vous serez comblée.

Ainsi, cette dame parfaitement inconnue de John Sparten la minute précédente a-t-elle la faveur de visiter une véritable caverne d'Ali Baba.

Ce que John Sparten appelle son « arrière-boutique », est en réalité un salon de réception. Il y sert le thé à la russe, et son samovar est une merveille, les gâteaux sont un enchantement et une délicate odeur de tabac blond monte de sa pipe... La cliente est aux anges. Cette cliente-là. Pas toutes...

Il est entré l'autre jour une dame désireuse de faire estimer un collier. Le collier n'était pas laid, bien qu'un peu voyant, mais les pierres étaient fort belles. John Sparten n'a pourtant pas invité la dame à boire le thé dans son arrière-boutique.

La raison en est simple. La dame à la chaussure Louis XV est ravissante. La dame au collier était parfaitement quelconque. John Sparten ne peut boire le thé que seul ou bien accompagné.

Son regard d'esthète ne supporte pas la laideur, la vulgarité ni même l'approximatif, que ce soit en matière de meubles, de bijoux, de vaisselle ou de femmes. Il a d'ailleurs appris à réparer tous les objets d'art pour le simple plaisir de leur rendre leur beauté d'origine.

John Sparten est ébéniste, orfèvre, peintre, doreur, tapissier, sculpteur, il sait tout faire. Il connaît tous les matériaux et presque toutes les techniques. Toute sa jeunesse y a été consacrée, depuis la mort de ses parents qui le voyaient notaire. John Sparten n'est pas marié, il n'est amoureux des femmes que de loin, et il a peu de relations à Sydney.

Donc, la dame à la chaussure Louis XV est entrée dans le salon arrière-boutique de John Sparten attirée par le charme de l'individu, sa distinction et ses manières extrêmement courtoises.

Il est évident que la cliente ne craint absolument pas un geste ou une réflexion déplacée. Un tel homme ne se permettrait pas ce genre de chose.

Et il est vrai que John Sparten ne détruirait à aucun prix l'atmosphère de beauté dans laquelle il évolue. C'est pourquoi il installe sa cliente sur un merveilleux sofa de soie et lui tend une tasse de thé odorante.

Il faut que le thé soit parfaitement odorant pour dissimuler la drogue, et le sofa parfaitement confortable pour accueillir le corps de la dame évanouie.

La cliente, Adeline Roark, trente ans, mariée, une brune aux yeux bleus, au teint de lys et au corps délicat, vient de s'effondrer sur le sofa avec toute la grâce souhaitée.

John Sparten la contemple. Il s'est emparé à temps de la tasse de thé qui menaçait de choir sur le tapis, et il la regarde en supputant à voix haute :

— Le visage est parfait. Les vêtements, par contre, laissent à désirer. Du crêpe de Chine mauve serait plus indiqué. Voyons ce que l'on peut faire...

Et John Sparten fouille dans une immense penderie où sont alignées des robes de femme. Certaines sont anciennes, d'autres résolument modernes, la plupart viennent de grandes collections françaises. John y cherche son crêpe de Chine mauve.

On ne reverra plus jamais Mme Adeline Roark, cette ravissante brune dont le mari, affolé, prévient aussitôt la police.

Déterminer l'emploi du temps d'une jolie femme riche un après-midi de beau temps, est pratiquement impossible. Adeline Roark a disparu depuis quinze jours et la police n'a aucun renseignement, aucun indice, aucun suspect, elle en conclut qu'il s'agit d'une fugue, et la disparue étant majeure et vaccinée, les recherches sont abandonnées.

Seule la police des frontières garde le signalement de la jeune femme. Ce qui ne sert strictement à rien, puisqu'elle est entrée dans le magasin de John Sparten et n'en est pas ressortie.

Seulement — et tout le monde l'ignore, Mme Roark ayant omis d'avertir son mari qu'elle avait l'intention de faire réparer une mule Louis XV que lui avait offerte son amant, lequel la tenait de sa mère —, l'autre chaussure est restée sur la coiffeuse d'Adeline, et son époux ne cesse de répéter :

— C'est la dernière chose qu'elle ait achetée. Elle adorait les antiquités...

Tandis que la piste d'Adeline Roark se perd dans l'inconnu, John Sparten ouvre et ferme boutique comme d'habitude.

Les clients sont rares, surtout les clientes, et il se passe bien trois mois avant que Miss Marge Somerset ne fasse une entrée remarquée parmi les bibelots précieux...

Si remarquée que John Sparten n'en est pas encore remis, à l'heure qu'il est.

Miss Marge Somerset, si elle le voulait, pourrait remporter tous les concours de beauté du monde. Elle a tout ce qu'il faut pour être belle, tout ce qu'il faut aussi, malheureusement, pour être bête.

Dieu, qu'elle est bête ! John Sparten n'a jamais vu quelqu'un d'aussi bête. Elle est entrée pour acheter un éventail, une petite merveille de broderie espagnole, et elle ignore même à quoi sert un éventail. John est agacé. Il est tenté et agacé à la fois. Peut-on être si belle et si stupide ? Non, ce n'est pas permis, pas à ce point. Comment tenir une conversation avec un être semblable, comment ne pas gâcher cette beauté physique par la laideur des propos ?

C'est que Marge Somerset n'est pas une grande dame, loin de là. Elle a fait profession de prostituée à l'âge de quinze ans, et elle n'en a que vingt. Si l'expérience des hommes lui est venue et si elle n'a guère perdu de sa fraîcheur et de sa beauté, elle n'a rien gagné en finesse.

L'esthète en a la moustache hérissée. La dame discute âprement le prix de cet objet charmant, merveille de dentelle noire et d'écaille, miraculeusement conservée après deux siècles d'existence.

— Trois cents livres ? Pour un petit truc pareil, mais c'est pas possible...

— Madame, c'est un objet d'époque. Parfaitement conservé, avec son étui d'origine. Il a dû appartenir à une grande dame espagnole. C'est un miracle qu'il soit entre vos mains...

— Miracle ou pas, c'est cher, votre truc. Moi, c'était pour

offrir à une copine qui se marie. J'hésitais entre ça et une pelle à gâteaux. Mais dites, la pelle à gâteaux, ça sert à quelque chose au moins, tandis que votre truc, là...

— Je suis navré, chère madame, qu'il ne vous plaise pas. Mais, tout compte fait, vous devriez vous tourner vers les pelles à gâteaux, effectivement c'est moins cher et n'importe quel droguiste vous en fournira une !

— Oh ! là, oh ! là, ne vous emballez pas ! Je fais ce que je veux, hein ? C'est moi qui paye. Après tout, si votre truc vaut trois cents livres, c'est peut-être un placement.

— La beauté est toujours un placement, chère madame...

— Ah ! ça... C'est bien vrai ce que vous dites ! Par exemple, si moi j'avais pas été belle, eh bien ! j'aurais pas fait carrière comme on dit. Allez ! Vous me plaisez, vous. Emballez-moi ça, j'achète. Un joli paquet, hein ? C'est pour une copine qui se marie...

— Vous êtes sûre que vous ne préférez pas une pelle à gâteaux ?

— Sûre, je vous dis. Il est beau votre truc. J'aime ce qui est beau, et tant pis si c'est cher.

John Sparten a souri. Cette petite a beau être vulgaire, il se dégage d'elle une certaine élégance. Les cheveux sont épais, lourds, la bouche un peu rouge, mais le reste est parfait, parfait... Dans un velours rouge, elle sera parfaite.

— Voulez-vous prendre une tasse de thé, chère madame ?

Marge écarquille les yeux d'étonnement. Une tasse de thé ? A elle ? Comme c'est curieux. Elle aurait compris un verre de bière, ou n'importe quoi d'autre, mais une tasse de thé... Ce type la prend pour une dame. Cela dit, c'est rigolo d'être prise pour une dame. John Sparten insiste avec le sourire :

— Si vous voulez me suivre, nous serons mieux dans l'arrière-boutique, le temps de faire votre petit paquet.

« Oh ! là, là, se dit Marge, l'individu a des intentions... Il s'imagine peut-être que je vais lui payer ses trois cents livres en nature. Après tout, pourquoi pas ? »

Eh oui, pourquoi pas ? Marge fait commerce de ses

charmes à longueur d'année pour payer son loyer, ses robes, sa nourriture, ses bijoux, son coiffeur, pourquoi ne paierait-elle pas ses cadeaux de la même manière ? Dieu sait si elle a l'expérience des hommes. Mais Dieu sait aussi qu'elle est bête et ne se méfie pas. Elle ne voit rien de dangereux dans ce regard sombre, pas la moindre menace dans ces gestes onctueux, pas le plus petit piège dans ce sofa...

Les astuces masculines, pour elle, ne sont que des astuces grossières. Elle attend simplement le premier baiser pour faire une proposition honnête. Mais elle a bu la tasse de thé, bien avant que John Sparten n'ait fait la moindre avance. D'ailleurs, il n'en fait jamais. Et personne ne reverra plus Marge Somerset.

Environ un mois plus tard, cependant, un policier se présente à la boutique de John Sparten.

Le policier a lentement et difficilement remonté la piste de la disparition de Marge Somerset, et il vient vérifier un alibi. Celui du souteneur de Marge, soupçonné d'être responsable de sa disparition.

Cet individu intéressant prétend qu'il n'a pas revu la jeune femme depuis le jour où elle lui a déclaré : « Je vais acheter le cadeau de mariage de ma copine. » Et la copine en question, qui s'est mariée entre-temps avec un autre souteneur, a précisé :

— Elle savait ce qui me ferait plaisir. Elle a dû aller acheter un éventail dans une boutique d'antiquités. On passait souvent devant la vitrine le soir.

C'est dire que le policier vient se renseigner sans conviction. Il préférerait boucler le souteneur car il ne croit pas une minute à cette histoire d'éventail.

John Sparten regarde sans frémir la photo de la jeune femme :

— Je l'ai vue, effectivement, elle voulait acheter ceci, mais c'était beaucoup trop cher pour elle. Elle est repartie, probablement pour acheter une pelle à gâteaux, c'est vous dire !

— Elle ne vous a rien dit de spécial, vous n'avez rien remarqué ?

John Sparten a un sourire en coin :

— Elle était belle, extrêmement belle, et d'une très grande bêtise au point que...

Il semble réfléchir à cette minute, puis se décide :

— Elle était si bête que sa beauté était encore plus parfaite, si vous voyez ce que je veux dire...

Non, l'inspecteur ne voit pas. Il trouve ce bonhomme bizarre tout simplement. Ses manières, sa voix précieuse, sa façon de répondre comme s'il pensait à autre chose. Machinalement le policier regarde les objets de prix, disposés avec art. Il tripote l'éventail de dentelle et navigue entre les bibelots.

C'est ainsi qu'il passe devant la mule du XVIIIe, au talon réparé, trônant sur un socle, et quelque chose le tracasse, dont il ne dit mot.

— Au revoir, monsieur, merci... marmonne-t-il, toujours préoccupé.

C'est qu'il a vu la même chaussure ailleurs. Chez M. Roark dont la femme a disparu. La même exactement. Elle l'aurait donc achetée ici ? C'est curieux, trop curieux, et ce genre de curiosité ne peut pas passer dans l'esprit d'un policier sans laisser de trace. La piste de deux femmes disparues se croise chez le même homme, cet antiquaire bizarre...

Sans plus de preuves, le policier rassemble des renseignements sur John Sparten : Anglais, permis de séjour numéro tant, résidant en Australie depuis trois ans, originaire de Londres, et il apprend que l'homme a été entendu comme témoin, en 1946, à propos de la disparition d'une dénommée Ann Mezrow, dont le dossier est en suspens à Scotland Yard.

C'est tout, mais c'est une goutte de plus. En Angleterre aussi, c'est trop. Le juge anglais chargé du dossier d'Ann Mezrow demande une perquisition au domicile londonien de Sparten, et la communication de ses interrogatoires futurs en Australie...

Ce furent de drôles d'interrogatoires en vérité, et une drôle de perquisition. A Londres, dans la cave de John Sparten fermée par quatre verrous, les policiers découvrirent trois cercueils de verre.

A l'intérieur de chacun, une femme embaumée, coiffée, parée comme pour une cérémonie, belle jusque dans la mort, et pour la mort : Ann Mezrow, vingt-sept ans, danseuse ; Elisabeth Dawson, vingt-cinq ans, sans profession ; Aurelia Team, trente ans, institutrice. Toutes trois belles et disparues sans laisser de traces.

A Sydney, dans le sous-sol de la boutique, même scénario : deux cercueils de verre, Adeline Roark et Marge Somerset.

L'homme les trouvait belles. Il les empoisonnait ou les tuait délicatement à l'aide d'un stylet d'argent juste assez long pour atteindre le cœur.

Ensuite, il les embaumait pour les garder aussi belles qu'il les avait vues lorsqu'elles étaient vivantes. Car il avait même appris la technique de l'embaumement, entre autres métiers d'art...

John Sparten fut esthète à en devenir fou.

Sa dernière trouvaille, son dernier objet d'art vivant, celui qu'il trouvait si parfait de beauté, parce que si parfaitement bête, le fit découvrir, c'était Marge Somerset, la prostituée.

Comme quoi beauté et intelligence sont choses relatives. John Sparten a été pendu, lui. Ce qui n'a rien d'esthétique du tout.

AUTOPSIE

L'homme est seul, dans une pièce aux murs blancs. La lumière crue des lampes, sa blouse immaculée, les meubles laqués, tout est blanc autour de lui. Le docteur Chapman, médecin légiste de la police criminelle de Londres, est seul face à son cadavre.

On vient de le lui amener. Il a été découvert le matin même de ce 19 novembre 1943, dans une petite rivière de Luton, non loin des usines Vauxtall. Le corps était enfermé et attaché dans quatre sacs : un sac de soude, un sac de sucre, et deux sacs de pommes de terre. Le tout mal ficelé par une corde ordinaire.

Le docteur Chapman s'est rendu tout d'abord sur les lieux. Il a constaté que la rivière était peu profonde, longée par un chemin très fréquenté. Il était évident que le crime n'avait pas été commis sur place. D'ailleurs, aucun indice n'a été relevé par Scotland Yard.

Donc, le docteur Chapman est seul avec son cadavre, et c'est à lui maintenant de trouver des indices. Il se lève, enfile ses gants de caoutchouc et appelle son assistante :

— Mademoiselle, faites entrer les étudiants. Je dicterai

mon rapport devant eux. Prévenez aussi le laboratoire, j'aurai besoin d'analyses. Téléphonez à Scotland Yard, et dites à l'inspecteur Finch qu'il pourra passer... disons, dans deux heures, pour les premiers détails.

Voilà. Sur le chariot blanc, recouverte d'un drap blanc, la mort attend de révéler ses secrets, dans l'univers glacé de la morgue de Londres.

Sur la pointe des pieds, les étudiants pénètrent dans la pièce en chuchotant. L'univers du crime, c'est aussi celui-là.

La femme est jeune, bien proportionnée. Sorti des quatre sacs qui l'enveloppaient, le corps apparaît entièrement nu. Ni bague ni collier.

— Age : de trente à trente-cinq ans. Cheveux coupés à la Jeanne d'Arc, yeux marron. Taille : un mètre cinquante-sept.

La voix calme du docteur Chapman énumère les détails avec sûreté et rapidité. Chaque commentaire destiné aux étudiants est accompagné d'une brève note pour le rapport d'enquête.

La victime a déjà eu un ou plusieurs enfants. Elle est enceinte à nouveau, d'environ cinq mois et demi. Cicatrice d'appendicite, mâchoire dépourvue de dents. Elle devait porter un dentier. La mort remonte à vingt-quatre heures, l'immersion n'a pas été complète. En ce qui concerne le crime, le docteur Chapman décrit à ses étudiants ce qui s'est passé :

— Le corps a été saisi de face par le cou, et par une main droite... Vous pouvez noter la trace du pouce ici. Elle a lutté mais a été repoussée violemment contre un mur ou un plancher. Remarquez les hématomes du dos et des reins. Un seul coup violent lui a été porté sur la gauche du visage, avec le bord d'un instrument non tranchant. Je dirais une crosse de fusil, ou un objet de bois lourd. Une chaise, un tabouret, par exemple : c'est l'arme du crime. Le coup a entraîné la chute, et la tête a frappé le sol, ici... derrière l'occiput. Maintenant, regardons les jambes : elles portent des traces de liens. La coloration indique que cette femme était attachée avant la mort. Ensuite, l'assassin l'a enveloppée dans les sacs et attachée avec une corde. Vous voyez la trace de la corde sur le buste... La coloration n'est pas la même, elle est survenue après la mort. Voilà, messieurs, c'est tout pour vous. Cette femme est morte du coup à la tête, l'étranglement était minime.

Le docteur Chapman se retourne vers sa secrétaire pour formuler quelques instructions au laboratoire, tels que la recherche des traces d'ongles, l'analyse de l'empreinte digitale du pouce, celle des cheveux, l'empreinte de la mâchoire, etc.

Ensuite, avec l'inspecteur Finch de Scotland Yard, le médecin légiste fait le tour de ses constatations. Les chances d'identification sont maigres. Les photographies prises au moment de la découverte seront peu reconnaissables, car les traits sont bouffis et le visage enflé par les coups.

L'inspecteur Finch n'est pas de cet avis. Quand on a un visage, même déformé, il reste une chance d'identifier le corps :

— Je vais faire faire une affiche avec la photo et le signalement. Nous la distribuerons dans tous les magasins de Luton. Et je ferai passer la photo dans les salles de cinéma.

— Ne comptez pas trop sur ce genre de chose, inspecteur. Cette femme ne se ressemble plus. Elle a les yeux fermés, plus de dents, les cheveux ébouriffés, le nez enflé, un œil au beurre noir, sa peau a gonflé d'un centimètre et son teint est livide... Même son mari ne la reconnaîtrait pas, et ses enfants non plus. Un visage familier reste fixé pour toujours dans la mémoire des proches sous un certain angle, avec une certaine expression. J'ai vu tant de gens venir ici reconnaître leurs morts et s'écrier : « Ce n'est pas lui, ce n'est pas elle... » alors que c'était lui ou elle. Croyez-moi, vous aurez du mal.

L'inspecteur Finch ne se décourage pas pour autant, mais le médecin a cent fois raison.

Dans la semaine qui suit, une jeune fille de dix-sept ans se rend au cinéma avec des amis. Après les actualités, la voix neutre d'un speaker commente la photographie assez pénible que l'on montre aux spectateurs, sous le titre *Avis d'identification.* Comme tout le monde, la jeune fille a une grimace de dégoût. Elle entend le signalement : âge, taille, couleur des cheveux, enceinte de cinq mois, etc., et elle attend la suite du programme avec impatience. Cette femme est pourtant sa mère...

Deux jeunes garçons âgés de quatorze et quinze ans, examinent l'affiche à la devanture d'un magasin. Ils la détaillent avec curiosité. L'un d'eux dit :

— Et si c'était maman ?

Et l'autre répond :

— Maman est partie chez grand-père et elle n'a pas cette tête-là, ne dis pas de bêtises...

— C'est vrai, dit l'autre, mais je voudrais bien que maman revienne.

Ils s'appellent John et Ronald ; ce sont les deux fils de la victime. Le dentiste qui a fabriqué l'appareil dentaire complet de cette femme, l'a soignée pendant six mois et lui a arraché une douzaine de dents, ne la reconnaît pas non plus sur la photo qu'un policier lui présente. Et comme il ne la reconnaît pas, il ne cherche pas dans ses fiches.

Un couple de voisins contemple la photo que des inspecteurs promènent de maison en maison. Ils habitent aussi près qu'il est possible de la victime disparue, mais ils ne la reconnaissent pas non plus. Les policiers s'en vont. Dix minutes plus tard, le mari dit à sa femme :

— Tu ne trouves pas qu'elle ressemble un peu à Mme Manton ?

— Ne dis pas de bêtises, Mme Manton est chez sa mère...

— Mais cette femme était enceinte, comme elle...

— Et alors ? Elle n'est pas la seule en Angleterre !

— Oui, mais les policiers ont interrogé les gosses Manton...

— Et alors ? Ils leur ont montré la photo comme à nous.

Tu penses bien qu'ils auraient reconnu leur mère tout de même... Et le mari ? Il n'aurait pas reconnu sa femme, hein ? Si on te montrait ma photo, tu ne me reconnaîtrais pas, peut-être ?

— D'accord, mais j'ai un doute. Il faudrait peut-être le dire à la police...

— Jimmy, ne fais pas l'idiot et ne te mêle pas de ça. Tu vas nous attirer des ennuis, c'est tout ce que tu gagneras... D'ailleurs, ce n'est pas Mme Manton, je l'aurais vu tout de même !...

Et pourtant, c'est elle. Mais le docteur Chapman avait raison. Trois mois passent, sans aucun résultat. Et nul ne s'inquiète de la disparition de Mme Manton.

Son mari a dit qu'elle était chez sa mère. Il l'a dit aux enfants, il l'a dit aux voisins, à la sage-femme, au bureau de ravitaillement, en donnant une date de départ postérieure au crime, ce dont personne ne s'est aperçu.

A ce stade de l'enquête, c'est le docteur Chapman qui, une fois de plus, va aider Scotland Yard. On lui a amené un manteau trouvé dans une décharge publique à un kilomètre de l'endroit où fut trouvé le cadavre, mais rien ne dit qu'il ait appartenu à la morte.

Mais Chapman a plus d'un tour dans son sac. Il a conservé des cheveux. Il retrouve le même sur le manteau. Il a conservé une trace de poudre, il retrouve la même sur le col du manteau.

La morte portait donc ce manteau noir. Ce manteau a été teint, et la marque du teinturier y est encore accrochée.

Le teinturier retrouve la personne qui le lui a apporté en mars 1943. Il s'agit d'un M. Manton de Regent Street ; sa femme est actuellement chez sa mère.

Le 21 février 1944, l'inspecteur Finch frappe à la porte d'un petit cottage ; son travail de policier, le vrai, commence enfin. Il a dans sa poche la photo de la victime, cette photo que personne n'a reconnue, même pas la famille.

Une jeune fille ouvre, c'est Elisabeth qui a dix-sept ans.

Elle sourit à l'inspecteur qui, malgré lui, a un recul. Elisabeth est le portrait vivant de sa mère morte. Cette fois, l'inspecteur n'a plus de doute mais il ne sait comment aborder la conversation.

— Votre mère n'est pas là, n'est-ce pas ?

— Non, monsieur, elle est en voyage, chez ma grand-mère... Qui êtes-vous ?

A l'énoncé du titre de policier, Elisabeth a un sursaut de surprise :

— La police ? Pourquoi ? Il est arrivé quelque chose à papa ?

— Non. Votre père n'est pas là ?

— Il travaille, il est sapeur-pompier. Et aujourd'hui il est de garde, c'est pour cela que j'ai cru...

— Mademoiselle, je dois vous montrer une photo, il est important que vous puissiez me dire s'il s'agit ou non de votre mère.

— Maman ? Mais ma mère est...

— Oui, je sais... Mais il est arrivé quelque chose à votre mère...

Et le policier tend la photo. L'horrible photo, celle qu'Elisabeth a vu un soir au cinéma, sans la reconnaître. Et cette fois, elle pâlit...

— C'est... C'est ma mère ? C'est elle que vous cherchez depuis des semaines ? La femme assassinée, c'est ma mère ?

Elisabeth a du mal à y croire. Dans le salon, sur une petite table, une série de photos de famille permet la comparaison.

De son vivant, Mme Manton était une agréable femme dans la trentaine, brune, aux traits fins. Il était bien sûr difficile de la reconnaître sous les bouffissures laissées par les coups, mais sa fille, Elisabeth, est sûre maintenant et elle parle d'une voix terne :

— Maman était enceinte. Moi seule le savais. Elle avait eu peur de le dire à mon père, puis s'était décidée. Je crois qu'ils se sont disputés et c'est là qu'elle est partie chez grand-mère.

— Vous l'avez vue partir ?

— Non. C'est mon père qui nous a annoncé la nouvelle un soir. Mais je n'étais pas inquiète, je me doutais qu'elle avait préféré partir pour être tranquille, papa et elle ne s'entendaient plus.

— Vous ne me demandez pas ce qui lui est arrivé ?

— Elle a été assassinée, c'était marqué sur les affiches !

— Mais vous ne me demandez pas par qui ?

— Non.

— Vous savez qui a pu faire ça ?

— Oui, monsieur. Mais je ne peux pas vous le dire. D'ailleurs, je m'en doute seulement, faites ce que vous avez à faire. Simplement, je préférerais ne pas le revoir si c'est possible...

— Vous parlez de votre père ?

Mais Elisabeth ne répond pas. Elle parlait de son père, en effet. Et il est difficile à une fille de dire ce qu'elle pense de son père, quand c'est un assassin.

L'inspecteur Finch comprend qu'il n'en apprendra pas davantage. Elisabeth lui remet en silence un paquet de lettres. Elles étaient censées venir de la campagne, de chez la grand-mère. C'était soi-disant l'écriture de sa mère. Ces lettres sont postérieures au crime. Cela veut dire que le père a joué la comédie pendant trois mois, en faisant croire à ses enfants que leur mère était vivante, attitude assez illogique pour un vrai assassin. Il aurait dû, au contraire, laisser croire aux enfants que leur mère les avait abandonnés. Mais peut-être s'apprêtait-il à le faire, se croyant à l'abri après tout ce temps.

Elisabeth demande au policier la permission d'aller elle-même chercher ses frères à l'école, pour leur apprendre la nouvelle avec précaution. Avant de partir, elle guide le policier jusqu'au poste de sapeur-pompiers où travaille son père, et déclare :

— En principe, vous devriez le trouver là. Mais la plupart du temps, il est au café d'en face dans les bras de la barmaid... Je vous laisse, je ne tiens pas à le voir.

— J'aurai besoin de vous pour l'enquête, vous resterez chez vous ?

— S'il n'y revient pas, oui.

Et la jeune fille s'en va à grandes enjambées, comme si elle fuyait un monstre : son père.

L'inspecteur Finch n'a plus qu'à entrer dans la caserne, où on lui conseille effectivement d'aller voir au café d'en face.

L'homme est au bar. Athlétique, mais frisant la cinquantaine, le teint rouge, il discute avec animation. Il a l'air gai. La barmaid, une femme assez vulgaire, mais jeune, éclate de rire avec complaisance à l'une de ses plaisanteries douteuses.

L'inspecteur Finch s'approche du bar en silence, tape sur l'épaule de l'homme :

— Monsieur Manton ?

— Oui, qu'est-ce qu'il y a ?

— J'aimerais vous poser quelques questions... Inspecteur Finch, de Scotland Yard.

— Des questions ? J'ai pas à répondre à des questions...

— Je crois que si, monsieur Manton... Voulez-vous me suivre ?

Manton proteste un peu, pour la forme, et surtout pour ne pas perdre la face vis-à-vis de la barmaid qui le regarde avec curiosité. Il suit finalement l'inspecteur Finch à l'écart.

En apprenant qu'il s'agit de sa femme, Manton fait l'étonné. Selon lui, sa femme est en voyage, elle était fatiguée, les privations de la guerre, sa grossesse... elle a préféré passer quelques mois à la campagne où la nourriture est moins rare. D'ailleurs il a des nouvelles régulièrement...

L'inspecteur approuve :

— Je sais... je sais, votre fille m'a montré les lettres. De quand date la dernière ?

— Vous avez vu ma fille ? Pourquoi ? Qu'est-ce qu'elle vous a dit ?

— Elle a reconnu sa mère sur cette photo. Vous la reconnaissez aussi ? C'est votre femme...

— Pourquoi ça serait ma femme ?

— Parce qu'elle est morte, monsieur Manton. MORTE depuis trois mois, et depuis trois mois vous recevez des lettres d'elle ! MORTE, et je pense que vous l'avez tuée, monsieur Manton !

— Tuée ? Ma femme ? C'est idiot. C'est tout à fait idiot, j'ai pas tué ma femme.

— C'est elle sur cette photo, n'est-ce pas ? Regardez... Mais regardez, bon sang !

— Je crois... Je crois que c'est elle. Mais qu'est-ce qui lui est arrivé ?

— Vous l'ignorez ? Monsieur Manton, vous l'ignorez vraiment ? On l'a retrouvée morte, nue, emballée dans des sacs, au fond d'un fossé près d'une usine. Elle a été étranglée, puis achevée à coups de chaise ou de tabouret... Ça ne vous dit rien ?

— C'est pas moi... Ma femme faisait ce qu'elle voulait, elle allait où elle voulait, n'importe qui a pu la tuer.

— Ça n'a pas l'air de vous faire beaucoup de peine en tout cas. C'est vous, n'est-ce pas, qui avez écrit ces lettres ?

L'homme au teint rouge est devenu pâle. Il regarde autour de lui, il cherche un moyen d'échapper à cet interrogatoire.

— Laissez-moi partir. Vous n'avez pas le droit de m'accuser comme ça...

Mais l'inspecteur Finch lui passe les menottes rapidement.

— Je suis désolé, monsieur Manton, vous devez venir avec moi.

A Scotland Yard, Manton continue à nier, avec une mauvaise foi si évidente que l'inspecteur Finch réunit en vingt-quatre heures, toutes les preuves possibles. Les témoignages des voisins tout d'abord. Ils confirment la date de la « disparition » de Mme Manton, et reconnaissent enfin la photo.

Une perquisition au domicile des Manton apporte deux éléments importants : Un tabouret cassé a été brûlé par le père, sans raison valable, dans la cheminée de la salle à manger ; ensuite, une boîte de conserve vide et un chiffon, dans la cave. C'est là, selon toute vraisemblance, que le meurtre a eu lieu. La boîte contenait de l'eau, l'assassin s'est lavé les mains dans cette eau, et les a essuyées avec le chiffon. Les traces de sang sont très vite analysées. Groupe O, celui de la victime. Plus une belle empreinte digitale, celle du pouce du mari, tachée de sang...

Cette fois, Manton ne peut plus nier. Mais il faut l'intervention de sa fille pour le faire céder. Elle a accepté à contrecœur de rencontrer son père devant les policiers. Manton a le visage mauvais, le ton agressif :

— C'est toi qui m'accuses, hein ? Petite garce !

Elisabeth évite de regarder son père, elle lui tourne le dos, mais de sa petite voix désespérée, elle lui assène le coup de grâce :

— Ne parle plus, tais-toi ou je te tuerai, moi aussi. Je sais. J'ai entendu du bruit, la nuit du soi-disant départ de maman. Et je t'ai vu sortir avec un paquet dans les bras. Je t'ai vu le mettre dans la petite charrette des enfants. Tu as accroché la charrette à ton vélo et tu es parti. A ce moment-là, je croyais que tu faisais du marché noir, et que vous vous étiez disputés pour ça. Si j'avais su que c'était le corps de maman, je t'aurais tué ! J'ai compris plus tard : les lettres étaient fausses. L'écriture était bien imitée, enfin à peu près, mais ce n'était pas les mots de maman. Et puis j'ai téléphoné au village, grand-mère m'a dit qu'elle allait bien, mais qu'elle était seule...

L'inspecteur Finch s'étonne :

— Pourquoi n'avez-vous pas prévenu la police ? Pourquoi n'avez-vous pas reconnu la photo ?

— Je ne voulais pas qu'il nous tue, mes frères et moi, comme il a tué maman. Il voulait partir avec cette grue qu'il voit tous les jours au bar. Il était furieux que maman soit enceinte... C'est pour être libre qu'il l'a tuée, elle et l'enfant qu'elle portait. Un enfant de lui, un enfant comme nous. Si j'avais dit un mot, il nous aurait tués.

— Qu'espériez-vous ?

— Qu'il parte avec cette horrible femme. J'aurais mis mes frères à l'abri et je l'aurais dénoncé après. Mais ce qui me fait le plus peur, c'est que j'ai envie de le tuer, vous comprenez ? J'en ai envie depuis des semaines, et s'il continue à mentir, je le tue !

Elisabeth s'est retournée, enfin. Elle s'est jetée au-devant de son père, pâle, les poings serrés :

— J'en ai trop subi à cause de toi. Quand j'ai vu la photo de maman, affichée partout, torturée, difforme, morte, plus morte qu'on ne peut l'être, j'ai vomi. Vomi de ne pas pouvoir t'écraser comme un cafard... Et j'ai attendu que quelqu'un te dénonce, puis j'ai attendu que tu partes. Mais tu restais là, tu rentrais, tu sortais, tu mangeais, tu buvais, comme un porc que tu es... Alors, dis-le maintenant, avoue ! Dis-le que tu as tué maman, et qu'on t'emmène hors d'ici, vite ! Parce que, si on te relâche, je t'écrase, « papa »...

Il l'a dit.

Elisabeth a claqué la porte et elle est partie. Elle n'était même pas au procès qui a condamné son père à être pendu. Mais elle était là, paraît-il, derrière les murs de la prison, le jour où on l'a pendu.

UN CADAVRE EN BONNE ET DUE FORME

Arthur Smeling est employé d'assurance, Lucile épouse et femme au foyer. Leurs deux enfants ont douze et quatorze ans, et ils ont décidé d'aller au Mexique pour leurs vacances et d'y camper.

Arthur et Lucile sont les deux premiers suspects de l'histoire.

Voici maintenant Ashley Beny Junior. Une espèce d'échalas de vingt ans, barbu et chevelu, décoré comme un arbre de Noël en plein été. Colliers, boucles d'oreilles et attributs divers de son état de hippie tintinnabulent autour de lui. Lui aussi est au Mexique en vacances, à pied, son unique bagage étant représenté par un sac de couchage rapiécé, qu'il étend sur l'herbe avec une belle désinvolture au milieu des tentes de camping. Ashley Beny Jr est le fils hippie d'un employé du gaz, et c'est lui le troisième suspect de l'affaire.

Quant au cadavre, le 5 juillet 1967, il est assis dans l'herbe du terrain de camping de *Tres Estrellas,* au Mexique. Et il n'est pas content.

Ce cadavre vivant est une très vieille dame de quatre-vingt-douze ans. Elle a surgi chez ses petits-neveux, Arthur et

Lucile Smeling, la veille de leur départ en camping. Et elle a fait des pieds et des mains pour partir avec eux.

— Mais enfin, tante Emma, c'est trop dur, vous ne pourrez pas dormir par terre à votre âge ! .

— Tut ! Tut !... j'ai dormi par terre bien avant vous, quand nous sommes venus en Floride, en 1907, votre père et moi, nous dormions sous les chariots, dans la poussière...

— Mais, tante Emma, vous avez quatre-vingt-douze ans ! Et les nuits sont fraîches.

Rien à faire.

— Dites tout de suite que je vous embête, au lieu de parler de mes vieux os !

Tante Emma avait gagné. Comment lui dire en face qu'elle les embêtait ? Et l'héritage ? Et les quelques dizaines de milliers de dollars, qui traînent sur le compte en banque ?...

— Tante Emma, ne dites pas de bêtises, nous sommes ravis de vous emmener... n'est-ce pas, les enfants ?...

Tout le monde est ravi. Il n'y a qu'à voir la tête de tout le monde, le premier soir, au terrain de camping de *Tres Estrellas*.

Seule tante Emma n'est pas contente, car il n'y a pas de piment dans son assiette. Son arrière-petite-nièce Lucile Smeling en entend de toutes les couleurs à ce sujet. Tante Emma veut manger des tortillas, boire de la téquila et dormir sous les étoiles.

Le cas est grave, car elle est très fatiguée. La famille a fait six cents kilomètres en deux jours et passé la frontière à Laredo, le matin même. Ensuite, il a fallu trouver le camp à cinquante kilomètres à l'est de la ville, installer les tentes et trouver du matériel supplémentaire pour tante Emma. Un lit et un sac de couchage.

Or, il est dix heures du soir et tante Emma ne veut pas entendre parler de sac de couchage. Assise dans l'herbe, elle réclame de la téquila !

— Comment ? Vous n'allez pas m'empêcher, à mon âge, de boire un petit verre !

Alors amusé, un voisin de camping propose le petit verre à tante Emma, qui le boit joyeusement, triomphalement, et s'écroule sur son sac de couchage aux environs de minuit.

Arthur et Lucile Smeling sont découragés d'avance. Leur mois de vacances, s'il doit être tributaire des quatre-vingt-douze ans de tante Emma s'annonce mal. Sans compter les explications à fournir autour d'eux pour justifier la présence d'une si vieille dame dans un camping, le fait étant fort rare. A une heure du matin, elle ronfle toujours. A trois heures, elle ne ronfle plus et la famille Smeling s'endort enfin paisiblement.

A sept heures, Lucile Smeling entreprend de faire chauffer du café et pour ne pas réveiller sa grand-tante, rampe le plus silencieusement possible sous la tente.

Elle passe à la hauteur du sac de couchage de tante Emma et jette un œil soupçonneux sur le visage de la vieille dame.

Quelle drôle de tête ! Quel drôle de nez pincé ! Tante Emma a l'air bizarre. Lucile se redresse, tâte le poignet, le front, tire sur un bras et le regarde retomber d'un coup. Ce n'est pas possible ! Pas possible... Tante Emma est morte...

Lucile écoute le cœur, secoue le corps de la vieille dame, en vain. Il n'y a plus dans le sac de couchage, qu'un mètre et demi de cadavre en bonne et due forme.

La première réaction de Lucile Smeling est de crier pour réveiller son mari et les enfants, puis quelque chose l'en empêche.

Il est inutile en effet que les voisins de camping s'aperçoivent de la situation. C'est gênant à expliquer, très gênant.

Alors, Lucile se penche à l'oreille de son mari qui dort, le secoue doucement et murmure :

— Arthur... Arthur... Surtout ne t'affole pas... Il se passe quelque chose d'horrible, tante Emma est morte.

Arthur, mal réveillé, se fait répéter deux fois la nouvelle, avant d'aller constater lui-même, à l'autre bout de la tente, la réalité des faits.

Les voilà tous les deux assis de chaque côté du sac de

couchage où repose tante Emma, effondrés. Il va falloir prévenir la police mexicaine, appeler un médecin, faire transporter le corps à la morgue, attendre le permis de transport pour faire rapatrier tante Emma. Quinze jours au minimum si tout va bien, car avec la police mexicaine, on ne sait jamais.

Réveillés à leur tour, les enfants se tiennent cois. Personne n'ose sortir de la tente.

Tout à coup, Arthur dit à sa femme :

— Ecoute, elle est de ta famille, c'est à toi de prendre la décision, mais je propose de la ramener aux Etats-Unis. Ne disons rien, passons la frontière, elle mourra officiellement chez nous. Ça vaut mieux. Sinon, nous allons subir une enquête à n'en plus finir...

— Arthur... Ce n'est pas régulier ce que tu proposes et c'est dangereux... pourquoi prendre ce risque ?

— Oh ! bon, si tu ne veux pas, à toi les formalités !

Lucile regarde son mari de travers. Il n'a jamais aimé tante Emma, et voilà qu'il propose de la trimbaler comme un vulgaire paquet. Mais au fond, quel soulagement ! La ramener à la maison, appeler le médecin de famille, et tout serait réglé en vingt-quatre heures. Alors qu'ici, leurs vacances sont pratiquement fichues.

C'est décidé. Il faut d'abord rouler tante Emma dans son sac de couchage, puis rouler le sac de couchage dans la tente et fixer le tout sur le toit...

— Vous partez déjà ? demande le voisin de camping.

— Oui, nous changeons d'endroit...

— J'espère que la vieille dame va bien ?

— Très... très bien... elle est allée faire un tour sur la route, en pleine forme, merci ! Au revoir !

Et les Smeling de galoper comme des voleurs jusqu'à leur voiture.

Cette fois, il faut refaire les six cents kilomètres en sens inverse jusqu'à la frontière et en un jour, c'est plus prudent.

La voiture, une quatre places bleue et verte, file sur la

route de la frontière, la grand-tante sur le toit avec les bagages. Heureusement, menue, elle ne dépasse pas de la galerie, et avec un peu de chance, les douaniers ne feront pas défaire la toile de camping, ils ne l'ont pas fait à l'aller.

Il n'empêche que vers neuf heures du soir, au poste frontière de Laredo, Arthur et Lucile Smeling, blancs comme neige, attendent leur tour dans la file d'attente. Les enfants font semblant de dormir, mais le trac leur serre la gorge. A Dieu va… que faire si le douanier demande : « Vous n'avez rien à déclarer ? » Répondre : « Non ». On ne déclare pas une grand-tante qui ne fait que trépasser par-delà la frontière.

Mais s'il veut voir les bagages, pourvu que rien ne dépasse… L'attente est insupportable. Les Smeling se sentent, Dieu sait pourquoi, des âmes de criminels.

— Vous n'avez rien à déclarer ? Alcool, tabac ? Descendez s'il vous plaît… le coffre ? Merci. Vos passeports ? Merci… Bon voyage !

C'est fait. Ce douanier a été fantastique. Cela n'a duré que deux minutes à peine pour des heures d'angoisse sur la route. Mais, ça y est, ils ont passé la frontière avec la tante Emma sur la galerie. Dans deux cents kilomètres, ils seront chez eux, et la famille Smeling respire. Au prochain motel, le père propose de s'arrêter pour une légère collation et des rafraîchissements bien mérités.

Arthur gare sa voiture devant le motel et tout le monde descend. Sauf tante Emma, bien sûr, qui reste sur sa galerie et n'a besoin que de respect, chose difficile à trouver par les temps qui courent. Environ un quart d'heure se passe.

Puis Arthur Smeling, sa femme et ses deux enfants, rassasiés, réconfortés, décident de reprendre la route.

Mais il n'y a plus de voiture verte et bleue sur le parking. Arthur a beau courir, interpeller les pompistes, le patron du motel, ameuter tout le monde, la voiture a disparu !

Le directeur du motel hausse les épaules :

— Il n'y a plus qu'à prévenir la police ! Ils la retrouveront votre bagnole, n'ayez pas peur.

Seulement lorsqu'ils la retrouveront, que se passera-t-il ? Et si le voleur s'aperçoit qu'il transporte un cadavre ? Et s'il s'en débarrasse au coin d'un bois ? Et si on ne retrouve jamais tante Emma ? Plus d'héritage, c'est évident. Les personnes disparues ne sont pas considérées comme mortes avant longtemps... Compte tenu de toutes ces considérations, Arthur et Lucile Smeling vont trouver la police et entreprennent de raconter pourquoi et comment on leur a volé non seulement la voiture et leur matériel de camping, mais la tante Emma.

— Une tante Emma sur la galerie ?

Le shérif est vaguement incrédule...

— Et on vous a volé la voiture, avec la tante Emma sur la galerie ?

Le shérif est plus réticent...

— Parce que vous aviez laissé la clé de contact sur votre voiture avec un cadavre sur la galerie ?

Le shérif devient soupçonneux. Oh ! il veut bien prévenir la frontière mexicaine, car il semble bien que le voleur soit reparti dans ce sens à nouveau, mais il trouve bizarre cette histoire de tante morte à quatre-vingt-douze ans en camping, après avoir bu un verre de téquila.

Et il regarde Arthur et Lucile Smeling dans le blanc des yeux...

— Vous êtes sûr qu'elle est morte de mort naturelle ?...

— Mais c'est évident, shérif, vous n'allez tout de même pas croire que nous l'avons tuée nous-mêmes... D'ailleurs elle était riche et nous avons tout intérêt à ce que l'on retrouve le corps, sinon l'héritage nous passe sous le nez.

— Et c'est tout ce que ça vous fait ? Si je comprends bien, vous ne l'aimiez guère ? Qui me dit que vous ne l'avez pas emmenée de force ? Une vieille de cet âge en camping, vous n'avez pas honte ! De toute façon, je vous coffre pour passage illicite de la frontière avec un cadavre non déclaré. Donnez-moi le signalement de la vieille dame et ses papiers. Le juge fixera votre caution demain. On s'occupe des enfants.

Tandis qu'Arthur et Lucile Smeling se retrouvent dans de mauvais draps, à la prison du comté, tandis que les douaniers vérifient toutes les voitures vertes et bleues, fouillent les coffres et démontent les galeries, à la recherche d'une tante Emma baladeuse, Ashley Beny Jr, fils d'un employé du gaz, roule sur une route mexicaine en hurlant de rire... Jamais il n'a trouvé si belle occasion. Les clefs sur le contact, les papiers dans la voiture, le tout à quelques kilomètres à peine de la frontière mexicaine ! Un rêve pour voleur de voiture.

Ashley en avait assez de marcher et de faire du stop pour rien. Avec sa barbe et ses grands cheveux, tous les vacanciers bourgeois lui passaient sous le nez en ricanant.

Et, merveille ! il a découvert une voiture, avec son matériel de camping complet. On a beau être hippie en 1967, sur la route de Mexico, on ne déteste pas l'idée de dormir sous un toit et de rouler au lieu de traîner ses guêtres dans la poussière.

Ashley a repassé la frontière dans l'autre sens, sans aucun problème. Le douanier a regardé le coffre, mais n'a rien demandé en plus...

Lorsque la demande du chef arrive une heure après son passage, les douaniers se grattent la tête dans les deux sens. Voyons... Une voiture verte, ils en ont vu une bonne trentaine depuis le matin... Mais, une voiture verte, avec un cadavre enroulé dans une tente, personne n'a vu cela. Et tandis que la famille Smeling, se débat de plus en plus difficilement devant un coroner aussi soupçonneux que le shérif... Ashley Beny Junior arrive à proximité d'un terrain de camping.

« Voyons, se dit-il, pour passer inaperçu, la meilleure solution, n'est-elle pas de rentrer là ? Demain la voiture sera sûrement signalée. Alors je dors ici ce soir et demain, puis je reprends la route en laissant la voiture là. Avec un peu de chance, j'en trouverai une autre à voler et je repars avec... »

Ashler Beny Jr n'est pas en vacances, lui. Il est en route vers un rendez-vous de hippie, fumeur de marijuana... Il n'a pas de temps à perdre et d'argent à dépenser.

Il faut tout de même deux dollars pour entrer dans le camping, cinq dollars pour garer la voiture et dix dollars pour y passer la nuit. Total : dix-sept dollars... que Ashley Beny Jr trouve tout bêtement dans la boîte à gants, avec le sac à main de Lucile Smeling et quelques Travellers cheques...

Il paye donc royalement, cherche une place et s'installe au camping *Las Floridas,* à cinquante kilomètres de la frontière.

Lorsqu'il gare la voiture à l'emplacement qu'on lui a désigné, il y a à peu près dix-huit heures que la tante Emma est morte, et douze heures qu'elle navigue à vue sur la galerie de la voiture, après avoir parcouru 663 kilomètres dans un sens et environ soixante-dix dans l'autre. Elle a passé la frontière une fois vivante et deux fois morte. Son odyssée va-t-elle enfin s'arrêter là ?

Ashley Beny Jr s'approche de la galerie et commence à défaire les attaches qui maintiennent l'équipement. Il ôte tout d'abord quatre sacs de couchage dans leur sac protecteur, puis veut tirer la toile de tente vers lui.

Elle résiste... Il tire d'un côté, puis de l'autre... s'essouffle en pensant qu'une valise est coincée dedans, entreprend de la dérouler par petits bouts.

C'est alors qu'il aperçoit un pied. Un petit pied, vieux, tordu et tout blanc... Ashley Beny Jr repousse précipitamment le morceau de toile et s'écarte de la voiture, le cœur battant...

Qu'est-ce que c'est ? Un cadavre ? Il y a un cadavre sur le toit, là-dedans, c'est une blague !

Ashley fait prudemment le tour de la voiture et regarde par l'autre côté, vers l'arrière de la galerie. Il soulève, soulève encore et rabat aussitôt, en grelottant de trouille, car il a vu la tête ! Une immense envie de prendre ses jambes à son cou lui vient immédiatement. Et c'est au moment où il s'apprête à récupérer son sac de hippie et à disparaître qu'une main décidée s'abat sur son épaule !

— Alors, mon garçon ? On n'arrive pas à s'installer, hein ? On a des soucis avec son matériel ? On va vous donner un coup de main ! Mon frère et moi, on a l'habitude.

Ce sont deux colosses en short et chemisette râpée, stupides de bonne volonté, qui attrapent d'un seul coup le paquet de toile, un par la tête, un par les pieds, et le balancent aux pieds d'Ashley Beny Jr, avec un grand sourire...

C'est ainsi que tante Emma s'est écroulée à leurs pieds et qu'Ashley Beny Jr a eu bien des ennuis dans les prisons mexicaines.

Soupçonné de meurtre pendant deux semaines, il ne dut son salut qu'à l'avis de recherche de tante Emma, qui vint tout de même le tirer de sa cellule. Car dans les prisons mexicaines, on enferme d'abord et on discute après...

De leur côté, Arthur et Lucile Smeling durent patienter jusqu'à ce que l'autopsie de tante Emma certifie la mort naturelle, bien que mouvementée.

Un arrêt du cœur en plein sommeil, tout simplement. Une belle mort, arrosée de téquila. Et un bel héritage pour Arthur et Lucile Smeling.

Ashley Beny Jr a croupi quelque temps en prison pour vol de voiture et, il n'y a pas de raison, « pour transport illicite de cadavre à la frontière ». Car nul n'est censé ignorer la loi, même s'il ignore qu'il transporte un cadavre, que ce cadavre soit à lui ou pas. Ainsi repose enfin tante Emma, après une galopade funèbre d'un suspense insoutenable.

L'ÉQUIPÉE SAUVAGE

Messieurs,

Je m'appelle Walter Seifert. Je suis né à Cologne, le 19 juin 1921. Mon père était polisseur de glaces.

J'ai toujours été bon élève. J'ai quitté l'école professionnelle avec un certificat portant la mention « Très Bien ».

Pendant la guerre, je me suis spécialisé dans une école technique de l'aviation. J'ai été prisonnier de guerre. Je suis entré dans la police en 1945, avec une note au-dessus de la moyenne.

En 1946, j'ai dû quitter la police. J'étais devenu tuberculeux. On ne m'a jamais donné de pension. Les médecins ont estimé que je n'y avais pas droit. Ils ont prétendu au bout d'un an que j'étais guéri.

En octobre 1955, je me suis marié.

En 1961, ma femme est morte à la suite d'un accouchement prématuré. Les médecins ne l'ont pas soignée. Ils l'ont laissée mourir. Les médecins sont des incapables qui croient tout savoir et ne savent rien.

Pour expliquer cela, j'ai écrit un mémoire de cent vingt pages, intitulé *Matricide, Destin solitaire et Analyse d'un système.* Je l'ai adressé aux administrations, à tous les médecins de Cologne et aux laboratoires pharmaceutiques. J'y démontrais que l'embolie dont ma femme est morte a été mal soignée et que les médecins sont des assassins, les plus grands meurtriers impunis de l'histoire de l'humanité.

Que faire pour en sortir ? Faire appel à la conscience humaine ? Inutile. Ceux qui agissent aussi mal n'ont pas de conscience. J'ai fait l'analyse du système dans *Politique sociale, médecine sociale, assassinat social.* Alors, puisqu'il n'y a pas de justice, il faut faire justice soi-même. La terreur règne parmi les médecins. On ne peut réagir que par la terreur. Ceux qui m'ont refusé protection par la loi m'ont mis une massue dans la main.

Cette lettre est à la base de tout ce qui va suivre.

Onze juin 1964. Neuf heures. Une petite école à Cologne. Une école communale, avec une grande porte par laquelle entrent et s'échappent à heures fixes les centaines d'enfants qui la fréquentent. Cette porte est toujours fermée dans la journée. A côté, il y a un petit portillon réservé aux visiteurs. La serrure en est cassée depuis longtemps et personne n'a jamais songé à la réparer.

Il y a comme cela des failles dans l'organisation des choses. La serrure cassée d'un petit portillon d'école communale, quelle importance ? Au contraire, cela évite au facteur de déranger le concierge. Et au professeur en retard de se faire remarquer.

Neuf heures cinq : La classe de troisième et celle de quatrième sortent en file indienne dans la cour de récréation, en tenue de gymnastique. L'institutrice commande le groupe :

— En petite foulée, jusqu'aux portiques, respirez à fond, dégagez les épaules...

Deux élèves des grandes classes traversent la cour d'un pas

plus tranquille. Ils sont de service pour la distribution du goûter de dix heures aux plus petits.

Karl est chargé du chocolat, Peter des petits pains. Ils discutent en marchant vers la grille. Le goûter est prêt, ils ont largement le temps avant dix heures de flâner en regardant les passants. Ils n'ont cours que l'après-midi.

Neuf heures dix : Un inconnu en bleu de travail pousse le petit portillon. Karl l'observe, adossé contre la grille. L'homme a l'air d'un ouvrier. Il referme soigneusement le portillon et s'accroupit pour le bloquer à l'aide d'un coin de bois. Après deux ou trois essais, il réussit à le fermer complètement, et tire dessus pour éprouver sa résistance.

Karl s'approche de quelques mètres.

— Qu'est-ce que vous faites ?

Sans répondre, l'homme se redresse. Il porte sur le dos un matériel compliqué mais reconnaissable, destiné à pulvériser de l'insecticide : une bouteille à air comprimé et un tuyau terminé par une lance.

— Eh ! monsieur, vous allez réparer la serrure ? C'est pas trop tôt !

Toujours sans répondre, l'homme secoue la tête et se dirige vers le terrain de gymnastique.

Karl le regarde s'éloigner tout droit vers l'institutrice qui commande les exercices à une quarantaine de gosses.

— Les mains sur les hanches... le dos plat... le buste à droite... devant... à gauche...

Neuf heures quinze : L'homme s'arrête à trois mètres de l'institutrice qui ne s'en préoccupe pas. Elle ne l'a pas vu arriver, elle lui tourne le dos.

L'homme dirige l'appareil dans sa direction, et tout à coup, une flamme en jaillit, une petite flamme de cinq à six centimètres bleue et orange qui grandit et devient rouge, grandit encore... un mètre, deux, elle devient jaune et se met à siffler, mais s'allonge encore.

Les enfants se sont figés. Quarante statues en short regardent soudain la flamme gigantesque atteindre l'institutrice qui hurle et s'enfuit, courbée en deux par la douleur, avant de s'effondrer dans les buissons le long du mur. D'un seul élan, les quarante statues bondissent. A droite à gauche... piaillant, hurlant, comme une volée de moineaux terrorisés.

Surpris par l'événement incroyable qui se déroule sous ses yeux, le jeune Karl n'a pas bougé. A voix haute et à l'adresse de son camarade aussi stupéfait que lui, il bredouille :

— Mais... mais c'est une blague ?

L'homme se dirige vers le bâtiment de droite. Son bras droit fait des moulinets, comme avec une fronde, et presque aussitôt la vitre de la classe numéro deux, au rez-de-chaussée, vole en éclats. C'est une classe de petites filles.

La flamme immense pénètre à l'intérieur en ronflant, balaye les murs, les robes, les bureaux, s'attaque au tableau noir, chassant les enfants d'un mur à l'autre, brûlant les jambes, les bras, les cheveux. Les cris s'entendent jusque dans la rue. Le toit de l'école commence à prendre feu.

Karl, dans son coin, près de la grille, s'acharne à débloquer le portillon, car sa bicyclette est restée à l'extérieur. Il a compris, cet homme est un fou, il faut prévenir la police.

Mais le morceau de bois a été parfaitement taillé pour son usage. Il résiste aux secousses désespérées du gamin.

Pendant ce temps, l'homme a atteint l'autre bâtiment. A nouveau son bras fait des moulinets, une seconde vitre éclate et la flamme grondante balaie l'intérieur de la classe des garçons.

En se retournant, Karl voit son copain Herbert sauter par la fenêtre, comme un chat, et atterrir au pied de l'homme. Agrippé aux barreaux qu'il escalade, Karl se met à hurler :

— Sauve-toi, Herbert, sauve-toi !

Mais l'homme l'a vu. Il dirige son lance-flammes sur le gamin à terre et en quelques secondes l'enfant est devenu une torche hurlante.

Karl saute enfin de l'autre côté du portillon et cherche de l'aide. Mais la rue est déserte et son vélo n'est pas là. Il s'est trompé. Il l'a laissé dans la cour, près d'un arbre. À grands coups de pieds rageurs et aidé par Peter resté de l'autre côté, Karl réussit à débloquer le portillon et fonce vers son vélo. Le poste de police est loin, c'est la seule façon de s'y rendre le plus vite possible.

La panique est générale à l'intérieur des classes, mais la cour est vide. Les enfants qui faisaient de la gymnastique se sont réfugiés derrière les buissons qui bordent le stade. Personne ne bouge. Il n'y a que Karl qui court en direction de son vélo, et l'homme au lance-flammes. Son appareil s'est éteint brusquement et il le jette avec colère loin de lui. Dans sa main droite, il tient maintenant une lance courte et pointue qui brille au soleil... Il avance vers une porte, l'arme pointée devant lui.

Une institutrice qui sort en courant juste en face de lui est sa première cible. La lance l'atteint en pleine poitrine. Le geste a été si rapide que Karl, son vélo à la main, ne peut s'empêcher de rester planté là au lieu de courir. Il voit l'homme retirer son arme et courir à l'assaut d'un pavillon. Celui des plus petits. Il attaque la porte qui résiste. La jeune femme qui tentait de la fermer n'a pas fait assez vite. L'homme la tire en arrière et elle dégringole les marches pour atterrir dans le sable de la cour.

Deux coups de lance au hasard sur les jambes et un dans le dos, mortel. Elle ne bouge plus, fichée en terre comme un gibier.

Karl saute sur son vélo et fonce à travers la cour en direction du portillon ouvert. De l'autre côté, l'homme court comme un dératé jusqu'au mur de clôture, puis il se ravise, et Karl le voit revenir en arrière, arracher la lance, reprendre sa course, escalader le mur et disparaître.

Neuf heures vingt : Pendant que Karl, essoufflé, jette son vélo devant le commissariat de police, une vingtaine de personnes s'élancent à la poursuite du fou. La directrice a appelé les pompiers et les voitures rouges sont déjà sur place.

L'homme court sur la ligne du chemin de fer qui longe

l'école. Derrière lui, la meute des professeurs et des institutrices se rapproche. On tombe, on se relève, on crie... mais on gagne du terrain.

Bientôt, l'homme est rejoint. Il fait face, comme un sanglier furieux. Sa lance fait le vide autour de lui. Les poursuivants n'ont que leurs mains nues. On s'observe. Chaque fois que les chasseurs avancent, le sanglier recule en grognant, sa lance battant l'air autour de lui.

Neuf heures trente : Karl s'est évanoui de peur au commissariat. Mais, avant cela, une voiture de police est partie sur ses indications, sirène hurlante. Elle s'arrête à dix mètres de l'homme et de ses poursuivants. Deux policiers en jaillissent, l'arme au poing.

Neuf heures trente-huit : Sur la voie du chemin de fer, planté au milieu des rails, l'homme hésite. Devant lui, le groupe de l'école, en demi-cercle, qui lui barre la route. Derrière lui, les deux policiers. Un coup de feu d'avertissement.

— Lâche ça !

D'un bond en arrière, le forcené se jette sur le policier qui vient de tirer ; l'homme esquive, roule à terre, pendant que son équipier vise avec calme et tire à son tour.

Neuf heures quarante : Atteint à la cuisse, l'homme s'écroule en travers des rails. Et il se fait un grand silence autour de lui. Un silence essoufflé, stupéfait... C'est fini. Le fou est à terre.

Alors, les hommes et les femmes s'approchent. Pour regarder le monstre, la bête inconnue et sauvage qui vient de faire autant de dégâts en vingt-cinq minutes. Et ils vont assister là, dans ce désert de rails, de wagons et de locomotives, à un interrogatoire étonnant.

Stéphane, Dorothée, Clara, Renée, Rosel, Ruth, Karine et Ingrid, de huit à douze ans, morts brûlés par le lance-flammes. Deux institutrices, Ursula et Gertrude, trente-six et quarante-quatre ans, mortes à coups de lance. Une vingtaine d'enfants brûlés. Une école dévastée.

L'homme qui a fait ça en vingt-cinq minutes est à terre, une balle dans la cuisse, la tête sur un rail de chemin de fer. On attend l'ambulance, on regarde et on écoute. Un policier se penche sur le blessé :

— Vous m'entendez ?

— Oui.

— Comment vous appelez-vous ?

— Walter Seifert.

— Quel âge avez-vous ?

Réponse étonnante, l'homme ne donne pas son âge, mais sa date de naissance. Comme s'il remplissait un formulaire. Mais sa voix se brouille :

— Dix-neuf juin 1921.

— Quel est votre métier ?

L'homme marmonne quelque chose d'incompréhensible.

— Pourquoi avez-vous fait ça ?

— On... a... on a voulu me tuer.

— Qui ? Qui voulait vous tuer ?

— Le chef de la Santé.

— Vous connaissiez les institutrices de l'école ?

— Non, je ne les connais pas. Aucune.

— Vous avez eu des ennuis à l'école ? Vous la connaissiez ?

— Non.

— Et les enfants ? Vous en connaissez un ?

-- Non.

— Alors, pourquoi vous avez fait ça ?

— C'est compliqué. C'est une affaire compliquée, très compliquée.

Neuf heures cinquante : L'ambulance est là. Un médecin se penche sur le blessé. La balle a traversé la cuisse, mais la blessure n'est pas grave. Pourtant, l'homme a l'air gravement atteint, les traits tirés, le teint blanc presque vert. Et il est agité de convulsions bizarres, comme s'il souffrait de l'intérieur.

A l'hôpital, le médecin avance un diagnostic surprenant :

— Il va mourir.

— De sa blessure ?

— Non. D'empoisonnement.

— Vous êtes sûr ?

— Certain, mais je ne sais pas ce qu'il a pris.

— Il peut encore parler ?

— Il peut. Mais ça ne durera pas longtemps.

Les policiers font vite. Le temps de vérifier l'identité de Walter Seifert, tout juste le temps de faire prévenir sa famille, s'il en a une. Il en a une : un père, une mère, un frère.

C'est un ancien prisonnier de guerre. Il est veuf ; il se prétend malade et réclame une pension depuis des années. Il réclame justice aussi pour la mort de sa femme.

Des psychiatres ont examiné son état mental et l'ont jugé, en 1954, dix ans plus tôt : c'est un schizophrène à évolution paranoïaque, mais inoffensif. Son idée fixe est résumée en une longue dissertation écrite de sa main, et qu'il distribue autour de lui. Il l'a intitulée : *Politique sociale, Médecine sociale, Assassinat social.*

Il y exprime son refus de tous les diagnostics des médecins sur son état tuberculeux. Bien que guéri d'après eux, il est sûr du contraire. Sûr aussi qu'on a tué sa femme. Que les médecins ont tué sa femme. Depuis des années, il traîne un curieux sourire figé sur son visage maigre. Mais, d'après son entourage, il a toujours été calme.

Son plus jeune frère raconte cependant aux policiers une drôle d'histoire : Il y a quelques années, après la mort de sa femme, Walter est venu le trouver chez lui, un soir. Son éternel sourire coincé dans la mâchoire :

— Je voudrais que tu t'associes avec moi.

— Pour quoi faire ?

— J'ai fait un croquis de la maison des parents. Tu vois, là, c'est la cave. Et là, il y a une porte... Si on creuse dans la cave, on peut faire une pièce souterraine de trois mètres sur deux et un escalier qui va jusqu'à la porte.

— Et alors ? Qu'est-ce que tu veux faire d'un trou dans une cave ?

— On pourrait y mettre des filles.

— Des filles ? Mais pour quoi faire ?

— Pour les garder. Elles seraient là, à notre disposition, à toi et à moi... J'irais les attraper dehors, avec un mouchoir et de l'éther, elles seraient évanouies, elles ne verraient pas où je les emmène...

— Tu es fou, Walter ? Ou tu plaisantes ?

— Je ne plaisante pas...

Trois fois, Walter avait ramené sur le tapis son projet insensé, et finalement son frère s'était fâché et l'avait fichu à la porte. Mais sans rien dire à personne. C'est déjà dur d'admettre que son propre frère est un fou. Encore plus dur de réfléchir à son cas et de le faire enfermer.

Walter était reparti à son nouveau métier de fraiseur sur métaux. Walter n'avait plus parlé de trou dans la cave. Il s'était mis à écrire l'analyse du système. A le faire polycopier et à l'expédier inlassablement partout, à toutes les adresses indiquant médecine, santé ou laboratoires...

La veille de son équipée sauvage à l'école, Walter a regardé la télévision en famille et s'est mis en colère après un plombier qui avait mal réparé un tuyau de la salle de bains. Personne ne se doutait qu'il avait caché dans une cabane, en face de l'école, tout un petit matériel conçu par lui.

Le bloc de bois, taillé pour bloquer le portillon. Un vieil appareil à insecticide transformé par lui en lance-flammes. Comme pour la guerre. Une lance, fondue et aiguisée de ses mains à partir d'une barre de fer. Une fronde, en fil d'acier et cuir, pour lancer des pierres.

On a retrouvé tout ça, éparpillé dans la cour de l'école, et sur les rails du chemin de fer.

— Il y a longtemps que vous prépariez votre plan ?

— Longtemps.

— Pourquoi ? A cause des docteurs ?

— A cause d'eux.

— Lesquels ?

Walter prononce deux noms, distinctement. Il est en train de mourir mais son idée fixe est toujours là.

— Vous savez ce que vous avez fait ?

— Je sais.

— Qu'est-ce que vous avez fait ?

— J'ai fabriqué un lance-flammes pour attaquer les gens.

— Pour les tuer ?

— Oui. J'en ai tué. Au moins trois.

— Quand avez-vous fabriqué la lance ?

— Il y a huit mois.

— Et le lance-flammes ?

— Pas longtemps.

— Vous regrettez ?

— Je ne sais pas. Il faut prendre ses responsabilités.

— Pourquoi avez-vous tué les institutrices ?

— Elles sont venues vers moi.

— Et les enfants ? Pourquoi ? Vous n'aimez pas les enfants ?

— Si.

— Alors, pourquoi ?

— C'est trop long à expliquer.

— Vous me le direz demain ?

— Oui. Demain...

Onze juin 1964, vingt heures trente. Walter est mort. L'autopsie révèle la présence d'un poison bien connu, le E 605, en quantité largement mortelle.

Dans la cour de l'école, on a retrouvé un petit tube de verre contenant le reste de ce poison. Près de l'endroit où le matin même, les enfants du cours de gymnastique subissaient la première attaque.

Walter Seifert l'avait brisé d'une main contre un poteau, pour en avaler le contenu, avant d'allumer son engin de mort. Déjà mort lui-même. D'avance.

LE GRAIN DE SABLE

C'est le président de la Cour Suprême du Colorado, John Verdune, qui parle :

— Nous n'avons trouvé nulle part, dans les archives criminelles, une affaire aussi épouvantable. Je doute même qu'on puisse relever un cas semblable dans les ouvrages de fiction.

Maintenant, c'est l'acteur principal qui parle :

— Je crois que je ferais n'importe quoi pour de l'argent...

Cet homme qui prétend faire n'importe quoi pour de l'argent, c'est John Gilbert Graham. Nous l'appellerons John pour plus de simplicité.

John a deux ans lorsque son père meurt d'une crise cardiaque. Demeurée sans ressources, sa mère est obligée de le confier à un orphelinat de Denver, au Colorado, où il va rester cinq ans.

Sa mère est le type même de la veuve américaine qui n'entend pas le rester longtemps. C'est une brave femme au demeurant mais, comme beaucoup de ses semblables, il lui semble normal, voire indispensable, d'être nantie d'un mari, chargé pour sa part de faire rentrer les dollars à la maison. Un riche éleveur de la région fera l'affaire.

Le foyer étant reconstitué, John qui a sept ans, l'âge de raison, retourne vivre auprès de sa mère et de son beau-père.

A seize ans, en trichant sur son âge, il s'engage dans la marine. Neuf mois plus tard, il déserte, car la discipline l'ennuie, l'armée l'ennuie, seul l'argent l'intéresse. Or on est très mal payé dans les garde-côtes. John retourne à Denver et y trouve un emploi de caissier assez bien payé.

Seulement, lorsqu'il décide d'acheter une voiture de sport, sa feuille de paie n'y suffit pas, même multipliée par dix !

John n'a pas besoin de réfléchir longtemps pour trouver la solution. Il vole un chéquier de son entreprise, imite la signature de l'un des directeurs pour parapher lui-même les chèques dont il a besoin. Il encaisse ainsi quatre mille deux cents dollars et disparaît pendant huit mois. Au Texas, la police locale l'arrête pour vente illégale d'alcool. Extradé au Colorado, il se retrouve nez à nez avec la police de Denver qui voudrait bien obtenir quelques explications sur les chèques qu'il a tirés. John est encore jeune, il appelle maman au secours.

Maman, qui vient de perdre son second mari, d'une crise cardiaque lui aussi, est riche. Maman rembourse deux mille cinq cents dollars escroqués par son fils et supplie le tribunal de l'épargner.

— Cet enfant ne recommencera plus ! Il m'a promis de travailler pour rembourser le reste !

Le tribunal se laisse fléchir. John n'a que dix-neuf ans ! Il ne sera condamné qu'à cinq ans de prison avec sursis, à condition de se présenter chaque semaine au poste de police et de rembourser régulièrement !

Mais c'est maman qui rembourse, c'est maman qui donne l'argent de poche. Maman est riche et John a besoin de faire le jeune homme ! Les jolies filles sont chères et le physique de John ne suffit pas pour les séduire.

Il a pourtant ce que l'on appelle une « gueule d'ange ». Un

regard pur, l'air toujours étonné, un nez droit, un menton volontaire, un beau garçon certes, mais deux choses le desservent ; une bouche un peu trop épaisse, un peu trop rouge, et des épaules étroites.

Ces deux détails détruisent le reste. Ils gênent même. En 1955, John a la trentaine. Pour fêter cet événement, il se marie et s'achète en même temps une conduite.

Il cesse de boire outre mesure, trouve un emploi de mécanicien et fait deux enfants.

Ravie, la maman devenue grand-mère, y va d'un cadeau royal : un restaurant de trente-cinq mille dollars, dont elle confie la direction à son fils. Apparemment, John travaille dur, John s'est résigné à gagner honnêtement l'argent dont il a besoin... apparemment.

Il achète même un camion pour transporter les marchandises destinées à son restaurant.

Seulement, à l'époque, personne ne comprend pourquoi, il tombe en panne précisément au milieu d'un passage à niveau automatique...

John a de la chance : il saute du camion, juste avant l'arrivée du train ! Cinquante dollars d'amende, mais l'assurance paie le camion, et le contenu du chargement.

La note est plutôt salée, mais personne n'arrive à prouver que les factures que présente John sont un peu truquées. Peu de temps après cet exploit, une fuite de gaz endommage une bonne partie du restaurant...

John, à titre de gérant, reçoit encore de l'assurance une somme coquette. Son compte en banque est désormais confortable mais ces petites escroqueries ne sont pas suffisantes.

Quand John dit qu'il ferait n'importe quoi pour de l'argent, il vise bien plus haut.

Ce qu'il vise exactement, il ne le sait pas encore, il n'a pas vraiment d'idée. John est un feignant qui escroque, à l'inspiration, selon les événements. Il suit l'actualité en quelque sorte. Or, depuis l'explosion du restaurant, il ne se passe rien dans sa vie. Sa femme, Gloria, n'est pas passionnante et pas très riche non plus...

Par contre, maman est riche depuis son veuvage. Elle est riche mais ne se décide pas à se séparer de ses dollars sans raison valable.

Que faire ? Qu'inventer ?

C'est bien joli de dire qu'on ferait n'importe quoi pour de l'argent, mais c'est quoi, n'importe quoi ? et comment ? C'est en lisant son journal que John va trouver l'idée. Une idée qu'il trouve fantastique, énorme et simple à la fois. Il suffit d'y réfléchir un peu, de calculer à la minute près le déroulement des opérations et tout ira bien. Cela ne peut qu'aller bien. C'est la loi des séries... Qu'est-ce que la loi des séries ? Eh ! bien, ça n'est pas n'importe quoi justement, c'est beaucoup mieux que ça. Par exemple, lorsqu'on dit : jamais deux sans trois... si le trois se produit, c'est cela la loi des séries. Une sorte de hasard organisé, en quelque sorte.

John va donc utiliser la loi des séries la plus simple : c'est-à-dire, le jamais deux sans trois.

Il y en a déjà eu deux... John se charge du trois, c'est plus sûr. De plus, pour que ce trois ne paraisse pas bizarre, il faut faire très vite.

C'est bientôt Noël. La maman de John est venue passer quelques jours chez son fils. Elle doit maintenant repartir. Maman a d'autres enfants, nés d'autres mariages. Il faut distribuer les visites et les dollars équitablement en ces périodes de fêtes.

Maman va donc prendre l'avion pour l'Alaska, voir une de ses filles. Elle décollera de Denver et ne reviendra pas avant longtemps, dit-elle, car on s'ennuie au Colorado.

En vingt-quatre heures, John met au point un plan diabolique. Il se procure le matériel nécessaire à son exploit, s'enferme chez lui et se penche sur des papiers qu'il couvre de calculs mystérieux. Il semble soudain pris d'une frénésie d'exactitude. Règle sa montre sur la pendule, la pendule sur sa montre, bref... John a besoin de savoir :

a) Combien de temps met sa voiture, à telle vitesse, et compte tenu des feux rouges, pour se rendre à l'aéroport.

b) Combien il y a de kilomètres de Denver (Colorado) jusqu'au pic de Medicine Bow (dans le sud du Wyoming).

c) Quelle est la vitesse de croisière d'un DC 6, par rapport à un DC 4... et combien de temps il lui faut pour parcourir cette distance.

En ajoutant le résultat du petit *a*) au résultat de (*b* + *c*), John arrive à une première solution : dix-sept heures.

Dix-sept heures sera donc l'heure H. Maintenant, John a besoin de :

1) sept kilos de dynamite,
2) deux détonateurs,
3) un réveille-matin,
4) fil électrique,
5) une boîte en carton,
6) papier de Noël et un ruban.

Un, deux, trois, quatre vont faire une jolie bombe... Cinq et six feront un joli paquet de Noël.

Or, si John a pensé à utiliser la loi des séries, c'est que, six ans plus tôt, en 1949, Albert Guay faisait sauter un avion pour supprimer une femme. L'avion sauta, mais Albert Guay fut pendu. Et d'un.

Mais ensuite, en 1955, *deux jours...* deux jours avant que John ne confectionne sa petite bombe enrubannée, un DC 4 décollant de Denver, s'écrasa contre le pic de Medicine Bow, avec soixante-six personnes à bord. Ça, c'était le Destin. Et de deux.

Le troisième serait donc le DC 6 décollant de Denver pour l'Alaska et qui devait effectuer exactement le *même* trajet. Donc, s'il explosait à dix-sept heures, contre le pic de Medicine Bow, on penserait immédiatement à la loi des séries.

La confection de la bombe ne pose pas trop de problèmes. John se rend dans un petit village minier du Colorado et achète dans un drugstore où l'on vend un peu de tout, vingt bâtons de dynamite. Il les relie à deux détonateurs amorcés par la minuterie d'un réveille-matin.

Il ne reste plus qu'à faire un joli paquet enrubanné et à le glisser dans la valise de sa mère, déjà fermée, prête au départ. La femme de John, Gloria, le surprend en train de caser difficilement le colis dans une petite valise verte.

— Qu'est-ce que tu fais ?

— Chut !... Ne lui dis rien. C'est une surprise. Son cadeau de Noël. Je veux qu'elle le trouve en arrivant là-bas...

Gloria sourit et John sourit... pour une autre raison.

Il est fier de lui. Il a tout calculé à une minute près. L'avion explosera exactement dans la zone de la catastrophe précédente. Et toute enquête sera impossible, car les sommets de Medicine Bow sont pratiquement inaccessibles.

Seulement, dans toute opération minutée comme celle-là, l'ultime sécurité serait de faire une répétition ! Et cela, bien entendu, c'est impossible.

Or, dans la belle mécanique de précision mise au point par John Graham pour supprimer sa mère, l'avion qui la transporte et les autres passagers, va se glisser le minuscule grain de sable qui sera sa perte.

C'est un homme, ce grain de sable. Il va gripper la belle mécanique. Mais à l'instant où John a glissé le « colis de Noël » dans la valise de sa mère, tout est joué, irrémédiablement. Le grain de sable en dérangeant les plans criminels de John, peut-il sauver la vie des quarante-trois passagers du DC 6 ?

Mme King, la mère de John, est au comptoir des bagages, dans la cohue de l'aéroport de Denver.

La petite valise verte est sur la bascule. L'employé accroche l'étiquette du vol 629 et marmonne :

— Ça fait trente dollars !

— Trente dollars ? Pourquoi trente dollars ?

— Dix-neuf kilos d'excédent de bagages, madame !... Ça fait trente dollars !

Mme King considère sa valise avec étonnement. Aussi riche

qu'elle soit devenue, elle n'aime pas payer des imprévus. Elle s'adresse à son fils :

— John, je crois que je vais laisser cette valise... Je la prendrai à mon retour...

John, à ce moment-là, est sûrement devenu aussi vert que la valise en question. Il trouve pourtant la force de répondre calmement :

— C'est ridicule, maman. Tu as là-dedans une bonne partie de tes vêtements chauds et il fait froid en Alaska !

Le grain de sable n'est pas là, pas encore. Mme King va céder, payer les trente dollars, et la valise verte s'éloignera au milieu des autres, sur le long tapis noir, jusqu'au chariot... jusqu'à la soute à bagages.

Dans tous les aéroports des Etats-Unis, il existe des distributeurs d'assurance-vie. Avant de prendre l'avion, chaque passager peut assurer sa vie comme il achèterait un paquet de chewing-gum... Mme King a des réflexes conditionnés :

— John... Va m'en chercher une !

John proteste pour la forme, car il n'en espérait pas tant. Puis il obéit et pour un dollar cinquante, revient avec une police de trente-sept mille cinq cents dollars, que sa mère signe sans même regarder. Le grain de sable n'est toujours pas là, au contraire.

A cette minute, tout semble réussir à John. La valise est dans l'avion, et en plus de l'héritage de sa mère, il est certain de toucher le montant de la police d'assurance.

Suivi de sa femme, il accompagne sa mère jusqu'au point d'embarquement. Cinq minutes plus tard, il l'aperçoit au milieu du groupe des passagers franchir la passerelle du quadrimoteur. Des mains se lèvent, au hasard, en signe d'adieu. John regarde sa montre et propose d'aller boire un verre au bar de la terrasse pour regarder l'avion décoller. Du bar, on aperçoit le gros appareil blanc, dont les moteurs ne tournent pas encore. Pourquoi ?

John regarde sa montre, inquiet. C'est l'heure ! L'avion

doit décoller dans dix minutes. Il lui faut le temps de faire un tour de piste, et d'attendre les ordres de la tour. Qu'est-ce qu'il attend ? La voix veloutée de l'hôtesse révèle bientôt la cause de ce retard :

— Monsieur Bernst, passager du vol 629, est attendu à la porte d'embarquement. Monsieur Bernst ! dernier appel pour le vol 629...

John pâlit. Si ce Bernst ne se présente pas dans deux minutes, c'est l'extrême limite et tout est fichu. La bombe explosera trop tôt, l'avion tombera dans un endroit accessible et il y aura enquête...

— Monsieur Bernst... dernier appel pour le vol 629... monsieur Bernst...

Une minute encore, une minute et tout ira bien pour John. La bombe doit exploser à dix-sept heures. Il est seize heures vingt-neuf... John refait ses calculs mentalement : dix minutes pour le tour de piste, décollage à seize heures quarante ; vingt minutes de vol jusqu'au Medicine Bow, et à dix-sept heures, tout saute...

— Monsieur Bernst est prié de se présenter sur la piste d'embarquement.

... Si M. Bernst veut bien se présenter.

— Décollage immédiat du vol 629... Monsieur Bernst...

John regarde tellement sa montre qu'il en a mal aux yeux. Sa femme s'aperçoit de son agitation :

— Qu'est-ce qu'il y a, John ? Tu n'es pas bien ?

Son mari est tellement pâle tout à coup qu'il lui fait peur.

— John ! Tu es malade ?

John est malade pour de bon. Il éprouve tout à coup de violentes nausées, il court vers les lavabos. Lorsqu'il revient, décomposé, le DC 6 est toujours sur la piste, moteur silencieux, et un homme habillé de gris court vers l'échelle, son manteau vole derrière lui, sa valise le gêne. Il s'arrête, reprend son souffle, change sa valise de main et reprend sa course.

Il ne reste plus que dix-neuf minutes avant l'explosion...

Le compte à rebours n'a pas fonctionné comme prévu. M. Bernst, le grain de sable, s'engouffre à l'intérieur de l'appareil... essoufflé sûrement. Le pauvre homme a couru, trop couru, trop vite et attrapé la mort au vol...

La mort s'ébranle lentement. John la suit des yeux jusqu'au bout de la piste, moteurs grondants. Il la regarde s'élever et disparaître à l'horizon...

Inquiète, sa femme l'interroge :

— Tu vas mieux ? Tu devrais boire un thé, John, tu es encore tout pâle...

John boit un thé. Il a tout raté. On retrouvera les débris de la bombe dans la valise de sa mère. Qui aurait intérêt à tuer cette femme anonyme, sinon l'un de ses proches ? De plus, il y a la police d'assurance à son nom... A moins que... à moins que la bombe disperse suffisamment les débris de l'appareil... A moins que l'on ne retrouve pas la valise verte... Après tout, il y a du monde dans cet avion, et d'autres gens ont pris des polices d'assurance... Pourquoi serait-il particulièrement visé ?

Il est dix-sept heures. John s'est ressaisi. On ne saura jamais qui a mis cette bombe, il a été stupide de se faire tant de souci. Il n'a pas tout à fait réussi son plan, mais qu'importe... En sortant de l'aéroport, John passe devant un groupe de personnes très agitées, et n'entend que des bribes de phrases :

— Catastrophe... à soixante-dix kilomètres d'ici... pas de signal de détresse... les malheureux...

John entraîne sa femme. Inutile qu'elle se doute de quelque chose maintenant. Il sera toujours temps.

C'est une fois rentrés dans leur appartement qu'ils apprennent tous deux, officiellement, la nouvelle.

« Un DC 6, assurant la liaison entre Denver et Portland, s'est écrasé dix minutes après son décollage. Il n'y a aucun survivant parmi les quarante-trois passagers. On ignore encore les raisons de cette catastrophe aérienne qui survient deux jours après celle du DC 4, où soixante-six personnes ont trouvé la mort, etc., etc. »

Aucun survivant... John a beau être officiellement désespéré, il a beau se laisser consoler par sa femme, intérieurement il se frotte les mains. Après tout, c'est le crime parfait...

Treize jours vont passer. Treize jours pendant lesquels les experts entreprennent le lent et patient travail de reconstitution. En effet, chaque fois qu'une catastrophe aérienne survient aux Etats-Unis, ou ailleurs, sans que les causes en soient évidentes, on reconstitue patiemment l'avion.

Les morceaux de carlingue sont rassemblés sur ce que les enquêteurs appellent un « treillis de poulailler ». Il s'agit d'un grillage auquel on donne la forme initiale de l'avion, et sur lequel on place, un à un, les débris récupérés.

S'il manque, dans cet assemblage, une section importante de la carlingue, on est à peu près sûr qu'il y a eu explosion à bord de l'appareil...

Dans le cas du vol 629, il ne fut même pas nécessaire d'aller jusqu'au bout de ce patient travail. Il était évident que la soute à bagages avait explosé. Le métal était dirigé vers l'extérieur, et le plancher s'était volatilisé...

Les débris étaient répartis sur dix kilomètres, dans une plaine, et une semaine après l'accident on avait déjà retrouvé des fils électriques n'appartenant pas à l'avion...

D'ailleurs, un fermier avait vu l'explosion depuis le champ de betteraves où il travaillait. Grâce à son témoignage, un expert découvrit sans peine les restes du mouvement d'horlogerie. Le doute n'était plus possible...

La formidable organisation d'enquête du F.B.I. s'ébranla immédiatement. Il s'agit de découvrir lequel des trente-neuf passagers, ou des cinq membres de l'équipage, était visé.

John Hoover, le patron du F.B.I. à l'époque, « lâcha » sur l'affaire deux cents agents fédéraux pour recueillir les dépositions des parents, amis, relations, employeurs ou employés de toutes les victimes, sans exception.

Il ne faut pas oublier que, légalement, un attentat aérien

aux Etats-Unis est une atteinte à la sécurité de l'Etat. Selon la loi, les avions civils, en cas de conflit, tombent sous la juridiction du Pentagone. Ils doivent donc être disponibles à tout moment, et si l'un d'eux est volontairement détruit, l'affaire devient extrêmement grave. L'enquête alla très vite. Denver n'était qu'une escale pour le DC 6, qui était parti de Chicago et avait accompli cette première partie du voyage sans incident. Partant de l'hypothèse que la bombe avait été chargée à Denver, la dernière escale, les enquêteurs examinèrent de près la vie des quatre passagers qui y étaient montés : un jeune couple sans histoire ; M. Bernst, le retardataire, dont l'essentiel des bagages était resté à Denver, tellement il était en retard ; et Mme King. Héritière de la fortune considérable de son deuxième mari, celle-ci avait failli renoncer à son excédent de bagage de dix-neuf kilos et son fils, John Graham, avait tant insisté pour qu'elle paye trente dollars et emporte sa valise verte...

En un temps record, le dossier de John est au F.B.I. et dix-sept agents fédéraux le vérifient. Déserteur, faussaire, trafiquant d'alcool, suspecté d'escroquerie à l'assurance, instable, avide d'argent, et suspect numéro un. On découvre même le boutiquier qui a vendu la dynamite et reconnaît John sans hésiter. Le treizième jour, John Graham avoue, après neuf heures d'interrogatoire.

La fureur populaire était telle à Denver, lorsque les journaux publièrent sa confession, qu'il a fallu empêcher la foule de le lyncher pendant son transfert à la prison. Son procès, télévisé de l'Atlantique au Pacifique, suivi par plus de trente millions d'Américains au mois d'avril 1956, souleva l'horreur de l'Amérique.

John Gilbert Graham plaida coupable devant les caméras. Coupable d'avoir tué quarante-quatre personnes innocentes dans le seul but, l'unique but, d'hériter de sa mère. Tout d'abord calme, au début du procès, et apparemment détaché de l'horreur de son acte, John Graham se mit à flancher au fur et à mesure de l'audition de témoins : les nombreux parents de ses victimes. D'heure en heure, les téléspectateurs et les journalistes le virent changer d'attitude.

Le 4 mai 1956, un jury composé de sept hommes et de cinq femmes le condamnait à mort, et ses avocats entamaient une procédure d'appel. Mais John la refusa désespérément :

— Je veux mourir... le plus vite possible... Je vous en supplie, le plus vite possible...

C'était beaucoup demander. Ce n'est que huit mois plus tard, le 11 janvier 1957, que John Gilbert Graham pénétra dans la chambre à gaz. Il n'y eut pas le moindre grain de sable pour venir déranger l'affreux compte à rebours de quelques secondes. Un journaliste écrivit le lendemain :

« C'est presque avec soulagement que Graham a respiré les vapeurs de cyanure. »

M. MUSCLE

— Si tous les jeunes couples divorçaient au bout de dix-huit mois parce qu'ils se bagarrent, le mariage n'aurait plus aucun sens !

C'est l'avis du juge du tribunal de simple police.

Anita et Duncan Moodie baissent la tête.

Derrière Anita, sa mère et son père ont un air entendu. Derrière Duncan, sa mère et son père ont un air furieux.

— Quel est le motif invoqué pour cette plainte ? Ah ! oui, coups et blessures évidemment !

L'avocat d'Anita saute sur l'occasion :

— Nous avons un témoin, le jeune mari a tenté d'étrangler sa femme… Je cite : « Le mari voulait à tout prix de l'argent, il était ivre, il est entré dans le bureau des dactylos, et s'est jeté sur sa femme en lui réclamant de l'argent. Comme elle refusait, il a mis ses deux gros bras autour de son cou et a commencé à serrer. Le chef de bureau et moi-même sommes intervenus. Je pense que cet homme est un sale individu. » Plainte a été déposée par la famille.

— Reconnaissez-vous les faits, monsieur Moodie ?

— Oui, mais je ne voulais pas lui faire de mal. J'avais bu c'est vrai, j'étais énervé...

— Pourquoi vouliez-vous de l'argent ?

Duncan ne répond pas. C'est sa belle-mère qui explose :

— Il voulait de l'argent parce qu'il ne travaille pas ! On l'a renvoyé de partout, c'est ma fille qui est obligée de le nourrir ! C'est un scandale ! Il la bat tous les jours !

— Madame, c'est votre fille qui demande le divorce ou vous ?

Il est vrai qu'on peut se poser la question. Depuis le début de l'interrogatoire, Anita n'a pas ouvert la bouche. Elle a l'air d'une poupée frisée et ravissante, à qui il ne manquerait que la parole. Le juge insiste :

— Jeune femme, répondez... Est-ce vrai que votre mari vous bat ?

— Oui, monsieur le juge.

— Depuis quand ?

— Depuis le jour où j'ai voulu changer de programme à la télévision sans lui demander son avis. Ce jour-là il est devenu furieux et il m'a battue.

— Il a recommencé souvent ?

— Oui.

— Comment vous battait-il ?

— Il me faisait tournoyer très vite, à bout de bras et me lâchait sur l'armoire à glace...

— Pourquoi ça ?

— Je me faisais mal plus vite et il n'avait pas besoin de frapper lui-même.

— Pourquoi n'avez-vous pas demandé le divorce ou prévenu la police ?

— J'espérais qu'il changerait. Je l'aimais, monsieur le juge, mais maintenant ce n'est plus possible. Il boit trop, personne ne veut lui donner de travail, il me fait peur.

— Trois mois de prison ferme pour Duncan Moodie !

Un coup de marteau, et on emmène le beau mari qui bat sa femme et se saoule régulièrement. Un bel exemple de statue grecque, une tête à la Errol Flynn. A vingt-cinq ans, il est encore protégé par ses parents qui réclament l'indulgence du juge.

Mais le juge ne peut pas être indulgent. Il faudrait pour cela que la plainte soit retirée.

Les parents du beau Duncan supplient les autres de retirer leur plainte et la belle-mère en profite :

— Si votre brute de fils signe une convention de divorce, je retire ma plainte...

Tractations des deux côtés.

— Mais, maman, on peut attendre, réfléchir, on a le temps de divorcer. Duncan changera peut-être...

— Tais-toi ! Tu as déjà assez fait de bêtises comme ça ! Je n'aurais jamais dû laisser faire ce mariage...

Et de l'autre côté :

— Ecoute, papa, je ne veux pas divorcer ! Laisse-moi aller en prison, trois mois, ça passe vite...

— Tu ne sais pas ce que tu dis ! Au bout de trois jours, tu deviendras fou. Je te connais ! Signe, imbécile !

Et partant du principe qu'il vaut mieux un bon divorce qu'un mauvais mariage, les parents s'arrangent entre eux. Duncan signe. Ses beaux-parents retirent la plainte, le juge s'en lave les mains, et Anita fond en larmes.

Le mariage avait eu lieu le 12 janvier 1959, la procédure de divorce est entamée en août 1960.

La mère, le père, les frères, les sœurs, toute la petite famille d'Anita l'accueille d'un unanime : « On te l'avait bien dit ! »

Pour ça oui, on le lui avait bien dit. Jusqu'aux parents de Duncan, le père notamment :

— Mon fils est un violent, Anita, vous vous en rendrez compte très vite, réfléchissez bien.

Mais on ne demande pas de réfléchir à une jeune fille amoureuse de dix-neuf ans. Duncan était grand, beau, fort et musclé, elle ne voulait rien savoir d'autre.

On lui avait pourtant raconté par exemple le jour où il

s'était bagarré avec sa sœur aînée, dans un grand magasin, devant tout le monde.

La jeune fille prétendait conserver le porte-monnaie familial pour faire les courses. D'un coup de poing dans la figure, Duncan l'expédie contre la porte de verre de l'entrée. Le panneau explose sous le choc, provoquant de graves coupures aux bras, à la hanche et aux jambes... Pendant que les témoins se précipitent vers sa sœur qui saigne abondamment, Duncan se dirige tranquillement vers un bar avec le porte-monnaie et en ressort quelques heures plus tard, ivre mort.

Il est comme ça, paraît-il, depuis qu'il est tombé, enfant, sur le rebord d'une piscine et s'est fracturé le crâne.

Bagarre à l'école avec ses camarades. Bagarre avec ses collègues de travail. Renvoyé de partout, il passait son temps à boire comme un trou dans les cafés de la ville en proclamant hautement qu'il était le plus fort.

En dernier recours, le père l'avait fait admettre comme ouvrier dans une mine d'or, la plus grande d'Afrique du Sud, au nom imprononçable. Quelques semaines plus tard, Duncan se battait avec le contremaître et l'étalait pour le compte.

Lorsqu'il avait voulu épouser cette petite chose blonde et frêle d'un mètre soixante, au corps de poupée, on imagine l'angoisse des beaux-parents. On imagine aussi leur soulagement en obtenant le divorce... Couvertes d'hématomes régulièrement renouvelés sous le moindre prétexte, Anita ressemblait plus à une balle de ping-pong qu'à une épouse choyée.

Voilà où en est l'affaire en août 1960. Tout le monde est soulagé. Seulement, on a tort de croire que la loi a remporté la victoire sur la force imbécile.

Car c'est la première fois que Duncan est battu. Jusqu'à présent, il n'a trouvé personne pour lui donner la bonne raclée qu'il mérite, la seule chose qu'il comprenne. Il ne sait pas que les coups, ça fait mal. Il en a toujours donné et jamais reçu. Même son père, un colosse dans son genre, ne l'a jamais affronté. Duncan conserve le titre de brute épaisse qui ne connaît que ses poings pour donner son avis. Et il ne supporte pas ce divorce obtenu par la ruse. Il aurait préféré la prison, quitte à étaler ses gardiens, histoire de se soulager.

Ce divorce, c'est la frustration, la violence rentrée qui démange, l'humiliation et le désespoir aussi. Les brutes sont ainsi avec leur victime, comme des enfants à qui on retire leurs jouets parce qu'ils les cassent.

Tout d'abord Duncan trépigne de rage, fait la tournée des bars, écrase quelques nez et se saoule copieusement.

Puis il se rend compte que cela ne change rien et que son problème reste entier. Car il aimait sa femme. A sa manière, mais il l'aimait.

Le voilà donc qui se met à réfléchir. Quel est le meilleur moyen de reprendre sa femme ? Comment essuyer cet affront insupportable ?

Le vendredi 19 août, Duncan écrit une lettre à sa femme :

Depuis ton départ, je suis très malheureux. Je ne savais pas à quel point je t'aimais, et je te demande pardon pour tout le mal que je t'ai fait. Reviens, je t'en supplie. Je sais que j'aurai la force de ne plus boire, de travailler et de devenir un bon mari si tu veux bien m'aider. Je t'aime.

P.S. : Je viens de lire un merveilleux ouvrage, intitulé *Le mariage idéal,* je te l'envoie par même courrier. Consulte-le. Si nous adoptons les principes qu'il contient, nous réussirons à être heureux, j'en suis sûr...

Ton Duncan.

Bien évidemment, cette lettre est un premier pas. Duncan espère que sa femme la recevra le lendemain, en sera émue et qu'il pourra ainsi venir le dimanche, sur la pointe des pieds et la mine attristée, sans être mis à la porte immédiatement. Car c'est là le but. Approcher Anita, de façon à réaliser le scénario qu'il a mis au point.

Et lorsqu'une brute comme Duncan se met à imaginer un scénario, il faut s'attendre à tout.

Le dimanche 21 août 1960, persuadé que sa lettre et le livre sur le « mariage idéal » ont attendri sa femme, Duncan arrive chez ses parents et entre sans sonner. Il compte sur la surprise (c'est psychologique... elle est attendrie, elle pense à lui, il arrive... et le tour est joué ! Voilà ce qu'il croit). Il ignore que la poste, en Afrique du Sud comme ailleurs, a ses raisons que l'urgence ne connaît pas. Une lettre seule postée le vendredi serait arrivée le samedi... mais il y avait un paquet, et le tout n'arrivera que le lundi, c'est bien assez tôt.

Il entre donc carrément dans le salon. La malchance veut qu'Anita y soit seule pour l'instant.

L'effet de surprise n'est pas du tout celui qu'il escomptait. Anita pousse un cri de frayeur. Il fait un pas vers elle, elle recule.

— Reste... Je ne te ferai pas de mal... Je veux que tu reviennes...

— Je voudrais bien, Duncan, mais tu me fais peur...

Les parents de la jeune femme, ayant entendu du bruit, pénètrent à leur tour dans le salon, la mère comprend immédiatement :

— Qu'est-ce qu'il veut ? Que tu reviennes ?...

Duncan précipite le scénario. Il faut faire vite avant que le père ou la mère ne se mettent en travers.

— Reviens, Anita, ne les écoute pas...

Il regarde sa femme avec intensité, les yeux dans les yeux.

— Je ne peux pas, Duncan, c'est fini. Je ne peux pas...

— Si tu ne veux pas me suivre, je me tue...

Et Duncan sort de sa poche un revolver qu'il lève lentement vers sa tempe, les yeux toujours fixés sur sa femme...

Anita bondit, se précipite sur lui en criant :

— Ne fais pas ça !

Quelques secondes, une courte lutte sous les yeux des parents, figés à l'entrée du salon, un coup de feu, puis d'autres, et c'est fini. Anita s'écroule, morte, sur le tapis.

Tandis que le père se précipite sur lui et qu'on appelle la police, Duncan lâche le revolver en bafouillant :

— Je n'ai pas voulu ça... Je voulais me tuer... C'est un accident !

S'il n'y avait eu qu'un seul coup de feu, les policiers, les parents, tout le monde aurait pu y croire, mais Duncan en a trop fait.

Quatre balles c'est beaucoup pour un accident. C'est beaucoup pour une si courte lutte entre l'énorme Duncan et la mince Anita. Deux balles dans le cœur, une à la tête, une à la nuque... C'est bien visé pour un accident.

La lettre et le livre arrivèrent le lundi, avec le cachet de la poste datant du vendredi. Mais ils ne purent servir d'excuse car, entre-temps, Duncan était allé se procurer une arme chez un ami. Bien au contraire, la préméditation était évidente.

Au procès, l'avocat de Duncan ose pourtant plaider la folie et le meurtre accidentel : la fameuse brume, le moment où l'on ne sait plus ce qu'on fait... Mais le public hurle ! Les témoignages ont afflué de partout. Certaines personnes ont tenté de pénétrer de force dans la salle d'audience et on a dû faire garder les portes par la police. En effet, si les jurés se laissent attendrir par la plaidoirie, on craint pour eux à la sortie. C'est pour cela que le shérif va commettre une faute. Pour mieux surveiller la foule, il s'est placé près du box des jurés et surveille attentivement le fond de la salle, la main sur son arme, qu'il a déjà sortie deux fois pour calmer les manifestants.

C'est une erreur énorme. On peut se demander pourquoi, d'ailleurs, le président n'a pas fait évacuer la salle, plutôt que d'obliger la police à encadrer les jurés, l'arme à la main ou presque.

Duncan voit s'écrouler son système de défense, personne ne croit à l'accident, bien entendu. Alors, il change de tactique :

— C'est vrai, je suis une brute, un dépravé, je n'ai jamais

été bon avec personne. Ne croyez pas que je cherche à m'attirer la sympathie des jurés, je n'en vaux pas la peine. Je mérite la mort...

Les jurés ne sont pas attendris pour autant, Duncan Moodie est condamné à être pendu jusqu'à ce que mort s'ensuive.

Cela se passait le 20 avril 1961.

Le 3 mai, l'avocat de Duncan se présente au tribunal et demande à rencontrer le shérif :

— Je voudrais savoir, shérif, où vous vous trouviez pendant que les jurés délibéraient.

— Avec eux... enfin, je gardais la porte.

— A l'extérieur ?

— Non... à l'intérieur, j'avais mis deux hommes dehors, il fallait les protéger, on manifestait dehors, il y avait des gens qui lançaient des pierres sur les fenêtres, on ne sait jamais, mon devoir était de les protéger !

Et l'avocat triomphe :

— C'est une grave irrégularité ! Une entorse à la procédure ! Nul ne peut dire que la délibération s'est passée dans les conditions requises de sérénité, en présence d'un homme armé, étranger au jury...

Et, quatre mois plus tard, la Cour Suprême d'Afrique du Sud, saisie en appel, déclare la sentence nulle... et Duncan Moodie est libéré vingt-quatre heures plus tard.

C'est alors que la controverse s'installe sur le plan national. On se renvoie Duncan d'un côté à l'autre à coups d'arguments spécieux.

— On n'a pas le droit de reprendre les débats sur un même crime... la sentence a été déclarée nulle... donc il est acquitté.

— Ah, non ! Puisque c'est nul, il faut tout recommencer !

— Le code ne le prévoit pas !

— La sentence est nulle, c'est donc que le procès est nul. Par conséquent, il n'y a pas eu de procès, et pas de condamné...

Bref, on est bien obligé de laisser Duncan en liberté, aussi invraisemblable que cela paraisse, et il faut trouver l'argument avec un grand A, qui permettra de le boucler à nouveau.

On le trouve : C'est le même que précédemment mais en sens inverse. La défense a dit : « Il y a irrégularité, donc la sentence est nulle. Le procès est nul, car il n'y a pas eu de procès, donc pas de condamnation, il est acquitté. » Bien. L'accusation contre-attaque : « Il y a eu irrégularité, le procès est nul, il n'y a pas eu de procès, donc pas de condamnation... d'accord ! Donc il ne peut pas être acquitté, puisqu'il n'y a pas eu de condamnation ! » Non mais !

La Cour Suprême saute sur le jeu de mots et déclare qu'en effet, étant donné qu'il ne s'est finalement rien passé, il ne reste plus qu'à juger Duncan Moodie pour la première fois !

Mais l'innocent n'a pas attendu qu'on lui mette la main au collet une seconde fois. A peine libéré, il a sauté dans une voiture neuve que sa famille lui a offerte pour fêter sa libération (on aime son fils ou on ne l'aime pas !). Et il a filé au Mozambique, en territoire portugais.

La chasse commence, tout repart de zéro ; il s'agit de rattraper un homme qui a tué sa femme avec préméditation et qui, de plus, est en fuite, son compte est bon.

On retrouvera sa piste trois mois plus tard, dans le désert du Kalahari, et il sera finalement arrêté dans une ville-frontière où il négociait la vente de sa voiture hors d'usage à un camionneur, contre un voyage en territoire britannique, le protectorat du Swaziland.

— Mais je ne suis pas en fuite ! Je m'en suis sorti deux fois, je m'en sortirai bien une troisième ! Je n'ai pas peur.

Le 12 février 1962, devant la Cour Suprême de Pretoria, on juge Duncan Moodie pour la dernière fois.

A huis clos, cette fois. Une procédure exceptionnelle entre quatre yeux.

Il y a le président, ses deux assesseurs, l'avocat général et celui de Duncan, qui reprend son argumentation bien sûr. Le procès dure neuf jours.

Le 21 février 1962, à la fin de l'audience, le président déclare :

— Il s'agit d'un meurtre froidement calculé, sans circonstances atténuantes ! Les juges assesseurs sont-ils d'accord ?

Ils sont d'accord, et c'est la peine de mort, sans appel cette fois, sans recours. Il y a tout de même des cas où les muscles ne peuvent rien.

LA CHANCE DE LUCIE LA NOIRE

Monsieur le baron est assis au coin du feu, dans un fauteuil Louis XIII. Autour de lui, le grand salon tombe en lambeaux, la poussière s'est installée en toute impunité sur les meubles de prix, les rideaux sont noirs, le tapis éculé.

Monsieur le baron Maxime vit seul, au milieu de ses livres, en compagnie d'une unique et vieille servante. Elle ne l'a pas quitté depuis qu'il est petit. Depuis longtemps elle ne sert plus à grand-chose, sinon à éloigner les créanciers de monsieur en les maudissant jusqu'à leur première génération. Cela ne recule les échéances que le temps de vendre un meuble ou un bijou.

Ce soir, monsieur le baron n'a plus rien à vendre. Il n'a pas payé le couvreur qui menace d'arrêter la réfection du toit principal et il pleut déjà dans l'aile droite...

La vieille servante l'a encore menacé des pires sortilèges, mais le bougre réclame son dû, fort de son bon droit :

— Je vous proposerais bien un arrangement, monsieur Maxime... Donnez-moi la ferme du haut pour mon gendre, et je vous fais tout le complet... jusqu'à l'écurie si vous voulez.

Donner la ferme, cela revient à lâcher le dernier espoir.

Monsieur Maxime promet d'y réfléchir, et le bonhomme s'en va. Il doit se frotter les mains de satisfaction, ils attendent tous que le baron abandonne la lutte pour se partager le domaine comme des rapaces.

Dans sa cuisine, la vieille Lucie marmonne des imprécations. On dit dans le pays qu'elle fait de la sorcellerie.

A la campagne, en 1900, il court encore beaucoup de sottises à ce sujet. Il suffit d'une vieille tête ridée et inquiétante, d'une robe noire et d'un caractère de cochon pour qu'on l'imagine à cheval sur un balai.

Lucie la Noire, comme on l'appelle, n'est pas sorcière pour un rond. Seulement elle a soixante-dix ans passés, n'a pas connu de mari ni d'enfants, et aime farouchement son monsieur Maxime. C'est elle qui l'a élevé, qui a enterré ses parents, c'est elle qui le protège encore à quarante ans, comme s'il en avait douze.

Et c'est d'elle que va venir l'idée. Une idée ingénieuse, dont elle ne mesure pas les conséquences, mais l'intention est bonne.

Pour être sûre de son plan, la vieille Lucie a besoin de vérifier certains ragots, et pour cela il faut sortir du château, aller parler aux gens, les épier. Choses qu'elle ne fait jamais, mais le jeu en vaut la chandelle.

Prenant son air d'oiseau de mauvais augure, sa vieille tête enfouie sous un fichu verdâtre, plus sorcière que jamais, Lucie la Noire part à la chasse. Sans autre fusil que ses yeux perçants, elle a décidé de ne pas rentrer bredouille. Il y va de l'honneur et de la vie du baron Maxime.

Drôle d'honneur et drôle de vie, mais drôle de baron, il faut bien le dire.

La vieille Lucie est donc partie. Elle a raconté pour cela un énorme mensonge à son maître. Une histoire de cousin qui serait mort, avec des tas d'histoires à régler. « L'affaire de quelques semaines », a-t-elle ajouté.

C'est qu'il lui faut du temps pour débusquer son gibier.

Quatre ou cinq domaines à visiter et les familles à connaître. Tout ce qui s'appelle « de »... quelque chose dans la région, à cinquante kilomètres à la ronde. Pas plus loin, car le temps presse et la vieille Lucie n'a pas beaucoup de jambes.

Pour faire connaissance avec les gens, sa tactique est simple. Puisqu'elle a l'air d'une sorcière, c'est comme sorcière qu'elle se présente. Mais une sorcière pleine de bonnes intentions, dispensatrice de soins divers et de tisanes mystérieuses.

En fait, Lucie la Noire propose ses services comme les médecins ambulants qui parcouraient l'Amérique du Far-West. Comme elle est vieille et bien inquiétante, on ne la renvoie pas tout de suite, ce qui lui donne le temps de poser des questions bizarres.

Ce qu'elle recherche, elle va le trouver en deux semaines, et à moins de trente kilomètres du château de son maître ruiné. Une vraie chance, à croire que les anges s'en mêlent.

C'est un manoir bien confortable, peuplé d'une famille de petite noblesse, entouré de prairies grasses et de vaches normandes. Chez les métayers on est bien nourri et on accueille la vieille à l'heure de la soupe, par respect pour son âge et son baluchon.

La vieille Lucie écoute, pose une ou deux questions, mange sa soupe, et à la nuit noire, va vérifier ce qu'on lui a dit.

C'est vrai. La fille aînée des maîtres du manoir, Mélanie, vingt ans, est en galante compagnie avec un valet, un rustaud de son âge que la différence de classe sociale, comme on dit, ne semble guère troubler. Lucie se frotte les mains. Elle a trouvé son gibier.

Ce que nous connaissons de la chasse extraordinaire de Lucie la Noire est arrivé vingt ans plus tard aux oreilles d'un juge d'instruction. La vieille servante le lui a confirmé elle-même, du fond de son lit et de ses quatre-vingt-dix ans. Et il y a gros à parier d'ailleurs que si la paralysie ne l'avait pas clouée dans un hospice, elle aurait bien trouvé le moyen de rendre la justice elle-même. Peut-être même n'y aurait-il pas eu de justice à rendre.

Pour l'instant, la vieille Lucie rentre au logis du baron Maxime, plus que jamais assailli par les créanciers, et lui dit à peu près ceci :

— Maxime, mon garçon, il faut prendre femme. Une femme riche.

Jusque-là, l'idée n'a rien de nouveau, sauf que le baron Maxime n'a aucune idée de l'endroit où il pourrait trouver une femme riche et qui veuille bien de lui. Outre qu'il est criblé de dettes, il ne peut guère compter sur son physique pour compenser. Un air sec, des traits aigus, grand et maigre, le célibat et la solitude ne l'ont pas porté à la coquetterie.

D'autre part, dernier descendant de sa famille, il s'est promis de ne pas faire de mésalliance, quitte à laisser le nom s'éteindre après lui. On est baron ou on ne l'est pas.

Où trouver une jeune fille de son rang, nantie d'une dot, même légère, et qui veuille bien s'enterrer ici, au lieu d'espérer le prince charmant ?

Lucie la Noire sait où. Elle s'appelle Mélanie, elle est noble, elle a vingt ans. La vieille parie que la famille ne demande qu'une chose, c'est de s'en débarrasser. On pourrait même faire monter la dot en s'y prenant bien.

Que le baron Maxime fasse atteler sa vieille calèche, enfile son dernier costume et aille demander la main de Mélanie ! Le baron n'est pas choqué, il trouve cela plus simple que de vendre sa ferme. Le baron va demander la main, et la dot, de Mélanie. Lucie la Noire avait vu juste. Beaucoup plus juste qu'elle ne pensait, même.

Leur stupéfaction passée, les parents de la jeune fille affichent un soulagement qui fait espérer beaucoup de leur générosité. Pour se rendre compte de la situation, il faut établir un rapide curriculum vitae de leur fille aînée, jusqu'au moment de la demande en mariage.

A dix ans, Mélanie est déjà une petite fille insupportable, qui court derrière les garçons pour savoir comment ils sont faits. A quinze ans, elle fait fuir l'institutrice (qui s'acharne à lui apprendre à lire et à écrire) en lui racontant des horreurs.

On la met au couvent des Ursulines. Malgré les sommes rondelettes que la famille les supplie d'accepter, les religieuses la renvoient au bout de quelques mois. Mélanie jure comme un charretier et vole le vin de messe pour s'enivrer. Elle dévergonde ses camarades et leur apprend à boire en cachette.

Revenue dans sa famille, elle s'attaque au calvados qui emplit les caves du manoir, et pour ne pas boire seule, se fait des compagnons dans les cuisines, aux écuries et dans les champs. Si on l'enferme, elle menace de tuer n'importe qui.

Si bien qu'à vingt ans, la charmante Mélanie est une habituée des beuveries et plus d'un valet l'a ramenée ivre morte dans sa chambre.

Quant au reste, la famille baisse pudiquement les yeux sur le voile déchiré de sa virginité.

Grâce au ciel, rien n'est encore venu révéler son inconduite aux yeux du voisinage. Mais les parents tremblent de voir se produire l'inévitable.

C'est dire que la demande en mariage du baron Maxime est la bienvenue. Chacun ayant posé ses intérêts et ses inconvénients, on s'épouse très vite, on regagne le château, on paye les dettes, et une vie d'enfer commence.

Les premières années sont relativement supportables, car le baron a trouvé un moyen simple d'occuper sa femme.

1901, un enfant, Robert ; 1902, un autre enfant, Roger ; 1904, encore un fils, Jean ; 1905, une fille, Elisabeth ; 1906, rien. Et pour cause : le baron voyage.

A son retour, c'est le désastre, le vrai. Lucie la Noire, la vieille gouvernante, a été reléguée à l'hospice.

Elle seule arrivait de temps en temps à calmer les fureurs alcooliques de la nouvelle baronne et à tenir la barre de ce foyer cahotant. Elle s'y employait d'autant plus qu'elle en était responsable à plus d'un titre.

Elle partie, Mélanie s'en donne à cœur joie. Les enfants

traînent dans la maison, sans surveillance, sales. Personne n'a songé à mettre l'aîné à l'école, et le baron n'a plus qu'à retrousser ses manches pour ramasser les bouteilles vides.

Ce n'est pas une image. Et cela va durer vingt ans, vingt ans d'astuces épuisantes pour que l'alcool ne franchisse pas la porte du château.

Mélanie le fait livrer par la fenêtre. Le baron ne donne plus d'argent, elle achète à crédit.

Il supplie les commerçants de ne plus accepter le crédit de sa femme. Elle vend tout ce qui lui tombe sous la main. Les bibelots, les meubles, les vêtements, les livres.

Cette femme vieillie par l'alcool, à quarante ans, en paraît plus de soixante, et mène à son mari une guerre d'une ingéniosité diabolique pour arriver à boire.

Beaucoup d'alcooliques arrivés à ce stade d'intoxication sont capables de déjouer avec une intelligence étonnante tous les pièges qu'on leur tend.

C'est d'autant plus facile avec le baron qu'il tient toujours à son rang et à sa dignité, avec une ridicule obstination. Sa femme a beau être la pire des pochardes, il la traite en baronne et la traîne à la messe le dimanche.

Mais il y a une fin à tout. Ayant tout vendu, tout épuisé, Mélanie va tenter de jouer sa dernière carte. Il faut qu'elle récupère sa dot. Aussi aberrant que cela puisse paraître, elle va décider de tuer son mari, avec l'aide de ses enfants et de la cuisinière.

La cuisinière est stupide, et sûrement pas en possession de toutes ses facultés mentales, mais les enfants ?

L'aîné, Robert, à dix-neuf ans ; les autres, dix-huit, dix-sept et seize ans pour la dernière !

Et c'est à eux que Mélanie annonce :

— Il faut trouver un moyen de supprimer votre père !

Robert propose le revolver, pour Roger et Jean il faut payer un gangster à Paris, Elisabeth, du haut de ses seize ans, propose de l'étrangler…

Ils l'ont dit plus tard, ils l'ont reconnu. C'était une sorte de conseil de famille où chacun donnait son avis sur le sujet : Et si on faisait ça ? ou ça ?

Peut-être ont-ils des excuses tous les quatre. On a beaucoup chuchoté dans la région sur la façon dont Mélanie, leur mère, avait lentement semé dans leur esprit tous les vices possibles et imaginables, y compris l'alcool bien entendu.

Donc, tout le monde est d'accord : il faut éliminer papa.

Première tentative : le 12 août 1921.

Mélanie a trouvé des comprimés de sublimé corrosif. Le soir, à table, pendant que les enfants font le guet, elle le jette dans la soupe. Catastrophe, le potage devient bleu... On appelle la cuisinière à la rescousse, et c'est elle qui sauve la situation en rajoutant du lait : Monsieur ne voit rien... Monsieur mange et monsieur ne meurt pas. Le lait a servi d'antidote, il est tout juste un peu malade.

Le baron Maxime ne saura jamais à combien de tentatives de ce genre il a réchappé.

De l'aveu de la cuisinière, il eut de tout dans son potage. C'était à qui trouverait la meilleure idée. Ils y passèrent l'été. Vinrent l'automne et les champignons. Chacun ramenait le sien, le plus vénéneux possible.

Le baron en mangea en omelette, en fricassée, en salade... C'était à n'y pas croire. Pas un malaise, pas un doute. Rien.

Pour mémoire, un court extrait de l'interrogatoire du capitaine de gendarmerie avec la cuisinière Louise :

— Combien de fois avez-vous préparé des plats semblables ?

— Je ne sais pas. Chaque fois qu'on en trouvait.

— Qui vous donnait l'ordre de les faire manger au baron ?

— Ben, y'avait pas d'ordre... des fois, c'était madame qui disait : « Tiens, essaye donc ça... » ; des fois, c'était monsieur Robert, ou les autres... ça dépendait.

— C'était toujours des champignons ?

— Oh ! non... des fois, c'était des poudres, je ne savais pas ce que c'était.

— Vous êtes sûre que c'était bien pour le tuer ? Vous êtes sûre que les champignons étaient vénéneux... ?

— Oh ! ça, j'en suis sûre... On a mis de la poudre à une poule une fois, pour voir, dans le bec... elle a crevé !

— Et monsieur le baron n'était jamais malade ?

— Jamais. Il a toujours eu une bonne santé. A croire que le diable était en lui. Madame disait souvent : « C'est Lucie la Noire qui a jeté le sort, elle le protège... »

— Pourquoi Lucie ?

— Ben, tout le monde sait qu'elle est sorcière, Lucie... C'est elle qui a fait marier madame, ça fait longtemps qu'on le dit dans le village... d'ailleurs, elle meurt pas. Elle va sur ses cent ans et elle meurt pas...

Voilà l'ambiance qui régnait aux alentours des années vingt, dans un joli petit pays de France, dans un petit château où vivait une grande famille. Il n'en reste pas moins que l'extraordinaire résistance du baron Maxime posait à sa famille un problème insoluble.

On peut penser aujourd'hui que le malheureux s'est lentement accoutumé aux poisons que déversaient généreusement dans sa soupe sa femme, ses quatre enfants et sa cuisinière. D'autant plus que leurs connaissances dans ce domaine étaient sûrement très limitées. Bref, la saison des champignons passe et le baron est toujours debout. Si tout cela n'était pas si effrayant, on pourrait en rire.

C'est peu de temps avant Noël que le conseil de famille va mettre au point son dernier plan.

Un vieux fusil et des balles fabriquées au village vont permettre à l'aîné de la famille, Robert, de s'entraîner au tir sous la direction de sa mère.

Si cette dernière a finalement consenti à l'utilisation d'une arme à feu, c'est qu'elle croit fermement que son mari est « inattaquable par l'intérieur » ainsi qu'elle le dira plus tard.

Elle fait de son fils un champion de tir en quelques jours. Le jeune homme n'est pas d'une intelligence brillante, mais mettre une balle dans la tête d'un personnage dessiné sur un arbre, c'est à la portée de presque tout le monde.

Le 14 décembre, le baron rentre en voiture de la foire voisine. Il doit longer un petit bois et s'arrêter devant la grille du château pour l'ouvrir. Il n'aura pas le temps d'ouvrir la portière. Son fils l'atteint d'une balle dans la tête. Cette fois, le chêne est abattu, le baron est à terre.

Le soir, le calvados est sur la table.

Le lendemain, les gendarmes arrêtent la mère et le fils, ils ne résistent même pas, complètement abrutis par l'alcool.

Interrogée sur son lit d'hospice, la vieille Lucie la Noire, ayant raconté ce qu'elle savait, la rage au cœur, conclut :

— Cette fille, c'était une fin de race, monsieur.

Et les jurés ne furent pas tendres pour cette fin de race et son rejeton.

Bien que les psychiatres aient affirmé, démontré (et ils avaient raison) que la mère était folle, alcoolique et son fils complètement dégénéré, c'est la peine de mort pour elle et le bagne à vie pour son fils.

Quant à la cuisinière et aux autres enfants, qui racontèrent si ingénument l'épouvantable jeu de mort auquel ils s'étaient livrés sans résultat, que faire d'eux ?

Qu'a-t-on fait d'eux ? Un peu de prison et à Dieu va...

Dans les journaux de l'époque, on a titré bien sûr : *Drame de l'alcoolisme.*

La mère a guéri en prison et retrouvé une bonne part de sa lucidité, ce qui l'a plongée dans une grave dépression.

Le gamin, le « gentilhomme » comme on l'appelait au bagne, y est mort. Il était libérable dès 1937 pourtant et il pouvait rentrer en France. Il a préféré rester là-bas, portier à l'hôpital colonial de Cayenne, tuberculeux pendant huit ans, avant d'y mourir, seul.

Alors, tout compte fait, Lucie la Noire était peut-être bien sorcière.

SAPHO

Petit village, petite maison rurale au bord de la route, petit cimetière non loin de là.

L'enterrement déroule à pas lents son cortège de femmes en deuil et de paysans cravatés. Un silence murmurant accompagne le défunt.

— C'est bizarre... Il n'était pas malade...

— Le médecin a dit que c'était une mort subite...

— Vous avez vu la tête qu'elle a ? Ma parole, on jurerait qu'elle est soulagée...

— La boulangère m'a dit qu'elle comptait partir à l'étranger, vous trouvez ça normal, vous ?

— Pour moi, il s'est passé quelque chose. A la place des vieux, je ne me laisserais pas faire. Leur fils unique, vous vous rendez compte !

— Moi, j'ai jamais compris ce mariage, c'est bien simple... avec ce qu'on a dit sur cette fille. D'abord elle est pas d'ici, on la connaît pas...

— Oh ! ça oui... et y'a pas de fumée sans feu...

— C'est égal, le maire devrait demander une enquête, les morts subites à trente ans, vous y croyez, vous ?

Et voilà. C'est ainsi que naissent les belles lettres anonymes et qu'elles font leur chemin insidieusement mais sûrement, vers le mensonge ou la vérité.

Le mort, le voici : Jean S., trente ans, 1918-1948. Sa photo, reproduite sur un cadre de céramique coloriée, est posée sur sa tombe, de guingois au milieu des fleurs.

C'est la photo de son mariage, prise il y a un an. Visage grave, yeux noirs et petite moustache.

En dessous, un corps d'un mètre quatre-vingts. Un corps de paysan amaigri par cinq ans de captivité, mort subitement il y a trois jours après un an de mariage à peine. Le médecin de famille a signé le certificat de décès sans méfiance et sans aucune objection. Arrêt du cœur.

La veuve, la voici : Anne, vingt-deux ans, d'origine anglaise, installée en France à la fin de la guerre. Arrivée au pays fin 1946, par hasard et en vacances. Brune, mince, belle, peu bavarde, avec d'étranges yeux clairs largement cernés. Bien qu'elle parle un français fort correct, Anne reste l'étrangère.

Les gens d'ici ne l'aiment pas. Elle est arrivée avec une amie, elle a loué une petite maison, près de celle des parents de Jean. L'amie est partie au bout de quinze jours, elle est restée seule. Les parents de Jean lui ont proposé le couvert. Elle était là depuis un mois lorsque Jean, le fils unique, est rentré de captivité. Quelques semaines plus tard, ils se mariaient. Et ça non plus, on n'a pas aimé. Jean aurait dû prendre femme au pays. Il ne manque pas de jeunesses à son enterrement. Des trois ou quatre jeunes filles qui défilent devant sa tombe, l'une d'elles aurait dû être sa femme. De là à dire qu'elle ne serait pas venue au cimetière aujourd'hui, il n'y a qu'un pas. La lettre anonyme le dit franchement et méchamment dès le lendemain de l'enterrement.

L'étrangère a empoisonné son mari, c'est évident. Le mobile aussi est évident. Chez les paysans, si l'on empoisonne quelqu'un c'est pour lui prendre son bien. Les parents de Jean sont âgés, la maison est l'une des plus belles du village et les terres sont riches...

M. le maire est bien ennuyé. Il tourne et retourne le torchon que le facteur a déposé chez lui. La lettre est écrite au crayon, pleine de fautes d'orthographe, intentionnelles ou non. Elle a été postée, suprême astuce, au bourg voisin... Elle est signée, suprême distinction : *Un ami de la Justice.*

M. le maire la montre à sa femme, son meilleur conseiller. Et sa femme lui indique la marche à suivre :

— Va voir les gendarmes, donne-leur la lettre et ne te mêle pas de ça...

Les gendarmes font une enquête à la poste du bourg, sans résultat. La lettre a été postée un jour de marché, autant dire que tout le village était là. Alors, ils vont voir le médecin. Un bon vieux médecin de campagne, qui hausse les épaules :

— Jean est mort d'une crise cardiaque. Son état général était très mauvais. Il a beaucoup souffert dans les camps. Cette lettre est une vengeance stupide. Probablement une des filles jalouses de son mariage. Je n'ai rien à ajouter au certificat de décès, je le maintiens.

Et pendant quelques jours, il ne se passe plus rien. Sauf des murmures. On murmure qu'Anne, qui voulait repartir en Angleterre, ne part plus... « C'est pour l'héritage, vous pensez bien ! Les vieux parents devraient faire attention à leur soupe du soir... »

Puis le murmure enfle et accouche d'une nouvelle souris. Une autre lettre anonyme, adressée cette fois au procureur de la République de la ville voisine.

Ce nouveau torchon de papier écrit au crayon, accuse le maire d'incapacité, les gendarmes de complicité et Anne d'assassinat. Il réclame l'autopsie du corps de Jean et suggère que sa veuve est une femme de vilaines mœurs. La preuve : elle est arrivée au pays avec une autre femme. Toutes deux vivaient comme un couple, on les a entendues se disputer et l'autre est partie. Une femme comme celle-là n'aime pas les hommes, alors pourquoi a-t-elle épousé Jean, sinon pour l'assassiner et lui prendre son bien ?

Tout ça n'est pas très propre, mais le procureur est tenu de vérifier. On ne sait jamais...

Et c'est là que tout se complique, car l'enquête part de la ville cette fois. C'est donc un policier de la ville qui est nommé. Un mois après l'enterrement, il débarque au village et va voir le maire :

— Inspecteur Marcel. Vous permettez que je m'installe ?

L'inspecteur Marcel est gros, assez laid, assez sale, et pour tout dire, carrément antipathique. Mais c'est un inspecteur de la ville et le maire n'a rien à dire. Il ne bronche pas quand le policier met les pieds sur son bureau. Il se tait quand il écrase ses mégots dans la salle des mariages. Il obéit quand il réclame à boire ou à manger et répond du mieux qu'il peut aux questions grossières qui lui sont posées.

— Alors, cette Anglaise, si je comprends bien, c'est une garce de femelle ? Vous la connaissez intimement ?

— Inspecteur, je ne l'ai vue que trois fois. Quand elle est arrivée chez ses futurs beaux-parents, le jour de son mariage et le jour de l'enterrement.

— En somme, vous laissez le vice s'installer chez vous, sans vous en inquiéter...

— Cette jeune femme n'a jamais rien fait de mal. Elle est venue avec une amie, c'est vrai. Mais le reste ce sont des ragots... Personne ne s'est plaint de quoi que ce soit.

— Pas même les petites filles à la sortie de l'école ? Allons, allons, monsieur le maire, j'ai fait mon enquête, je sais tout sur elle. Une belle garce, je vous dis.

— Qu'est-ce qui vous permet d'affirmer une chose pareille ? Vous venez d'arriver !

— La police fait faire une enquête sur elle en Angleterre. C'est pas joli joli, tout ça... Vous voulez des détails ? La belle demoiselle a vécu en concubinage avec une femme pendant plusieurs mois. Une institutrice du pensionnat où elle était élevée. Il y a eu un joli scandale, on a renvoyé l'institutrice et sa petite amie. C'est pour ça qu'elles sont venues en vacances chez vous ! Ça vous en bouche un coin, hein ? Dans vos cambrousses, on connaît pas ça. Votre jolie veuve s'est pas mal débrouillée, elle a largué sa petite amie et mis le grappin sur un pauvre gars qui s'était tapé cinq ans de captivité. Allez, faites-moi confiance, on va la boucler vite fait cette enquête, j'ai pas l'intention de moisir ici longtemps. Où est-ce qu'elle habite votre Sapho ?

— Dans la petite maison au coin de la place, à côté de ses beaux-parents... Je vais vous conduire, les pauvres vieux ne s'attendent pas à une histoire pareille.

— Restez tranquille, je trouverai bien tout seul. J'ai vingt ans de métier, monsieur le maire, et dans mon métier on préfère l'effet de surprise, ça va plus vite ! En attendant, voici l'ordre d'exhumation, signé du procureur. Je repasserai vous voir...

Derrière chaque rideau, on regarde passer l'inspecteur Marcel, un mégot vissé entre ses lèvres minces, les mains dans les poches. Il est, pour certains, l'image même de la justice en marche.

Image un peu suspecte, mais le problème n'est pas là pour l'instant. L'inspecteur Marcel frappe à la porte de la petite maison, en crachant son mégot avec élégance et Anne vient lui ouvrir...

Le contraste est évident entre le policier et la veuve. Il est entré comme en terrain conquis. Elle a reculé comme vaincue d'avance.

L'inspecteur Marcel referme la porte d'un coup de pied en se présentant :

— Marcel, prénom Georges, inspecteur de police. Vous m'attendiez sûrement ?

Dès que la porte d'Anne s'est refermée, le village a ouvert les siennes. On attend. On discute. On passe et on repasse devant la maison, mine de rien... Mais les heures s'écoulent et le policier ne ressort pas, c'est inquiétant.

Enfin, le voici qui apparaît. Et comme une volée de

moineaux, les curieux s'envolent derrière leurs rideaux. L'inspecteur retourne à la mairie. Il va voir le docteur, il se rend au café et demande à téléphoner. Puis il retourne à la maison de la veuve. Il frappe avec désinvolture et disparaît à nouveau pendant deux heures. Au café, le patron raconte aux amateurs d'apéritifs et de ragots :

— Il a appelé son patron. Il a dit que c'était dans la poche et qu'il rentrait demain. L'autopsie, c'est pour demain aussi...

Les consommateurs hochent la tête d'un air entendu. Et la nuit tombe sur l'événement, vivement commenté autour de la soupe familiale.

— C'est des gens bizarres, les Anglais ! Tu te rappelles de la femme qui vivait avec elle ? Une drôlesse. C'est du propre ! On n'a jamais vu ça chez nous...

— Ça peut mener au crime ces histoires-là. On sait comment elle l'a empoisonné ?

— Penses-tu, elle a pas dû avouer, mais l'inspecteur, c'est un dur celui-là. Si on avait écouté les gendarmes, elle dormirait tranquille, l'empoisonneuse !

Or, les villageois se trompent. C'est normal d'ailleurs puisqu'ils ne savent rien. Une indiscrétion du maire et du cafetier ne suffisent guère à établir les faits, alors il faut broder, inventer. Et les villageois sont sûrs, par exemple, que la jeune veuve a nié son crime.

Ils se trompent.

Anne assiste à l'exhumation en silence mais la tête haute. Elle est seule de la famille, les vieux parents se sont enfermés avec leur chagrin. Anne s'en va avec l'inspecteur qui doit la remettre entre les mains du juge d'instruction, toujours sans rien dire. Et la nouvelle arrive comme une bombe au village, quarante-huit heures plus tard !

L'autopsie a révélé la présence d'arseniate de plomb dans l'estomac de Jean. Et Anne a avoué ! Elle est en prison, le journal le dit. A partir de là en effet, le village n'a plus que les journaux pour suivre l'affaire.

Les parents de Jean, qui ont pourtant été interrogés par le juge d'instruction, se refusent à toute déclaration. Ils semblent curieusement en vouloir à tout le village. On peut voir la mère chaque dimanche, agenouillée sur la tombe de son fils, qui y repose enfin en paix. Le père ne sort plus. Et les curieux ont renoncé à les plaindre. Des gens qui ne parlent pas n'ont pas le cœur net, c'est sûr...

Près d'une année après l'enquête, le journal local annonce que le procès de la jeune Anglaise est fixé. L'article précise : « L'auteur de la lettre anonyme qui déclencha l'enquête n'a pas été identifié, malgré les efforts du magistrat instructeur... A présent que les faits lui ont donné raison, il faut espérer qu'il se manifestera à l'audience. De nombreux témoins de moralité ont été cités par l'accusation qui s'apprête à démontrer la double vie de l'empoisonneuse, aussi bien dans son pays d'origine que dans notre région. »

Ils sont nombreux en effet les témoins. Des témoins d'amoralité surtout. Ils défilent à la barre, la main sur la conscience...

Anne est une perverse, Anne est une enfant trouvée, élevée par charité dans un pensionnat de Londres. Dès l'âge de l'adolescence, elle a mal tourné. Les amours enfantines étaient des amours de dortoir. Jeune fille corrompue, elle a corrompu ses compagnes. C'est elle qui a provoqué une liaison scandaleuse avec une institutrice, et non le contraire bien sûr...

D'ailleurs elle a avoué son crime, à quoi bon tous ces détails sordides. C'est au deuxième jour du procès qu'Anne demande la parole. Jusqu'à présent, elle n'avait rien dit. Mais aujourd'hui on aborde le crime, son crime...

Pâle, les yeux agrandis de fatigue, plus mince et moins jolie qu'avant, la jeune femme s'agrippe à la barre de ses mains fines...

— Je n'ai pas empoisonné mon mari... C'est faux. Et je n'ai jamais avoué devant le juge d'instruction, vous le savez...

— Mais vous avez avoué à l'inspecteur qui menait l'enquête ! Le nierez-vous ?

— Non.

— Donc, vous vous êtes rétractée. Par peur du jugement sans doute. Vous oubliez le rapport d'autopsie et le plomb...

— Je ne connais rien à cette histoire de plomb. Je ne sais pas comment Jean a pu en avaler. Ce n'est pas moi qui l'ai empoisonné, et il n'a pas été empoisonné, j'en suis sûre...

— Alors pourquoi avez-vous avoué une première fois ?

— Ces aveux m'ont été extorqués de force par l'inspecteur Marcel...

Scandale et sourire des magistrats. Oh ! ce n'est pas la première fois qu'un accusé joue à ce petit jeu-là... Les policiers sont des brutes et des monstres, c'est bien connu !...

Anne laisse passer le flot des ironies, et s'adresse aux jurés :

— Mon avocat vous dira tout à l'heure ce qu'il en est de l'autopsie, les experts vous diront comment il se peut que l'on ait trouvé de l'arseniate de plomb dans le corps de mon mari. Ils le savent mieux que moi. Mais laissez-moi vous dire la vérité, le juge d'instruction ne m'a pas crue, vous me croirez vous, j'en suis sûre...

« C'est vrai. Je suis une orpheline. Et j'ai connu les pensionnats, les œuvres de charité en Angleterre se chargent d'éduquer les filles comme moi. J'avais trois ans lorsque j'y suis entrée. A l'âge de quatorze ans, je me suis retrouvée dans le lit d'une surveillante. Vous ne pouvez pas comprendre ce que c'est que l'ambiance de ces prisons de filles. Sans parents, sans tendresse, les plus faibles se laisssent prendre à n'importe quel piège, si on leur parle d'amour. C'est comme ça que ça m'est arrivé. J'y ai cru pendant un moment. Je ne connaissais rien d'autre. Je n'avais jamais rencontré un homme de ma vie. Autour de moi, il n'y avait que des femmes. Il y eut un scandale, la dernière année. Une fille jalouse nous a dénoncées et mon amie a été mise à la porte. Le jour de ma majorité, je suis allée la rejoindre, parce que c'était ma seule amie, ma seule attache, et que je ne savais pas où aller ni que faire. Si je m'étais bien conduite, comme on dit, je serais restée à l'orphelinat probablement, je serais devenue surveillante à mon tour, ou pionne, ou institutrice, et je ne serais pas là.

« A la fin de la guerre nous avons décidé de nous installer en France pour quelques temps. Des vacances, et une convalescence pour moi, car j'étais malade. Quand nous sommes arrivées ici, j'ai compris beaucoup de choses. C'était la première fois que je vivais à la campagne. En plein ciel, en pleine terre, en plein soleil. C'était la première fois que je voyais des gens qui me paraissaient normaux, et ils me faisaient envie. Et mon amie me dégoûtait, je ne sais pas pourquoi. Elle est partie après quinze jours. Nous nous sommes disputées. Elle n'a pas compris, elle ne pouvait pas comprendre.

« Et puis Jean est arrivé. J'allais partir moi-même, car je n'avais pas d'argent. Je n'avais déjà pas payé la location de la petite maison. Ses parents m'ont nourrie, ils m'ont aimée dès le premier jour et moi aussi... Avec Jean ce fut une drôle d'aventure. Je lui ai tout raconté et il a compris. Un jour que nous parlions de mon départ il m'a dit : « Reste. Je t'épouse. Toi et moi, nous allons essayer de nous faire une vie propre. J'ai souffert dans les camps. J'en ai vu d'aussi dures que toi. Je suis malade, tu m'aideras à reprendre goût à la ferme, au travail... je ne suis qu'un paysan, mais on s'entendra bien, tu verras. »

« On s'aimait bien, comme ça instinctivement. Ce n'était pas le grand amour, et j'avais un peu peur de lui et du mariage surtout, mais nous avions besoin l'un de l'autre. Alors je suis restée. Mais les gens ne m'aimaient pas, je le sentais bien. S'il n'y avait pas eu Jean et ses parents, et leur tendresse, je serais partie. J'ai voulu m'accrocher, pour avoir une famille moi aussi, pour oublier le reste. Je suis jeune, j'ai le droit de vivre...

« Jean est mort. Et cet horrible inspecteur est entré. Il m'a raconté ce qu'il avait appris sur moi à Londres. Il avait interrogé mon ancienne amie, et le pensionnat avait fait un rapport édifiant sur ma conduite. Il m'a traitée de vicieuse... Et il m'a dit : « Tu as intérêt à avouer pour éviter la peine de mort. » J'ai refusé. Il est revenu le lendemain. Il m'a dit : « Le rapport d'autopsie est contre toi, tout est contre toi. Tu n'es qu'une sale garce d'empoisonneuse. Sans moi tu ne t'en sortiras pas. » Il m'a violée ce jour-là. Il m'a forcée comme une brute qu'il est, en menaçant d'aller raconter à tout le monde que c'était moi qui l'avais voulu. Après, il m'a dit : « Si tu racontes ça au juge il te rira au nez, si tu ne dis rien, je m'arrangerai avec ta petite amie pour qu'elle témoigne en ta faveur. »

« Voilà. Il m'avait coincée, prise au piège, salie une fois de plus et je ne pouvais rien faire. Le juge m'a ri au nez, il ne m'a pas crue... Pour lui comme pour les autres, je n'étais qu'une sale petite vicieuse...

« Les parents de Jean savent bien, eux, que ce n'est pas vrai. Ils savent que j'aimais leur fils à ma manière, il était la première personne propre que je rencontrais. Je ne l'ai pas tué. Il est mort parce qu'il devait mourir, parce qu'il avait été torturé, qu'il était malade et qu'il ne voulait plus y penser. Il voulait redevenir un homme lui aussi, travailler, avoir une femme, des enfants et la liberté... Il n'a rien eu, il n'est même pas mort tranquille à cause de moi, de la pourriture que je traîne depuis mon enfance, mais je ne l'ai pas tué... »

En effet. L'arseniate de plomb était en faible quantité, bien trop faible selon plusieurs experts, suffisante pour un seul... Quant au médecin de campagne, qui avait suivi Jean depuis son retour des camps, il était formel. L'arseniate provenait de certains médicaments prescrits par lui et Jean était mort d'une crise cardiaque, qu'il craignait depuis longtemps. Le jour de sa mort, il avait voulu couper du bois lui-même. Un malaise, le coma, il était mort entouré de ses parents, de sa femme et du médecin lui-même...

Anne fut acquittée au bout de cinq jours d'audience. Elle

avait fait un an et trois mois de prison pour rien. Le policier a été suspendu, c'était un vieux routier de la police des mœurs, qui croyait tout savoir sur les mœurs des autres, sans se préoccuper des siennes... On découvrit plus tard et à cette occasion, qu'il avait eu, lui aussi, de drôles de mœurs pendant la guerre et il termina sa carrière en prison.

Justice pour lui, beau gâchis pour Anne. Le village ne l'a jamais revue.

UN CHIEN NE CHANGE PAS DE VIE POUR UNE FEMME

Il écoute le bruit des feuilles. Accroupi derrière un buisson, le braconnier écoute. Chaque craquement, chaque sifflement, chaque frémissement lui raconte la forêt.

S'il le voulait, Budy le braconnier pourrait traduire ce langage extraordinaire. Ici un oiseau, une perdrix... là, un lièvre... un peu plus loin c'est le ruisseau, le courant fait un petit gargouillis sur les pierres du gué, et ce cri aigu, modulé comme une plainte, c'est le renard, il doit être à moins d'un kilomètre...

Budy vit de la forêt, dans la forêt. Seul. Sa cabane essentiellement meublée de peaux de bêtes et de billes de bois, ne reçoit jamais le moindre visiteur. La forêt est à trente kilomètres de la ville de Hood River, sur la rivière Columbia. Budy est en somme un propriétaire forestier heureux ; seuls deux ou trois bûcherons connaissent sa présence, et Budy ne se rend à la ville qu'une fois l'an, à l'entrée de l'hiver.

Cette visite est incontestablement pour lui une sorte de pèlerinage, mais un pèlerinage qui n'a rien de pieux. A ces occasions, il est saoul comme un régiment de Polonais. Tellement saoul qu'il ne peut marcher qu'en comptant le nombre de pas qui le séparent d'un point à un autre, c'est-à-dire de la table, où son verre est vide, au comptoir où il va le remplir.

Le pèlerinage de Budy, c'est une cuite gigantesque dans un bar de Hood River, le premier à l'entrée de la ville, au bord de la route. Il y arrive le matin, après trente kilomètres de route, il en repart quand il est dessaoulé, c'est-à-dire environ vingt-quatre heures plus tard.

Donc, ce jour d'hiver 1952, Budy le braconnier compte soigneusement les quatre pas qui le séparent du comptoir. Depuis trois heures qu'il boit, il compte encore à peu près bien...

Un, Budy vacille un peu et se rattrape au dossier d'une chaise. Deux, il a besoin de ses deux bras en équilibre, comme un funambule. Trois, il plisse les yeux pour distinguer le barman. Quatre, il se cogne au dos d'un consommateur qu'il n'avait pas vu, et pour cause. L'homme, qui ramassait quelque chose par terre, s'est brutalement redressé au moment où Budy croyait s'agripper au comptoir.

Une vague dispute s'engage. L'homme a mauvais caractère, et il n'est pas aussi saoul que Budy. D'une bourrade, il le repousse en arrière et le braconnier se retrouve assis sur sa chaise. Tout est à recommencer. Mais son attention est attirée par la dispute qui dégénère, en dehors de lui d'ailleurs. L'homme au mauvais caractère s'adresse à une femme, à ses côtés :

— De quoi je me mêle ? On t'a parlé ? Ce type est saoul, qu'il aille se faire voir ailleurs !

— Ecoute, Withey, il l'a pas fait exprès...

— Si j'ai envie de lui taper dessus, ça te regarde pas !

— Je te défends de lui taper dessus, Withey, c'est un brave type.

— Ah, oui ?

Et le dénommé Withey gifle sa compagne avec violence.

— Ça t'apprendra à m'interdire quoi que ce soit. Va faire

ton boulot, t'entends ? Et reste pas là à traîner dans mes pieds...

Si Budy n'était pas si saoul, il comprendrait. Ce Withey au physique avantageux et vulgaire, grimpé sur des bottes à talons, ficelé dans un costume voyant, et cette femme, d'un blond douteux, plus très jeune et barbouillée de rouge...

Mais Budy est bien trop saoul pour comprendre. Il ne dispose plus que de deux ou trois réflexes conditionnés.

Un, on ne frappe pas une femme si on est un homme.

Deux, si un homme frappe une femme, Budy frappe l'homme.

Trois, de toute façon, cet homme l'empêche de s'accrocher au bar.

C'est pourquoi Budy redresse sa grande carcasse de coureur des bois et entame à nouveau son parcours olympique...

Cette fois, au quatrième pas, il s'accroche délibérément au dos de Withey, le fait pirouetter face à lui d'une seule main, et de l'autre lui assène une formidable claque.

Le mètre quatre-vingts de Budy et ses quatre-vingt-dix kilos de muscles ont donné suffisamment d'énergie à cette claque pour assommer un buffle. Withey n'est pas un buffle, ce n'est qu'un petit proxénète malingre, et il s'effondre lamentablement, étendu pour le compte.

Comme il gêne encore les évolutions de Budy, ce dernier l'attrape par le col de sa veste et le jette dehors, tout simplement. Après quoi, il annonce tranquillement :

— Donnez-moi un verre, patron, et pour la dame, elle en a besoin !

Le patron s'exécute sans commentaire. Il ne veut pas d'ennuis chez lui et il connaît Budy depuis bien longtemps. D'habitude, son pèlerinage alcoolique ne soulève aucune bagarre. Budy est un pacifique, il a simplement horreur qu'on gifle les dames et après tout, c'est son droit.

Mais c'est la première fois que le braconnier invite quelqu'un à boire avec lui. Et surtout une femme. On ne lui connaît pas d'amis, pas de femme non plus. Depuis des années, il arrive, boit comme un trou et s'en va jusqu'à l'année suivante... sans un mot plus haut que l'autre. Il a vendu quelques peaux, fait des provisions et consacré le reste de son argent à cette énorme beuverie. C'est tout. Quant à savoir pourquoi il boit un seul jour sur trois cent soixante-cinq, nul ne s'est jamais posé la question. Pour compenser les trois cents soixante-quatre autres, probablement...

Budy a donc invité la dame à boire, et celle-ci a accepté. Mieux, elle rejoint Budy à sa table.

— Pourquoi vous avez fait ça ?

Budy a un geste vague, indiquant à la fois que la chose devait être faite mais qu'elle demeure sans intérêt. La femme insiste :

— Vous savez, il est méchant. C'est un sale type. Il pourrait vous descendre pour moins que ça...

Budy chasse cette idée comme une mouche importune. Il n'est décidément pas bavard. La femme parle toute seule :

— En plus, ça ne m'arrange pas moi, cette histoire. Quand il va se réveiller, c'est moi qui vais prendre, et vous savez ce qu'il me fait ? Regardez... regardez là, et là... Vous voyez ces marques ? Ça, c'est Withey.

Cette fois, Budy regarde la femme avec curiosité. Sa grosse main effleure l'épaule qu'elle lui a montrée, bleuie de coups, puis la joue enflée.

— Un jour il m'a cassé le poignet. Vous voyez, là ? Ça s'est mal ressoudé, j'ai toujours mal depuis.

Budy prend le poignet avec délicatesse et l'examine comme il le ferait pour un animal blessé. C'est un tendre, Budy. Braconnier d'accord, poseur de collets et de pièges, mais un tendre. Il tue pour manger et vendre les peaux, il ne tue pas pour le plaisir. Et plus d'une fois, il a soigné des bêtes.

Cette femme vulgaire, à la trentaine fatiguée, lui semble un animal blessé. Il a pitié, alors il fait un effort, il parle.

— Vous faites pas de bile, il ne vous touchera pas.

Et il tapote gentiment la main de la femme... C'est à ce

moment que Withey, fou furieux, pénètre à nouveau dans le bar. Il saigne de la bouche, son oreille est enflée et son œil à demi fermé. Mais il tient un couteau et il fonce droit sur Budy. La femme s'écarte en hurlant, et les rares consommateurs prennent le parti de fuir.

Budy esquive le premier coup qui ne l'effleure qu'au bras, et saisissant Withey à bras le corps se met à cogner. De chasseur, il se retrouve gibier, il n'aime pas ça.

Les deux hommes roulent à terre et le patron du bar les pousse dehors dans la neige. L'empoignade ne dure que quelques minutes. Budy se redresse, à peine essoufflé.

La femme et le patron du bar se penchent sur Withey, le retournent, le secouent : peine perdue, il est mort.

Budy s'en trouve dessoûlé immédiatement. S'il ne sait que faire, le patron, lui, se précipite au téléphone pour prévenir la police. Alors, la femme prend la direction des opérations et dit à Budy :

— Vous avez une voiture ? Oui ? Alors, filons. Allez, venez ! Ils vont vous arrêter pour meurtre ! Vous coller en prison pour des années ! Allez, dépêchez-vous...

Et elle traîne Budy, le pousse, le tire jusqu'à sa vieille camionnette chargée comme un baudet de provisions diverses. Elle l'installe au volant, grimpe à ses côtés et crie :

— Démarre, espèce d'idiot !

Comme un automate, Budy s'est laissé faire ; comme un automate, il obéit et la vieille camionnette rugit sur la route, fonce en direction de la forêt, seul refuge qu'il connaisse. La chasse, cette fois, sera différente, Budy le devine bien.

Cette année, le pèlerinage de Budy le braconnier s'est mal terminé. Le voilà catalogué assassin en fuite et nanti d'une complice dont il se serait bien passé. Que faire d'une femme comme elle en pleine forêt ? Car il faut fuir plus loin. En arrivant chez lui, le braconnier a entassé pêle-mêle les instruments les plus utiles à sa survie : carabine, munitions, hache, poêle à frire, collets, vêtements chauds, et son chien.

Un animal étrange, roux comme un renard, mi-loup, mi-bâtard.

Et ils sont repartis. Objectif : rouler le plus loin possible en contournant la forêt pour s'installer à des centaines de kilomètres dans une autre forêt, non loin d'une réserve d'Indiens que Budy connaît pour avoir commercé avec eux il y a longtemps...

Tandis que les fuyards s'organisent, tandis qu'ils roulent en cahotant sur des chemins de terre, traversent des vallées, longent des rivières, la police entame la poursuite.

Elle n'a pas l'avantage sur le terrain. De plus, l'officier de police responsable de l'enquête commence les recherches selon des critères totalement faux. Un proxénète a été tué, il en conclut qu'il s'agit d'une histoire de proxénètes.

Le patron du bar, qui n'aime pas la police, se garde bien de le détromper. Il ne connaît pas Budy, il ne sait pas où il vit, qui il est ni ce qu'il fait dans la vie. Deux types se sont entretués à propos d'une fille de trottoir, c'est tout ce qu'il sait. Et les autres témoins, de bonne foi, n'en savent pas davantage.

Si bien que personne, absolument personne, ne songe à visiter la cabane du braconnier Budy et qu'on recherche les fuyards dans les bas-quartiers, les bars mal famés, les maisons closes, puis dans les autres Etats.

Les fuyards y sont inconnus au bataillon. L'arme du crime ne donne rien, et pour cause : il n'y en a pas. Budy a secoué si fort le maigre Withey qu'il lui a brisé la nuque sans s'en rendre compte. Les empreintes digitales sur le verre de whisky abandonné ne mènent à aucune piste. Quant à la dame qui s'est enfuie avec lui, prostituée notoire, on ne l'a pas revue dans le milieu.

Comble de malchance pour la police, la photo de la femme, diffusée sur tout le territoire de l'Oregon, n'a aucune chance de la faire identifier car elle ne lui ressemble plus. Cette transformation spectaculaire s'est passée un matin, au bord d'une rivière tranquille, deux jours après le meurtre.

Budy a regardé sa compagne qui dévorait un sandwich avec appétit :

— Euh... C'est comment, votre petit nom ?

— Suzy.

— Dites, si vous voulez vous laver et vous changer... profitez-en !

— Pourquoi ça ?

Budy contemple les chaussures à talons, la robe criarde et les cheveux décolorés en désordre. Suzy n'a qu'un méchant manteau en fourrure synthétique pour se protéger du froid.

— Ben, si vous restez avec moi, comme ça vous n'irez pas loin !

— J'ai rien d'autre !

En silence, Budy lui tend un vieux pantalon, un pull-over, une veste de peau, des mocassins de sa fabrication et un bonnet de fourrure. Suzy regarde cet accoutrement avec méfiance, mais comme elle grelotte de froid, se résigne. En gentleman, Budy tourne le dos et la laisse barboter dans l'eau froide. Un quart d'heure plus tard, c'est presque une autre femme qu'il a en face de lui.

Débarrassée de ses fards, Suzy ressemble enfin à ce qu'elle est... trente-cinq ans, pas très belle, mais solide, avec d'assez jolis yeux noisette. Elle bougonne :

— J'ai la tête sale, il fait trop froid pour me laver les cheveux.

— Eh bien ! coupez-les...

Couper sa tignasse d'un jaune supposé irrésistible ? Suzy se récrie ! Mais une semaine plus tard, elle s'y résigne d'elle-même avec l'aide de Budy et de son rasoir à couper les cuirs.

Voilà pourquoi ceux qui croiseraient par hasard Suzy sur une route ne penseraient pas une seule seconde à la photo diffusée par la police et les journaux.

Les deux fuyards se sont installés non loin de la réserve d'Indiens, pratiquement abandonnée d'ailleurs...

Budy a retrouvé une forêt, il y a reconstruit une cabane, il s'est remis à braconner, et voilà bientôt deux mois qu'il vit avec Suzy sa vie habituelle de sauvage. Elle ne parle plus de Withey, lui non plus. Ils se sont un jour expliqués là-dessus, une bonne fois pour toutes. Budy s'est contenté de dire :

— C'est pas une vie pour une femme...

Et ce fut tout.

Par contre, il n'a pas l'air de savoir quelle devrait être la vie d'une femme. Il traite Suzy comme un homme, depuis qu'elle porte ses pantalons. Il partage la nourriture, c'est sa seule concession, car Suzy ne sait pas chasser. Pour le reste, ils ont chacun leur lit de toile et leur gamelle. Lorsqu'il leur arrive de rencontrer du monde, c'est Budy qui parle. Une fois, un garde-forestier lui a demandé ses papiers, il n'a montré que les siens. L'homme n'a pas tiqué, il a pris Suzy pour sa femme et Budy en a conclu que personne ne l'avait dénoncé.

Six mois ont passé depuis cet incident. Suzy a maigri, s'est enrhumée, a eu mal aux pieds, s'est plainte de dormir par terre et de ne manger que du gibier ou presque. Puis, elle s'est un peu endurcie. La nouveauté de cette vie rude, la solitude, l'ont changée. Elle qui passait sa vie dans les bars, ses nuits dans des hôtels pouilleux, s'est trouvée bien de ce calme imposé comme une retraite. De temps en temps, elle demandait à Budy :

— On va rester longtemps ici ?

Et Budy grognait :

— Si vous voulez vous faire prendre et me dénoncer, allez-y. Je ne vous retiens pas.

Puis, Suzy s'est mise à changer d'optique. Et à parler de plus en plus. Elle s'ennuyait apparemment :

— On ne va pas vivre ici comme des taupes pendant le restant de nos jours ? On pourrait vivre dans une ville...

— J'aime pas les villes.

— Quand même, c'est plus confortable ! Vous n'avez jamais eu envie d'une maison à vous, avec des vrais meubles, de l'eau chaude, et tout ça...

— Ça m'intéresse pas.

— Vous avez jamais été marié ou en ménage ?

— Ça m'intéresse pas...

— Dites, vous avez déjà connu des femmes ? Non ? Jamais ? Allez, ne me faites pas rire... Un homme comme vous !

— Vous feriez mieux de vous taire avant que je me fâche.

— Oh, moi, ce que j'en disais !... Je trouve ça bizarre, c'est tout. Vous êtes sûr que vous êtes normal ?

— Ecoutez-moi, Suzy, vous allez vous taire, sinon c'est moi qui vais me fâcher. Si vous n'êtes pas contente de vivre ici, allez-vous-en ; ça m'est égal, au contraire...

— Au contraire ? Alors c'est moi qui vous embête, hein ? Mais, dites donc, je vous ai rien demandé, moi. C'est pas de ma faute si vous étiez saoul comme trente-six ! C'est pas moi qui vous ai demandé de tuer Withey, hein ? Withey, c'était mon homme.

— C'était pas un homme !

— Pas possible ? Pas comme vous, en tout cas...

— Je suis pas un homme, moi ?

— Me faites pas rire. Ah ! pour les coups de poing, grâce à Dieu, ça va. Mais c'est tout...

— C'est tout quoi ?

— Rien...

C'est là que Suzy a pris une gifle. Une bonne, bien claquante. Pour insinuation perfide quant à la virilité de Budy.

La nuit suivante Suzy a disparu et Budy s'est retrouvé tout seul comme un imbécile. Malheureux, inquiet et pour la première fois de son existence, solitaire et abandonné.

A la réserve d'Indiens, on lui a dit que « sa femme » avait pris un car en direction du Sud. Vers Hood River apparemment. Mais comment allait-elle payer ce voyage, sans argent ou presque ? Budy en a une vague idée, ce qui le rend fou de rage instantanément. Alors, qu'on le recherche ou non, le voilà qui poursuit Suzy au volant de sa vieille camionnette. Elle a voulu retrouver la ville et toutes ses saletés, il ira donc la chercher là. Budy l'a décidé. Sans savoir pourquoi, sans se demander s'il est tombé amoureux de cette misérable épave. Et il avale les kilomètres jusqu'à Hood River. Trois jours plus tard, il entre en coup de vent dans le bar, lieu de ses pèlerinages annuels, et le patron fait :

— Ho !...

Budy s'approche, le regarde de travers et marmonne :

— T'as vu Suzy ?

— Non, fait l'autre apeuré. J'ai vu personne. Mais, fais gaffe, on vous recherche tous les deux. Toi, surtout. J'ai pas dit ton nom, ni rien, mais fais gaffe quand même.

— C'est pas ce que je te demande. Où elle est ?

— Mais j'en sais rien !

— Où elle va d'habitude ? Où elle habite ? Allez, dis-moi tout ça ou je te cogne...

— Ecoute, Budy, fais pas l'imbécile, cette bonne femme, c'est rien. Elle ira jamais te dénoncer.

— C'est pas de ça que j'ai peur...

— Alors, de quoi t'as peur ?

— Ben... Je sais pas... Je la veux, c'est tout.

— Ça m'étonnerait qu'elle soit dans le coin.

— Pas moi. Elle en avait marre de la forêt, tu comprends ? Elle voulait des meubles, de l'eau chaude et tout ça. Alors, elle est revenue ici, j'en suis sûr. Dis-moi où...

Le patron croit comprendre. Son raisonnement — limité — le porte à croire que Suzy est devenue « la femme » de Budy, et qu'il veut la récupérer tout simplement. Alors, il indique quelques adresses...

Et Budy se met en chasse. D'un bar à un hôtel, d'un drugstore à un autre, vingt-quatre heures, puis une semaine passent sans résultat. Il a l'air d'un vrai fou à présent. C'est à peine s'il a pris le temps de manger et de dormir. Son chien traîne derrière lui en fouillant dans les poubelles et finalement, sans y penser vraiment, cherchant toujours Suzy en vain, il sacrifie un soir à son pèlerinage habituel, un verre, puis deux, puis dix...

Budy est saoul comme un régiment de Polonais lorsqu'il aperçoit une silhouette dans le brouillard, à quelques mètres. Peinturlurée comme avant, accrochée au bras d'un souffreteux, comme avant. Alors, il compte...

Un pas... puis deux... trois... et au sixième, il cogne sur le souffreteux, l'assomme proprement, saute sur son gibier qui se débat comme un lapin pris au piège, et entreprend de gagner la sortie.

Il ne la trouvera jamais. Le patron de ce bar-là était plutôt du côté de la police...

Ce fut une belle arrestation, avec bataille en règle. Puis ce fut un réveil furieux en cellule et des explications qui menèrent Budy droit devant le tribunal, pour meurtre sans préméditation, coups, violences et blessures diverses sous l'empire de l'alcool.

Le jour du verdict, Suzy était là. Elle avait défendu pied à pied son homme des bois pendant les débats, mais il obtint quand même trois ans ferme...

Trois ans entre quatre murs de béton. Sans terre ni ciel. Sans arbres, sans chien, sans air du tout.

Suzy a crié depuis le banc des témoins :

— T'en fais pas, Budy, je t'attends...

Et le pire, c'est qu'elle l'a fait.

Depuis 1956, Budy le braconnier, l'ex-homme des bois, est commis dans une quincaillerie de Hood River. Suzy, sa femme, est serveuse dans un snack-bar.

Un seul a échappé au massacre. Le chien. Pas fou, il a disparu dans la forêt, le jour de l'arrestation de Budy.

Vous ne verrez jamais un chien changer de vie pour une femme. On a sa fierté, nom d'un homme !

LE DIEU DU COSMOS

Le stress, Charles Feige connaît. Il n'appelle pas cela le stress, car le mot n'est pas encore à la mode, mais il sait ce que c'est. Sa femme divorce. Elle n'en finit pas de divorcer et de lui coûter de l'argent. Elle n'en finit pas de couper la maison en deux, les tapis en deux, les tableaux en deux... en claironnant :

— Il me vient de ma mère celui-là, tu ne voudrais tout de même pas que je te le laisse ?...

L'angoisse, ce mot-là non plus n'est pas encore à la mode, mais Charles Feige connaît. Son usine a perdu deux contrats coup sur coup. S'il n'en signe pas un troisième avant la fin du trimestre, son bilan annuel fera le plongeon du côté du passif. Et son comptable n'en finit pas de lui mettre sous le nez des lignes de chiffres, des balances, des factures à terme et des chèques à signer... en marmonnant :

— Je vous préviens, monsieur Feige, si vous signez un chèque de plus, c'est le rouge à la banque...

Et la fatigue ? Et les encombrements, le téléphone, le bruit, les repas pris sur les nerfs, trop rapides ou trop copieux... et le sommeil qui ne vient plus, le tabac qui empoisonne et cette douleur au bras gauche qui s'insinue. Le médecin tape sur l'épaule de Charles Feige d'un air protecteur, désolé et un peu méprisant...

— Mais non, mon vieux, ce n'est pas le cœur. Une simple arthrite ! A votre âge, ce n'est pas extraordinaire. Par contre, si vous continuez à vivre comme ça, je ne réponds de rien. Vous creusez votre tombe, mon vieux...

Mon vieux ? Qui est vieux ? Pourquoi vieux ? Qu'est-ce qu'ils ont tous à le traiter de vieux ?

Vieux pour sa femme qui veut « s'épanouir », voir du monde et connaître un homme attentionné qui lui offre encore des fleurs sans raison valable. Vieux pour son comptable qui le croit incapable de prendre des risques en allant chercher d'autres marchés pour son usine. Vieux pour ce toubib qui se moque de son arthrite et qui la trouve normale... et lui parle de tombe.

Pour qui Charles Feige est-il vieux encore ? Pour sa fille, Hélène...

— Tu vis dans un monde périmé, papa, un monde de profit et de compétition. Il faut quitter les villes, vivre en ascète, s'intégrer au cosmos, faire partie de l'univers humblement et par la prière...

Qu'est-ce que c'est encore ? D'où sort-elle ce langage de fou, qu'est-ce qui lui prend d'avoir ses yeux extatiques, et c'est quoi, ce baluchon ?

— Je pars, papa. Là où je vais, je prierai pour toi. Je serai heureuse et je ferai tout pour que tu me rejoignes dans la béatitude.

C'est trop. Cette fois, c'en est trop. Elle a beau être majeure, cette petite idiote mérite une paire de claques.

Et c'est la porte qui claque sur une Hélène douloureuse et décidée. Charles Feige croit devenir fou. Il s'attend à l'infarctus d'une seconde à l'autre, mais ce sera pire.

— Où est ta fille ?

Charles Feige est entré en trombe dans le nouvel appartement de son ex-femme, encombré de son ex-mobilier.

— Où est ta fille ? Je te demande où est Hélène et je ne plaisante pas !

— Mais je n'en sais rien ! Elle est majeure, non ? Et elle vit chez toi que je sache...

— Elle vivait ! Elle est partie il y a plus d'une semaine ! Et ne me dis pas que tu n'en sais rien !

— Mais si, je n'en sais rien. Je suppose qu'elle a eu assez comme moi, d'avoir un père invisible à qui on ne peut parler de rien !

— Comment ça, de rien ? Je n'ai jamais empêché personne de me parler ! Qu'est-ce que ça veut dire ?

— Ça veut dire qu'elle est partie faire sa vie ailleurs.

— Où ?

— Où elle veut. Ça ne te regarde pas...

— Si, ça me regarde. Cette gosse est fragile, elle a une tête d'oiseau, n'importe qui peut l'entortiller. Je veux savoir où elle est et avec qui !

— D'abord, ce n'est pas une gosse. Ensuite, elle n'est pas partie avec un homme, si ça peut te rassurer.

— Je m'en doute, elle m'a raconté je ne sais quelle histoire de cosmos et de béatitude...

— Ce n'est pas grave. Elle cherche une religion. Elle a une amie qui fait partie de je ne sais quelle Eglise, ou plutôt association, j'ai oublié...

— Des fous, oui !

— Mais non... Tu vois toujours les choses en noir ! Ce sont des artistes, ils peignent, ils font de la sculpture, du jardinage et de l'art contemplatif, c'est ce qu'elle m'a dit.

— Qu'est-ce que c'est que ça encore ?

— Je n'en sais rien, et excuse-moi, j'attends du monde...

Charles Feige se retrouve sur le trottoir, désemparé, il n'a réussi à obtenir qu'un seul renseignement utile, le nom de l'amie d'Hélène. Alors il se rend à l'adresse qu'il trouve dans le bottin.

M. et Mme Rosenberg le reçoivent avec des mines de victimes :

— C'est épouvantable, monsieur, nous ne savons pas non plus où est notre fille. Elle a rejoint la secte il y a plus d'un an. Pauvre Isabelle...

— Quelle secte ? Je croyais qu'il s'agissait d'un club d'artistes ?

— Oh, non ! Ils se font appeler les « Etres du Cosmos ». Isabelle ne jure plus que par eux. Nous avons rencontré un jeune garçon qui les a quittés et ce qu'il nous a raconté est effrayant. Ils ne mangent que des salades et du blé cru ! Ils boivent un verre d'eau par jour... Ils se laissent mourir de faim et ils prient.

— Qu'est-ce qu'ils prient ?

— Le dieu du Cosmos. Il paraît que les prières leur servent de nourriture intellectuelle et matérielle. Le garçon nous a dit que, ainsi, les membres de la secte prétendent atteindre la béatitude éternelle.

— Et vous n'avez rien fait ? Vous avez laissé votre fille là-dedans ?

— Nous avons fait ce que nous pouvions, mais nous ne pouvons pas porter plainte, notre fille est majeure et la police ne peut pas la ramener de force à la maison...

— Peut-être, mais je ramènerai la mienne ! Où sont ces gens ?

— Ah, voilà ! On ne sait pas ! Isabelle a écrit une fois au début, et puis plus rien. Personne ne sait où ils habitent et dans quel pays. On nous a parlé de l'Espagne, puis du Brésil. Impossible d'en savoir plus...

Insensé ! En sortant de chez les Rosenberg, Charles Feige est pris d'une rage subite. Ces gens sont insensés ! Sa femme aussi. Comment peut-on être assez stupide pour laisser des enfants faire ce genre de choses. Et sa fille qui est là-dedans ! Sa propre fille, son Hélène, intelligente, cultivée, élevée dans le meilleur lycée. Comment a-t-elle pu se laisser prendre à un piège aussi grossier ? Ah ! c'était bien la peine de passer son bac et de faire des études de droit !

Comme un bolide, Charles Feige retourne à son bureau,

s'épuise en coups de téléphone, et finit par obtenir un rendez-vous avec l'ami d'un ami qui travaille à la Sûreté. Il ne va pas se laisser faire. Si la police ne fait rien, il ira lui-même foutre le feu à leur temple et il ramènera sa fille, toute ficelée s'il le faut !

Pauvre Charles Feige ! Pauvre homme pratique, habitué à prendre les problèmes à bras le corps ! Il ne sait rien du Cosmos. Il ne sait pas que c'est l'enfer et que cet enfer est insaisissable.

Les locaux de la Sûreté à Genève, mardi 7 avril 1959 : L'ami de l'ami de Charles Feige y est conseiller. Il occupe un bureau confortable, calme, et il écoute son visiteur calmement et confortablement.

— Je vois, c'est l'éternelle histoire. Ce genre de secte existe par centaines vous savez et la plupart d'entre elles se contentent de vider les économies de leurs membres avant de les abandonner dans la nature. Toutefois, certaines sont plus dangereuses, je n'ai pas entendu parler de la vôtre.

— Il faut que vous la trouviez !

— Eh là, eh là, comme vous y allez ! Vous avez un nom ? Un responsable ? Qui faut-il rechercher et où ?

— Mais je ne sais pas ! Sinon, je ne serais pas là ! C'est à vous de me renseigner, je peux déposer plainte pour séquestration s'il le faut !

— Ce n'est pas si simple, monsieur Feige. Il me faudrait au moins le nom du responsable, du chef, du gourou si vous voulez... Ensuite, nous pourrons le faire surveiller, mais le faire surveiller seulement, car tant qu'il n'enfreint pas la loi, nous ne pouvons rien !

— Ils se font appeler les « Etres du Cosmos », c'est tout ce que je sais. Ils ne mangent rien et passent leur temps à prier Dieu sait quoi. Ma fille est partie les rejoindre depuis plus d'une semaine...

— Elle va vous écrire...

— Peut-être mais si elle n'écrit pas, si elle ne donne pas de renseignements, je ne vais pas la laisser là-dedans ? Ecoutez... trouvez-moi où ils sont, je n'en demande pas plus.

— Bon. Je vais voir ce qu'on a. Voulez-vous me retéléphoner, disons... dans deux semaines ?

— Non. S'il vous plaît, je sais que vous pouvez le faire maintenant ! Renseignez-vous maintenant, chaque jour compte. S'il faut payer, je paierai...

— Là n'est pas la question...

— Oh ! il y a bien une œuvre quelconque, à qui je peux donner quelque chose ? Je vous en prie, téléphonez... maintenant !

Le conseiller se laisse convaincre, il passe de service en service, de « cher ami » en « cher ami, je sais que ce n'est pas ton rayon, mais... » et il raccroche.

— C'est plus compliqué que je ne croyais. Apparemment, il s'agit d'une secte religieuse réfugiée en Espagne. Un de mes collègues en a entendu parler, il semble qu'il y ait eu en Suisse une plainte qui n'a pas abouti. On a parlé aussi d'une mort suspecte. Mais rien n'est moins sûr, en tout cas ils ne sont plus chez nous.

— Alors ?

— Alors mes pouvoirs s'arrêtent là. S'il y avait un avis de recherche pour un mineur, nous pourrions intervenir, mais ces gens ne sont pas fous, ils ne recrutent que des adultes.

— Ma fille n'est pas une adulte, c'est une enfant. Et vous me parlez de mort suspecte comme ça, tranquillement, non mais, vous vous rendez compte ? Je veux savoir où ils sont en Espagne, et je le saurai. Je ne bougerai pas d'ici avant de le savoir. S'il le faut, je vais vous en fabriquer un, d'avis de recherche, moi, vous allez voir, c'est simple. Tenez, j'ai engagé un garçon de dix-sept ans comme apprenti, je suis responsable de lui, il a disparu pour rejoindre la secte du Cosmos, il s'appelle François Hesse, je peux vous donner son signalement, sa photo et je dépose plainte immédiatement, d'accord ?

— Mais ce garçon n'a pas disparu ! Et je suppose qu'il travaille chez vous ?

— A partir de cette minute, il a disparu. Il fera ça pour moi, et il ne reparaîtra que quand je voudrai...

— Vous ne pouvez pas faire cela, c'est un outrage à magistrat !

— Parce que je vous ai dit la vérité ! Mais si je ne l'avais pas dite ?

— Soyez raisonnable, mon vieux...

— Non ! Je ne suis pas votre vieux et je ne serai pas raisonnable. Ma fille est en danger, c'est peut-être de ma faute, ou de celle de sa mère et de cette vie idiote, je n'en sais rien, je n'ai pas le temps d'approfondir. Oui ou non, voulez-vous m'aider, ou dois-je faire un faux ?

— Bon. Ecoutez, tout ce que je peux faire, c'est demander officiellement à un ami et s'il a un tuyau, je vous le donnerai, c'est promis mais n'y comptez pas trop... L'Espagne, vous savez, ce n'est pas facile en ce moment. Mais donnez-moi le temps !

— Pour quoi faire ? Quelle différence que vous le fassiez maintenant ou demain, ou dans une semaine ? Je suppose que vous pouvez téléphoner ? Je paie le téléphone, je paie les télégrammes, je paie tout ce que vous voulez !

— Payer, payer... Vous n'avez que cet argument !

— Je sais, ma fille me le disait déjà ! Allez-y, téléphonez... Ou alors, dites-moi à qui et je me débrouillerai...

— Mais c'est en France, et il n'y a que les policiers qui aient accès aux archives...

— Alors justement, allez-y, vous êtes policier !

— Je vous préviens, ça va prendre du temps et j'ai des rendez-vous.

— Demandez toujours, j'attendrai la réponse dans le couloir.

Et Charles Feige attend dans le couloir. Il ne pense plus à son divorce, à la pension alimentaire, au comptable, à l'usine, aux contrats, à sa petite santé, à rien. Il attend, soutenu par une rage venue on ne sait d'où. Une obstination qui lui ferait avaler des montagnes, quelque chose lui dit qu'il faut y arriver, il doit y arriver. C'est cela ou la mort.

Trois heures plus tard, le policier reçoit un télex laconique :

Secte dite des Etres du Cosmos, répertoriée en France en 1948, éteinte à la suite de deux décès, procès et condamnation du mage, pour non-assistance à personne en danger. Signalée en Suisse et dans le Midi de la France en 1955. Pas de plainte. Dirigée par un certain Edouard B., nationalité espagnole. Centre repéré à Barcelone, adresse imprécise. Domicile du sieur B. : Calle Fernando, n° 28, Barcelone. Probablement fausse. Pas d'autre information.

Charles Feige s'empare du télex avec avidité, il promet de tenir au courant, de ne pas faire de bêtise, de ne pas intervenir sans motif sérieux, de ne pas faire état de ses renseignements à d'autres qu'à la police et fonce à nouveau.

Il est six heures du soir, il n'a pas déjeuné, il téléphone à son bureau, hurle qu'il sera absent quelques jours, investit une agence de voyage et se retrouve dans un avion à sept heures du matin, barbu, épuisé, avec une vague douleur au côté gauche, son arthrite sûrement.

A Barcelone, Charles Feige s'accorde le temps de trouver une chambre d'hôtel et d'y déposer son imperméable et sa petite valise. Sous la douche, il manque défaillir, car il n'a rien mangé, pas dormi et fumé d'innombrables cigarettes depuis quarante-huit heures.

Un nouveau café lui redonne du courage, un taxi l'emporte à onze heures du matin, calle Fernando, n° 28 et l'y laisse, contre un fabuleux pourboire en francs suisses. Charles Feige ignore le cours de la peseta et n'a même pas pris le temps de changer de l'argent.

Devant lui, une porte de bois sans nom, sans boîte aux lettres. Le quartier est lugubre, vaguement inquiétant, les maisons sinistres. Il y règne une odeur d'huile rance. Quelques gamins regardent avec curiosité cet homme qui cogne à la porte de bois. On essaie de lui faire comprendre qu'il n'y a personne…

Sans se décourager, Charles Feige écrit sur un papier le nom du personnage qu'il recherche : Edouard B.

On lui fait comprendre qu'il n'habite pas là. « Où ? » demande Charles Feige à grands renforts de gestes, mais personne ne le sait…

L'adresse est probablement fausse. Cette porte est une muraille. Ce 28, calle Fernando figure sur la carte d'identité d'un monstre qui se terre ailleurs, dans une autre tanière.

Charles Feige étouffe de rage, il respire mal, mais il refuse le découragement. Où aller dans cette ville étrangère ? voir le Consul ? du vent. Voir la police espagnole ? du vent. Tout est du vent, tout lui échappe…

Assis sur le trottoir, Charles Feige, le cœur serré, contemple le caniveau en pensant à Hélène, son petit bout de fille de vingt-deux ans, cette idiote, grosse comme un haricot, fragile comme un Saxe, avec son visage pâle et ses cheveux noirs trop longs.

Soudain, quelqu'un lui frappe sur l'épaule ; c'est un adolescent…

— Français, monsieur ?

Charles Feige reprend espoir, il montre son papier avec le nom écrit dessus et sort une poignée de billets…

L'adolescent le regarde, comprend, fait disparaître les billets avec une rapidité étonnante et le guide vers une arrière-cour, à l'intérieur de l'immeuble. Là, il frappe à une porte, discute longuement avec une femme vieille et sale, puis fait signe qu'il faut encore de l'argent. Charles Feige se sent ragaillardi. Le voilà enfin en terrain solide, on lui parle un langage logique. Il veut un renseignement, il le paie, c'est plus simple.

L'adolescent palabre encore un peu, puis salue la vieille et tente d'expliquer ce qu'il a appris, mais il parle mal le français et finalement trouve plus simple de faire un croquis.

Il indique le nom d'un village après Barcelone, dessine une

route, avec des arbres, puis une maison sur la droite et trace une croix dessus. C'est rudimentaire mais c'est une piste. Et Charles Feige fonce à nouveau. Trouver une voiture et la louer lui prend deux heures. Il avale une omelette insipide, sort de Barcelone, se perd, demande sa route au moins dix fois et il fait nuit quand il arrive au village indiqué sur le bout de papier.

Les jambes flageolantes, brisé de fatigue, il fait halte dans un petit café, commande n'importe quoi, l'avale, tend une dernière fois son papier à la ronde. Il comprend « deux kilomètres ». Un vieux le met sur le chemin, et le voilà enfin arrivé à pied d'œuvre. Il fait froid. Un mur de clôture lézardé, écroulé par endroits, entoure une ferme. Un chien aboie mollement. Charles Feige se dirige vers une faible lumière qui sort d'une fenêtre close, tandis que le chien s'énerve. Il frappe et une angoisse brutale lui serre la poitrine. C'est un fantôme qui ouvre la porte. Un fantôme en robe blanche, aux yeux creux, dans un visage maigre à faire peur... Charles Feige dit en français :

— Je veux voir Hélène, ma fille...

Le fantôme recule et le laisse entrer sans répondre. Autour d'une table vide, quatre fantômes sont assis. Trois femmes et un homme. La lueur d'une lampe à pétrole éclaire leurs visages silencieux. Ils ont l'air de cadavres.

Sur un lit, Charles Feige distingue une vague silhouette. Il s'en approche le cœur battant pour reconnaître Isabelle, l'amie de sa fille.

Isabelle qu'il a connue ronde et pimpante, écervelée, normale... Elle agonise. Son corps est celui d'une enfant, elle ne doit pas peser plus de trente kilos. Elle ne le reconnaît pas. Une sorte de bafouillement incompréhensible, toujours le même, sort de ses lèvres sèches.

Charles Feige se met à crier :

— Hélène ? Hélène, où es-tu ?...

Les fantômes sursautent à peine mais quelque part, une

porte s'ouvre. Hélène et un autre homme apparaissent, vêtus de blanc, l'œil extatique.

Charles Feige secoue sa fille avec désespoir :

— Hélène, mais qu'est-ce que tu fais, bon sang ? Qu'est-ce qui se passe ici ?

— Va-t'en, papa ! Tu ne comprends pas...

— Hélène ! Cette fille est malade, il faut appeler un médecin !

— Tu vois, tu ne comprends pas. Nous n'avons pas besoin de médecin.

Charles Feige s'apprête à hurler ou à cogner, il ne sait pas, il voudrait de l'air, de la lumière, il voudrait que ces gens bougent, que sa fille bouge, qu'elle lui dise bonjour, qu'elle existe, qu'elle s'inquiète de savoir comment il est arrivé là. Et c'est le moment que choisit pour parler l'homme qui vient d'entrer :

— Ne troublez pas notre communauté, monsieur, je suis le Dieu du Cosmos, et mes fidèles sont en méditation.

Tout tourne autour de Charles Feige, tout, les fantômes, la jeune mourante, sa fille. Il ne reste que ce barbu imbécile et pontifiant, le dieu du Cosmos. Et Charles Feige se met à cogner, à cogner... Enfin on crie autour de lui, enfin les choses bougent, enfin il empoigne un adversaire. Les fantômes s'enfuient en pleurant et le chien hurle à présent...

Charles Feige a eu raison du barbu, il empoigne sa fille, la gifle pour la faire taire, saisit la jeune mourante d'un bras et Hélène de l'autre. Il enfourne le tout dans la voiture et repart à tombeau ouvert sans cesser de parler, de crier, d'expliquer, de traiter sa fille de tous les noms et, terrorisée, elle se tait. Il parle seul, il délire tout seul.

A Barcelone, admise dans une clinique à trois heures du matin, la jeune Isabelle est déclarée perdue par les médecins qui parlent de déshydratation. La police s'affaire autour de Charles Feige et de sa fille. Il lui faut encore expliquer, raconter jusqu'au lendemain. Hélène fait une crise nerveuse, et se retrouve à son tour dans une chambre de la clinique.

SUSPENS... 2

Le 10 avril au matin, Isabelle, vingt-quatre ans, meurt à la clinique. Depuis deux ans, elle se nourrissait de bouillie d'herbes et d'une poignée de blé par jour. Edouard B., en fuite après son pugilat avec Charles Feige, est retrouvé à Madrid où il sera jugé et condamné à quinze ans de prison pour non-assistance à personne en danger.

Hélène Feige émergera d'une cure de sommeil au bout de vingt jours ; elle avait déjà perdu dix kilos en quinze jours et croyait fermement que l'ascétisme du dieu du Cosmos la rendrait éternelle.

Quand elle a repris ses esprits, il a fallu lui annoncer avec ménagement que son père, Charles Feige, était mort à cinquante-sept ans d'une attaque cardiaque soudaine, dans sa chambre d'hôtel, le 11 avril 1959, en téléphonant à son bureau de Genève pour rassurer son comptable.

Pauvre vieux Charles Feige !

LE CHIEN DE SON MAÎTRE

Le père Rodolf trouve la vie saumâtre. Il a plusieurs raisons pour cela, tellement de raisons qu'il a bien du mal à s'en souvenir.

La première, c'est son état d'Allemand, de citoyen allemand moyen, qui lui a fait subir deux guerres de fous. En 1914, il avait dix-huit ans, alors, hop ! jusqu'en 1919. Les plus belles années de sa vie, dit-on, Rodolf les a passées dans la boue des tranchées, le cou courbé sous les obus, le nez au ras des balles et les pieds dans les cadavres des autres. Il y a de quoi la trouver saumâtre, cette vie qu'on vit…

La seconde raison, c'est une femme. Vous rentrez de la guerre, les poumons mités par les gaz, l'avenir bouché par le chômage… Et vous croyez apercevoir un rayon de soleil, comme un souffle d'air pur… une femme. Belle, ronde et douce… Vous l'épousez, et quelques années plus tard, alors que vous travaillez pour elle, que vous vivez pour elle… Hop ! elle s'en va… avec un autre, évidemment, sinon, ce ne serait pas drôle !

La troisième raison, c'est la même que la première. On vous dit : « Rodolf, tu es un guerrier triomphant, va conquérir le monde, la race allemande est derrière toi, le national-socialisme devant toi, et la gloire est au bout... » Et hop ! ça recommence. Le temps de comprendre que la guerre et les femmes font les hommes cocus de la même façon... et on vous relâche dans les ruines. Les ruines de tout. Les ruines de sa maison, entre autres.

Alors, la vie est saumâtre, voilà... C'est pourquoi le père Rodolf a préféré les arbres. Il est devenu garde-forestier. Et à présent, il est retraité des garde-forestiers. On ne voit pas très bien quel mal pourrait vous faire un arbre, n'est-ce pas ? Ça ne fait pas la guerre un arbre ! Ça ne s'en va pas du jour au lendemain sans prévenir, un arbre ! C'est immuable, solide et silencieux et ça ne vous tire pas dessus.

Bref, c'est la seule compagnie que supporte désormais le père Rodolf, à soixante-huit ans. Ce jour de décembre, en cette veille de Noël, dans la forêt de sapins immaculée sous la neige, il ne s'attend pas à trouver la vie saumâtre une fois de plus...

Il faut imaginer ce héros malheureux d'un mariage et de deux guerres ratées. Un mètre soixante-huit allongé, un mètre soixante-cinq debout. Un éclat d'obus dans l'épaule gauche, pas loin du cœur, et ledit cœur essoufflé. Deux braves petits yeux bleus, un peu désenchantés, une moustache et une barbe de Père Noël, l'air un peu simplet en général.

Il sort de sa maison, à l'orée de la forêt.

Darmstadt, la ville la plus proche, est à trente kilomètres. Cette ancienne capitale de la province de Hesse attire les touristes, mais pas le père Rodolf qui ne lit qu'un journal par semaine, lorsqu'il se rend au village pour les provisions. C'est là son unique contribution à la vie sociale.

Seul sur le chemin avec son chien, le père Rodolf s'en va à la recherche d'un petit sapin de Noël. Comme chaque année, il va le décorer de neige artificielle (alors qu'il est environné de vraie neige !), de boules multicolores et de trois guirlandes râpées, vestiges du temps lointain où il avait une femme. Cela peut paraître stupide en pleine forêt de sapins, mais c'est un rite. Ce quelque chose lui donne l'idée de la fête et remplace la famille absente. Un verre de schnaps devant le sapin, c'est le Noël du père Rodolf.

Mais en bon forestier, il ne va pas scier un arbre jeune. Il va le déterrer et le garder en pot le temps de la fête. Ensuite le jour de l'An, il le replantera près de la maison, comme chaque année.

Il y a dix-huit sapins autour de sa maison. Une manière comme une autre de compter les années de solitude, son calendrier personnel depuis 1947.

Au bout d'un kilomètre environ, le père Rodolf aperçoit les cartons. Trois cartons recouverts de neige, sous un groupe de sapins. Et il marmonne, car il a déjà vu ces cartons il y a trois jours, en se disant : « Voilà encore des fous qui se sont débarrassés de leurs ordures dans la forêt ! » Une raison de plus pour le père Rodolf de trouver la vie saumâtre. On a beau dire aux gens : « Attention, vous vous polluez vous-même ! », ils s'en fichent les gens. Ils continuent à jeter des papiers gras, des boîtes de conserve, à mettre le feu aux bois, à asphyxier les villes, à assassiner les poissons et les rivières. Et ils se plaignent ensuite que la mariée soit vilaine !

— Ah ! là, là, marmonne le père Rodolf, il va falloir que je nettoie moi-même.

Il s'approche pour examiner les cartons de plus près. Il pose sa pelle et sa pioche, la corde destinée à traîner son sapin, la laisse de son chien, et il ouvre le premier carton couvert de neige durcie par le gel.

Et son pauvre cœur essoufflé en prend un coup ! Un tel coup que le père Rodolf en tombe assis, le derrière dans la neige. Non, ce n'est pas un cadavre. On ne trouve pas que des cadavres dans les histoires à suspense...

Le cœur battant, les yeux exorbités, le père Rodolf regarde avec intensité l'extraordinaire contenu de ce carton : des billets de banque ! Des liasses de billets, des liasses et des liasses et encore des billets, gelés, raides de froid, mais bien reconnaissables.

Et autant dans le deuxième carton, et autant dans le troisième. Tant et tant de billets que le vieux forestier est incapable de les compter, incapable d'imaginer même la somme qu'ils représentent.

Toujours assis dans la neige, le père Rodolf se souvient tout d'un coup de quelque chose : C'était dans le journal, au début de la semaine, on parlait d'un hold-up à Darmstadt et de gangsters en fuite. Combien a-t-il vu de zéros sur le journal ? Cinq ou six, pour le moins, des milliers de marks...

Le derrière gelé, le père Rodolf se relève et examine le problème. Il ne peut pas laisser l'argent ici. N'importe qui pourrait le voler, surtout aujourd'hui. Une armée de pères de famille ne va pas tarder à envahir la forêt à la recherche d'un sapin pour les chers petits. Le temps d'aller au village prévenir les gendarmes et de revenir, il lui faut deux heures. Or, il est dix heures du matin et un retour à midi serait trop dangereux. Il faut donc emporter les cartons, mais qu'ils sont lourds, ces diables-là ! et encombrants ! Après quelques minutes de réflexion, le père Rodolf improvise.

La pelle et la pioche serviront de traîneau. Les cartons ficelés dessus avec la corde destinée au sapin. Et la laisse du chien pour traîner le tout.

Son travail accompli, le père Rodolf reprend son souffle avant de se mettre en route. Un moment, il se traite d'idiot. Il aurait dû déterrer son sapin et le traîner en même temps, cela lui aurait évité de revenir. Mais il n'a pas la force de recommencer. Alors, il se décide à partir.

Le chien devant, le père Rodolf tirant sur la laisse et les millions de marks glissant sur la neige, l'étrange équipage arrive à l'orée du bois, vers onze heures. La route sera plus facile à présent. Le père Rodolf décide d'aller au café situé un peu en retrait du village. Là, il pourra faire d'une pierre trois coups : se reposer en buvant un schnaps, téléphoner aux gendarmes et raconter son histoire aux habitués. On n'a pas si souvent l'occasion d'être un héros. Il ne reste plus qu'un kilomètre lorsqu'il entend dans son dos le ronflement d'un moteur et aperçoit une voiture bleue. Bonne aubaine, cette voiture pourrait l'aider à terminer la route ! Le vieux n'a même pas le temps de faire signe que la voiture s'arrête à sa hauteur et que deux hommes en descendent, souriants...

— On peut vous aider, grand-père ? La neige est dure !

Et les voilà qui hissent le chargement dans le coffre. Le père Rodolf remercie et s'apprête à monter dans la voiture. Il ordonne à son chien :

— Wolf ! Tu suis la voiture ! T'as compris, Wolf ?

Wolf est un chien obéissant d'habitude. Or maintenant, il n'a pas l'air d'apprécier l'ordre. Il regarde son maître d'un air surpris et grogne avec mauvaise humeur...

Le père Rodolf s'apprête à lui faire comprendre qu'un chien bâtard, crotté de neige et de boue, n'a rien à faire dans une si belle voiture, mais il n'a pas le temps de commencer sa phrase...

Tout recommence ! Deux grands coups sur la tête, les yeux qui font roue libre et le voilà dans le cirage. Il n'entend plus les portières claquer, la voiture démarrer en trombe et le chien hurler de rage, en galopant derrière. Le voilà une fois de plus dans le camp des idiots. Evanoui dans la neige, tout seul au bord de la route, une veille de Noël et par un froid de canard ! La vie est décidément saumâtre.

Si le père Rodolf avait été truand, ou un tout petit peu voleur, ou un rien aventurier, il aurait traîné les cartons jusque chez lui, dans la direction opposée à celle de la gendarmerie. Et à l'heure qu'il est, c'est-à-dire une heure de l'après-midi ce 23 décembre 1965, le père Rodolf serait riche. Pour une fois, il aurait pris sa revanche sur la vie. Au lieu de cela, il est étendu dans la neige, avec deux vilaines bosses sur le crâne : un coup de manche de pelle, un coup de manche de pioche. Même son chien l'a abandonné. L'absurde animal issu de parents corniauds indéterminés, galope comme un fou sur la route enneigée, à la poursuite d'une chimère, car la voiture bleue a dû le semer depuis longtemps.

En reprenant ses esprits, le père Rodolf retrouve en même temps toute sa rancœur contre la vie et les hommes en général. « Faites donc votre devoir ! Et constatez le résultat ! »

En arrivant à la gendarmerie, le vieux garde-forestier a le crâne en coton et la bouche amère :

— C'est comme ça, chef... Y z'ont failli me tuer, les deux salopards. Je me demande comment ils ont compris qu'il y avait de l'argent là-dedans !

Le père Rodolf n'est pas très malin. Et le chef lui explique gentiment qu'il est tout simplement tombé sur les auteurs du hold-up, venus rechercher le magot qu'ils avaient camouflé là pendant quelques jours, le temps de passer les barrages de police.

— Ben, y sont pas malins ! Je les ai vus il y a trois jours ces cartons, et si j'avais pas été chargé de bois comme un âne, je les aurais déjà ramassés !

Pas malins, ceci est une autre histoire. Le forestier apprend de la bouche même du commissaire chargé de l'enquête que ces hommes-là, au contraire, sont des malins. Des durs à cuire, des professionnels...

Le hold-up a eu lieu le 15 décembre. Un fourgon de la Caisse d'épargne a été attaqué par une voiture jaune. Des coups de feu, la vitre arrière du fourgon a volé en éclats, et tout a été très vite. Trois hommes armés ont déferlé sur les occupants... « comme la foudre » ont dit les employés, au nombre de quatre dans le fourgon.

Les trois gangsters en survêtement et cagoule noire ont fait sortir tout le monde, se sont emparé d'une caisse contenant 499 550 marks... et de petits sacs de pièces pour 340 marks... soit au total, un demi-million de marks. Des billets non marqués, non répertoriés, destinés à alimenter en monnaie quatre succursales de la Caisse d'épargne.

L'attaque a lieu sur une route droite à la sortie de

Darmstadt. En cinq minutes, les trois hommes ont filé. Du travail propre, sans crime, sans excès de violence. Donc, des professionnels, des vieux de la vieille, pas de ces jeunes loups aux dents longues et aux nerfs fragiles qui tuent pour leur cinéma personnel.

Seulement, aucun des employés n'a été capable de donner un signalement, et pour cause : les cagoules.

C'est dire que le père Rodolf est un témoin de choix pour le commissaire. Il a vu, de ses yeux vu, deux des gangsters. Il les a entendu parler...

— Alors, mon vieux, décrivez-moi la voiture et les deux hommes...

— Ben... c'était une voiture bleue...

— Le numéro ?

— J'ai pas fait attention, monsieur...

— Quel genre de voiture ?

— Ben, bleue...

— D'accord, mais la marque ? Grosse, petite, américaine, allemande ?

Le père Rodolf a mal au crâne, et du mal à rassembler ses souvenirs. Il a vu le coffre de la voiture, surtout le coffre, un grand coffre, mais c'est tout. Pour le reste, lui et les voitures...

Le commissaire abandonne. L'équipe de l'identité judiciaire fera du meilleur travail en relevant les empreintes de pneus dans la neige ; si elles sont exploitables.

— Bon. Alors les hommes ?

— Y m'ont tapé dessus !

— C'est une évidence... soupire le commissaire qui commence à perdre espoir.

Il a devant lui l'unique témoin visuel de l'affaire et c'est un abruti ! Non, le père Rodolf n'est pas un abruti. Et le commissaire est méchant de penser cela. Méchant et injuste. Si le vieux Rodolf lui racontait sa vie, il comprendrait.

— Tout le monde me tape dessus, monsieur... Toute ma vie on m'a fait des misères...

Et voilà le vieux lancé dans ses souvenirs d'ancien combattant et d'ancien mari. Pour arrêter ce déluge, le commissaire a une inspiration :

— Ecoutez-moi bien, mon vieux, il y a une récompense à la clé. Dix pour cent de la somme volée à toute personne qui permettra l'arrestation des gangsters. Dix pour cent d'un demi-million de marks, cela fait cinquante mille marks.

Le vieux Rodolf lève un œil abattu, puis méfiant, puis angoissé. Cinquante mille marks ? C'est une somme énorme pour lui ! Et le voilà qui geint :

— C'est bien ma veine ! Vous voyez ? Pour une fois que je peux gagner quelque chose...

— Et alors ? Faites un effort, essayez de me décrire ces deux types, vous les avez vus, nom d'une pipe !

— Ben oui, je les ai vus, mais je les ai pas regardés. Je regarde pas les gens, moi ! Et après ils m'ont tapé dessus par derrière, alors... Y en avait un avec un chapeau, ça je me rappelle.

— Bon, on va vous montrer des séries de photos... et si un visage vous rappelle quelque chose, vous le mettez de côté, allons-y... c'est le seul moyen.

Voilà donc le vieux Rodolf effeuillant la plus belle liste de malfrats du pays. Cela dure des heures. Puis, tout à coup, une trouvaille !

— En voilà un !

Branle-bas de combat chez les policiers... Télex, affolement, précipitation et la suite...

... Pour s'apercevoir, deux heures plus tard, que l'homme de la photo est en prison en Autriche ! Le suspect a un alibi en béton, il est même enfermé dedans !

Vers six heures du soir, le pauvre vieux Rodolf, épuisé, abandonne. Avec son pansement sur la tête, sa paire de lunettes cassées et son air de chien battu d'avance, il désespère le commissaire et ses hommes.

A propos de chien battu, d'ailleurs, le vieux marmonne :

— Et en plus, il va falloir que je retrouve Wolf...

Œil vague des policiers.

— Ben oui, mon chien !

Œil abattu des policiers...

— Têtu comme il est, il a dû les suivre pendant des kilomètres...

Œil intéressé des policiers :

— C'est quoi votre chien ? Un chien de chasse ? Un berger ?

— Ben, j'en sais rien, vous savez, un genre de bâtard. Je l'ai trouvé y a plus de sept ans de ça, attaché à un arbre, tout seul dans la forêt. Des salopards qui l'avaient abandonné pour sûr. L'avait à peine six mois, le pauvre. Ça lui est resté d'ailleurs, vous savez pas ce qu'il fait ?

Œil découragé des policiers.

— ... Vous savez pas ? C'est drôle, hein, les bêtes ! Moi j'ai dans l'idée qu'il a été abandonné par des gens en voiture, parce que, chaque fois qu'il voit une voiture, y court derrière, une vraie plaie. Heureusement, c'est pas souvent. La dernière fois, on me l'a ramené au bout d'une semaine, il était à quarante kilomètres, c'est pour ça que je prends toujours la laisse... Quand j'arrive sur la route, je l'attache, mais là, forcément, la laisse, je l'avais accrochée après les cartons... Mais je lui avais dit de suivre la voiture...

Cette fois, l'œil des policiers s'illumine. Ils n'osent pas y croire. Ce serait trop beau, un chien ne va pas aussi vite qu'une voiture ! Mais tout de même, avec la route enneigée et la vitesse réduite, pour peu que le chien soit aussi têtu que le dit son maître... Le commissaire s'accroche à cette chance dérisoire et minuscule, mais au point où il en est !

— Décrivez-moi votre chien. Qu'est-ce qu'il y a sur la plaque ?

— Ben, il est haut comme le tabouret à peu près, noir et blanc, avec des poils sur les yeux et une tache noire sur les pattes avant. Sur sa plaque, y a son nom et le téléphone du poste de garde-forestier, de chez moi en somme.

Cette fois, c'est le signalement de Wolf qui fait le tour des postes de police, des gendarmeries et des barrages installés sur les routes dans un rayon de cinquante kilomètres. Ordre est donné à tout policier qui rencontrera ce chien, de rester sur place et de le kidnapper si possible.

C'est insensé, qu'espère donc le commissaire ? Avec de la chance, et si l'on retrouve le chien, on retrouvera peut-être la voiture... Mais après ? Les gangsters ont dû l'abandonner et ils ne sont pas hommes à y laisser des empreintes...

Qu'importe. On ramène le vieux Rodolf chez lui et un inspecteur lui tient compagnie près du téléphone.

Les heures passent. Le téléphone ne sonne pas et le père Rodolf marmonne qu'il n'aura pas deux fois la chance que quelqu'un retrouve son chien et le prévienne. Ce en quoi il a tort.

En fait, ce n'est pas lui qu'on prévient mais les gendarmes. Pour une raison bien simple : le gardien d'une carrière, à douze kilomètres de là, a entendu un chien aboyer. Il a voulu voir de plus près mais impossible, le chien ne voulait pas le laisser approcher. Il semblait garder une voiture abandonnée, en plein milieu de sa carrière. Une voiture bleue ! Les gendarmes foncent et avec bien du mal, réussissent à capturer Wolf, réfugié dans la voiture.

L'animal est dans une rage indescriptible. Il a les pattes en sang d'avoir couru et un vilain coup sur le museau. Les babines retroussées, il mordrait la terre entière...

Et il a mordu, sûrement, sinon comment expliquer le lambeau de tissu qui traîne par terre, à dix mètres de la voiture ? C'est un bas de pantalon, sans aucun doute !

Mais la voiture est vide, bien entendu, et Wolf est un héros pour rien, comme son maître. Dommage, mais... On a beau être gangster professionnel, on commet des erreurs quand on est pris de court : par exemple en rencontrant un vieux qui traîne le magot au bord d'une route alors qu'on va le chercher en douce... Pris de court, quand il faut assommer un homme alors que ça n'était pas prévu... Pris de court pour se débarrasser d'un chien bâtard hurlant à vos trousses au risque de vous faire repérer par la police.

Alors, pris de court, on oublie d'effacer toutes les empreintes. D'autant plus que le chien s'accroche à votre pantalon de gangster en gueulant dans une carrière où tout résonne à des kilomètres et que l'on a déjà perdu un temps fou à essayer de le semer : « Fous le camp ! », « Rentre chez toi ! » Coups de pied, on redémarre et ça recommence ! Une vie de chien, quoi... Pas moyen de se débarrasser de Wolf, le fichu bâtard.

C'est pourquoi les deux gangsters notoires dont les noms suivent : Frotterman et Gotterspiel, ont oublié de belles empreintes de pouce sur le volant et la poignée du coffre.

C'est pourquoi ils furent arrêtés à peine une semaine plus tard. Le troisième fut dénonçé par eux, noblesse oblige.

Frotterman avait une belle marque de dents sur le mollet gauche et Wolf l'a bien reconnu en lui montrant les dents une fois de plus. Ce chien était pourtant plus bête que son maître par définition, mais peu importe puisque le maître a touché la récompense de cinquante mille marks. De quoi trouver la vie moins saumâtre pour un moment.

Commentaires du père Rodolf dans le journal du soir :

— Si y' avait pas les bêtes, la vie serait pas drôle, vous savez... parce que les gens, moi je me suis toujours méfié !

Et il a bien raison, le garde-forestier. Les gens abandonnent leur chien avec désinvolture au coin des bois ou le long des routes, mais on n'a jamais vu un chien en faire autant pour son maître, et c'est bien dommage parfois.

LE CADAVRE IMPROMPTU

M. l'entrepreneur des pompes funèbres se prénomme Oscar. C'est son droit le plus strict. Mais quelle sinistre plaisanterie lui ont fait là ses parents, lesquels se nommaient déjà Oscar... M. Oscar est donc entrepreneur des pompes funèbres à Oslo. Et son double nom en lettres d'or sur marbre noir orne la façade de son entreprise. *Oscar Oscar. Pompes funèbres générales, cercueils et tous travaux funéraires... Tél. : 18-24.*

Premier tableau : « Où l'on voit de près le douloureux métier de croque-mort. »

Le téléphone sonne en effet dans le bureau de M. Oscar :

— Monsieur Oscar ? Mademoiselle Carlsen à l'appareil... Comment allez-vous ?

Mlle Carlsen habite l'étage au-dessus des pompes funèbres depuis bientôt cinquante ans, et elle en a soixante-quinze. C'est une vieille demoiselle modèle courant, avec un chapeau rigolo sur une mine de bénitier, gants de filoselle, et tailleur noir. Grande et maigre, long nez, bésicles, Mlle Carlsen est de caractère ce qu'elle est au physique : dépourvue du moindre humour et un tantinet acariâtre. L'influence de ses voisins du dessous peut-être...

M. Oscar l'écoute avec componction. C'est un homme petit, au teint blafard et aux oreilles étrangement pointues. L'habitude des condoléances et la fréquentation lugubre de « ces messieurs de la famille » lui ont voûté les épaules et éteint le regard...

— Je vais bien, mademoiselle Carlsen... Qu'y a-t-il pour votre service ?

— Eh ! bien, voilà, j'ai chez moi quelqu'un qui a besoin de vous, je vous le passe.

M. Oscar Oscar enregistre donc une commande par téléphone. C'est un homme qui dit s'appeler Brikeim et dont la voix paraît chagrine. Il y a de quoi :

— Mes parents se sont tués dans un accident de voiture en Angleterre. J'ai fait transporter les corps, ils arriveront demain matin par bateau. Je désirerais que vous vous chargiez des formalités et des obsèques...

— Mais certainement, monsieur, mes condoléances, monsieur... Pardonnez-moi de vous ennuyer avec des questions matérielles, mais quelle somme désirez-vous consacrer aux obsèques de vos chers parents ?...

— Eh ! bien, je l'ignore, je suppose que vous avez des tarifs ?

— Oui, bien sûr, cher monsieur, mais nous avons beaucoup de tarifs... Désirez-vous des cercueils en bois ou en acier ? Avec ou sans poignées de bronze, capitonnés ou non ? Avec Christ ou initiales ?

— Euh... quelque chose de correct...

— Peut-être pourriez-vous examiner nos catalogues ?

— Oh ! non, je suis trop bouleversé et j'ai tant de choses à faire. Ecoutez, faites pour le mieux, je vous fais confiance... J'aimais beaucoup mes parents, vous comprenez...

— Bien sûr, monsieur, mes condoléances, monsieur, faites-moi confiance, je me charge de tout. Et pour le cimetière ?

— Je vous l'indiquerai demain, je viendrai vous voir tôt. Tout cela a été si brutal, vous comprenez...

— Bien entendu, monsieur, à votre service, monsieur... et pour la facture ?

— Soyez aimable de l'adresser chez Mlle Carlsen, je réglerai demain.

M. Oscar Oscar se répand en salutations attristées, et raccroche.

Cette fin de journée s'annonce bien. Il va pouvoir placer ses deux plus beaux produits : chêne verni, poignées de bronze, avec Christ sur le dessus et capitonnage à l'intérieur : la Rolls des cercueils, au prix imbattable selon catalogue, de sept mille cents krones, une affaire.

M. Oscar ferme boutique, car il est dix-neuf heures. Comme chaque soir, les employés le saluent. Le rideau de fer tombe avec un bruit d'enfer, tandis que M. Oscar s'entretient une minute avec son préparateur en chef, l'homme chargé des soins et de la décoration. Car il veut améliorer sa facture au maximum. Les deux hommes se donnent rendez-vous de bonne heure le lendemain matin pour accueillir le client, et s'en vont.

Sur le trottoir, ils croisent un homme vêtu de noir des pieds à la tête et, par réflexe professionnel, M. Oscar salue bas, son chapeau sur le cœur. L'homme fait un vague signe et disparaît.

Deuxième tableau : « Où l'on voit la différence entre un cadavre monnayable à merci, et un cadavre sans portefeuille. »

Le rideau de fer de l'entreprise Oscar Oscar remonte dans un bruit d'enfer. Il est sept heures du matin.

M. Oscar, toujours aussi blême, et son préparateur mal réveillé pénètrent dans le labyrinthe des corbeilles de fleurs, vases funéraires et couronnes en plastique.

M. Oscar fait remarquer avec aigreur que la femme de ménage n'a pas fait son travail ce matin. Il est impensable de présenter au client des garnitures de tombes couvertes de poussière ! Le préparateur fait remarquer avec la même aigreur que la femme de ménage ne vient qu'un jour sur deux, pour raisons d'économie, et la discussion s'arrête là.

Les deux hommes pénètrent maintenant dans l'arrière-boutique. Une sorte de vaste hangar où sont exposés les cercueils en tous genres, tous prix et toutes dimensions. Il y a même un rayon consacré aux animaux de compagnie : chiens, chats, perroquets, singes, etc., le catalogue n'est pas limitatif. Sur ledit catalogue en couleurs et papier glacé, M. Oscar s'engage à exécuter toute commande particulière : chevaux, lions ; il fait tout, sauf l'éléphant. Quoique, si l'on y mettait le prix...

Les deux hommes franchissent les rangées de cercueils ordinaires, sapin, hêtre et autres cache-misère sans intérêt, destinés aux enterrements municipaux, pour aborder les choses sérieuses, celles qui n'ont plus rien à voir avec les quatre planches mais font appel aux dons de l'artiste.

Et c'est là, dans l'allée principale, entre les urnes de grès noir et les cercueils de luxe, que M. Oscar est pris de hoquet. Il en faut beaucoup pour surprendre l'entrepreneur, pour le rendre plus blême qu'il n'est, car Dieu sait qu'il a l'habitude des cadavres. Mais que diable fait celui-ci en travers de sa route ?

M. Oscar a l'habitude qu'on lui présente des cadavres, c'est une question de principe et de politesse dans son métier, où la politesse d'ailleurs est la base de tout. Or, voici qu'il bute sur un cadavre inconnu et qui, circonstance aggravante, n'a pas l'attitude normale qui convient à un cadavre bien élevé. Celui-ci gît en désordre, de travers, étalé n'importe comment, face contre terre et les membres éparpillés.

C'est un scandale ! Et si l'employé n'était pas là, M. Oscar s'enfuirait. Il prendrait ses jambes à son cou, car il a peur. Eh ! oui, il y a cadavre et cadavre ! Il y a le résigné entouré de pleurs et de fleurs, et l'autre : l'impromptu, le surprenant, le vrai cadavre en somme, celui que l'on découvre brutalement et qui vous flanque une trouille bleue !

— Peter, qui est-ce ?... Qu'est-ce que c'est ?...

— Un cadavre, monsieur.

— Vous êtes sûr, Peter ?

— Il est raide, monsieur, cela se voit au premier coup d'œil...

— Peter, examinez-le, je vous prie...

— Oui, monsieur ! C'est une femme, monsieur...

— J'ai vu, Peter, mais qui est-ce ? Retournez-la !

— Oui, monsieur, voilà...

M. Oscar recule, frappé d'effroi :

— Peter... Mais c'est Mlle Carlsen !

— Oui, monsieur, je le crains.

— Elle... elle est vraiment morte ?

— Oui, monsieur, étranglée.

— C'est abominable ! Il faut prévenir la police, Peter. Ce cadavre n'est pas à nous !

— Oui, monsieur. Est-ce que je dois prévoir un cercueil, monsieur ?

— Ne dites pas de bêtises. Mlle Carlsen ne nous a rien commandé pour elle ! Prévenez la police et ne touchez à rien surtout... Mon Dieu, quelle histoire ! Surtout ne laissez pas entrer les clients, Peter, et soyez discret. Nous n'avons pas besoin de cette publicité scandaleuse.

— Bien, monsieur, a répondu Peter avant d'aller s'expliquer avec la police...

Donc, l'entreprise Oscar Oscar, funéraire en tout genre, est à la tête d'un cadavre que personne n'a invité, ce 15 mai 1956 à Oslo. Le policier chargé de l'enquête, une sorte de Maigret norvégien, placide et méthodique, fait rapidement le tour des possibilités. Mlle Carlsen n'avait pas de famille, donc pas d'ennemis, et personne ne lui en connaissait d'autres. L'individu qui a téléphoné la veille à M. Oscar depuis chez elle devait pourtant la connaître. Une rapide enquête démontre qu'il a donné un faux nom, car il n'y a pas plus de cadavre sur le bateau indiqué que de Brikeim dans le bottin.

D'ailleurs, l'homme ne s'est pas présenté pour l'exécution de sa soi-disant commande...

Le policier en déduit qu'il s'agit de l'assassin. Un assassin drôlement culotté qui se permet des plaisanteries de mauvais goût. A-t-on idée de commander d'avance deux cercueils pour un futur cadavre que l'on s'apprête à étrangler, et ce devant le futur cadavre en question ? A-t-on idée d'en commander deux d'ailleurs, alors qu'il n'y aura qu'un cadavre ! M. Oscar est outré :

— Sa voix était bizarre, commissaire, il avait un léger accent...

— Et il vous a dit qu'il faisait venir ses parents d'Angleterre ? Son accent n'était pas celui d'un Anglais par hasard ?

— C'est possible. D'ailleurs, je l'ai peut-être croisé hier soir, vers dix-neuf heures, en fermant la boutique, environ un quart d'heure après le coup de téléphone.

— Vous pourriez le décrire ?

— Bien sûr, commissaire, nous sommes physionomistes dans notre métier, c'est normal, il faut savoir reconnaître qui est qui dans un enterrement si l'on ne veut pas commettre d'impairs.

— C'est juste. Alors ?

— Il portait un pardessus noir à revers de velours, une chemise blanche, une cravate noire et un costume gris foncé. Ses chaussures étaient bien cirées, des bottillons de cuir noir, un chapeau de feutre...

— Le visage ?

— Un front haut et bombé, des yeux clairs, une légère moustache sur la lèvre supérieure, un nez court et des cheveux rasés sur la nuque... Environ soixante ans, l'air d'un retraité et célibataire.

— Pourquoi célibataire ?

— Pas d'alliance, monsieur, je l'ai remarqué ; c'est une question d'habitude...

M. Oscar est un vrai professionnel ! Le policier en a l'œil respectueux :

— Bon. Il était donc dix-neuf heures... Le médecin légiste estime que la mort remonte à une douzaine d'heures environ. Vous l'avez découverte à sept heures du matin, ça colle. Le crime a eu lieu aux environs de dix-neuf heures. D'autre part, il n'y a pas d'effraction, elle a donc ouvert sa porte à l'assassin. Il vous a téléphoné, il l'a étranglée, il a transporté le corps dans l'escalier, et a pénétré dans votre hangar par une porte commune à l'immeuble. C'est la seule qui a été forcée. C'est simple.

M. Oscar n'est pas de cet avis.

— Mais pourquoi étrangler Mlle Carlsen ? Elle n'a pas d'argent ! Et pourquoi la déposer chez moi ?

— Peut-être pour que vous l'enterriez, monsieur Oscar, après tout, c'est votre métier.

— Mais non, ah ! non, je ne peux pas m'en charger, je n'ai pas de commande, et qui va payer ?

— La ville, monsieur Oscar, comme d'habitude. C'est moi qui passe la commande !

Et Mlle Carlsen se retrouve, bien entendu, dans le premier rang des cercueils, entre quatre planches de sapin, sans Christ et sans poignées de bronze. Pauvre Mlle Carlsen !

Bien entendu aussi, le commissaire a fait prévenir les aéroports et les frontières, et notamment, il s'est intéressé à un vol à destination de Londres. Le seul parti d'Oslo depuis le crime, le jour même à treize heures trente. L'arrivée est prévue à Londres vers seize heures...

C'est une idée comme une autre. L'assassin a un petit accent, il a parlé d'Angleterre, peut-être a-t-il pris ce vol pour rentrer chez lui incognito, s'il est anglais.

Le commissaire a donc averti l'aéroport de Londres et à la descente du vol en provenance d'Oslo, un policier en imperméable scrute les passagers masculins avec attention. Il est là l'homme en noir, au front haut et bombé, au nez court et à la fine moustache. Il descend tranquillement l'échelle, une petite serviette à la main. On le conduit dans les locaux de l'aéroport réservés à la police et on l'interroge.

— Votre nom ? Age, profession ?

— Ivar Alfheim… soixante-deux ans, retraité.

— Vous avez quitté Londres il y a trois jours pour vous rendre à Oslo, pour quoi faire ?

— Un voyage d'agrément…

— Où êtes-vous descendu ?

— A l'hôtel de l'aéroport.

— Que faisiez-vous le soir du 15 mai, entre dix-huit et dix-neuf heures ?

— J'étais chez une dame.

— Mlle Carlsen ?

— C'est cela.

— Vous la connaissez ?

— Pas du tout, je l'ai vue ce jour-là pour la première fois.

— Qu'alliez-vous faire chez elle ?

— La tuer…

— Pourquoi ?

— Pour qu'elle soit morte et qu'on l'enterre…

— Vous êtes fou ?

— Non. C'est une idée que j'ai depuis longtemps. C'est un peu délicat à vous expliquer, voyez-vous…

— Bon. Reprenons depuis le début. Comment êtes-vous entré ?

— J'ai sonné. Elle m'a ouvert, je me suis présenté et j'ai demandé si j'étais bien aux pompes funèbres. Elle m'a dit : « Non, c'est au rez-de-chaussée. » Alors j'ai dit : « Excusez-moi, je suis un peu fatigué et je pensais que les bureaux étaient ici. »

— Elle ne s'est pas méfiée ?

— Non. J'étais en deuil, cela se voyait au premier coup d'œil… Alors, je lui ai raconté que mes parents étaient morts dans un accident de la route et que leurs dépouilles arrivaient le lendemain par bateau. Elle m'a fait ses condoléances. C'était une demoiselle très bien élevée. Je lui ai demandé la permission de téléphoner de chez elle, car j'étais bien fatigué et elle a fait le numéro des pompes funèbres. Quand elle a eu raccroché, je l'ai étranglée. Cela n'a pas pris trop de temps... Ensuite, j'ai transporté le corps au rez-de-chaussée. Je voulais un cercueil pour elle, mais il y en avait tant, et je ne connaissais pas ses goûts au fond. Alors, je l'ai laissée par terre. Je me suis dit que M. Oscar ferait cela bien mieux que moi, il a l'air si compétent. Et puis je suis sorti, j'ai passé la nuit à l'hôtel et repris l'avion. Voilà...

— Mais pourquoi ? Pourquoi êtes-vous allé tuer quelqu'un que vous ne connaissiez pas ? Vous n'avez rien volé ?

— Non.

— Alors pourquoi ?

— Vous ne comprendriez pas. C'est dommage que vous m'ayez retrouvé, j'espérais vivre tranquille maintenant... C'est dommage, oui. Vous allez me mettre en prison ?

— Bien entendu ! Et pour un moment, croyez-moi !

— Pourrais-je assister au moins à l'enterrement ?

— Mais ça va pas ? Vous êtes sûr que vous êtes normal ?...

— Mais oui, monsieur, j'ai fait ce qu'il fallait pour être comme tout le monde, et c'est vous qui gâchez tout ! Vous comprenez, je suis orphelin de naissance, j'ai été élevé par l'Assistance, je n'ai aucune famille, je n'ai ni femme ni enfant. Je n'ai jamais enterré personne de ma vie. Or tout le monde a quelqu'un à enterrer un jour ou l'autre, n'est-ce pas ? Moi, je n'avais aucun espoir. Alors j'ai tué quelqu'un pour l'enterrer, et j'ai choisi quelqu'un qui habitait près de pompes funèbres pour que ce soit plus facile.

Le policier est vraiment pétrifié. De toute sa carrière, il n'a jamais entendu pareils aveux !

— Mais pourquoi à Oslo ?

— Mon Dieu, je pensais qu'on ne me retrouverait pas. Dans mon quartier, et même ici à Londres, c'était risqué, voyez-vous... Car je voulais rester libre, pour pouvoir rendre visite à la tombe de temps en temps... Vous comprenez ? Sinon, ce n'était pas la peine de tuer quelqu'un.

Ivar Alfheim, il faut ajouter, était lui-même fossoyeur en retraite. Durant quarante ans, il avait œuvré dans un cimetière de Londres et fait des trous, encore des trous pour enterrer les morts des autres...

Arrivé à l'âge de la retraite, il voulait le sien... Bien sûr, il était un peu fou tout de même. Et, du fond de sa prison norvégienne, condamné à vie après son extradition et son procès, il a fait une demande à l'administration. Il voulait faire envoyer des fleurs sur la tombe de Mlle Carlsen chaque 15 mai, anniversaire de son assassinat. Ce qui lui fut refusé, l'administration estimant qu'il ne s'agissait pas là d'une attitude de remords mais d'amoralité totale. Comme quoi, le crime ne profite vraiment jamais !

UN AN ET SEPT JOURS

Mme Frida Maechtel est bien à plaindre. Comme toutes les femmes honnêtes lâchement abandonnées par leurs époux.

Les amateurs de « on-dit » se sont délectés pendant quelques temps de cette aventure bien banale en soi, si l'on considère que Mme Frida Maechtel n'était pas plus honnête que ça, et son mari pas plus lâche que ça.

Frida, trente ans, grande et blonde, visage sévère, a épousé il y a dix ans un voyageur de commerce, sans famille, qui l'avait séduite en lui vendant un aspirateur. A l'époque, elle était naïve, prétend-elle. Car la version du mari n'est pas la même.

Stefan, trente-cinq ans, en avait donc vingt-cinq lorsqu'il vendait des aspirateurs. Petit et brun, il arborait une moustache conquérante pour se donner du courage. C'est lui qui fut séduit par sa cliente. Et la séduction étant consommée sur place, entre deux séances de démonstration, il s'est vu accuser par la suite d'avoir involontairement fait un enfant à sa « victime ». Il fallait donc épouser, ce qu'il fit. Et il n'y eut pas d'enfant. Il n'y en eut jamais. Ce n'était qu'une manœuvre.

Voilà les « on-dit ». Ce qui n'empêche pas les mêmes de plaindre cette pauvre Frida, abandonnée lâchement par son époux après dix ans de mariage. Puisque, aussi bien, les absents ont toujours tort.

Stefan s'en est allé vendre ailleurs des encyclopédies, car les temps changent. Il n'a même pas demandé le divorce. Il n'a même pas dit qu'il allait chercher des allumettes. Il a écrit quelquefois pour réclamer un ou deux objets, des vêtements qu'il n'avait pas emportés ou des papiers personnels. Aux dernières nouvelles, il était en Italie, le cachet de la poste faisant foi. Puis, plus rien. Dix ans sans rien... sans même réclamer un sou du patrimoine conjugal. Certes, ledit patrimoine n'est pas énorme, mais tout de même, un bout de terrain vendu, quelques actions qui ont fructifié. Sous le régime de la communauté de biens, Stefan pourrait disposer d'environ cinq millions d'anciens francs. Il le savait en partant.

A présent, Frida s'est habituée à vivre seule et indépendante. Elle a géré le petit magot qui se monte actuellement, en 1960, à la somme rondelette de vingt millions anciens... Sans nouvelles de Stefan depuis dix ans, elle n'envisage pas plus de le revoir que de lui rendre sa part...

On sonne. Frida ouvre sa porte, en robe de chambre. Derrière elle en pyjama, son amant, un entrepreneur de travaux publics.

Frida écarquille les yeux, sa bouche s'arrondit de stupéfaction et elle recule instinctivement dans le couloir.

C'est Stefan. L'œil guilleret, les tempes un peu grises, il a perdu ses moustaches en route, mais c'est bien lui...

— Bonjour ! Ça va bien ? J'espère que je ne dérange pas... Mais ne vous gênez pas pour moi, surtout, je ne fais que passer.

— Que... Qu'est-ce... Qu'est-ce que tu veux ?

— Régler nos affaires, ma belle... J'ai un petit problème d'argent, il faut qu'on en parle. Tu peux me loger un jour ou deux ? Parfait. Eh ! bien, je vous laisse vous réveiller, et je vais chercher des croissants. A tout à l'heure !

C'est la panique. Et il faut toujours organiser la panique. Frida est une bonne organisatrice ; elle se tourne vers son amant et prend la direction des opérations :

— Habille-toi, Karl, et fais comme si tu n'étais là que par hasard. C'est mon mari. Il vient pour divorcer ou pour réclamer sa part de l'argent mais il n'en est pas question. Laisse-moi faire. Dis à la bonne de servir le petit déjeuner et de ne pas ouvrir si on sonne. Je m'en charge. Inutile qu'elle se mêle de tout ça, le quartier serait au courant dans l'heure qui suit...

— Mais c'est ton mari...

— Et alors ?

— S'il demande le divorce et s'il veut son argent, tu ne pourras pas faire grand-chose... Il y a droit.

— C'est à voir. Et ne t'occupe pas de ça pour l'instant.

— Frida tu m'inquiètes !

— Laisse-moi tranquille et occupe-toi de la bonne. Je veux qu'on la voie ici le moins possible. Si elle pose des questions, envoie-la faire des courses... Trouve quelque chose, je vais m'habiller.

Pendant que son épouse organise son plan de défense, Stefan entre en sifflotant à la boulangerie du coin :

— Tiens, monsieur Maechtel ! Ça alors ! Depuis le temps qu'on ne vous a pas vu ! En voilà une surprise ! Vous étiez en voyage ?

— Eh ! oui, en Italie... et j'y retourne. Il y fait meilleur que chez nous, en Allemagne !

Stefan achète des croissants, plaisante encore quelques minutes avec la boulangère, ce qui permet à cette dernière d'apprendre plusieurs choses. Tout d'abord que M. Maechtel a voyagé de nuit, en train, et qu'il est bien content de prendre le petit déjeuner avec sa femme...

Ensuite, qu'il est de passage pour une semaine, juste le temps de régler ses affaires... Et enfin, qu'il a beaucoup changé en dix ans. Ceci est une remarque personnelle de la boulangère. Elle trouve que M. Maechtel est plus gai, plus avenant, il a un peu grossi, rasé sa moustache et cela, ma foi, ne lui va pas si mal...

Stefan remonte chez sa femme, avec sa provision de croissants, et croise encore une voisine dans l'escalier.

— Ça alors ! Monsieur Maechtel ! Vous êtes de retour ?

— Pour quelques jours seulement, un petit voyage d'affaires ! Bien le bonjour à votre époux, madame Stein !

Et Mme Stein rapporte le bonjour à son époux, assorti de quelques commentaires sur le retour du mari prodigue.

— Il a une mine ! Pour un homme de quarante-cinq ans, il grimpe les escaliers quatre à quatre ! Ça lui a fait du bien de quitter sa Frida. C'est elle qui l'étouffait.

Les gens sont comme ça. Stefan est de retour, fringant, il n'est plus le triste lâche qu'il était. On a oublié le pourquoi des choses, et entre-temps, cette Frida qui a un amant n'est plus à plaindre du tout.

Frida s'est habillée. C'est-à-dire plus exactement qu'elle a organisé son déshabillé, mis à la porte son amant, envoyé la bonne faire une course inutile à l'autre bout de la ville et qu'elle attend son mari de pied ferme.

Elle a décidé de manœuvrer à l'instinct. Du charme pour commencer, ensuite de l'improvisation.

Mais le charme de Frida ne semble pas décisif. Si l'on en croit la bonne revenue deux heures plus tard, madame est furieuse, dans un vaporeux déshabillé de satin rose, et le mari ronfle avec bonhomie dans l'ex-chambre conjugale qu'il a investie sans complexe.

— Oh ! fait la bonne en entrant pour y faire le lit, ça alors ! C'est monsieur...

Elle l'a reconnu. Elle se retire sur la pointe des pieds et va aux nouvelles auprès de sa maîtresse :

— Madame ? C'est monsieur... Qu'est-ce que vous allez faire ?

— Ça me regarde.

— Il est là pour longtemps ?

— Non. Il part cette nuit.

— Ah ! bon... Qu'est-ce que je fais à dîner ?

— Rien. Je te donne ta journée et ta soirée... File !

Et Frida reste seule avec son époux voyageur. Aucun témoin ne pourra raconter leur journée, ni leur soirée. Un drôle de mystère commence, une sorte de vaudeville macabre, unique en son genre.

Les on-dit vont à nouveau bon train dans l'entourage de Frida Maechtel, durant les jours qui suivent.

C'est la bonne tout d'abord qui en parle à la boulangère, laquelle lui en a parlé la première.

— Alors, il est reparti ? Je croyais qu'il était là pour une semaine ?

— Il paraît que non. Et si vous voulez mon avis, c'est bizarre.

— Qu'est-ce qu'il y a de bizarre ? Racontez-moi ça...

— Eh ! bien, voilà, elle m'a donné ma journée et même ma soirée... Quand je suis partie, il dormait tout habillé sur le lit, il avait juste enlevé le dessus de lit...

— C'est normal, il avait voyagé toute la nuit, il était fatigué.

— D'accord, mais le lendemain matin, je me suis levée avant eux et j'ai jeté un coup d'œil dans la chambre... Eh ! ben, c'était pas normal...

— Qu'est-ce que vous avez vu ?

— Personne. Madame avait dormi dans le salon. Et lui, il avait disparu. Mais j'ai regardé dans un placard et j'ai vu sa valise.

— Il l'a peut-être laissée exprès !

— Peut-être, mais moi, je dis que c'est bizarre. Et puis il y a autre chose, on avait changé les draps du lit.

— Ah, bon ?

— J'en suis sûre. C'est moi qui les avais mis propres la veille.

— Mme Frida les a sûrement changés après son départ, elle ne voulait pas dormir dedans, après lui...

— Possible. Sauf deux choses : j'ai retrouvé les draps tout lavés dans la machine... avec des taches bizarres. Et elle a pas voulu que j'y touche. Je ne sais même pas ce qu'elle en a fait...

— Ah... Oui, c'est drôle... et la deuxième chose ?

— Y avait ses chaussures dans la cave, derrière un tas de bouteilles.

— Vous êtes sûre ?

— Des chaussures extra ! Italiennes, en cuir jaune ! Vous pensez si je les ai reconnues, il les avait encore aux pieds pendant qu'il dormait ! Et le plus grave, c'est qu'il y avait des taches de sang sur le cuir...

— Non !

— Si ! Comme je vous le dis ! Pour moi, elle l'a tué, ça ne fait pas un pli. D'autant plus qu'il voulait sûrement lui réclamer de l'argent...

— Mais il faut prévenir la police !

— Ben, c'est pas facile ! Elle m'a dit de ne pas m'occuper de ça, que monsieur Stefan était reparti, qu'il ne reviendrait sûrement plus parce qu'elle n'avait pas voulu de lui. Pour moi, c'est plutôt le contraire, mais si jamais elle sait que je vous ai raconté tout ça, elle est capable de me tuer aussi...

Trois jours plus tard, la voisine, Mme Stein, chuchote avec la bonne sur le palier du troisième :

— Moi, je suis de votre avis, elle l'a tué, c'est sûr... J'ai entendu un drôle de bruit dans la nuit. C'était dans l'escalier, elle l'a peut-être enterré à la cave ? A votre place, j'irais voir...

— J'ai peur, madame Stein, elle est terrible, vous savez... Tenez, elle a dit à son amant de s'en aller et de lui ficher la paix. Il avait simplement demandé si elle avait des nouvelles du mari, le pauvre homme ! Et depuis, il n'est pas revenu...

— Attendons qu'elle sorte et allons faire un petit tour à la cave. S'il y a quelque chose de bizarre, j'irai à la police avec vous...

En effet, il y a quelque chose de bizarre à la cave, selon Mme Stein et la bonne. Et le soir même, c'est-à-dire une semaine après la disparition de Stefan, les voilà toutes deux au commissariat de police, tremblantes d'excitation et racontant leur histoire...

— Alors, en fin de compte, on est allé à la cave et on a vu que les chaussures avaient disparu. Et puis aussi, une drôle de chose par terre. Comme une tombe. Ça fait un rectangle pas plus grand qu'un homme. On a eu peur qu'il soit dessous et on s'est sauvé pour vous prévenir...

Le lendemain matin, Frida ouvre sa porte à un inspecteur de police, regarde sa carte et demande d'une voix glaciale :

— C'est pour quoi ?

— A propos de la disparition de votre mari, madame. Je suis chargé d'une enquête de routine...

— Quelle disparition ? Mon mari n'a pas disparu, il est parti !

— Des témoins affirment qu'il a réellement disparu, madame, et dans des conditions étranges. Je dois vous interroger.

Frida le prend de haut, de très haut. Si elle panique, et elle doit paniquer, elle organise une fois de plus...

La soupçonner d'assassinat ? Elle ? Alors que son mari a disparu dix ans sans donner de nouvelles ? Elle l'a mis à la porte tout simplement et il a compris ! S'il veut divorcer, qu'il divorce ! Il voulait s'incruster ici, lui reprocher sa vie privée, et puis quoi encore ? Ah, non ! Il a fait sa valise et il est parti !

— Eh ! bien, justement, madame, à propos de valise... et il y a aussi les chaussures... Bref, je voudrais visiter la cave.

Dans la cave, effectivement, on voit nettement sur le sol noirâtre, le dessin d'un rectangle qui pourrait être une tombe... Et, soutenues par la présence du policier, la bonne, la voisine et la boulangère témoignent avec autorité...

Alors, on creuse. Et on ne trouve qu'une dalle de ciment qui a l'air bien vieille. On fait sauter la dalle et on ne trouve qu'un vague petit ruisseau souterrain qui affleure un peu trop à cet endroit-là. D'ailleurs, le propriétaire de l'immeuble confirmera qu'il a lui-même fait exécuter ces travaux, il y a plusieurs années, pour éviter les inondations à cet endroit, en cas de pluie...

Il n'y a ni valise ni chaussures tachées de sang. Les draps ont été lavés, comme il est normal de laver les draps après le passage d'un visiteur. Et il ne reste plus qu'un conflit ridicule entre Mme Maechtel et sa bonne. L'une affirmant que les draps sont pliés dans le placard à linge, l'autre affirmant qu'il ne s'agit pas des mêmes...

Que faire ? On n'inculpe pas une épouse sur une histoire de draps ! Et pourtant, la police a tendance à croire les témoins, car il y en a d'autres : quelqu'un prétend avoir vu Mme Maechtel ranger sa voiture au garage, vers quatre heures du matin. Où était-elle allée ?

« Raccompagner son mari à la gare », affirme-t-elle.

Mais il n'y avait pas de train pour l'Italie à cette heure-là... Elle s'en moque, elle l'a laissé dans le hall...

Mais personne ne l'a vu, ni remarqué et il n'a pas acheté de billet, le guichetier est formel.

Alors, c'est qu'il a pris un autre train, le lendemain ou les jours suivants !

Stefan Maechtel, âgé de quarante-cinq ans, taille : un mètre soixante-dix, brun, yeux foncés, avec ou sans moustache, est recherché en Italie, mais autant chercher une aiguille dans une botte de foin. Un homme qui n'a pas de casier judiciaire, dont on ne sait pas l'adresse, ni le métier, ni dans quelle ville il a résidé...

Les semaines, les mois passent, un an et sept jours passent... C'est drôle, un an et sept jours. Cela ressemble à une date fatidique, comme pour les objets trouvés : « Si vous trouvez un mari que personne ne réclame, au bout d'un an et sept jours, il vous appartiendra. »

On sonne. Frida ouvre la porte en robe de chambre. Derrière elle, en pyjama, son nouvel amant, un directeur de banque.

Frida écarquille les yeux, sa bouche s'arrondit de stupéfaction, elle veut reculer dans le couloir... elle ne peut pas. La tête lui tourne et elle s'écroule, évanouie.

— Bonjour !

C'est Stefan, l'œil étonné par cet accueil. Il a sa petite moustache, mais pas l'air fringant du tout... Plutôt gêné, il s'excuse auprès de l'homme en pyjama :

— Pardonnez-moi, je n'aurais pas dû la surprendre ainsi... Après si longtemps, c'est normal. J'aurais dû écrire d'abord...

— Qui êtes-vous, monsieur ?

— Son mari, monsieur. Enfin, son ex-mari. Il y a des années que nous nous sommes quittés. Je ne venais qu'en visite, mais je reviendrai une autre fois...

C'est le moment choisi par la bonne pour faire son apparition et hurler :

— Au secours ! Un fantôme...

Cavalcade dans l'escalier, Mme Stein apprend la nouvelle au passage et téléphone à la police à tout hasard, si bien que vingt minutes plus tard, Frida ouvre les yeux sous les claques d'un agent de police et se met à hurler comme une hystérique... Elle aussi a vu un fantôme, c'est évident...

— Va-t'en... Va-t'en ! Je deviens folle, au secours, c'est lui ! Au secours ! Je vous en supplie, qu'il s'en aille, ce n'est pas possible, il est mort, je l'ai tué, il est mort ! Au secours !

Il est mort ? Alors, que fait-il là ?

Pour pouvoir examiner calmement la question, il faut calmer Frida. Une piqûre s'en charge.

Puis l'inspecteur de police prend le fantôme à part :

— Vous êtes bien M. Stefan Maechtel ?

— Voici mes papiers.

— Qu'est-ce que vous faites là ? Votre femme vient de dire qu'elle vous a tué !

— Elle est folle.

— Ça m'en a tout l'air, mais que s'est-il passé la dernière fois ?

— Quelle dernière fois ?

— Quand vous êtes venu la voir, il y a un an environ...

— Mais je ne suis pas venu la voir. Je ne suis pas revenu en Allemagne depuis des années...

— Mais on vous a vu. La bonne vous a vu, la voisine, la boulangère et un autre homme, l'amant de votre femme à cette époque, ils étaient formels... Vous êtes arrivé un matin, comme ça, à l'improviste, et vous êtes allé chercher des croissants. Vous avez dormi là, vous deviez rester une semaine et le lendemain, vous aviez disparu. On vous a cherché partout, on vous cherche encore... Votre femme a été soupçonnée de meurtre !

Stefan Maechtel ouvre la bouche pour protester, puis la referme et s'asseoit sur une chaise. Il secoue la tête comme s'il devenait fou à son tour, et enfin s'écrie :

— Oh ! la garce ! Elle l'a tué !

Il fallait bien mettre tout ça sur la table et trier. Un imbroglio pareil demandait réflexion...

L'affaire était simple, en fait... Stefan quitte son épouse un beau jour parce qu'il en a assez. Il veut voir du pays, respirer, mais il a l'intention de revenir après quelque temps.

Le voilà qui s'installe à Berlin, la ville où il est né. Un jour, il a besoin d'un extrait de naissance pour trouver une place d'employé dans l'administration. Et là, il se rappelle qu'il a été élevé par l'Assistance publique, que sa famille a disparu, qu'il est seul, que le nom qu'il porte est un nom d'occasion. Alors, il fait des recherches, c'est facile pour un employé d'administration.

Il suit à la trace l'histoire de son enfance et découvre bientôt une chose extraordinaire. Il aurait un frère. L'administration les a séparés. Retrouver la trace de ce frère lui prend six mois. Il est en Italie. Stefan quitte Berlin, son travail et court à la recherche de ce frère.

La surprise est de taille. Il s'appelle Josef et il est son frère jumeau. C'est lui, à quelques nuances près. En plus gai, en plus drôle, en plus malin. Stefan et Josef se racontent leurs vies. Josef trouve que son frère a été stupide de laisser tout cet argent à sa femme. Mais Stefan dit qu'il s'en moque pour l'instant, et les années passent.

Stefan rencontre une femme, en tombe amoureux, ils ont des enfants, la vie s'écoule tranquillement jusqu'au jour où le petit magasin qu'ils tenaient tous les deux fait faillite.

Alors, Josef dit à Stefan :

— Tu devrais aller réclamer ton argent à ta femme, c'est le moment...

Mais Stefan hésite. Il a trouvé un nouveau bonheur, choisi par lui, il n'a guère envie de retourner en Allemagne à la recherche d'un magot hypothétique... D'autre part, il connaît suffisamment son ex-femme pour savoir qu'elle ne cédera pas facilement.

Pourtant ces derniers jours, il se décide : sa situation financière est vraiment catastrophique, un de ses enfants est malade. Alors il est venu frapper à la porte de Frida, sans savoir qu'un autre l'avait déjà fait à sa place. Et était mort à sa place. Pauvre Josef ! C'était donc pour cela qu'il ne donnait plus de nouvelles...

Au procès qui mit fin à cette histoire de fous, Frida déclara que Josef l'avait menacée, en se faisant passer pour son mari... Il voulait l'argent tout de suite. Alors elle l'avait tué au couteau, pendant qu'il dormait, transporté dans sa voiture et jeté dans un étang à vingt kilomètres de la ville avec des kilos de pierres au cou. Elle était tranquille : l'étang appartenait à l'un de ses nombreux amants, lequel n'y mettait jamais les pieds, et le terrain était invendable.

On a retrouvé les restes de Josef — peu de choses — et Stefan a enterré son jumeau. Frida est en prison à vie, mais depuis son crime, elle n'a plus toute sa tête : Voir le fantôme d'un homme que l'on a soi-même assassiné, un an et sept jours auparavant, il y a de quoi frapper.

Elle a eu peur et elle a encore peur, elle le voit toutes les nuits en cauchemar, hurle comme une possédée du diable et ses compagnes de cellule lui tapent dessus pour la faire taire. Quelle horreur !

LA PEAU DE L'OURS

Deux hommes, deux amis en principe, deux trappeurs marchant dans les collines du Dakota. Ils cherchent à tuer un ours, un bel ours noir, mais à le tuer proprement car un marchand de Kiowa leur a promis énormément d'argent pour cela, et les deux hommes ont terriblement besoin d'argent.

L'ours noir est par là, quelque part dans les collines. Et lui aussi cherche une proie, car il a terriblement besoin de manger.

C'est pourquoi les deux hommes ne vont pas le chercher longtemps. En somme, ils ont vendu la peau de l'ours avant de l'avoir tué, et jamais dicton ne fut plus vrai.

L'ours noir, en principe, n'est pas carnivore, sauf s'il est affamé, auquel cas il pourra tuer pour se nourrir. C'est une question de vie ou de mort, pour lui. Mais il ne s'attaque finalement pas à l'homme, du moins de sa propre initiative. Par contre, l'homme s'attaque à lui.

Mais l'homme est stupide, il s'attaque à n'importe quoi, avec une prétention qui frise l'inconscience.

Les deux hommes qui marchent dans les collines s'appellent Hugues Glan et Dave Colbeck. Ce sont deux trappeurs professionnels, c'est-à-dire qu'ils font commerce de leurs fourrures. Castors, marmottes et écureuils, même, sont leurs victimes habituelles.

Ils ne vont chercher l'ours que sur commande spéciale, car la chasse à l'ours n'est pas une mince expédition dans les collines du Dakota. Il faut parfois plusieurs semaines, et marcher longtemps. D'abord, repérer le territoire de l'animal et, si possible, le piéger avec de la nourriture. Une boîte de miel fait l'affaire. Le pot de miel est agrémenté d'un poison violent car cette méthode a l'avantage de ne pas abîmer la peau de l'animal.

Elle est cependant longue et aléatoire. Il faut guetter des jours entiers ou rabattre l'animal vers le piège.

Hugues préfère la carabine. Excellent tireur, il vise l'animal à l'oreille, toujours pour ne pas abîmer la fourrure.

Dave est partisan du piège relié à une bûche ou à un poids de fonte. Ensuite, il fonce sur l'animal, couteau dressé, pour lui trancher la carotide. Mais c'est là un exploit dangereux à renouveler. Car l'animal, s'il n'est que blessé, devient fou furieux et l'homme n'a pas toujours le dessus.

Pour cette chasse, les deux trappeurs ont établi un camp dans une petite vallée et pisté l'ours dans un rayon de cinq kilomètres environ.

Depuis une semaine. Ils ont vu ses traces, ils ont préparé un piège avec du miel empoisonné au pied d'un arbre, mais l'ours ne s'y est pas présenté. Lassés d'attendre, Hugues et Dave ont décidé de le traquer le plus près possible de sa tanière. Et il semble que sa tanière soit cette espèce de cavité rocheuse qu'ils ont enfin repérée et guettent depuis le matin. Mais l'ours n'est pas matinal, ou alors il est déjà parti en quête de nourriture.

Jamais les deux hommes n'auraient pensé se laisser surprendre aussi stupidement et par derrière.

Un craquement dans les arbres, un buisson qui s'écarte, et l'ours est dans leur dos, à dix mètres. Surpris, Hugues se retourne, épaule sa carabine, mais la bête est protégée par le tronc d'un conifère. Il ne semble pas se soucier d'eux pour l'instant, occupé qu'il est à fouiller le sol couvert de pommes de pin. Dave tente de contourner l'animal, sa carabine à la main, son couteau à la ceinture.

A l'abri d'un tronc d'arbre lui aussi, et retenant son souffle, il observe un moment le gibier. Splendide : une fourrure noire et lisse, un poil long et brillant, deux taches fauves au-dessus des yeux, à la gorge et à la poitrine. Il mesure environ un mètre cinquante, c'est une bête adulte, en pleine force de l'âge.

Silencieusement, Dave fait signe à son compagnon. Il va obliger l'animal à se présenter de face, pour que Hugues puisse ajuster son tir en toute tranquillité. Il peut s'approcher, il ne risque rien puisque son compagnon le couvre.

Ce qui suit ne dure pas plus de trois minutes : Dave tire en l'air pour que l'animal se redresse, face à lui. Mais il est toujours mal placé. Alors, Dave s'avance encore un peu. L'ours avance aussi et se trouve enfin à découvert. Il regarde Dave, Dave le regarde, ils ne sont qu'à deux mètres de distance. Hugues tire juste au moment où l'ours prend son élan pour attaquer son compagnon. Mais la balle n'atteint pas l'oreille, l'ours n'est que blessé apparemment et se rue sur l'adversaire le plus proche.

C'est là que l'homme est stupide. Hugues ne veut pas tirer tout de suite une seconde fois, toujours pour la peau, pour l'argent, il guette le moment propice. Dave a sorti son couteau, c'est de la folie. La patte griffue de l'animal l'atteint au front et le déséquilibre.

Hugues n'a toujours pas tiré, il cherche l'angle et, lorsqu'il se décide, au dernier moment, la malchance s'en mêle. Il trébuche, perd du temps et l'animal s'est déjà retourné vers lui. Il court si vite que Hugues, qui tente de se mettre à l'abri, n'y arrive pas et prend lui aussi un coup de griffes furieux en pleine poitrine. Son arme vole au loin, hors de portée. L'ours s'apprête à poursuivre le combat, lorsqu'il sent l'autre danger. Dave s'est relevé, il rattrape son arme, tente maladroitement de tirer, n'importe où, n'importe comment, car il faut rester en vie, plus rien d'autre ne compte, mais il est trop tard.

Abandonnant le corps d'Hugues, l'ours fonce à nouveau sur Dave et s'acharne. Dave l'a blessé une nouvelle fois, sans autre succès que de multiplier sa rage. Il n'a plus aucune chance, son couteau ne lui sert à rien, ses mains glissent sur la fourrure soyeuse, l'haleine fétide de l'animal lui balaye le visage. L'ours le déchire comme une poupée de son. Lorsque Hugues se redresse enfin, lorsqu'il récupère sa carabine et tire comme un fou sur la bête, Dave n'entend déjà plus. L'ours s'abat sur lui dans un dernier grognement, une balle l'a enfin terrassé.

A présent Hugues a repris ses esprits. Devant lui, il n'y a plus que deux corps. Un homme horriblement blessé et un ours massacré. L'homme et l'ours sont entremêlés dans la mort. Un gâchis sanglant.

Hugues a mal à la poitrine, il saigne, il est furieux et dépité. Et il est lâche aussi. S'il avait tiré plus tôt, Dave ne serait pas dans cet état et il aurait pu récupérer la fourrure de l'ours. Elle n'en vaut plus la peine à présent.

Trois jours plus tard, Hugues Glan a regagné Kiowa, la ville la plus proche, et chacun a entendu sa version des faits. Dave a voulu attaquer seul, Hugues a risqué sa vie pour le sauver et l'ours a tué Dave.

Lorsque lui, Hugues, s'est réveillé de son évanouissement, tout était fini. L'animal avait dû traîner ailleurs le corps de son ami, car il n'a retrouvé ni l'un ni l'autre. Les profondes blessures de sa poitrine confirment son récit et le petit journal local, dans son numéro du 24 septembre 1938, publie la photo de Hugues montrant ses blessures, avec le récit de la mort de son meilleur ami, le trappeur Dave Colbeck, bien connu dans la région.

Une semaine a passé. Pendant ce temps, à vingt-cinq kilomètres de Kiowa, dans les collines du Dakota, quelque chose a bougé... C'est Dave Colbeck. Il est vivant, une plaie vivante.

Il a mis près d'une journée à se dégager du poids de l'ours et à rouler sur le dos. Il voit le ciel, il respire péniblement et fait lentement le bilan de ses blessures. Une jambe cassée, l'autre déchirée sur toute la longueur de la cuisse. Poitrine et dos lacérés, les deux épaules en lambeaux ; le visage : il ne sait pas, mais il voit clair et il entend. Il sait qu'en restant là, il sera dévoré par des bêtes. Mais il ne peut pas marcher. Après d'innombrables efforts, il arrive à se mettre à quatre pattes, plus exactement : à trois pattes — les deux paumes des mains et un genou, c'est ce qui lui reste d'intact.

Son premier objectif est d'essayer de progresser ainsi, sur deux mains et sur le genou droit. Il y arrive. Alors, il décide de tenter de retrouver leur camp. C'est la seule solution. Si Hugues est blessé, il a dû s'y réfugier.

Dave entame son chemin de croix. Trois kilomètres environ, peut-être plus, peut-être moins, il ne sait pas. Il rampe comme un automate, tout son corps déchiré de souffrance. Un genou, une main, puis l'autre. Un genou, une main puis l'autre... Parfois la tête lui tourne et une nausée le prend. Parfois il s'arrête, et couché sur le ventre, reprend lentement son souffle avec précaution, vrillé de mille points douloureux.

Et il repart. La nuit tombe. Il se perd.

Quand il arrive à l'emplacement du camp, c'est pour le trouver vide, bien sûr. Ni chevaux, ni copain trappeur.

Transi de froid, épuisé par ce parcours de plusieurs heures, le nez au ras du sol, Dave cherche comme une bête autour du foyer de pierres les miettes de quelque chose. Les cendres sont froides, et il ne trouve qu'un vieux paquet de tabac et une lanière de cuir. Rien qui puisse lui servir à se soigner ou à manger.

Alors il s'endort d'épuisement dans la clairière. Réveillé par le soleil et la douleur, il a du mal à reprendre son chemin. Chaque pouce de sa peau le fait souffrir. Sa jambe cassée lui arrache un hurlement. A l'aide de sa ceinture et de la lanière de cuir abandonnée, il la replie et l'attache, mollet contre cuisse, pour éviter de traîner son tibia cassé.

Et c'est ainsi qu'il reprend sa marche, en direction de Kiowa, à plus de soixante kilomètres, sur trois pattes, comme un animal blessé, à travers les collines. Sans vivres. Sans soins. Une folie ! Un exploit impossible.

Dave va pourtant l'accomplir en neuf semaines.

Un jour, affamé, il manque de dévorer un champignon mortel. Un autre jour, gavé de baies sauvages, il tombe malade et reste quarante-huit heures à moitié inconscient et fiévreux, persuadé qu'il va mourir. Au bord du torrent, il attend des heures une main dans l'eau glacée pour attraper une truite qu'il dévore toute crue.

Mais les jours passent et il avance toujours.

Sous l'effort, les plaies ne se referment pas et s'enveniment. Sa jambe est une bûche de bois douloureuse. Et il rampe, il rampe avec acharnement. Dave n'est plus un homme, c'est un animal qui a même mangé des fourmis à pleines mains, comme les ours qu'il chassait jadis.

Lorsqu'il est arrivé sur la route de Kiowa, il a encore rampé dans la poussière pendant plusieurs kilomètres, jusqu'à ce qu'un voyageur le découvre et le ramène en ville comme un mort-vivant aux allures de bête sauvage...

Dave Colbeck, trente-cinq ans, un mètre quatre-vingts, quatre-vingt-dix kilos, sorte de Viking blond aux yeux clairs, ne pesait plus que soixante kilos. Il n'avait plus de main, plus de genou. Sa jambe était définitivement déformée.

Il mit plus d'un an à se remettre. Beaucoup plus de temps qu'il n'en a fallu à son ami Hugues pour quitter la ville, sans chercher à le revoir.

L'ÉPOUVANTE

C'est un fracas de ferraille et de pierres qui roulent, de tôles qui grincent, c'est le monde qui bascule, tourne sur lui-même et dégringole, on ne sait jusqu'où... jusqu'à la fin du vertige.

La voiture a dévalé cent mètres de ravin en dix secondes. L'écho de la chute a résonné longtemps, puis s'est éteint. Quelques pierres ont roulé encore un peu, avec un petit bruit ridicule. Et maintenant, c'est le silence. Plus rien ne bouge. Il fait nuit.

Ce qui s'est passé avant cela est complètement stupide. Willy et Jane, vingt-deux ans et dix-neuf ans, sont fiancés. Ils ont passé la journée au bord d'un lac, dans le Tennessee, une journée stupide.

Elle voulait se baigner, il voulait dormir. Elle voulait qu'il lui fasse la cour, il voulait pêcher en silence.

Résultat : une bouderie gigantesque pour trois poissons.

Au retour, dans la voiture, Jane s'aperçoit tout à coup qu'elle a oublié ses lunettes de soleil sur la plage. Or, Willy ne veut pas revenir en arrière pour une paire de lunettes !

Jane s'énerve, Willy aussi. Elle pleure, il la traite de dinde. Le ton monte, en même temps que la nuit descend.

La dernière phrase qu'a prononcée Willy fut : « Je me demande si on fait bien de se marier, tous les deux ? »

Juste après, il y a eu cette ombre sur la route. Une ombre à quatre pattes, dans la lueur des phares. Un chat, un chien, un lapin ?

Enervé, Willy qui conduisait trop vite, a fait ce qu'il ne faut jamais faire : il a freiné brutalement. Jane a crié, les pneus ont crissé épouvantablement… et puis le fracas et les cent mètres de ravin en dix secondes.

Jane revient à elle avec précaution. Elle ne voit rien ; en tentant de redresser la tête, elle se cogne contre le pare-brise.

Elle comprend qu'elle est sur le dos, les yeux tournés vers le ciel. Elle voit même tout là-haut, sur la route de la corniche, les phares d'une voiture qui passe, au-dessus des arbres.

Une drôle de paralysie lui tient les jambes. Mais elle arrive à étendre le bras droit. Dans le noir sa main reconnaît un tronc d'arbre rugueux qui a dû arrêter la voiture dans sa chute.

Reprenant peu à peu conscience des événements, Jane tente de se redresser complètement et veut bouger ses jambes. L'effort lui arrache un cri de douleur. Impossible de se lever. Alors, elle hurle, elle appelle au secours dans la nuit noire, jusqu'à manquer de souffle. Elle ne sait pas où est Willy, peut-être est-il parti chercher du secours ? Peut-être est-il mort quelque part à côté d'elle ? Comment savoir ? Jane crie longtemps, autant de peur que pour appeler au secours, puis se tait, épuisée, car elle a cru entendre une voix. Une voix et des pas, en tout cas, quelqu'un.

Jane se tait, puis appelle de nouveau, mais rien. Elle n'entend plus rien. Elle se rend compte alors que sa jambe droite est coincée entre le tronc d'arbre et la voiture, que la voiture s'est retournée, et qu'elle est bloquée en dessous, entre le sol et le toit de la voiture.

Le simple fait de vouloir étirer le buste pour regarder au-delà de la carrosserie lui cause une douleur épouvantable dans le dos. De plus, la voiture oscille dangereusement à la moindre poussée, comme si elle était en équilibre. Le plus petit morceau de tôle déplacé risque de la faire tomber plus bas. Jane ne peut pas savoir exactement comment est placée la voiture, ni comment elle a été éjectée ; elle n'a rien compris et ne sait même pas combien de temps elle est restée évanouie, si même elle s'est évanouie. Tout ce noir est terrifiant.

D'une main tremblante, Jane parcourt son visage dans le noir, il lui semble que quelque chose coule sur son visage ou sur son front, un liquide visqueux. Jane pense que c'est du sang, mais ce n'est pas si simple. C'est du sang mélangé à de l'huile ou à de l'essence... Et elle ne sait pas d'où cela vient.

Quand son cœur a fini de battre la chamade, Jane arrive à réfléchir un peu et à se calmer.

Les secours viendront forcément, il faut attendre. Alors Jane attend le jour et s'endort, sans s'en rendre compte.

Lorsqu'elle se réveille, le soleil est haut et la chaleur tape d'une façon déjà insupportable sous la carrosserie. Mais Jane y voit mieux.

Ce qui a coulé sur elle, c'est bien l'essence du réservoir. De plus elle doit être blessée quelque part à la tête, car le sang a coulé près d'elle et s'est coagulé dans l'herbe. Elle entend le bruit d'un ruisseau dont elle aperçoit le mince filet. Mais son bras ne peut pas l'atteindre. Et chaque effort pour y arriver lui arrache des larmes. Sa jambe est écrasée par la carrosserie ; l'autre, moins atteinte, lui semble pourtant comme du bois, insensible. Cette eau est un supplice, si près de sa main.

Jane a la langue et la gorge sèche. Elle appelle, mais le désespoir lui coupe la voix. Tout en haut, une rangée d'arbres cache la route. L'étroit passage où la voiture s'est engouffrée est en plein virage, personne ne s'arrêtera pour regarder en bas. Il n'y a pas de garde-fou, pas de barrière, et certainement aucune trace de l'accident. Et comme personne ne les attendait nulle part !...

Quant à Willy, Jane est persuadée qu'il est mort, non loin d'elle, sinon les secours seraient déjà là. Mais où ? A droite ? A gauche ? Devant ? Derrière ? Sur ou dans la voiture ?

Jane se tord le cou dans tous les sens, mais ne voit que quelques brins d'herbe, le petit filet d'eau inaccessible, le ciel et les arbres au-dessus d'elle. Alors, elle se dit : « Je vais mourir », et s'évanouit.

Le froid de la deuxième nuit la réveille. Jane grelotte de tout son être. Elle grelotte douloureusement, comme si chaque petit nerf de son corps participait à cette fièvre bizarre. Puis, un frôlement la fait crier de peur. Elle entend un souffle, un froissement d'herbe et elle pense immédiatement aux chats sauvages dont la région est infestée, puisque la route longe une réserve d'animaux.

Jane est une proie facile pour un chat sauvage... d'autant plus qu'elle est au bord de l'eau, là où les animaux viennent pour boire la nuit.

Alors Jane crie à nouveau, pour faire fuir l'animal qu'elle devine. Elle crie plus fort quand elle entend le bruit d'un saut sur la carrosserie et que toute la ferraille tremble et vacille. Elle fait un effort désespéré pour se redresser, mais la douleur de sa jambe droite est telle qu'elle retombe, le cœur au bord des lèvres...

Heureusement, l'animal s'est enfui. Une petite galopade dans l'herbe quelque part sur la gauche, vers la forêt sûrement, c'est ce qu'elle a cru deviner.

Le lendemain est un jour de soleil et de désespoir, où Jane rassemble les quelques forces qui lui restent pour arracher de sa main libre une touffe d'herbe qu'elle mâchonne péniblement. La soif lui serre la gorge au point de l'étouffer. Elle décide de se mettre à crier, avec des intervalles, en comptant jusqu'à dix entre chaque cri. Mais les forces lui manquent et son cri doit être ridicule, elle le sent.

Cette fois, le frôlement s'est reproduit en plein jour et Jane écarquille les yeux dans tous les sens avec terreur... Un chat sauvage ? Un autre animal ? Ou bien Willy, blessé ? L'espoir reprend, Willy s'est peut-être réveillé, Jane appelle doucement :

— Willy ?

Jane a le temps de voir s'envoler un oiseau. C'est lui qui s'était posé dans l'herbe tout près d'elle, au bord du minuscule ruisseau. Il devait boire.

Boire... Jane regarde le mince filet d'eau scintiller au soleil. Si seulement elle pouvait y tremper le bout de ses doigts ! Mais il manque dix centimètres et il n'y a rien à faire. Sa nuque est raide, sa gorge si serrée qu'elle n'arrive même plus à avaler sa salive. Ses yeux la brûlent, quelque chose de lancinant lui vrille la hanche droite, Jane croit qu'elle appelle encore au secours mais ce n'est qu'en rêve, probablement.

Nuit, jour, soleil et froid glacial, sans manger ni boire, les heures, les jours passent sans que Jane puisse les compter. Sans référence. Le souvenir même de l'accident s'est estompé. Elle ne sait plus pourquoi elle est là, écrasée dans l'herbe, avec une carrosserie pesant sur elle à mi-corps... Sa peur est telle qu'elle s'y est habituée. Elle vit dans l'épouvante. Elle survit plutôt, elle n'a même plus mal, nulle part. Elle ne peut plus bouger du tout. Ses yeux seuls s'ouvrent encore de temps en temps, pour contempler le ciel, les arbres tout en haut sur la route, et par moments, le pinceau d'un phare quand il fait nuit. La vie est proche, mais la mort est encore plus proche. C'est le néant.

Et puis, le ronflement d'un avion s'est rapproché mais Jane ne l'a pas entendu. Le pilote d'un avion de surveillance a aperçu un reflet bizarre dans le ravin, il a fait une petite descente et vu la carcasse de la voiture dont l'un des phares brillait au soleil couchant.

Les sauveteurs sont arrivés une heure plus tard.

Quatre jours avaient passé. Quatre jours et quatre nuits. Sous la voiture, Jane était encore vivante. Une bête sauvage lui avait mordu le pied et arraché un morceau de chair sans qu'elle s'en aperçoive.

A deux mètres d'elle sur la gauche, Willy son fiancé, respirait à peine. Ses deux bras tendus, ses pieds crispés dans l'herbe montraient qu'il avait tenté de rejoindre, à plusieurs reprises, sa fiancée qui ne le voyait pas. Il avait dû essayer quelques minutes après l'accident, puis tomber dans le coma, et recommencer, mais il n'avait avancé que de quelques centimètres, sans même pouvoir parler. Un instinct seulement le poussait vers elle pour tenter de l'aider. Car il la voyait parfaitement, mais elle, elle ne pouvait pas le voir. Il ne pouvait pas parler et elle, elle hurlait. Et ils avaient passé quatre jours et quatre nuits à deux mètres l'un de l'autre, sans manger ni boire, sans se voir, sans savoir qu'ils étaient vivants. Ils ont mis des mois à guérir de cette épouvante.

Tout en haut sur la route, quatre jours et quatre nuits après l'accident, il y avait encore le cadavre d'un fox-terrier, écrasé par la voiture, et que personne n'avait remarqué, car il s'était traîné jusqu'au bord de la route pour y mourir comme un pauvre chien imprudent qu'il était.

A L'ENTERREMENT DE PAPA

Yann et Kasimir sont deux braves paysans hongrois, deux frères, pas très futés et pas très riches. En vérité, ils ont rarement la chance de voir la couleur d'un zloti. Et un zloti, pourtant, ce n'est pas grand-chose : environ cinq francs de chez nous.

Ils n'ont jamais vu de télégramme non plus.

C'est de Varsovie qu'arrive ce télégramme. Yann étant l'aîné (il a cinquante-deux ans et Kasimir quarante-neuf) lit donc le télégramme : *Monsieur Slota décédé ce jour — Hôpital Central — Attendons instructions.*

Le père est mort, il avait soixante-quinze ans. Il y a un mois environ, il est parti pour Varsovie faire soigner ce « quelque chose » qui n'allait pas. Yann et Kasimir attendaient que le père revienne. Et sans le père, les deux garçons sont perdus. C'était lui qui commandait, distribuait le travail, la nourriture et les engueulades depuis des années, depuis que la mère était morte.

C'est donc à Yann de décider ce qu'il faut faire à présent. C'est lui, l'aîné. Alors, il décide ce qu'il peut : Il faut mettre les costumes du dimanche et aller à Varsovie enterrer le père.

Voilà donc nos deux gaillards dans le train. Et c'est une aventure, car ils n'ont pris le train que deux ou trois fois dans leur vie. Or, cent kilomètres en train, aller et retour, cela coûte presque tous les zlotis que le père gardait dans le tiroir du buffet... Vers deux heures de l'après-midi, Yann et Kasimir arrivent devant l'Hôpital central de Varsovie, et bien poliment, Yann montre le télégramme. Avec l'indifférence de l'habitude, un fonctionnaire les emmène au dernier étage, à l'administration.

Là, une dame sévère les dévisage avant de sortir une fiche d'un classeur. Les deux frères, intimidés, l'écoutent réciter les circonstances de la mort du père :

— Slota, prénom Oleg, né le 3 septembre 1875, à Kriesk, domicilié à Kriesk, admis le 7 février 1950, décédé le 8 mai 1950, à vingt-deux heures. Cause de la mort : embolie pulmonaire. Casier 784... Qu'est-ce que vous faites du corps, messieurs ? ajoute-t-elle, un brin désolée.

Yann et Kasimir se regardent.

— Eh ! bien, il faut enterrer le père !

Et la litanie reprend :

— Vous pouvez bénéficier du service minimum des pompes funèbres. Enlèvement du corps, trajet, inhumation, la part de l'Etat est de 123 zlotis, la vôtre de 300 zlotis.

Trois cents zlotis pour enterrer le père ? Yann et Kasimir ne savaient pas ! Voyons, chez eux, au village, il suffirait de dix zlotis au fossoyeur pour creuser la tombe du père, et encore ! Les plus jeunes, comme eux, pourraient le faire eux-mêmes. Trois cents zlotis, c'est une fortune ! Yann, le dépositaire de la monnaie familiale, n'en a que cinquante en poche... tout ce qui leur reste après l'achat des billets de train. Comment le dire à cette dame sévère qui les regarde à peine, si peu d'ailleurs qu'elle tend la fiche au fonctionnaire et sans s'apercevoir de la gêne des deux frères, ordonne :

— Conduisez ces messieurs au casier 784, pour la formalité d'identification. Qu'ils reviennent à seize heures, bureau 14, pour le versement et la signature.

Elle a décidé pour eux, semble-t-il.

Au long des couloirs blancs, Yann et Kasimir, hébétés, suivent le fonctionnaire jusque dans le sous-sol. Il fait froid. Le fonctionnaire silencieux donne la fiche à un autre fonctionnaire morose. Le fonctionnaire morose les guide vers le casier 784, l'ouvre et s'éloigne discrètement. Il est prévu dans le règlement quelques minutes de recueillement pour la famille du défunt.

Mais c'est à un étrange recueillement que se livrent Yann et Kasimir, devant le casier 784. Ils n'ont pas d'argent. C'est donc à eux de se débrouiller seuls. Et ils vont se débrouiller comme on se débrouillerait au village. Kasimir ira louer une charrette pour quelques zlotis, et ils emmèneront le père avec eux, jusqu'à la gare. Là, ils reprendront le train, jusqu'au village, en payant la place du père, et ils l'enterreront au cimetière.

La charrette : cinq zlotis, les places de train : vingt-huit ; total : trente-trois zlotis... c'est correct.

Voilà ce qu'ils décident, les deux frères Slota, Yann et Kasimir. Et il faut être innocents comme eux pour que tout se passe bien, et pour qu'on les laisse partir avec un cadavre sur les bras.

Kasimir va louer une charrette et Yann dit au fonctionnaire :

— Nous faisons l'enterrement nous-mêmes, une voiture va venir.

Il signe une décharge à l'étage supérieur où la dame sévère imagine tout simplement que la famille a commandé une voiture des pompes funèbres. Elle indique même comment sortir de la morgue : Porte D, dans la cour, il y a un passage prévu pour les fourgons.

A quatre heures de l'après-midi, Kasimir entre dans ladite cour. Il est juché sur une carriole de déménagement que traîne un mulet sans âge.

Le fonctionnaire qui amène le corps sur un chariot de nickel s'étonne un peu, mais ça ne le regarde pas. On lui a signé une décharge, c'est le principal, et il n'a aucun droit de critique sur la qualité du corbillard. Il remet aux deux frères le corps vêtu d'une chemise d'hôpital et un paquet de vêtements ayant appartenu au disparu.

Premier problème à résoudre pour Yann et Kasimir : habiller leur père ! On ne transporte pas un mort en chemise, et surtout on ne peut pas lui faire prendre le train en chemise.

Les voilà donc tous les deux habillant papa dans la cour de l'hôpital, ce qui n'est pas facile. Il faut lui remettre son costume, ses chaussures, l'envelopper dans son pardessus, et il est raide, bien entendu.

Au bout d'une demi-heure d'efforts, c'est tout de même fait. Jusqu'au chapeau sur la tête. Yann prend les rênes, Kasimir s'installe dans la charrette à côté de son père, qu'il assoit tant bien que mal, et le curieux équipage quitte l'hôpital sans encombre.

Arrivés à la gare, deuxième problème : il faut rendre la charrette à son loueur et se charger du père.

Yann et Kasimir prennent leur père sous les bras et gagnent la salle d'attente. Si quelques regards curieux les effleurent, c'est pour les plaindre sûrement d'avoir à aider à marcher un vieillard dans un si triste état. Yann va acheter les billets, rejoint Kasimir, ils transportent encore le père jusqu'au train et l'installent dans un compartiment. Cette fois, c'est Yann, l'aîné, qui va rester avec le père tandis que Kasimir va rendre la charrette au loueur… Le train part dans une heure, tout va bien, ils ont le temps.

Tout va bien mais c'est fatiguant. Heureusement, Kasimir est costaud et il règle le deuxième problème au pas de course. Tandis qu'il regagne la gare en courant, vers six heures et demie du soir, Yann, tout seul dans le compartiment, a disposé son vieux père en forme de voyageur endormi : chapeau bas sur le front, jambes calées, manteau coincé entre le siège et la banquette.

Voici Kasimir revenu, et le train ne part que dans vingt minutes. Qui aurait cru que tout irait si vite, et si bien ? Leur pauvre père, mort la veille, le télégramme reçu le matin, le voyage, l'hôpital, la charrette et le retour au village ! Yann et Kasimir n'ont même pas eu le temps d'avoir de la peine. En ville, on n'a pas le temps d'avoir de la peine ; tout va si vite, et il y a tant de problèmes à résoudre !

Et c'est là que Kasimir dit à son frère :

— On n'a rien mangé, j'ai faim, moi.

C'est vrai qu'ils n'ont rien mangé depuis le matin, et rien bu, et c'est vrai que les émotions, ça creuse !

Yann est bien d'accord, mais le buffet est de l'autre côté du quai... Et pour tout arranger, un voyageur pénètre dans le compartiment... Il met sa valise dans le filet, au-dessus du père, et s'assoit juste en face. Que faire ? Au point où il en est, Yann n'en est plus à une décision près... Il s'adresse au voyageur :

— Monsieur, notre père qui est là est très fatigué, et très malade. Ne lui parlez pas, ne le dérangez pas, s'il vous plaît. Nous allons au buffet, mon frère et moi, et nous revenons dans quelques minutes.

Le voyageur acquiesce et ne jette qu'un coup d'œil poli sur le vieux monsieur terré dans son coin. Yann et Kasimir dégringolent du train et foncent vers le buffet. Ils ont un quart d'heure pour se restaurer, et vont même s'offrir le luxe d'un petit alcool revigorant, histoire de se remettre.

Mais de l'autre côté du quai, c'est le drame. Un drame court, stupide, terrifiant. Le train vient de manœuvrer brutalement, la secousse fait basculer la valise du voyageur, la valise tombe sur le vieux papa, qui s'écroule par terre, au grand dam de son compagnon. L'homme se précipite, récupère sa valise, soulève le vieillard pour l'aider à se rasseoir, et horreur ! s'aperçoit qu'il est mort. C'est le choc, sûrement ! C'est une lourde valise métallique... Mon Dieu, que faire ? Que d'ennuis en perspective ! De quoi ne va-t-on pas l'accuser ? Et le voyageur a une réaction totalement stupide : le voilà qui prend « son mort » à bras le corps, le traîne dans le couloir, l'enferme dans les toilettes, dont il coince la porte, récupère sa valise et se sauve comme un criminel. Il descend à contre-voie, remonte dans le train et va s'installer dans un autre wagon. On croira ainsi que le vieil homme est mort tout seul, d'ailleurs il était malade.

Pendant ce temps, Yann et Kasimir, réconfortés, regagnent leur compartiment.

Plus de père... C'est à devenir fou ! Yann dit : « On nous l'a volé », et Kasimir bredouille : « Il n'était peut-être pas mort ?... » Les pauvres ! Ils ont fouillé partout et tandis que le train roulait, c'est le contrôleur qui a retrouvé papa... L'imbroglio fut si énorme que le train dut rester arrêté en rase campagne plus de deux heures avant que les explications soient claires.

Et quand Yann et Kasimir eurent regagné leur village et enfin enterré leur père, quand il ne leur resta plus un zloti une fois payé les fleurs et le fossoyeur, ils se retrouvèrent devant un tribunal où un juge sévère les condamna à trois mois de prison ferme et cinq cents zlotis d'amende. Motif : profanation et transport illicite de cadavre !

Ils n'y ont rien compris, les pauvres gens ! Sinon que mourir à la ville coûtait bien trop cher pour qu'on aille seulement prendre le risque d'y vivre !

LE FANTÔME INSOLITE

C'est une chose étrange et belle. Le couvercle du carton à chapeaux vient de la révéler aux yeux de Lewis Opton, qui en frémit de la nuque aux pieds. A première vue, on dirait de la soie. Une gigantesque couronne de soie tressée, sculptée, de tous les tons d'automne, de l'or au brun foncé.

De plus près, c'est une couronne de cheveux, d'environ quatre-vingts centimètres de diamètre, et en la touchant, Lewis Opton a l'impression de toucher quelque chose de vivant. Ses mains sont électrisées et il regarde avec une telle intensité qu'il en a mal aux yeux. Qu'est-ce que c'est ? Qui a fait cela ? Qui a fait ce travail extraordinaire de précision, de patience et de beauté, quelles mains ont filé ces milliards de cheveux, presque un par un, pour réaliser cette chose si extraordinairement inutile ? Et depuis quand dort-elle au fond de ce carton à chapeaux ?

Lewis Opton regarde toujours avec intensité l'étrange couronne, et soudain il voit ! Au milieu de la couronne... Pâle avec des reflets bleus, comme de la fumée légère, il voit le visage d'une femme qui sourit et tend les bras. Il l'a vue !

Mais c'est parti, envolé, il n'y a plus rien et Lewis lâche la couronne comme si elle lui brûlait les mains. Son cœur bat la chamade. Il a une sainte peur, tout à coup. Il n'a pas pu voir ça ! Il ne croit ni aux miracles ni aux fantômes, c'est impossible, ce qu'il a vu il ne l'a pas vu ! Et il n'osera le dire à personne, car on le prendrait pour un fou. Il s'enfuit du grenier, de peur que cela recommence.

Donc, Lewis Opton vient de voir une apparition. Nous sommes aux Etats-Unis, dans l'Etat du Delaware, entre le New-Jersey et la Pennsylvanie, à Slaughter Beach, en septembre 1947. Et c'est là que Lewis Opton a vu un fantôme, disons... lui sourire et tendre les bras, au centre d'une couronne de cheveux tressés.

Cette étrange vision l'a frappé le lendemain de son mariage ! Sans doute pour lui apprendre à fouiller la maison de sa femme, une vieille maison nichée dans un creux de la baie, remontant à l'époque des premiers colons hollandais. Or, il est difficile d'avoir une vision et de la garder pour soi.

Voir tout d'un coup se matérialiser devant ses yeux, suspendus en l'air... un visage et une silhouette a de quoi rendre nerveux. L'envie de le dire à la personne la plus proche vous taraude, et puis quelque chose vous retient. « On » va vous prendre pour un fou. Comment faire croire l'incroyable, comment ? Alors qu'on a tant de mal à y croire soi-même. Mieux vaut être raisonnable et se taire.

Alors, Lewis Opton descend tranquillement, bien qu'un peu raide, les escaliers du grenier et va retrouver sa jeune femme, Serena, dans la cuisine.

Sa vision le démange et, en discutant de choses et d'autres, il amène sa femme à lui raconter un peu l'histoire de la maison et de ses parents.

Serena parle de sa grand-mère, morte alors qu'elle n'était pas née. La maison lui appartenait et c'était une femme extraordinaire. Lewis apprend donc que le cadre insolite de sa vision appartient à cette grand-mère et que la famille le garde religieusement, depuis des années.

Prenant son courage à deux mains et l'air de ne pas y attacher d'importance, Lewis Opton dit :

— J'ai fait un tour dans le grenier ce matin...

Et, d'un air tout aussi détaché, Serena répond :

— Alors tu as dû voir les cheveux de la grand-mère, j'espère que tu n'as pas eu peur...

Lewis prend un air faussement surpris :

— Des cheveux ? Quels cheveux ? Ah ! ce truc bizarre en forme de couronne mortuaire ? C'est ça ?

Il en frissonne encore, mais la curiosité le dévore :

— Qu'est-ce que c'est que cette chose ?

Curieusement, Serena n'a pas très envie d'en parler, elle non plus, comme si cette « chose » était un secret de famille un peu gênant ou étrange, que l'on n'aime pas raconter.

Mais Lewis Opton, mal remis de ses émotions, insiste auprès de sa femme, car il a besoin de savoir d'où vient la « chose » où il a vu, enfin il a cru voir... une bêtise. Mais, tout de même, il veut savoir.

Alors il insiste. Serena s'assoit sur une marche du perron qui domine la baie de la Delaware et raconte à son mari une sorte de conte extraordinaire, avec le préambule suivant :

— Surtout, ne nous prends pas pour des fous dans la famille. Mais après tout, nous sommes mariés et tu le sauras un jour ou l'autre. Ce n'est peut-être qu'une légende, d'ailleurs. Ma grand-mère était la fille d'un éleveur de bétail. Lorsqu'elle a quitté le pensionnat pour venir ici rejoindre son époux, elle a commencé une couronne de cheveux, celle que tu as vu là-haut. Elle s'appelait Serena, comme moi. C'était en 1860.

Encouragée par son mari, elle reprend :

— En 1860, donc, Serena quitte son couvent du Wisconsin, et demande à chacune de ses amies une mèche de cheveux. Les trente jeunes filles s'exécutent et Serena emporte avec elle — blonde, brune, rousse, dorée — trente mèches qu'elle tresse ou façonne chacune d'une manière différente. Celle de Marie l'insolente sera tordue comme une flamme, celle de Lisbeth la tendre sera nouée comme de la soie, celle de Jane la délicate, transformée en une minuscule dentelle, celle de Frances la drôle sera tressée cheveu par cheveu en une cascade, comme un rire. Et pour chaque mèche, un dessin se forme.

Serena ajoute qu'une fois mariée, sa grand-mère prit les cheveux de ses enfants, de son mari, et les sculpta de la même façon selon le caractère de chacun. Cela fait de minuscules œuvres d'art de quelques centimètres carrés, et qui toujours, sont fidèles à la personnalité de leur propriétaire. Tous les morceaux de ce curieux ouvrage sont reliés entre eux.

Au fur et à mesure des années, Serena augmente son travail de nouvelles pièces. Chaque fois que quelqu'un meurt ou s'éloigne d'elle, il lui faut une mèche de cheveux. Elle a bientôt des cheveux de toute la ville ou presque. Elle affirme que cet album de cheveux est aussi vivant qu'une galerie de portraits. D'ailleurs, elle peut reconnaître chacun à ses cheveux et à ce qu'elle en a fait.

Ce brin doré délicat, c'est Judith ; ce roux virulent, c'est Enoch ; ce noir discret, c'est Caroline ; ce joyeux doré, c'est Sophie. Des milliers et des milliers de cheveux se tressent, se lient, se tissent les uns aux autres en dessins étranges formant une couronne qui épaissit avec les années. C'est un patient travail d'orfèvre. Par endroits, des guirlandes ; à d'autres, une sorte de galon espagnol, des médaillons, des festons. Il y a là, représentées par leurs cheveux, plus de mille personnes qui ont croisé la vie de grand-mère Serena depuis soixante ans environ. Car sa couronne de cheveux est devenue son unique passion. Serena a perdu son mari à la guerre de Sécession alors qu'elle n'avait que vingt ans ; puis, son fils, au cours d'une épidémie. Il ne lui reste qu'une fille, devenue infirmière, qui ne rentre à Slaughter Beach que pour y voir mourir sa mère, en 1910, et hériter de la couronne somptueuse et étrange, faite de milliards de cheveux tressés.

Cette couronne, que Lewis Opton a vue dans le grenier et dans laquelle il a cru voir cette sorte de… Mais il n'ose pas le raconter à sa femme, il a peur d'avoir l'air bête. D'ailleurs, elle n'a pas fini son histoire.

Elle raconte maintenant comment sa mère s'est mariée. Et comment son père, en découvrant la couronne de cheveux tressés, a eu une vision...

— Comment ? dit Lewis Opton, ton père a eu une vision ? Qu'est-ce que tu racontes ?

— Oh ! je sais, dit Serena, ça a l'air stupide, mais tu pourras le lui demander. Il maintient qu'il a vu quelque chose dans la couronne.

Lewis Opton a senti un immense frisson le glacer des pieds à la tête :

— Qu'est-ce qu'il a vu ?

Serena hausse les épaules :

— Une sorte de femme...

— Attends ! Une femme pâle avec des yeux très sombres et de longs bras tendus devant elle ? C'est ça ?... Dis-moi que ce n'est pas ça !...

Mais c'était bien ça !

Le père de Serena l'avait vu et son mari aussi. Au centre de la couronne, bras tendus, pâle et légèrement mouvante dans cette masse de cheveux épars, sombre et lumineuse, luisante, vivante, impressionnante, extraordinaire... un fantôme. Celui de la grand-mère de Serena, morte en 1910 ?

Lewis Opton en a froid dans le dos. Il dit :

— C'est une coïncidence. D'ailleurs, il y a des reflets bizarres sur cette chose, et la lumière du grenier doit faire le reste... Oui, c'est une coïncidence...

Pourtant, pour la part du rêve, et que Lewis Opton le veuille ou non, il existe un détail supplémentaire que lui indique sa femme.

En 1910, lorsque la grand-mère Serena est morte, elle était seule. Personne ne l'avait vue sortir depuis longtemps. Et lorsqu'on découvrit son corps, on découvrit aussi une chose étrange, très étrange : elle avait coupé seule ses propres cheveux, immenses et blanchis, et patiemment, mèche par mèche, elle les avait alors tissés le long des autres, au-dessus, en dessous... tout au long de son ouvrage, comme une dentelle de neige qui achèverait définitivement son chef-d'œuvre. Mèches d'or, mèches brunes ou blondes, noires ou cendrées, sur fil d'argent.

Cela fait, elle mourut.

La couronne de cheveux tressés mesure environ quatre-vingts centimètres de diamètre, et se trouve toujours dans la famille de Lewis Opton qui, chaque fois qu'il raconte l'histoire, ajoute :

— Je ne saurai jamais la vérité. C'est épouvantable dans le fond... L'ai-je vue ? Ou non ? Et qu'ai-je vu ? Quel fantôme, parmi les centaines qui ont offert jadis une mèche de leurs cheveux à la grand-mère Serena ? Marie l'insolente aux cheveux roux ? Lisbeth la tendre aux cheveux noisette ? Jeanne la délicate aux cheveux de soie ? Frances la drôle à la tignasse en cascade ? Judith ? Caroline ? Qui ?... La tante Serena elle-même ? Ou bien alors un mélange de toutes ces femmes et de tous ces cheveux, une sorte de fantôme multiple ? Etait-ce mon imagination dans la pénombre du grenier ?

Lewis Opton n'a plus osé regarder dans la couronne de cheveux, mieux vaut douter, dit-il, qu'admettre l'impossible.

PORTRAIT DE ROSALIND AVEC ENFANT

Portrait de Rosalind : un mètre soixante, pour cinquante kilos ; vingt ans, mariée, ouvrière, pauvre. C'est Rosalind, une jeune femme noire de Harlem. Elle a quitté l'école à douze ans pour travailler. Elle sait qu'il ne faut pas manger dans les mêmes restaurants que les Blancs, qu'il ne faut pas prendre les mêmes autobus, fréquenter les mêmes cinémas, ni parfois même longer le même trottoir… Mais ce n'est pas cela qui la rend malheureuse.

Son mari travaille sur des chantiers de démolition, il est souvent loin d'elle, mais ce n'est pas cela qui la rend malheureuse. Son appartement n'a d'appartement que le nom. C'est une pièce avec l'eau courante, dans un immeuble en ruine, où tout le monde crie et piaille à tous les étages, jour et nuit… mais ce n'est pas cela non plus qui la rend malheureuse.

Son malheur à elle, c'est de ne pas avoir d'enfant. A cause de cela Rosalind a décidé de voler un enfant. Un petit enfant noir, comme elle. Rien n'est plus horrible et plus condamnable. Rien n'est plus laid, rien n'est plus méprisable que le vol d'un enfant.

Rosalind réussit à pénétrer dans un hôpital de Harlem, en pleine nuit, et elle gagne la maternité. Les petits lits, alignés côte à côte, sont surveillés par une infirmière de garde. Ici, elle ne pourra rien voler. Alors, elle se dirige vers une porte marquée : *Interdite à toute personne étrangère au service.*

Derrière cette porte dorment les plus fragiles, les prématurés, enfermés dans leur couveuse artificielle, nourris de sérum, isolés du monde où ils ne peuvent pas encore vivre. Seuls.

Rosalind ouvre la porte et fait le tour des petites cages de verre. Elle s'arrête devant l'une d'elles et sans hésiter, débranche les appareils qui fournissent à l'enfant oxygène, sérum et chaleur.

C'est une petite fille nue, minuscule, fragile, à peine née, dont la vie ne tient qu'à un fil et qui ne pleure même pas.

Rosalind la cache sous son manteau comme un trésor, et s'enfuit par les sous-sols de l'hôpital. C'est une sale voleuse et peut-être une criminelle, car une enfant prématurée a besoin de soins particuliers qu'elle est bien incapable de lui fournir.

Le 3 avril 1950, le F.B.I. et toute la police fédérale sont à la recherche de Chaneta, âgée de sept mois et quatre jours, de race noire, pesant mille cent soixante grammes, un bébé en danger de mort qui devait rester dans sa couveuse artificielle plusieurs semaines encore. Sa disparition incompréhensible ne ressemble à aucun cas connu d'enlèvement d'enfant. En effet, les parents sont des ouvriers, incapables de payer la moindre rançon s'il s'agit d'un kidnapping.

Habituellement, les voleuses d'enfant (ce sont presque toujours des femmes) agissent dans la rue. Mais pour kidnapper un enfant prématuré dans un hôpital, il faut être totalement criminel ou irresponsable et ignorer complètement les risques encourus par l'enfant, incapable de survivre en milieu normal, alimenté par perfusion et isolé dans un environnement stérile. Des appels à la radio et à la télévision sont lancés dès le matin, mais les médecins craignent déjà pour la vie de l'enfant. Selon le spécialiste de l'hôpital,

Chaneta ne peut survivre plus d'une heure en dehors de sa couveuse, or il y a au moins sept heures qu'elle a disparu.

Aucune piste, aucun renseignement n'ont été découverts sur place.

Ce 3 avril, à midi, la mère de Chaneta, une jeune femme noire de trente ans, vient elle-même supplier les ravisseurs devant les caméras de la télévision. Son visage est marqué par la fatigue et le désespoir. Elle a accouché il y a quatre jours seulement, et son mari doit la soutenir.

— S'il vous plaît, dit-elle, s'il vous plaît, si vous m'entendez, rendez-la moi ! J'ai tellement souffert pour la mettre au monde, c'est notre seule enfant et je n'en aurai jamais d'autre. J'avais mis tant d'espoir en elle. Je ne l'ai même jamais vue. On me l'a prise tout de suite pour la mettre en couveuse, je n'ai même pas pu la toucher, l'embrasser, je n'ai même pas pu voir son visage, je dormais et j'étais trop malade ensuite pour aller la voir. J'attendais ce moment depuis si longtemps ! S'il vous plaît, rendez-la-moi, nous n'avons pas d'argent, mais nous en trouverons s'il le faut, donnez-la à un hôpital, ou à un médecin, elle va mourir, elle ne peut pas vivre... S'il vous plaît, je veux voir mon enfant !

Et la pauvre femme éclate en sanglots devant la caméra. Elle ne peut plus parler. On veut l'emmener, la calmer et elle supplie encore de ses deux mains jointes avant de disparaître de l'écran.

La mère de Chaneta a bouleversé toute la ville, mais pas la ravisseuse. Et la police fait ce qu'elle peut. L'hôpital a été fouillé de fond en comble, tout le quartier passé au peigne fin, sans autre résultat que le maigre témoignage d'un chauffeur de taxi.

La nuit du rapt, il a pris en charge une jeune femme noire qui portait un bébé dans ses bras. C'était à la sortie d'un métro. La jeune femme lui a demandé de s'arrêter devant un drugstore ouvert la nuit et elle est allée acheter une couverture pour son enfant. Ensuite, le chauffeur l'a déposée quelque part dans le quartier de Harlem, sur un grand boulevard. Il est incapable de préciser où exactement et ne peut donner de la jeune femme qu'un signalement vague : petite, mince, des cheveux coupés courts et frisés, de race noire comme le bébé qu'elle portait dans ses bras. Rien ne dit qu'il s'agit de Chaneta et de sa ravisseuse.

Les jours passent et les nuits, l'espoir s'amenuise et s'éteint. Interviewée par un grand magazine, la mère de Chaneta déclare :

— On me dit que ma fille est morte à présent, mais je supplie qu'on me la rende quand même. Je veux la voir, comprenez-moi, je veux voir mon enfant. C'est affreux de mettre au monde un enfant sans jamais l'avoir vu, de le savoir mort quelque part, sans jamais l'avoir vu. C'est à devenir folle. Je donnerais ma vie pour rejoindre mon enfant, pour le revoir, même une fois, une seule fois, même si elle est morte...

Hélas ! rien. Le rapt est sûrement l'œuvre d'un déséquilibré puisqu'aucune demande de rançon n'a été faite, qu'aucun hôpital, aucune clinique n'a été contacté. Or, personne ne dispose chez soi de couveuse artificielle. Il faut bien admettre que Chaneta n'a pas pu survivre à son enlèvement. C'est mathématique. Mais les mathématiques ne tiennent pas compte du hasard, seulement des lois de probabilité.

Or, justement, le 25 avril 1950, une jeune femme choisit des disques dans un grand magasin. Elle lie conversation avec la vendeuse qui lui demande tout à coup de patienter un instant sous le prétexte que la caisse est en panne. Elle se précipite alors au téléphone.

Il y a trois semaines environ, elle était vendeuse dans un autre magasin, et elle a vendu à cette même cliente une couverture de laine pour envelopper l'enfant qu'elle tenait dans ses bras. Un tout petit bébé. Elle a fort bien reconnu la femme.

La police arrive en trois minutes. Et la jeune cliente n'oppose aucune résistance. Rosalind, vingt ans, habite à Harlem un minuscule appartement avec son mari. Elle y mène la police sans faire de difficultés. Les larmes aux yeux, elle raconte son histoire. En mars 1950, elle a mis au monde des jumeaux, deux enfants morts-nés. Pendant quelques jours, sous le coup du chagrin, elle n'a rien dit, pas même à son mari qui travaillait alors sur un chantier éloigné. Elle est seule. Elle attend de se résigner et n'y arrive pas. Alors, dans la nuit du 3 avril, elle pénètre dans un hôpital par l'entrée réservée aux ambulances et s'y cache. A onze heures, heure de la dernière tétée, elle sait que la voie est presque libre. C'est risqué mais sa décision est prise. Elle ne pourra voler qu'un enfant prématuré, car tous les autres sont avec leur mère. De plus, il lui faut un bébé noir, comme elle.

Ce sera Chaneta, si petite, si fragile. Elle a besoin d'être aimée et Rosalind va l'aimer de toutes ses forces.

Elle sort par les caves, prend le métro, puis un taxi, achète une couverture, se fait déposer sur un grand boulevard au hasard, et marche longtemps pour rentrer chez elle, afin de brouiller les pistes.

Ensuite, dans son petit logement, elle installe Chaneta dans un berceau au fond d'une alcôve.

Et Chaneta y est toujours. Vivante. En bonne santé même, pesant une livre de plus, bon poids. C'est un miracle.

Rosalind savait à peu près de quoi les prématurés ont besoin. C'est une femme simple, mais organisée, qui ment pour ne pas être malheureuse.

A son mari qui rentre, elle dit que l'un des jumeaux est mort et que voici sa fille. Ensuite elle va s'employer à reconstituer les conditions d'une couveuse artificielle, avec les moyens dont elle dispose.

Il faut maintenir une température de trente-sept degrés en permanence : Rosalind installe deux chauffages électriques et d'innombrables récipients d'eau chaude qu'elle renouvelle sans arrêt, pour ne pas perdre un seul précieux degré. Pour l'oxygène, Rosalind fait brûler des produits chimiques, achetés dans une droguerie. Elle sait que Chaneta a besoin d'oxygène parce qu'elle respire mal.

Quant à la nourriture, ce sera son propre lait. Tant pis, elle n'a rien d'autre. Son lait qui ne devait servir à rien va nourrir Chaneta qui ne vivait que de sérum. Et le reste tient du miracle, car maintenir Chaneta en vie, c'est un miracle, le reste c'est de l'amour. De l'amour fou, certes, mais de l'amour tout de même. Une surveillance de tous les instants, de toutes les secondes, nuit et jour, pendant vingt jours.

Chaneta, sept mois, vingt-quatre jours et mille huit cent vingt-cinq grammes, a enfin rencontré et retrouvé sa véritable mère, mais seulement pour quelques minutes, car elle a dû retourner en couveuse. Le lent travail de la vie prénatale n'était pas achevé. Pas encore, mais c'était bien parti.

Et la mère de Chaneta, une dernière fois interviewée à la télévision, a dit de Rosalind :

— Elle risque la prison à vie, je sais, mais moi je lui pardonne. Je sais ce que c'est de perdre son enfant. Que Dieu permette qu'elle en ait d'autres !

Mais Dieu n'a pas permis. Rosalind le savait, sa punition était prévue d'avance, pour vingt jours d'un bonheur volé à une autre.

IL MANGEAIT DES BONBONS

Il est petit, les cheveux drus, couleur de sable, avec de longs favoris qui encadrent ses joues pâles. Une fine moustache ponctue ses lèvres minces. Il porte des lunettes à monture d'acier, son regard est glacial.

Il a l'air d'une statue de sable. Tout est couleur de sable chez cet homme terne et froid.

Handy Provitt, le chef de la police de Provincetown, le regarde avec étonnement.

Alors c'est lui, le monstre ? Il n'était pas au Mexique, ni au Canada, ni au Honduras, ni au Guatemala, il était à cinquante kilomètres de Provincetown. On le cherchait partout, jusqu'en France, en Italie ou en Espagne. Par mesure de précaution, on avait diffusé son signalement à toutes les polices du monde. Et il était là, tout près, à Burhington, Massachusetts. Il achetait des bonbons dans un drugstore.

Des bonbons ! Et on vient de le livrer à Handy Provitt, avec son paquet de bonbons multicolores qu'il tient à la main comme s'il était en visite. Il ne s'est pas débattu, il n'a pas protesté. Le policier de service dans le magasin l'a reconnu, s'est approché et lui a dit :

— Anton Motta ? Vos papiers, s'il vous plaît...

Et il a donné ses papiers. Le policier a sorti son arme, craignant un mauvais coup ou une attaque. Il avait peur d'arrêter tout seul, en pleine foule, un dimanche matin, le monstre dont on lui montrait la photo chaque matin avant de prendre son service.

Mais le monstre le regardait sans rien dire. Sans bouger. Il suffisait de lui mettre les menottes et de l'emmener avec son paquet de bonbons. Dans la voiture de police, Anton Motta a demandé :

— Qu'est-ce que vous voulez ?

Comme si se faire arrêter était un contretemps ennuyeux mais sans gravité. L'un des policiers qui l'encadrait sur le siège arrière en a explosé de fureur :

— Ce qu'on veut ? Te découper en morceaux, mon pote ! Ça te rappelle rien ?

Anton Motta a regardé l'homme rouge de colère qui lui postillonnait au visage, et n'a plus ouvert la bouche.

Et voilà ce petit homme couleur de sable, immobile à vous mettre mal à l'aise, attendant on ne sait quoi. Qu'on l'informe peut-être. Handy, le chef de la police, s'attendant à une longue journée et une longue nuit avant d'obtenir des aveux, récapitule mentalement les preuves accumulées contre cet homme :

— Il vivait à l'hôtel-pension où ont disparu les deux dernières jeunes filles ;

— Il est le dernier à les avoir vues vivantes, avec d'autres personnes insoupçonnables ;

— Il a utilisé leur voiture pour s'enfuir, et a même payé une contravention pour excès de vitesse sur l'autoroute, le jour de leur disparition.

Pour les deux autres cadavres, rien. Aucun lien. Sinon l'endroit où on les a trouvés, un cimetière de femmes, dans les dunes de sable de la presqu'île de Truro, un minuscule port de pêche qui s'enfonce dans l'océan Atlantique.

Handy Provitt pose la main sur l'énorme dossier criminel qui l'empêchait de dormir depuis trois mois. Des photos, des rapports d'autopsie, des témoignages, des analyses, des signalements. Sur Anton Motta : une simple fiche et une photo d'identité.

Vingt-cinq ans, profession : naturaliste. Marié à dix-neuf ans avec une jeune fille de quatorze ans. Trois enfants. Divorcé depuis deux ans. Jamais condamné. A perdu son père à deux ans, sa mère vit encore. Point final.

Handy Provitt a tout à apprendre sur le monstre assis en face de lui, son paquet de bonbons sur les genoux.

Un avocat vient de faire irruption dans le bureau du chef de la police, il a l'air agité.

— Shérif, on m'a nommé d'office, où est mon client ?

— C'est lui. Mais il ne veut pas d'avocat pour l'instant...

— C'est à lui de me le dire, si vous permettez ! Monsieur Motta, vous a-t-on informé de vos droits ? Avez-vous subi des pressions, des sévices ? Vous a-t-on encouragé à parler avant mon arrivée ?

Le petit homme immobile secoue la tête négativement, puis se râcle la gorge avant de parler. Drôle de voix : fluette et sans couleur, terne comme lui.

— Je vous remercie, tout va bien, je n'ai pas besoin de vous pour l'instant, on ne m'accuse de rien, n'est-ce pas ?

L'avocat, surpris, consulte le policier du regard et Handy Provitt détourne la question :

— En effet, on ne l'accuse de rien pour l'instant. Mais dans cinq minutes, j'inculperai cet homme pour assassinat, pour quatre assassinats...

— Shérif, j'ai le droit de lui parler avant.

— Allez-y, je vous donne cinq minutes, pas plus. Mais je vous préviens, vous ne le tirerez pas d'ici, vous ne le ferez pas enfermer chez les fous avant que je sache, avant qu'il ait tout raconté, tout, absolument tout. La caution est fixée à cent mille dollars et il ne les a pas. Sa femme non plus, sa mère non plus, personne ne le sortira de là. Et pour l'instant, rappelez-vous que je ne l'ai accusé de rien. Il est là comme témoin, il parlera comme témoin. Et ça, vous n'y pouvez rien.

— Shérif, c'est une tactique grossière ! Vous ne l'inculpez pas, pour me mettre à l'écart, mais vous le ferez dans cinq minutes, dès que j'aurai le dos tourné !

— Exact !

— Pourquoi ? Faites-le maintenant ! Vous avez peur que j'assiste à l'entretien ?

— Je ne veux pas de vous. C'est clair ? Je vous connais, vous, les avocats. Vous allez vous précipiter chez un psychiatre et plus personne ne pourra poser une seule question à monsieur sans se faire répondre qu'il est « irresponsable officiel »...

— Mais cet homme est peut-être fou !

— Peut-être ! Excellente question ! Dites-moi, Motta, votre avocat estime que vous êtes fou, il veut vous faire enfermer avant que nous discutions tous les deux, qu'en pensez-vous ?

Ignorant les protestations de l'avocat furieux, le policier se penche sur le petit homme et répète :

— Alors ? Vous êtes fou ? Ou on discute entre hommes ?

Anton Motta a une légère hésitation, puis sa voix terne tranche la question :

— Je n'ai besoin de personne pour parler avec vous.

— Parfait. Alors disons que ce monsieur est votre avocat, que vous l'avez vu et qu'il va attendre dans la pièce à côté que vous ayez besoin de lui. D'accord ?

— Entendu. Puis-je vous offrir un bonbon ?

Et tandis que l'avocat, vexé, disparaît en maugréant une multitude de mises en garde sur la légalité du procédé, Motta le monstre offre poliment un bonbon au chef de la police, qui le prend d'abord sans réfléchir puis le jette sur son bureau avec colère.

Les mains de cet homme ! Ces petites mains maigres aux doigts déliés, aux ongles soignés, ces instruments de torture barbare voudraient lui offrir un bonbon !

Handy Provitt a du mal à reprendre son calme. Pourtant il le faut. Il veut des aveux en règle, et vite. Il veut que les juges n'aient pas à se poser de questions, qu'il n'y ait pas de doute, qu'ils sachent bien que l'homme qu'ils auront à juger est une bête humaine, un sadique immonde ! Et que le pardon n'existe pas pour lui, sous aucune forme.

Handy Provitt est un homme simple. Jamais, de toute sa carrière de policier, il n'a frappé un homme. Il a toujours fait son métier proprement. Mais ce monstre le dépasse. Il doit lutter contre l'envie de l'écraser comme une punaise malfaisante, il doit oublier le spectacle horrible de ces corps mutilés, découpés, hachés en morceaux, dans le sable des dunes : Patricia, étudiante, vingt-trois ans ; Mary Ann, étudiante, vingt-deux ans ; une inconnue du même âge et une enfant de dix ans non identifiée. Il faut oublier...

— Anton Motta, vous êtes inculpé d'assassinats et de profanation de corps sur quatre victimes, dont deux n'ont pu être identifiées.

— Je suis innocent.

— Levez-vous, nous allons faire un tour sur la plage !...

Le petit homme se laisse emmener sans sourciller. Il bâille en montant dans la voiture du chef de la police et ignore totalement les flashes des photographes qui le mitraillent à bout portant. Les dunes de la plage de Truro sont à quelques kilomètres. C'est le bout du monde, le cap Cod, mince bande de sable qui s'enfonce dans l'Atlantique comme une aiguille recourbée, et ferme la baie du Massachusetts. Sur ce même sable, débarquaient en 1620 les pèlerins du *Mayflower,* quarante et un puritains anglais dont Anton Motta est un curieux descendant.

Mayflower, « Fleur de mai ». Nous sommes en mai 1969, trois cent cinquante ans après les premiers pas des colons puritains sur le sable du cap Cod...

Anton Motta, le petit monstre au teint couleur de sable, marche aux côtés du chef de la police jusqu'à la dernière dune, face à l'océan.

Les policiers font barrage aux journalistes, cinq cents mètres plus haut. Motta marche mal. Ses mains liées par les menottes l'empêchent de garder l'équilibre et il tombe à genoux plusieurs fois, mais sans se plaindre.

Au bout de la dune, il y a quatre piquets de bois, écartés de quelques mètres, un pour chaque corps retrouvé. Handy Provitt connaît trop bien cet endroit. C'est lui qui a dirigé les fouilles. Et jamais, de toute son existence, il n'avait vu pareil spectacle.

— Alors, c'était là ?

— Je n'ai rien fait...

— C'est là qu'on les a retrouvées.

— Je voudrais m'asseoir.

— Non. Debout ! Marche jusque-là ! C'est ici qu'on a retrouvé la hache, et ici le couteau, et là un foulard de soie bleue avec tes empreintes !

— Vous n'avez pas mes empreintes !

— Si, dans ton dossier militaire. Pourquoi as-tu été réformé ? Tu t'en souviens ?

— Non...

— Moi, je sais : mauvaise constitution physique. Incapable de subir l'entraînement.

— C'est possible.

— Et pourtant tu as tué quatre femmes. Dont trois en pleine force de l'âge, des jeunes filles athlétiques, sportives, ce n'était pas facile. Comment as-tu fait ?

— Je ne sais pas, je n'ai rien fait !

— Tu n'aimes pas les femmes ?

— Si.

— Alors, pourquoi les tuer ?

— Je n'ai tué personne.

— Essayons de voir ça. Le sergent va faire comme s'il était une femme. Allez-y, sergent, asseyez-vous là, et toi aussi...

Montre-nous ! C'est Patricia qui est là avec toi. Elle est brune, pas très grande, avec une robe de plage, un maillot de bain bleu et un foulard bleu, tu te rappelles ?

— Je n'ai rien fait...

— Mais si, tu as pris ton couteau et tu l'as égorgée.

— Non.

— Ensuite, tu as attendu que son amie revienne de la voiture et tu l'as égorgée aussi.

— Non. Elle marchait dans l'eau.

— D'accord, elle marchait dans l'eau, elle arrive vers toi, elle demande où est Patricia, tu lui dis qu'elle est dans la voiture et tu l'égorges...

— Non.

— Si, tu l'égorges !

— Non. Je n'ai rien fait. Elle marchait dans l'eau, j'ai marché avec elle.

— Tu avais le couteau !

— Je n'ai pas de couteau, vous me fatiguez.

— Sergent, montrez-lui le couteau. C'est le tien, n'est-ce pas ? Où l'as-tu acheté ?

— Ce n'est pas un couteau, c'est un scalpel !

— Et ça sert à quoi ?

— A découper les animaux pour les empailler ensuite.

— C'est comme ça que tu as découpé les jeunes filles ?...

— Je n'ai rien fait...

— Et l'enfant ? Tu te souviens de l'enfant ? Elle jouait sur la plage...

— Non, elle pêchait, là-bas... de l'autre côté de la dune.

— Pourquoi l'as-tu tuée ? Elle et les autres ? Qu'est-ce qu'elles t'avaient fait ?

— Rien. Je ne sais pas de quoi vous parlez, j'aimerais rentrer, il fait froid ici.

Une heure plus tard, dans le bureau du chef de la police, Anton Motta regarde sans frémir les photos de son massacre. Le 4 février, une enfant qui pêchait ; le 8 février, une jeune fille inconnue ; le 12 février, deux jeunes filles en promenade.

N'importe qui détournerait les yeux devant ce qu'il en a fait. Lui, il regarde, il a l'habitude. En perquisitionnant chez lui, on a trouvé des dizaines d'animaux empaillés, de reptiles dans des bocaux, de poissons morts dans du formol. Anton Motta exerce le métier de naturaliste par goût personnel. Il travaille peu pour les autres. Beaucoup pour sa collection privée. On espérait trouver chez lui les preuves définitives de sa culpabilité. On ne les a pas trouvées. Il a pourtant arraché le cœur de ses victimes après son horrible travail de découpage.

Handy Provitt a lu, un par un, les rapports d'autopsie. L'absence des cœurs le rend malade :

— Qu'est-ce que tu en as fait ?

La nuit est tombée. Et pour la dixième fois au moins, le policier reprend l'interrogatoire à zéro.

L'avocat est allé se coucher, en laissant un numéro de téléphone. Un adjoint interroge l'ex-femme du monstre, qui l'accuse de cruauté mentale, de sadisme et refuse de le voir.

La mère est arrivée vers le milieu de l'après-midi. Elle attend. Elle veut voir son fils. A plusieurs reprises, il a fallu l'empêcher de forcer la porte ; elle pleure, elle tempête, elle menace…

— Motta, tu veux voir ta mère ?

— Non.

— Pourquoi ? Elle veut te voir, elle…

— Non.

— Tu vas la voir quand même. J'en ai assez de l'entendre brailler à côté…

— Laissez-moi tranquille, je n'ai rien fait…

— Alors, tu veux ton avocat ? Il t'amènera un médecin !

— Je ne suis pas fou, je n'ai rien fait, vous m'ennuyez…

— Choisis : c'est le médecin ou ta mère.

Anton Motta soupire légèrement. Il se lève, résigné, face à la porte, et regarde entrer sa mère avec froideur.

Mme Motta mère est une femme forte, assez laide et

volubile. Elle se jette comme un vampire sur son fils, les bras en avant, l'embrasse et le dorlote en pleurant :

— Jure-moi que tu n'as rien fait de mal, mon bébé... Jure-le !

Le petit monstre s'essuie les joues et recule aussi loin qu'il peut. Un vague dégoût filtre à travers les lunettes à monture d'acier, il marmonne :

— Faites-la sortir !

Mais la mère s'accroche à son fils, et celui-ci n'arrive pas à s'en débarrasser. C'est une pieuvre, ses bras sont des tentacules qui l'enferment, l'emprisonnent, l'étouffent...

Cette fois, le petit homme est rouge. Pour la première fois depuis qu'il est face à la police, il a des couleurs et semble vivant. Si vivant qu'il en explose :

— Faites-la sortir, bon Dieu !

Handy Provitt le pressentait vaguement, sans réaliser le profit qu'il pouvait en tirer : le monstre hait sa mère. Elle le dégoûte et il n'arrive pas à surmonter ce dégoût ; il se débat comme il peut, mais les menottes l'empêchent d'échapper à cette tendresse envahissante...

Alors, le policier en profite. Il s'asseoit, il laisse faire quelques minutes. Il écoute la mère l'agonir de sottises en prenant son fils à témoin :

— Vous n'avez pas le droit de l'ennuyer, ôtez-lui ses menottes, laissez-le partir, rendez-le-moi, c'est mon fils, c'est mon enfant, il n'a rien fait de mal, n'est-ce pas, bébé ? Mais dis-le ! Maman ne te laissera pas, elle ne te laissera plus, c'est fini. Tu vois ce que c'est de partir ?... Oh, c'est cette fille ! Je suis sûre que c'est elle ! Une petite garce, vous savez, c'est elle qui l'a dévergondé ! C'est sa femme ! Et maintenant, elle l'accuse de tous les maux ! Vous pensez... Une femme de cet âge, qui ne veut même pas me laisser les enfants ! Ce n'est rien, mon bébé, ce n'est rien ! Tu vas rentrer à la maison, maman va tout arranger, tu vas voir !

Handy Provitt s'est senti un peu sadique, lui aussi. Il a vu le petit monstre transpirer à grosses gouttes avec satisfaction, et lorsque la mère a hurlé :

— Vous n'avez pas de preuves !

... il lui a mis sous le nez les horribles photos, il lui a presque jeté au visage le foulard bleu taché de sang !

— Les voilà, les preuves. Il a découpé quatre femmes en morceaux... en tout petits morceaux et il a arraché le cœur à chaque fois... c'est votre « bébé » qui a fait ça, madame Motta !

— Non !

C'est là que le petit monstre a cédé. Pour écraser sa mère et s'en débarrasser, croyait-il, une bonne fois pour toutes.

Il avançait et elle reculait sous les aveux, sous les détails, elle se cachait la tête dans les mains, elle pleurait, criait, comme si son propre fils la torturait à son tour. Puis elle s'est enfuie en hurlant. Et le petit monstre s'est effondré sur une chaise devant le policier ; il tremblait de tous ses membres, Handy Provitt, il n'était plus si fier que ça.

Le lendemain, Anton Motta avait récupéré son calme, il était redevenu le petit monstre couleur de sable, au regard glacé derrière ses lunettes à monture d'acier.

Il n'a jamais renouvelé ses aveux. Jamais. Ni devant le juge, ni au tribunal où il bâilla durant toutes les audiences.

Et il disparut à jamais entre deux blouses blanches. A l'abri des jugements humains. Irresponsable devant la loi.

Sur plainte de la mère, le shérif Handy Provitt reçut un blâme sévère du tribunal, pour abus de pouvoirs, et il ne fut pas réélu.

Il ne faut pas jouer avec les petits monstres de sable quand on est grand, c'est défendu.

PÉNÉLOPE N'ATTENDRA PAS

Ils sont venus, ils sont tous là. Toute la famille Pasoli est venue du Nord et du Sud de l'Italie, car Irina est morte.

Il y a le grand-père Pasoli, médecin ophtalmologiste, le père Pasoli, chirurgien, le veuf, Carlo Pasoli, neurologue, et son frère généraliste.

Dans la grande villa près de Milan, règne un silence de mort. Irina est allongée sur un lit à baldaquin. Sa tête repose sur un oreiller de dentelle de Venise, son corps sur un drap de satin. On a glissé dans ses deux mains jointes un chapelet de cristal rose et la cameriste a tressé les cheveux noirs en diadème sur le front blanc.

Irina était belle jadis. La mort lui a presque redonné sa beauté. Le dernier hommage rendu, les hommes se lèvent et s'en vont. Les femmes restent. Elles vont prier juqu'à la mise en bière. Alors, la grand-mère Pasoli se penchera sur Irina pour lui retirer ses bijoux, ne lui laissant qu'une médaille au cou, et son alliance. L'enterrement aura lieu discrètement et, le soir, toute la famille dînera en silence. En silence, car le grand-père a dit :

— C'est moi qui parlerai à Carlo.

Au cimetière, chacun a pu remarquer la présence d'un inconnu en pardessus et chapeau gris. Il se tenait à quelques tombes de là, observant la cérémonie. Il est reparti seul, avant le cortège, dans une voiture immatriculée à Rome. Mais personne n'a fait de commentaire.

Et le soir, comme prévu, le grand-père s'est enfermé au salon avec Carlo. De quoi ont-ils parlé ? Personne ne le sait. Et qu'y a-t-il à dire sur la mort d'Irina ? Peu de choses.

La haute société de Milan apprendra peu à peu le drame qui a frappé la famille Pasoli. Irina s'est suicidée. Il ne faut pas le crier sur les toits car l'Eglise a consenti à lui donner les derniers sacrements. Le curé de la paroisse a pudiquement fermé ses oreilles aux bruits qui couraient : abus de tranquillisants… et ouvert les yeux sur le denier du culte. La famille Pasoli est généreuse pour l'Eglise. L'Eglise admettra que la mort fut accidentelle. Cette pauvre Irina s'est trompée de dose…

Un peu plus tard, les commentaires se feront plus acides : « En réalité, cette pauvre Irina était jalouse. Son mari la trompait avec une de ses clientes, une blonde extraordinaire. Une Vénitienne de vingt-deux ans ! Irina a lutté tant qu'elle a pu. Mais, à quarante-cinq ans, c'est dur. Elle a même essayé la chirurgie esthétique, pour les poches sous les yeux et le cou. Une réussite, elle avait gagné vingt ans ! Seulement les nerfs n'ont pas tenu. Elle se bourrait de barbituriques. »

Voilà ce que l'on peut dire sur la mort d'Irina, encore peu de choses… Un peu plus tard, les commentaires se feront ironiques…

« Carlo n'a pas perdu de temps. Un mois après la mort de sa femme, il s'affiche avec cette fille et il veut l'épouser. C'est scandaleux ! Elle a presque trente ans de moins que lui ! On les a vus en week-end aux sports d'hiver. Ils se cachent, mais plus pour longtemps. Enfin, tant pis pour lui, il sera cocu, c'est évident. Un homme si brillant, si riche, s'amouracher d'une call-girl ! Il la couvre de bijoux, c'est insultant pour cette pauvre Irina… »

Les commentaires devaient s'arrêter là jusqu'au remariage. D'ailleurs, le Dr Carlo Pasoli prend des vacances : quinze jours aux Bermudes. Il prend l'avion seul, pour l'opinion publique. Et, toujours pour l'opinion publique, sa « fiancée » prend le même avion, seule.

Ils n'ont pas remarqué, car ils sont naïfs, l'homme en pardessus et chapeau gris qui lit son journal dans un coin, près d'un pilier, qui les regarde monter à bord, qui regarde partir l'avion et s'en va prendre son train. Il serait bien parti, lui aussi, pour les Bermudes où, sans doute, il n'ira jamais, mais son dossier est largement suffisant et il n'a pas le temps, lui, de prendre des vacances.

Son train le dépose à Bologne. Là, il se rend à pied jusqu'à une maison particulière et sonne à un portail. La plaque de cuivre sur le pilier annonce : Dr Ignacio Pasoli. C'est le grand-père, l'ex-chirurgien à la retraite.

Le domestique prend la carte du visiteur en pardessus et chapeau gris et l'apporte au vieillard qui dort dans sa bibliothèque.

— Monsieur... C'est un policier qui demande monsieur ! Un détective.

L'aïeul redresse sa haute taille. A quatre-vingt-treize ans, il n'exerce plus mais le pourrait encore. Ses longues mains fines ne tremblent pas. Son dos est droit, son regard perçant...

— Fais-le entrer, Silvio, et qu'on ne me dérange pas.

L'homme en gris traverse un salon, foule du pied des tapis précieux et disparaît derrière les hautes portes sculptées de la bibliothèque. Tout ici respire la noblesse bourgeoise, les traditions, la culture, le raffinement et la richesse.

— Asseyez-vous, monsieur. Vous êtes de la police ?

— Police privée, docteur. Je suis détective privé...

— Que désirez-vous ?

— Vous tenir au courant de mon enquête sur la mort d'Irina Pasoli, la femme de votre petit-fils.

— De quel droit faites-vous une enquête ?

— Je ne la fais plus, docteur, elle est terminée. Irina Pasoli m'avait engagé il y a six mois.

— Alors tout ceci ne regardait qu'elle, et elle est morte, vous devriez le savoir...

— Je le sais, monsieur, bien entendu.

— Alors, vous réclamez de l'argent ? Elle ne vous a pas payé vos honoraires, c'est ça ?

— Elle les avait payés d'avance, monsieur, et si j'ai poursuivi après sa mort, les quelques frais que j'ai engagés ne méritent pas d'en faire la facture. Quelques taxis, un billet de train, ce sont des choses sans importance. D'ailleurs, j'avais accepté un forfait.

— Alors, que voulez-vous ?

— Vous rendre compte de mon enquête. C'était le désir de ma cliente...

— Je ne le souhaite pas.

— Peut-être avez-vous tort, monsieur.

— Je n'aime pas les détectives privés. Je n'aime pas les ragots. Ma petite-fille est morte, cela ne regarde que nous !

— Que dois-je faire alors ?

— Ce que vous voudrez. Brûlez votre dossier, oubliez-le, le reste m'est égal.

— C'est impossible, monsieur. Je ne peux pas brûler ou oublier un dossier comme celui-là. Je dois le remettre à la police.

— C'est du chantage ?

— Non, monsieur.

— Si vous le remettez à la police, je dirai qu'il a été fabriqué de toutes pièces, et que vous êtes venu pour me le vendre. Mon domestique sera témoin.

— Comme vous voudrez, monsieur. Au revoir, monsieur...

Et le domestique raccompagne l'homme en pardessus et chapeau gris. A la grille, l'homme se retourne vers lui.

— Dites à votre maître que j'ai enregistré notre conversation. Avec ce petit appareil, vous voyez ? Cela lui évitera des ennuis supplémentaires.

Et l'homme va reprendre son train. Tandis que le grand-père Pasoli tourne en rond dans sa bibliothèque et que son petit-fils s'étire avec volupté sur le sable chaud des Bermudes...

L'homme des Bermudes n'a pas de chapeau ni de pardessus gris. Il transpire sous une chemisette de coton. Aux Bermudes, le soleil n'est agréable que dans les piscines des grands hôtels et le policier américain n'est pas venu pour se baigner.

Il est venu pour dire à l'un des clients de l'hôtel, le Dr Carlo Pasoli : « Monsieur, vos vacances sont terminées. Mes collègues italiens vous réclament. Il va falloir leur expliquer comment votre femme est morte. »

Mais, avant de faire ce petit effet, le malheureux a le temps de transpirer. Le Dr Pasoli et sa fiancée sont partis en mer, à la pêche aux requins. Ils ne rentreront qu'à l'heure des cocktails du soir, c'est ce qu'a dit le concierge. M. Pasoli occupe le bungalow 27 sur la plage. Le policier a vérifié, en se gardant bien d'annoncer ses qualités.

— Je suis un ami, je l'attendrai sur la terrasse. Merci.

Pour ne pas avoir l'air bizarre, il a commandé un rafraîchissement et pour ne pas vider son portefeuille, il a prétendu qu'il ne déjeunerait pas. Un seul repas, ici, lui coûterait une semaine de salaire. Le Dr Pasoli est riche, très riche, ou alors il vit au-dessus de ses moyens. Peut-être compte-t-il sur l'héritage de sa femme ?

Mais le rapport de la police italienne précise que les Pasoli sont une famille riche de toute façon, et indique aussi qu'il convient de manier le docteur avec prudence, car l'autopsie est en cours. Toutes les informations recueillies sur la mort de sa femme proviennent d'un détective privé engagé par elle. Et jusqu'à plus ample informé, le docteur n'est pas considéré comme un coupable mais comme un simple suspect.

A six heures du soir, dans l'embrasement du soleil couchant sur la mer, le suspect et sa compagne arrivent en riant au bungalow numéro 27. Pour un veuf d'un mois et dix jours, le docteur se porte bien. Et la fille est splendide. Une vraie couverture de magazine. Bronzée, luisante, éclaboussée de soleil et rayonnante d'insouciance : aussi claire qu'il est sombre, aussi blonde qu'il est brun.

Vingt-deux ans contre cinquante... Un bikini minuscule contre un estomac naissant. Une crinière de sirène contre des tempes grises.

— Docteur Pasoli ? Jimmy Norfolk, police criminelle de Miami.

Le Dr Pasoli s'est figé. Ses traits se sont durcis immédiatement.

— Qu'est-ce que vous voulez ?

— Une déposition, docteur. Voici mon ordre de mission. Je suis chargé de vous interroger sur les circonstances de la mort de votre femme...

— C'est une plaisanterie ?

— Non, une obligation, docteur.

— Et si je refuse ?...

— J'en prendrai note et nos collègues italiens décideront. Entre-temps, vous voudrez bien ne pas quitter le secteur, ainsi que mademoiselle...

— Bon. Eh bien, je vous écoute...

— Est-ce vous qui avez découvert le corps de votre femme ?

— Oui.

— A quelle heure ?

— Huit heures du matin.

— Quand l'aviez-vous quittée ?

— La veille, au dîner. Nous faisions chambre à part.

— Selon vous, de quoi est-elle morte ?

— C'est écrit sur le certificat de décès : d'un excès de barbituriques...

— Et selon vous ?

— D'un excès de barbituriques...

— En prenait-elle souvent ?

— Tous les soirs, pour dormir.

— Avait-elle une ordonnance ?

— Evidemment ! Délivrée par son médecin traitant.

— Votre propre père, je crois...

— C'est exact.

— Avait-elle l'intention de se suicider ?

— Selon toute évidence...

— L'avait-elle dit, à vous ou à quelqu'un d'autre ?

— A moi, plus ou moins...

— Pour quelle raison ?

— La jalousie. Elle refusait le divorce, et même la séparation.

— A-t-elle menacé de se suicider ce soir-là au dîner ?

— Non.

— Connaissez-vous quelqu'un qui aurait pu désirer sa mort ?

— Personne. C'est une question stupide.

— Il est possible, docteur, que votre femme ait été assassinée... C'est pourquoi je pose cette question...

— Qui prétend cela ?

— Un témoin qui a bien connu votre femme, et enquêtait pour elle.

— C'est une histoire montée de toutes pièces ! Un chantage probablement.

— Non, docteur. L'homme a déposé son dossier chez le procureur de la République qui a ouvert une information. Une autopsie est en cours. Nous en connaîtrons les résultats demain très certainement. Jusque-là, je vous demanderai de rester à ma disposition. Vous comptez rentrer en Italie bientôt ?

— Demain, si cette histoire stupide n'est pas stoppée immédiatement ! Ma femme est morte pour avoir pris trop de somnifères. Il peut s'agir d'un accident, comme d'un suicide.

— Mais vous penchez pour le suicide...

— Elle était jalouse, et déprimée... C'est une raison valable.

— Saviez-vous que votre femme vous faisait suivre ?

— Non, je l'ignorais, mais ça ne m'étonne pas. Et c'est sur le rapport d'un vague détective privé spécialiste des adultères, que la police m'accuse d'assassinat ?

— La police ne vous accuse pas, docteur, je n'ai pas dit cela, je vous interroge comme témoin principal, c'est tout.

— Et que dit ce flic ?

— En gros, il a les preuves de votre liaison avec mademoiselle et de votre intention de l'épouser. Photos et bandes magnétiques.

— N'importe qui pourrait le savoir sans être flic !

— Il affirme que votre femme n'avait pas l'intention de se suicider, mais craignait pour sa vie... Il possède une lettre d'elle précisant ces choses.

— Ridicule ! Elle voulait se venger... C'est tout ?

— Non, docteur. Ce détective possède un témoignage qui prouve que la veille de la mort de votre femme, vous avez pris dans votre cabinet un flacon d'un produit dangereux et que ce flacon n'est pas revenu à sa place.

— C'est mon infirmière qui dit cela ? La pauvre idiote ! J'ai pu prendre n'importe quoi et l'oublier, ou le casser...

— En effet, docteur. Si vous n'avez rien d'autre à ajouter, je vous demanderai de signer là. Je dois transmettre à Rome les termes de votre déposition. Puis-je interroger mademoiselle ?

— Elle n'a rien à voir là-dedans.

— Est-ce votre avis, mademoiselle ?

— Je n'ai rien à dire, en effet, sinon que nous nous aimons, et que tout ceci est destiné à nous humilier. C'est honteux. Au revoir, monsieur.

— A demain, mademoiselle, à demain, docteur. Et ne partez pas sans avertir les autorités de votre destination. Si vous avez besoin de moi, je suis à l'hôtel de l'aéroport, chambre 20... Jimmy Norfolk, voici ma carte.

Le lendemain, Jimmy Norfolk apprenait par téléphone que le rapport d'autopsie était parvenu à Miami, par télex. Sans préjuger d'une contre-expertise toujours possible et contradictoire, le rapport soulignait la présence du barbiturique correspondant à l'ordonnance prescrite à la victime, mais en faible dose, insuffisante pour avoir provoqué la mort... Par contre, le médecin légiste des laboratoires de toxicologie de Milan affirmait la présence d'un poison destiné à paralyser les muscles respiratoires. Ce produit avait été injecté par voie intramusculaire, au niveau du bras gauche ; la trace de la piqûre était encore visible... L'analyse en déterminait une quantité suffisante pour avoir provoqué la mort par arrêt cardiaque, en association avec les barbituriques...

Jimmy Norfolk avait donc ordre de faire procéder à l'arrestation du Dr Pasoli par les autorités de l'île, l'Italie demandant son extradition s'il refusait de se rendre à la justice de son pays...

Le Dr Pasoli a pris les choses de très haut. En refusant de répondre à la police locale d'abord, puis en prenant lui-même l'avion pour Rome, où un policier l'attendait pour lui passer les menottes. Sa jolie fiancée ne l'accompagnait pas, le soleil des Bermudes occupant tout son temps...

Le Dr Pasoli a nié. Son père a nié, son grand-père a nié. Toute la famille a nié, mordicus. Carlo était innocent, le chantage et le mauvais esprit voulaient sa peau !

Seul au procès, le père d'Irina, un vieil industriel devenu rentier, s'est retourné contre la famille Pasoli, unie et fermée.

— Je sais qu'il est coupable et je sais que vous le savez tous... Mais vous préféreriez crever plutôt que de le laisser condamner... Eh ! bien, il le sera ! J'en fais le serment !

C'est ainsi que le procès Pasoli dura cinq ans, durant lesquels la crème des experts italiens se lança des vérités scientifiques à la tête, inondant les jurés de considérations chimiques au milligramme près.

Parmi les jurés, cinq femmes : une mère de famille, une secrétaire, une ouvrière d'usine, une commerçante et une femme de chambre. Elles eurent la dent aussi dure que le leur permettait la loi.

Vingt ans au premier procès ; douze ans en appel ; sept en cassation dont cinq ans déjà accomplis en prévention, et deux en remise de peine.

Le Dr Pasoli, à cinquante-cinq ans, sort de prison pour demander immédiatement la révision de son procès, car il est innocent, il le maintient !

Mais le soleil des Bermudes n'est plus pour lui… et sa blonde naïade a disparu dans les piscines d'eau bleue des milliardaires.

A son âge, on ne s'appelle pas Pénélope.

« TAISEZ-VOUS, JE RÉFLÉCHIS »

Imaginez que l'on vous demande de reconnaître parmi une dizaine d'hommes, numérotés de un à dix, celui qui vous aurait attaqué un mois plus tôt.

Un homme qui aurait passé cinq heures avec vous, dans une voiture, un revolver à la main. Qui vous aurait parlé pendant cinq heures, qui aurait bougé, qui aurait répondu à vos questions, avant de tuer votre compagnon et de tenter de vous tuer ensuite.

Cet homme, cet assassin, est peut-être là devant vous, du numéro un au numéro dix.

Vous êtes malade. Les violences subies, les balles dans votre corps, tout cela a peut-être troublé vos souvenirs. Vous êtes sur un lit d'hôpital et vous regardez ces dix paires d'yeux, ces dix visages. On ne vous demande qu'une chose :

— Parmi ces hommes, reconnaissez-vous votre agresseur ?

Votre agresseur portait une sorte de mouchoir sur le visage, un chiffon qui lui cachait le nez et la bouche... la plupart du temps.

Mais, durant cinq heures, vous avez pu apercevoir au

moins une fois son visage en entier. Vous l'avez aperçu quelques secondes dans l'éclat des phares d'une voiture...

— Reconnaissez-vous votre agresseur ?

Tout est là, tout ce qui fait qu'après avoir pendu un homme, on puisse se poser l'horrible question : Pendu coupable ou pendu innocent ?

Le 22 août 1961, un homme et une femme vont vivre une aventure épouvantable.

Michael Gregstone et sa maîtresse Valérie Storie (sa secrétaire) quittent leur bureau et vont prendre un verre dans une auberge. Ils font cela très souvent, car Michael est marié. Sa liaison avec Valérie a ce côté sordide des échappées en voiture après les heures de bureau. Des haltes clandestines dans la campagne ou les terrains vagues.

Ce soir-là, Michael et Valérie passent la soirée en voiture, dans un champ isolé des environs de Londres, un champ de blé. Il est dix heures du soir. Une main frappe à la vitre de la petite Morris.

Michael se redresse, surpris, et distingue vaguement le visage d'un homme. Il commence par baisser la glace. Avant même d'avoir terminé, Michael voit surgir sous son nez un revolver.

— C'est un hold-up... Ne bougez pas ! Je suis désespéré, on me court après depuis quatre mois. Si vous faites ce que je dis, tout ira bien pour vous.

Michael et Valérie ne réalisent pas immédiatement ce qui leur arrive. Mais la peur paralyse Michael.

— Donnez-moi la clé de contact !

Valérie proteste :

— Ne lui donne pas ! Ne lui donne pas !

Michael obéit pourtant. Que faire d'autre avec un revolver sous le nez ?

L'homme monte à l'arrière de la voiture.

— Bon. Regardez devant vous, et ne vous retournez pas... Avec moi, ça ne traîne pas !

Il agite son arme d'un air conquérant pendant un moment, puis restitue la clé de contact à Michael et lui ordonne de mettre en marche. Il le guide ainsi jusqu'à l'intérieur du champ, le fait stopper et reprend la clé.

Le voilà maintenant qui réclame le portefeuille et les montres. Valérie ouvre son sac, retire l'argent qu'elle dissimule dans son corsage, et tend le sac à peu près vide.

L'homme ne le fouille même pas ; il questionne :

— Vous êtes mariés tous les deux ?

— Non.

— Comment vous appelez-vous ?

— Michael Gregstone, Valérie Storie...

Ainsi commence l'extraordinaire face à face qui va durer cinq heures. Cinq heures prisonniers dans une petite voiture. Avec qui ? Un fou ? Un assassin ? Un désespéré ? Impossible de se rendre compte. L'homme discute, ne s'affole pas, mais ne semble pas vraiment savoir ce qu'il veut. Puis ses exigences se précisent. Elles sont laides. Il veut voir Michael et Valérie ensemble, comme il les a vus tout à l'heure. Il exige et Michael et Valérie, terrorisés, sont obligés de lui obéir comme dans un cauchemar. Ensuite, l'homme veut aller manger. Il pense d'abord à enfermer Michael dans le coffre par sécurité et à conduire lui-même.

Valérie fait remarquer que son compagnon étoufferait avec les gaz d'échappement. L'homme examine le coffre et se range à l'avis de Valérie. C'est donc Michael qui conduira.

L'homme remonte à l'arrière, et la voiture démarre.

Arrivée dans le village, Valérie constate qu'il est 23 h 45 à l'horloge de la poste. Il y a donc près de deux heures qu'ils sont prisonniers. Le revolver ne quitte pas leur dos, l'homme fait marcher de temps en temps le cran de sûreté.

Maintenant, il veut faire le plein d'essence et donne ses ordres à Michael :

— Vous allez entrer dans ce garage, avec la voiture. Vous

demanderez dix litres d'essence. Ne bougez pas, vous pouvez baisser la glace, c'est tout. Mon revolver est pointé sur vous, si vous essayez de dire quoi que ce soit d'autre ou de faire un signe, ou de lui faire comprendre, je vous descends.

L'homme fouille dans sa poche et donne à Michael une livre, sur l'argent qu'il vient de leur prendre...

Le pompiste remplit le réservoir, tout se passe normalement, il rend la monnaie à Michael, mais l'homme la réclame.

— Passez-moi ça !

Il y a dix shillings et une pièce de trois pence. L'homme met les dix shillings dans sa poche, et tend la pièce à Valérie.

— Tenez ! C'est mon cadeau de mariage !

Etrange individu. Pendant que la voiture roule à nouveau, il discute avec Michael de cigarettes. Michael n'en a plus qu'une et voudrait fumer. L'homme dit qu'il n'aime pas fumer, mais autorise son prisonnier à s'arrêter devant un distributeur et à prendre un paquet.

— Ne faites pas de bêtises, j'ai la fille au bout de mon revolver.

Puis le voyage reprend. On discute de voitures, l'homme déclare qu'il sait conduire toutes sortes de voitures, mais semble ne pas comprendre pourquoi Michael passe de troisième en première ! Ou il ne connaît pas la Morris, ou il ne sait pas conduire du tout. Ceci est important pour la suite.

Maintenant, il veut dormir. Il fait arrêter la voiture, et entreprend d'attacher Valérie avec ce qui lui tombe sous la main. Puis cherche autre chose pour attacher Michael.

Avisant un sac de laine, sur le plancher avant, il demande à Michael de le lui passer. Michael se baisse pour prendre le sac ; se retournant à demi pour le lui passer, il lève le bras au-dessus du siège, et l'homme tire. Deux coups de feu, dans la tête.

Michael s'effondre et Valérie crie pour la première fois. Il la fait taire, avec violence :

— Arrête de crier !

— Vous l'avez tué, salaud ! Pourquoi ? Pourquoi avez-vous fait ça ?

— Il m'a fait peur, il a bougé trop vite, j'ai eu peur...

— Pour l'amour de Dieu, laissez-moi conduire, laissez-moi l'emmener chez un médecin !

— Restez tranquille. Je réfléchis !

Pendant plus d'un quart d'heure, l'homme et Valérie discutent. Michael est-il mort ou non ? Faut-il aller chercher du secours ou non ?... Valérie détache ses liens, d'ailleurs mal fixés, ils sont face à face tous les deux dans l'ombre de la voiture...

Tout à coup, de but en blanc, l'homme semble repris par ses mauvais instincts. Il veut Valérie. Pour lui, cette fois.

A ce moment-là, il a retiré le mouchoir qui couvrait le bas de son visage... Une voiture les croise et pendant deux ou trois secondes, Valérie distingue ce visage dans la lumière des phares... S'en souviendra-t-elle ?

L'horreur d'une telle aventure peut agir différemment selon les individus. Le visage d'un homme qui vient de tuer sous vos yeux, qui vous a obligé au pire, qui exige à nouveau le pire..., ce visage sera-t-il inoubliable à jamais ? Inscrit dans le souvenir comme une obsession ? Ou bien va-t-il disparaître et se fondre dans le cauchemar, en traits brouillés, en yeux sans couleur ?...

Les phares se sont éloignés. Dans l'ombre, Valérie supplie, recule ; la scène est longue, insupportable et irracontable. Des minutes, des heures. Et puis, Valérie supplie l'homme à nouveau de la laisser partir. Il la fait taire :

— Taisez-vous, j'ai besoin de réfléchir.

Il oblige Valérie à reprendre sa place à l'avant et pense tout haut :

— Je crois que je ferais bien de vous donner un coup sur la tête ou quelque chose comme ça... Sinon, vous irez chercher du secours...

— Non, je n'irai pas, je ne bougerai pas. Allez-vous-en... Tenez, prenez mon argent...

Et Valérie tend misérablement un billet d'une livre qu'elle avait réussi à cacher dans son imperméable. Elle est debout sur le bord de la route. L'homme prend le billet... et commence à s'éloigner. Puis, à huit ou dix pas, il s'arrête, fait brusquement volte-face et tire... deux, trois balles. Valérie s'effondre. Elle entend le déclic de l'arme qu'on recharge, puis à nouveau trois coups de feu.

Valérie ne bouge plus. Elle n'est pas morte mais elle a encore le réflexe de faire la morte, avec cinq balles dans le corps.

L'homme se rapproche, la touche du pied, puis de la main, il doit la regarder un moment avant de se précipiter vers la voiture et de tirer le corps de Michael à l'extérieur. Les portières claquent et il démarre comme un bolide.

A l'aube du 23 août 1961, un étudiant découvre les deux corps.

Valérie est presque mourante, mais elle survivra. Elle a tenté de rassembler des cailloux pour écrire sur la route une description de son agresseur, sans y réussir. Quand l'étudiant se penche sur elle, elle arrive à balbutier, selon le témoin :

— Grand comme moi à peu près... des grands yeux fixes, des cheveux blonds...

L'étudiant note ces renseignements sur un bout de papier qu'il remettra à la police...

Or, au moment où l'enquête démarre, ce bout de papier a disparu, et on ne le retrouvera jamais. Ce n'est pas grave puisque Valérie est vivante.

Une Valérie infirme, malgré une série d'opérations douloureuses, à qui, un mois plus tard, sur son lit d'hôpital, on demande d'identifier dix hommes numérotés de un à dix, alignés devant elle. Parmi eux, un suspect...

— Reconnaissez-vous votre agresseur ?

Valérie ne dit rien pendant cinq minutes. Elle est très pâle, mais semble calme. Lentement, elle scrute les visages... Enfin, elle chuchote quelque chose à l'oreille d'un policier...

— Numéro quatre...

Et le numéro dix pousse un soupir de soulagement.

Oui, il pousse un soupir de soulagement, le numéro dix... Il s'appelle Alphon. Il est là au terme de l'enquête forcenée que vient de mener Scotland Yard pour découvrir l'horrible agresseur.

Sur les indications de deux témoins, on a d'abord recherché un homme aperçu au volant d'une voiture Morris, le matin du 24 août. Cet homme conduisait de façon désordonnée. De plus, une recherche faite dans les hôtels et garnis de Londres a permis à la police de retrouver dans une chambre du *Vienna Hotel,* deux douilles vides correspondant à l'arme du crime. Le locataire de cette chambre, ce n'est pas Alphon mais il a habité l'hôtel... Scotland Yard s'est donc décidé à publier son nom le 22 septembre avec la mention : « Cet homme est susceptible d'aider l'enquête. »

Alphon découvre l'information dans le *Daily Express* du soir. Il téléphone immédiatement au journal et à minuit, se rend à Scotland Yard.

C'est un homme de trente et un ans, aux cheveux bruns, gominés, coiffés en arrière et aux yeux profondément enfoncés dans les orbites. Les sourcils sont très bas, le front large...

Il porte le numéro dix le jour de l'identification... Et Valérie désigne le numéro quatre... qui n'a rien à voir avec l'affaire. Alphon, qui a été gardé à vue pendant trente-six heures, est donc relâché. Pourtant, une autre accusation pèse sur lui. Une autre femme l'accuse en effet de tentative de viol et d'agression. Et il sera jugé pour cela. Jugé et relaxé, bien que la femme l'ait parfaitement reconnu...

Bizarre. Mais Alphon est un être bizarre. L'enquête se poursuit, et l'on découvre une contradiction totale dans les renseignements fournis par Valérie.

Elle aurait dit au début : « L'homme avait les cheveux blonds et de grands yeux glacés »... Or, voilà qu'elle ne se souvient plus d'avoir dit cela. D'après ses indications récentes, l'homme aurait maintenant les cheveux bruns. En ne reconnaissant pas Alphon, elle a pourtant désigné un homme qui lui ressemble vaguement…

Que s'est-il passé ? Les premiers mots confiés à l'étudiant, notés par lui sur un petit papier, disaient pourtant : « Cheveux blonds, yeux glacés. » Ce papier a disparu et Valérie ne se souvient de rien…

Pendant ce temps la police recherche activement le locataire de la chambre où l'on a trouvé les douilles vides… Un faux nom : James Ryan ; en réalité un certain Hanratty, un voleur, un petit voleur en fuite que Scotland Yard traque pendant un mois.

Se sachant recherché, Hanratty téléphone à Scotland Yard, il jure ses grands dieux qu'il n'a rien à voir avec ce crime, mais qu'il ne peut pas se rendre… Son casier judiciaire et divers avis de recherche pour hold-up lui vaudraient de toute façon la prison.

Ce petit jeu de coups de téléphone entre Scotland Yard et Hanratty dure quelques temps, jusqu'au jour où, le 13 octobre (deux mois après le crime), il est arrêté dans un café.

Les charges qui pèsent contre lui sont importantes : il habitait l'hôtel sous un faux nom, la veille du crime ; dans la chambre qu'il occupait on a trouvé des douilles vides ; deux témoins le reconnaissent comme le conducteur d'une Morris qu'il conduisait comme un fou, dans la matinée après le crime…

Beaucoup plus grave encore : Hanratty le voleur a l'habitude de cacher son butin sous le siège des autobus. Ce fait est connu de la police. Or, on vient de retrouver l'arme du crime, un calibre 38, sous le siège d'un autobus de Londres.

Nouvelle confrontation pour Valérie, toujours à l'hôpital. Cette fois, Hanratty est le suspect parmi treize hommes nouveaux que l'on présente au souvenir de la jeune femme. Valérie, à demi paralysée, se remet lentement. Elle n'a que vingt-deux ans…

Du numéro un au numéro treize, son regard refait le même chemin anxieux, longuement. Puis elle demande à chacun des hommes de prononcer une phrase. Une phrase que l'assassin a dite à plusieurs reprises pendant l'horrible nuit. Il a dit : « Tenez-vous tranquille, je réfléchis. » Chaque homme, à son tour, prononce devant Valérie :

— Tenez-vous tranquille, je réfléchis.

Un seul parmi eux prononce la phrase avec un accent cockney. Valérie demande une nouvelle tentative à chacun. Même résultat. Cette fois, Valérie réfléchit plus longuement. La première séance d'identification, un mois plus tôt, a été désastreuse, elle le sait, elle n'a pas le droit de se tromper.

Au bout de vingt minutes, son bras se lève sur le drap blanc de son lit d'hôpital et désigne sans trembler, dans un silence absolu, la silhouette d'Hanratty, le nouveau suspect numéro un.

Elle est sûre d'elle. Cet homme est celui qui a tué son amant, c'est le visage aperçu trois secondes dans les phares d'une automobile. C'est sa voix. Cette voix qui a entretenu sa peur durant toute une nuit. Valérie secoue la tête avec obstination à chaque précision que lui demande la police.

C'est lui... C'est lui... C'est lui.

James Hanratty, à peine plus de vingt ans... un mètre soixante-cinq, yeux bleus, regard fixe, cheveux blond châtain peignés en arrière. Il ressemble assez curieusement, il faut le dire, au premier signalement donné par Valérie. Et c'est le coup de grâce pour lui.

A partir de cet instant, sa culpabilité ne fait aucun doute pour la police, même si aucune empreinte ne vient définitivement le confondre. Il portait des gants. Les alibis qu'il donne pour la nuit du crime sont fragiles et facilement contestés.

L'un de ses complices redira au procès qu'il parlait souvent des cachettes sous les fauteuils d'autobus. Ceci, pour le revolver.

Les témoins le reconnaissent et un mouton placé dans sa cellule recueillera même ses soi-disant aveux. Et pourtant, James Hanratty proteste de son innocence. Il niera jusqu'au bout. Jusqu'au refus de sa grâce. Jusqu'au jour d'avril 1962, où il refuse de se confesser au prêtre avant de rejoindre le bourreau.

On a pendu James Hanratty, et tout commence...

Voilà que le premier suspect, le dénommé Alphon, prétend qu'il est coupable.

En 1962, un mois après l'exécution d'Hanratty, Alphon remet à une tierce personne des aveux complets. Cet étrange personnage, dont le moins que l'on puisse dire est que son attitude est contradictoire, donne à présent tous les détails sur « son crime », y rajoute un scénario qui parle de complot, qui fait de lui un tueur à gages payé par la famille de Michael pour le supprimer ainsi que Valérie. Et ceci pour mettre fin à leur liaison scandaleuse.

Le Parlement en discutera, les journaux publient ses déclarations, la télévision organise une émission durant laquelle Alphon réitère ses aveux avec aplomb. Il tient une conférence de presse à Paris, en 1967...

Que cherche-t-il ? A dire la vérité ? La police et la justice anglaises ne le croient pas. On pense que cet homme est un fabulateur, qui ne risque rien d'ailleurs, puisque la chose est jugée.

— Il veut, dit Scotland Yard, faire parler de lui, et s'attribuer d'horribles exploits. Son équilibre mental est précaire.

Il a pourtant réussi à semer le trouble dans l'esprit de beaucoup. Et ceci pour une raison essentielle : les premières contradictions du seul témoin vivant, Valérie Storie.

A-t-elle vraiment reconnu son agresseur ? Pourquoi était-il blond, puis brun... Pourquoi a-t-elle désigné une première fois un inconnu alors qu'Alphon était présent, et suspecté ?

Lors d'une confrontation à la B.B.C. qui fit couler beaucoup d'encre, Valérie a pourtant ignoré Alphon et maintenu que James Hanratty était le coupable. Elle l'a reconnu formellement.

Elle seule le sait. Du plus profond de sa terreur et de sa vie gâchée, Valérie seule peut savoir si elle a désigné pour la potence le bon numéro. Tout dépendait d'elle. Tout dépendait de l'affreuse image gravée ou non dans son cerveau.

La peur peut déformer le souvenir, l'effacer même. Elle peut aussi le rendre inoubliable.

Mais quand le bourreau a fait son office, tous les mots, tous les livres, toutes les émissions de télévision, tous les débats du monde n'y peuvent plus rien.

UNE AFFAIRE ENTRE PAOLO ET DIEU

Un visage comme une lune pâle. Des traits si fins qu'ils semblent inexistants et deux yeux sombres, lumineux.

Dans la faible clarté des cierges, le jeune homme a levé son visage vers l'autel. La cathédrale est l'une des plus belles de France. La messe de Requiem l'envahit tout entière. Orgues, chœurs, résonances, le souffle tragique de cette musique d'un autre monde serre la gorge du jeune homme. Deux larmes ont brouillé son regard un instant. Elles glissent à présent le long de ses joues et rejoignent la bouche mince.

Paolo connaît bien ce goût de sel. Il a le cœur serré, la gorge serrée, il étouffe, il voudrait crier ou chanter, il voudrait exploser de mille manières. Il voudrait voler, atteindre ces voûtes, planer dans la lumière de ce vitrail rouge et bleu, devenir l'ange multicolore et invisible qui dominerait les fidèles assemblés. Il voudrait être Dieu.

Mais il n'est qu'un maigre séminariste. Cette cathédrale n'est pas son église et ce mort que l'on encense, il ne le connaît même pas. Il est entré là par hasard comme un touriste d'enterrement, pour y faire l'une de ses innombrables prières quotidiennes. Il s'est dit à lui-même :

« Entre là, Paolo, mon fils. Va prier pour ce bourgeois qu'on mène en terre dans les fleurs et la musique. Va prier pour sa pauvre petite âme d'humain misérable. »

Et la drogue, sa drogue, a fait son effet. Il s'est agenouillé sur les dalles froides. Il a senti la prière meurtrir ses os maigres. Le froid de la haute voûte est tombé sur lui. Il a levé vers l'autel un visage pâle de Pierrot lunaire et extatique.

Longtemps après que l'orgue se soit tu, longtemps après que le lent piétinement des fidèles soit passé, longtemps après la fin du jour... Paolo Pasini est sorti de sa nuit. Vidé, léger, transparent, pur et pourtant rassasié d'un curieux plaisir.

« Nom : Pasini ; prénom : Paolo. Age : vingt-huit ans. Etudes universitaires : diplôme de langues orientales, trois ans de séminaire à Vérone. Fils unique de Celio Pasini, industriel, et de Rossana, son épouse, sans profession. Milieu catholique pratiquant. Pas de religieux, homme ou femme, dans sa famille. Fortune moyenne, caractère orgueilleux et renfermé. Tempérament mystique. A déjà postulé une première fois à l'ordination. Malgré des examens théoriques concluants, refusé par la Commission. Motif à l'unanimité : mysticisme incompatible, manque d'humilité... »

Paolo Pasini se tient debout près de la porte. Il a obtenu d'être reçu par l'évêque. Il sait que le dossier ouvert sur le bureau du saint homme est le sien. Ce qu'il ne sait pas, c'est ce qu'il contient vraiment, car il ne peut pas admettre les raisons données par son confesseur :

— On ne devient prêtre que dans l'humilité et la simplicité, a-t-il dit. Le plus brillant en théologie, peut être un mauvais curé. Le plus intelligent des universitaires, le plus doué des séminaristes, n'entre pas comme il veut dans l'Eglise. Croire en Dieu ne veut pas dire que l'on est son égal.

Paolo Pasini veut savoir le reste. Ce jugement d'un vieux confesseur ne peut pas être la vraie raison...

Derrière le bureau sévère, l'évêque regarde ce grand garçon maigre et ascétique. Il s'apprête à calmer une juste déception.

— Mon fils, il faut savoir accepter humblement et reconnaître ses vérités. Je ne peux, et ne dois pas, intervenir dans les décisions de vos maîtres. Il ne m'appartient pas bien sûr de juger votre vocation. Par contre, je peux peut-être vous aider à comprendre en quoi elle n'est pas décisive. On peut être un homme de Dieu sans être prêtre... Votre destin est ailleurs. Vos qualités...

— Je ne peux pas accepter, Monseigneur. Et personne n'est juge de ma vocation, c'est vrai. Personne à part Dieu. Dieu seul sait que je suis son fils. Par deux fois, on me refuse l'ordination... Qui sont-ils, ceux-là qui me jugent indigne du sacerdoce ? Je vous en prie, écoutez-moi. Ne me rejetez pas. Depuis l'âge de sept ans je me suis promis à Dieu. Toute ma vie, toutes mes pensées sont tournées vers lui. Je n'ai vécu que dans son ombre. Prêtre, je le suis déjà, sans l'intervention des hommes... De quoi m'accuse-t-on ? De trop de piété ?

— Là n'est pas la question. Mais peut-être en effet...

— La prière n'est pas un péché !

— La prière n'est pas tout, mon garçon, même chez nos frères trappistes.

— Monseigneur, je crois à une cabale, une jalousie.

— Vous savez bien que non. Ne vous laissez pas emporter.

— Je veux être prêtre.

— On ne dit pas « je veux » à Dieu, mon fils !

— Ce n'est pas à Dieu que je m'adresse, mais à vous. Vous pouvez quelque chose.

— Non seulement je ne peux rien, mais si je pouvais, je ne ferais rien. Calmez-vous. Notre communauté ne vous écarte pas, bien au contraire. J'ai parlé de votre cas... On vous estime. Votre culture et vos capacités peuvent être mises au service d'une grande tâche. Nous avons besoin d'hommes comme vous à la bibliothèque vaticane. Vos études vous autorisent à y postuler. Et j'appuierai votre demande cette fois. Car je suis sûr que votre travail y sera apprécié. Qu'en pensez-vous ?

— Vous croyez me consoler en me vouant à être rat de bibliothèque et classeur de volumes ? C'est là ma vocation ?...

— Pour l'instant...

— Dites-moi la vérité, je vous en prie...

— Quelle vérité ?

— Pourquoi ? Pourquoi les autres, Schiaffino, Morelli, et pas moi ?

— Il n'y a pas de vérité. Vos maîtres ont pensé en leur âme et conscience que vous aviez, disons, un peu trop personnalisé votre foi. Votre âme est trop fragile pour en soigner d'autres. C'est pour votre bien...

— Alors je ne serai jamais prêtre ? Jamais ?

— Je préfère que vous y renonciez, et de vous-même. Faites-nous confiance, Paolo Pasini. Et revenez me voir dans quelques semaines.

Paolo Pasini croise ses deux longues mains blanches avec nervosité. Son costume noir vient d'un très bon faiseur. Sa cravate noire est en soie, mais discrète, ses chaussures d'un cuir souple. L'évêque croit savoir que cet enfant gâté de Paolo Pasini n'aura guère de mal à oublier sa déception.

Ce en quoi il se trompe. Comme tout homme se tromperait d'ailleurs à sa place. A moins d'être psychiatre, et encore.

Ainsi Paolo Pasini ne deviendra pas le Père Pasini. C'est fini. Durant des années, à force d'études et de conviction, à force de prières et de méditations, le jeune Paolo s'y était cru. Il aimait l'atmosphère des églises, l'odeur âcre des cierges, le dos courbé des fidèles. Il se voyait distributeur de sacrements, faiseur de sermons, confesseur, pardonneur, il se voyait Dieu parmi les hommes...

Pour être digne de sa mission, Paolo avait mis toutes ses forces et toutes ses facultés dans l'étude. Des années entières d'un sacerdoce inutile. Et à vingt-huit ans, plus rien ne ressemblait à rien. La vie était un chemin désert. Paolo Pasini se retrouvait bibliothécaire au Vatican, maigre rat d'une bibliothèque monstrueuse, fonctionnaire et gratte-papier d'un royaume dont il espérait être l'un des pairs.

Durant des années, Paolo Pasini classe, lit et met en fiches. Mais durant des années, il raconte à son père et à sa mère :

— Je suis le dépositaire des plus grands trésors du monde. La bibliothèque du Vatican est la plus riche, la plus secrète, la plus formidable de toutes. C'est un grand honneur pour moi d'en être le gardien. Je prépare une série d'ouvrages qui feront du bruit au Vatican.

Et maman Pasini, émue, de caresser les cheveux de son fils.

— Un garçon si bien élevé, si instruit, qui parle huit langues. Il a même fait l'école de la prêtrise pour mieux connaître son sujet...

Quant à papa, son admiration n'a de bornes que son regret :

— Mon fils aurait pu être un grand industriel, il aurait pu me succéder et développer les affaires. Au lieu de cela, il s'est consacré à la religion. Dieu l'a choisi, je n'y peux rien. C'est un grand érudit, un penseur, un philosophe chrétien. Il parle douze langues !

Paolo Pasini ne parle que quatre langues : la sienne, le latin, le grec et l'hébreu. Mais il ne relève même pas les exagérations de ses parents. Leur admiration lui est plus que nécessaire et il doit l'entretenir, sans quoi, arrivé à trente-cinq ans, il ne serait que ce qu'il est : un vaniteux aux ambitions futiles, un prêtre râté, un fils de bourgeois inutile...

Alors il continue. Et il s'adapte comme il peut à la médiocrité de son emploi, en proposant à la sagacité du monde ecclésiastique des ouvrages fumeux : *De la messe basse et des rites particuliers de l'Eglise... Essais sur l'archivistique vaticane...* ou *Statistiques épiscopales des premiers siècles à nos jours,* en trois volumes.

La critique est aisée, dit-on, et l'art est difficile... Quoi qu'il en soit, l'accueil fait à ses œuvres n'est pas celui qu'il escomptait...

Paolo Pasini, auteur méconnu, contemple ses travaux, ronéotypés sous une couverture médiocre. Ils ne feront pas le tour des facultés. Devoirs méritants, certes, mais à classer au rayon des manuscrits inédits, et qui le resteront.

Chaque samedi soir, en allant chez ses parents, Paolo fait une halte dans l'église du quartier. Lui qui a visité toutes les cathédrales du monde, au temps de sa folle passion, n'a plus que ce refuge. Une église de béton, glaciale et sans joie, où il a de plus en plus de mal à trouver l'extase.

Et ce soir-là est le dernier soir. Un joli soir d'été italien, qu'il ne remarque pas. Agenouillé, seul dans l'église, son pâle visage levé, Paolo Pasini prie de toutes ses forces. Il prie à en avoir mal.

Autour de lui, quelques femmes en fichu, parsemées çà et là au hasard des bancs, immobiles et murmurantes. Un pas qui résonne sur le ciment, une porte qui grince vers la sacristie, Paolo entend tout, voit tout, plus rien ne le transporte. Le temple est un désert, Dieu n'existe plus. Paolo n'est plus rien qu'un visage levé vers le ciel, comme une question sans réponse.

Il s'en va en effleurant la vasque d'eau bénite d'un doigt distrait. Dehors, il regarde les passants d'un œil neuf, des hommes comme lui, des femmes. Il ne sait pas ce que c'est qu'une femme. Mais c'est sans intérêt, ce soir, il dîne chez ses parents.

Paolo Pasini dîne chez ses parents tous les samedis soir. Comme un bon fils. A dix heures, il rentre chez lui, une pension de famille pour messieurs seuls, à cent mètres du Vatican.

Paolo se lave les mains dans une fontaine publique. L'eau est rouge. Quelqu'un se penche vers lui :

— Vous vous êtes blessé ?

— Ce n'est rien. Je me suis coupé tout à l'heure...

— Voulez-vous que je vous aide ?

— Non, merci, ce n'est pas grave.

Paolo va prendre une valise chez lui. De la main gauche, il la bourre de quelques vêtements. Dans le taxi, le conducteur demande :

— Vous vous êtes fait mal à la main ? Ça saigne !

— Oui, mais ce n'est pas très douloureux.

— Vous devriez vous faire soigner. Vous allez à la gare ? Il y a un bureau sanitaire, ils vous feront un pansement...

A la gare, Paolo dit à l'infirmière :

— Dépêchez-vous, je prends le train pour Naples.

— Il vous faudrait des points de suture, monsieur...

— Un pansement suffira, je verrai ça à Naples.

Paolo Pasini comme le Petit Poucet, a laissé des marques de son passage, des marques sanglantes. Mais il ne va pas à Naples, il monte dans un train international.

— Où résiderez-vous en Allemagne, monsieur ?

— Je fais une retraite dans un couvent de Dusseldorf...

A Dusseldorf, la porte du couvent est close. Monsieur le supérieur ne reçoit que sur rendez-vous. Le concierge est fermement désolé...

— Je m'appelle Paolo Pasini. Votre supérieur m'a convié pour un séjour de quelques semaines, à la fin de l'année. Je désire le rencontrer dès aujourd'hui. De graves raisons m'ont fait avancer mon voyage. J'insiste...

Le supérieur le reçoit. C'est un homme sévère, il parle l'italien avec un fort accent germanique...

— Je ne vous attendais pas maintenant. J'ai consenti à vous recevoir, mais vous comprendrez que je ne puisse pas vous héberger. Nous avons peu de chambres. En quoi puis-je vous aider ?

— Mon père, je suis un criminel. Protégez-moi ! Aidez-moi ! Il le faut.

Paolo s'est jeté à genoux, les bras en croix. Il implore :

— Ne me rejetez pas. Entendez-moi en confession, je vous en supplie...

— J'ignore de quel crime vous vous accusez, monsieur, mais votre confesseur habituel serait plus apte que moi à vous entendre... Relevez-vous.

— J'ai tué, mon père. J'ai commis le crime le plus épouvantable : j'ai tué mon père et ma mère...

— Calmez-vous. Je ne peux rien pour vous, il faut vous rendre à la police.

— Ce n'est pas l'affaire de la police. C'est une affaire entre Dieu et moi ! Je veux me confesser.

— Je refuse. C'est mon droit, vous le savez...

— Alors, vous m'écouterez quand même. Vous m'écouterez de force. Regardez cette main !... C'est elle qui a tué !...

Paolo arrache le pansement qui recouvrait sa main droite. La paume en est tailladée profondément. Il la regarde avec horreur et admiration tout à la fois...

— C'est ma main, c'est elle qui l'a fait... Je suis entré dans la cuisine, j'ai pris deux couteaux énormes, puis je suis allé dans la salle à manger... « Bonsoir, maman... ne vous dérangez pas, fermez les yeux, c'est moi Paolo, je viens vous embrasser »... Et j'ai frappé partout, à la tête, à la poitrine, au ventre. Elle pleurait vous savez, c'était étrange... Je l'ai laissée là dans son fauteuil, et je suis allé vers le bureau de mon père. Il lisait le journal, il ne m'a pas entendu arriver. Il s'est à peine débattu. Il est mort presque tout de suite...

« Je suis parti. La maison était vide. La bonne n'était pas là, elle n'est jamais là le samedi. C'était étrange, étrange... Je me sentais mieux. Je me sentais vivant... Je n'avais peur de rien. Dieu était avec moi, vous comprenez ? Je l'avais perdu, et il était là à nouveau !

— Ne blasphémez pas ! Dieu ne peut pas être avec les criminels.

Paolo surpris par le ton sec du père supérieur, se relève :

— Vous ne voulez pas m'aider. Vous ne voulez pas me confesser ? Vous ne voulez pas ! Vous êtes tous les mêmes ! Mais pour qui vous prenez-vous ? Pour des êtres supérieurs ?

— Asseyez-vous et taisez-vous. Je vais avertir la police maintenant, que vous le vouliez ou non !

— Ça m'est égal. Vous me devez protection. Je suis ici dans la maison de Dieu.

Trois jours après son crime donc, Paolo Pasini faisait l'objet d'un mandat d'arrêt international, alors que la police italienne le cherchait à Naples, après avoir entendu tous les témoins. Celui de la fontaine, celui du taxi, celui de la gare...

Sa mère n'était pas morte. Frappé d'une dizaine de coups de couteau, à soixante-dix ans, elle avait seulement perdu connaissance... L'arrivée d'une voisine l'avait sauvée d'une mort certaine... Et c'est elle qui avait dit :

— C'est Paolo...

Son fils avait raté aussi son double crime. Il n'était capable de faire les choses qu'à moitié, décidément.

Le père supérieur du couvent de Dusseldorf a déclaré :

— C'est un fou mystique. Il voulait se confesser pour protéger son crime par le secret de la confession et rester ici, au monastère, jusqu'à la fin de ses jours s'il le fallait... Il croyait vainement que tout allait marcher ainsi. Quand la police est arrivée il s'est réfugié derrière moi en criant : « Il ne parlera pas. C'est le secret ! Le secret de la confession ! Dieu seul est au courant ! Dieu et moi ! » mais j'avais refusé de l'entendre en confession, j'étais donc libre.

Paolo Pasini, devenu fou, a refusé de revoir sa mère. Mais il ne cesse de réclamer un prêtre. Ce que l'administration lui refuse absolument, étant donné qu'il a sauté à la gorge du premier qui s'est présenté dans sa cellule.

Le jugement des hommes sera donc difficile.

Quant à celui de Dieu, c'est une affaire entre Paolo et lui.

LA CASQUETTE DE JÉRÉMIE

Un commissariat de police n'est pas un confessionnal. Un commissariat de police n'a rien à voir avec le cabinet d'un psychiatre ! Et l'agent de garde n'est pas S.O.S.-service, prêt à écouter n'importe qui raconter ses problèmes.

En gros, c'est ce que vient de faire comprendre le planton à Jérémie Ulster...

Et Jérémie s'est assis sur le banc de bois, entre deux belles de nuit, et un clochard gâteux...

Il regarde l'heure : vingt-trois heures quarante, la date — sur le calendrier des œuvres de la police : 5 décembre 1956... puis il regarde à nouveau le planton :

— Je m'en fous. J'attendrai le commissaire...

— A ton aise, bonhomme... mais tu as intérêt à lui raconter quelque chose d'intéressant, sinon je voudrais pas être à la place de ta casquette !

— Qu'est-ce qu'elle a ma casquette ? Elle vous plaît pas, ma casquette ?

— Ecoute ! tu vas pas recommencer avec tes histoires de casquette... On a autre chose à faire. Tu fais une déposition ou tu viens porter plainte contre quelqu'un, et on t'écoute, ou alors on te flanque à la porte.

— Je veux parler au commissaire ! Y a bien un commissaire ici ?

— Il est occupé !

— J'ai dit que je l'attendrai...

— Mais, bon sang de bois, qu'est-ce que tu veux ?

— Je vous l'ai dit : c'est rapport à ma casquette... mais vous voulez pas m'écouter, alors j'attendrai le commissaire...

L'agent de service est énervé. Le planton en a marre, les belles de nuit ricanent et le clochard gâteux se permet une plaisanterie gâteuse :

— Hé ! mon gars, je vais te faire un aveu, ta casquette tu l'as sur la tête ! Et heureusement, sans ça on entendrait siffler les courants d'air sous ton crâne...

Jérémie devient tout rouge et se jette sur le clochard, lequel se réfugie dans les bras de sa voisine, qui hurle au secours.

En une seconde, le charivari est tel que le commissaire claque la porte de son bureau avec rage :

— Et alors, qu'est-ce que c'est que cette foire ?

Le temps de démêler tout le monde, et Jérémie s'avance, un sourire d'espoir sous la moustache :

— Vous êtes le commissaire ? Bonjour, monsieur le commissaire... Il faut que je vous parle, je vous en prie, laissez-moi vous parler, s'il vous plaît !

— Qu'est-ce que c'est, qu'est-ce que c'est ? Planton, qui est cet homme ?

— Un dingue, commissaire, il dit qu'il veut parler de sa casquette, et qu'il veut étrangler sa femme !

— Eh ! bien, envoyez-le au calme, bon sang ! Appelez les infirmiers !

Jérémie se met à genoux, sa casquette à la main, comme en prière...

— Monsieur le commissaire, m'envoyez pas chez les fous.

Je veux vous parler, il faut que je vous dise, c'est ma femme, elle veut pas que je mette ma casquette !

Mais le commissaire a reclaqué sa porte et les agents ont téléphoné. L'ambulance est déjà partie... Routine...

Jérémie Ulster a-t-il encore une chance d'expliquer son histoire de casquette ? Oui, mais est-ce bien une chance ? Pauvre Jérémie, saucissonné comme un boudin dans une camisole, dépouillé de ses vêtements et de sa casquette, il va subir ce que l'on appelle le traitement provisoire.

Une douche (froide), une piqûre (calmante) et pour le reste, le médecin verra demain, à la visite. Au secrétariat de l'hôpital, une infirmière examine les papiers du nouveau :

« Ulster, Jérémie, né en 1904, en Cornouailles, côté anglais, nationalité française, domicilié à Paris, rue du Petit Pont, n° 26. » Voilà pour la carte d'identité.

Livret de famille : « Epoux de Valentine Rallet, père de quatre enfants, neuf ans, sept ans, cinq ans, trois ans... profession, magasinier. »

Dans le portefeuille usé, se trouve aussi un certificat de démobilisation, délivré au soldat français Ulster Jérémie, le 12 avril 1945, et un autre certificat bien plié, bien usé, daté de Cayenne, en 1939, attestant que le détenu Ulster Jérémie, matricule 547 est autorisé à regagner la France, ayant accompli son temps de relégation, soit vingt ans dont cinq ans de remise de peine pour bonne conduite, ceci afin de remplir son devoir de soldat.

Il y a aussi une fiche de paie, assez maigre, une carte postale vierge représentant un port avec des bateaux, un porte-bonheur en pattes de lapin, et deux billets de cinq francs.

Toute la vie de Jérémie Ulster en résumé. Mais de quoi a-t-il l'air cet Anglo-Français, ex-bagnard, ex-soldat de cinquante-deux ans ?

Pour l'instant, d'un chien mouillé. Tout maigre sous la douche glacée, tout nu sous le regard des infirmiers, Jérémie grelotte sans protester. Ses yeux bleus pleurent de froid et d'humiliation, sa barbe courte ruisselle et sa moustache dégouline, mais il n'a rien d'un fou furieux. Des traits réguliers, vieillis prématurément, le front et le menton têtus, on sent chez cet homme, l'habitude des brimades et de la résignation, le courage devant l'humiliation.

Il enfile sagement l'épaisse chemise de toile qu'un infirmier lui jette. Il se laisse piquer la fesse droite sans commentaire et s'endort sur le matelas de sa cellule. Les cellules, il connaît. Toutes les cellules, de tous les genres et de toutes les couleurs... Il n'y a rien à faire contre les cellules. Sinon attendre que leur porte s'ouvre.

Le lendemain, en début d'après-midi, Jérémie Ulster est conduit à la visite médicale. Un peu vaseux, et le ventre creux, il attend son tour dans une sorte de salle d'attente, en compagnie de deux ou trois nerveux, prisonniers comme lui.

Le médecin qui l'examine est un homme âgé qui a entendu tant de discours bizarres dans sa carrière, que plus rien ne l'étonne. Jérémie n'a rien d'étonnant d'ailleurs. Sa voix est calme, son maintien normal, seuls ses propos sont un peu curieux, mais sans plus.

— Toubib, je voudrais ma casquette, s'il vous plaît... Ils m'ont pris ma casquette, et toutes mes fringues, mon pantalon et tout, mais je m'en fiche, je voudrais seulement ma casquette, s'il vous plaît...

— Elle est importante cette casquette ?

— Pour moi, oui... Pour ma femme ou pour vous, sûrement pas, mais j'ai décidé de mettre une casquette, je vois pas pourquoi on m'en empêcherait !

— Qui vous en empêche ?

— Ma femme... Elle ne veut pas... C'est ce que je voulais expliquer au commissaire de police, mais ils m'ont pris pour un fou... C'est pour ça que je suis là... Mais je suis pas fou, vous voyez bien...

— Quel rapport y a-t-il entre votre casquette et la police ?

— J'avais besoin de me confier à quelqu'un. Je voulais parler, quelque chose m'étouffait. Ça m'a pris hier soir, alors je me suis dit : « Jérémie va voir les flics, et dis-leur, ça t'évitera de faire une bêtise... »

— Quelle bêtise ?

— J'avais envie de tuer ma femme ! Elle m'énerve, si vous saviez, toubib ! Mais c'était juste une envie comme ça, ça m'a passé maintenant. C'est votre piqûre sûrement.

— Et vous vouliez raconter ça à la police ? Pourquoi ?

— Ben, je savais pas à qui le dire. Et puis en le disant aux flics, j'étais sûr que l'envie me passerait. Je suis pas fou tout de même. Si vous dites aux flics que vous avez envie de tuer votre femme, et que vous la tuez après, ils savent tout de suite que c'est vous le coupable, pas vrai ?

— Et le fait de le dire vous empêche de le faire, c'est ça ?

— C'est ça, toubib. Mais ils ont pas voulu m'écouter, et ils m'ont emmené ici...

— Mais pourquoi vouliez-vous tuer votre femme ?

— A cause de ma casquette. C'est une casquette de marin. J'aime bien les marins, je voudrais devenir marin, mais elle se fiche de moi...

— Vous avez toujours envie de la tuer ?

— Mais non... Dites, toubib, je suis pas le mauvais gars. J'ai déjà eu assez de misères dans ma vie, et si je pointe pas au magasin, je vais me retrouver chômeur, j'ai quatre gosses à nourrir, moi, vous allez pas m'enfermer, hein ?

Et si. Pas pour longtemps, mais tout de même, on enferme Jérémie Ulster. Juste le temps de vérifier si, par hasard, l'ancien bagnard ne serait pas un récidiviste du crime.

Cela ne prend que trois jours. Trois jours de cellule et de piqûres calmantes, et le quatrième jour Mme Jérémie Ulster en personne vient récupérer son mari au secrétariat de l'hôpital, une rencontre qu'il faut examiner de près, si l'on veut connaître la vérité sur Jérémie et sa casquette...

Le médecin vient de le dire avec un sourire gentil :

— Madame Ulster, je vous rends votre mari, il n'est pas malade. Simple petite dépression, aucun traitement, n'en parlons plus. Peut-être faudrait-il essayer de mieux le comprendre ?

Brave médecin. Un peu idéaliste, sans aucun doute... ou alors pas psychologue pour deux ronds et dans son métier, c'est ennuyeux.

Mme Ulster devait comprendre son mari ? A la voir, on ne peut qu'être pessimiste. Entourée de ses quatre enfants, vêtue de noir, chapeau et bas noirs, œil noir, elle ressemble plus à une fervente de l'Armée du salut qu'à une épouse compréhensive. A une sorcière qu'à un ange de douceur, et elle ne mâche pas son avis :

— Alors, vous le relâchez ? Un fou pareil ? Un bagnard ?... Mais qu'est-ce qu'il faut faire pour qu'on l'enferme une fois pour toutes, cet ivrogne ! ce voleur ! cet assassin !

Mais les problèmes de la vie privée ne regardent pas les hôpitaux psychiatriques, et Jérémie Ulster est remis entre les mains de son épouse, environnée de ses quatre enfants...

Le rapport sur son passé n'a fait apparaître aucune tendance à une sorte de folie quelconque...

Certes Jérémie a été condamné au bagne à l'âge de vingt ans pour avoir dévalisé un tiroir-caisse et tiré sur un policier, sans l'atteindre. Mais aussi, il a sauvé la vie de deux personnes, pendant son séjour à Cayenne, obtenu une remise de peine, et sitôt débarqué en France en 1939, il a revêtu l'uniforme comme tout le monde, et comme presque tout le monde, il s'est retrouvé prisonnier pour cinq ans en Allemagne...

Ensuite il s'est marié, a fait quatre enfants et n'a pas changé d'emploi depuis plus de six ans... Alors ?...

Alors, il faudrait être une petite souris pour tout comprendre... Et notamment pour comprendre pourquoi, à peine rentré chez lui, Jérémie Ulster saute sur sa femme et la tue de quatre coups de couteau judicieusement placés...

Le crime a lieu dans la cuisine, devant les quatre enfants,

et Jérémie disparaît sans demander son reste, mais avec sa casquette.

On le retrouve huit jours plus tard en Angleterre, toujours avec sa casquette, alors qu'il tente de s'engager comme marin-pêcheur à bord d'un chalutier. Jérémie, il faut bien le dire, n'est pas très malin dans le genre assassin en fuite.

Les enfants ont décrit la scène du crime avec la même rigueur :

— Maman lui a arraché sa casquette. Elle l'a traité de sale bagnard, il a pris son couteau et maman est morte. Papa a fermé la porte, il a dit que si on bougeait avant une heure, il reviendrait et nous flanquerait la fessée.

Jérémie n'ayant pas nié ce résumé des faits, il se retrouve donc à nouveau en cellule, où décidément il aura passé le plus clair de sa vie, et ce n'est qu'au procès, enfin, qu'il s'explique.

Il parle comme si on avait ouvert une vanne, sans se préoccuper de savoir quelle impression il fait au jury, si ce qu'il dit convient au système de défense de son avocat, ni si on le comprend bien.

Il parle comme s'il était soulagé. Il a suffi que le président lui dise :

— En somme, vous avez tout fait pour gâcher votre vie !...

— Oui, c'est bien dommage. Et vous savez pourquoi, vous ? Moi, je ne sais pas. Quand j'étais gosse je voulais être marin, parce que mon grand-père était marin. Il avait un bateau, une belle casquette et il partait loin sur la mer, il allait voir le monde à l'envers, et tous les côtés de la terre... J'en rêvais. Seulement mon père m'a dit : « Tu seras ouvrier. » A quinze ans on m'a enfermé dans un atelier, à vingt ans j'ai voulu en sortir. J'ai acheté une casquette de marin et j'ai fait l'imbécile. Je voulais partir sur un bateau... On m'a envoyé au bagne.

« Tout ce que j'ai vu de la mer, c'est les requins. Tout ce que j'ai vu du ciel ne mesurait pas plus que le toit de ma cellule. A trente-cinq ans, on m'a relâché, j'ai cru que la vie recommençait, j'ai racheté une casquette de marin, j'ai débarqué au Havre, et vous savez ce qu'on m'a fait ? La guerre. On m'a enlevé ma casquette et on m'a mis un casque. Ça a duré cinq ans, entre les barbelés, et je ne savais même pas pourquoi j'étais là...

« Enfin, à quarante ans, les portes s'ouvrent, plus de cellule, plus de gardien, et l'horizon pour moi tout seul ! Et alors là, je rencontre une femme. Elle veut que je l'épouse, je l'épouse ; elle veut un enfant, on a un enfant... Mais quand je dis : « Je veux partir, je veux être marin », elle crie. Il ne faut pas l'abandonner, elle et l'enfant, sinon je suis un salaud ! Et elle fait un autre enfant, et puis un autre, et un autre. Une vraie prison d'enfants. Ensuite, plus rien. Elle me garde prisonnier et je travaille pour nourrir tout le monde. Si je veux boire un verre de vin, elle me traite d'ivrogne, si je veux m'amuser, elle me traite de cochon, si je veux partir, elle me traite de sale bagnard... et elle m'arrache ma casquette. Ce n'est pas une femme que j'ai épousée, c'est une bonne sœur camouflée, un gardien de prison en jupon, un nazi du foyer...

« Alors, qu'est-ce qu'il m'arrive ? Je deviens fou... Je me dis, je vais la tuer. Il faut que je la tue pour avoir enfin ma liberté. J'ai cinquante-cinq ans, la vie passe, la vie fout le camp, et je n'ai toujours pas vu la mer, je n'ai toujours pas le droit de porter une casquette de marin...

« Fou que j'étais... J'ai voulu expliquer ça au commissaire de police du quartier, pour qu'il m'empêche de la tuer, il m'a envoyé à l'asile. J'ai voulu expliquer ça au docteur de l'asile, il m'a fait des piqûres, et il est allé chercher ma femme pour qu'elle me ramène dans sa prison... d'enfants. Une protestante salutiste ! Et il voulait qu'elle me comprenne ! Alors voilà, je l'ai tuée. Et parce que je l'ai tuée, vous allez me remettre en prison, avec des murs et des barreaux, loin de la mer. On m'a déjà repris ma casquette...

« Vous avez raison, j'ai tout fait pour gâcher ma vie. J'ai même pas été capable de rester libre une minute de toute mon existence. Qu'est-ce que vous voulez que je vous dise ?

J'ai cinquante-cinq ans, et vous allez encore m'enfermer ? J'y peux rien.

Jérémie Ulster a fini de parler. C'est déjà un vieillard, au visage creusé par trente-cinq ans de captivités diverses... Le jury le regarde, consterné.

Le procureur demande une peine sévère sans la préciser, et on lui octroie treize ans de travaux forcés.

Cinquante-cinq plus treize égale soixante-huit ans, l'âge de la retraite. Peut-on encore porter une casquette de marin en retraite, sans jamais avoir été marin, à soixante-huit ans ?

On ne peut pas.

Jérémie Ulster est mort à l'hospice, à l'âge de soixante-dix ans. Sans avoir connu ni le soleil de la liberté, ni l'océan des évasions. Mort comme une épave sans gouvernail, mort comme un bateau qui pourrit à quai. Mort avec sa dernière casquette.

Le vent du large ne soufflait que dans sa tête.

LE TROISIÈME VERROU

Cet homme de cinquante ans, avec ses yeux bleus d'une grande douceur, rêve. « Que s'est-il passé ? Pourquoi suis-je aujourd'hui à l'envers de moi-même ? C'était ça mon erreur ? Le meurtre ? »

Il rêve cet homme tandis qu'un autre le juge. Ce qui est curieux c'est que l'autre ne le juge pas tellement sur un acte isolé, non, il cherche à le juger sur sa vie. C'est un assassin devant son juge d'instruction pourtant, et le cas est simple. L'assassin avoue. Il reconnaît, d'ailleurs il y avait un témoin et ce n'est pas un meurtre. Il n'a jamais menti de sa vie, ni tué, même à la guerre. C'est un accident.

Et pourtant c'est autre chose que réclame le juge d'instruction, il veut tout savoir de la vie de Joseph C., ouvrier imprimeur. Joseph a le teint blême des gens qui travaillent la nuit, un lacis de rides a fripé son visage, les traits sont tristes, les yeux abattus ; l'homme est vaincu d'avance, il l'a toujours été. Le juge vient de poser une question essentielle :

— Que vous avait fait cette femme ? Pourquoi l'avez-vous tuée ?

Et il obtient cette drôle de réponse, comme si ce n'était pas de la faute du prévenu, comme une excuse insolite :

— Elle a mis le verrou.

Le verrou semble avoir une grande importance dans la vie de Joseph. En fait sa vie a été verrouillée trois fois.

Le premier verrou, il ne l'attendait pas.

Il a huit ans quand son père meurt. A quatorze ans il travaille ; à vingt, il fait la guerre. Prisonnier, il tombe amoureux de sa marraine de guerre et l'épouse en 1945.

Pauvre Joseph ! Voici une journée de Joseph, en 1946 par exemple, dans la maison campagnarde où il habite avec sa belle-famille : Il y a là la grand-mère, soixante-quinze ans, le beau-père et la belle-mère, et Elvire sa jeune femme.

Joseph croyait que l'ère du nazisme était terminée, il avait tort. La grand-mère joue les Hitler à l'intérieur du domaine familial. Elle est alsacienne et ne parle que son patois. Toute la famille parle donc le patois alsacien. Joseph n'en comprend pas un traître mot. De son séjour de prisonnier en Allemagne, il n'a retenu que « *schnell* »... C'est peu face à la grand-mère Martha qui décide de tout pour tout le monde.

Ainsi, Joseph lui paraît trop petit et trop frêle pour le travail des champs. Elle lui assigne donc le ménage quotidien de l'écurie et de la grange, ainsi que la coupe du bois de chauffe.

Joseph a beau protester qu'il ne connaît rien aux animaux, qu'il est ouvrier et a peur de se casser un bras chaque fois qu'il coupe une bûche... la grand-mère s'en moque.

Lever à cinq heures du matin, soupe au lard. Travail jusqu'à dix heures. Petit déjeuner — fromage, oignon, pain — puis travail jusqu'à une heure. Potée aux choux, chicorée. Travail jusqu'à sept heures du soir. Re-soupe au lard. Coucher à huit heures, extinction des feux, pas de bruit...

La nuit, dans le lit conjugal, Joseph est obligé de chuchoter en français avec sa femme :

— Je veux partir avec toi, allons vivre à Paris, je travaillerai pour nous deux.

— Alors, ayons au moins un enfant...

— Impossible, nous ne pouvons pas nourrir une tête de plus pour l'instant.

De brimades en ordres, et d'interdictions en frustration, Joseph finit par chuchoter un soir.

— Si tu ne veux pas d'enfant, je me fâche.

Et voilà le premier verrou.

Il est fermé au nez de Joseph dès le lendemain soir, par sa jeune femme de vingt-cinq ans, sur ordre de la grand-mère. Joseph dormira au grenier tout seul. Pas question de faire un enfant par surprise.

Après dix ans de vie commune, si l'on peut dire, Joseph fait donc ses paquets et s'en va. Il a tout fait pour qu'on l'aime, il n'a pas réussi, il retourne chez sa mère, à Marseille.

Là, Joseph trébuche de Charydbe en Scylla. Il débarque un dimanche soir avec sa valise, frappe à la porte et pousse un cri de surprise.

Un fantôme a ouvert cette porte. Sa mère a revêtu une sorte de longue tunique blanche. Coiffée d'un turban, les sourcils charbonneux, elle guide son fils à la lueur d'une bougie vers le salon :

— Chut... Assieds-toi et surtout tais-toi...

Ahuri, Joseph s'assoit dans le noir, et comprend. Sa mère et trois autres fantômes sont assis autour d'un guéridon et parlent avec un esprit... Horreur ! l'esprit est celui de son père. Cela ne fait aucun doute. On annonce à l'esprit du père mort l'arrivée de son fils.

Terrorisé, Joseph regarde sa mère pousser des petits cris, des grognements, et raconter n'importe quoi sur la vie de son mari dans l'au-delà.

Cela fait, Joseph enfin seul avec sa mère s'apprête à lui raconter ses misères depuis dix ans — la guerre, Hitler et la grand-mère — mais il est immédiatement interrompu :

— Ah ! ne me parle pas de tes ennuis ! Tu es jeune, toi !... Moi j'ai tout perdu... La maison de ton père, le terrain, tout... J'ai failli mourir cent fois de misère, il a bien fallu que je vende !...

— Comment ça vendre ?... Mais tu ne pouvais pas vendre sans moi, comment as-tu fait ?

— Mon chéri, écoute-moi bien, et surtout n'en veux pas à ta mère adorée. Je savais bien que je ne pouvais pas vendre sans toi, alors j'ai dit que tu étais mort à la guerre !

— Et personne n'a rien dit ?

— Oh ! si, j'ai reçu plein de condoléances et on me respecte ici... Pourquoi es-tu revenu, au fait ?

— Eh ! bien, je divorce et je n'ai plus où aller, je pensais que tu pouvais m'héberger, dans cette maison.

— Cette maison est en location ! Je n'ai plus d'argent ! Et puis tu es mort ! Je m'étais habituée, j'étais si malheureuse.

Joseph croit fermement que sa mère était malheureuse. Il croit sincèrement qu'elle a vendu son héritage pour survivre. Il ne se demande pas si elle aurait pu travailler au lieu de cela. Joseph est crédule. Pour ne pas dire autre chose.

— Maman, tu n'as plus de soucis à te faire, je vais travailler, et je rachèterai un appartement pour toi...

Et Joseph travaille comme une brute, il fait des heures supplémentaires, il travaille le samedi, le dimanche, la nuit. Il a les joues de plus en plus creuses, les yeux de plus en plus pâles. Mais il veut que sa mère l'aime et qu'elle cesse de parler aux esprits, en buvant pour noyer son chagrin.

Il y mettra dix ans, mais il achètera un appartement pour sa mère, au soleil, avec tout le confort moderne des années cinquante. Et il offre les clés à sa petite maman chérie, avec le titre de propriété :

— Voilà ! un salon, une salle à manger, une chambre à coucher, une salle de bains, une cuisine, et là... une petite chambre pour ton fils qui ne te quittera jamais.

Emotion, embrassade, installation, mère et fils vont vivre heureux l'un près de l'autre.

L'été 1956, Joseph qui n'a pas pris de vacances depuis des années, dit à sa mère :

— Maman, je vais au bord de la mer pour une semaine.

— Tu as raison Joseph, tu as mauvaise mine.

Une semaine après, Joseph, bronzé, sonne à la porte de cet appartement qu'il a payé à la sueur de son front en dix ans de travail ininterrompu pour une malheureuse semaine de vacances. Personne ne répond. Alors il sort sa clé, mais elle ne rentre plus dans la serrure...

— Maman ? maman ?... Que se passe-t-il ? Tu es là ?

— Je suis là et j'y reste.

C'était le deuxième verrou. Un gros celui-là, posé dès le lendemain de son départ.

Joseph veut parlementer, il ne veut pas et ne peut pas croire que sa mère le fiche à la porte aussi brutalement !

— Mais, maman, je suis ton fils !... C'est moi, Joseph !

Et la mère a cette réponse énorme :

— Tu aurais mieux fait de mourir chez les Allemands comme je l'avais dit !

Assis sur le palier de l'immeuble tout neuf, devant le paillasson tout neuf, Joseph pleure dix années d'efforts pour qu'on l'aime. Il a maintenant quarante-six ans. Il en est à son deuxième verrou.

Que faire ? Retourner chez sa femme ?

Une petite tentative par lettre à en-tête de l'*Hôtel du Progrès et du Commerce réunis* ne donne rien. Rien qu'une réponse nette et négative :

Aucun besoin de toi ici... Divorce sera prononcé dans quelques mois, à tes torts, pour abandon de domicile conjugal depuis plus de sept ans.

Joseph repleure un peu. Vingt ans de gâchés, sans compter les années de guerre... et d'apprentissage, pour en arriver là. Une chambre d'hôtel miteuse, et la solitude. Une terrible solitude que Joseph ne supporte pas. Il a peur d'être seul, c'est maladif.

Pendant quelques semaines, il erre à la terrasse des cafés, et mange debout au bar pour discuter avec le garçon. De la pluie et du beau temps, ou de rien, mais pour ne pas être seul.

C'est alors qu'il s'aperçoit que sa pension d'ancien combattant se heurte au verrou maternel. Il se rend donc aux services compétents pour régulariser son changement d'adresse, et elle est là, la troisième femme de sa vie, derrière le guichet des pensions d'invalidité. Ils parlent, ils se revoient, ils s'émeuvent de leurs propres malheurs, et décident de les raccommoder ensemble.

Elle, Simone, a été lâchement abandonnée par un mari divorceur, avec un enfant à élever.

Elle l'a élevé, il est grand maintenant ou presque. « C'est bien », dit Joseph, qui raconte le quadruple de malheurs avec une sorte de satisfaction masochiste.

C'est lui l'homme, il a souffert beaucoup plus, c'est normal. Le voilà qui s'installe chez son nouvel amour, promet de s'occuper de tout, et le fait, bien sûr.

Ce fils est presque élevé, il achève de l'élever. Cette maison, il la répare, ce jardin il l'embellit. Il fait les courses, la cuisine et s'occupe lui-même de son linge. Mère et fils lui en sont reconnaissants, enfin on aime Joseph à sa juste mesure...

Pendant cinq ans. Et puis c'est fini, tout d'un coup il n'intéresse plus personne. Le fils s'est marié, il a un bébé qui occupe tout le monde, Joseph n'existe plus. Croit-il.

En tout cas, il s'en plaint. Ses plaintes hors de propos deviennent rapidement insupportables et les scènes se suivent, s'aggravent... L'ambiance est maintenant insupportable.

Joseph tente le tout pour le tout.

— Changeons de ville, allons vivre ailleurs tous les deux et je t'épouse.

Simone refuse le tout en vrac.

— Non. Je t'ai loué une chambre à l'étage au-dessus, tu y vivras, mais seul.

Joseph parlemente comme d'habitude :

— Je pourrai prendre mes repas avec toi ?..

Il pourra. Simone n'a pas le cœur de le renvoyer totalement. Mais les jérémiades se faisant essentiellement à l'heure des repas, la vie devient rapidement insupportable. Tant et si bien que Simone mange dans un coin de la cuisine, et Joseph dans l'autre.

Alors Joseph est malade, il est jaune. Tout ce malheur accumulé depuis des années lui porte sur le foie. A cinquante-six ans, il n'a plus guère d'espoir de trouver le bonheur. Il fait une jaunisse, une vraie, et se retrouve à l'hôpital pour un bon mois. Tout seul. Face à une infirmière suroccupée qui n'a pas le temps de l'écouter pleurer. Face à un médecin qui le déclare hépatique du genre anxieux (mauvais genre), et lui ordonne une série de piqûres.

Joseph a horreur des piqûres. Il a peur, il est malade, il est tout seul, il voudrait bien appeler sa mère, mais elle doit vivre de ses rentes quelque part au soleil de Marseille...

Alors Joseph guérit tristement, et c'est comme une ombre qu'il retourne chez Simone, qu'il cherche à mettre sa clé dans la serrure.

Pour constater qu'elle n'ouvre pas. C'est un choc terrible. Il en est à son troisième verrou.

Toute sa vie n'étant finalement qu'une immense dépression nerveuse, Joseph a recours à un médecin qui tente de le tranquilliser, mais il n'arrive pas à trouver le sommeil.

Dans sa chambre, à l'étage au-dessus, il tourne en rond et pleure sur lui-même durant des nuits sans fin...

Et tous les jours il passe et repasse devant ce troisième verrou fermé, ce troisième verrou insupportable.

Alors, ne le voyant plus, et craignant qu'il ait à nouveau mal au foie, Simone monte un étage. Elle frappe à la porte de Joseph. Celui-ci la laisse entrer et referme son verrou. A double tour, machinalement.

— Qu'est-ce que tu fais ? demande Simone.

— J'étais en train de me raser, répond Joseph...

Et il lui saute à la gorge, il va chercher un couteau dans la cuisine, et parce qu'il est maladroit et s'en sort très mal, il tue son troisième « verrou », comme un enragé sanguinaire.

— Mais enfin, demande le juge, mais enfin ? Cette femme ne vous avait rien fait, rien dit à ce moment-là, pourquoi l'avoir tuée ?

Joseph, perdu dans ses cauchemars, ne sait que répondre.

— Elle a mis le verrou... Monsieur le juge...

— Et alors ?

— Elles font toutes ça, monsieur le juge... Elles font toutes la même chose, elles mettent le verrou...

Ce qui n'est pas une raison bien entendu.

A L'ÉTONNEMENT DES PETITS HOMMES NOIRS

Le fuselage de l'avion vient de se cabrer comme un cheval qui saute un obstacle, mais il n'a pas sauté... Un arbre, puis deux, et personne ne peut compter les suivants.

L'appareil se plie littéralement, le nez explose, les ailes arrachées de la coque tourbillonnent en l'air, et le feu environne les passagers.

Ils étaient vingt-quatre, avec l'équipage, dans ce C 47 de l'armée américaine ; vingt-quatre qui voulaient voir en ce dimanche 13 mai 1945 les mystérieuses vallées des monts Orange, à l'ouest de la Guinée hollandaise. Un simple vol de reconnaissance, pour le plaisir. Histoire de s'évader un peu du camp de Hollandia et d'échapper à la chaleur humide et étouffante.

Parmi ces vingt-quatre — seize hommes et huit femmes —, le lieutenant Mac Collom sort par la porte centrale, Dieu sait comment !, sans une seule égratignure et contemple l'avion hébété. Margareth Hastings, elle, se libère d'un bras qui lui enserre la taille, ses cheveux brûlent, elle rampe jusqu'à la porte et se retrouve dehors le nez dans la terre, dont elle se recouvre la tête instinctivement. Le sergent

Decker, éjecté à plusieurs mètres, surgit à son tour à droite de l'incendie. Une affreuse blessure a dénudé son crâne et il marmonne comme un homme ivre.

Un hurlement fait sursauter le lieutenant Mac Collom. Il se précipite dans la carlingue, traverse les flammes, sort avec une femme dans les bras, la dépose sur le sol, retourne dans l'appareil et ressort avec une autre femme. Il s'apprête à y retourner quand une série d'explosions le fait reculer. C'est fini... Il faut même s'éloigner le plus vite possible de l'incendie qui menace de gagner la jungle environnante.

Mac Collom, laissant les deux autres se débrouiller seuls, saisit un bras de femme dans chaque main et tire les deux blessées comme des sacs jusqu'à une petite clairière.

Aucun homme blanc n'a jamais pénétré ce territoire, cerné par les monts Orange à trois mille mètres d'altitude. Un hélicoptère ne saurait franchir cette barrière montagneuse et la jungle hérissée d'arbres gigantesques ne laissera aucun avion atterrir. Cela, les rescapés l'ignorent.

Margareth pense qu'elle avait rendez-vous avec son *boy-friend* le soir même, le sergent Decker marmonne toujours des phrases bizarres. Le sergent Mac Collom, lui, fait une prière, il a les yeux secs mais la gorge si serrée que les mots ont du mal à franchir ses lèvres. Son frère jumeau est mort dans cet amas de tôles fumantes.

13 mai 1945 : ce n'est que le premier jour d'une longue suite de quarante-sept.

Mac Collom est retourné dans les débris de l'appareil fumant chercher des vivres et sauver ce qui peut l'être comme matériel de secours.

Seule la queue de l'avion, arrachée de la carlingue, n'a pas brûlé entièrement et il y trouve un maigre butin : un canif, deux bidons d'eau, une boîte de mélasse, des bonbons vitaminés, et deux bâches de canots pneumatiques. Ensuite, il examine ses compagnons.

Decker est bien choqué et sa blessure à la tête est très

vilaine. D'autre part, il est brûlé profondément aux reins. Sa peau a noirci complètement et s'est décollée par endroits.

Margareth ne vaut guère mieux : jambes et pieds brûlés, assorti de coupures et d'écorchures en tout genre.

L'une des femmes, Helen, est dans le coma. L'autre, Carolyn, apparemment sans blessures graves, tremble de tous ses membres, sans mot dire.

Pendant la nuit, Margareth ne se rendra pas compte qu'elle serre la main d'un cadavre : Helen est morte sans bruit, sans avoir repris connaissance.

Mac Collom, le seul valide, l'enveloppe dans une bâche et l'allonge contre un arbre, car il n'a rien pour l'enterrer.

La seconde nuit, c'est au tour de Carolyn. Son cœur a lâché brutalement, elle n'avait pas cessé de trembler depuis la catastrophe. La deuxième bâche lui sert de linceul.

Ils ne sont plus que trois — Mac Collom, Decker et Margareth — et ils décident de marcher. Rester là, à cent mètres de la carcasse de l'avion et de ses dix-neuf cadavres, à côté de ces deux bâches sinistres, c'est impossible. D'autre part, ils espèrent entendre bientôt le ronronnement d'un autre avion, mais la forêt est si épaisse que les secours ne les verraient pas à cet endroit. Il faut donc marcher. Or seul Mac Collom en est réellement capable, Decker et Margareth souffrant horriblement de leurs brûlures. Alors il se charge des vivres, confectionne des cannes aux deux autres, et ordonne :

— Allez, en route ! Je marche devant pour vous faire un chemin.

Tous les cinquante mètres, Decker s'effondre, et quand ce n'est pas lui, c'est au tour de Margareth. Mac Collom fait des aller-retour sans arrêt, soutenant l'un, exhortant l'autre. Puis les voyant à bout de forces, décide une halte.

Pendant que ses deux compagnons dorment, épuisés, Mac Collom tente de faire le point. Ils sont à trois mille mètres d'altitude, ce qui rend d'ailleurs la marche encore plus difficile.

La vallée qu'ils devaient survoler avant de s'écraser est donc à leurs pieds ; il faut redescendre, et le mieux serait de dénicher une source ou, mieux, un ruisseau quelconque à suivre. D'une part pour la provision d'eau, d'autre part parce que, sans boussole et sans carte, c'est le meilleur moyen d'atteindre la vallée.

Alors Mac Collom décide de faire un petit tour d'exploration, en solitaire, mais il a à peine franchi vingt mètres qu'il entend la voix de Margareth, hystérique :

— Decker, Decker, réveille-toi, ce salaud fiche le camp tout seul avec les vivres !...

Mac Collom revient en arrière pour calmer sa compagne, mais la jeune fille fait une telle crise de nerfs qu'il est obligé de la calmer à coups de gifles, tandis que Decker l'agonit de sottises. Il est évident que les nerfs des deux blessés craquent.

Et c'est au beau milieu de ce règlement de compte insolite, qu'un ronflement surgit des arbres et fait se dresser les combattants. Un avion ! Un avion qui ne peut les voir ! Comme un fou, Mac Collom dévale la montagne en direction du bruit ; si un avion tourne par là, c'est qu'il a repéré une clairière et que le pilote l'examine de près. Tombant, se griffant, jurant comme un beau diable, Mac Collom atteint une clairière au bout de quelques minutes de course essoufflée. Il ne s'était pas trompé ! L'avion a repris de l'altitude pour entamer un second tour. Comment se signaler ? La chemise, le pantalon, un foulard, ses sous-vêtements, Mac Collom étale tout dans la clairière, et se met à sauter sur place, nu comme un ver, désespéré...

L'avion se rapproche, il rase les arbres, l'angoisse serre la gorge de Mac Collom, et s'il ne voyait pas ? — Il n'a pas vu, et il remonte ! — Non, il revient ! Il revient et il bat des ailes, il coupe son moteur. — C'est le signal, il a vu ! De joie, Mac Collom enfile son pantalon de travers, et en oublie le reste. Il court, court comme un dératé pour retrouver Margareth et

Decker en larmes, et pleure enfin avec eux, de joie et de soulagement.

En ce troisième jour de leur aventure, les trois rescapés s'installent donc dans la clairière et se mettent à calculer le temps qu'il faudra à l'armée pour leur parachuter des vivres. Jusqu'à présent, ils n'ont mangé que des bonbons vitaminés et de la mélasse mélangée d'eau...

La nuit passe, paisible et pleine d'espoir. Mais quand Margareth ouvre un œil à l'aube, c'est pour hurler de peur. Quelque chose de noir et de laid la regarde.

— Mac Collom, qu'est-ce que c'est ? Qu'est-ce que c'est ?

— Ne bougez pas et souriez ! Souriez, bon sang !

Margareth desserre les dents et grimace un sourire épouvanté à l'apparition qui ne bouge pas d'un centimètre...

Le sourire de Margareth s'adresse à un individu d'environ un mètre soixante, noir comme le diable et nu comme un Jésus. Son corps est entièrement recouvert d'une épaisse couche de graisse nauséabonde, et il porte une hache de pierre sur l'épaule. — Derrière lui, il y en a une bonne douzaine, tous pareils. Ils parlent entre eux un langage bizarre, fait d'aboiements et de grognements, mais celui qui observe Margareth d'aussi près ne parle pas, et Mac Collom continue d'exhorter sa compagne.

— Souriez... bon sang, et ne bougez pas !

Ne pas bouger, c'est facile à dire, et sourire à cette face de cirage immobile est un exploit si difficile pour Margareth que Mac Collom s'avance doucement, s'incline devant le guerrier, et comme dans un salon de Boston :

— Bonjour, permettez-moi de vous présenter Miss Margareth Hastings et le sergent Decker...

C'est ridicule, mais il a dit ce qui lui passait par la tête, sachant pertinemment que l'autre ne le comprendrait pas, mais saisirait peut-être le ton amical, et le sens de la mimique.

A la grande surprise de Margareth, voici que le petit homme écarte soudain les dents en un sourire aussi large que maladroit. — Il fait comme elle, il se force. — C'est donc qu'il avait encore plus peur d'elle ?

Ils restent là des heures, tout le petit groupe, à observer sans relâche ces trois Blancs. Ni méchants ni agressifs, mais curieux et obstinés.

Decker montre ses blessures à l'un d'eux qui a l'air d'être le chef et aussitôt le petit homme se met à lui souffler dessus, partout où il voit une plaie. Ensuite il fait de même avec Margareth, sans jamais la toucher. Il souffle avec régularité, comme s'il accomplissait un rite. Les petits hommes noirs ont certainement l'habitude de soigner ainsi leurs plaies, en soufflant dessus...

A la tombée du jour, ils s'en vont enfin. Mais leur village ne doit pas être loin car ils sont là dès le lendemain matin, discutant et grognant toujours, mais les mains pleines de patates douces, ce qui change de l'ordinaire.

Vers midi, le vrombissement d'un appareil les fait se sauver à toutes jambes, car ils doivent observer avec crainte ces étranges choses blanches en corolle qui descendent du ciel.

Pour les rescapés, les nouvelles sont bonnes et mauvaises à la fois. On leur envoie un poste émetteur-récepteur, des vivres et des médicaments avec un message : « Vous êtes 295, appelez 311... »

Fébrilement, Mac Collom entreprend de monter la radio en un temps record, tandis que l'appareil tourne en rond au-dessus de la petite clairière.

— Ici 295, m'entendez-vous 311 ?...

Un grésillement, et une voix américaine, enfin, celle du pilote de l'avion sauveur :

— Je vous entends, j'ai un médecin à bord, comment allez-vous ?

— Pas trop mal, des brûlures...

Puis Mac Collom donne des précisions sur l'accident, le nombre de morts, et leur situation présente. Le pilote reprend :

— Impossible d'atterrir, et parachuter un homme serait un trop gros risque. Vous êtes à 70 kilomètres environ d'un terrain plus vaste. Avant toute chose il faudrait que vous marchiez jusque-là, le pouvez-vous ?

Margareth regarde ses jambes, rongées, noircies, sanguinolentes ; impossible de faire 70 kilomètres dans cet état, quand cent mètres représentent un supplice. Quant à Decker, il est plié en deux par la souffrance. Mac Collom affirme pourtant :

— On ira dès qu'on pourra. Donnez-moi les coordonnées.

Jour après jour, message après message, toujours surveillés de près par le petit groupe d'hommes noirs, les trois naufragés désespèrent de s'en sortir.

Seul, Mac Collom réussirait, mais l'état des deux autres s'est aggravé. La gangrène a envahi les brûlures, Margareth ne sent même plus ses jambes, il faudrait des soins quotidiens en milieu stérile. Mac Collom fait ce qu'il peut, il baigne, panse, nettoie, rassure, mais les jours passent.

L'avion fait sa ronde tous les deux jours, et Mac Collom a quelquefois du mal à récupérer les containers de parachutage enfouis dans la jungle, ou accrochés aux arbres.

A présent il a peur. Peur que Margareth ne puisse plus jamais marcher et s'empoisonne lentement, comme Decker, dont les yeux ne sont plus que deux petits trous noirs dans une immense plaie pourrissante.

Leur situation est vraiment désespérée. Aucun appareil de secours ne peut les atteindre. Le terrain est trop petit pour un avion... Et un hélicoptère ne peut pas franchir les hautes montagnes qui les environnent. S'ils s'en sortent un jour, ce sera par la jungle et à pied. Il n'y a aucun autre moyen.

Le vingtième jour, un message leur rend du courage. Deux volontaires philippins, infirmiers, ont offert de se faire parachuter sur une autre clairière plus vaste à trois ou quatre kilomètres et de les rejoindre à pied à travers la jungle. Dès qu'ils auront remis sur pied Margareth et Decker, ils les guideront jusqu'à la même clairière où on tentera de les récupérer, on ne sait d'ailleurs pas comment.

Effectivement, une heure à peine après le message, Mac Collom fou de joie voit arriver les deux hommes, qui ont pris des risques énormes. Car depuis quarante-huit heures, il tombe des averses soudaines, d'une violence inouïe, accompagnées de brusques rafales de vent, et se faire parachuter dans la jungle dans ces conditions, et dans une clairière grande comme un mouchoir de poche, c'est à la limite du suicide. Mais ils sont là, trempés. L'un d'eux a une cheville foulée, mais ils sont là...

Il était temps. Margareth délire, et Decker ne peut plus bouger ; allongé sur le ventre, il a les reins rongés par l'infection. Il va falloir, pour chacun, racler les brûlures pour nettoyer les plaies et venir à bout de la gangrène. Racler, c'est-à-dire enlever les couches de peau successives, jusqu'à ce que la chair soit de nouveau à vif, et saine.

Un supplice quotidien qui va durer jusqu'au quarantième jour. Les deux Philippins ont installé un petit hôpital de campagne. Et pour la première fois depuis des semaines, Margareth peut se voir dans une glace... et se faire peur.

Elle n'a plus que des touffes de cheveux brûlés par paquets... Elle est noire de crasse et de vermine. Même chose pour Decker. Les deux infirmiers ont improvisé une baignoire en creusant un trou, doublé d'une bâche imperméable, et y lavent les deux blessés avec mille précautions, tous les jours. Puis c'est le raclage quotidien. Même anesthésiée par une piqûre, la douleur est terrifiante.

Enfin, Margareth et Decker sont jugés aptes à marcher pendant quelques kilomètres.

Le sauvetage a été décidé ainsi. C'est l'idée d'un trompe-la-mort : puisqu'il est impossible à un avion d'atterrir, ou à un hélicoptère d'arriver jusqu'à eux..., l'armée va larguer un planeur dans la clairière, avec son pilote. Encore un fou, prêt à se faire tuer pour en sauver d'autres, c'est d'ailleurs lui qui l'a proposé.

Si le pilote arrive à bon port dans la clairière, il chargera tout le monde, et repartira de la même façon, accroché à un C 47 rugissant. Il faut que le premier arrachage soit le bon, car si le câble cède, tout est perdu...

La petite colonne s'en va donc à travers la jungle, suivie des petits hommes noirs toujours attentifs.

Margareth a offert le miroir au chef, qui n'en revient pas de voir quelqu'un en face de lui, dans cet étrange objet.

Dans la clairière, le quarante-sixième jour, la troupe attend pour le lendemain l'arrivée du fou volant dans sa drôle de machine. On leur a parachuté le matériel nécessaire à cette opération insensée : deux piquets, un câble métallique qu'il faudra tendre au-dessus du planeur, de manière à ce que l'avion tracteur l'accroche au passage et le fasse décoller du premier coup. Il faut que le premier accrochage soit le bon... Sinon le planeur irait s'écraser dans les arbres, et impossible de recommencer. De plus, le problème n'est pas tant l'accrochage que le poids. Combien de distance faudra-t-il pour s'élever au-dessus du mur de la forêt ?

Le 24 juin 1945, à neuf heures trente, le planeur vient poser gracieusement son nez à quelques mètres des premiers arbres, et une sorte de colosse rouquin nommé Paver en descend, claque le dos de tout le monde et crie :

— Alors, vous êtes prêts ?

Un peu inquiet, Mac Collom répond en soupesant le câble :

— Qu'est-ce qui se passe si ça casse ?

Avec un grand rire, Paver répond :

— L'armée m'a assuré pour dix mille dollars !...

Il a l'air si frêle ce petit planeur, si mince, si léger, Margareth, Decker, Mac Collom et les deux infirmiers se tassent à l'intérieur. Paver vérifie le bouclage des ceintures... donne quelques indications et prévient le C 47 qui tourne au-dessus de lui.

— *Go !...*

Le gros avion pique. — Une secousse, puis une autre. Un

juron terrible de Paver et, enfin, les passagers aperçoivent la cime des arbres. Mais il s'en est fallu de peu, le câble s'était pris dans les branches hautes, et avait ralenti le planeur jusqu'à la limite de perte de vitesse. — Mais le planeur a tenu bon... Sauf qu'il y a une petite fente, là, dans la coque, et Margareth la voit, les autres aussi. — Elle s'élargit doucement... Paver joue les insouciants :

— Quatre-vingt-dix minutes de vol, on tiendra jusque-là. Si vos pieds passent au travers, accrochez-vous au plafond !...

Un centimètre... deux... trois... Chaque minute qui passe élargit la fente et l'allonge... Comme si le planeur allait se fendre en deux...

En vue du terrain d'atterrissage de Hollandia, Margareth, agrippée à son fauteuil, peut voir la terre défiler sous elle par une ouverture de soixante centimètres de large...

Toujours gracieusement, bien que troué, le planeur se pose sans une secousse, avec un nouveau juron du pilote. Une façon comme une autre d'exprimer la peur ou le soulagement...

Margareth descend, suivie de Decker aidé par les deux Philippins. Le pilote saute de son siège, les ambulances accourent, les journalistes, tout le monde, la civilisation, la sécurité, les entoure.

Mac Collom à qui rien n'était arrivé jusque-là, va sortir à son tour, il pose le pied droit, puis le gauche. — Et devant le public interloqué, s'effondre comme une masse, évanoui ! Il lui avait fallu quarante-sept jours pour se laisser aller.

Quant aux petits hommes noirs, là-bas dans la grande forêt, Dieu sait ce qu'ils ont imaginé des mœurs des visiteurs. Se râcler la peau malade, au lieu de souffler dessus, il faut être fou, sûrement.

NOBLESSE ET DÉCADENCE OBLIGENT

Sir Goold déteste Lady Goold.

Qui pourrait s'en douter ? alors qu'il lui ouvre galamment la porte :

— *Darling*... après vous, je vous en prie, chérie...

Lady Goold déteste encore plus Sir Goold, si cela est possible, mais rien ne le laisse supposer.

— *Darling*... N'oubliez pas votre chapeau...

Il y a vingt ans qu'ils sont mariés, et vingt ans qu'ils se détestent. Et depuis vingt ans, personne ne s'en est douté.

C'est à l'occasion d'un séjour à Monte-Carlo que le vieux lord et sa vieille lady vont le proclamer à la face du monde. D'une bien drôle de façon. Car, contrairement à ce que l'on pourrait imaginer, Sir Goold ne va pas tuer Lady Goold. Ni le contraire. C'est logique : si l'un supprimait l'autre, il ne pourrait plus le détester, et la vie serait vraiment insupportable.

Petite carte postale en provenance de Monte-Carlo — « Principauté riante, son rocher, ses palmiers, son casino » — au mois d'août 1907 :

Mary, rentrons pour le week-end. Préparez le château. Envoyez la voiture à la gare Victoria, train de huit heures.
Lord and Lady Goold.

Cette carte postale est écrite à une table du jardin d'été du casino de Monte-Carlo, par Lady Goold, sous l'œil de ses relations du moment. Des relations endiamantées.

Mais cette carte postale arrive en Angleterre dans un petit appartement minable de Chelsea, presque vide et en location. Il n'y a pas plus de Mary, domestique, que de château, que de voitures. « Lord and Lady Goold » sont des escrocs, de petits escrocs. Disons plutôt qu'ils profitent au jour le jour des situations, en jouant sur leur titre. Car Lord Goold appartient réellement à une noble famille irlandaise.

Il est baronet, c'est peu, mais les quelques objets à son chiffre, qu'il étale volontiers, sont authentiques. Nul ne peut s'y tromper. De la canne à pommeau d'argent et d'ivoire vieilli à la perle de son épingle de cravate, Lord Goold est baronet estampillé d'origine, mais imbibé de whisky jusqu'à la moelle de ses os chenus. Il est petit, maigre, délabré, avec une élégance indubitable. Quant à Lady Goold, c'est autre chose, et pour cause, car en premier lieu elle est française. Grande, grosse, laide, un visage où tout s'écroule : les yeux, le nez, le menton ; bref, un mélange de graisse et de dureté. Elle se nomme Marie-Violette, née d'une paysanne de l'Isère et d'un bourgeois inconnu (il y en a beaucoup plus qu'on ne le pense généralement).

Leur aventure sentimentale avant le mariage est un modèle du genre. Elle était lingère, il était baron ; elle voulait devenir baronne, il préférait le whisky.

Le piège fut aisé. Le baron n'ayant pas un sou, la lingère lui a fourni le whisky jusqu'à plus soif, jusqu'à ce qu'il l'épouse dans un état d'ébriété permanente. Le réveil fut brutal. Le pauvre et maigre lord, dessaoulé, s'éveilla un beau matin à Paris, dans une chambre sordide, auprès d'une Marie tout en graisse et en brutalité.

Selon lui (et qui ne le croirait ?), une fois le mariage consommé, plus de whisky gratuit.

— Si tu en veux, tu te débrouilles, baron !...

— *You are* « une putain », Violette !

Ce genre de formule étant réservé à la plus stricte intimité bien entendu.

A l'extérieur on arrondit les angles :

— *Darling...* après vous... Je vous en prie...

— Mon mari est baron, c'est amusant...

— Ma femme est française... c'est d'un piquant !

Ils se détestent, et se haïssent depuis vingt ans qu'ils combinent ensemble de minables petites escroqueries. Ils ont écumé la France, puis le Canada, puis l'Angleterre. Ils ont joué dans tous les casinos, fait des dettes dans tous les hôtels, déménagé à la cloche de bois de toutes les villes, et ils ont soixante ans, bientôt l'âge de la retraite.

Marie-Violette a décidé de traîner son ivrogne de mari à Monte-Carlo. Ils ont loué une villa dans l'avenue des Fleurs. Il joue et boit comme un trou. Elle, tire des plans sur la comète. Ils ont quinze jours pour trouver une source de revenus.

Premièrement : tendre une toile d'araignée, faire croire qu'on est riche, donner des petites réceptions, soigner le moindre détail. La carte postale en est un exemple.

Deuxièmement : repérer une mouche — la femme riche mais seule étant la meilleure des mouches.

Troisièmement : se débrouiller pour lui prendre son argent.

Ce genre de plan laissant, bien entendu, toute latitude quant au choix des moyens.

En résumant ce que l'on a appris par la suite, voici le choix du moyen, en version sous-titrée :

— *Darling,* qui est cette charmante jeune femme ? Vous ne m'avez pas présentée ?

— Miss Levin, *darling !* Emma Levin, n'est-elle pas ravissante ?

Ravissante, Emma Levin ? Elle a plutôt l'air d'un carabinier, à vrai dire, et cette charmante jeune femme a pour le moins cinquante ans.

— Vous êtes seule ici, Miss Levin ? Comme c'est triste !...

— Mais, *darling,* Miss Levin n'est plus seule à présent... N'est-ce pas ? Vous viendrez prendre le thé jeudi, si... si... J'y tiens. Nous y tenons absolument, n'est-ce pas, *darling ?*

— Absolument, Miss Levin. Puisque Lady Goold vous invite, il faut venir. On ne résiste pas à Lady Goold quand elle a décidé quelque chose !

Ainsi Miss Levin viendra jeudi prendre le thé à la villa. Alors il est temps pour Lady Goold de faire ses préparatifs. Préparatifs de départ, tout d'abord. Si Miss Levin vient prendre le thé jeudi, Lord et Lady Goold s'en iront vendredi. Du moins Marie-Violette en a-t-elle décidé ainsi. Et son lord de mari s'en étonne :

— On ne va pas partir maintenant ? Pas maintenant ! J'ai gagné cent francs au casino hier...

— Tu les a déjà bus...

— Mais...

— Y a pas de mais... écoute-moi. Jeudi, tu recevras Miss Levin à l'heure du thé. Tout seul.

— Pourquoi tout seul ?

— T'occupe ! Tu lui diras que je prépare un gâteau dans la cuisine. Puis tu la feras asseoir, dans ce fauteuil.

— Et après ?

— Tu prendras ceci.

— Un pilon ? Pour quoi faire ?

— Pour l'assommer.

— Mais je ne veux pas l'assommer !

— A ton aise ! Tu n'auras pas une goutte de whisky pendant une semaine !

Priver Lord Goold de whisky pendant une journée serait largement suffisant pour lui faire faire les pires bassesses, mais assommer une dame, cela demande réflexion.

— Et si je l'assomme, qu'est-ce que tu en fais ?

— Tu verras bien.

Lord Goold est un lâche, et cette réponse lui suffit. Il faut préciser, toutefois, que l'état comateux et alcoolique dans lequel il se trouve de façon permanente ne lui permet guère de se conduire autrement.

Donc Miss Emma viendra prendre le thé jeudi, et les malles sont prêtes. La toile est tendue, la mouche vient s'y prendre d'elle-même. Miss Emma Levin, avec son air de carabinier, est en réalité suédoise. A l'heure dite, elle se présente au portillon de la villa, où Lord Goold la reçoit avec volubilité. Il a puisé tout son courage dans l'alcool, c'est dire qu'il a dû forcer la dose habituelle. Il se répand en salutations et courtoisies diverses :

« Et entrez, Miss Levin, et par ici, Miss Levin, comment allez-vous ? Beau temps, n'est-ce pas ? Ma femme arrive tout de suite, elle est dans la cuisine, un gâteau pour vous ? Mais non, la moindre des choses. Asseyez-vous, Miss Levin, je vous en prie. »

Cela fait, Lord Goold contemple la montagne de difficultés qui se dresse devant lui : elle est assise, elle est grande et sa tête dépasse le dossier du fauteuil. Elle demande pourquoi, par cette chaleur, on a tiré tous les rideaux et fermé tous les volets ?

« Justement pour avoir frais... », a répondu Lord Goold, en frappant un grand coup sur la tête de Miss Levin. — Sur quoi Lady Goold survient et, observant son travail d'un œil mauvais, demande :

— Qu'est-ce que tu as fait ?

— Je l'ai assommée ! C'est toi qui voulais...

— Elle respire encore. Tue-la !

— Ah ! non.

— Tue-la, je te dis !

— Non !

— Prends un couteau et tue-la, sinon !... Allez, tiens... bois quelque chose.

Lord Goold, baronet d'Irlande, boit avant de prendre le

couteau dans ses mains d'ivrogne. Et il coupe le cou de Miss Levin, en deux fois car il tremble, en murmurant entre ses dents jaunies :

— Je te déteste... Violette... *I hate you !*

Comme si c'était elle qu'il tuait.

Alors seulement, Lady Goold s'est penchée sur la victime, sur son sac, sur ses poches. Mais elle n'a rien trouvé, pas un sou, sauf des bijoux faux. — Alors elle a pris les clés de l'appartement de Miss Levin et a couru dans les rues ensoleillées, en rasant les murs. Elle a fouillé tous les tiroirs, tous les coffrets, toutes les malles... Rien. Elle est donc revenue en courant toujours, et sûre d'avoir compris :

— L'imbécile ! C'était elle qui voulait nous avoir. Elle n'a rien... Rien du tout, tu comprends ? Tu l'as tuée pour rien ! Pauvre idiot, ivrogne !

Affalé sur un canapé, Lord Goold est soudain pris d'un rire hystérique, un rire énorme, étouffant, inhumain. Et il regarde sa femme sans bouger. Elle a traîné une malle énorme dans le salon, elle est allée chercher des chiffons, des serpillières, des seaux, des cuvettes, et tous les couteaux de la cuisine. Puis elle se met au travail. Le spectacle n'ayant rien de réconfortant pour un alcoolique, Lord Goold a préféré fermer les yeux. Car cela a duré des heures, morceau par morceau.

Enfin, le corps de Miss Levin, débité, empaqueté, et ficelé, s'est trouvé rangé dans la malle, dans le désordre.

Lady Goold a gardé le plus compromettant, la tête et les bras, dans une petite valise.

Elle a réveillé le baron qui dormait comme une souche, pétrifié sur son canapé. Et ils sont partis jusqu'à la gare, où Lady Goold a hurlé :

— Porteur !...

De Monte-Carlo à Marseille, ils ont voyagé ainsi, avec la malle au-dessus de leurs têtes, et la valise à leurs pieds.

Lady Goold devisait aimablement avec ses voisins de

compartiment, racontant qu'ils venaient, le baron et elle, de passer un séjour charmant en Italie, pour brouiller les pistes.

A Marseille, Lord Goold n'était plus qu'un fantôme ivre et titubant, que sa femme tirait par la main comme un gosse :

— Tu vas dire au porteur de charger cette malle, et de l'expédier à Londres... Allez ! file !...

Mais le porteur flegmatique ne comprend rien à ce que lui raconte ce vieux gentleman rougeaud et agité, à l'accent terriblement compliqué par des restes de whisky :

— Vous la voulez où, cette malle ? Dans quelle gare à Londres ?

L'Anglais n'a pas l'air fixé...

— C'est à quel nom ?

Il n'a pas l'air fixé non plus sur son nom.

— En express ou normal ?

Lady Goold se précipite avec autorité au secours de son mari. En un clin d'œil, elle donne faux nom, fausse adresse, et paye l'homme ! Bien payé même : un demi-louis ! Le porteur en devient aimable et empressé :

— Votre adresse à Marseille, pour le bulletin ?

Lady Goold ne peut empêcher son mari de répondre instinctivement, comme d'habitude, pour faire riche :

— *Hôtel du Louvre et de la Paix !*

Le plus grand hôtel de Marseille à l'époque. Le porteur en devient obséquieux.

— Permettez, monsieur... Donnez-moi votre valise, je vous la porterai jusqu'au fiacre !

De rouge qu'il était, Lord Goold devient vert.

— Non ! non !

— Mais si... laissez-moi faire...

— Non !... Je dis que non ! vous comprendre ? Je dis non... *You understand ? You* compris ?

Bizarre, il crie bien fort ce client. Et son gendarme d'épouse l'entraîne bien vite ! Pourtant la valise a l'air lourde... Songeur, le porteur charge la malle jusqu'au hall d'expédition, où il raconte l'incident à l'employé, lequel jette un œil soupçonneux sur le colis. Et voilà qu'il lui trouve une odeur bizarre... Dès lors, tout va très vite : on court chercher la police, on ne trouve que la moitié de ce que fut Miss Levin, c'est donc que l'autre moitié se trouve dans la valise, que l'Anglais n'a pas voulu confier au porteur, et le tout doit être à l'*Hôtel du Louvre et de la Paix !*

On aurait pu croire que, devant tant d'imprudences accumulées, le couple ne serait pas à l'adresse indiquée... et qu'il songerait à autre chose qu'à continuer ses petites escroqueries minables. Erreur. Le portier les a vus entrer en se chamaillant. Elle a demandé qu'on leur monte à dîner et qu'on ne les dérange pas. Lui, il avait l'air bien fatigué...

Le policier se frotte donc les mains ; c'est à peine croyable, il va arrêter ces deux-là tout seul et comme un grand ! Il va les surprendre au nid ! Ce genre de choses est excellent pour l'avancement.

Là encore, on pourrait croire que le policier sera assez malin pour prendre les clés du concierge, monter en catimini jusqu'à la chambre 66, les menottes d'une main et revolver de l'autre. Erreur.

Il prend l'escalier principal d'un pas décidé et frappe à la porte du 66, et là, au milieu d'un bruit de dispute, une voix féminine répond :

— Allez-vous-en ! J'ai dit qu'on ne nous dérange pas !

Alors, bêtement, le policier rétorque :

— C'est la douane ! C'est à propos de votre malle !

On croit rêver... De l'autre côté de la porte, il se fait un grand silence. Une minute passe. Puis un léger remue-ménage. Et d'un seul coup, la porte s'ouvre. Bousculé d'une main ferme, le policier se retrouve par terre, tandis que lui passent sur le corps et dans l'ordre, Lady Goold puis son mari, l'une traînant l'autre.

C'est la poursuite infernale. Le couple saute dans un fiacre qui attendait le client devant l'hôtel et s'enfuit au grand galop, tandis que le policier, coudes au corps, s'élance derrière, suivi par le concierge de l'hôtel.

S'apercevant que les coureurs à pied gagnent du terrain, Lady Goold se résigne à employer les grands moyens. D'une main, elle tend des pièces d'or au cocher, qui n'en demande pas plus, et de l'autre elle jette le reste dans le sillage du fiacre. Au diable l'avarice et leur dernière fortune, il s'agit d'échapper à la justice !

L'effet est immédiat et les passants sont bientôt à quatre pattes, se chamaillant pour ramasser les pièces et bloquant la poursuite du policier.

Le malheureux, époumoné, se retrouve alors noyé dans un groupe de gens surexcités qui s'arrachent cette fortune tombée du ciel. Alors il emploie lui aussi les grands moyens, il n'y a pas de raison. Grimpé sur un réverbère et dominant la foule, il hurle :

— Ce sont des assassins ! Ils cherchent à s'enfuir ! Il y a une prime pour le premier qui les attrape.

Là aussi, l'effet est immédiat. A noter toutefois que l'un des poursuivants demande de combien est la prime, sans obtenir de réponse ! Ils sont vingt, cinquante, cent maintenant qui courent derrière le fiacre, dont les trois quarts, d'ailleurs, ne savent même pas pourquoi ils courent, sinon que d'autres courent, et qu'il vaut mieux courir avec les moutons.

Et c'est ainsi que Lord et Lady Goold seront enfin arrêtés, cernés par une foule hurlante, dont le policier aura bien du mal à se débarrasser, étant entendu qu'il ne pouvait pas attribuer la prime promise sur le champ, ni même dans l'avenir. A qui se fier...

Privé de whisky, le vieux lord mettra trois mois à reprendre ses esprits : delirium et cauchemars l'empêcheront même de se rendre compte qu'il est en prison. « Lady Violette », elle, se contentera de nier tout en bloc, avec une mauvaise foi sidérante.

C'est au cours d'une confrontation chez le juge de Marseille qu'ils admettront enfin leur crime et raconteront les détails de l'opération, ainsi que décrits plus haut.

Mais le procès fut remarquable. Citons Lord Goold, par exemple :

— N'accablez pas Lady Goold, messieurs, elle s'est un peu emportée ! N'est-ce pas, *darling,* nous ne voulions pas tuer ? Ce fut un regrettable accident ?

Et Lady Goold, encore :

— Mon mari a raison, c'est un accident ! On lui a fait avouer n'importe quoi, le pauvre cher était souffrant, et il ne se rappelle même plus, n'est-ce pas, *darling ?*

C'est qu'il y avait du beau monde dans la salle et que, quoi qu'il arrive, quand il y a du monde, il faut tenir son rang.

Lady Violette, considérée comme l'instigatrice du crime, fut condamnée à mort, mais grâciée, car on n'exécutait plus les femmes en 1908 ; Lord Goold est parti pour Cayenne, où il mourut laborieusement peu de temps après car, sans whisky, il ne supportait rien.

UN SUSPENS DE FUMÉE

Monsieur KARL MEYERBAUNN
185 Kœnigstrasse,

à

Monsieur le Procureur de BERLIN

Le 19 décembre 1937

« Je m'appelle Karl Meyerbaunn. Je suis né le 19 décembre 1856 à Varsovie, et j'ai l'honneur de vous demander un entretien en particulier. Je dois faire des révélations à la Justice. »

Un procureur reçoit presque autant de courrier qu'une star de cinéma. Un procureur, comme une star de cinéma, ne répond pas lui-même au courrier. Il a un service, pour cela, plus qu'un service ! Une administration ! Une administration lente, qui trie d'abord le courrier des affaires en cours, qui trie ensuite les plaintes nouvelles, répartit les dénonciations anonymes, et classe les témoignages écrits. Tout ce qui peut être rangé quelque part trouve une place et même les corbeilles à papiers sont pleines.

Que faire d'une petite lettre comme celle de M. Karl Meyerbaunn dont l'écriture appliquée et soigneuse ne révèle rien ?

Trois semaines d'attente. 7 janvier 1938 : Un secrétaire répond enfin. C'est-à-dire qu'il utilise un formulaire tout préparé :

« Monsieur Un tel... est prié de bien vouloir indiquer ci-dessous le motif de sa demande d'audience. »

Référence 3532/AF/

Le secrétaire n'a plus qu'à signer « Pour Monsieur le Procureur » et à écrire l'adresse sur une enveloppe de l'administration.

Dès le lendemain la réponse arrive.

Le 9 janvier 1938

« J'ai l'honneur de préciser le motif de ma demande : j'ai des révélations à faire à la Justice. »

Réponse :

« Veuillez indiquer les références de votre dossier. »

Réponse :

« Je m'appelle Karl Meyerbaunn, je n'ai pas de références de dossier. »

(Et pour cause, il n'y a pas de dossier.)

C'est un dialogue de sourds. Et pourtant il s'agit bien de deux humains pareillement construits. Deux yeux, deux oreilles, et un cerveau chacun. Seulement l'un des deux est dans l'Administration. L'autre est un très vieux monsieur de quatre-vingt-un ans. Et ils ont chacun leur logique, qui les rend adversaires.

Plusieurs semaines passent ainsi. Les deux adversaires s'observent. Le vieux monsieur pense que l'autre va réagir, il attend qu'on le convoque.

L'Administration attend qu'on la relance, c'est normal pour une machine. C'est à l'administré de faire les efforts. C'est à lui de deviner ce que la machine ne comprend pas, pourquoi elle ne le comprend pas, et d'y remédier. Dans ce cas-là, le mieux est de tout reprendre à zéro.

17 février 1938

« J'ai l'honneur de vous rappeler ma lettre du 19 décembre 1937 dans laquelle je vous demandais un entretien en particulier. N'ayant pas reçu de réponse, je me permets de renouveler ma demande.

Très respectueusement… »

Réponse : Une circulaire à nouveau :

« M. le Procureur reçoit les mardi et jeudi de neuf heures à onze heures. »

L'homme aura beau faire, les machines qu'il invente ne seront jamais parfaites. La réponse n'est pas exactement conforme à la demande.

Le vieux monsieur attendait un rendez-vous, pas une salle d'attente. Mais il est là. Depuis neuf heures du matin. Il faut savoir qu'il était là, et que tous les gens qui étaient là en même temps que lui n'ont jamais eu le temps de passer avant onze heures.

Alors, ayant épuisé son attente, le vieux monsieur s'en est allé.

Nouvelle lettre. Nouvelle tentative de l'administré pour se faire comprendre. Il essaye le juge cette fois. Et il a toujours l'honneur de solliciter un entretien pour des révélations qu'il estime devoir faire à la Justice de son pays.

Cette fois la réponse est encourageante :

« S'il s'agit d'un témoignage sur une affaire en cours, veuillez vous présenter au commissariat de votre quartier qui recevra votre déposition.

S'il s'agit d'une plainte, veuillez écrire à M. le Procureur qui transmettra. »

Voilà qui est clair.

S'agit-il d'une plainte ? Non, puisque le vieux monsieur se rend au commissariat de police de son quartier, et qu'il est reçu par un adjoint fort pressé. On ne peut pas s'empêcher d'imaginer la scène ainsi :

— C'est pour quoi ?

— Je m'appelle Karl Meyerbaunn ; je suis né le 19 décembre 1856 à Varsovie...

— C'est à quel sujet ?

— Je suis veuf, et je n'ai plus d'enfants, mon fils unique est mort pendant la guerre, en 1917.

— Que vous est-il arrivé ? Vous voulez faire une déposition ?

Mon Dieu, monsieur l'Adjoint pressé, en réalité ce n'est pas une déposition, que voudrait faire ce vieux monsieur-là. C'est toute une histoire qu'il voudrait vous raconter, et il faudrait qu'il le fasse tranquillement pour que vous compreniez. Mais comme vous êtes pressé, il dira l'essentiel.

— Ma femme est morte le 3 décembre dernier, et c'est de ma faute.

— Comment ça ? Vous l'avez tuée ?

— En quelque sorte, monsieur. Puisqu'elle est morte à cause de moi.

Enfin l'œil du policier doit porter un brin d'intérêt au vieillard.

Ce qui revient à dire que le reste du monde veut bien écouter Karl Meyerbaunn, pour la première fois depuis trois mois.

Il répète son nom, son adresse, sa date de naissance… sa profession : Retraité des chemins de fer.

Et voici sa déposition. Enfin ce que l'on appelle sa déposition. Ce ne sont pas les mots qu'il a employés, c'est la traduction administrative de ce qu'il a tenté d'expliquer.

« Entendons le sieur… qui nous déclare :

« J'ai provoqué la mort de mon épouse Stephanie Meyerbaunn, née Foldstein, âgée de soixante-dix-huit ans, à la suite d'une discussion de ménage. Je m'estime responsable de son décès, mais je n'ai pratiqué sur elle aucun acte de violence prémédité. Cependant je demande une enquête. Lu et approuvé, persiste et signe. »

En annexe, il est joint un certificat de décès en bonne et due forme qui révèle que Stephanie Meyerbaunn est décédée à son domicile, le 3 décembre 1937, des suites d'une longue maladie. En conséquence de quoi le permis d'inhumer a été délivré.

Dommage. Dommage que l'on ne retrouve pas dans les dossiers la description de la tête du policier qui a enregistré cette déclaration :

« Discussion de ménage… longue maladie… ci-joint certificat… Cependant, je demande une enquête… »

Que peut dire le policier, sinon :

« Allons, rentrez chez vous, grand-père… A votre âge on a

le droit de perdre la tête, mais c'est très vilain de faire perdre son temps à un officier de police dans l'exercice de ses fonctions. »

Le vieux monsieur a peut-être demandé :

« C'est tout ? »

Et on lui a peut-être répondu avec impatience :

« C'est tout ! »

Or c'est une sorte de petit miracle que le dossier de Karl Meyerbaunn ait été reconstitué et surtout qu'il ait franchi toutes ces années. Il a été retrouvé dans un lot d'archives de la police allemande, avec d'autres dossiers bien plus importants. Mais point n'est besoin d'être important pour exister.

Il n'y eut pas d'enquête. Après sa déposition en mars 1938 — un drôle de printemps — Karl Meyerbaunn a dû rentrer chez lui. Et il a dû attendre vainement qu'il se passe quelque chose. Il s'en passait des choses pourtant autour de lui. Des choses qui concernaient tous les Meyerbaunn du pays. Mais pas lui. Pas le vieux monsieur coupable de quatre-vingt-un ans qui réclamait justice.

A-t-il été dénoncé ? Faisait-il partie d'une liste établie quartier par quartier ? Rue par rue ?

Quoi qu'il en soit, des policiers un jour se présentent au domicile de Karl Meyerbaunn. Ils viennent lui signifier qu'il est coupable effectivement ; coupable d'être juif.

Mais le vieux monsieur n'est pas là. Il n'entendra pas ce qu'on a à lui dire de cette culpabilité-là. Tant mieux, car elle ne l'intéresse guère.

L'appartement est vide. Tout y est soigneusement rangé. Il n'est plus habité depuis un certain temps. La poussière en témoigne.

Les policiers stupides feront leur travail malgré tout. Ils sont venus confisquer les biens Meyerbaunn ; ils confisquent.

Et les voilà qui confisquent la vie, la philosophie, les doutes et les remords de Karl Meyerbaunn. Les voilà qui confisquent quatre-vingt-un ans d'existence. Le seul bien précieux qui ne soit pas monnayable.

C'est un dossier. On y trouve bien rangés, épinglés par ordre de dates, les doubles des lettres du vieux monsieur à l'Administration, les réponses, et aussi des ordonnances d'un médecin, une facture des pompes funèbres. Et une lettre.

Comme elle n'est adressée à personne, chacun peut la prendre pour lui.

Elle commence par la litanie du début : « Je m'appelle Karl Meyerbaunn, je suis né le 19 décembre 1856 à Varsovie et j'ai des révélations à faire... »

Et puis le style change. Le vieil homme parle enfin naturellement puisqu'il ne parle à personne, et c'est un discours de solitude.

« Stephanie ma pauvre femme, est dans l'éternité. Je me souviens du jour où elle est tombée malade. C'est une injustice qu'il m'est dur de supporter. Elle est paralysée. Son cœur est à bout de force. Je dois vivre avec elle comme avec un enfant fragile. Elle ne doit pas avoir froid, ni peur. Je dois lui parler doucement, et ne jamais la contrarier Je dois la guider jusqu'à la mort que le destin aura choisie. Je dois prier pour ne pas mourir avant elle, et pour conserver ma force.

« Il faut maintenant que je dise mon remords, car je suis un vieillard et ma raison est sénile.

« Quand Stephanie me dit qu'elle ne veut pas partir de la maison, je lui dis qu'il faut obéir. Elle ne veut pas que je l'emmène à l'hôpital. Elle dit que nous serons séparés, que j'irai en prison, et qu'elle mourra seule.

« Moi je dis le contraire. Je crois que l'hôpital est un bienfait. Ils ont là-bas des gens qui savent empêcher que les malades étouffent et qu'ils meurent. Stephanie ma femme, me dit que je suis un entêté et que je ne comprends pas la situation.

« Je ne sais pas de quelle situation elle parle. Je crois

seulement qu'il faut que je me fâche et qu'elle écoute ce que j'ai à dire, et ce que je décide.

« Stéphanie ne comprend pas que moi son mari j'ai peur de m'endormir. J'ai peur qu'elle étouffe pendant que je dors. Si je dors, je ne peux pas surveiller. Je crie et Stephanie crie aussi.

« Ma femme dit qu'elle ne peut plus respirer, et qu'elle va mourir. Elle dit qu'elle va mettre son mouchoir sur sa bouche, jusqu'à ce qu'elle meure, comme ça elle ne me quittera plus jamais. Je n'arrive pas à la calmer, elle garde le mouchoir.

« Quand je l'enlève, elle ne respire plus. Ma femme est morte, c'est à cause de moi. C'est de ma faute. Je dois m'en accuser devant Dieu et devant les hommes. Ils ne veulent pas me juger.

« Je dois me présenter seul à mon juge, je suis coupable. »

Voilà ce qu'ont confisqué les policiers stupides, puisqu'il n'y avait rien d'autre. Et d'autres policiers ont dû venir les jours suivants pour une enquête dérisoire et rapide.

On avait trouvé le corps d'un vieillard qui s'était pendu dans la forêt. Depuis quelques jours il était à la morgue, personne ne l'avait identifié. Quelqu'un a dû le faire parmi les voisins. Quelqu'un a dû dire à un policier stupide :

« C'est le vieux juif que vous cherchiez. »

C'est ainsi qu'on a refermé un dossier tout petit avec un dernier tout petit papier. Le certificat d'identification de la morgue.

Ensuite il s'est passé des discours, des bombardements et des folies collectives, le monde a explosé.

Jusqu'au jour où un documentaliste en cherchant autre chose, est tombé sur le petit dossier.

Il était inclassable. Il ne ressemblait à aucun autre. Ni crime, ni enquête, ni juge, ni assassin, ni procès, ni témoignage, ni photos.

Un simple petit paquet d'une dizaine de feuilles, photocopiées par un archiviste consciencieux, sans plus.

Le reste, tout le reste, il fallait le deviner, le recoller, sans connaître les visages et les détails. Une sorte de puzzle fragile, un échafaudage de fumée.

LA LUNE DE MIEL DE BARBARA

Barbara espérait mieux de son voyage de noces. Beaucoup mieux... « Il » avait promis une croisière splendide, le tour des Bahamas et même un petit voyage à Cuba.

Le résultat est un bateau minable, un récif de corail soit-disant imprévu, un naufrage idiot, et cinq cents mètres à la nage jusqu'à la terre. Cette terre qui n'en est pas une : de la lave, du corail, de la lave et encore du corail. 5 000 mètres carré de roche désertique, avec pour tout abri un vieux phare à moitié démoli. Barbara contemple son mari, Benton. Il y a une semaine encore à Nassau, c'était le grand amour, un coup de foudre comme on en voit dans les romans, le mariage express et la photo souvenir : Barbara 18 ans, rousse, belle, plus belle qu'une star d'Hollywood, et Benton 25 ans, en smoking et nœud papillon, éclatant de santé, style maître nageur bronzé et heureux.

Aujourd'hui Benton a le visage apeuré et mauvais des gamins qui ont fait un sale coup. Et son petit camarade Johnson ne vaut guère mieux.

D'où sortent les armes qu'ils traînent avec eux ? D'où vient leur air de pirates minables et sans butin ?

Seule avec ces deux garnements sur un îlot désert des Bahamas, Barbara a préféré se réfugier dans le phare abandonné, et organiser leur vie de robinsons. Quelques vivres, et de quoi faire du feu. Elle n'a pas peur Barbara. C'est une fille solide, aussi belle que solide, qui a appris à se servir aussi bien de ses yeux verts, que de ses nerfs. A 18 ans, Barbara est une aventurière, une vraie.

Samedi 23 avril 1960, en Floride. Un magnifique voilier de 12 mètres quitte le port d'Islamada en Floride : le *Muriel III.* Le capitaine Augus, 50 ans connaît les eaux de Floride comme sa poche. Le second Kent, 20 ans, navigue depuis sa première dent. Passagers, trois : Stanton, Chester et Edward, trois fanatiques de la pêche en mer, jeunes, gais, prêts à tout, sauf peut-être à ce qui va suivre.

Dimanche 24 avril 1960. C'est l'aube.

Le capitaine Augus cherche un mouillage. Il longe un groupe d'îlots volcaniques, et surveille le fond attentivement. Une ligne bleue serpente entre les récifs, c'est un passage délicat...

6 h 10. Le capitaine Augus note sur son livre de bord : « Aperçu débris d'une épave et fragments de coque, continuons route vers le sud. »

Sept heures. Le capitaine Augus observe à la jumelle un îlot qu'il vient de repérer sur la carte : Elbow Cay. Une série de signaux lumineux incompréhensibles vient d'attirer son œil... Le second Kent, est tout excité :

— On met le cap sur l'îlot, Capitaine ?

— Doucement mon gars, doucement...

— C'est sûrement des naufragés, Capitaine, l'épave... ça doit être celle de leur bateau !... »

Les trois pêcheurs, Stanton, Chester et Edward abandonnant leurs lignes se joignent au second pour inciter le capitaine à aller voir ce qui se passe.

Mais, le capitaine hésite. Il est méfiant. Ces îlots désertiques sont souvent le refuge des Cubains en rupture de révolution, où qui la préparent.

Depuis que Castro est au pouvoir, chaque capitaine de bateau se méfie de la moindre crique déserte où les pirates s'agrippent comme des arapèdes...

Lentement le *Muriel III* se rapproche de l'îlot, et les hommes aperçoivent bientôt le phare démoli... Deux ombres s'agitent au bord de l'eau criant et levant les bras frénétiquement...

A 150 mètres du rivage, le capitaine stoppe le *Muriel III* et observe les deux naufragés qui l'interpellent :

— Vous ne jetez pas l'ancre, Capitaine ?

— Une minute. Je veux savoir... qui êtes-vous ?

— Benson, et Johnson... on a sombré il y a quatre jours !

— Quel bateau ?

— Le *Star* de Miami...

— Vous êtes seuls ?

— Non, ma femme est là aussi...

Debout au pied du phare, Barbara vient d'apparaître, et c'est la plus jolie naufragée qui soit avec son short et ses cheveux roux éclatant dans le soleil. Du coup, les trois pêcheurs et le second se sentent des âmes de sauveteurs. Mais le capitaine est toujours méfiant. Depuis le temps qu'il sillonne ce coin de Floride, il a appris à ne pas faire confiance aux sirènes. D'autant plus que l'un des naufragés, Johnson, s'est brusquement jeté à l'eau pour gagner le bateau...

Le capitaine vire de bord immédiatement et ordonne :

— Ne le laissez pas monter à bord, je vais prévenir les garde-côtes !

7 h 30. Le capitaine Augus note sur son livre de bord : « signalé par radio présence de trois survivants du *Star* de Miami, sur Elbow Cay... garde-côtes envoient un cutter dans dix ou douze heures... Naufragés informés, disposent de vivres suffisants, je m'éloigne pour la matinée. »

Le second et les trois pêcheurs ne sont pas tout à fait d'accord. Ils ne comprennent pas très bien pourquoi le capitaine Augus se méfie au point d'abandonner trois personnes sur ce rocher de 500 mètres de large. Mais le capitaine est maître à bord, on ne discute pas.

D'autant plus qu'il a cent millions de fois raison, la preuve en sera faite tout à l'heure...

Douze heures. Le capitaine Augus ramène le *Muriel III* à quelques encablures de l'îlot.

Johnson, Benton et sa femme Barbara font de grands signes de joie en les voyant revenir...

Les trois pêcheurs et le second insistent à nouveau.

— Capitaine, ils n'ont pas l'air méchant... Laissez-les venir...

— C'est ridicule, Capitaine... Cette femme doit être épuisée...

Le capitaine Augus réfléchit. S'il était sûr qu'il n'a pas affaire à des Cubains, ou à des révolutionnaires quelconques, il les embarquerait tout de suite. Mais quelque chose le retient encore, et il ne sait pas quoi. L'allure des deux hommes, leur façon de crier des explications trop simples, trop honnêtes.

Johnson crie justement :

— Capitaine, laissez-moi me servir de votre radio, je voudrais prévenir le propriétaire du *Star* à Miami...

— Comment s'appelle-t-il ?...

Mais le nom est incompréhensible, le vent ne permet pas de comprendre les syllabes, et le capitaine poussé par les autres se sent un peu ridicule d'être aussi méfiant. Il cède :

— O.K., montez à bord et appelez vous-même !

C'est Johnson qui plonge, laissant Benton et Barbara sur le rivage ; il parcourt les 150 mètres, d'un crawl parfait et se hisse à bord en souriant. Il se répand en explications sur les circonstances du naufrage, raconte que son ami Benton vient de se marier, que la jeune femme là-bas, est en voyage de noces... et ci, et ça...

Il parle, parle, il n'a pas l'air pressé de lancer son message radio au propriétaire du *Star,* perdu corps et biens cependant...

Le capitaine Augus s'impatiente :

« Monsieur, je désire poursuivre ma route, les gardes-côtes seront là dans six heures maintenant au plus tard, la radio est là... Faites s'il vous plaît ! »

Johnson, assis sur le bastingage, les mains dans son short, détendu, acquiesce, se lève comme pour suivre le capitaine jusqu'au poste de radio, puis sa voix claque :

— Une minute Capitaine !

Il ne sourit plus. Il a déplié 1 m 85 de muscles, et l'une de ses mains a surgi de sa poche, un calibre 38 au bout...

— Du calme. Tout le monde à l'arrière...

Voilà. Le capitaine en était sûr. Mais il est trop tard pour se traiter d'idiot. Johnson, l'œil mauvais fait reculer les trois pêcheurs, et le second, et s'adresse à nouveau au capitaine.

— Vous avez des armes à bord ?

— Une carabine pour les requins...

— Où ?

— Au-dessus de ma couchette...

Johnson recule, pénètre dans la cabine, attrape l'arme, l'examine rapidement, et la jette sur le pont. Puis il tire en l'air pour avertir ses compagnons de venir le rejoindre, manœuvre lui-même le *Muriel III,* et jette l'ancre.

Benton s'est jeté à l'eau, il nage aussi bien que son comparse, dans deux minutes il sera là. Barbara est restée sur le rivage, elle regarde. Sur le pont, Johnson menace toujours. Les trois pêcheurs sont paralysés ; Kent, le second, regarde la carabine à un mètre de lui, fasciné mais immobile. Le capitaine réfléchit et à toute vitesse car il ne lui reste qu'une minute pour tenter quelque chose.

Soudain le capitaine Augus pousse un faible cri, trébuche,

les deux mains rivées sur son cœur. Il plie un genou, et devient si pâle que tout le monde le croit.

— Mes pilules… S'il vous plaît… Donnez-moi mes pilules… Là, près de la barre…

Surpris, Johnson fait un pas en arrière, et cherche des yeux les pilules en question. Il aperçoit une boîte métallique, regarde le capitaine qui paraît si blanc, et s'éloigne légèrement pour attraper la boîte.

A genoux sur le pont, le capitaine murmure à l'intention de son second.

— La carabine, vite… pousse-la vers moi…

Cinq secondes en tout. Kent saisit l'arme, la jette au capitaine qui l'attrape au vol, se redresse et hurle :

— Couchez-vous !

Il tire presque en même temps.

Mais la culasse a fait un petit clic dérisoire, à vide…

Le capitaine s'en était servi la veille sur un requin, et ne l'avait pas rechargée. Mais il n'a que le temps de s'en rendre compte, car Johnson s'est retourné comme à l'entraînement, jambes pliées, bras tendus et a tiré deux fois.

Le capitaine s'écroule. Une balle a traversé l'œil gauche, sa tête a sursauté sous le choc, l'autre a percuté le bras et s'est logée dans la poitrine. Il tombe sans lâcher sa carabine. Johnson se jette sur lui, arrache l'arme et la jette à la mer. Il a été surpris lui-même de la rapidité de l'action, car sa première idée était de débarquer tout le monde sur l'îlot, et de s'emparer du bateau…

A présent il regarde le capitaine, sa terrible blessure, et tout ce sang. Il n'est pas mort. Il gémit doucement…

Dégoulinant d'eau, Benton escalade enfin l'arrière du bateau et contemple le désastre…

Le second veut approcher, il l'en empêche. L'un des pêcheurs insulte Johnson sans bouger.

— Espèce de dingue… Il faut le soigner maintenant, appelez du secours ! La radio, bon sang, qu'est-ce que vous attendez !

— Ne bougez pas ! hurle Johnson.

C'est à son tour de réfléchir. Et manifestement il ne sait plus que faire. Benton s'en rend compte, et les deux pirates discutent hargneusement sur le pont.

— Il ne s'en tirera pas, Johnson... T'es complètement fou, qu'est-ce qu'on va en faire maintenant ?

— Il a voulu me tirer dessus ! C'est de sa faute ! On n'a qu'à le débarquer...

— Et les autres ? Et les garde-côtes qui sont prévenus ? Tu crois qu'on ira loin ? S'il meurt, on est foutu !

— S'il meurt, on descendra les autres, et c'est tout !

Les autres, ce sont quatre hommes de 30 à 20 ans, bien vivants, figés de peur. Quatre futurs cadavres alors ? A tuer de sang-froid ? Johnson en est capable. Et Benton aussi sans aucun doute. Ils pensent qu'ils n'ont plus le choix. Il leur faut ce bateau, mais avant d'accomplir un carnage, de prendre le risque d'être poursuivi pour meurtre, Johnson estime qu'il faut débarquer les otages, si le capitaine n'est pas mort, leur cas est moins grave ; mais Benton est moins intelligent :

— On n'a pas le temps de descendre la chaloupe ! Qu'ils y aillent à la nage !

— Avec un blessé ? Il ne peut pas nager ! Et les requins ? Ce type est plein de sang...

— Justement... Les poissons feront notre boulot... S'ils en réchappent on verra bien...

Benton est décidément aussi bête que lâche. Il croit avoir trouvé la solution :

— Allez ! Sautez ! Tout le monde au bain...

Les autres n'ont aucun moyen de faire autrement, alors... Doucement, Kent le second et Starton, l'un des pêcheurs, immergent le corps du capitaine qui gémit toujours. Presque aussitôt une gigantesque mare de sang s'étale dans la mer, et il faut faire vite. Les barracudas sont toujours les premiers, et les requins foisonnent. Tant qu'il n'y a pas de sang, le risque est moindre, mais dans ce cas... Soutenant le corps du capitaine hors de l'eau le plus possible, les quatre hommes nagent vers la crique. Chaque brassée est une angoisse, chaque effleurement de l'eau sur les jambes est un supplice... Kent bat des jambes à l'arrière du cortège, avec frénésie... Il a entendu dire que le bruit éloignait les requins...

Au pied du phare, Barbara regarde toujours. Elle suit la lente procession des malheureux, une main au-dessus des yeux pour éviter le soleil.

Elle n'a pas crié, elle n'a pas bougé d'un pas. Elle n'a pas tenté de rejoindre son mari à bord. Elle regarde.

Les requins n'ont pas eu le temps d'arriver. Les quatre hommes rampent sur le rivage, tirant le corps du capitaine avec l'énergie du désespoir. Il ne faut pas qu'il meure, car s'il meurt les autres les tueront...

Déjà on les voit discuter sur le pont. Benton doit être furieux, car son plan n'a pas réussi.

Epuisés, écorchés par le corail, les nouveaux naufragés reprennent leur souffle. Kent est penché sur le capitaine qui respire avec difficulté. La blessure est horrible... On ne voit presque plus le visage, mais il vit encore. Pour combien de temps ? Quelques minutes ?

Mais Benton et Johnson ont suivi les naufragés.

— Debout ! Allez debout tout le monde, ordonne Johnson tandis que Benton demande :

— Il est mort ?

— Non, avec du secours il s'en sortirait.

Le second a menti. Le capitaine est en train de mourir. Il le sait, mais mentir est leur seule chance, puisque Benton ordonne à nouveau :

— Debout ! on va vous enfermer dans le phare.

Toujours silencieuse, Barbara s'est approchée. Elle a regardé le capitaine sans émotion apparente, et dévisagé les quatre hommes. Enfin elle parle. Elle s'adresse à son mari, d'une voix sèche.

— Qu'est-ce que tu vas faire de ces gens-là ?

— On va leur prendre leur fric, leur bateau, et les laisser dans le phare. Si celui-là crève, on les descendra, c'est la seule solution. Un mort ou cinq c'est la même chose, au point où on en est...

Barbara ne répond rien. On dirait qu'elle observe la situation sans plus. Une fourmilière ne l'intéresserait pas davantage, semble-t-il. Benton ordonne à nouveau, et le second, Kent, doit charger le capitaine sur son dos, pour marcher jusqu'au phare. Les autres suivent, en file indienne. Les deux pirates se tiennent à distance respectueuse, craignant une tentative. Ils n'ont qu'une arme, le calibre 38, et ils sont deux, contre quatre. Or sur la terre ferme, on ne sait jamais qui aurait l'avantage.

Le phare est à une centaine de mètres du rivage, sur les rochers. Pieds nus, Kent avance difficilement. Le capitaine est lourd, si lourd. Son corps glisse dangereusement sur les épaules de son second, et Kent a soudain une sensation horrible ; il sent qu'il ne porte plus qu'un cadavre.

Il est 12 h 15, ce dimanche 24 avril 1960. Et le capitaine Augus vient de mourir. Un quart d'heure à peine s'est écoulé depuis que les pirates sont montés à bord du *Muriel III.*

Kent est obligé de reprendre souffle. Il installe le corps du capitaine, comme s'il était vivant, l'adosse à un rocher et se penche sur lui, pour le dissimuler au regard de Benton et Johnson...

— Courage, Capitaine... Les secours arrivent. On va vous allonger à l'ombre ; ça va ?... Ne parlez pas surtout ! Restez tranquille...

Parler à un mort, est une chose épouvantable. Le soigner comme s'il était vivant, est pire que tout... Mais Benton est dans le dos de Kent...

— Dépêchez-vous, on n'a pas de temps à perdre... Il est mort ?

— Non, il s'en tirera, je vous dis ! Il en a vu d'autres !

Et Kent reprend son fardeau, sans regarder les autres. Pour ne pas qu'ils voient sa peur, pour ne pas qu'ils s'affolent. Il espère on ne sait quoi, un miracle. Car une fois arrivés au phare, les pirates se rendront compte que le capitaine est mort, et ils les tueront tous avant de partir.

Les derniers mètres sont un calvaire. L'un des pêcheurs est venu aider Kent. Il soutient les jambes du capitaine. Il a dû voir qu'il était mort, mais il ne dit rien, lui non plus.

La sueur coule sur le visage du second. Le sang inonde son cou et sa chemise trempée. Ses nerfs sont si tendus qu'il souffre de partout...

Enfin, l'ombre du phare, une porte éventrée ; Barbara les précède, toujours silencieuse. Kent dépose le corps du capitaine, et prend son visage dans ses deux mains tremblantes. Il fait mine de l'essuyer...

La voix de Benton retentit dans son dos. Lui et Johnson sont restés sur le pas de la porte, méfiants.

— Ecartez-vous, je veux voir de quoi il a l'air.

L'une des mains de Kent, glissée sous la nuque du capitaine lui obéit sans qu'il l'ait vraiment décidé. Elle balance légèrement la nuque du mort de droite à gauche, pour faire croire à un mouvement de la tête... Mais Benton méfiant, s'adresse à sa femme :

— Barbara, examine-le, dis-nous où il en est !

Kent a une crispation douloureuse de tout le corps, il pense que tout est fichu.

Barbara se penche. Ses yeux verts croisent le regard de Kent, et un sourire insolite détend son visage.

— Alors, Capitaine ?

Sa voix est détendue, naturelle, inquiète juste ce qu'il faut.

Elle avance son joli visage, tout près de celui du cadavre, penche l'oreille près de la bouche du capitaine et écoute puis répond au cadavre.

— Ne craignez rien, nous allons partir ; je ne peux pas vous donner à boire, mais on vous soignera tout à l'heure... là... laissez-moi faire.

Elle a sorti un mouchoir de la poche de son short, et doucement elle tamponne le front du cadavre...

Benton s'agite.

— Alors, Barbara ?

— Il va bien. La balle est ressortie, il a perdu beaucoup de sang, mais ce n'est pas si grave. Il perdra un œil, c'est tout !

Kent en a le souffle coupé, et n'ose plus bouger.

Barbara prend une gourde d'eau, mouille son mouchoir, l'étale avec précaution sur le front du capitaine, et se redresse tranquillement.

Les autres, recroquevillés dans un coin du phare ont compris, ils ne bougent pas d'un millimètre...

Johnson décide :

— Allez, on se tire ; y'a qu'à les laisser là...

Et il repart en courant sur la rive, tandis que Benton appelle sa femme :

— Dépêche-toi ! On n'emporte rien, le bateau est équipé, y'a du fric et de la nourriture à bord...

Il n'obtient pas de réponse, et hurle :

— Barbara... tu viens ?

Barbara répond enfin :

— Je reste, tu ne m'intéresse plus ! File et surtout, que je ne te revoie plus !

Il a filé Benton, sans oser insister ! Son beau visage de maître nageur bronzé, mais stupide, a disparu de l'encadrement de la porte, et il a détalé comme un lapin et rejoint son complice.

Pourquoi si vite, et si facilement ? Parce que lui et Johnson ne sont que deux minables. Incapables même de gagner Cuba sans pépins.

Quelques jours plus tard, le *Muriel III* a été retrouvé, échoué sur un haut fond près de Rancha Veloz, au nord de Cuba. Une canonnière cubaine a cueilli les deux hommes dans la chaloupe où ils se disputaient encore.

Johnson, c'était Billy Ray, 23 ans, de l'Arkansas, et Benton c'était Alvin Tables, 25 ans, du New-Jersey. Tous deux recherchés pour vols, chèques sans provision et escroquerie. Même le *Star,* n'était pas payé. — Emprisonnés à La Havane, ils ont été extradés, jugés à Nassau, et pendus à la prison de Foxhill, tous les deux, le 19 mai 1961.

Mme Barbara Tables, était donc veuve à 19 ans, de par la volonté de douze jurés en colère. Mais elle avait sauvé quatre hommes d'un carnage certain. Rousse et belle, avec des yeux verts étonnants, avec des nerfs étonnants. Une femme à suspens.

QUI GEORGES VA-T-IL TUER ?

Quand on est petit garçon ou petite fille, la vie est relativement simple. On vous dit par exemple : ça c'est ton papa... il est gentil, ton papa, tu dois aimer ton papa, et ça c'est ta maman, elle est belle ta maman, tu dois aimer ta maman. Alors le petit garçon et la petite fille aiment. Ils n'ont aucune raison de ne pas croire ce qu'on leur dit.

C'est comme ça que Georges Lay avait pris l'habitude d'aimer son père et sa mère, comme tout le monde. Et une habitude comme ça on est supposé la garder longtemps, en dépit des modifications ultérieures qui peuvent se produire quant à la gentillesse du papa, et à la beauté de la maman...

Georges Lay arrivé à l'âge de 27 ans, aimait toujours son père et sa mère. Enfin, si on le lui avait demandé, il aurait répondu qu'il les aimait toujours... L'ennui, c'est que c'était faux. L'ennui c'est qu'il ne le savait pas lui-même et qu'il ne pouvait même pas s'en douter.

C'est le genre de malentendu familial qui tout d'un coup prend de telles proportions qu'on se retrouve contraint de laver son linge sale devant les assises. A ce stade et selon la gravité des faits, il reste peu de temps pour comprendre ce qui s'est passé. Trois jours pour Georges Lay. C'est le 8, 9 et 10 février 1929, qu'il a compris.

Trois jours pour comprendre qui il était, qui étaient les autres, ce qu'il faisait là, lui Georges Lay, et comment il y était arrivé, au bout d'un long suspens personnel et inconscient ; et trois jours aussi pour comprendre que tout ce qu'il avait fait était inutile.

Lorsque le président d'un tribunal procède à l'ouverture d'un procès, il commence toujours par rappeler les faits.

D'abord parce que c'est utile, et ensuite parce que la Justice au début d'un procès, ne connaît que les faits. Les faits constatés, sur lesquels personne ne discute, et qui vont constituer une base de réflexion commune à la défense comme à l'accusation.

Voici donc le premier fait :

Georges Lay est né en 1902 de Gustave Lay son père, et de Célestine Rose sa mère...

Ça, c'est un fait indiscutable. Mais si l'on demandait à Georges Lay de le commenter, il ne le dirait pas comme ça. Il dirait :

« Je ne me souviens pas être né avant l'âge de cinq ou six ans, c'est là que remontent mes premiers souvenirs : nous habitions une petite maison en brique, et il y avait un jardin. J'étais presque toujours avec ma mère. Ce que je préférais, c'était l'accompagner au lavoir. Elle me faisait asseoir sur la pierre plate, à côté d'elle, et je faisais flotter des morceaux de bois sur l'eau. Chaque fois qu'elle rinçait un drap, c'était comme une tempête, et mes petits bateaux chaviraient, et se cognaient l'un sur l'autre. Le soir, j'avais les mains glacées à force de les repêcher. Je n'aimais pas beaucoup le soir, parce que papa rentrait et faisait du bruit. Il me grondait ou grondait ma mère. Ils se disputaient autour de la soupe, et souvent ils me laissaient tout seul pour aller se disputer dans la chambre. Quand je ne les entendais plus, j'étais bien content. Je ne savais pas à l'époque pourquoi je ne les entendais plus. J'ai compris beaucoup plus tard.

« Je trouvais que ma mère était belle, mais mon père me faisait peur. Il était gendarme. »

Passons au deuxième fait :

Georges Lay a 27 ans, il est marié et père d'un enfant.

« Ce n'est pas si simple que ça, dirait Georges. Avant mon mariage, je vivais chez mes parents. C'était une habitude plus qu'un désir réel. C'était ma maison, j'avais ma chambre, ma mère s'occupait de mes affaires, je travaillais toute la journée, et le soir je ne me demandais pas comment le dîner était servi. Tout était prêt, c'était normal. Mon père et ma mère s'entendaient assez bien, du moins je crois.

Un jour une femme est arrivée. Une amie de mes parents, Françoise. Elle était veuve à 35 ans, avec une petite fille à charge. Comme il y avait de la place chez nous, elle s'y est installée avec la gosse. C'est là que tout a commencé à devenir bizarre.

D'après ce que je sais, mon père a toujours plus ou moins trompé ma mère, mais jusque-là il le faisait en dehors de la maison.

A l'arrivée de cette femme il a trouvé plus pratique d'avoir une maîtresse à domicile. Ça ne s'est pas fait tout de suite, bien sûr. Il y a d'abord eu des regards bizarres, puis des réflexions...

Et un jour je suis tombé nez à nez sur eux. Ils s'embrassaient dans le couloir ! Je ne sais pas si ma mère s'en était aperçue vraiment, mais en tout cas elle s'en doutait, je le voyais bien à son air malheureux. Et puis l'ambiance de la maison avait changé.

La seule fois où j'ai tenté d'en parler à mon père, il s'est mis dans une colère noire. Je me souviens encore de ce qu'il m'a dit : « Tu ferais mieux de penser à te marier, au lieu de traîner toujours dans les jupes de ta mère ! A ton âge, je l'avais déjà mise enceinte ! »

C'est à cause de cela que je me suis un peu détaché de la

maison. D'ailleurs mon père avait raison, j'étais en âge de me marier, et j'avais déjà rencontré Marguerite.

Elle plaisait beaucoup à mes parents, et moi j'étais amoureux. Je me disais que tout allait s'arranger si j'amenais une femme à la maison. Un jour ou l'autre, il faudrait bien que l'invitée et sa fille nous laissent la place. Elles partiraient et la vie serait comme avant.

Ça ne s'est pas passé comme ça malheureusement.

Marguerite d'abord ne voulait pas habiter chez mes parents. Elle disait qu'un jeune ménage doit être indépendant. J'ai eu du mal à la convaincre que je ne pouvais pas abandonner ma mère dans cette situation.

On s'est installés mais la vie est rapidement devenue impossible, parce que l'autre n'est pas partie, au contraire. Ma femme ne comprenait pas pourquoi ma mère supportait ça, et moi non plus d'ailleurs... Quant à mon père, il me rendait fou de rage. Il ne se cachait même plus. J'avais l'impression de vivre dans un harem.

Quand Marguerite a été enceinte, c'est devenu carrément insupportable. Elle a voulu partir à Paris et j'ai bien dû céder. »

Voilà ce qu'il dirait Georges, s'il avait le temps de le dire, si on le lui demandait, et surtout s'il avait l'esprit clair, ce qui n'est pas le cas.

Encore maintenant devant ce tribunal, il ne sait plus où il en est. Quand on aime tout le monde comme lui, par habitude, on embrouille tout, on juge mal, on se noie dans ses sentiments comme dans un pot de confiture douceâtre. Et finalement on est écœuré.

Voici maintenant le troisième fait :

Georges Lay est arrêté le 18 juin 1929, à la gare de Lyon à Paris. Il tentait d'échapper à la Justice après s'être rendu coupable de meurtre.

Ça aussi c'est vrai. Vrai qu'il était à la gare de Lyon, vrai qu'il a tué, vrai qu'il s'enfuyait...

Mais ça non plus, ce n'est pas simple. Il n'y a pas que ces

coups de feu, que ce cadavre... Tout ça est absurde ! Qui peut savoir comment les choses se sont enchaînées les unes aux autres, comment est venue la goutte qui a fait déborder le vase... pourquoi c'est devenu inévitable tout à coup...

Il faut remonter le fil enchevêtré de cette pelote, calmement, avec circonspection, au ralenti, comme un suspens au cinéma.

La scène se passe au domicile conjugal de Georges Lay à Paris, aux alentours du printemps 1926, dans la soirée.

Georges rentre chez lui sur la pointe des pieds, pour ne pas réveiller sa femme Marguerite.

— Georges, c'est toi ?

C'est raté. En soupirant de résignation, le mari affronte sa femme...

— Tu es encore allé les voir. Ne me mens pas, c'est inutile... Je te préviens Georges... Je ne le supporterai plus. C'est à toi de choisir : moi ou eux ! Ta femme ou ta famille !

— Mais ne sois pas si intransigeante, enfin ! J'ai bien le droit de voir ma mère... Et tu sais qu'elle est malheureuse, elle a besoin de moi !

— Ta mère n'a pas besoin de toi. Moi si ! Ta mère à son mari qu'elle se débrouille avec, je veux garder le mien !

— Mais mon père la trompe, dans sa propre maison ! Et cette femme ne veut pas partir, tu le sais bien ! C'est pire qu'avant.

— Ecoute-moi bien, Georges. Je vais te le dire une fois pour toutes ! Si tu n'as pas compris, moi j'ai compris. Si cette femme couche avec ton père c'est que ta mère le veut bien. Et non seulement elle le veut bien, mais elle serait prête à lui en amener d'autres...

— Tu ne sais pas ce que tu dis ! Ma mère aime mon père. Elle supporte cette situation pour ne pas le perdre, c'est tout.

— Tu es aveugle ! Complètement aveugle ! Tu ne t'es même pas rendu compte que si j'avais dis oui, moi aussi elle m'aurait *supportée*, comme tu dis, dans le lit de ton père...

Là Georges se fâche tout rouge. Il est persuadé que Marguerite dit n'importe quoi... mais elle insiste.

— Quand on vivait là-bas, tu n'as jamais remarqué ce petit manège, le soir ? C'est ta mère, elle-même, qui me demandait gentiment d'aller dire bonsoir à bon papa dans son lit... Au début j'étais naïve, mais j'ai vite compris ! On ne le disait pas clairement, mais l'œil de ton père, lui, il était clair !

— C'est impossible ! Tu ne me feras pas croire ça une minute ! Ma mère est incapable d'une pensée pareille... Elle aime mon père, elle m'aime, et toi aussi elle t'aime ! Tu es injuste !

— Georges, que tu ne veuilles pas me croire, c'est ton affaire... Mais je te préviens, je ne retournerai pas là-bas, et si tu veux m'y obliger, je divorce ! A toi de choisir.

Georges ne veut pas le croire. D'ailleurs il ne peut pas le croire. Il sait que sa mère est faible, mais pas à ce point là ! Il sait que son père court les jupons, mais pas comme ça ! De plus, la situation est suffisamment compliquée à son avis, sans y ajouter les horreurs que suggère Marguerite. Non.

Et Georges continue les visites à sa mère, en cachette. Il n'en parle plus à sa femme, il espère que tout va se tasser. Mais il y a un trouble de plus dans sa tête. Sans vraiment s'en rendre compte, il se met à observer son père d'un peu plus près, et peu à peu, une conviction s'installe : il ne s'agit pas d'une façade... Cette liaison avec Françoise, cette jeune veuve piquante, c'est plus qu'une aventure passagère. C'est une chose établie : elle est installée à demeure au même titre que sa mère. C'est de la bigamie pure et simple.

Le gendarme qui a maintenant pris sa retraite, a bien organisé sa petite vie. L'épouse vieillie pour le ménage, les corvées et la façade... La maîtresse plus jeune, pour le plaisir et l'alcôve.

La colère de Georges se cristallise tout d'abord sur la maîtresse. C'est elle qu'il faut éliminer, pense-t-il. C'est elle la mauvaise qui a tous les atouts dans son jeu et profite à la fois de son père et de sa mère. Du désir de l'un et de l'amour de l'autre, pour assurer tout simplement son existence matérielle.

Georges l'affronte. Il croit l'affronter, en lui reprochant de s'approprier l'argent de la famille, le sien en quelque sorte... Il croit la mettre dans l'embarras en lui criant :

— C'est à cause de vous que je suis parti ! Vous m'avez pris ma place ! Vous tournez la tête à mon père, vous faites pleurer ma mère, vous n'avez aucun droit ici...

Pauvre naïf ! Il espère avec cet éclat, faire crever l'abcès, mais la maîtresse sait parfaitement comment parler à un brave garçon comme lui.

— Vous avez tort de penser cela, Georges. Vos parents m'ont accueillie par gentillesse. Vous croyez à des ragots... Votre mère est une femme admirable que j'estime beaucoup et que je respecte. Ne lui faites pas de peine, elle vous aime tant... Et moi aussi Georges, je vous aime tant...

Comment se sortir de là ? Georges ne trouve qu'une issue, se mettre en colère après son père. Et avec le courage des faibles, il affronte celui qu'il considère maintenant comme le grand coupable... Là encore, il croit affronter en parlant argent. C'est le seul terrain qui ne puisse pas se dérober sous ses pas hésitants, la seule preuve tangible du désastre familial.

La dispute est violente, grave, définitive, et complètement à côté du problème. Les arguments de Georges sont ceux-ci : entretenir cette femme, c'est dilapider l'héritage familial, que lui Georges serait en droit d'attendre. La maîtresse à la maison, c'est les priver, lui Georges et sa femme, de vivre aux côtés de ses parents comme il le souhaitait... Bref, il ne dit pas « flanque cette fille à la porte, tu te conduis comme un monstre avec ta femme et ton fils », il dit « tu donnes ton argent à quelqu'un d'autre qu'à moi ». Ce qui n'a rien à voir. Ce qui est facile à démonter.

Et les arguments du père sont les suivants : je fais ce que je veux de mon argent, tu n'auras pas un franc de moi, jamais ! Je te renie, et t'interdis de remettre les pieds chez moi.

Il ne reste plus à Georges qu'à tenter de faire agir sa mère ; après tout c'est elle la victime ! Elle ne peut plus se taire, il faut qu'elle parle, elle ne doit plus pleurer mais exiger !

Et là aussi Georges échoue lamentablement.

Les larmes aux yeux, sa mère le calme :

— Je suis trop vieille pour exiger quoi que ce soit. Ne te mêle pas de cela. Si je disais quoi que ce soit, ton père m'abandonnerait. C'est mon mari, Georges, et c'est ton père. Je l'aime, et je l'aimerai toujours. Je suis prête à tout supporter, même cette femme, aussi longtemps que je pourrai. Ne m'enlève pas mon courage.

Voilà. Georges a fait le tour de ce qu'il pouvait faire, et il en est là.

Tout s'embrouille. Les choses qu'il sait, celles qu'il a peur de savoir, qu'on ne lui a pas dites mais qu'il a cru deviner... Il ne sait plus qui aime qui, et surtout de quelle façon. Il ne lui reste plus qu'une dernière impression en tête.

Le résultat de tout cela, c'est qu'il est incapable de sauver sa mère, la seule qui soit malheureuse.

Au fur et à mesure que le temps passe, Georges fait de cette idée une véritable obsession et les visites de plus en plus secrètes qu'il rend à sa mère vont peu à peu envenimer cette angoisse.

Georges se cache de tout le monde, lui qui aime tout le monde. Il se cache de sa femme, de son père... et il est sûr que la fausse résignation de sa mère, son mutisme, sa volonté inébranlable de ne pas aborder le sujet avec lui cachent une grande douleur.

Un jour Georges dit à sa jeune épouse :

— Je vais partir. Je ne peux plus supporter cela, si tu ne veux pas que nous retournions vivre près de ma mère, je préfère m'engager dans la Légion. Tu divorceras si tu veux.

N'importe qui remarque immédiatement l'illogisme de cette décision : si Marguerite ne veut pas retourner vivre chez ses parents, pourquoi n'irait-il pas tout seul, au lieu de s'engager dans la Légion ?

C'est que encore une fois, Georges *aime* tout le monde, et il voudrait pouvoir tout aimer en même temps. Comme il sait que c'est impossible, il propose de fuir en glissant une dernière menace, un petit chantage... La réponse de Marguerite est nette :

— Tu es un lâche.

Et Georges se dit qu'elle a raison, qu'il est un lâche, mais qu'il ne voit rien d'autre à faire.

C'est un lâche qui n'a pas de chance, qui plus est, car la Légion ne veut pas de lui. On n'engage pas pour l'instant...

Georges achète un revolver. Il n'a pas encore vraiment l'idée de tuer. Il y pense comme à une chose si définitive, si brutale, qu'elle lui paraît infaisable. Il n'a pas le tempérament d'un assassin, mais il en parle à sa femme.

Il essaie l'arme au cours d'une promenade dans la forêt, et il dit, comme pour s'en persuader :

— Je vais la tuer. Je vais tuer Françoise... Je vais lui donner une leçon, et tout le monde sera débarrassé.

Marguerite s'affole un peu, juste pour le raisonner. Elle n'y croit pas. Quelle femme croirait son grand bougre de mari, quand il dit ce genre de bêtises ? Pas elle. Elle le sait colèreux, emporté, mais elle sait aussi qu'il aime tout le monde, et ne ferait pas de mal à une mouche.

— Range ça Georges... Ne fais pas l'idiot, tu me fais peur... Tu voudrais que l'on dise de ta fille, c'est la fille d'un assassin ?

— Non, dit Georges, pas d'un assassin, d'un justicier.

C'est là qu'en témoins éloignés que nous sommes, il nous est difficile de savoir ce qui se passe réellement dans la tête de Georges Lay.

Peut-être se dit-il seulement qu'il est incapable de faire face à la situation. Peut-être pense-t-il tout bêtement : « Je suis un pauvre imbécile qui ne sait plus à quel saint se vouer. J'ai perdu mon raisonnement, et tout ce qui faisait Georges

Lay, fils et mari aimants, fils et mari aimés ; personne n'a l'air de comprendre que je suis dans une impasse. Personne ne peut m'en sortir. Faisons un éclat, un vrai, c'est tout ce qui peut encore se faire. »

Et on peut penser aussi que ce garçon finalement faible et désemparé, se sent en quelque sorte acculé à la dernière extrémité.

Acculé au meurtre, par incompréhension. Meurtrier bien sûr, mais inévitablement par un malentendu.

Georges quitte sa femme et sa petite fille cet après-midi de juin 1929. Il va chez ses parents. Le prétexte (réel mais sans importance) c'est qu'il va récupérer chez son père des papiers soit-disant importants : son livret de famille et on ne sait quoi d'autre.

Il arrive chez ses parents, en banlieue, après dîner. Le revolver est dans sa poche. Marguerite a failli le lui prendre dans l'après-midi tout bêtement, mais, ne sachant qu'en faire, l'a abandonné entre les mains de son mari, persuadée que ce n'était pas grave...

Son père l'accueille mal, très mal. Sa mère s'esquive comme d'habitude. Il ne reste en face de lui que cette femme, l'intruse, la maîtresse. Elle sourit de la nervosité de Georges, elle sourit, et elle le nargue. Elle est chez elle. Chez son père à lui, chez sa mère à lui... Cette étrangère se « fout de lui » littéralement.

Georges triture le revolver dans la poche de son veston. Il lui vient une question stupide, un dernier réflexe d'autodéfense :

— Papa, c'est elle ou moi ! C'est simple. Tu choisis.

Il ne réalise pas que pour son père non plus ce n'est pas simple. Qu'est-ce que ça veut dire « choisir » ? Choisir son fils ou sa maîtresse ? Choisir d'être grand, noble, bon et intransigeant, ou d'être tout bêtement un homme de soixante ans, paillard et un peu stupide, qui veut profiter des dernières années qui lui restent.

La réponse du père n'est même pas réfléchie, elle ne peut pas l'être, il dit tout bonnement :

— A mon âge, on ne choisit plus. C'est à toi de le faire. Vas-y, puisque tu es si malin !

Georges a tiré sans même s'en rendre compte. Il dira plus tard qu'il voulait tirer sur elle, la maîtresse, parce que son sourire était comme un défi.

En réalité, deux explications sont possibles. Ou il a tiré n'importe comment, au hasard, jusqu'à épuisement du chargeur. Ou il a visé son père.

Le résultat c'est le quatrième fait que rapporte le président.

Georges Lay a tué son père de deux balles dans le dos, et blessé la maîtresse de ce dernier. Les autres balles se sont perdues dans les murs.

L'avocat de l'accusé est une femme. Elle va plaider le crime passionnel.

Le procureur est un homme, il argumentera le crime d'intérêt.

C'est le troisième jour du procès. On a entendu tous les témoins amis de la famille décrire le père, la victime comme un Don Juan égoïste et redoutable. On a entendu la femme de Georges, son bébé sur les bras, dire que son mari était une victime inconsciente, qu'elle n'avait pas su protéger. Il ne reste que la mère à entendre.

Chacune des parties espère tirer le maximum de son témoignage. N'est-elle pas l'ultime arbitre, si son fils a tué par amour pour elle ? C'est ce que pense la défense.

N'est-elle pas l'unique juge, s'il a tué par intérêt ? C'est ce que pense l'accusation.

Et les jurés ? Tous des hommes. Que pensent-ils les jurés ? Ils sont comme tout le monde, ils attendent la mère.

Première surprise, on apprend qu'elle s'est constituée partie civile, comme sa rivale. C'est une attitude sans précédent ou presque. A Georges qui ne comprenait pas, son avocate a expliqué :

— En principe, cela veut dire qu'elle plaide contre vous... Mais ne craignez rien, c'est votre mère, elle vous défendra.

Georges regarde sa mère à la barre, droite dans ses voiles de deuil, les traits fermés. Elle ne craint pas de le regarder en face et sa déposition est courte mais impressionnante :

— Je ne crains pas de dire que mon fils accusait à tort mon amie Françoise et qu'il a calomnié son père et sa mère. Je ne demande qu'une chose pour lui : la peine de mort.

La peine de mort ? Un chroniqueur rapporte que Georges Lay dans son box a pris l'air effaré. Impressionnés les jurés ont regardé cette mère qui demandait la peine capitale pour son fils avec un sang-froid extraordinaire.

Le procureur lui n'osa pas. Les travaux forcés lui suffisaient amplement. Il les obtint facilement.

C'était le troisième jour du procès de Georges Lay. Cette fois-ci, il avait compris tout d'un coup. Compris qu'il s'était acharné à aimer ces gens pour rien, qu'ils n'avaient pas besoin de lui, qu'ils n'en avaient jamais eu besoin. Qu'il avait tué pour rien. Sa mère aimait à sa manière à elle, comme son père, et lui Georges, cela ne le regardait pas.

Marguerite tenta de rejoindre son mari, le 50 773 à Cayenne. Elle s'embarqua sur le *Flandres* en avril 1932, avec sa petite fille, pour les Antilles.

L'administration n'accepta pas qu'elle y reste, même pour y attendre une éventuelle libération.

Sommée de regagner la France, elle tenta avec son mari Georges, et le bébé, une folle évasion le 24 mai 1932 en barque sur le Maroni.

Le lendemain matin ils étaient repris. Heureusement, car leur guide était un spécialiste peu recommandable, qui n'attendait que l'occasion de détrousser les fugitifs et de les enterrer quelque part dans la brousse.

Marguerite et le bébé durent regagner la France et Georges le bagne.

Leurs traces se perdent en 1934. Peut-être n'ont-ils jamais réussi à se rejoindre.

Mais l'important n'est-il pas qu'ils aient essayé ?

TABLE DES MATIERES

Achevé d'imprimer par GGP Media GmbH, Pößneck
en novembre 2013
pour le compte de France Loisirs,
Paris

N° d'éditeur : 75065
Dépôt légal : septembre 2013

Imprimé en Allemagne